사반과의 대화

1975년 중앙대학교 예술대 학장 시절 교정에서.

사반과의 대화

김동리와 그의 시대 3

김윤식

민음사

『사반과의 대화』에 부쳐

〈김동리와 그의 시대〉라는 제목으로 그 제1부를 탈고한 것은 1995년 1월 27일이었고, 제주도 서귀포 대포리에서였다. 동백꽃은 피어 있었으나 아직 매화는 피지 않았고 바람이 매우 차갑고도 맹렬하였다. 1993년 12월부터 쓰기 시작했으니까 일년이 조금 지난 세월이었다. 가능하면 작가 김동리의 출발점의 내면 풍경을 묘사하기에 노력하였다. 떼를 지어 우는 개구리 울음소리의 묘사로 첫장을 열었음은 순전히 이 때문이었다. 이 개구리 울음소리의 울림이 일제 강점기 전 기간에 걸쳐 있었다. 사람들이 있어 이 제1부를 두고 〈소설을 썼군〉하였다. 내가 바라던 바였다. 그러나 나는 기록에 근거하지 않은 단한 줄도 거기에서 시도한 바 없다.

제2부가 탈고된 것은 1996년 2월 16일. 한강을 바라보는 서빙고 내 서재에서였다. 제목을 〈해방공간 문단의 내면 풍경〉이라 했고, 〈김동리와 그의 시대 제2부〉라는 표시는 아주 작게 부제로 삼았다. 「황토기」의 주인공 억쇠가 바야흐로 여의주를 얻어 붕새처럼 해방공간을 훨훨 나는 장면의 묘사에 주력했기 때문이다. 이 경우 중요한 것은 김동리 단독의 행위란 무의미하다는 사실이었다. 비로소 관계의 개념이 빛을 발하기 시작하는 공간, 그것의 이름이 해방공간이었다. 더욱 중요한 것은 그 관계항이 모순성으로 성립된다는 사실. 곧 민족과 계급의 모순 관계(임화·안함광), 문학과 종교의 모순 관계(김동리), 문학과 생활의 모순 관계(김동석), 그리고 문학과 사상의 모순 관계(조연현)가 그것들이다. 뿐만 아니라, 이러한 모순 관계의 극복을 위한 몸부림이 상호 침투하면서 뒤엉키고 있었다는 사실이야말로 해방공간이란 이름을 가능케 한 시대적 위대성이었다. 스티코프 중장의 「제5

성명」에 대한 정확한 독법이 오직 김동리에 의해 가능했다는 점이라든가, 우익 문필가의 총집결체인 전조선문필가협회 발기인 400여 명의 명단 제1번이 그의 맏형 범보〔凡父〕 김정설이었다는 점은 그가 주도적으로 결성한 청년문학가협회의 정신 구조를 이해하는 기초항이라는 것도 이 관계 개념에서 이해될 성질의 것이다. 이른바 문협 정통파로 자처하며 그것이 〈대한민국 정식정부〉(김동리의 용어)의 정신적 성격에 해당된다고 주장한 것도 이런 문맥에서이다.

제3부는 작품론으로 일관하였다. 〈사반과의 대화〉라 표제를 삼은 것은 장편 「사반의 십자가」가 그가 제일 공들인 작품이자 전생애에 걸친 문제점의 제시로 본 까닭이다. 과연 대가답게 그는 많은 작품을 남겼으며 또 작가 생활도 길고 기름졌다. 시는 물론 평론도 수필도 언제나 정상급을 유지할 정도로 높고 깊고 게다가 치열하였다. 이러한 문학적 업적 중에서도 원점에 해당되는 것이 「황토기」(1939)와 「무녀도」(1936)이다. 〈구경적 생의 형식〉이 「황토기」에서 비로소 그 첫 모습을 드러내었으며, 그 철저성도 여기서 완벽하게 드러났었다. 극복되거나 타개될 정도의 운명이란 그게 어찌 구경적이라 할 수 있었겠는가. 실로 주인공 억쇠는 다름아닌 작가 김동리였던 것이다. 이 억쇠가 사반의 원형이다. 유대인의 메시아 사상이란 실은, 억쇠의 어깨의 혈도를 낫으로 끊게끔 한 장수설화에 다름아니었다. 「사반의 십자가」란 그러니까 억쇠로 하여금 이천 년 전 갈릴리 호숫가를 헤매게 한 것에 지나지 않는다. 서라벌예대 제7대 학장 김동리가 어느 한겨울 눈 쌓인 송추 골짜기에서 사반의 혼령을 불러내어 흉금을 터놓고 대화한 것이 어찌 우연이겠는가. 여의주를 잃은 점에서 억쇠도 사반도 같은 운명이었다. 둘은 결국 신이 될 수 없었다. 억쇠·사반의 이러한 의지를 문학이 되게끔 한 것이 「무녀도」의 모화이고 그 연장선상에 있는 「을화」의 을화라고 나는 생각한다. 이를 미의식 또는 미학이라 부르면 어떠할까. 소녀 취향으로도 표출된 이 지독한 탐미주의

가 아니었던들 그의 문학은 여지없이 가혹한 종교 쪽으로, 혹은 허망한 신의 추구로 치닫고 말지 않았을까. 여의주 찾기와 탐미주의라는 두 기둥을 세워두고 나는 작가 김동리가 무수히 개작을 시도한 작품들을 원작과 비교하면서 만 일년을 보냈다. 붓을 놓고 달력을 보자 1997년 2월 22일이었고 옆에 놓인 시계가 11시 20분 30초를 가리키고 있었다.

서빙고 우거에서
저자

차례

제1장

〈인생의 서사시〉로서의 소설관과 그 넘어서기
── 몰튼 비판

1 6·25 직전의 내면 풍경

1950년 5월은 인간 김동리에 있어 참으로 의미심장하다. 소설 「인간동의」(《문예》, 1950. 5)와 평론 「우연성의 연구」(《신사조》, 1950. 5)를 동시에 발표함으로써 인간 김동리냐 문인 김동리냐를 결단하는 자기 싸움이 자기 내부에서 벌어졌음과, 그것을 세상에다 공적으로 드러낸 순간이었던 까닭이다. 이 굉장한 결단에 비하면, 민족적 비극으로 표상되는 그 엄청난 6·25란 한갓 미미한 것이 아니었을까. 문인의 시선으로 보면 6·25란 한갓 소낙비스런 현상에 지나지 않는 것. 문인 염상섭이 장편 「취우」(1953)에 그렇게 썼을 때, 염상섭이 대가급 작가였음을 가리킴이자 동시에 그가 문인의 자리에 있었음을 가리킴이었던 것.

이 소낙비스런 현상이 벌어지기 바로 직전의 인간 김동리의 내면 풍경은 과연 어떠했을까. 이런 질문 방식은, 그토록 결사적이었고 온

몸으로 행동했던 그의 저러한 해방공간의 활동이 한갓 소낙비스런 현상이었음을 알게 모르게 전제로 한 것이다. 그토록 결사적이었고, 온몸으로 행동했던 해방공간의 문학 활동이란, 기실은 문학과는 별로 상관없는, 혹은 문학적 영역과는 별개의 세계, 곧 정치적 범주에 지나지 않았던 것.

이 경우 정치란 무엇이겠는가. 그것은, 원리적으로는, 문학과는 한 단계 거리를 둔 것이었는데, 이를 〈인간스런 것〉으로 요약할 수 있을 것이다. 김동리가 이 사실을 제일 잘 알고 있었다.

그의 평론집 이름을 『문학과 인간』(1948)이라 한 점이 그 증거이다. 그는 문학을 다름아닌 〈인간〉 자체라 보아버렸던 것이다. 설사 그가 〈인간〉을 정치와 별개의 생물학적 수준으로 한정하고 그 운명을 문제삼았다 할지라도 그에 있어 문학이란, 〈인간〉에 지나지 않았던 것. 이 경우, 누군가 있어, 문학이란 〈정치〉에 지나지 않는다 한다면 그는 필시 임화이거나 이원조 무리일 것이다. 〈인간이냐 정치냐〉란 무엇이겠는가. 〈인간=정치〉를 가리킴이 아니고 달리 무엇이었을까. 김동리, 그는 그의 정신적 지도자이자 맏형 김범보와 더불어 〈인간=정치〉의 공식을 실천해 마지않았다. 〈인간=종교=정치〉의 도식이 성립되는 것도 불을 보듯 훤한 일이었다. 해인사에 묻혀 있던 김범린이 백성욱과 더불어 정치 일선(내무부장관, 문교장관)으로 나아감이란 이 문맥에서 보면 불을 보듯 훤한 일이었다. 임화가 정치(마르크스주의)로 문학함을 핑계삼았을 때 이에 맞서기 위해 김범보, 김동리 형제 및 백성욱, 김범린도 정치(종교)로 문학함을 핑계삼고 있었다. 전조선문필가협회의 인원 구성 450여 명의 첫번째 자리에 표나게 섰던 범보 김정설이 제2대 국회의원(동래구)으로 나섰던 것도 불을 보듯 훤한 일이었다. 정치란 그러니까 이들에겐 제일 인간스러움이었던 것. 그렇다면 〈인간=정치=종교〉의 등식을 성립시킨 것은 무엇이었을까. 요컨대 모든 것을 일원화시켜 버리게끔 한 그 기본 법칙이랄까 원인항(原因項)이 필시 있었을 것이다.

2 일원론의 근거 —— 나라 만들기

이 원인항이 이 나라 근대사의 특수성에서 말미암았다고 보는 것이 제일 무난한 설명 방법이다. 무난하다 함이 설득력에 관련된 것이지만 또 그것은 시대 감각 곧 일종의 역사적 감각이어서 이런 문제에 직면할 적마다 재음미될 성질의 것이 아닐 수 없다. 이 나라 근대사의 특수성은, 근대의 보편성으로서의 (1) 국민 국가의 완성 과정과, (2) 자본제 생산양식의 완성 과정의 지향성에 맞서는 형국으로 진행되었다고 볼 것이다. (3) 반제 투쟁과, (4) 반봉건 투쟁이 그것. 이 나라 근대사란, 원리적으로는 (1), (2)의 지향성을 가지면서도 그와 맞서는 (3), (4)에 몰두할 수밖에 없는 패러독스에 놓여 있었다. 이 네 항목이 마주쳐 십자포화 속에 작렬하고 있는 장면이 이른바 카프 문학이었다. 이 십자포화 너머로 드러난 우람한 산맥이 그려내는 선명한 지평(스카이 라인)의 표상이 있었는데, 〈나라 찾기〉가 그 표상의 명칭이었다. 이 시대의 어떠한 표상도 이 지평의 표상에 조명되고 비판되고 흡수당하지 않을 수 없을 만큼 그것은 거의 절대적인 것이었다. 이 연장선상에서 새로운 지평의 표상이 해방공간의 하늘가에 솟아올랐는데 이것만큼 자연스런 것은 달리 없었다. 그 스카이 라인의 명칭이 바로 〈나라 만들기〉였다. 어떠한 이 시대의 표상도 이 스카이 라인의 표상에 조명되고 비판되고 흡수당하지 않을 수 없을 만큼 그것은 거의 절대적인 것이었다. 정치=종교=문학=사상=생활이 일원론으로 파악될 수밖에 없었던 원인항은 바로 저 강력한 스카이 라인의 표상이 만든 마술적인 빛의 작용에서 찾지 않으면 안 되었다. 그 표상의 마술적 힘이 얼마나 굉장했는가는 다음 장면들에서 선명히 볼 수 있었다. 임화, 이원조에 있어 그것은 〈민족·계급〉 동일성이었고, 김동리, 김범보에 있어 그것은 〈인간(문학)·종교〉 동일성이었고, 조연현에게 그것은 〈문학·사상〉 동일성이었고, 김동석에 있어 그것은 〈생활(교양)·문학〉 동일성이었다. 〈민족·계급〉을 비롯, 〈문학·종교〉, 〈문학·사상(철학)〉, 〈문학·교양(생활)〉 등 한쌍의 절대 상통 불가능한 것들을 여지없이 동일한 것으로 용해시킨 것이 바로 해방공간의 마력적 힘이었다. 그것처럼 자연스러운 것이 없었는데, 한국 근대사만이 갖고 있던 특수성이 모든 사람들로 하여금 그렇게 인식하도록 만들었다. 〈나라 찾기〉에서 〈나라 만들기〉로의 인식 전환이 일거에 이루어졌지만 〈나라 만들기〉의 인식을 그토록 자연스럽게 받아들일 수 있었던 것은, 다름아닌 〈나라 찾기〉의 인식에 그만큼 친숙하게 길들여 있었던 까닭이다.

이 네 가지 모순항들 중, 제일 직접적인 것이 임화의 〈민족·계급〉 모순의 동일성이라면 제일 원론적인 것이 김동리, 김범보의 〈문학·종교(인간)〉의 모순의 동일성이라 할 것이다. 그러나 이 나라 근대사의 특수성이 빚어낸 이 모순들의 무모순화도 지속적일 수 없는 시기가 서서히 다가오고 있었다. 그것은 한국 근대사의 특수성이 근대사의 보편성 속으로 흡수되어 감을 가리킴이었다. (3) 반제 투쟁과, (4) 반봉건 투쟁으로 요약되는 특수성이, (1) 국민 국가와, (2) 자본제 생산양식(넓은 뜻)으로 용해되어 감으로써, 특수성이 조금씩 해소되어 감에 해당되는 것이었다. 임화, 안함광이 〈민족·계급〉 모순의 해결점을 찾아낸 것은 1947년에 들어서였고, 김동리의 〈문학·종교〉 모순이 극복되기 시작한 것은 조연현의 비판을 받은 1947년이었고, 조연현, 김동석 등의 모순 극복도 대략 1948년 무렵을 고비로 하여서였다. 이 고비가 〈나라 만들기〉의 윤곽이 잡혀감에 대응되는 것이었음은 새삼 말할 것도 없다.

3 일원론의 세 유형

〈나라 만들기〉의 윤곽이 서서히 드러난 것은 1947년이었고, 그것이 현실화된 것은 1948년이었다. 〈나라 만들기〉의 가능한 유형이 부상한 것은 (1) 프롤레타리아 단독 독재형 국가 형태, (2) 프롤레타리아를 중심으로 한 농민, 지식인, 소자본가 등의 연합 독재형 국가 형태, (3) 시민계급 독재형 국가 형태 등이었으며, 이 셋 중 어느 유형의 불가피한 선택이 곧바로 당면한 과제가 아닐 수 없었다. 이 나라 근대사 전개에서 드러난 특수성의 극복이 바로 이 과제에 걸려 있었던 만큼 어느 쪽이나 결사적일 수밖에 없었고, 긴박할 수밖에 없었다. (1), (2), (3)의 국가 형태란 그 자체가 세계사의 전개 과정에서 드러난 보편성이었기에 이에 닿는 일이야말로 특수성 극복의 유일한 길이었던 까닭에 필사적이자 긴박할 수밖에 없었다.

여기서 말하는 근대라든가 근대사라든가 또 그것에 이어진 보편성 개념이란, 물론 서구적인 개념이며, 또 그것은 국민 국가의 이념과 그것의 변형 형태인 제국주의와 관련된 것인 만큼 오리엔탈리즘으로 말해지는 다원성의 시선에서 보면 한갓 지방성이거나, 그 자체 특수성이라 말해질 수 있을지 모르긴 하다. 그렇더라도, 그 다원성의 나아갈 방향성이 있을 것이고 보면 보편성이 없을 수 없다. 잠정적 혼란의 과정이 어느 수준에서 정리된 상태 그것이 보편성인지도 모른다. 보편성이 헤겔주의적 시선 곧 동일성의 원리에 의거한 것이며, 따라서 그것이 어느 지점에 가면 폐쇄회로(자기 모순)에 빠진다는 지적이 『계몽의 변증법』(1944) 이래 후기구조주의파에 의해 무성하게 논의되었음은 사실이나, 그들의 논의란, 따지고 보면 동일성의 폐쇄회로의 극복 방식의 모색이라 할 수도 있다. 적어도 이 나라 근대사의 전개과정에서 바라본 〈나라 만들기〉의 모델로 떠오른 위의 세 가지 국가 형태란, 세계사가 그 동안 전개하면서 창출한 보편성이라 하지 않을 수 없었는데, 왜냐하면 〈나라 찾기〉의 긴 시간 동안에 그렇게 길들여진 인식틀의 연장선상에 그것이 놓여 있었던 까닭이다. 이를 두고 역사적 감각이라 부를 것이다. 그러기에 위의 세 가지 모델이 (1)과 (3)으로 확정되는 것만큼 현실적인 것도 따로 없다. 그것은, 당시의 세계사의 보편성으로 군림한 미·소 양국 체제의 모델에 엄밀히 대응된 까닭이다. (1)의 국가 모델을 선택한 북한(1948. 9. 9)과 (3)의 국가 모델을 선택한 남한(1948. 8. 15)이 그 선택으로 말미암아 각각 그 동안 지녔던 이 나라 근대사가 빚어낸 특수성을 얼마나 극복, 해소해 갔는가를 묻는 일은 역사적 해석에 속할 것이다. 이 경우 보편성에 비중을 두고 논의를 전개하는 동안은 긍정적인 해석이 내려질 수밖에 없을 것이다. 각각 양극 체제에 닿음으로써 세계사에 전면적으로 노출되었음에 이 사정이 관여된다.

이와는 달리 특수성에 비중을 두고 논의를 전개한다면 어떻게 될까. 이 역시 역사적 해석에 속할 것이다. (2)의 국가 모델 선택이 이 특수성에 알게 모르게 관여되어 있다. 이른바 연합 독재형 국가 모델이란, 그 자체가 하나의 보편성으로 세계사 위에 부상한 것이었다. 모택동의 유명한 「신민주주의론」(1940)에 구체적인 기원을 두고 있는 이 모델은 (1)로 나아가는 과도기적인 형태로 고안된 것이었다(브루노쇼, 『중국혁명과 모택동사상(II)』, 석탑, 1986). (2)를 선택하기로 한 이른바 남로당의 국가 모델이 바로 「신민주주의론」에 그 기원을 두고 있었던 것이다. 해방공간에서 이 문제를 둘러싸고 벌어진 남로당의 임화, 이원조 등과 북로당의 안함광, 안막, 한효 등의 치열한 논전의 핵심은 무엇이었을까. 인민민주주의 민족문학론의 성립 가능성을 둘러싼 이 논전은, 이런저런 비판이 가능하겠으나, 결국 그것은 이 나라 근대사가 현실적으로 안고 있는 과제, 곧 특수성의 인식 여부로 수렴되는 것이었다(김윤식, 『한국현대문학사상사론』, 일지사, 1992, 제3장 5절 ; 『북한문학사론』, 새미, 1996, 제1부 3장 참조).

남로당이 선택한 (2)란, 잘 따져보면 당시 이 나라의 현실에 제일 접근한 것으로 볼 수 있다. 프롤레타리아 독재라 하나, 아직 노동계급의 숫자나 능력이란, 극히 미약한 것이었고, 따라서 현실 기반도 성숙되지 않은 상태에서 막바로 (1)에로 나아감이란 일종의 혁명(도약)이거나 비현실적인 것이었을 터이다. 그럼에도 이 남로당의 (2)유형은 남쪽과 북쪽에서 함께 공중분해되고 말았던 것이다. 얼마나 이 나라 근대사 전개에서 특수성의 극복 과제가 절실했는가의 한 가지 증거로 이 사실을 들 때 이는 분명 또 하나의 역사적 해석일 터이다. 세계사의 보편성에 닿고자 하는 이토록 강력한 열망이 현실 감각을 초월하고도 남았다는 것은 일종의 비극이라 하지 않을 수 없는데, 6·25가 그것에 막바로 이어져 있기 때문이다. 이 나라 근대사의 특수성을 덜 의식한 그 역사의 보복으로 6·25가 가로놓여 있었던 것이다.

4 은유로서의 대한민국 정식정부

해방공간의 마법권에서 서서히 벗어남이란 무엇인가. 김동리는 그 현상을 다음처럼 선언해 마지않았다. 〈한국문필가협회는 대한민국 정식(正式)정부의 수립과 함께 이루어졌다. 이것은 그 이루어진 시기의 동일성을 말함이 아니라 그 정신적 내지 역사적 성격을 가리키는 것이다〉(「한국문학가협회」, 『해방문학20년』, 정음사, 1971, 145쪽).

이 인용에서 제일 주목되는 표현은 〈대한민국 정식정부〉이다. 〈정식〉이란 말이 표상하는 의미계(意味系)란 물을 것도 없이 〈임시〉에 대응될 때 첨예화된다. 해방이 되었을 때 김동리는 경남 사천읍 청년회 회장의 자리에 약 반 년 동안 앉아 있었다. 가솔하여 상경한 것은 해방 이듬해 봄이었고, 서정주, 이한직, 최태응 등과 더불어 임시정부 선전부 소속 청년 단체인 〈한국청년회〉에 가담하고 있었다. 작가 김광주(임시정부 선전부 소속)가 문인들을 이끌어들였던 것이다(『서정주 문학전집(3)』, 일지사, 1972, 251쪽 ; 조연현 문학전집(1)』, 어문각, 1977, 239쪽). 한국청년회란, 서북청년회, 건국청년회, 기독청년회 등의 간부로 구성된, 우익의 청년 단체들 가운데 〈가장 셌던 것〉으로, 그 본부는 임시정부 안에 있었다. 김동리, 최태응, 이한직 등이 여기에 언제까지 머물렀으며 한 일(문화 및 선전의 자문)이 구체적으로 무엇이었는가는 알기 어려우나, 김동리 중심의 청년문학가협회가 임시정부 쪽과 친근한 관계에 있었음은 분명하다 할 것이다. 청년문학가협회(1946. 3. 13)의 창립 총회에 김구 주석이 출석, 끝까지 지켜보고 있었음도 이러한 사실의 한 증거로 볼 것이다. 문학가동맹 측의 창립 총회(1946. 2. 7-8)에 여운형이 참석, 축사를 한 사실과 이는 족히 대응된다. 임시정부로 표상되는 이러한 이미지가 불식된 것은 물을 것도 없이 대한민국의 성립 순간이었다. 임시정부보다 한달 먼저 귀국(1945. 10. 25)한 이승만이 정읍 발언(남한 단독 정부 수립, 1946. 6. 3)을 거쳐 드디어 대통령으로 당선(1948. 7. 20)되었고, 그에 의해 대한민국 수립이 선포(1948. 8. 15)되기에 이르렀다. 대한민국은 그러니까 〈정식정부〉가 아닐 수 없었다. 김동리가 표나게 〈정식정부〉를 내세웠음은 그가 얼마나 권력 지향적인가를 잘 드러낸 것으로 볼 것이다. 그가 〈정식정부〉를 표나게 내세움이란, 적어도 다음 두 가지에 알게 모르게 관련될 터이다. 현실 정치에 대한 민감성이 그 하나이며, 다른 하나는, 이 점이 중요하거니와, 대한민국의 건국에의 적극적인 참여와, 그것에 대한 응분의 〈주인의식〉이 그 다른 하나이다. 이 〈주인의식〉이야말로 인간 김동리 및 문인 김동리의 자존심의 근거이자 삶의 원동력이라 할 것이다. 이 〈주인의식〉이란, 저절로 얻어진 것이 아니라 스스로의 역량으로 쟁취한 것이기에 그만의 것이자 또한 누구도 감히 넘볼 수 없는 것이기도 하였다. 이 사실은 강조되어야 하는데, 그 동안 〈임시정부〉로 일관해 온 역사적 공간에 대한 응분의 그리움과 그 초극에 관련되기 때문이다. 국권 상실기가 36년의 긴 세월이라고도 하나, 잘 따져보면 겨우 9년밖에 되지 않는다는 울림이 은밀히 지배하고 있지 않았던가. 임이 침묵하는 시대라 표현됨이 이를 가리킴이었던 것. 임시정부(1919)의 수립이 전제되지 않았더라면 이러한 울림이 과연 가능했을까. 이 점에서 〈임시정부〉란 시적 공간 속에 놓인 거대한 이미지를 구성하고 있었다. 그것은 어떤 의미에선 부(父) 개념이나 하늘 개념이기도 하였다. 이미지로서만 존재하던 〈임시정부〉를 초극하고, 〈정식정부〉에 나아가기란, 오직 실력으로만 가능하다고 그는 생각했던 것이리라. 시적 공간으로서의 〈임시정부〉의 초극이 〈정식정부〉라면 이는 응당 현실적 공간 속의 일이 아닐 수 없다. 당연히도 그것은 산문의 영역이다.

5 《문예》 창간의 의의

김동리가 〈정식정부〉를 표나게 내세운 것, 그것이 그의 자존심의 근거라는 것, 그것은 오직 스스로의 역량으로 쟁취한 것이기에 〈주인의식〉에 투철할 수밖에 없다는 것 등이 그 바른 의미를 띨 수 있는 좌표란 과연 어디에 놓여 있었을까. 다르게 말하면, 〈정식정부〉의 주인격으로 자부하는 김동리가 어째서 그 〈정식정부〉의 정치인으로 참여하지 않고 문인으로 스스로를 한정하고 말았는가. 이 경우, 사람이 있어 〈정식정부〉의 문학 및 문화계를 장악하고 그 분야에만 〈주인 노릇하기〉야말로 그대로 정치 참여가 아니겠는가, 라고 말할 수도 있을 것이다. 이른바 문화 행정 및 문화 정책 쪽으로 나아갈 수도 있었을 것이다. 실제로 해외문학파 중심의 문인들, 가령 김광섭(대통령 비서실), 이헌구(공보부 차장), 김영창(공보부 국장), 그리고 오종식(사회부 차관), 서정주(문교부 예술과장) 등이 행정부에 직접 참여한 사실에 비추어 볼 때 김동리는 어떠했던가. 정부 기관이자 당시 최대의 언론 기관인 《서울신문》을 장악하는 일이 김동리의 정치 참여의 방식이라 할 것이다. 그 동안 좌익계의 수중에 있던 《서울신문》, 《신천지》, 《주간서울》 등을 장악함이란, 행정부의 참가에 비하면 정치에서 한 발 물러난 형국이라 할 것이다.

대한민국 정식정부의 언론 기관에 참여함이란 무엇인가. 이 물음은 순문예지 《문예》의 창간(1949. 8)과 맞물려 있어 간단히 설명되기 어렵다.

《문예》란 무엇인가. 물을 것도 없이 순문예 월간 종합지이다. 그렇지만 《문예》가 대한민국 정식정부 성립 만 일년 만에 창간되었다는 사실을 염두에 두지 않는다면 이 잡지의 본질 및 그 의의를 설명할 수 없다. 김동리가 쓴 《문예》 창간사의 중요성은 그것이 한편으로는 이 잡지의 성격 규정이며 다른 한편으로는 김동리의 마음의 움직임에 관여됨에 있다.

국토의 통일이나 산업의 진흥이나 공업의 확충이나 그 모두가 긴급하고 절실한 민족적 국가적 과제가 아닌 것이 없다. 그리고 이러한 긴급하고 절실한 민족적 국가적 과제를 민족 전체가 다 함께 인식하고 절규하는 것은 좋다. 거리마다 모든 사람이 이것을 되풀이하고 또다시 되풀이하여 외쳐도 좋다. 그러나 아무리 이렇게 떠들고 외친다 하더라도 밤낮 같은 구호만을 되풀이하는 데서 그 과제가 해결되는 것은 아니다. 국토 통일이란 구호를 억만번 되풀이한댔자 그 구호의 되풀이만으로 국토가 통일되는 것은 아니다. 그 구체적 방법과 성실한 실천만이 이것을 해결할 수 있을 것이다.

같은 말을 문화 운동 또는 문학 운동에 돌려보더라도 마찬가지다. 해방 이래 이 땅에 속출된 모든 문화 단체 또는 개인들의 예외 없는 슬로건은 민족 문화(또는 민족 문학)를 건설하자는 일어(一語)에 지나지 않았다. 그러나 아무리 거리마다 골목마다 민족 문학을 건설하자고 외쳐봐야 그러한 슬로건의 되풀이만으로써 민족 문화, 민족 문학이 건설되는 것은 아니다. 혹자는 이 표어를 정치 선전에 남용하였고 혹자는 이것을 개인 기업에 남용했을 뿐이다. 민족 문학 건설의 광휘 있는 위업은 아직도 난마와 형극 속에 놓여 있을 뿐이다. 문화인이 붓을 잡는 것은 일부 정치문학청년들이 오신하는 바와 같은 칩거도 아니요 도피도 아니다. 붓대를 던지고 당파 싸움이나 정치 행렬에만 가담하는 것이 현실을 알고 문화를 건설하는 방법이라 생각하는 것은 세상에 흔히 있는 거짓의 하나다. 우리는 이러한 거짓을 거절해야 한다. 소설가는 소설을 쓰고 시인은 시를 쓰는 것만이 민족 문학 건설의 구체적 방법의 제 일보가 되리라고 우리는 믿어야 한다. 모든 문인은 우선 붓대를 잡으라, 그리고 놓지 말라. 이것이 민족 문학 건설의 현장 제 일조가 되어야 한다. 그러나 모든 시, 모든 소설이 다 민족 문학이 되는 것은 아니다. 그 아름다운 맛과 깊은 뜻이 능히 민족 천추에 전해질 수 있고 세계 문화 전당에 열(列)할 수 있는 그러한 문학만이 진정한 민족 문학일 수 있는 것이다.

　우리는 이러한 진정한 민족 문학의 건설을 향하여 붓을 놓지 말아야 한다. 그리하여 우리의 생명을 문학에 새겨야 한다.

　본지의 사명과 이상은 이상 말한 바에 있다. 즉 민족 문학 건설의 제 일보에 있다.

《문예》의 물질적 근거가 해방 후 각종 정치 무대에서 활동해 온 시인 모윤숙의 능력에 의존해 있었다는 것도 지적될 수 있을 것이다. 남대문로 2가 7번지의 거대한 빌딩 관리를 모윤숙이 맡게 된 것이 그러한 정치적 활동의 소산이라 할 것이다(『조연현 문학전집(1)』, 어문각, 1977, 244쪽). 사장 모윤숙, 주간 김동리, 책임편집 조연현으로 구성된 이 《문예》는 대한민국 정식정부 출범 만 일년이 지난 뒤에야 겨우 간행될 수 있었다. 그만큼 문학 및 문화 활동이란 현실 정치와는 거리가 있음을 말해 주는 점으로 볼 것이다(《문예》 창간 및 그 의의에 대해서는 김윤식, 『해방공간 문단의 내면 풍경』, 민음사, 1996 참조).

창간사에서 의의를 검토하는 것은 문학사적 과제이겠지만 거기에 숨어 있는 김동리의 마음의 흐름을 분석 검토하는 작업은 별개의 영역이라 할 것이다. 대단한 〈역사적 문장〉이며 또 명문이라면 응당 그 쓴 사람의 개인적 체험과 그의 심혼이 배어 있지 않을 수 없다. 그러한 전제를 승인한다면, 집필자 김동리의 마음의 흐름의 분석은 불가피한 측면이 아닐 수 없는데, 그렇다면 과연 창간사 속의 김동리의 육성은 무엇일까.

첫째, 스스로를 포함한 해방공간 속의 문학 논의란 모두가 한갓 구호 수준에 지나지 않았다는 사실의 확인. 말을 바꾸면, 평론집 『문학과 인간』(1948) 속에 수록된 글들이란, 민족 통일이나 민족 문학 건설에 대한 일종의 〈구호〉에 지나지 않는다. 임화, 이원조의 이런저런 정치적 문학론이라든가 김동석, 김병규 등의 순수·비순수 시비와 김동리의 〈본령정계의 문학론〉의 수준이란, 떠들고 외친 구호의 범주에 든다는 점에서 등가라 할 것이다. 〈구경적 생의 형식〉이야말로 진짜 문학이고 나머지 문학은, 문학이긴 하되, 최고일 수 없다고 도도하게 우기던 『문학과 인간』의 김동리도 이 시점에 이르러 비로소 그러한 강박 관념에서 일단 해방되었다고 볼 것이다. 논쟁에서 오는 불필요한 에너지의 소모(긴장력)가 이로써 멈추었음에 이 사정이 관여된다. 구호란 아무리 외쳐도 과제의 해결에 이를 수는 없는 것. 불필요한 정력의 낭비에서 김동리를 명분상으로도 논리상으로도 해방시킨 것이 바로 대한민국 정식정부의 수립이었고, 그 구체적인 발판이 《문예》였다.

둘째, 〈구호에서 실천으로 향하기〉에 자기 구속을 감행하기. 실천이란 새삼 무엇이겠는가. 오직 창작이 아닐 수 없으며, 그 창작은 〈민족 천추에 전해질 수 있고〉, 〈세계 문화 전당에 열할 수 있는〉 그러한 것이어야 하는 것. 이 굉장한 목표가 설정되었다면 그 누가 감히 구호 따위를 외치며 시간 낭비를 할 수 있으랴. 전력을 기울여, 또 모두가 합심하여 이 목표에 나아가도 언제 달성될지 모르는 그러한 장대한 과제였음에랴.

일단 목표가 설정된 마당이라면 그만큼 어떤 잡념도 있을 수 없게 되며, 오직 실천으로 매진하는 길만이 아득히 펼쳐져 있을 뿐, 다른 길은 없다. 그러한 실천의 광장이랄까 마당이 《문예》로 되어 있었다. 《문예》는 대한민국 정식정부의 순수 문예 월간지인 만큼 진짜 문학의 실천은 이 광장의 육성과 불가분의 관계에 놓여 있었던 것이다. 만일 김동리가 대한민국 정식정부의 문학적 적자이며, 그러한 자리에 섰음을 스스로 자각했다면 그는 《문예》를 위해 전력해야 했음에 틀림없다. 이 경우 목표는 하나이지만 그 실천 방략은 다음 셋으로 갈려진다. (1) 신인 양성, (2) 창작을 위한 방법론 강구, (3) 창작 등이 그것. (3)의 목표에 이르기 위한 방략으로 (1), (2)가 요청되었던 것이고 보면 응당 이들은 한갓 보조항에 지나지 않았다. 「우연성의 연구」가 중요한 것은 그것이 (2)에 대한 포석이었음이 확인되는 순간이다. 이 논문의 중요성은 과연 어디에 있는가. 진짜 목표에 이르기 위한 작품쓰기란 무엇인가를 스스로 묻고, 여기에 대한 좀더 새로운 대답을 모색해 나갔다는 점이다. 《문예》 창간호부터 김동리가 「창작강의」를 연재하면서 소설 월평, 신인 추천 등을 동시에 전개한 것은 이로써 설명된다. 이 중에서도 「우연성의 연구」는 단연 특이하다. 그것은 종래 김동리가 갖고 있던 소설의 본질(허구성)에 대한 생각을 한층 심화시킨 연구인 까닭이다.

6 〈인생의 서사시〉로서의 소설관

김동리의 소설관은 어떠했을까. 이 물음은 김동리의 창작 방법론에 관련된 것인 만큼 되풀이해서 검토될 성질의 것이다. 그의 소설에 대한 규정은 〈인생의 서사시〉로 집약된다. 그리고 이것을 〈근대 문학에 있어서의 소설〉, 곧 근대 소설의 규정이라 주장했는데, 김동리의 이러한 〈인생의 서사시〉로서의 소설관은 소설을 〈시민사회(부르주아지)의 서사시〉로 규정한 헤겔의 규정과는 현저히 다르다. 〈인생(인간)〉이냐 〈시민(부르주아)〉이냐의 이 격차야말로 김동리와 임화(이원조, 김동석) 등을 가르는 거멀못이 아닐 수 없다.

김동리의 이러한 소설관은 대체 어디서 연유한 것이었을까. 이런 물음은 김동리 자신의 기록에서 뚜렷이 볼 수 있어 인상적이기까지 하다.

근대 문학에 있어서의 소설의 형태와 기능에 관하여 『문학의 근대적 연구』의 저자 몰튼이 〈인생의 서사시〉란 규정을 내렸다는 것을 제1장에서 이미 언급한 바이다.

　　　　　　　　　　　　　——「창작강의」,《문예》, 1949. 9, 231쪽

김동리 소설론의 제1조에 해당되는 것이 〈인생의 서사시〉이며 그것이 몰튼에 근거했음을 이처럼 김동리는 두 번씩이나 천명하고 있었다. 몰튼 R. G. Moulton 의 『문학의 근대적 연구 *The Modern Study of Literature*』(1915)라는 방대한 저서의 일역판이 널리 유통되었음은 모두가 아는 사실이다. 콜롬비아 대학의 인문학 교수였던 몰튼의 위치라든가, 그의 이론이 문학과 철학의 미분화랄까 종합이어서 순수한 근대적 성격의 전문화된 문학관에서 한 단계 떨어져 있다든가 등에 관하여 논의할 수도 있겠지만, 중요한 것은 김동리가 거의 전적으로 이 저술에 기대고 있다는 사실에 있다. 김동리는 근대 문학에서 말하는 소설과 고대 문학에서 말하는 소설(서사시)을 구분하는 방식을 몰튼의 입을 빌어 이렇게 그대로 인용하고 있다.

모든 서사시는 인생을 그린다. 그러나 고대의 단순한 생활에 비하면 근대 생활은 그 의미에 있어서나 종류에 있어서나 무한히 복잡하다. 고대의 서사시에 있어 전적인 창작력과 줄거리에 주력되었던 것이 이번에는 근대의 이야기 작자(설화 문학자, 소설가——김동리 주석)에게 전개되어 있다. 그러나 근대 설화 문학의 주요한 특징은 형식에 있다기보다 주제의 특질에 있다는 것은 해괴할 것도 없다. 근대 소설은, 공동적으로 인생의 서사시를 구성하고 이 〈문학적 형〉(즉 새로운 양식——김동리 주석)은 오인에게 오인의 최대의 창작적 사유를 거기다 기울이게 하여 마침내 낭만적 희곡이 엘리자베스 시대의 특유한 것이요 또 호머의 시가 원시적 희랍에 있어 독특한 것이었던 것처럼 진실로 현대 특유의 것이 되게 한 것이다.

——「창작강의 (2)」, 《문예》, 1949. 9, 231쪽

이어서 김동리는, 몰튼이 제시해 놓은 도표를 다음처럼 그대로 옮겨놓았다.

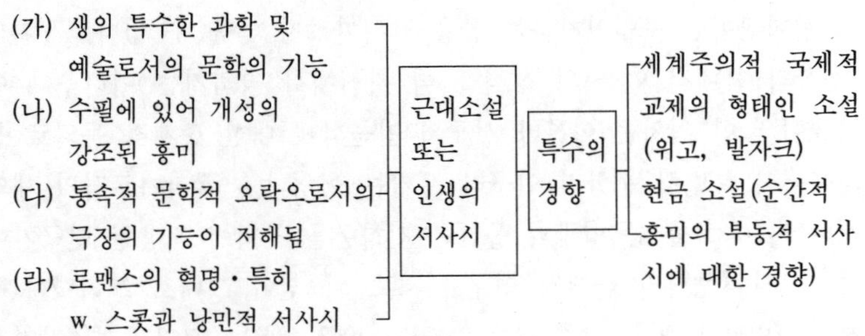

김동리의 소설관은 이처럼 몰튼에 거의 전적으로 의존했음이 판명된다. 그가 다음처럼 강조한 것에서 이 점이 더욱 분명해진다.

내가 근대 소설은 〈인생의 서사시〉를 의미하는 것이란 몰튼의 말을 누차 인용한 것도 주로 이 산문적 성격을 지적하려 한 것이다. 신화 중심의 고대 서사시가 인생 본위의 근대 서사시로 발전했다는 즉 〈신화〉에서 〈인생〉으로 전개되었다는 것도 물론 등한(等閑)한 문제가 아니겠지만 그보다도 서사시란 용어에 더 중점이 있는 것이다. (……) 근대 소설을 특히 인생의 서사시라고 하는 데는 서사시가 가지는 바 그 설화적 요소에 보다도 오히려 그 집단적 운명의 전개에서 현대(근대)의 소위 사회성 및 이에 결부된 객관성을 보려는 데 포인트가 있는 것이다. 왜 그러냐 하면 사회성과 객관성 그것이 산문 정신의 가장 중요한 요소이기 때문이다.
— 「창작강의(3)」, 《문예》, 1949. 10, 171쪽

7 몰튼과 김동리

김동리의 소설에 대한 본질 규정이 이처럼 몰튼의 〈인생의 서사시〉에 전적으로 매달려 있음은 의심의 여지가 없거니와, 그렇다면 몰튼의 문학관이란 무엇인가라는 물음도 뒤따르지 않을 수 없다. 몰튼의 『문학의 근대적 연구』의 성격을 이 자리에서 밝히기는 어려우나 이 저술이 놓인 위치는 이른바 서구의 인문학에 대한 총체적 논의로 볼 것이어서 특별히 문학적 연구라 보기는 어렵다. 『극작가로서의 셰익스피어』(1885)를 쓴 영국의 몰튼은 진화론을 문학에 적용한 연구가이며, 그의 『문학의 근대적 연구』에서도 이 점이 그대로 드러난다(R. 웨렉, 『비평의 개념』, 예일대학 출판부. 1963, 42쪽). 적자생존, 자연적 선택, 종의 변혁 등에 기초를 둔 진화론이 문학에 적용될 때, 문학이란 일종의 생물체(유기체)임을 전제로 하지 않을 수 없다. 유기체인지라 나고 자라고, 절정에 이르렀다가 죽게 마련인 것이다. 태동기, 유년기, 성장기, 장년기, 쇠퇴기 등으로 문학사를 기술하는 것(가령

도남의 『국문학사』(1949)도 이런 범주에 든다), 세계 문학사든 일국의 문학사든 그것을 진화론의 시선에서 바라보면 소설이야말로 제일 진화된 적자생존자라 할 것이다. 고대 서사시에서 출발하여, 근대로 오면서 수필, 희곡 및 로맨스 등 온갖 잡다한 것들을 다 수용하여 마침내 〈인생의 서사시〉로 나타난 것으로 보이기 때문이다. 〈인생의 서사시〉란 그러니까 모든 문학적 현상의 집결체란 뜻이 아닐 수 없다. 동시에 그것은 장차 다르게 변해갈 운명이 아닐 수 없다. 그렇지만 〈근대〉라는 커다란 시간 단위를 염두에 두고 있다면, 당대인은 누구나 이 큰 단위 속에 스스로가 포함되어 있고 또 그 단위는 당대인의 전 생애로서도 다함 없는 그러한 기간이 아닐 수 없다. 김동리에게 저토록 강한 확신을 심어준 것도 이로써 설명된다.

진화론을 전제로 할 때 또 하나 지적될 수 있는 것은, 문학의 독자성의 진화보다는 종합적 사상의 일환으로 문학의 진화를 바라본다는 점이다. 〈문학의 이론 및 해석의 서론〉이라는 부제를 가진 몰튼의 『문학의 근대적 연구』는 총 6편 26장으로 된 방대한 저술이거니와, 이 중 제5편이 「철학의 한 양식으로서의 문학」이며, 마지막 제6편이 「예술의 한 양식으로서의 문학」이다. 중요한 것은 어느 쪽에도 저자가 편들고 있지 않다는 점이다.

그 기초적 개념에 있어, 시에 대한 우리의 고찰에서는, 시가 철학의 한 양식이자 동시에 예술의 한 양식처럼 생각된다. 시의, 그리하여, 실제, 문학일반의, 이 두 개의 기능을 각각 평론하는 일은 가능하다. 이것이 이 책의 제5, 제6편의 제목이다.
　　　　　　　　　　　　—— 일역판, 혼다 아키라(本多顯彰) 역,
　　　　　　　　이와나미 서점, 1951, 382쪽(이 책의 초역은 1932년임)

몰튼의 머릿속에는 서론에서 그가 밝힌 대로, 영국인의 처지에서 바라본 〈세계 문학〉의 개념화가 설정되어 있었다. 『성서의 문학적 연구——성전에 나타난 문학적 형식의 설명』에 긴 세월 종사해 온 그로서는, 세계 문학이란 헬레니즘과 헤브라이즘의 종합적 발전 전개에 다름아니었다. 이 경우, 문학이라 해도 많은 경우 철학(사상)과 문학의 융합된 형태에 속하는 것이었다. 설사 그가 이런저런 이유 세 가지를 들어, 철학에서 문학의 분리를 모색했다 해도 아직 그런 분명한 분리 단계에까지 이른 것은 아니었다. 그가 다음처럼 말한 것을 보면 철학과 문학의 등가사상에 그가 멈추어 있었음이 판명된다.

문학은, 그 내용에 의해 철학과 밀접한 관계가 있고, 취급하는 방법에 의해 예술과 밀접한 관계가 있다. 문학의 내용을, 그것이 흡사 유일한 철학인 것처럼 취급하여 예술의 요소를 무시한다면 그것은 가장 좁은 문학 연구라 생각될 것이다. 전체를 문학적 예술적 문제로 보고, 문학은 또 철학의 한 양식임을 간과한다면 이 또한 좁은 문학 연구의 개념이다.
　　　　　　　　　　　　　　　　　　　　　　　　—— 같은 책, 428쪽

이러한 철학, 문학의 대등한 지위 설정에도 불구하고, 몰튼의 마음의 흐름은 철학 쪽으로 좀더 기울어진 것이 아닐까. M. 아놀드의 유명한 명제인 〈문학(시)은 인생의 비평〉을 들어 몰튼은 이 귀중한 명제가 통속어 속에 유통되었음을 지적한다. 아놀드는 비평을 〈사물을 있는 그대로 보는 힘〉이라 이해했다. 과학의 기능도 역시 마찬가지다. 그러나 근대와 고대를 현저히 구별하는 과학은 전문화로 개괄된다. 과학에 기초를 둔 세밀한 관찰을 통한 사물의 개괄적 파악은 전문가들의 협력 없이는 불가능하다. 인생이 과학적 취급의 재료가 되는 경우는 어떠한가. 전기, 사회학, 심리학 등에 있어서의 인생의 유일한 모양은 일면적으로만 사고될 뿐이어서, 완전한 의미로서의 〈인생〉일 수 없는 것이다. 〈이러한 의미에서의 인생은, 그것을 해부한다면 인생을 죽이지 않으면 안 될 것〉(같은 책, 407쪽)이라 말했을 때, 몰튼의 마음의 흐름이 뚜렷이 느껴진다.

많은 식민자(植民者)를 배출한 모국인 문학이 〈인생의 비평〉을 지배하는 통치권을 갖는다 함은, 이 직능을 다하기 위해서는 〈전문화되지 않은 철학〉이 아니면 안 된다는 것이다. 〈과학이란 인생(생명)을 죽이는 행위〉라는 비유를 몰튼이 사용하고 있었음을 김동리가 간파했다고 보는 것은 자연스럽다. 근대 교육과 담을 쌓은 중학 중퇴의 김동리가 독학으로 문학 공부에 나아갈 때 몰튼의 이 저술만큼 권위 있는 것은 없었다고 보는 것도 자연스러운 일이다. 이 저술이 겨냥한 것은, 제목과는 달리 영국의 처지에서 바라본 세계 문학이었고, 그것은 바로 세계 문학에 대한 총체적 해석이었고, 또한 이론이기도 한 것이었다. 그리고 그 핵심은 〈인생의 서사시〉에 놓여 있었다. 이 중요한 사실을 알아차린 것은 물을 것도 없이 김동리의 직관이었을 것이다. 근대 교육을 받지 않았던 것이 김동리의 직관 함양에 도움을 주었다고도 볼 수 있을지 모른다. 잡다한 그리고 전문화된 근대 교육의 지식에서 멀어져 있을수록 직관은 때묻지 않고 그 본래적 총기를 지킬 수 있었을 터이다.

8 몰튼 비판

영국의 권위 있는 문학자 몰튼이 그의 주저인 『문학의 근대적 연구』에서 〈예술의 한 양식으로서의 문학〉과 〈철학의 한 양식으로서의 문학〉을 이원론적 견지에서 양립시켜 놓은 논리는 너무도 당연해서 유명한 것이다. 여기서 자기의 문학관을 어디다 두느냐는 것이 문제가 된다.

—— 「예술인의 고민」, 《민성》, 1950. 5, 58쪽

　　그렇다면 김동리는 어느 편에 서고자 했던가. 〈예술의 한 양식으로서의 문학〉도 〈철학의 한 양식으로서의 문학〉도 동시에 그에겐 마땅치 않았는데, 왜냐하면 이분법의 논리(사고 방식)가 그로서는 도무지 생리적으로 불만이었던 까닭이다. 어차피 이 둘은 일원론으로 수렴될 성질의 것이 아닐 수 없다. 〈구경적 생의 형식〉이란, 철저한 일원론의 세계였던 것이다. 물론 두 양식 중 그의 마음에 드는 것은 후자 곧 〈철학의 한 양식으로서의 문학〉 쪽이었다.

　　그러나 그 〈소설가〉(자기――인용자)의 문학관이 불행히도――혹은 다행일지도 모르지만――후자(철학)에 속하는 경우엔 어떻게 되는가.
―― 같은 글, 58쪽

　　양자 중 택하라면 〈철학으로서의 문학〉임을 김동리는 암시하고 있다. 그러나 자기의 문학관을 〈구경적 생의 형식〉으로 정립한 마당이고 보면 영락없는 일원론의 수인이었던 것이니, 그는 스스로 만든 이 진화론의 최종 목표에 닿고 말았던 까닭이다. 다음과 같은 결론이 나오는 것은 불을 보듯 훤한 것이다.

　　나는 〈예술가로서의 고민〉을 말하려는 것이 아니다. 〈철학가로서의 고민〉은 더구나 아니다. 그러면 문인으로선가. 그렇지도 않다. 나는 나로서의 고민을 말하려는 것이다.
―― 같은 글, 58쪽

　　모든 것이 인간으로 귀착되었다는 점에서 김동리의 선 자리는 휴머니즘이며 〈나〉에 모든 가치 기준 및 우주관을 싣고 있었다는 점에서 보면 그 자리는 영락없는 낭만주의가 아닐 수 없다. 〈나〉가 곧 〈인간 전체〉이자 〈인간 전체〉가 곧 〈나〉이며, 그 외의 것은 아무래도 상관

없다는 생각의 표현 방식이 근대적 장치인 〈인생의 서사시〉였던 셈이다. 〈영국의 권위 있는 문학자〉의 생각보다 한 발 나아간 자리에 섰음을, 김동리는 의심조차 하지 않았을 만큼 확신에 차 있었다고 이 사정을 설명할 수 있을 것이다. 이러한 확신에도 불구하고 그는 「무녀도」와 「역마」의 저자였으며, 이러한 창작(소설)을 통해서 비로소 자기의 사상(구경적 생의 형식)을 증명할 수 있었다. 만일 다른 표현 방법이 있었다면 틀림없이 그는 그쪽으로 달려갔을 것이다. 정치든 종교든 사업이든 무슨 상관이 있었겠는가. 이 점에서 보면 「무녀도」와 「역마」는 한갓 우연성의 산물이 아닐 수 없다. 적어도 김동리에 있어 자기 사상의 표현이 가능한 영역으로 주어진 환경은 일반적으로 근대 소설이라 부르는 분야뿐이었다. 만일 그가 국권 상실기의 폐도(廢都) 경주의 가난한 유생 집안 출신이 아니었더라면 사정은 크게 달라졌을 것이다. 이 가정은 단순한 가정이 아니라 무엇보다 구체적임에 주목할 필요가 있다. 곧 맏형 범보 김정설의 존재가 몰튼에 앞서는 김동리의 〈원형〉이었다. 몰튼의 그 〈권위 있는〉 저술조차 맏형의 서재 속에 갖추어져 있었음에 틀림없다(김동리, 「자전기」, 『김동리 대표작선집(6)』, 삼성출판사, 1967, 376쪽). 김범보가 선 자리, 그것이 바로 몰튼을 뛰어넘은 저 까마득한 〈일원론〉의 형이상학이 아니었을까.

그렇기는 하나, 문제는 「무녀도」, 「역마」에로 회귀되지 않을 수 없는 자기 확인에 있었다. 「무녀도」, 「역마」란 어디에 놓이는 것일까. 소설이되 근대 소설의 위치가 아닐 수 없다. 〈인생의 서사시〉의 범주에 드는 것이며 이는 일본을 통해 들어온 근대 소설이 아닐 수 없다(「창작강의(2)」, 230쪽). 그렇다면 이 근대 소설의 범주 내에서 그는 그 대단한 일원론(구경적 생의 형식)을 펼치고 증명하고 논술하고 정리할 수밖에 없지 않았겠는가.

9 몰튼 넘어서기

이 장면에서 하나의 획을 긋는 글이 「우연성의 연구」이다. 이 글의 중요성은, 〈연구〉라는 대단한 표현과 더불어, 〈우연성〉을 표나게 내세움에서 찾을 수 있겠다. 〈인생의 서사시〉로서의 근대 소설이 진실로서 성립되는 조건과 우연성의 관계에 대한 재정립이 요망되는 자리에까지 김동리가 나아가지 않을 수 없었음과 이 점은 표리의 관계에 있다. 근대 소설이 성립되는 조건은 무엇보다 보편성이라는, 리얼리즘의 원칙이다. 개개인의 이런저런 삶이란, 그 자체로는 특수성(개별성)이지만 그것이 인간의 일반적 삶의 형식에 다름아니라는 인식의 틀이 리얼리즘이다. 그 보편성의 원리를 가능케 하는 것이 〈필연성〉이라 불리는 일종의 인식 방법이다. 복선이라고도 불리는 이 필연성의 개념은 일찍이 『시학』의 저자 아리스토텔레스에 의해 역사(사실, 일회성)와 픽션의 구분점으로 제시된 바 있거니와, 〈사실〉과 〈진실〉의 구별점은, 사실이 일회적이고 특수적임에 비해 〈진실〉은 보편적이며 따라서 철학적임에 놓여 있다. 보편성에 이르기 위한 방법상의 개념으로 설정된 것이 플롯이고, 또 그것은 스토리와 구분되는 것으로, 필연성의 도입에 의해 비로소 가능한 사유 형식이었다. 창작 소설(픽션)이란 〈불순물 없는 보편적 진리의 순금〉(『문학의 근대적 연구』, 일역판, 395쪽)이라 할 경우가 이에 해당된다.

그러나, 이러한 설명만으로는 더 이상 돌파할 수 없다는 인식이 김동리를 엄습했는데, 그것은 「무녀도」, 「역마」의 세계에 그대로 머물 수 없다는 생각과 더불어 진행되었던 것으로 보인다. 필연성이란, 잘 따져보면 〈우연성〉의 일종이라 할 수 없을까. 김동리가 「우연성의 연구」를 쓴 시점은 소설 「인간동의」와 동시이다. 「무녀도」, 「역마」로서는 더 이상 감당할 수 없는 세계의 전개 앞에 김동리가 직면하지 않았더라면, 이러한 인식의 전환은 설명할 방도가 없게 된다(본서 제9

장 참조). 6·25가 돌발하기 한 달 직전에 김동리가 「우연성의 연구」
와 「인간동의」를 동시에 펼쳐보였음이란, 한편으로는 그의 한계 돌파
의 시도로 보이지만 다른 한편으로는, 그만큼 새로운 지평 타개에 대
한 그의 야심이 뚜렷함을 드러낸 것으로 볼 수 있다. 대한민국 정식
정부의 문화계 참여에 있어 문화 관료 쪽보다 순문예 창작 쪽으로 방
향성을 확정하고, 《문예》에 전적으로 매달리기로 한 김동리가, 한때
이런 저런 이유로 문화 관료 쪽에 가까운 《서울신문》계 출판국 차장
(실질적인 출판계 책임자)으로 자리를 옮겼다 해도, 그 근본 태도의
변경이라 하기는 어렵다. 조연현의 증언을 빌면, 조연현이나 김동리
어느 쪽이 《서울신문》계로 가도 상관없는 일이었으며, 《서울신문》계
출판국이라 해도 어느 문예지보다 대형인 《신천지》와 《주간서울》의
확보를 위한 방편으로 보이기 때문이다. 《신천지》 확보란, 실상 〈순
문예지를 하나 더 갖게 되는 것과 같은 결과〉(『조연현문학전집(1)』,
250쪽)로 보였던 만큼 김동리의 《서울신문》 쪽 이동은 《문예》의 연장
선상으로 볼 수조차 있는 것이다.

　〈인생의 서사시〉로서의 소설에 전력을 기울이며, 정치라든가 문화
관료 쪽을 과감히 버린 김동리에 있어 지금부터의 활동 무대는 무엇
인가. 오직 문학 창작이 그 해답이다, 문학 창작이되 순문학(본격 문
학)이어야 한다는 것. 이 본격 문학의 창작이란 무엇인가. 김동리 그
도 이 시점에서 정확히 규정할 수 없었던 것으로 봄이 타당할 것이
다. 다만 분명한 것은 종래의 「무녀도」, 「역마」로는 불가능하다는 사
실이 아니었겠는가. 「우연성의 연구」와 「인간동의」가 씌어진 것이 이
를 새삼 증명하는 것이다.

　이 두 글이 제목만 다른 쌍생아라 보는 것은 이런 사정에 관여된
다. 그것은 그가 그 동안 금과옥조로 여겨온 창작 방법인 운명 타개
의 방식에서 크게 벗어난 세계, 곧 절대로 해서는 안 될 터부조차 깨
뜨렸다는 점에서 설명될 수 있다. 〈자살〉이 그것이다.

제2장

정치와 문학 사이

1 사천읍 청년회장의 선 자리

「인간동의」(《문예》, 1950. 5)는 김동리의 창작 중에서 제일 이단적인 작품이다. 6·25가 일어나기 한 달 전에 발표된 이 소설이 같은 시기에 발표된 평론 「우연성의 연구」(《신사조》, 1950. 5)와 쌍을 이룬다는 사실도 주목되는 현상이 아닐 수 없다. 6·25가 일어나기 이전의 한 시기에 그의 삶과 문학이 중대한 변화에 직면했음과 이 사실은 분리하여 논의하기 어렵다. 그의 〈삶과 문학〉이라 했지만 이는 정확한 표현일 수 없다. 당초 그에겐 삶과 문학의 분리란 없었기 때문이다. 〈인생의 서사시〉로서의 문학을 그대로 〈근대 문학〉이라 주장한 몰튼의 신봉자이고 보면 이 갈데없는 일원론이야말로 구도주의(求道主義)의 근거이기도 했던 것이다. 〈먼저 내 자신이, 나의 생명이 어떤 구경적인 구원과 더불어 교섭하려는 것 (……) 넓게 말하여 온 인류가 부하(負荷)한 우리의 공통된 운명을 발견하는 것이며, 이것의 타개를 향하여 우리의 열정을 바치는 것〉(『무녀도』, 1947, 서문)이라는 처지에서 문학을 해온 것이 김동리이고 보면 문학과 인생이란 둘이 아니요, 하나였음이 확인되고도 남는다. 「문학하는 것에 대한 사고」(《백민》, 1948. 3)에서 그는 이것을 〈구경적 생의 형식〉이라 명제화하기조차 한 바 있었다. 구경적 구원이란 무엇인가. 인간의 공통된 운명을 발견하기, 이를 타개하기에 다름아닐 터이다. 석가나 예수나 혹은 마호메트쯤이 아니라면 생심도 할 수 없는 그러한 자리라 하지 않을 수 없다. 다만 다름이 있다면 석가나 예수나 마호메트가 그러한 운명의 발견자였고, 또 이를 타개했다면 김동리는 다만 그렇게 하기 위해 열정을 바치고 있었던 점에서 구별될 따름이다. 그러니까 언젠가 열정 바치기의 끝에 그것이 발견되기만 하면, 그리하여 그 타개 방식이 찾아지기만 하면, 그 순간 그는 석가나 예수나 마호메트와 동격에 이르게 마련이라 할 것이다. 이 점에서 보면 「황토기」(1939)가 제일 뚜렷하였고, 「무녀도」(1936), 「바위」(1936)가 그 다음 순서에 들 것이다.

사람들은 「황토기」나 「무녀도」를 문학이라 하고, 소설이라 하고 심지어 〈근대 소설〉이라 불렀지만, 정작 김동리의 처지에서 보면 절대로 받아들일 수 없는 명칭들이 아닐 수 없다. 문학이나 소설, 더구나 근대 소설을 쓴 것이 아니라 그는 다만 〈구경적 생의 형식〉을 탐구하는 한 인간이었기 때문이다. 비유컨대, 이러한 삶의 방식이란, 모든 색깔이나 냄새나 형상이 〈소리〉로 깡그리 환원해 버린 모차르트나, 모든 냄새나 소리나 감촉 따위가 〈색깔〉로 환원해 버려 다른 어떤 선택의 여지도 없게 운명지어진 반 고흐의 경우와 같다고 할 것이다. 「무녀도」의 작가란, 이 점에 보면 모차르트나 고흐모양 운명적이었다. 매우 불행하게도 그에겐 다른 선택의 여지가 주어져 있지 않았다.

이러한 측면이 김동리의 본질을 규정하는 것이라면, 그가 해방공간에서 펼쳐 보인 문학적 행위란 외도이거나 적어도 그의 본질 규정에서 벗어난 것으로 볼 것이다. 해방이 되었을 때 김동리는 어느 틈에 사천읍 청년회 회장의 자리에 있었다. 1943년부터 붓을 끊고, 사천읍 양곡 배급소 서기였던 김동리가 어째서 해방과 더불어 정치 단체인 청년회 회장으로 변신하지 않으면 안 되었을까. 「화랑의 후예」(1935), 「산화」(1936)의 작가 김동리는, 상허 이태준의 표현을 빌면 〈산골에 있어도 빛난다〉 했거니와, 그는 「무녀도」(1936), 「바위」(1936), 「산제」(1936)를 비롯 「황토기」(1939), 「두꺼비」(1939), 「완미설」(1939) 등의 가작을 연속적으로 내놓은 가장 유망한 신예 작가였을 뿐만 아니라, 기성세대를 대표하는 유진오와 정면으로 대결, 신세대의 문학적인 대변자로서 「순수이의」(1939), 「신세대의 정신」(1940) 등을 발표한 중후하고도 날카로운 평론가이기도 하였다. 이러한 그의 과거의 활약이나 역량이 해방과 더불어 청년회라 불리는 정치적 활동으로 발현되어야 할 필연성이라도 있는 것일까. 이 물음에는 많은 숙고되어야 할 사항이 잠복되어 있음에 틀림없다. 해인사, 다솔사 부근에 묻혀 있던 김법린, 김범보, 금강산 부근에 잠겨 있던 백성욱, 봉선사에 잠복했던 이학수(문허) 등이 해방과 더불어 정치가로 화려한 날개를 펴는 현상을 설명할 수 있다면 김동리의 저러한 변신도 능히 설명될 것임에 틀림없다.

문학(종교적 겉옷을 입은 정치)이 정치의 내면화였던 까닭이다. 김동리의 해방공간에서의 평론 활동도 이 연장선상에서 설명될 수도 있겠거니와, 또한 그렇다면 「무녀도」로 대표되는 김동리, 혹은 「야한기」(1938)로 대표되는 허준의 그러한 문학이란 기껏해야 정치의 내면화라 할 수 없겠는가. 그러니까 유진오, 임화 등을 싸잡아 정치적인 문인이라 매도하고, 신세대야말로 순수(고민)하다고 외친 김동리의 도저한 평론 「신세대의 정신」이란 기껏해야 정치적 발언에 지나지 않는 것. 피장파장이라 할 것이다. 이러한 곡절을 통하지 않는다면 해방과 더불어 「무녀도」의 작가 김동리가 사천읍 청년회장으로 〈변신〉하였던 것은 설명할 방도를 얻지 못하게 된다. 뿐만 아니라, 이 점이 중요하거니와, 해방공간에서의 저러한 김동리의 눈부신 논쟁가로서의 활동을 이해할 수 없게 된다.

「무녀도」, 「황토기」가 기실은 정치적 행위의 내면화에 지나지 않는다는 사실, 이것은 아무리 강조되어도 지나침이 없다. 「신세대의 정신」이란 임화, 유진오로 대표되는 이 나라 근대 문학(사상)에 대한 안티테제로 제시되었을 때 비로소 긴장력을 획득한 것이었고, 그 근대 문학(사상)이 마르크스주의였음을 염두에 둔다면 신세대 정신이란 마르크스주의의 안티테제였음이 판명되기 때문이다. 어느 쪽이나 정치적 범주이기는 마찬가지가 아닐 수 없다. 극단과 극단의 대립의 양상이었던 이 정신적 드라마란 근대(성)와 반근대(성)의 대립으로 정립될 성질의 것이다. 이 경우 주목할 대목은 무엇이겠는가. 〈근대와 반근대〉란, 그것이 함께 근대 속에 내속(內屬)된다는 사실이 아닐 수 없다. 반근대가 근대를 부정하고 비판하기 위한 방법론이라면 그것은 어떤 경우에도 근대의 속성을 초월할 수 없음이 원칙이다. 김동리와 김동석의 논쟁이 성립되는 것도 그들이 함께 이 좌표 위에 서 있었기에 가능했던 것이다.

2 「윤회설」의 정치적 성격

해방이 되었을 때, 「무녀도」의 작가 김동리의 첫 작품이 「윤회설」(1946)이었음에 주목하지 않을 수 없는 것은 바로 이 사정에 관여된 까닭이다. 「윤회설」이, 「두꺼비」(1939)에 이어져 있음은 의심의 여지가 없거니와, 그것을 해방공간에 적용했을 때 과연 어떻게 되었던가. 문학가동맹의 초대 서기장인 이원조는 이 작품에 대해 그것이 영락없는 〈정치 소설〉임을 지적하고 다음과 같은 비판을 해놓고 있었다.

　김동리 씨는 일찍부터 지금도 소위 순수 문학을 주창하는 분이고, 그 순수 문학의 내용인즉 문학의 정치와의 대립이라든지 또는 인간성의 존중이란 이러한 관념적인 몇 개 조항을 들고 나서는 것인데, 그러한 김동리 씨가 제목만 〈윤회설〉이라 해서 김동리 씨(派)파의 순수 문학 냄새만 풍기고 실상 엄청난 정치 소설을 썼다는 것은 그 주창하는 순수 문학이란 것이 관념적 유희가 아닌 한 실로 그 기개 장(壯)타고 할 만하나 씨가 제일 싫어하고 멸시하는 정치 소설도 써보던 사람이 써야 어느 정도 어울리지 씨와 같은 신출내기가 쓰다가는 망신만 당한다는 것은 이 작품에서 설명되었다.

—— 이원조, 「허구와 진실」, 《서울신문》, 1946. 9. 1

　무슨 까닭으로 이원조는 「윤회설」을 서슴없이 〈엄청난 정치 소설〉이라 규정하고 있는가. 첫째, 주인공 종우(「두꺼비」의 주인공 종우가 해방 직후 마침내 결혼하게 되는 과정과 동부인해서 민족주의 계열의 군중 집회(서울운동장)에 참가한다는 내용)란 위인은 갈데없는 과대망상, 성격 파산자이며 다른 등장인물들도 한결같이 허수아비에 지나지 않는다는 것. 이는 인간성 옹호와는 너무도 거리가 먼 행위에 해당된다는 점이다.

　둘째, 이 점이 중요하거니와, 정치적 현실을 왜곡했다는 점.

　가상적 현실도 아니고 바로 작가와 독자가 함께 이문목도(耳聞目睹)한 현실적 현실까지도 왜곡되었으니 이 작품 종말에 주인공이 혜련과 결혼해 가지고 서울운동장에서 열린 대한독립촉진국민회 주최인 독립쟁취 국민대회에 나간 일이 있다. 거기에 군중이 많이 모인 것을 보고 혜련이 감탄하기를 〈광고가 어제 나붙었는데 하룻밤 동안 어쩌면 사람이 이렇게 많이 왔을까〉 하니, 종우는 〈이런 데서 민족혼을 알 수 있지〉 하였다. 그러나 우리가 알기엔 그 국민대회는 미소공위(美蘇共委)가 휴회되던 날부터 종로네거리와 광화문통 큰 집마다 라우드 스피커를 놓고 누구를 죽여라, 소련과 공산당을 타도해라 하면서 내인(來人) 거객(去客)을 선동하기를 며칠을 두고 한 것인데 하룻밤 동안이란 것은 멀쩡한 거짓말이다. 순수 문학(?)도 여기에 이르면 극치일 것이다.

—— 같은 글

이원조로 하여금 〈엄청난 정치 소설〉이라 부르게 한 그 핵심 대목이, 〈현실적 현실〉인 독립쟁취 국민대회에 관련되었음이 윗글에 드러나 있다. 제1차 미소공동위원회(1946. 3. 20)가 개최되었으나, 임시정부의 조직에 대한 참여 범위를 둘러싸고 결렬(1946. 5. 6)된 바 있거니와 이에 우익 진영에서는 자율적 정부수립 촉진대회(5. 12)를 개최했던 것이다. 「윤회설」의 주인공 종우의 선친 기일이자 종우와 혜련의 결혼식이 동시에 있었던 날짜가 5월 11일이었고 그 다음날이 바로 일요일(12일)이었다. 독립전취 국민대회(獨立戰取國民大會)가 서울운동장에서 열린 것은 12일 하오 1시였으며 이승만 박사, 김구 선생, 김규식 박사를 명예회장으로 추대하고 자주독립에 불타는 각 정당, 애국 단체, 각 사회 문화 단체, 관공서, 산업 단체 등이 참가하였는바, 그 취지는 아래와 같았다.

오늘 이 대회에서는 38선 철폐 요구와 조선 독립의 국제공약 실천과 미소회담 휴회에 대한 국제적 여론을 소리 높이 환기하여 우리 반탁진영의 진정한 애국심을 세계에 호소하고 각 단체의 결의를 표명한 다음 시가행렬로서 자주독립의 기를 드날리기로 되었다.

——《동아일보》, 1946. 5. 12

1946년 5월 9일, 미소공동위원회 소련 대표의 철수로 말미암아 〈초조한 심사를 걷잡을 수 없어 벌써 사흘째나 서울 거리에는 가슴을 부

둥켜 안고 허둥지둥하는 수천 수만의 사람들의 그림자를 볼 수 있다〉
(《동아일보》, 1946. 5. 12)라는 점이 보도되었고, 정작 12일에 모인 인
파는 10만 명이며 오하영, 함상훈, 유철, 백남홍 등을 비롯 참가 단
체는 한민당, 조선불교총무원, 조선사회문제대책협의회, 신생회, 조
선기독회, 신민회, 기독교연합회, 조선민주당, 독립학생전선, 국민연
맹, 반탁전국학생총연맹, 조선문제대책중앙협의회, 신한민족당, 한국
건국청년회, 고려청년회, 민중의중회, 광복청년회, 서북협회, 건국동
지회, 독립촉성국민회, 문필가협회, 청년문필가협회 등등이었다(《동
아일보》, 1946. 5. 12). 여기서 말하는 〈청년문필가협회〉란 김동리 중심
의 〈청년문학가협회〉의 오식이 아닌가 추측되거니와, 요컨대 독립전
취 국민대회의 성격은 우익 단체의 모임과 그 이념에 있는 것으로 볼
것이며 그중에서도 한민당이 주축이었다. 김동리계의 문인들도 이에
적극 참여했음을 짐작게 한다. 「윤회설」을 두고 〈엄청난 정치 소설〉
이라 규정한 이원조의 지적은 이러한 문맥에서 나온 것이다. 「윤회
설」의 두 가지 점에 대한 이원조의 비판이 얼마나 김동리 및 그 지지
세력에 있어 치명적이었는가는 다음 두 가지 사실에서도 능히 엿볼
수 있다. 최태응에 의해 제기된 이원조의 과거 행적 묻기가 그 하나.
이원조의 「문화의 이념」(《인문평론》, 1940. 7, 105쪽)을 들어, 〈황군(皇
軍) 세상일 때는 〈황군 만세〉만이 걸작이라 하고 찬탁파 기관에서는
〈탁치 지지 만세〉가 걸작이라고 하는 비평 태도〉(최태응, 「비평의 윤
리」, 《민주일보》, 1946. 9. 8)를 보인 이원조가 민족이니 문학이니 운운
함은 〈이광수 씨가 대통령 출마하겠다는 것보다도 더 얌치 없고 외람
되고 천인공로할 희비극〉이라고까지 최태응은 표현하고 있거니와 이
러한 대응이 문학적일 수 없음은 다시 말할 것도 없다. 다른 하나는,
이 점이 중요하거니와, 이에 대한 당사자인 김동리의 반응이다. 당시
중도파의 처지에 섰던 홍효민조차도 「윤회설」의 작가가 〈반동인 데
서서 마르크스주의에 대하여 빈정거리는 태도는 삼갈 바가 아닐까 한

다〉(「해방 이후 소설계의 회고와 전망」, 《신문학》 제4호, 126쪽)라고 할 만큼 「윤회설」이 던진 충격은 컸으며 그 충격은 〈정치 소설〉적 의미에 관련되었던 것이다. 정작 김동리 자신은 이 과제에 침묵으로 일관했음이 드러난다. 자기 작품에 대해 반론한다는 것이 작가의 일반적인 관행이 아니라는 점도 있었을지 모르나, 문제는 그보다 한층 심각했던 것이었다. 「윤회설」이 〈엄청난 정치 소설〉이 되고 말았다는 지적은 「순수이의」(1939), 「신세대의 정신」(1940)의 이론가이자 「무녀도」(1936), 「황토기」(1939)의 작가 김동리의 이미지를 크게 손상시키는 행위가 아닐 수 없음을 무엇보다 김동리 자신이 깨달았을 터이다. 이원조가 친일파였다면 그 친일성을 비판할 수 있는 거점은 「무녀도」라든가 「신세대의 정신」이 아니면 안 되었다.

3 정치성 탈각과 「무녀도」 개작

「윤회설」이 김동리의 해방 후의 첫 작품이며 그것이 〈엄청난 정치 소설〉이었다 함은, 해방 직후 그의 첫 활동이 사천읍 청년회 회장이었음에 엄격히 대등된다. 이 사실은 「무녀도」, 「신세대의 정신」의 진정한 문학가 김동리가 해방과 더불어 그의 청년기의 온 열정을 다 바친 문학을 헌신짝처럼 버렸다고 보지 않을 수 없게끔 만들어놓았다.

이 시점에서 김동리의 나아갈 길은 「무녀도」에로 복귀할 것인가, 계속 「윤회설」 노선으로 나갈 것인가에 있을 뿐이었다. 계속 「윤회설」 노선으로 나가기란, 청년문학가협회의 이론분자로서 정치적 활동을 계속함에 연결되는 것이며, 「무녀도」 노선으로 나가기란, 그러한 창작을 하는 길이 아닐 수 없다. 이러한 딜레마를 해결하기 위해 그가 얼마나 고민했는가를 알아낼 수 있는 것 중의 하나가 「윤회설」의 철저한 은폐로 드러났다. 그가 어떤 창작집에도 「윤회설」을 싣지 않았음이 그러한 사례 중의 하나이다(『김동리 전집(2)』, 민음사, 1995에 수록된 것이 처음이다). 그의 창작집 편찬 방식으로 보면 이 점이 뚜렷하다. 이 딜레마의 극복이 쉽사리 이루어질 이치가 없음도 명백하다. 사천읍 청년회장에서 청년문학가협회장 사이의 이동이란 〈순수 정치〉에서 〈정치 문학〉으로의 이동으로 볼 수 있을 것이다. 「윤회설」이 놓인 자리란 그러니까 〈정치 문학〉으로 이동하는 과정의 한 산물이라 규정된다. 그렇다고 「윤회설」에서 일거에 「무녀도」나 「황토기」로 나아갈 수도 없었을 것이다. 시국을 다룬 「혈거부족」(1947), 「지연기」(1947)도 써야 했고, 여순 반란을 다룬 「형제」(1949)도 쓰지 않을 수 없었을 뿐 아니라 장편 「해방」(1949. 9-1950. 2)으로도 나아가지 않으면 안 되었으리라. 이는 그가 청년문학가협회장이었다는 사실과도 엄밀히 대응되는 것이었으리라.

이러한 중간 과정을 겪으면서 마침내 그가 저 「무녀도」, 「황토기」의 높이를 회복하는 결정적인 계기가 찾아왔으니 「달」(1947)과 「역마」(1948)의 창작이 그것이다. 「달」과 「역마」가 「무녀도」, 「황토기」에 대응된다는 것, 이 두 작품이 〈순수 정치→정치 문학〉을 거쳐 〈순수 문학〉의 자리에 놓인다는 사실이야말로 강조되어 마땅한 대목이 아닐 수 없다. 이원조도 그 누구도 감히 겨눌 수 없는 김동리의 독보적인 영역인 까닭이다.

「달」과 「역마」가 「무녀도」와 「황토기」에 대응된다 했거니와 이는 또 평론 「문학하는 것에 대한 사고」(1948)에 대응됨을 가리킴인 것. 김동리 창작의 본질 해명은 이 점에 대한 검토와 불가분의 관계에 있다고 할 것이다. 그는 창작집 『무녀도』(1947) 서문에서 이렇게 쓴 바 있다. 〈먼저 내 자신이, 나의 생명이 어떤 구경적인 구원과 더불어 교섭하려는 것 (……) 넓게 말하여 온 인류가 부하(負荷)한 우리의 공통된 운명을 발견하는 것이며 이것의 타개를 향하여 우리의 정열을 바치는 것〉이 문학하는 일이며 그의 창작의 본질이라 규정하고, 「황토기」, 「산제」 계열에서는 「무녀도」 한 편만을 골랐다고 했다. 또한 그는 〈모든 것은 세월이 증명하리라〉고 하고, 〈한 사람의 참된 증언(작품)은 백 사람의 거짓을 이기리라〉고 말해 놓고 있다. 그리고 이러한 주장이 창작집 『무녀도』에만 해당되는 것이 아님을 강조해 놓고 있다. 이로 미루어 볼 때 이때까지만 해도 그는 「무녀도」를 「황토기」, 「산제」 계열로 보았을 뿐만 아니라, 이 계열의 대표작으로 꼽았음을 알아낼 수 있다. 그러니까 김동리 문학의 진수에 해당되는 「무녀도」를 이론화하여 보여준 것이 「문학하는 것에 대한 사고」인 셈이다. 문학하는 형식에는 이런저런 것이 있을 수 있고 따라서 각각 그 존재 이유가 있겠으나 자기의 그것은 〈구경적 생의 형식〉에 있다는 것, 그것에 제일 잘 해당되는 것이 「무녀도」라는 것이었다. 이를 다시 풀어 말해 놓은 것이 (1) 〈인간 운명을 발견하기〉와, (2) 〈이것의 타개를 향한 열정〉인 셈이다. 끝으로 그는 이러한 이론이 중요한 것이 아니고, 〈작품〉(참된 증언)이 전부라고 못박아 놓고 있다. 작품이야말로 제일 중요한 것이기에, 어떤 평론도 이차적이거나 시류에 편승하는 것에 지나지 못함을 암시해 놓은 것이다. 김동석, 김병규 등과의 저토록 격렬한 논쟁도, 작품에 비하면 대수로운 것일 수 없다. 그렇다면 그 대단한 작품이란 어떤 것인가. 「무녀도」가 그 상징적 해답이다. (1) 인간 운명을 발견하기, (2) 이를 타개하기가 그것. 이 「무녀도」의 연장선상에서 씌어진 해방 후의 첫 작품이 「달」이었다.

4 작품 「달」의 등장

〈노를 저을 때마다 작은 나무 배는 삐거걱 소리를 내며 검은 물 위로 미끄러져 흘러내렸다〉라고 시작되는 「달」의 무대는 「무녀도」의 배경인 그 유명한 예기소(藝妓沼)이다. 경주 서북에 있는 이 소는 서천

(형산강)과 북천(알천)이 합수하는 곳으로 〈눈이 꽹과리만한 이무기가
물 속에 살고 있다는 둥, 명주구리 하나가 다 들어간다는 둥, 해마다
사람이 둘 이상 빠져죽어야 한다는 둥 별별 전설이 다 붙어 있는 무
서운 소〉(「혼유설」, 『꽃이 지는 이야기』, 태창문화사, 1978, 228쪽)라 하
여 「혼유설」에도 그대로 등장하고 있거니와, 이 소에 빠져죽은 청년
달이(達伊)의 혼을 건지는 것이 「달」의 내용을 이루고 있다. 달이 또
는 달득(達得)이라고 불렸던 그는 무당 모랭이[毛良]의 아들이다. 과
부된 지 5년 만에 시름시름 앓다 우연히 무당 귀신이 들려 새 무당이
된 모랭이가 어느 달밤 굿을 마치고 돌아오던 도중 같이 굿을 마치고
귀가하던 화랑(남자 무당)과 배가 맞아 낳은 아이여서 달이 또는 달
득이라 불렀던 것인데, 이 아이가 자라며 동네 아이들과 어울리지 못
한 것은 무당 자식이었던 때문이다. 그는 글방에 가긴 했으나, 서당
의 선생 딸 정국을 사랑했다. 둘의 사랑이 온 동네에 퍼졌고, 그런
지 한 달 뒤에 정국이 소에 몸을 던졌고, 정국이 죽은 뒤 두 해가 지
났을 때 달이도 소에 빠져 죽었다. 정국이 죽은 지 이 년 동안 달이
의 삶은 넋빠진 삶 그것이었고 오직 초승달에서 보름달에 따라 숨이
이어졌다 줄어들었다 하는 그러한 리듬에 지배당하고 있었던 것이다.
그러다가 풋감이 떨어지는 열이레 달밤, 달이는 물 속으로 빠져갔던
것이다.
　달이의 시체를 건지기 위해 모랭이, 달이의 외삼촌인 경보, 머슴
셋이서 배를 젓고 있었다. 시체는 좀처럼 찾아지지 않았다. 장대로
아무리 휘저어 보아도 걸리는 것은 없었다.

　「아니, 누님, 정국이 굿을 먼저 해주면 어떨까」 무당을 보고 경보가
한번 이렇게 물었다. 그러나 무당은 고개를 저었다. 그녀는 아까부터 갑
자기 무슨 귀신에라도 홀린 듯한 얼굴이었다. 갑자기 그녀는 아무것도
보이지도 들리지도 않는 채, 어떤 한 가지 생각에만 정신이 팔려 있는

모양이었다. 숲 위로 둥실 올라온 달이 그녀의 얼굴을 정면으로 환하게 비쳤을 때였다. 그녀는 갑자기 놀란 듯이 배에서 왈칵 뛰어 일어나며

「아아, 저기 달이!」

하고 목이 터지도록 고함을 질렀다.

두 사람도 손에서 갈퀴와 노를 놓아버리고, 무당이 손을 들어 가리키는 쪽을 얼빠진 사람들처럼 멍하니 바라보았다. 그 바다같이 깊고 어두운 수풀 위에 주름살 한 가닥 없이 활짝 피인 달의 얼굴은 과연 떠올라 있는 것이었다. 세 사람은 물 속의 달을 아주 잊은 것처럼 하늘의 달만 쳐다보고 있었다.

──『황토기』, 인간사, 1959, 48쪽

이 결말 부분에서 보듯 「달」은 「무녀도」에 막바로 이어져 있으며 또 그것은, 김동리 만년의 대작이자 그의 필생의 대작으로 남과 스스로가 함께 말하는 장편 「을화」(1978)에도 연결된다는 점에서 김동리 문학의 중간 단계에 해당된다. 조심스럽게 입법 기관 성립에 기대를 걸었다가 그것이 국가 독립과는 무관함을 깨닫고 실망하는 내용의 「혈거부족」(1947)과 거의 동시에 발표된 「달」이, 「무녀도」의 재생이며 그만큼 의식적이었으며 이로써 김동리가 스스로의 창작의 원점에 닿았다 함은 이런 문맥에서이다. 「무녀도」에 비하면 「달」이 단편적이고, 무당의 아들의 죽음이며 따라서 그 구성이나 내용 역시 빈약하지만, 주인공 달이가 자연 속으로 합일되어 감이 그대로 구원이라는 주제상에서 볼 땐 「무녀도」와 조금도 다르지 않았다. 〈엄청난 정치 소설〉을 썼던 김동리로서는 「달」을 발표함으로 말미암아 비로소 그러한 비판을 물리칠 수 있었을 뿐 아니라, 그로 하여금 반정치(反政治)라든가 반근대(反近代)가 실상 정치(근대) 그것에 내속(內屬)된다는 사실조차 알아차리게 했을 것으로 볼 수 있다. 이러한 원점 확인을 좀 더 확실히 한 해방 후의 두번째 작품이 저 유명한 「역마」이다.

5 「달」에 대한 문단의 비판

「역마」가 출현하기까지 문단은 「달」과 「혈거부족」을 거의 동시에 발표한 김동리의 태도에 관해 매우 민감한 반응을 보이고 있었음이 확인된다. 우익 문단의 실질적인 이론적 우두머리에 그가 놓여 있었기에 이러한 반응은 퍽 자연스럽다고 할 수 있다. 중도파 백철의 반응이 이를 대표한 것으로 볼 수 있지 않을까 한다. 「달」을 두고 백철은 첫 줄에 이렇게 썼다. 〈이 작품은 월광을 그린 작품이다〉라고. 〈오직 아름다우려는 것, 그 문장이 아름다울 뿐 아니라 본래 그 제재도 아름다운 것을 골라야 한다는 하나의 문학의 정의가 선다면 「달」은 확실히 유미 문학의 모범〉이라고 백철이 전제했을 때 그의 머릿속에는 분명 「윤회설」은 차치하고라도 「혈거부족」에 대한 깊은 인상이 각인되었음에 틀림없다. 「혈거부족」과는 너무도 거리가 먼 비현실적인 「달」에 대해 문단이 얼마나 당황했는가를 백철을 통해 다음처럼 엿볼 수 있었던 것이다.

물론 이 작품은 작가의 문학 경향으로 봐서 전혀 이례는 아닐 것이다. 「바위」도 주로 자연(뻐꾹새, 배암 등)을 삽입하는 장면, 「무녀도」의 소녀는 달이와 같은 인물이다. 그 대신 최근의 「혈거부족」 등과는 확실히 대치된 것이다. 「혈거부족」 등 근년의 작품에는 현실적인 것이 주조였기 때문이다.

이 작자의 문학이 어느 편으로 본질을 정함인지는 아직 추단키 어려우나 다만 「달」의 경향을 중심해 보면 일찍이 낭만주의 문학이 범한 주관적 관념적인 데 흐를 우려가 있다. 「달」은 현실적인 암시에서 출발된 것이 아니라 「달」이라는 아름다운 제명이 계기가 되어 작품 인물과 내용을 구성해 간 경향이 강하다. 작자가 주관적으로 정한 작품 세계에서 작자는 마음 놓고 그 지상미와 순수에 대한 사모와 동경도 감상(感傷)을 위한 주관성과 서정을 서술해 간 것이다. (……) 그러나 현대 산문학의 기본 방향이랄까 어떤 현대적인 기준을 두고 볼 때는 이런 주관과 상징은 현실을 직접 묘사하기 어려운 경우의 특별한 방편은 될지언정 현대 문학과 통하는 직로는 아닌 것이다.

──「작품 점평」, 《백민》, 1947. 11, 63쪽

1947년도 문단의 창작 평가에서 백철이 내세운 작품은 문학가동맹 측의 대표격인 안회남의 「폭풍의 역사」(《문학평론》 2호), 청년문학가협회의 대표격인 「달」, 그리고 중도파의 대표격인 계용묵의 「바람은 그냥 불고」(《백민》 제4호) 등 셋이었다. 문단의 실세 세 분야에 각각 대응되는 이 평론에서 백철이 제일 고평한 것은 당연히도 그가 지지하는 노선인 「바람은 그냥 불고」 쪽이다. 「폭풍의 역사」란, 〈문학적으로 봐서 크게 성공했다고 보지 않으나 무척 노력한 작품〉으로 평가했다. 이렇게 보아오면 「달」을 제일 처진 작품으로 백철이 평가했음을 알 수 있다.

「달」에 이어 씌어진 「역마」의 경우는 어떠했을까. 같은 청년문학가협회의 김광주는 감명 깊은 작품의 하나라 하고 그 이유를 이렇게 적었다.

치밀한 상(想)이나 빈틈없는 구성이라든지 시와 산문의 경지를 넘어선 씨의 세련된 문장의 묘라든지 이런 것은 이미 정평이 있는 바이니 거듭 말하기를 피한다. 해방 후의 씨의 작품을 일일이 여기 논할 수 없고 또 「혈거부족」의 현실성을 모르고는 내가 이런 소리를 하는 것은 우스운 일인지 모르나 이 작품을 읽고 한마디 부언하고 싶은 것은 씨가 앞으로 씨의 지금까지의 작품세계를 떠나서 성패는 둘째 문제로 하고, 조선 사람의 침통한 운명과 현실과 피투성이가 되어서 싸울 수 있는 새로운 작품의 경지를 보여주었으면 하는 것이다.

———「최근의 창작계」, 《백민》, 1948. 7, 55쪽

김광주가 지적하고자 하는 요지는 「역마」가 김동리 문학의 방향 전환에 해당되는 것이 아닐까 하는 막연한 예감으로 볼 수 있다. 현실 문제와 손을 끊고 조선 사람의 〈침통한 운명〉과 피투성이 되어 추구하는 일, 곧 〈구경적 생의 형식〉으로 나아감을 바라고 있었던 셈이다. 김동리의 문학관이 〈구경적 생의 형식〉이고 보면 이러한 김광주의 바람은 자연스런 것으로 볼 것이다. 만일 그렇게 되었더라면 장편 「을화」가 훨씬 앞당겨 발표되었거나 더욱 커다란 작품이 씌어졌을지도 모를 일이다. 〈인간의 문학이냐〉, 〈당의 문학이냐〉의 도저한 이분법을 내세운 김동리와 같은 처지에 섰던 평론가 임긍재는 어떠했던가. 「폭풍의 역사」와 대비시키면서 임긍재의 「역마」에 대한 평가는 〈민족 문학〉에로 비약하고 있고 그것은 또 김광주의 희망 사항과도 부합하는 편이었다.

문학은 어느 때나 동경하고 영원히 그리워할 수 있는 생명력을 아름답게 표현하는 것이다. 「역마」는 이 점에 부합되는 바가 허다하다. 이러한 의미에서 「파우스트」나 「햄릿」이 독일의 민족 문학이고 영국의 민족 문학이라 할 수 있다면 이 「역마」 역시 조선의 민족 문학이라 할 수 있다.
———「민족 문학 제창 이후의 작품 경향」, 《예술조선》, 1948. 5, 15쪽

김광주의 희망 사항이나 임긍재의 진단과는 달리 김동리는 「형제」(《백민》, 1949. 3)를 씀으로써 그들을 당황케 했다. 여순반란 사건을 다룬 이 작품은 김동리가 「혈거부족」에로 회귀되었음을 가리킴이었던 까닭이다.

김동리 씨의 「형제」, 「심정」, 「유서방」 등의 세 편은 씨의 작년도의

「역마」라는 작품에 비하면 훨씬 하위에 놓여질 작품들이다. (……) 금년도의 씨의 작풍을 보면 작년과는 달리, 아니, 아직까지의 작풍과는 판이한 신개지를 개척하려는 감을 느끼지 않을 수 없다. 「형제」가 그것이다.
　　　　　── 임긍재, 「주관성의 박약」, 《민성》, 1949. 12, 49쪽

「형제」를 두고 임긍재는 〈값싼 인정은 잘못하면 위선에 떨어지기 쉬운 것〉이라고까지 비판해 마지않았다.

「윤회설」→「혈거부족」→「형제」의 현실주의적이자 시사적인 소재 및 주제를 향한 창작 경향을 한쪽 기둥으로 삼고, 「달」→「역마」를 다른 기둥으로 삼으면서 창작을 해온 것으로 이러한 현상을 본다면 김동리의 정치적 감각(이중성)이 뚜렷할 것이다. 그렇지만 창작이 현실을 소재로 하지 않고는 지속적일 수 없음을 염두에 둔다면 오히려 당연한 현상으로 볼 수도 있다. 그럼에도 불구하고 「달」→「역마」 계열에 주목하고, 그것이 김동리 문학의 원점이라 함은 어떤 곡절 때문일까. 이러한 물음이야말로 본격적인 것이라 하겠거니와, 이런 물음을 던질 수 있는 안목을 지닌 문인은 정작 김동리와 제일 가까운 자리에 서 있던 조연현 바로 그였다. 김동리를 제일 잘 알지 않고는 이 본질적 물음이 나올 수 없었다 함은 구체적으로 무엇을 가리킴일까. 김동리 문학의 해명에서 이 물음만큼 결정적인 것은 결코 많지 않을 것이라는 전제 아래서 「역마」를 둘러싼 조연현의 마음의 흐름을 읽는다면, 이는 한편으로는 김동리 본론이지만 동시에 조연현 본론으로도 되지 않을 수 없다. 그만큼 김동리, 조연현은 일련탁생(一蓮托生)의 관계이자 또한 종교와 사상만큼의 커다란 차이를 갖고 있음에 이 사정이 관여된다.

제3장

「역마」론

1 서정주와 김동리

　정해(丁亥)년 신년 벽두 민족 진영의 유일한 종합 문예지 《백민》에 서정주의 「나의 시인 생활 자서」와 함께 「역마」(100매)가 실렸음은 결코 우연이 아닐 터이다. 서정주와 김동리의 관계란, 문학적 친근성 이상의 것이었다. 그 관계가 비롯된 것이 문단 데뷔 이전부터이며 이 둘을 맺어준 장본인이 다름아닌 김동리의 맏형이자 거리의 철학자 김범보이고 보면, 김동리에게 있어 서정주는 유일한 동지요 친구였음이 판명된다. 서정주에 있어 김동리는 다만 여러 친구들 중의 하나였겠지만, 그럼에도 김범보를 정신적 지주로 하는 어떤 정신사적 계보에서 볼 때 역시 김동리는 김범보와 분리시킬 수 없는 그런 존재였을 터이다. 서정주의 시적 편력은 어떠했을까. 스스로 정리해 놓은 것이 윗글의 내용이었다. (1) 향토애를 찾는 시기. (2) 시적 생활이 시를 낳는다고 믿었던 단계. (3) 자기 속의 선악성에 대한 반성과 초극의 단계. 보들레르, 도스토예프스키에의 경도가 그것. 『화사집』의 전반부에 해당되는, 100미터 경주와 같은 생명의 기록이 이에 속한다. 김동리와의 교우 시기가 이에 해당된다. (4) 『화사집』의 후반부의 시기. 지나치게 건강하고 동시에 병적인 이 상태는 스스로 감당할 수 없었다. 혹독한 절망과 앓음을 거쳐 한 개의 형이상학적 성찰에 이른 단계. 관념으로서가 아니라 간헐적이나마 실체로서 그런 감동이 찾아온 것이다. 다르게 말하면 죽은 자들의 숨소리가 정기가 되어 그를 에워싸고 있는 것 같은 의식이 그것이다. 한편 시작의 표현상에서 볼 땐 어떤 과정을 겪었던가. (1) 솔직하게만 표현하기. (2) 정지용 흉내내기. 곧 형용사의 수풀 이루기가 그것. (3) 적정 언어의 단계. 형용사 대신 행동을 표시하는 동사의 집단을 이루어내기가 그것. (4) 일상어의 단계. 〈관념을 표현하기에 조급할 것 없이 몇 년이라도 꾸준히 간직하고 기다리며 거기 적합한 일상의 말들이 스스로이 모아들기만을 바래려는 한 사람일 따름〉(「나의 시인 생활 자서」, 91쪽)이라는 것이다.

서정주의 이러한 내면의 편력에서 주목되는 것은 한시도 주저앉지 않고 방황해 왔다는 사실이다. 이에 비할 때 김동리는 어떠했던가. 김동리의 문학관이 확립된 것은 「순수이의」(1939), 「신세대의 정신」(1940)을 전후로 한 시점이다. 「나의 소설 수업」(1940)에서 김동리는 리얼리즘(진짜 문학)이 「무녀도」에 있음을 정식화해 놓고 있었다. 〈자기의 주관과 세계의 리듬이 일치하기만 하면 진짜 리얼리즘이다〉라는 명제가 이를 가리킴이었다. 이러한 문학관이 도출된 것은, 어느 면에서 보면, 김동리의 개인적 신념의 표현이지만 이것이 그 나름의 공적인 의의를 띨 수 있었던 것은 30년대에 접어들어 방향성을 상실한 것처럼 인식된 문단 사정에서 말미암았다. 최대의 근대주의자 유진오와 맞먹을 만큼의 폭발력을 지녔던 김동리의 문학관이 해방공간에서도 어느 수준에서 유효성을 확보할 수 있었던 것도 해방공간의 문학가동맹측 공식 문학(당의 문학)의 성격이 범박하게 말해 근대주의였음에서 말미암았다. 그렇기는 하나, 30년대의 근대주의와 해방공간의 근대주의가 동일한 것이 아님도 또한 분명한 일이다. 이 두 근대주의의 차이성에 대한 인식이 없거나 빈약할 때 발생하는 경직성에 김동리가 사로잡혀 있었다고 볼 것이다. 「달」을 평가하는 마당에서 〈낭만적 신비적〉이라고 백철이 지적한 것도 이와 관련이 있을 것이다.

　30년대의 근대주의와 해방공간의 근대주의의 차이점은 무엇인가. 제일 뚜렷한 차이는 〈나라 찾기〉와 〈나라 만들기〉에서 엿볼 수 있다. 해방과 더불어 김동리 자신이 누구보다 이 차이성에 민감히 반응했는데, 문학 행위 대신 사천읍 청년회장에 나아간 것이 그 증거이다. 해방 후 첫 창작이며, 〈엄청난 정치 소설〉로 악명을 떨친 「윤회설」도 그러한 증거의 하나로 볼 것이다. 그러나 이러한 차이성의 인식은, 자기 모순을 드러내었는데, 〈엄청난 정치 소설〉로 귀결되고 만 것이 그 증거이다. 평론으로 그러한 정치적 문필 행위를 하는 길은 그 나름의 뚜렷한 명분과 의의가 있었기에 김동리의 이 무렵의 평론은 30년대의 그의 평론과는 달리, 〈나라 찾기〉에 걸맞게 힘찬 전개를 보이고 있다. 그렇지만, 딱하게도 이러한 평론이 〈문학〉일 수 없기에 그는 문학(창작)에로 나아가야 했다. 이 강박 관념은 오직 평론만으로서 있는 논적을 대할 때마다 강렬해졌을 것이다. 그렇다고 〈엄청난 정치 소설〉을 쓸 수는 없었는데, 왜냐하면 정치 소설이란, 소설이긴 하나 평론의 연장선상에 놓이기 때문이다. 「달」이 씌어진 것은 이로써 비로소 설명될 수 있다. 가장 정치적인 평론가인 김동리가 논적 앞에 가장 떳떳이 나설 수 있는 우위성 확보 방식이 바로 「달」의 창작이었다. 가장 비정치적인 「달」이야말로 가장 정치적인 일체의 논리 및 작품을 세차게 물리칠 수 있다고 김동리가 믿었을 때 그는 「무녀도」의 세계로 돌아가고 있었다. 그러나, 앞에서 보았듯 「달」은 「무녀도」의 그림자에 지나지 못했는데, 왜냐하면 해방공간의 근대주의란

30년대 근대주의와 〈나라 찾기〉라는 측면에서 결정적인 차이성을 갖고 있었던 까닭이다. 「역마」가 씌어진 것은, 「달」이 지닌 한계를 넘어서고자 한 점에서 그 의의가 있다. 「달」이 지닌 시적 환상과는 달리 「역마」는 그 나름의 현실적 근거(새로운 인간 운명의 한 가지 발견)를 갖추고 있었기에, 시적 환상과는 단연 구별된다. 그럼에도 불구하고, 「역마」의 세계만으로는 해방공간의 근대주의에 전면적으로 맞설 수는 없었고, 따라서 「혈거부족」, 「형제」 등으로 그 현실성을 보강하지 않으면 안 되었다.

2 조연현의 「역마」관

이러한 김동리의 내면 풍경을 누구보다 정확히 꿰뚫어보고 있는 평론가 조연현이기에 그는 「역마」의 출현에 민감히 반응해 마지않았다. 「운명의 발견과 타개 —— 김동리론」(《문학정신》 제2집, 1948)이 그것이다. 〈당대 무비한 문장과 완벽한 구성력〉이라고 조연현이 「역마」를 규정했을 때, 그는 「역마」를 그의 지론인 〈본격 소설〉의 한국적 모범으로 삼았음이 판명된다. 여기서 말하는 본격 소설이란, 소설의 본질에 배치되지 않는 소설, 소설의 본연의 자세와 그 정도를 벗어나지 않는 소설 또는 자기의 인생 문제를 본격적으로 취급한 소설이라고 조연현은 말하고 있거니와(「본격 소설론」, 《조선교육》, 1949. 2), 이는 순수 문학을 두고 〈본령정계(本領正系)〉의 문학 또는 〈본격 문학〉이라 주장하는 김동리의 견해 (「순수문학과 제3세계」, 《대조》, 1947. 8)를 소설 쪽으로 옮겨놓았다고 보아도 크게 틀리지 않을 것이다. 조연현이 주장하는 본격 소설이란 무엇인가.

첫째, 어떤 인생을 경험하는 형식으로 읽혀진 소설, 곧 독자측에서의 규정 방식을 들 것이다. 〈독자가 읽은 것은 분명히 소설이 아니라 인생 그 자체였던 것〉이라고 말해지는 것은 이 때문이다. 인생을 경험하는 데 우수하니 졸렬하니 하는, 무슨 문학관이 있느니 없느니 하는 종류의 물음이 발생할 여지가 있을 수 없는 경지, 바로 조연현의 출발점이 여기 있었다. 이 점은 김동리론에서는 그 누구도 외면하기 어려운 대목이 아닐 수 없는데, 문협 정통파의 핵심에 닿아 있기 때문이다. 부분적인 비판은 있을 수 있겠지만, 〈구경적 생의 형식〉으로 요약되는 문협 정통파(김동리, 조연현, 유치환, 박목월, 박두진, 조지훈 등)의 기본항이랄까 기본선이 이러한 〈소설 곧 인생 자체〉의 등식에 놓여 있었다고 보아도 크게 틀리지 않는다.

둘째, 소설에 있어 사상이니 인생관이니 세계관이니 하는 것은 사상적인 체계나 형태로서 제시되는 것이 아니라 소설 속에 나타나는 인물의 성격이나 생활이나 풍경이나 장면이나 사건이나 묘사로서 제시된다는 점. 이를 〈내면화된 내용〉이라 부를 것이다. 조연현의 염두에 놓인 그것은 그러니까 언제나 도스토예프스키였고 그 이하도 그 이상도 아니었다. 이 사실은 아무리 강조되어도 지나침이 없는데, 고바야시 히데오(小林秀雄)의 비평에 근거를 둔 조연현의 특유한 강점에 관련되었기에 그만큼 확실한 것이기도 하였다. 김동리의 거점이 범보 김정설의 도저한 동양 사상에 근거한 것이어서 그만큼 확실한 것이었다면, 조연현의 확실성(신념)은 고바야시를 매개로 한 도스토예프스키였다. 한때 서정주도 이에 관련된 바 있지만, 설사 동양 사상과 도스토예프스키의 차이성이 있더라도 인생 전부를 걸고 도박한다는 점(구경적 생의 형식)의 시선에서 볼 때는 동질적인 것이었다.

셋째, 이 점이 중요하거니와, 본격 소설이란, 남이 창안해 놓은 어떤 창작 방법론(진보적 리얼리즘론, 혁명적 낭만주의, 실험소설론, 리얼리즘 문학 등등)의 적용으로 창출한 소설이 아니라 스스로 창출한 형식이어야 한다는 점. 그러니까 〈기념비적〉인 것이 아니면 절대로 본격 소설일 수 없게 된다. 〈작품은 기념비가 되어야 한다〉는 말은 자기의 생명의 표현이 아닌 어떠한 문구의 한 절도 기록하지 않는 20세기의 희유한 시인 릴케의 계명이 아니었던가. 조연현이 이 릴케의 계명을 새삼 깨우친 것은 1949년이었다. 릴케가 말하는 기념비적 작품이란 무엇이겠는가. 어떤 완성과 성취와 노력의 아름다운 결과를 영원히 기념하고 보존하려는 인간의 존경과 감사의 표현을 가리킴인 것. 가장 직접적으로 이러한 모든 조건과 대상이 되어 있는 예술은 생산되는 개개의 모든 작품이 그러한 기념비적인 의의를 갖지 않으면 안 될 것이다. 이것은 〈독자에 대해서만이 아니라 그보다도 먼저 작가 자신에 대해 강요되어야 할 작가의 윤리가 아닐 수 없다〉(『문학과 사상』, 204쪽)라고 조연현이 힘주어 말했을 때 이 속에는 특별한 뜻이 스며있다고 볼 것이다. 작가가 못 된, 또는 작가 아닌 비평가로 스스로를 규정한 평론가 조연현의 남다른 취약점과 자부심이 동시에 작동하고 있었던 까닭이다. 〈문학하기〉란, 이래도 좋고 저래도 좋은 그러한 글쓰기가 아니라 자기 인생의 실천 곧 〈결사적 행위〉가 아닐 수 없다는 결의와 그 실천이기에 이러한 행위가 전제되는 곳은 당연히도 작가 쪽이 아닐 수 없다. 구도 행위로서의 문학, 그것에 모든 것의 출발점이 있는 것이다. 그러기에 생산되는 모든 개개의 작품은 제일 먼저 〈작가 자신의 어떤 기념비〉가 되어 있지 않으면 안 된다. 그렇다면 독자(비평가)측은 어떠할까. 작가 자신의 기념비가 될 수 있는 작품은, 당연히도 〈독자의 기념비〉가 되지 않을 수 없다. 조연현이 돌파하고자 한 것이 무엇이었는가는 이 장면에서 뚜렷하다. 작가 김동리의 〈구경적 생의 형식〉과 조연현의 것이 동일하다는 사실, 곧 비평도 창작과 같은 〈기념비〉에 속한다는 뜻이었던 것이다.

이 장면에서 조연현이 잠깐 도스토예프스키를 비켜나서, 짐멜에 기대고 있음은 인상적이라 할 것이다.

가장 자기를 위한 작품! 자기에게 가장 충실한 작품만이 남에게도 민족에게도 전인류에게도 가장 충실한 작품이 될 수 있는 것이다. 가장 진실한 가장 정확하게 사유하고 노력하는 사람에게 있어 자기의 문제가 아닌 여하한 남의 문제도 있지 않는 것이다. 〈인간적인 모든 문제는 또한 나의 문제이다〉라고 말한 짐멜의 추구의 정신은 처음부터 자기를 떠난 공허한 객관적 진실을 해명하려는 노력의 결론이 아니라 자기에게 가장 충실했던 자기의 인생 문제를 해결하지 않고서는 아무것도 할 수 없었던, 인간만이 도달할 수 있는 진실의 충고이었던 것이다. 그러므로 작가 자신도 아무런 의의를 발견할 수 없는 작품이 독자에게 어떠한 도움을 줄 수 있으리라고는 아무도 상정할 수 없을 것이다.

── 『문학과 사상』, 205쪽

이 인용에서 주목되는 것은 〈가장〉이란 부사의 남용이다. 〈구경적 생의 형식〉으로 명제화된 문협 정통파의 이 메타포의 의의는 계급 제일주의에 맞서기 위한 극단적 표현에 엄밀히 대응된다. 계급이야말로 인류사 발전 법칙(진행)의 〈구경적 인류사의 형식〉이라는 명제에 대응하기 위해 도출된 것이 〈기념비로서의 작품〉이었던 것이다.

3 종교와 문학 대 문학과 사상 구도

이러한 조연현의 작품 제일주의(기념비로서의 작품) 사상은 비평가 조연현의 패배의 선언이자 동시에 비평의 독자성 모색에로 향한 뼈아픈 탐구 정신이 아닐 수 없다. 왜냐하면 김동리에 의해 제기되었고, 도스토예프스키에 의해 확인된 〈문학 곧 소설〉이라는 등식이 성립된 것은 어디까지나 〈소설〉 속의, 그리고 소설만의 영토 속에서의 인식 범주인 까닭이다. 소설 곧 문학이기에 시라든가 평론, 수필, 희곡 등의 기타 장르란 안중에도 없었고 설사 있더라도 한갓 소설 장르의 장식음에 지나지 않는 것이었다. 모든 문학적인 것의 최종적인 거점인 도스토예프스키란 오직 소설 그 자체였기에 그것은 의심의 여지가 있을 수 없었다. 다르게 말하면, 도스토예프스키란 〈한 개의 산 인생이요, 산 현실〉이지 소설도 문학도 아닌 것이었다. 그 이상이자 그 이하였다. 이른바 인생 그 자체이고 인생의 전부였다. 그렇다면 그것은 일종의 종교라 할 수 없겠는가. 〈절대〉인 까닭에 그것은 종교일 수조차 있었다. 작가란 그러기에 〈구도자〉가 아니면 안 되었을 터이다.

　여기까지에 이르면 문학과 종교의 구별점이 제기되지 않을 수 없다. 조연현이 스스로 작가인 도스토예프스키도 김동리도 될 수 없다는 자기 인식이 스며든 증거로 이 사실을 들 수 있다. 〈구경적 생의 형식〉이 종교에 가깝지 문학일 수 없다 하여 김동리의 「문학하는 것에 대한 사고」를 조연현이 비판해 마지않은 것도 이 때문이었다. 작가 김동리와 비평가 조연현을 갈라놓을 그 변별점은 무엇인가. 이 점이야말로 비평가로 입신하고자 하는 조연현, 다르게 말하면 비평가로 될 수밖에 없는 조연현의 자기 규정성이 머문 곳이다. 김동리를 능가하거나 이기거나, 적어도 김동리와 대등한 자리에 설 수 있는 거점은 오직 종교, 문학 구분점밖에는 달리 없었던 것이다. 〈작품은 기념비가 되어야 한다〉가 그것의 논리적 거점이자 심리적 필연성이라 함은 이런 연유에서이다. 작가 김동리를 꼼짝 못하게 스스로의 논리인 〈구경적 생의 형식〉에 얽매어 놓는 방법론으로 고안된 것이 작품 기념비론이라 할 수 없겠는가. 비평계를 휩쓰는 작가 김동리를 작가 고유의 영역에다 묶어두지 않는다면 비평의 영역조차 김동리의 차지가 되고 말 터이다. 이것은 비평가인 조연현에겐 최대의 생존 위협이 아니었던가. 김동리를 얽매는 방법론은 두 가지로 설정되었다. 하나는 〈구경적 생의 형식〉이 종교이지 문학일 수 없다는 문학 독자성의 논리였는데, 이는 문학이 〈사상〉임을 강조함으로, 결국은 스스로를 또한 구속하는 함정이기도 하였다(김윤식, 『해방공간 문단의 내면 풍경』 제7

장). 다른 하나는, 김동리를 〈기념비로서의 문학〉에다 감금하는 방식이었다. 기념비로서의 문학이기에 김동리는 오직 「역마」 수준의 작품만 써야 되며 그 이외에 다른 활동이란 전혀 무의미한 것으로 되고 만다. 기념비 속에 김동리를 묶어놓는다 함의 구체적인 방식은 어떠한가. 조연현에 있어 그것은 〈완성〉을 의미하지 않고 〈출발〉을 의미함이었다. 문학이 종교(완성)가 아니라 사상(출발)이라 주장하는 조연현의 방법론이 빛나는 것은 이 때문이다.

> 작품이란 그것이 여하한 작품이건 작품이라는 것은 한 개의 완성을 의미하는 것이라는 것이다. 완성이라는 것은 완결된 완성만을 말하는 것이 아니라 그보다도 한 개의 새로운 출발의 기초가 될 수 있는 출발의 완성을 더 많이 의미하고 있는 것이다. 이러한 의미에 있어서의 완성이라는 것은 어떤 절대적인 고정된 완성의 개념을 말하는 것이 아니라 다시 전진할 수 있고 다시 변용될 수 있는 출발점의 완성을 의미하는 것이다.
>
> ——『문학과 사상』, 206쪽

조연현이 말하는 〈기념비로서의 작품〉이란 종국적으로는 작가의 윤리를 가리킴이었음이 윗글에서 잘 드러나 있다. 윤리란 무엇이겠는가. 인간적 위엄 지키기랄까 법도 그것이 아니고 새삼 무엇이겠는가. 기념비란, 그러니까 어디까지나 인간적인 것이다. 기념비적이란 완성을 가리킴이지만 여기에는 두 가지 형식이 있게 마련이라는 것. 〈완결의 완성〉과 〈출발의 완성〉이 그것이며, 조연현이 강조해 마지않는 것은 바로 후자이다. 조연현이 이러한 두 가지 〈완성〉 개념을 내세운 것에는 특별한 의미가 포함되어 있는데, 곧 그의 힘들인 평론 「문학의 영역」, 「문학과 사상」에 관련된 것이기 때문이다. 김동리의 명제인 〈구경적 생의 형식〉이 종교에 속한다고 비판하고 종교 대신 〈사상〉을 내세움으로써 조연현이 자기의 독자성을 강조했음은 해방공간의 한 가지 기념비적 사건이라 할 것이다. 그것은 김동석에 있어 〈문학과 생활〉의 명제에 비견될 뿐 아니라 임화의 〈문학과 계급〉의 명제에도 비견되는 내적 형식의 발견이었다. 기념비로서의 작품이 완성을 가리킴이되, 완결된 완성, 〈절대적인 고정된 완성 개념〉이 아니라, 출발점의 완성을 뜻한다고 했을 때 조연현의 전략은 이중적이었던 것으로 볼 것이다. 한편으로는 김동리의 문학·종교 동질성을 비판하면서 다른 한편으로는 그 정당성을 정작 김동리의 「역마」를 통해 증명하고자 함이 그것. 이 전략의 효과는 「역마」를 고평할수록 증대하게 마련이다. 조연현이 「역마」를 두고 〈당대 무비한 문장과 완벽한 구성력〉이라고 극찬한 것은 이러한 전략에서 나온 것이다.

기념비적인 작품(소설)이야말로 곧 본격 문학(소설)이라고 할 때, 조연현의 머릿속에는 〈인생 문제의 구경〉과 대결하는 〈철학적 과제의 발견〉이 으뜸 항목으로 자리잡고 있다. 이 발견으로 말미암아 작가는 자기를 변용하지 않을 수 없게 되며, 따라서 작품 이전과 작품 이후 사이에는 현저한 격차가 있게 마련이다. 이 격차에 주목할 때 비로소 〈구경적 생의 형식〉의 해석에 유연성이 주어지게 된다. 새로운 창작이 나올 때마다 〈구경적 생의 형식〉이 각각 변용되어 새로 마련되지 않을 수 없기 때문이다. 조연현의 「역마」론의 비평사적 의의란 이 점에서 찾아질 성질의 것이다.

4 「역마」와 조연현 비평

「역마」의 서두는 이렇게 시작된다.

화개장터의 냇물은 길과 함께 세 갈래로 나 있었다. 한 줄기는 전라도 땅 구례 쪽에서 오고 한 줄기는 경상도 쪽 화개골에서 흘러내려 여기서

합쳐서 푸른 산 그림자와 검은 고목 그림자를 거꾸로 비최인 채 호수같
이 조용히 돌아 경상, 전라 양도의 경계를 그어주며 다시 남으로 남으로
흘러내리는 것이 섬진강 물이었다.

——《백민》, 1948. 1, 59쪽

이러한 배경 설정은 김동리 특유의 정공법이다. 장편에서나 감당할
수 있는 이러한 거창하고도 완벽한 배경 설정이 겨냥한 것은 구성의
확실성이다. 구성의 견고성이랄까 확실성이란 풍수지리설과도 무관하
지 않겠지만, 김동리의 경우 그것은 작품의 내용을 한정하는 쪽으로
기울어져 있어 길흉화복에 주안점을 둔 재래식 풍수관에서는 크게 벗
어나 있다. 말하자면 이러한 확정된 배경이란 그 자체가 소우주이자
폐쇄된 공간이며, 어떤 주인공도 이 한정된 공간에서 벗어날 수 없게
되어 있는 이른바 운명적 공간이다. 「황토기」에서 이 점이 원형적으
로 제시되어 있거니와, 이 공간에 전설이 깃들이고 있다면 어떤 인간
도 그 전설의 주술적 힘에서 자유로울 수 없게 마련인 것이다.

　주리재에서 금오산 쪽으로 뻗쳐 내리는 두 산맥이다. 등성이를 벌거벗
은 채 십리, 시오리씩을 하나는 서북 또 하나는 동북으로 뛰어 내려와서
는 거기 황토골이란 조그만 골짝 하나를 낳은 것뿐으로 그 앞을 흘러가
는 냇물을 바라보며 동네 늙은이들의 입으로 전하는 상룡(傷龍) 또는 쌍
룡(雙龍)의 전설을 이룬 그 지리적 결구(結構)는 여기서 끝을 맺는 것이
다.

——「황토기」 서두

「황토기」의 서두와 「역마」의 그것이 근본적으로는 동일한 범주에
들지만 전자가 두 산맥이 마주치는 곳에 이루어진 황토골과 거기에
얽힌 전설로 자기 규정성을 보였다면 후자는 산이 아니라 물줄기라는

점에서 동적이다. 산맥이 고정적이며 그것에 이어진 황토골이 운명적이자 또한 남성적이라면, 「역마」에서의 두 냇물과 그것이 합쳐져 생긴 섬진강물은, 운명적이며 고정적이긴 하되, 자주 변할 수 있는 동적 이미지를 떨치어 여성적이라 할 것이다. 황토골의 앞 들이 농토이며 따라서 두레논을 매는 농부의 등장이 필연적이라면, 그리고 이는 남성적 세계라 하지 않을 수 없다면, 두 물줄기가 합해지고, 하동 구례 쌍계사의 세 갈래 길목에 놓인 〈화개장터〉란 무엇이겠는가.

　하동, 구례, 쌍계사의 세 갈래 길목이라, 오고 가는 나그네로 하여 화개장터엔 장날이 아니라도 언제나 홍성거리는 날이 많았다. 지리산 들어가는 길이 고래로 허다하지만 쌍계사, 세이암의, 화개협 시오리를 끼고 많은 〈화개장터〉의 이름이 높았고 경상 전라 양도 접경이 한두 군데일 리 없지만 또한 이 〈화개장터〉를 두고 일렀다. 장날이면 지리산 화전민들의 더덕 도라지 두릅 고사리들이 화갯골에서 내려오고 전라도 황화물장사들의 실 바늘 면경 가위 허리끈 주머니끈 쪽집게 골백분들이 또한 구례 길에서 넘어오고 하동 길에서는 섬진강 하류 해물장사들의 김 미역 청각 명태 간조기 간고등어들이 들어오곤 하여 산협 하고는 꽤 은성한 장이 서는 것이기도 하였으나, 화개장터의 이름은 장으로 하여서만 있는 것은 아니었다.
　장이 서지 않는 날일지라도 인근 고을 사람들에게 그곳이 그렇게 언제나 그리운 것은 장터 위에서 화갯골로 뻗쳐 앉은 주막마다 유달리 맑고 시원한 막걸리와 펄펄 살아 뛰는 물고기 회를 먹을 수 있기 때문인지도 몰랐다. 주막 앞에 느러선 능수버들 가지 사이로 사철 흘러나오는 그 한 많고 멋들은 진양조 단가 육자배기들이 있기 때문인지도 몰랐다. 여기다 가끔 전라도 지방에서 꾸며나오는 남사당 협률(協律) 창극 신파 광대들이 마지막 연습 겸 첫 공연으로 여기서 반드시 재주와 신명을 떨고서야 경상도로 넘어간다는 한갓 관습과 준례가 이 화개장터의 이름을 더욱 높이고 그렇게 하는 것인지도 몰랐다.

　가운데도 옥화(玉花)네 집은 술맛이 유달리 좋고 값이 싸고 안주인 즉 옥화의 인심이 후하다 하야 화개장터에서 가장 이름이 들란 주막이었다. 얼마 전에 그 어머니가 죽고 총각 아들 하나와 단 두 식구만으로 안주인 옥화가 돌아올 길 망연한 남편을 기다리며 살아간다는 것이라 하야 그들은 더욱 호의와 동정을 기우리는 모양이기도 하였다. 혹 노자가 딸린다 거나 행장이 불비할 때 그들은 의례 옥화네 주막을 찾았다.

　「나 이번에 경상도서 돌아올 때 함께 회계하지라오」

　그들은 예사로 이렇게들 말하곤 하였다.

　「역마」의 이러한 배경 설정은 조연현의 지적대로 〈당대 무비한 문장과 완벽한 구성력〉의 시초에 해당되는 것이거니와 또한 그것은 소재를 철저히 지배하는 김동리식 방식 곧 〈구경적 생의 형식〉의 소재 구성력이다. 「역마」에서 이 점이 제일 완벽하게 구현될 수 있었던 이유는 무엇일까. 이 물음은 강조되어 마땅한데, 묘사란 기억 곧 체험과 직결될 때 비로소 빛을 내뿜는다는 일반론에 관련되기 때문이다. 「황토기」에서의 저토록 엉성한 무대 설정과 「역마」의 그것을 비교해 보면 이 사실이 한층 뚜렷해질 것이다.

5　기억과 묘사

　「역마」의 무대인 화개장터란, 작가 김동리에 있어서는 한동안의 마음의 고향이었고, 그를 안주케 한 무릉도원의 성격을 띠고 있었음이 전기적 사실에서도 입증된다(김윤식, 『김동리와 그의 시대』, 민음사, 1995, 제12장 6절 참조).

　청년기 김동리의 제일 간고한 시절, 그가 문학 청년 김종택의 도움으로 화개골을 두번째로 찾은 것은 1942년이었다. 훗날 그는 이렇게 적은 바 있다. 하동읍에서 화개장터까지가 40리 넘어 되었는데 화개장터에서도 20리나 들어가 쌍계사를 건너다 보는 조그만 마을에 있는 양조장이 있었다. 김종택의 집이었다. 화개장터에서 지리산 기슭까지는 30리가 훨씬 넘는 긴 계곡. 그리고 그 30리 넘어 되는 화개 골짜기에는 조그마끔한 부락들이 군데군데 흩어져 있었다. 그 일대의 산촌 사람들이 수요로 하는 막걸리를 이 조그만 양조장에서 공급하도록 되어 있었다. 양조장집 아들 김종택의 서재에는 도스토예프스키 전집을 비롯 헤세 전집, 지드 전집 등이 갖추어져 있었다. 김동리로서는 거의 독파한 것들이었다. 세계사상전집쯤도 있을 법했는데, 김종택의 서재에는 그런 것이 없어 아쉬웠다. 김종택의 권유대로 이 집에 머물면서 그는 화개협 20리 계곡을 걷곤 했다.

그 희고 누르끼리하고 푸르스름하고 가지 각색의 돌 빛갈들 하며 양쪽 산 기슭의 소나무 대나무 대추나무들 하며 모두가 그렇게 별세계같이 맑고 아름답게 보였던 것이다. 더구나 쌍계사 앞에서 지리산 기슭 가까운 세이암까지 가는 길은 갈수록 더 선경을 연상시킨다니까 짐작할 만도 했다.

—— 미발표 원고

1940년 27세의 청년 김동리가 쌍계사에 다녀와 작품 구상을 했고 두번째 방문은 취재 여행이었으나, 맏형의 구속에다 그 자신도 징용 문제로 예비 구속 대상이었던 까닭에 그러한 창작 구상은 불발에 그칠 수밖에 없었다. 광명학원이 폐쇄되어 직장을 잃은 가장인 작가 김동리의 이 시절의 내면 풍경은 암담 그것이었다. 그의 소설은 두 편이나 발표되지 않았고(《문장》의 「하현」, 《인문평론》의 「소녀」), 징용 문제가 또한 가로놓여 있었다. 이러한 절망감에 빠진 김동리에게 화개골은 과연 무엇이었을까.

　쌍계사라고 하면 지리산 기슭의 화개협을 끼고 앉은 풍광으로 이름있
는 옛절의 하나다. (……) 쌍계사는 내 마음속에서 영원히, 아니, 〈영원
히〉란 말이 좀 지나치다면 죽을 때까지 잊을 수 없는 추억으로 남을지
모른다.
　　　　──「염주」, 『꽃이 지는 이야기』, 태창문화사, 1978, 178쪽

무릉도원 그것이었다. 그 풍광은 영원한 아름다움임에 틀림없기에
동시에 그것은 공허한 것이 아니었을까. 소설 따위가 씌어질 그런 장
면일 수 없었다.

　쌍계사라고 해도, 절간에 그냥 신세를 끼치고 있었던 것은 아니고, 그
보다 그 아래 있는 쌍계여관에 내려와 묵는 날이 훨씬 많은 편이기도 했
다. 말하자면, 좀 수상한 손님이 비치거나 공연히 불안한 생각이 들거나
하면 슬그머니 절간으로 올라가 은근히 숨어 있곤 했던 것이다.
　　　　　　　　　　　　　　　　　　　　　　── 같은 글, 179쪽

　쌍계여관에서 쌍계사로 오르는 길목에 서 있는 해묵은 보리수 한
그루. 햇살을 받고 있는 맑고 신비한 나뭇잎이란 무엇인가. 이 속에
놓인 〈나〉란 무엇인가. 「무녀도」의 작가이며 「신세대의 정신」을 쓴
〈나〉란 무엇인가. 이대로 속절없이 세상에서 사라진대도 부처님은 그
냥 미소만 짓고 계실까. 「역마」의 작품 배경이 예사로울 수 없고, 그
러기에 저토록 확실할 수밖에 없고 또 그토록 절실할 수밖에 없는 이
유가 이로써 조금 드러났을 것이다.

6 조연현이 본 「황토기」와 「역마」

「역마」와 「황토기」는 김동리 문학의 원점이다. 이 시각은 무엇보다
도 배경 설정의 유사성과 차이성에서 말미암는다. 「황토기」가 어디까
지나 산맥을 중심으로 한 남성적 구조를 띤 것이라면, 「역마」는 위에
서 상세히 살폈듯 물줄기를 기반으로 한 것이며 여성적 구조로 설정
된 것이었다. 「황토기」의 남성적 성격과 「역마」의 여성적 성격이 과
연 김동리 문학의 본질 해명에 어떻게 관여되는가를 묻는 일만큼 의
미있는 작업은 따로 없을 것이다. 배경 설정이란, 주제를 살리기 위
한 장치랄까 효과적인 수단의 방식이 아니다. 그 자체가 결정적이자
〈구경적 생의 형식〉인 점에서 특히 그러하다고 볼 것이다. 산맥으로
뻗어나간 「황토기」의 황토골 이야기와, 화개골의 물줄기가 굽이치며
이루어낸 화개장터의 배경 설정의 차이가 그대로 남성적 세계와 여성
적 세계의 전개에 대응된다 함에는 많은 설명이 뒤따르지 않을 수 없
다. 그것은, 결과적으로는, 김동리 문학의 본질이 「무녀도」계냐 「황
토기」계냐 혹은 제3의 무엇이냐에로 연결되는 과제인 까닭이다.

앞에서 이미 지적했듯 「황토기」 서두의 배경 설정은, 그것이 작품
내용을 결정적으로 제약하고 있다는 점에서는 「역마」와 꼭같지만 두
작품의 차이로 말하면 「역마」 쪽의 배경 설정이 비할 바 없이 확실할
뿐 아니라 나아가 절실하기조차 하다는 사실이다. 자기의 체험과는
무관한, 추상적 관념적 조작에 의해 설정된 배경이 「황토기」라면, 따
라서 황토골에서 전개되는 인물인 득보와 억쇠도 농민과는 성격이 다
른(두레에 끼어들지 못하는 혼자 농사짓는 부류), 갈데없는 추상적 관념
의 소산이 아닐 수 없다. 이에 비할 때 「역마」는 어떠한가. 물줄기와
길이 마주치는 곳에 펼쳐지게 마련인 것이 화개장터 곧 시장인 셈이
다. 장터란 무엇인가. 인간의 삶이 동시에 모여서 전시되는 곳이기에
그곳은 인간 냄새로 가득찬 풍속의 세계라 할 것이다. 이를 두고 속

세라 한다. 거기에 모이는 장사꾼들이란 어디까지나 정주민인 농민들과 구분되는 유랑민 종류이다. 유랑민과 정주민의 성격을 어느 수준에서 공유한 존재로 설정된 것이 주막이고 주모 옥화이다.

이러한 주모 중에서도 다른 주모나 주막과 변별되는 존재로 옥화를 설정한 것은, 김동리 창작의 낭만적 성격에 알게 모르게 관련된다. 모든 김동리의 성공한 작품이랄까 중요한 작품은 〈소재의 특이성〉에 관련되어 있다. 특이한 소재로서의 인물은 (1) 불구자 또는 병자, (2) 기인 또는 괴짜, (3) 천재 또는 백치여야 할 것이고, 사건이나 환경은 남이 손대지 않은 새로운 것이어야 한다는 것이 김동리식 창작 방법의 원론이다(김동리, 「소재의 특이성과 평범성」, 《신문예》, 1959. 5, 33쪽) 「황토기」도 「역마」도 이 원칙에 따랐음은 새삼 말할 것도 없다.

「황토기」에 비해 「역마」의 배경 설정이 구체적이고, 그만큼 확실한 것은 그것이 작가의 체험에 직결되었음에서 말미암았다. 그러나 이 직접성이 그대로 주인공의 직접성에 연결된다고 할 수 있을까. 바로 이 물음이 제일 문제점이라 할 것이다. 이 물음 앞에 한동안 당황한 비평가가 조연현이었다. 작가 자신도 어떤 의미에선 이 물음 앞에서 한동안 머뭇거렸던 것으로 보이거니와(창작집 『무녀도』에서 「황토기」를 제거한 사실) 조연현의 「역마」에 대한 반응의 중요성은 이 점에서 아무리 강조되어도 지나침이 없을 것이다.

「역마」에 대한 조연현의 비평의 핵을 이루는 것은 정확한 배경 묘사와 완벽한 구성력에 대한 지적이었다. 조연현의 이러한 도달점의 근거는, 김동리가 설정한 「역마」의 배경의 직접성에 있었다. 이것은 조연현의 작품 이해력의 민첩성이라 보아도 될 것이다. 그는 이 민첩성에서 나아가 「역마」의 주제 곧 철학적 사상적인 과제에로 막바로 진입할 수가 있었다.

이 배경의 구체성 속에 인물이 놓이기만 하면 그 인물들은 그대로 생생할 수밖에 없었다. 〈느러진 버들 가지가 강물에 씻기이고 저녁 바람에 은어가 번득이고 하는 여름철 석양 무렵이었다. 나이 예순도 훨씬 더 넘어 되었을 늙은 체장사 하나가 체 바퀴와 바닥가음들을 어깨에 걸머지고 손에는 지팡이와 부채를 들고 옥화네 주막을 찾아왔다〉라고만 하면 그럴 수 없이 생생한 그림이 될 수 있었다. 〈늙은 체장수를 따라 온 열대엿 살 가량 나 보이는 소녀〉라고만 하면 그럴 수 없이 구체적일 수 있었던 것도 화개장터의 배경에서 저절로 가능하였다.

늙은 체장수의 입에서 이런 말이 나오는 것도 순전히 화개장터의 구체성 절실성, 곧 리얼리티의 보장에서 비로소 가능한 것이었다.

나도 젊었을 때는 노는 것을 좋아했지라오. 동무들과 광대도 꾸며 갖고 댕겨 봤는듸, 젊어서 한번 바람 들어놓게 평생 못 잡기 마련이여…… 그것이 스물 살 때 정초잉게 꼭 설흔여섯 해 전일 것이여, 바로 이 장터에서도 하룻밤 논 일이 있었지라오.

노인이 조용히 추억의 실마리를 더듬는 듯 방안을 두리번 살펴보기라도 한다면 모든 것이 한 순간 정지하여 운명의 표정이 거울처럼 나타나게 마련이다.

순간, 옥화는 가슴이 섬짓하였다. 설흔 여섯이라면 바로 자기의 나이와 같은 햇수이기도 하였기 때문이었다. 그리고 또…….
이튿날은 비가 왔다

이 굉장한 압축과 장면 변화란 늘어진 버들 가지가 강물에 씻기고 저녁 바람에 은어가 번득이는 여름 석양 무렵이 가능케 만든 것이며, 물줄기와 그 생명선을 함께 하는 화개골이 가능케 한 것이었다. 「황토기」에서는 감히 찾기 어려운 이러한 장면 구성이기에 「무녀도」만

보아온 평론가 조연현의 눈엔 완벽한 구성력으로까지 보였던 것이고 무비한 문장력으로 인식되었던 것이었다. 이러한 배경의 구체성이 본격 소설로서의 「역마」를 규정했고, 그 연장선상에 그 사상성이 뚜렷이 조연현의 시선에 드러난 형국이었다. 그는 이 사상성을 김동리의 평론에서 막바로 읽어내었던 것이다. 본격 소설이란 그러니까 〈기념비적이어야 한다〉는 것이다. 조연현의 「역마」론의 제목이 「운명의 발견과 타개」로 되어 있음은 이 사실을 말해 주고 있다.

「역마」의 중심 사상은 한마디로 〈역마살(驛馬煞)〉에 있다. 당사주(唐四柱)에서 말하는 시천역(時天驛)에 해당되는 것으로 늘 이리저리 떠돌아다니게 된 액운을 가리킴이다. 사주팔자란, 태어날 때부터 운명적으로 주어진 것이기에 이를 발견하기만 하면 또한 타개할 길도 찾아질지 모른다는 전제 위에 설정된 것이 이른바 당사주의 사유 방식이라 할 것이다. 그것은 죽음을 절대로 피할 수 없는 인간의 안타까움이 마침내 필사적인 심정에서 고안해 낸 종교라는 일종의 환각의 발견에 비견될 수도 있다. 운명(죽음)이 발견되기만 하면 그 타개책은 있게 마련이라는 이 사상이 종교 그것이라면, 역마살(운명)이 발견되기만 하면 그 타개책은 바로 종교와 비견되는 그 무엇이 아니면 안 되는 것이다. 김동리가 〈먼저 내 자신이, 나의 생명이 어떤 구경적인 구원과 더불어 교섭하는 것〉이 자기의 문학이라 하고, 다시 이 〈나〉의 〈구경적 구원〉이 〈온 인류가 부하한 우리의 공통된 운명을 발견하는 것이며 이것의 타개를 향하여 우리의 열정을 바치는 것〉(『무녀도』 자서)이라고 했을 때, 이러한 조건에 제일 잘 맞는 작품으로는 「역마」 오른편에 나설 수 있는 것은 없었다. 적어도 조연현의 안목에 따른다면 작가가 최고작으로 내세운 「무녀도」조차도 『무녀도』 자서의 주장에 비추어보면 미흡하게 보였을 것이다. 주인공 모화의 운명의 발견이란 유추되기 어려운 샤머니즘의 일종이었으며, 예기소에 빠져 죽는 모화를 두고 자연의 질서 속으로 화합해 간 것이라고 할 수도 있긴 하나, 분명 모화의 패배였던 것이다. 합리주의자 조연현의 시선에서 보면, 모화의 죽음이 모화의 승리로 보이는 것은 다만 심리적인 해석이지 논리적 사상적 해석이라 하긴 어려웠을 터이다. 이에 비할 때 「역마」는 어떠한가. 단연 심리적이자 논리적이기도 했던 것이니, 거기엔 죽음이 없었다. 주인공인 옥화의 아들 성기는 그 어미가 〈구름같이 떠돌아다니던 어떤 중〉과의 사이에서 난 인물이다. 그렇다면 옥화의 근본은 어떠했던가. 36년 전 그의 모친과 화개장터에 온 남사당의 하룻밤에 맺어진 씨앗이었다. 그 남사당이 체장수가 되어 딸 계연이와 더불어 지금 옥화 앞에 나타난 것이었다.

성기에게 역마살이 든 것은 어머니가 중서방을 정한 탓이요, 어머니가 중서방을 정한 것은 할머니가 남사당에게 반했던 때문이라면, 성기의 역마운도 결국은 할머니가 장본이라, 이에, 할머니는 성기에게 중질을 시켜서 살을 때우려고도 서둘러보았던 것이고 중질에서 못 푼 살을 이번에는 옥화가 그에게 책장사를 시켜 마져 풀어보려도 했던 것이다. 성기로서도 불경보다는 차라리 장사나 해보고 싶다는 소청이기도 하여, 그러나, 옥화는 꼭 화개장만 보이기로 다짐까지 받은 뒤, 그에게 책전을 내어주기로 했던 것이었다.

성기의 역마살에서 주목되는 것은 그것이 대물림이라는 점이다. 다 같이 화개장터 주막에서 태어났던 모녀로서는 〈별로 누구를 원망할 턱도 없는 어미 딸〉이었던 것이다. 환경의 영향도 없지는 않았으나, 남사당의 진양조에 반해 운명을 바꾸었든가 구름처럼 떠도는 중의 표정에 빠져 성기를 배었다는 것은 그들의 자의적인 선택이라 할 수가 있다. 그들로서는 그러한 선택이 필연이었을 따름인데, 그러한 필연을 가능케 한 기질을 타고난 탓이었으리라. 그렇더라도 이 기질을 운명이라 부를 것까지는 못 될 것이다. 이 모녀에 있어서 그들의 운명이란, 그들 고유의 것이기에 누구를 원망할 수도, 앙탈할 것도 못 되었다. 이에 견주어 볼 때 아들 성기의 경우는 어떠했던가.

그가 시천역(역마살)이 든 것은 그의 행위와는 전혀 무관한 것이기에 그로서는 도무지 어쩔 수 없는 것이었다. 운명이라 부를 수밖에 없는 그러한 조건이 주어졌던 것이다. 그는, 자기의 의지와는 무관한 그러면서도 자기의 일상을 결정하고 있는 이 〈운명〉이란 괴물에 직면하지 않고는 살아갈 방도가 없었다. 성기에 있어 산다는 것은, 이 자기와 무관하게 주어진 운명과 마주쳐 그 실체를 발견하기에 다름아니었다. 그 운명의 실체를 발견하기만 하면 그는 구제될 수 있을 것이다. 역마살에서 자유롭게 되기 위해서 그는 과연 어떻게 해야 될 것인가. 할머니가 제시한 당사주식 방식은 한시적인 〈중질 시키기〉였고, 옥화가 제시한 방식은 〈책장사 시키기〉였다. 그러나 이러한 이중적 장치도 성기의 역마살을 풀기엔 미흡하였다. 일시적 미봉책이었던 까닭이다.

7 조연현의 비평적 한계 —— 후일담의 문제점

여기서부터 김동리가 말하는 〈운명〉의 문제성이 부각되게 마련이었고, 조연현이 간파한 것도 이 장면에 와서이다. 운명이란 무엇인가. 그것이 무엇이든 간에 스스로 〈발견〉해야 한다는 점이야말로 「역마」의 참주제가 머문 곳이었다. 스스로에 의해 발견된 운명이 아니면 그 어떤 방식으로도 그 모습을 볼 수 없는 것이 운명의 본질이라면, 그 〈발견〉의 장면이란 어떠할까. 이 물음에 막바로 이어지는 것이 〈구경적 생의 형식〉 개념이다. 계연이를 떠나보내었을 때 성기가 본 것은 운명의 형식 바로 그것이었다. 그는 죽음을 보고 있었다. 생의 끝이 죽음이기에 그 궁극의 장면에 부딪쳤음이란 〈구경적 생의 형식〉에 마주침이 아닐 수 없다.

　그래 아직 봄이 오기 전 보는 사람마다 성기의 회춘을 거진 단념하곤
하였을 때 옥화는 이왕 죽고 말 것이라면 어미의 심정이나 알고 가라고
그래 그 체장사 영감은……

죽음 직전에야 비로소 드러나는 것, 그것이 운명의 형식이다. 성기
는 스스로의 힘으로 그것을 발견한 것이었다. 운명(계연)에 부딪쳐
그것과 싸워보지 않고는 아무도 운명을 발견할 수 없다는 점을 「역
마」가 보여주고 있었다. 동시에 「역마」는 발견된 운명을 타개하는 방
법론도 제시하고 있었는데, 왜냐하면 발견에서 비로소 구원의 방도가
나올 수 있겠기 때문이다.
　뼈만 남은 아들의 손목을 쥔 옥화가, 결정적인 사실을 발설했을
때, 〈불타는 듯한 형형한 두 눈으로 천장을 바라보고 있던 성기〉가
발견한 것이 바로 자기의 〈운명의 형식〉이었던 것은 이런 사정에서
말미암았다. 〈운명의 발견〉에서 〈운명의 타개〉에 이르는 길은 지척간
이었다.

　그의 발 앞에는 물과 함께 갈리어 길도 세 갈래로 나 있었다. 동남으
로 난 길은 하동, 서남으로 난 길이 구례, 작년 이맘때도 지나 계연이가
한나절이나 얼굴을 대이고 울고 갔다는 늙은 소나무는 올해도 비스듬히
고개져 돌아간 구렛길 산 모통이에 그냥 서 있었다. 그러나 그 소나무를
한참동안 바라보고 서 있던 성기는 어느덧 몸을 돌이켜 하동 쪽을 향해
발을 떼어놓았다.
　한 걸음 한 걸음 발을 옮겨놓을수록 그의 마음은 행결 경쾌하여져서,
멀리 버드나무 사이에서 그의 뒷모양을 바라보고 서 있을 그의 어머니의
주막이 그의 시야에서 완전히 사라져갈 무렵 하여서는, 육자배기 가락으

로 제법 콧노래까지 흥얼거리며 가고 있는 것이었다.

  엿판을 지고, 엿장수가 되어 집을 떠나는 이 장면은 차라리 〈후일
담〉이라 할 수도 있다. 성기, 그는 육자배기조차 흥얼거리며 생기에
차서 가고 있는 것이었다. 그러나 이것은 결코 후일담일 수 없다. 일
찍이 도스토예프스키는 「죄와 벌」에서 〈후일담(에필로그)〉이라는 한
장을 설정, 시베리아의 유적지에서 죄수 생활 하는 주인공 라스콜리
니코프의 모습을 그린 바 있다. 끝없이 맑고 화창한 날씨였다. 새벽
6시경 그는 강기슭에 있는 작업장으로 갔다. 강물이 일렁이는 기슭의
통나무 등걸 위에 걸터앉아 황량하고 막막한 강을 바라보고 있었다.
멀리 보이는 강 건너 기슭으로부터 노랫소리가 어렴풋이 들렸다. 거
기엔 자유가 있었다. 이쪽 인간들과는 조금도 닮지 않은 인간들이 살
고 있는 유목민 천막이 드문드문 보였다. 시간의 흐름조차 정지된 듯
한 곳. 옛날의 아브라함과 그 양떼들이 그대로 살고 있는 정경. 그의
생각은 〈몽상에서 명상으로 옮아갔다〉. 가슴이 괴로웠다. 이때 난데
없이 소냐가 나타났다.

  왜 그렇게 되가는지 그 자신도 알 수 없었다. 그는 느닷없이 눈에 보
이지 않는 힘에 의해 그만 그녀의 발부리에 던져져 버린 것 같은 모양이
되었다. 그는 울면서 그녀의 무릎을 끌어안았다. 처음 그녀는 너무도 놀
란 나머지 얼굴이 죽은 사람처럼 새파랗게 질리고 말았다. 그리고 그 자
리에서 벌떡 일어나 부들부들 떨면서 상대를 응시했다. 그러나 그녀는
곧 모든 것을 이해했다. 그녀의 눈은 그지없는 행복으로 빛났다. 그녀는
깨달았던 것이다. 그가 자기를 사랑하고 있다는 것을, 그지없이 사랑하
고 있다는 것을. 마침내 그 순간이 다가온 것이다…….
—— 이철 역, 『죄와 벌』, 범우사, 644쪽

이 기묘한 〈후일담〉은 무엇일까. 강기슭 저쪽에 있는 유목민의 세계는 아브라함의 시대 그것이었고, 그러한 행복경은 아직도 과거의 것이 아니고 지금도 지속되고 있는 것처럼 보였지만 자연은 라스콜리니코프의 정신을 조용히 어루만져주지 않았다. 그는 괴로움에 젖어 묵상에 빠졌던 것이다. 그의 마음에 무엇이 일어났던가. 작가는 아무것도 적지 않았다. 이미 적을 수 있는 재주 따위가 소용없는 궁극까지 주인공을 이끌어왔기 때문이다. 작가는 다만 주인공이 일으키는 발작적 행동을 보여줄 뿐 기타의 방도를 잃고 있었다. 〈구경적 생의 형식〉의 발견까지가 「죄와 벌」의 작가의 몫(심리학)이었고 그 타개책이란 한갓 〈후일담〉에 지나지 않는 것이었다. 그 주인공의 최후의 행동이 사랑이며 사랑이 그대로 두 사람의 구원이며 운명의 타개라 할지라도 그것은 한갓 〈후일담〉일 뿐이다. 이에 비할 때 비로소 「역마」의 특징 하나가 뚜렷해질 것이다. 〈후일담〉의 없음이 그것인바, 〈운명의 발견〉과 그것의 〈타개〉가 함께 얽혀 있었기에 그럴 수밖에 없었던 것이다. 〈운명의 발견〉과 〈운명의 타개〉가 역마의 작가에겐 동격이며 동시적 현상이라고 할 때 그것은 어느 편이냐 하면 〈운명 타개〉 쪽에 무게중심이 기울어졌음을 가리킴이기도 하다. 이 점에 그것은 종교 쪽에 가까운 일종의 조급성이라 할 것이다.

운명의 발견과 그 타개가 동시적이라고 할 때 그 심리적 경사가 후자 쪽에 있고 따라서 조급성의 일종이라는 시선에서 바라본다면 「역마」는 어떠할까. 기이한 한 편의 이야기랄까 사건으로 전락할 위험이 생기지 않을 수 없을 것이다. 왜냐하면 운명의 발견도 그 타개책도 너무 쉽고 간단한 사건에 지나지 않겠기 때문이다. 논리적으로 분명하고 뚜렷하게 보이는 것은, 이 경우 「역마」의 리얼리티에서 온 것이 아니라 그 사건의 기괴함이랄까 간략함에서 왔던 것이다. 물론 「달」에 비해 단연 「역마」는 많은 리얼리티를 갖추고 있음엔 틀림없지만 주인공 성기의 리얼리티란, 너무도 기괴함이 아닐 수 없다. 작중 인물 설정을 불구자나 백치 또는 기인으로 삼는 김동리 특유의 낭만적 이야기 구성법 자체가 조급성의 근거를 이룬 것으로 볼 것이다.

8 작가로서의 저력 —— 개작 「황토기」

「역마」의 작가의 이러한 조급성을 채 눈치채지 못하고, 「역마」에서 무비의 문장과 구성력의 완벽성을 보아버린 평론가 조연현의 착오는 어디서 말미암았을까. 이 물음은, 자주 되풀이될 필요가 있는데, 왜 냐하면 비단 조연현의 비평 전개의 과제를 넘어선 이른바 이 나라 작 품비평사의 한 굽이가 휘황하게 소용돌이친 대목의 하나에 관련되기 때문이다. 이 중요한 작품 해석사의 내면 풍경을 엿보기 위해서는 김 동리의 제2창작집 『황토기』(1949)를 기다리지 않으면 안 되었다.

첫 창작집 『무녀도』(1947. 5)를 낸 지 두 해도 훨씬 지난 1949년 가 을에 낸 것이 제2창작집 『황토기』이다. 그렇게도 기다리던 대한민국 정식정부가 수립된 지 벌써 한 해도 지났으며 또한 타는 목마름으로 바라던 순문예 월간종합지 《문예》도 창간되었을 뿐만 아니라 정식정 부의 언론 기관의 중심부인 《서울신문》계를 장악한 김동리의 제2창작 집이기에 『황토기』가 놀라운 것이 아니라, 그 놀라움과 눈부심은 정 작 『황토기』 자체 속에 고스란히 들어 있었던 것이다.

이 제2창작집을 내면서 김동리는 저도 모르는 사이에 아주 이상한 목소리를 내고 있었다. 〈나는 어떻게 말해야 좋을는지 모르겠다〉 (『황토기』 후기)라고. 『무녀도』를 내면서도 만 34세의 청년 김동리는 이렇게도 자신만만해 하지 않았던가.

누구를 위하여 무엇을 위하여 작품을 쓸 것인가 하는 것은 각자의 교 양과 역량에 맡기라. 우리 민족의 자주 독립을 위하여, 노동자·농민의 경제적 해방을 위하여 자기 정파(政派)의 선전과 승리를 위하여 자기 자신의 명예와 지위를 위하여 원고료와 인세와 판권을 위하여 우리는 쓴다고 해도 좋을 것이다. 그리고 이러한 것을 전적으로 경멸하고 부인한대서 나는 그 사람을 그다지 대단케 생각하지도 않을 것이다.

——『무녀도』 자서

그렇다면 무엇이 대단한 것일까. 〈문학의 구경적 목적〉이 그 정답이다. 이토록 절대적이고 대단한 정답(목표)을 갖고 매진하는 사람이라면 어찌 망설임이나 의심스러움이 있겠는가. 물론 〈구경적 목적〉의 범주 내에서도 시기적으로 보아 그 우열이랄까 밀도를 문제삼을 수 있겠고, 때로는 스스로도 그 점을 가리지 못하는 대목도 있겠지만, 그럼에도 〈나는 어떻게 말해야 좋을는지 모르겠다〉라는 고백은 썩 예외적이라 할 만하다. 「화랑의 후예」(1935)에서 「산제」(1936)까지 그는 〈그저 소설이란 것이 쓰고 싶어서〉 쓴 것이라 할 수도 있다는 것이다. 이는 문학하는 것 곧 소설쓰기의 단계라 볼 수 있다. 그렇다면 「무녀도」(1936), 「바위」(1936)도 마찬가지의 범주에 들 것이다. 문학한다는 사실에 몰두되어 그는 그냥 소설을 썼던 것이리라. 그러기에 「무녀도」나 「바위」가 아무리 대단하더라도 작가 김동리에 있어서는 대단하겠지만 인간 김동리의 처지에서 보면 한갓 소설쓰기에 지나지 않는다고 볼 것이다. 이 두 작품의 수준이랄까 문학적 성과 및 문학사적 의의가 아무리 대단하더라도 김동리 자신의 처지에서 보면 첫번째 단계에 지나지 않는다. 첫 창작집 『무녀도』에서 말하는 〈인류가 부하한 공통된 운명의 발견과 그 타개〉도 이런 단계를 가리킴이었다고 볼 수 있다.

김동리의 이러한 대단한 생각은, 그로부터 두 해가 지난 시점인 두번째 창작집 『황토기』에 이르러서는 달라졌다고 볼 것이다. 이것이 〈나는 어떻게 말해야 좋을는지 모르겠다〉의 바른 뜻이겠다. 『무녀도』

를 간행할 때만 하더라도 김동리의 위치는 청년문학가협회 회장으로
문학가동맹측과의 대결 속에 놓여 있었고 그 긴장력이 그의 과거의
창작의 평가에까지 뻗어 있었다. 그러나, 그로부터 흐른 두 해의 세
월은 김동리에게도 이 나라 역사에서도 너무도 커다란 변화를 가져왔
다. 그토록 그리던 대한민국 〈정식정부〉의 수립, 순문예 월간지 《문
예》의 창간, 그리고 장대한 문단 저널리즘의 심장부인 《서울신문》계
를 장악한 마당이기에 두번째 창작집과 첫번째 창작집 사이에 단층이
생겼음은 자연스런 일이라 할 것이다. 그 단층의 표정은 아래와 같
다.

  「솔거」 무렵에 와서 나에게는 새로운 고통이 시작되었다. 소설을 쓴다
는 것(혹은 문학을 한다는 것)만으로 나의 인생적 구경은 구원에 통할
수 있는가 하는 문제였다. 문학관이 부지중 종교의 영역을 침범하기 시
작한 것도 이때부터의 일이었다. 그리고 이 문제와 정면으로 부닥친 것
이 「솔거」였다.
  이런 의미에 있어 「솔거」, 「정원」, 「황토기」들은 나의 과거의(혹은 미
래를 통해서도) 문학 생활에 있어 가장 중요한 시기에 산출된 작품이라
볼 수 있다.
  그만큼 이 시기의 추회(追懷) 가운데는 언어로 표현할 수 없는 것이
나에게 있다. 그리고 이것을 표현하기에 그 시절의 나의 문학적 역량은
너무나 미흡했던 것을 기억한다. 특히 「솔거」의 〈혜룡선사〉에 대해서는
이번에 다시 손을 대이면서 비로소 그 심경을 포착할 수 있는 것 같았
다.

                                                  ──『황토기』 후기

  위의 인용은, 단순히 제2창작집 『황토기』의 간행에 대한 해명으로
끝나는 것이 아니다. 그 이상이고 그 이하이다.

첫 창작집 『무녀도』는 「무녀도」를 비롯한 초기작들이고 두번째 창작집 『황토기』는 그 이후의 것들을 수록한 그러니까 단순한 연대순의 배열을 표준으로 한 묶음이라 보기 쉽지만, 그리고 작가도 그런 투로 말하고 있지만 사실을 따져보면 결코 그렇지 않음이 드러난다, 창작집 『무녀도』엔 「동구 앞길」(1940. 2), 「무녀도」(1936. 5), 「바위」(1936. 5), 「산화」(1936. 1), 「화랑의 후예」(1935. 1), 「소년」(1941. 2), 「완미설」(1939. 11), 「혼구」(1940. 2) 등 모두 8편이며, 1935년의 데뷔작에서부터, 해방 이전의 최후작인 「소년」(물오리)까지 포용하고 있었음이 판명된다. 어째서 김동리는 다른 중요 작품, 특히 그토록 대단하다는 「솔거」 그리고 「황토기」조차 몰아내지 않으면 안 되었을까.

9 작가의 승리 ── 개작 「황토기」

이 물음을 떠나면 제2창작집 『황토기』의 존재 이유, 그리고 이에 민감히 반응하지 않으면 안 되었던 조연현의 웅숭깊은 대결 의식과 그 논의 방식 및 김동리 문학의 깊은 곳은 결코 해명될 수 없을 것이다.

제2창작집 속의 저러한 김동리의 발언이 한갓 고의적 실수였을까 혹은 자기도 감당할 수 없는 문학 자체가 가진 다면적 성격 때문일까. 이에 대한 깊은 논의란 어차피 피해갈 수 없는 문학사적 과제의 핵심이 아닐 수 없다.

매우 조급하게도 김동리는 1947년 봄의 시점에서 「황토기」, 「산제」 계열에서는 「무녀도」 한 편을, 「솔거」, 「잉여설」 계열에서는 「완미설」 한 편을 넣기로 했다고 공언한 바 있었다. 말을 바꾸면, 「황토기」 따위, 「솔거」 따위란, 「무녀도」 속에, 그리고 「완미설」 속에 흡수될 성질의 것이어서, 극히 미미한 작품에 지나지 않는다. 적어도

1947년 신춘의 시점에서 김동리 자신의 안목에는 그렇게 보였음에 틀림없다. 이처럼 대수롭지 않은 「황토기」와 「솔거」 따위가, 두 해가 지난 1949년 늦가을의 시점에서 다시 바라다보니 사정이 크게 달라졌다는 것. 이 사실이야말로 김동리의 인간다움(인간의 미완성 과정)이자 그의 정직성이다. 이는 동시에 문학이 지닌 다면성의 본질이기도 하다. 이는 어떤 작품도 시대성의 가치 체계 속에서 출렁댈 수밖에 없음을 〈구경적〉 운운하는 논리 속에서도 승인하지 않을 수 없다는 전제를 김동리 스스로 깨뜨리고 있었던 사연이 아닐 수 없다.

제2창작집 『황토기』에서 김동리가 제일 강조한 부분은 표제로 삼은 「황토기」와 「솔거」이다. 이 둘이, 그 중요성에서 막상막하이기는 하나, 그중에서도 「솔거」 쪽이 한층 심각한 것임을 그는 암시하고 있었다. 어째서 김동리는 두 해 전 『무녀도』를 낼 땐 그런 생각을 하지 않았을까. 그땐 왜 「황토기」 따위란 「무녀도」의 아류(흡수되는 것)라 보았고 「솔거」란 기껏해야 「완미설」의 부록쯤으로 치부하고 말았을까. 이 물음이 문학사적 질서관의 과제가 아니라면 어떤 설명 방식이 유효하게 작동할 수 있을까. 김동리 그는 작가로서 또 인간으로서 저도 모르게 〈전통〉이란 개념에 적응하고 있었다.

제2창작집 『황토기』에 수록된 작품은 모두 8편. 「찔레꽃」(1939. 7), 「생일」(1938. 12), 「솔거」(1937. 8), 「정원」(잉여설)(1938. 12), 「팥죽」(1936. 11), 「황토기」(1939. 5), 「지연기」(1947), 「혈거부족」(1947. 3) 등이 그것. 이 중 「황토기」는 표제로 삼았으니까 은연중 대단한 비중을 두었음에 틀림없다. 그러나 작가 김동리는 맨얼굴(작가 아닌 인간의 처지)에서 「솔거」의 중요성을 강조해 마지않았다. 어째서 「황토기」를 표제로 내세우면서 「솔거」에 모든 비중을 싣고자 했을까. 이 물음은 참으로 중요한데, 왜냐하면 조연현이 이 김동리의 이중성의 틈을 직시할 수 있었고, 이로써 김동리 본질론에 조연현만이 오직 육박할 수 있었기 때문이다. 이 사실이 어째서 강조되어야 하며 또한 중요한 것일까. 이른바 청년문학가협회 다시 말해 훗날 문협 정통파(文協正統派)의 중심 멤버이며 《문예》지의 주간인 조연현의 김동리 비판의 실마리랄까 문제의식이 알게 모르게 『무녀도』의 단계에서 『황토기』의 단계에로 옮겨옴과 깊은 관련이 있다. 이 사정, 그러니까 문학사적 내면 풍경은 은밀하고도 밀도 있는 것이어서 조연현, 김동리의 내적 갈등과 그 효용성 측정에 있어 제2창작집 『황토기』는 섬세한 분석을 요구하고 있는 문제적 창작집이라 할 것이다.

조연현의 『황토기』에 대한 문제제기는 첫 창작집 『무녀도』 및 「역마」에 대한 그의 평가를 수정하는 것이며 이것은 곧 김동리의 문학 본질에 대한 결정적인 평가에 관여되는 것이어서, 그 자체로 문학사적, 좀더 좁히면 소설사적 사건이겠거니와, 여기서는 조연현과는 별개의 문제 곧 김동리 문학에 대한 김동리 자신의 심경 변화랄까 자기 가치 수정의 문제점이 개재된다. 작품 「솔거」에 대한 김동리의 자기 수정이 이에 해당된다.

「솔거」 3부작의 개작

1 어째서 3부작인가

「솔거」란 무엇인가. 창작집 『황토기』의 범주에서 볼 때 「솔거」
(1949)는, 작가 자신의 표현을 빌면 「잉여설」과 「완미설」을 참조해야
된다는 강박적인 주석을 안고 있다. 그러니까 「솔거」는 독립된 작품
이 아니라, 3부작의 하나임을 지적해 놓고 있다. 이 중 「완미설」은
1939년 11월에 발표된 것이니까 순서상으로도 「솔거」(1937. 8), 「잉여
설」(1938. 12) 다음 차례에 놓이는 것이지만, 어떤 이유에서인지 첫
창작집 『무녀도』 속에는 이 작품이 수록된 바 있다. 아마도 3부작 중
한편을 고르는 과정에서 그 최후작 쪽을 선택한 것이 아닌가 추측된
다. 이 가설에 따른다면, 김동리 자신이 아직도 이 3부작이 자기 생
애에서 차지하는 비중의 어떠함을 명확히 깨닫고 있지 못하다고 볼
것이다. 「솔거」에 대한 작가 스스로의 재평가란, 곧 그 작품에 대한
자기 수정이 아닐 수 없다. 「혈거부족」(1947. 3)을 비롯 여순반란사건
을 다룬 「광풍 속에서」(1949. 3)까지 쓰고 난 김동리의 처지에서 지난

날의 작품들을 되돌아볼 때, 「솔거」의 의미가 크게 부각된 것이다.

작가란, 창작을 통해 자기 삶을 실천한다고 말해지거니와, 그것은 또한 자기 창작에 대한 체계화(가치 수정)를 의미한다. 이러한 시선에서 보면 「솔거」에 대한 작가의 반응이 저절로 이해된다. 작품 「솔거」란 그러니까 발표 당시의 「솔거」와 1949년 가을의 「솔거」 두 편이 있는 셈이다. 편의상 전자를 「솔거(A)」 후자를 「솔거(B)」라 부르기로 하고 두 텍스트의 차이에서 작가의 내면 풍경을 엿보기로 한다.

2 「솔거(A)」의 도입부

「솔거(A)」의 도입부는 다음처럼 되어 있어, 상여 소리로 시작되는 「솔거(B)」와 판이하게 다르다.

상여 나가는 소리가 들린다, 어머니는 뜰에서 키에 담을 팥을 가리고 있다. 저녁에는 팥죽을 쑬려는가 보다. 그렇지만 어머니는 몸집은 워낙 조고마한 이가 손은 웬걸 저렇게 크고 억세게 생겼을까.

어—휭…… 어—휭

어—휭…… 어—휭

바람결에 아련히 끊었다 이었다 하며 상여 소리는 높게 처량하게 들려 온다.

「어머니」

「……」

「어머니」

「……」

어머니는 대답을 하지 않는다. 어머니는 귀가 먹은게다.

문득 상여 소리가 그친다. 상여를 쉬고 술을 먹으려는가 보다.

누군지 여자 하나가 노상 울음을 그치지 않는다. 저 상여 속에 들어 있는 것이 아버지뻘이 되는게다. 저이 아버지의 눈이, 수염이, 저 상여 속에 들어 있는 것이 답답해서 그만 내일도 모래도 글피도…… 그리하야 영영이 가버리고 다시 오지 못할 것을 생각해서 저렇게 울음을 진정하지 못하는게다.

도리어 다른 여자들도 수건으로 입을 막으며 모두 고개를 제낀다. 그들은 모두 부끄러움을 잊은 듯이 온 낯을 눈물로 적시고 있다.

으—

어—

길게 뽑는 상대군들의 구성진 목소리와 함께 다시 상여가 뜬다.

앞쪽으로 운삽이 나오고, 명정이 따르고 만서가 이으고 그 다음 꽃송이처럼 나붓나붓 떠오는 것이 그네상여라 한다. 상여는 어릴 때 보나 커서 보나 왜 저리 고혼겐지 모른다. 어디가서 저렇게 찬란한 비단을 가져다 감았을까, 빛깔이 너무 진하다. 눈가이 어뚝어뚝 현기가 나드니 공동묘지에 무지개가 걸린다.

「예수꾼들도 공동뫼터로 가나?」

갑자기 어머니는 발칵 성이 난 목소리로 이렇게 묻는다.

그러나 낯은 조금도 이쪽으로 돌리지 않고 의연히 키의 팥만 드러다보고 있다. 몹시 성난 일이 있는 모양이다. 시방 저래뵈도 저이도 한때는 여간 독실한 예수교인이 아니었다.

「어머니」

「……」

「어머니」

암만 불러뵈야 어머니는 고개도 들상 싶지 않다. 어머니는 그네가 늙은 것을 생각하고 성이 난 모양이다. 나날이 일에 쫓기어 지내노라고 그새 그의 머리가 세어지고 눈시울이 꺼지고 온몸이 뼈와 거풀로 변해지는 것을 그는 모르고 있었던게다. 그러므로 시방 저이는 손도 고개도 꼼짝

하지 않고 앉아 있다. 저이는 여적까지 팔을 가리고 있었는 게 아니라 진작부터 울고 있었던 게다.

「어머니」

「……」

저렇게 저이는 고개를 더 숙으리지 않나. 손등으로 눈물을 받지 않나.

아련히 목메인 상여 소리는 바람결에 높았다 낮았다 하며 어느덧 물을 건너고 모래벌을 지나서 산기슭을 오르고 있다. 문득 그는 저 상여 속에 들어서 가는 이가 자기 어머니인 것을 깨달았다. 그는 그의 어머니 얼굴이, 눈이 저 상여 속에 들어서 산기슭을 오르고 있는 것이 답답해서 그만 내일도 모래도 글피도…… 영영이 가버리고 가맣게 없을 것이 아득해서 어이할까. 아, 엉엉엉……엉엉엉…… 아련히 목메인 상여 소리는 아직도 오색무지개가 하늘거리고 있는 공동묘지로 향해 오르고 있다.

데그렁……데그렁……데거렁……

재호(宰浩)는 자기의 울음소리와 데그렁거리는 요령 소리가 섞갈리는 것을 깨달으며 눈이 뜨이었다. 꿈이었다

——《조광》, 1937. 8, 346-348쪽

이토록 긴 꿈 장면이 끝나자 주인공인 재호의 꿈 깬 장면이 이어진다. 상여의 요령 소리가 꿈의 장면이라면 그 요령 소리가 꿈 깬 시점에서는 옆방에서 들려오는 요령 소리였다. 재호가 누워 있는 승방 건너채 뒷방에서 밤새도록 전날에 죽은 공양주의 위령 염불 소리를 〈누군가〉가 해주고 있었던 까닭이다. 「솔거」 3부작의 공통 주인공인 재호란 인물은 과연 누구인가. 어째서 이 인물이 그토록 문제적이라고 작가는 1949년 늦가을의 시점에서 주장한 것일까. 위의 인용에서 보듯 그는 지금 이상한 꿈을 꾸고 있다. 어째서 재호는 이런 꿈을 꾸고 있을까. 이 꿈의 해석에 임해서는 별도의 분석이 요망되겠거니와, 먼저 주인공 재호의 현재 상태를 분석해 볼 필요가 있다.

3 3부작 전체의 주인공 재호의 자리

재호가 지금 누워 있는 곳은 승방. 정확히 말하면 불이암(不二庵)
무우암(無憂庵) 향일암(向日庵)과 더불어 가야산의 작은 암자 중의 하
나인 대공암(大空庵)이다. 대공암에 거처하며 혜룡선사(惠龍禪師)로부
터 보살계(菩薩戒)를 받은 재호는 지금 정상적인 건강체가 아니었음
에 위의 꿈이 관여되어 있다. 그가 상여 꿈에서 깨어났을 땐 이마에
땀이 솟고 있었고, 앙상한 갈비뼈 속의 야위어가는 심장의 고동을 듣
고 있었다. 감은 눈에는 언제나처럼 〈덩그렇게 빈 터와 엉컬어진 잡
풀〉이 비치는 것이었다. 작가는 괄호를 치고 이렇게 적어놓기까지 했
다. 〈그는 병자의 독특한 감각으로 아무리 어두운 밤중에라도 방안에
서 바깥 날씨를 체질로 깨다를 수 있었다〉(348쪽)라고. 〈이미 처리하
기 어려운 가슴의 병〉을 안고 그가 이 곳 혜룡선사의 산방(대공암)을
찾아온 것은 〈지난 늦가을〉이었다. 지금은 초봄이니까 한 철이 지난
시점이다. 그는 3년 동안 고향에 가지 않았고 소식조차 끊었다. 왜
그래야 했으며 그는 무엇을 찾고 있었을까. 그리고 무엇이 그로 하여
금 〈이미 처리하기 어려운 가슴의 병〉에 이르게 했을까. 작가는 그
이유를 다음처럼 간단히 기술하고 있을 뿐이다.

　재호가 아직 열일여덟 되었을 때 그의 이웃에 그가 마음에 두는 소녀
가 하나 있어서 그는 그를 얻으려 했으나 양편 부모들의 반대로 이루지
못하고 만 일이 있었는데 재호는 그때 그저 그 소녀가 측은했을 뿐 그
자신은 곧 그 길로 또 하나 다른 황홀한 세계를 발견하야 거기 잠김으로
말미암아 별 타격은 입지 않고 지냈더니만 그의 집에서는 그래도 그런
줄을 모르고는 그 길로 그가 그림에 미쳤다느니 또 그 일 이래 근 십년
이나 지난 이제 그것과는 아주 다른 심경으로 오늘날 그가 결혼도 하지
않고 객지로만 돌아다니고 하는 것까지를 모두 그때에 입은 상처가 의외

로 깊었던 것으로만 생각하고 있는 것이었다.

—— 349쪽

　두 가지 정보가 윗글 속에서 판독된다. 재호의 현재의 나이가 대략 27, 8세의 미혼 화가 지망생이라는 점이 그 하나. 다른 하나는 〈이미 처리하기 어려운 가슴의 병〉의 원인이 실연에서 온 상처와 관련되었다는 점.

　소녀와의 사랑이 〈황홀한 세계〉였다면 그것의 금기가 새로운 그림이라는 〈황홀한 세계〉로 대치되었기에 재호의 처지에서 보면 결코 〈가슴의 병〉이라 할 만한 것이 못 된다. 만일 〈가슴의 병〉이라는 표현이 재호측에서 성립된다면 그것은 사랑으로도 그림(예술)으로도 치유될 수 없는 그러한 〈가슴의 병〉이 아닐 수 없다. 이른바 인간이기에 운명적으로 앓아야 될 〈죽음에 이르는 근원적인 병〉이라 할 것이다. 왜 그러냐 하면, 유한한 인간이 금단으로 되어 있는 혹은 과도한 욕심이라 볼 수밖에 없는 〈황홀한 세계〉를 엿보았기 때문이다. 다만 그러한 세계 인식의 계기를 실연이 만들어주었을 뿐이다. 이 작품의 주제 곧 모든 문제가 이 〈황홀한 세계〉에 걸려 있다고 보아지는 것은 바로 이 때문이다.

　한편, 재호의 주변의 인물들 가령 부모 형제라든가 친지들의 시선에서 바라보면 어떠할까. 가령 재호의 형이 〈연만하신 부모님을 두고 나이가 스물이 넘도록 처자도 없이 노상 객지로만 돌아다니니 그것이 어찌 자식된 도리냐〉라든가 〈부모 생존시에 얼른 돌아와 결혼해야지〉라고 이르는 것을 들 수 있다. 형의 이러한 주장 속엔 물론 재호에 대한 어떤 〈회한〉도 들어 있다. 재호의 사랑 사건을 반대한 것이 〈양편 부모〉의 반대였음을 감안할 때 이 점이 잘 드러난다. 그러나 중요한 것은 근본 문제로서, 재호의 〈황홀한 세계〉의 추구 및 그 발견이라 할 것이다. 그 추구에서 발견에 이르는 과정이 바로 「솔거」의 참주제다. 이를 순서대로 정리하면 다음과 같다.

(A) 17, 8세 적 소녀와의 사랑. (황홀 세계 1단계)

(B) 동경 유학의 2년간 미술 공부. (황홀 세계 2단계)

(C) 우연히 단군상(檀君像)이 그리고 싶었음. E미술전에 출품한 「월경(月景)」이란 작품이 입선, 그것을 여비로 하여 학교를 그만두고 귀국, 고향으로 돌아와버림. 단군에 대한 자료를 모으기 위해 헤매던 중, 온양 온천장을 지나다가 우연히 어떤 떠돌이중을 만나, 솔거가 단군상을 여러 장 그렸으나 전해진 것이 없다는 말을 듣는다. 이 말에 문득 〈가슴이 선뜻해지는 것〉이 있어 그 길로 솔거의 유적 찾기에 나섬. (황홀 세계 3단계)

(D) 솔거 유적 찾기에 절망. 솔거의 3대 신품인 황룡사의 노송도, 분황사의 관음상, 단속사의 유마상 등이 있던 자리엔 돌과 풀만 우거진 빈터였다는 것. 인류의 모든 노력(황홀 세계 찾기)이란 한갓 도로에 지나지 않는다는 것. 그렇지만 이를 추구하지 않을 수 없다는 것. 솔거 찾기란, 그러니까 스스로 솔거가 되는 길이 아닐 수 없다는 것. (황홀 세계 4단계)

4 어째서 재호는 화가여야 했던가

작품 「솔거」에서 제일 공들인 대목이 화가 지망생 재호의 스스로 솔거되기에 관한 것이다. 어떻게 하면 솔거처럼 그릴 수 있는가. 솔거의 신품에 이르는 길은 무엇인가. 그 방도를 찾는 한 가지 방편이 바로 불도에의 입문이다. 〈솔거가 옛날 분황사의 중이었음〉에 생각이 미친다면 당연한 순서가 아닐 수 없다.

　　「저도 부처님을 믿게 하야 주십시오」　　　　　── 353쪽

제일 한적한 향일암에서 선정에 든 혜룡선사를 찾아가 재호가 한 첫마디였다. 이튿날 재호는 그에게 보살계를 받고 수계상좌가 되어 그의 지시대로 건강을 돌보며 대공암에 머문다. 이른바 〈선문〉에 든 것이다.

(E) 스스로 솔거되기. 본격적인 불화 공부의 세계에 나아간다.

향일암에서도 그는 그의 스승보다 오히려 거기 있는 나한도(羅漢圖)에 더 마음이 쏠리었다.

—— 354쪽

불화는 본 것을 다시 보아도 결코 염증이 나지 않았다.

—— 354쪽

불화는 큰절 법당을 비롯하야 관음전, 시왕전, 나한전, 칠성전, 산신 각 등이며 각 암자마다 방으로 벽으로 붙어 있지 않은 곳이 없었다.

—— 354쪽

이러한 무수한 불화 중에서도 불이암의 나한도와 무우암의 거장 보살 그림만큼 재호의 가슴을 후벼파는 것은 달리 없었다. 퇴락하여 군데군데 벗기고 뚫린 어둠침침한 곳에 걸린 불이암의 나한도의 특징은 향일암의 그것과는 달리 너무도 날카로웠다. 존자 소빈타를 비롯 낙구라, 법사라, 불다라 등의 나한들을 그린 이 곳 그림의 특징은 어떠했던가.

불이암의 것에는 여러 얼굴들의 개성을 너무 날카롭게 살리려 하였으므로 혹은 영악한 고양이 모양 비슷해진 것도 있고 혹은 슬픈 노새 모양 비슷해진 것도 있고 혹은 영성한 삽쌀개 모양 비슷한 것 혹은 변덕스런 여우 모양 비슷한 것, 혹은 고모양 능글맞은 늑대모양, 암팡스런 딱저구리 모양…… 이와 같이 그들은 여러 가지 동물의 형용을 띠고 나타나 있어 캄캄한 칠야 혹은 비바람이나 치는 어스름으로는 야단스리 저히들의 해골바가지에 푸른 불을 켜고 온갖 난무와 아우성을 칠 것 같은 창백한 의욕이 눅눅한 벽에 가득 스며져 있는 것이었다.

—— 355쪽

새하얀 해골바가지들이 〈오글오글 끓고 있는〉 이러한 나한도에의 경사가 괴기 취향의 일종일까. 귀기(鬼氣)어린 세계란 혹시 〈황홀 세계〉의 한 가지 변형일까. 그렇지 않으면 병자의 비정상적인 환시의 일종이거나 죽음에의 경사일까. 이런 물음이 응당 나올 수 있겠다. 〈황홀 세계〉의 동경이란 결국 죽음에의 동경에 해당된다 치더라도 거기에 이르는 길은 표상의 세계 곧 미의식이 개재되지 않으면 안 되었을 터이다. 종교냐 예술이냐의 갈림길이 거기 있었다. 이 갈림길의 발견이 채 이루어지기 직전의 단계를 보여주는 것이 무우암의 그림이었다.

어느 날 재호는 혼자 무우암의 그림 앞에 가서 아미타불을 보다가 하루 해를 지워버렸다. 하루 종일 보고 있으면서도 〈아미타불〉이라 불러보지 못했던 것이다. 왜? 잊어버렸던 것이다. 부처도 자기도 그야말로 송두리째 잊은 경지였다. 이런 무우(無憂)의 경지란 무엇인가. 바로 종교(불교)의 경지 그것이 아닐 수 없다. 제행무상(諸行無常), 색즉시공(色卽是空)의 경지, 반야(般若)의 세계에 들고 있었다.

그러나 이러한 반야의 경지에 들었던 그날의 체험을 구체적으로 되살려보면 어떠했을까.

(1) 처음에 그는 아미타불 좌우보체에 먼저 눈이 갔다. 왼편이 관세음보살 바른편이 대세지보살. 그들은 모두 초록 장삼 위에 붉은 가사를 두르고 머리에는 화관을 쓰고 손에 연화대를 들고 낮에 노랑칠

을 하고 저희 아미타불을 좌우에서 비껴보고 서 있는 것이었다. 그 아래는 어떠한가. 일광보살 월광보살이 같은 초록 장삼에 붉은 가사, 노랑빛 얼굴, 그리고 화관을 쓰고 저희 아미타불 앞에 버티어 섰다. 관세음, 대세지의 어깨 너머로는 문수, 보현 두 보살이 역시 초록 장삼 붉은 가사에 화관을 쓰고 낮에는 노랑칠을 하여 흡사 쌍둥이 같았다. 그 곁에 금강장, 제장애, 인로왕 등 세 보살이 역시 삼태 모양으로 초록 장삼 붉은 가사, 화관 그리고 낮에 노랑칠을 하고 둘러 있었다.

(2) 이러한 아미타의 권속 중에 속하면서도 자장보살만은 달랐다. 초록 장삼, 붉은 가사, 노랑칠한 낮은 같이 하고 있으나 머리에 〈화관〉이 없었다. 지옥 중생 구원의 원을 세운 그이기에 〈화관도 하나 못 쓴 채〉 지옥으로 내려가 살기 때문이라 한다. 어째서 지장보살이 그토록 재호의 마음을 사로잡았을까.

그가 다른 보살처럼 화관을 못 얻어썼으니 거기 동정해서라든가 그의 의향이 철저하니 그것을 장히 여긴다든가 해서가 아니라 다만 그가 사는 그 새카만 지옥이 곧장 부러웁기 때문이다. 이 보살은 언젠가 향일암, 불이암에서 모든 그 어느 영겁으로부터 내려오는 고달픈 촉수를 가슴에 지녔음인가 왜 이렇게 영영히 중질을 하고 싶어하는 것일까. 그는 생각하였다.

—— 356쪽

〈영원이 중질하고 싶음〉이란 무엇인가. 〈이미 처리하기 어려운 가슴의 병〉과 이 〈중질하고 싶음〉은 동일한 것이 아닐 수 없다. 〈황홀세계〉에 대한 영원한 인간의 동경이라 해도 틀리지 않을 것이다. 처음 재호에겐 그것이 연애(사랑)이었다가 그 다음엔 그림(예술)이었고 이번엔 중질(종교)에 이른 셈이다. 그만큼 재호의 방황이 길어졌고, 사유의 질이 높아진 증거로 볼 수 있다.

관세음보살이 몇만 명 오더라도 재호를 그의 병고에서 구해 줄 상 싶지도 않았고 금강장(金剛藏)이 아니라도 재호는 벌써 인류의 모든 노력이 결국은 허망한 것이라고 깨달아버린 이제요, 제장애(除障碍)가 아니던들 재호에게는 남아 있을 장애란 것도 없었고 인로왕(引路王)이 없어도 재호의 영혼은 스스로 저희 돌아갈 길을 알고 있다고 생각하였다.

—— 356쪽

5 미와 종교 —— 구원의 두 양상

재호의 이 경지는, 솔거를 매개로 하여 그림에서 종교에로 나아감에 해당된다. 솔거의 경지에 이르기라 불러도 마찬가지일 터이다. 그림에서 완전히 화가 자신의 개성을 소멸시킬 때 비로소 신품에 이를 수 있다는 것을 재호는 불화 속에서 어렴풋이 짐작할 수 있었다. 자기 자신(개성)을 완전히 소멸시켜야 나한도(불화)의 경지에 이를 수 있음이란 구체적으로 무엇인가.

그 중생적 미련이 없이는 선 하나도 살아나지 않던 전날의 자기 자신을 이 아무런 개성적 의욕도 신경도 없는 진한 색채에만 비추어보며 생각할 때 전신이 흐렁흐렁 이지러지는 듯한 슬픔을 깨달았다. 어두운 벽에서 어두운 벽으로 날마다 이렇게 작은 암자나 찾아다니며 고향에도 가지 말고 결혼도 하지 말고 평생을 이렇게 산에서 보내구 싶었다. 비가 내리든 바람이 불든 마음이 조이면 조일수록 가슴이 어두우면 어두울수록 진한 채색은 아무리 오래오래 바라보아도 염증이 오지도 않고 이리하여 그의 피와 시력이 저 벽으로 마저 옮겨가는 날 그의 유해는 외로운 버섯처럼 그의 앞에 쓰러지리라 하였다.

—— 257-258쪽

예술과 종교가 일치하는 대목이 위의 인용에서 선명히 드러난 셈이
다. 재호가 도달한 〈자기 자신을 버릴 때 비로소 예술이 가능하리라〉
는 경지는 그 자체가 불교에서 말하는 깨달음의 경지가 아닐 수 없
다. 색즉시공 공즉시색의 경지란, 이 점에서 보면 자기를 버리고 자
기 스스로가 색채로 바뀌어짐을 가리킴이었던 것이다. 자기 자신의
피와 시력이 벽화의 색채와 형상으로 옮겨갔을 때 신품이 탄생하리
라. 솔거도 그러하였으리라. 그렇다면 지금껏 자기를 지탱해 온 피와
살과 그리고 시력 따위란 한갓 티끌이거나 버섯으로 사라져버릴 것이
었다. 재호가 그날 밤 머리를 깎으려 한 것은 이 때문이었다.

　(3) 그렇다면 무엇이 재호로 하여금 머리 깎기(중 되기)를 가로막
고 있었을까. 한 소년의 등장에서 그 실마리를 찾을 수 있다. 당초
이 소년은 한 공양주가 거두고 있었으나, 그가 죽자 올데갈데 없게
된 그런 신세였다. 새로운 공양주에게 맡겨질 그런 처지에 놓여 있었
다. 작가는 작품 「솔거」의 서두에서 주인공 재호의 꿈 장면을 길게
서술해 놓았거니와 이 꿈 장면이야말로 「솔거」의 참주제 및 그 밑그
림까지 보여주는 만큼 자세한 분석이 요망된다.

　재호가 꿈에서 깨어나자 만다라 밑에서 울고 있던 7, 8세 된 소년은
시간이 지나자 새로운 공양주를 맞이하게 되었다. 새 공양주는 조금
모자라는 인간이어서 소년을 형편없이 구박하는 것이었다. 재호가 머
리를 깎고 바야흐로 종교에로 나아가고자 할 순간, 그 소년의 울음이
또 들렸던 것은 이 때문이었다.

　「이 놈애가 시방 어저께부터 밥을 굶어 있습니다요. 그런데 제가 가서
　밥을 먹재두 안 간다, 그러문 어디로 다른 데로 가서 얻어 먹으래도 안
　간다 늘 이 구석에만 앉아서 울고 있겠답니다요」

──── 359쪽

제4장 「솔거」 3부작의 개작　97

　억지로 소년을 맡게 된 새 공양주가 소년을 윽박지르고 또 소년은 소년대로 고집을 피우고 있었다. 이 순간 재호의 마음속에 일어난 변화는 무엇이었던가.

　〈문득 자기의 가슴 어느 구석에 진작부터 아련한 동정 같은 것이 움직이고 있는 것을 깨닫고 그 순간의 야릇한 충동으로 소년을 데리고 자기 방으로 돌아왔다〉(360쪽)고 작가는 적고 있다. 〈아련한 동정〉이란 무엇인가. 이 〈야릇한 충동〉이란 대체 무엇일까. 이는 설명 불가능한 경지가 아닐 수 없다. 〈아련한 동정〉, 〈야릇한 충동〉이란, 따져 보면 소년으로 표상되는 삶의 충동이 아니었을까. 〈사랑→예술→종교〉가 육신을 벗어난 해탈의 경지(황홀 세계)라면 이번엔 그 반대의 상태 곧 〈종교→예술→사랑〉으로 방향 전환하기가 아닐 수 없다.

　여기서 이 도식을 좀더 정밀히 규정해 둘 필요가 있다. 재호가 〈사랑〉(실연)에서 〈그림〉(예술)으로, 〈예술〉에서 〈종교〉(불교)로 나아간 것처럼 보이지만 정확히는 〈사랑→예술=종교〉의 경지였던 것이다. 이번엔 거꾸로 〈예술=종교→사랑〉의 도식으로 바뀌게 된 것이다. 인간에겐 〈황홀 세계〉로 향하는 〈야릇한 충동〉이랄까 〈아련한 동정〉이 본능적으로 갖추어져 있지 않았겠는가. 죽음을 향한 〈야릇한 충동〉과 삶을 향한 또 다른 〈야릇한 충동〉이 그것이다. 이 서로 모순되는 〈야릇한 충동〉이 인간의 본능이라는 전제 위에 설 때 비로소 재호가 소년을 거두는 장면이 어느 수준에서 이해될 수 있을 것이다.

　재호가 처음부터 이런 두 충동을 깨달은 것은 아니었다. 솔거가 되게끔 자기를 이끌어주었으며 지금은 향일암에서 선정에 들고 있는 혜룡선사에게 소년을 맡기고자 재호가 생각하고 있었음이 그 증거이다. 울고 있는 소년과 함께 눈길을 돌아 혜룡선사를 찾아가는 재호의 심정은 아직도 아득하기만 했다. 허공에서는 종다리 소리가 들리는 듯도 했고, 여름 밤하늘에 무수히 떨어지는 운석을 보는 듯도 했다. 우주만상이 흐린 채색으로 보였고 인생이란 그 속에서 꼼짝거리는 아메

바처럼 느껴졌다. 눈보라 속을 뚫고 향일암에 닿자 그는 기진맥진했다. 선정에 든 혜룡선사가, 갑자기 찾아와 안절부절 못하여 창백해진 재호를 걱정하며 이렇게 한꺼번에 묻고 있었다. 〈왜 머리가 아픈가? 무슨 할 말이 있는가? 이 애는 왜 데리고 왔는가? 이 애한테 대한 할 말이 있는가?〉라고. 〈고단커든 예 좀 누우렴〉이라고, 〈왜 그러는가 응?〉이라고. 재호의 대답은 이러하였다.

〈별로……없습니다……〉라고. 선사를 보기가 갑자기 무서워졌던 까닭이다. 재호는 벌써 제정신이 아니었다. 선사와 하직하고 눈보라 속을 헤치며 대공암으로 재호가 돌아온 것은 자정이 지나서였다. 눈보라 속에서 그는 자주 발을 멈추고 화석같이 서 있곤 했다. 그때마다 소년도 같이 쪼그리고 서곤 하였지만 재호에겐 소년의 모습도 안중에 없었다. 자작 솔거 그림이 걸린 자기 방에서 촛불을 켜고 그는 자기의 의식을 가다듬어보고 있었다.

예술이냐 종교냐 그런 것이 그의 의식을 흐리울 때는 벌써 아니었다. 마지막 호흡 하나만이라도 그 아무것에도 의지하지 말고 그 아무것과도 부딪지 말고 가져보고 싶었다.

—— 363쪽

이 경지란 예술도 종교도 함께 포기함이 아닐 수 없다. 스스로 그린 솔거 초상화와 제작중인 관음상을 떼어 함께 불 속에 처넣는 행위가 그것이다. 그야말로 절체절명의 경지라고나 할까. 더 나아갈 곳도 한 발 물러설 곳도 없는 장면. 이 순간 재호 앞에는 길이 열리지 않겠는가. 솔거가 나타나 미소를 띄우며 이렇게 말해 주지 않겠는가. 〈그런 것도 아닌데 그래〉라고. 문득 재호는 솔거의 이 말뜻을 알아차릴 수 있었다. 솔거 자기처럼 〈연회색 장삼〉을 입은 중이 되어도 좋고, 아니면 중옷을 벗고 그림만 그려도 상관없지 않겠는가. 어느 쪽이나 영원하기는 마찬가지일 테니까. 보라고, 〈나는 이렇게 살아 있다〉(363쪽)라고 솔거가 말해 주고 있었던 것이다. 솔거란, 그러니까 특정 종교도 예술도 아니고, 〈자연〉 그것이었던 것.

재호는 너무도 황홀하매 한참동안 땅우에 엎어져 일어나지 못하다가 겨우 고개를 다시 들고 보니 솔거는 아직 미소가 만연한 채
「나는 이렇게 살아 있다」
문짓문짓 물러가며 안개처럼 퍼지더니 별안간 그의 몸둥이는 아득한 산으로 변해 버렸다. 산에서는 퍼런 소나무가 너울거리고 새들이 울고 ……

—— 363쪽

꿈에 본 솔거의 미소 그것이 바로 소년의 모습이 아니었겠는가. 소년 그것이 바로 예술의 선택을 가리킴이라 하기는 어렵더라도 적어도 종교에서 한 발 물러서는 것임은 분명하였다. 하산하는 길이 그것.

그는 곧 고향으로 돌아갈 짐을 챙기기 시작하였다. (……) 그는 소년도 자기가 길러보리라 생각하였다. 그는 이 소년을 한 포기의 나무처럼 기르면 그 나무를 솔거의 산에 심어주리라 생각하였다.
「너도 나하고 같이 가자 응」
「……」
소년은 잠자코 얼굴을 붉히었으나, 그의 두 눈은 갑자기 빛나기 시작하였다. 이리하여 그들이 밖을 나왔을 때 하늘은 오랜만에 처음으로 그 푸른 얼굴을 내어놓고 있었다. 그 푸지게 쌓였던 눈도 하루 아침 봄볕에 거의 녹아내리고 마을로 내려가는 길 우에는 흰 햇빛이 강물처럼 내리 퍼붓고 있었다.

—— 364쪽

이 끝장면은 「역마」의 끝장면과 너무도 흡사하다. 〈온 인류가 부하한 우리의 공통된 운명을 발견하기〉가 재호의 그 동안의 〈예술이냐 종교냐〉의 고민 끝에 도달한 생의 〈야릇한 충동〉이었다면, 그것의 타개를 향해 열정을 바치기가 고향 찾기이고 소년 키우기였던 것이다. 역마살의 발견과 그 타개를 향한 열정이 「역마」가 겨냥한 곳이었다면 「솔거」는 이와 쌍형을 이룬다고 볼 것이다.

6 개작 「솔거」의 의미 —— 12년 세월의 무게

이상이 「솔거(A)」에 대한 분석에 해당된다. 그렇다면 「솔거(B)」는 어떠할까.

「솔거(B)」가 씌어진 것은 제2창작집 『황토기』(1949)이니까 「솔거(A)」와의 거리는 무려 12년이나 된다. 모두가 아는 바와 같이 김동리의 「솔거(A)」가 씌어진 것은 〈丁丑 春(1937년 봄)〉이니까 사설 〈광명학원〉 교사로 있으면서 창작에 몰두하던 시기에 해당된다. 1937년 봄 원전에서 개교한 〈광명학원〉의 교사인 김동리는 다솔사에 기거하면서 4km 떨어진 학원까지 통근하였고, 원전으로 내려와 기거한 것은 그로부터 얼마 후였다. 그리고 진주사범 출신인 원전에 살던 김계월과 김동리가 성당에서 가톨릭식으로 결혼한 것이 1938년 3월이었다(김정숙, 『김동리의 삶과 문학』, 집문당, 1996, 183쪽). 이러한 정황은 작품 「솔거(A)」의 운명 타개 방식의 이해에 일조가 될 수도 있다. 만 24세의 청년 김동리의 고민의 일단이 극화되었음도 짐작할 수 있을 것이다. 그로부터 12년의 긴 세월이 흘렀으며, 결혼도 했고 가족도 거느렸으며 민족해방도 겪었고, 그토록 기다리던 대한민국 정식정부가 수립된 지 한 해가 지난 시점에서, 또한 「인간동의」(1950. 5)를 몇 달 앞둔 시점에서 바라볼 때 「솔거(A)」는 어떻게 비쳤을까.

「솔거(B)」의 첫대목을 보이면 다음과 같다.

    상여 나가는 소리가 난다.
    어어훠엉……어어훠엉
    어어훠엉……어어훠엉
    바람결에 아련히 끊겼다 이었다 하며 상여 소리는 높게 처량하게 들려
온다.
    「어머니…… 어머니……」
    「……」
    어머니는 대답을 하지 않는다. 어머니는 귀가 먹은 게다. 문득 상여
소리가 그친다. 상여를 쉬고 술을 먹으려는가 보다.
    「예수교인도 공동묘지로 가나?」
    어머니는 발칵 성이 난 목소리다. 낯은 조금도 돌리지 않는다. 크고
억센 손으로 키의 끝을 만지고 있다. 저래 봬도 저이도 한땐 여간 독실
한 예수교인이 아니었다.
    「어머니…… 어머니……」
    「……」
    어머니는 고개도 까딱하지 않는다.
    「으…… 이……」
    길게 뽑는 상여꾼들의 구성진 목소리와 함께 다시 상여가 뜬다. 운삽
이 나오고 명정이 따르고 만서가 이으고, 그리하여 꽃송이처럼 나불나불
떠오는 것이 그네상여라 한다. 어디 가서 저렇게 곻은 비단을 가져다 감
았을까. 빛깔이 너무 진하다. 눈갓에 어뚝어뚝 현기가 난다. 공동묘지에
무지개가 걸린다.
    아련히 목메인 상여 소리는 바람결에 높았다 낮았다 하며 어느덧 물을
건너고 모랫벌을 지나서 산기슭을 오르고 있다. 상여를 따라 가던 혜룡
선사(惠龍禪師)가 뒤를 돌아다 보며 그를 부른다. 그는 문득 어머니의

얼굴이, 눈이, 저 상여 속에 들어서 산기슭을 오르고 있는 것이 답답해서, 내일도 모레도 글피도…… 영영히 가버리고 가맣게 없을 것이 아득해서 어이할까, 아, 엉엉엉…… 엉엉엉…… 아련히 목메인 상여 소리는 아직도 오색 무지개가 하늘거리고 있는 공동묘지로 향해 오르고 있다.

데그렁…… 데그렁…… 데그렁……

재호(宰浩)는 자기의 울음소리가 데그렁거리는 요령 소리와 섞갈리는 것을 깨달으며 눈이 뜨이었다. 은은한 요령 소리는 의연 꿈에서와 같이 들려온다.

──『황토기』, 수선사, 1949, 27-29쪽

『황토기』(인간사, 1959)에서 작가는 부분적인 수정을 또 가했는데, 〈그네상여〉를 그냥 〈상여〉, 〈공동뫼터〉를 〈공동묘지〉라 한 점이 그러한 사례의 하나이다.

이 도입부인 꿈 장면에 국한하여 「솔거(A)」와 비교해 보면 「솔거(B)」의 특징이 한층 뚜렷해질 것이다.

「솔거(B)」에서 주목되는 것은 다음 세 가지이다.

첫째, 길이가 크게 줄었다는 점. 이 꿈 장면은 김동리의 개인사적 측면 그러니까 무의식에 대한 고찰을 요구하는 대목이겠지만 작품 전체의 균형감각의 시선에서 보면 심층의식의 도입이 적절치 않다고 판단되었을 것이다.

둘째, 혜룡선사가 꿈 장면에서 등장한다는 점. 또한 백일암(白日庵)이 설정되었다는 점.

셋째, 상여 속에 들어 있을 망자를 두고 처음엔 막연한 〈아버지〉라 했다가 구체적인 〈나〉의 〈어머니〉로 바뀐다는 점.

작품 서두에서조차 이토록 대폭 수정을 가했음이 이로써 밝혀졌거니와, 그렇다면 두 텍스트 전체에서 보면 얼마나 큰 차이가 나는 것일까.

이 물음에 앞서, 위의 꿈 장면에 대한 약간의 해석이 요망된다. 「솔거(A)」의 꿈 장면에서 주목되는 것은 어머니이다. 어느 시골, 어머니는 뜰에서 키에 담을 팥을 가리고 있다. 저녁에 팥죽을 쑬 참이었다. 소년은 그 어머니를 보고 있다. 어머니의 몸집이 워낙 작은 데 비해 손은 저렇게 크고 억세다고 소년은 의아해한다. 이때 상여 소리가 들려온다. 소년은 문득 불안하다. 어머니를 불러본다. 어머니는 대답을 않는다. 귀머거리도 아닌데 이상하다. 이때 상여 소리가 그친다. 아마 잠시 상두꾼들이 쉬는 모양이다. 문득 어디선가 여자의 울음소리가 들린다, 아마 상여 속에 자기 아버지가 들어 있기 때문이 아닐까. 상여가 다시 뜬다. 여자의 울음은 상여 소리에 가려 들리지 않는다. 아름답기 그지없는 〈그네상여〉가 선명히 보인다. 공동묘지에 무지개처럼 상여가 내려 앉는다.

이 장면에서 갑자기 어머니의 목소리가 들린다. 〈예수꾼들도 공동 뫼터로 가나?〉라고. 어머니는 이러한 성난 목소리는 누구에게 한 것이며 왜 한 것인가. 어린 아들에게 한 말일까. 도무지 영문을 알 수 없는 〈돌연한 삽입〉이 아닐 수 없다. 작가는 어머니가 한때 독실한 예수교인이었음을 상기시킨다. 어머니는 그러니까 지금 상여 속의 주인공이 한때 예수교인이었음을 알고 있었던 셈이다. 소년이 불안해서 어머니를 부르자 어머니는 여전히 성난 표정 그대로이다. 대답도 않고 고개조차 돌리지 않는다. 왜 그럴까. 소년은 불안하다. 궁금하다. 자세히 보니 어머니는 팥을 고르고 있는 것이 아니라 진작부터 울고 있지 않았겠는가. 일만 하다 지쳐 늙어가는 자기 신세에 대해 스스로 화가 나 있었음이 판명된다.

아련히 상여 소리가 들린다. 문득 소년은 생각한다. 어머니가 죽어 저 상여 속에 들어가 있다라고. 소년은 영영 못 만날 어머니를 생각하며 울고 있다. 자기의 울음 소리와 건넌방에서 들리는 망자의 위령 염불 소리에 꿈을 깬다.

정리하면 주인공 재호가 어제 죽은 어떤 공양주의 명복을 비는 위령 염불과 그 요령 소리를 들으며 꿈을 꾼 것이었다. 현실의 염불 소리 및 요령 소리가 꿈속에서 상여 소리로, 그리고 그것이 어머니의 죽음 이미지로 연결된 것이었다. 이러한 연상은 꿈치고는 자연스런 일이라 할 것이다. 그렇지만 그 어머니가 〈예수꾼들도 공동묘지로 가나?〉라고 한다든가, 그 어머니가 〈한때는 여간 독실한 예수교인이 아니었다〉라고 한 것은 어디까지나 작가 김동리의 개인적 몫 곧 심층의식에 관련된 대목이 아닐 수 없다. 실제로 김동리의 어머니는 독실한 예수꾼이었던 것이다(김윤식, 『김동리와 그의 시대』 제1부 제5장 참조).

이 사실이 얼마나 작가의 심층의식 속에 잠복해 있었는가를 새삼 상기시키는 것이 「솔거(B)」이다. 만일 「솔거(B)」의 저러한 개작이 작품 전체의 균형(기능적 측면)을 고려한 창작론에서 취해진 것이라면 굳이 〈예수꾼 어머니〉를 내세울 필요는 없다고 볼 수 있다. 그냥 어머니이면 그만일 터이다. 한때 예수꾼이었던 어머니의 아들이 주인공 재호라 해도, 그것이 작품상의 재호의 삶과 행동에 아무런 관련도 짓지 못하고 있기 때문이다. 만일 「솔거」를 좀더 완벽하게 개작하는 단계가 온다면 작가는 응당 〈어머니의 예수꾼〉 대목을 삭제해야 마땅할 것이다.

7 「솔거」 개작의 선 자리

이러한 전제에서 「솔거(A)」와 「솔거(B)」를 전면적으로 비교해 볼 필요가 있다. 양자(이하(A)(B)로 부름)의 차이를 보이면 다음과 같다.

(1) 꿈에서 깬 재호가 맨 먼저 본 것이 솔거상이라는 점.

재호가 들은 것은 요령 소리와 염불 소리, 그리고 가야산을 울리는 예불 종소리였다. 이 점에서 (A)와 (B)는 일치한다. (A)에서 맨 먼저 재호의 눈에 띈 것은 재호 자신이 단군상으로 그려 자기 방 맞은편 벽에 걸어둔 그림이었다.

불빛과 함께 제일 먼저 그의 눈에 비취는 것은 건너편 벽에 걸린 두 눈이 늙은 거미와 같이 우울한 솔거의 얼굴이었다. (……) 저 검은 두 눈이며 찌프린 이맛살이며 암만해도 저는 분명히 솔거상임에 틀림이 없으나 이를 어찌해야 옳은가. (……) 벽에 붙은 거미 두 마리는 의연히 그의 이마를 노리고 있는 것을 그는 감은 눈으로도 깨닫지 않을 수 없었다.
──《조광》, 1937. 8, 356쪽

이 대목이 (B)에서는 전면 삭제되어 있다. 대신 (B)에서는 꿈 깬 뒤의 두 가지 회상이 (A)에서보다 상세히 설명되어 있다. 하나는 어머니에 대한 것. 꿈에 본 상여 속의 주인공이 어머니만으로 설정된 이상 당연한 처사로 볼 것이다. 다른 하나는, (A)에선 간단히 언급된 소녀와의 결별 이유가 (B)에선 상세히 설명되었다는 점. 소녀 가문이 아전 출신이라는 것을 비롯, 두 가문끼리의 갈등이 필요 이상으로 서술되었다. 그만큼 소녀에의 집착이 강조되었는데, 이는 재호의 현실 복귀에 대한 복선이 강화된 부분으로 해석된다.

(2) (A)만다라 → (B)불상.

재호가 소녀를 만난 곳은 만다라(그림 행) 밑이었으나 (B)에선 불상(보살 행) 아래라는 점.

(3) 소년 → 개동(開東)

(A)에선 막연히 7, 8세의 소년으로 설정되었으나, (B)에선 개동이란 이름으로 등장한다. 이 사실은 크게 강조되어야 하는데, 왜냐하면 소년이 인격체로 인식되는 계기에 해당되기 때문이다. (A)에서 재호는 어디까지나 화가로서의 존재 의의에 몰두해 있는 그러한 인물이며

따라서 솔거에 대한 이미지(강박 관념)에 주눅 들린 일종의 병적 상태에 놓였다면, (B)에서는 화가로서의 재호의 비중이 크게 준 대신 현실에 대한 비중이 상대적으로 증가되고 있다. 막연히 소년으로 불린 상태에서 구체적인 인물인 고유명 〈개동〉으로 바뀐 것도 이런 맥락에서라 할 것이다.

소년과 재호의 첫 대면이 만다라 아래서 소년이 울고 있을 때에 이루어졌고 두번째 만남이 약간 모자라는 위인인 새 공양주에 구박받는 장면에서 이루어진 것이 (A)에서라면, (B)에서는 첫 대면이 만다라 아닌 작은 불상 아래에서 소년이 울고 있는 상태이고 재호가 금방 그가 바로 전부터 자기를 안내해 준 바 있는 구면의 개동임을 안 것으로 되어 있어 현격한 차이를 드러내었다. 뿐만 아니라, 개동의 울음의 근거가 그의 진짜 아버지일지도 모르는 그를 거두어준 공양주의 죽음에 있음을 알고 재호 자신도 〈어떤 서러운 생각〉이 들어서 얼른 불상을 향해 합장 〈나무관세음보살〉 하고 있었다. 두번째 만남에서는 이 점이 더욱 현실성을 띠게 되는데, 새로운 공양주가 개동을 구박할 때 생기는 재호의 심경 변화의 직접성이 그것이다.

> 재호는 공양주의 하는 양을 멍청이 바라보고 섰노라니까 문득, 그의 마음 한구석에 진작부터 이 소년에 대한 어떤 동정 같은 것이 움직이고 있었음을 깨닫게 되어 그 순간의 야릇한 충동으로 소년을 그대로 버려둘 수 없다는 생각이 들었다.
>
> ——『황토기』, 47쪽

〈야릇한 충동〉이라 했지만 처음부터 작가는 의도적으로 개동을 살아 있는 현실로 설정했음이 (B)에서 뚜렷해진다. 이 〈야릇한 충동〉이 작품 한가운데 놓인 제일 큰 변수이며 (A), (B)에서도 모두 같다. 그러나 그 〈야릇한 충동〉의 구체화 방식엔 큰 의미가 있는데 (A)에

선 그것이 암시적으로 나타났다면 (B)에선 보다 구체적 현실적 표층
적으로 드러났다. (A)에선 재호가 소년을 혜룡선사에게 맡기려 하여
함께 눈길을 돌아 선정에 든 선사를 찾아갔으나 차마 말을 꺼내지 못
하고 땀만 흘리고 되돌아온다. 〈왜 머리가 아픈가. 무슨 할 말이 있
는가? 이 애는 왜 데려왔는가. 이 애한테 대한 할 말이 있는가?〉라
는 선사의 물음에 재호는 말을 잃고 있었다. 〈별로…… 없습니다
……〉라고 할 뿐. 작가는 다만 이렇게 적고 있을 뿐이다. 〈그는 아무
런 말도 할 정신이 나지 않았다〉, 〈그는 낯을 들어 그의 스승의 낯을
볼 것이 무서웠다〉, 〈그는 간다는 인사도 않고 자기도 모르게 어느덧
밖으로 나와 있었다〉 (362쪽)라고. 그리하여 눈보라치는 밤길을 소년
과 함께 돌아와 혼수상태에 빠지게 된다. 이미 재호는 〈예술이냐 종
교냐 그런 것이 그의 의식을 흐리울 때는 벌써 아니었다〉. 그러면 무
엇이 문제인가. 예술도 종교도 아닌 그런 범주로는 설명되지 않는 경
지에 이르기가 아닐 것인가. 예술도 종교도 아닌, 그런 것으로는 설
명되지 않는 제3의 세계란 어떤 것일까. 〈인간 그 자체〉, 〈삶 그 자
체〉가 아닐 수 없다. 개동과 더불어 살아가기로 이 사정이 요약된다.

8 제3의 경지 모색

참주제라 할 이 제3의 경지에 이르기 위해 (A), (B) 중 어느 쪽이
좀더 효과적일까. (B)의 이 대목을 견주어보기로 한다.
(B)에서 작가는 작가 특유의 요약적 간접화법을 구사하여 치밀하고
도 명쾌하게 이렇게 적어놓았다.

선사는 처음부터 재호가 혼자 오지 않고 개동이를 데리고 온 데 대하
여 사뭇 호기심을 가지는 듯, 그와 다른 이야기를 하면서도 그쪽으로 가

끔 시선을 돌리곤 하였다. 재호가 이에 그 소년에 대한 이야기를 하자, 선사는 무척 흥미있게 귀를 기우리며 고개까지 끄덕거리곤 하였으나, 그러나 재호의 부탁에 대해서는 간단히 승락을 하지 않고, 아무튼 잘 왔다고, 오래간만이고 하니 오늘 하루밤 여기서 쉬어 가면 어떻겠느냐고, 하였다. 재호가 떠름해하니까, 선사는, 자기도 재호가 밖에 나가 묵는 것을 지극히 싫어하는 성미인 줄은 짐작한다고, 그렇지만 사람이 그렇게 인정이 없어서야 쓰느냐고 밤에 천천히 이야기나 하며 하루밤 자기한테서 쉬어가라고, 재차 삼차 만류를 해서, 재호도 굳이 이를 거역한달 수도 없었으나, 한 가지 이상하게 생각된 것은 그가 데리고 간 개동이를 스승이 아주 재호와 같이 손님 대접을 하는 일이었다. 개동이로 말하면 재호가 이 산중에 들어오기 전부터 대공암 공양주의 상좌로 선사와는 같은 산중에 있는 아이요 승가(僧家)의 견지로 보더라도 재호의 거사계(居士戒)보다는 본격적 승려계를 치른 터이다. 더구나 재호가 자기에게 맡기려고 데리고 왔다는 이야기까지 다 듣고 난 선사로서, 이 소년을 확실히 손님 대우를 하는 데는 어떠한 곡절이 있는 것이라고만 재호에게는 생각되었다.

——『황토기』, 50-51쪽

선사가 개동이를 재호와 동급의 손님으로 대하는 것은 이에 멈추지 않는다. 소년의 이름도 물어보며 재미있는 대화도 나눈다. 선사는 또 자기가 입던 핫옷을 기어이 재호에게 입히는 것이었다. 핫옷으로 갈아 입은 재호는 〈선사와 소년이 좌우로 누워 있는 가운데〉에 누워 잠이 들었던 것이다. 밖에 나가 묵는 것을 극히 싫어하는 재호이며, 이 낯선 잠자리에 더구나 선사의 핫옷까지 입었는데도 〈그러나 이상하게도 이내 잠이 들어버렸던 것〉이다. 의외로 하룻밤을 편하게 잔 재호에게 선사가 머뭇거리며 한 말은 소년을 도로 재호가 데려가라는 것이었다.

「나도 실상은 내일부터 여행을 좀 떠날 작정인데……」

　수줍은 소녀처럼 입을 오므리며 〈돌연히〉 말했다고 작가는 적었지만 물을 것도 없이 〈돌연히〉가 아니라 실상은 진작부터 선사의 마음은 결정되어 있었다. 〈돌연히〉라는 부사를 사용함으로써 작가는 선사의 이 마음속 결정의 심오함을 강조하는 효과용으로 사용했을 따름이다. 선사의 마음 결정은 재호가 개동이를 〈당분간〉 선사에게 맡기려 한다는 말을 듣는 그 순간 이루어졌던 것이다. 헤어질 때, 선사는 산모퉁이를 돌아나가는 데까지 따라와서, 재호에게 〈내일 일찍 떠나면 혹 재호를 못 보고 가게 될지도 모른다고, 그럼 부탁한다고〉 말하는 것이었다. 뿐만 아니라, 재호가 엊저녁에 입은 핫옷 보따리를 개동이에게 짊어지게 했던 것이다. 선사와 헤어지는 순간 재호의 두 눈엔 〈까닭 모를 눈물〉이 핑 돌았다는 것이다.

　어째서 선사는 소년을 재호에게 떠맡기기로 결정한 것일까. 바로 이 물음에 (A)와 (B)의 결정적인 차이가 있다. 뿐만 아니라 이 차이점은 (A)와 (B)의 작품상의 우열이랄까 승패와도 깊은 관련이 있다.

　작가는 (A)에서 재호로 하여금 소년을 선사에게 맡기려고 선사를 찾아갔으나 말조차 꺼내지 못하고 되돌아오게 함으로써 스스로의 결정에 모든 것을 내맡기고 있다. 그 결과 눈보라의 길을 헤쳐 그날 자정에 대공암으로 돌아온 재호는 그 동안 그린 솔거상과 관음상을 불태웠고 경련을 일으키며 쓰러졌다. 예술이나 종교 따위의 구별이라든가 우열이란 재호의 안중에도 없었다. 쓰러진 재호의 꿈 장면이 이렇게 펼쳐졌다.

　홀연히 어둠 속에서 사람의 얼굴 하나가 떠올랐다. 솔거! 멀쑥한 키대에 연회색 장삼을 입었는데 어깨가 약간 구부정하고 얼굴 모습이 굵직굵직한 창백한 절사람이었다.

그는 만면에 미소를 띠우고 재호에게로 가까이 오더니

「그런 것도 아닌데 그래」

하고 어깨를 툭 치는 바람에 깜짝 벼락을 맞는 듯하던 순간 재호는 그런 것도 아니란 말뜻을 깨친 듯하였다.

재호는 너무도 황홀하매 한참동안 땅우에 엎더져 일어나지 못하다가 겨우 고개를 다시 들고 보니 솔거는 아직도 미소가 만면한 채

「나는 이렇게 살아 있다」

문짓문짓 물러가며 안개처럼 퍼지더니 별안간 그의 몸덩이는 오뚝한 산으로 변해져 버렸다. 산에는 퍼른 소나무가 너울거리고 새들이 울고
……

──《조광》, 1937. 8, 363쪽

이 꿈 장면이란 무엇인가. 무엇보다도 이 꿈 장면이 작품 (A)의 구성상의 문제임에 주목할 것이다. 이 작품의 초두가 어머니의 상여와 관련된 꿈 장면이었음에 주목한다면 마지막 대목의 이 꿈 장면은 작품 구성상의 수미일관성임이 판명된다. 요컨대 (A)는 화가 지망생인 청년 재호가 완벽한 주인공이며 그의 고뇌와 방황이 화가(솔거)되기냐 사랑(마음)의 상처에 대한 치유(정상적 삶의 복귀)냐에 걸려 있었으며 혜룡선사의 개입은 다만 한 가지 방편이라 할 것이다. 작품 (A) 전체가 어디까지나 재호를 완벽한 주인공으로 하여 구성되고 또 진행되었음이 그 증거이다. 이 점에서 (A)는 완벽한 단편이라 할 것이다.

구성상으로도 꿈 장면에서 시작, 꿈 장면으로 끝을 맺었고, (B)도 이 점은 같으나, 재호와 소년 개동이 짐을 꾸려 햇빛 쏟아지는 마을로 발걸음도 가볍게 떠나는 마지막 장면은 그러니까 후일담이겠는데, 여기에서조차도 재호가 중심점에 서 있어 모든 것을 수미일관하게 지배하고 있는 만큼 (A)는 재호라는 인물이 완벽하게 지배함으로써 타

자의 개입을 거부하고 있다. (A)가 자족적이며 작품으로 빈틈없이
짜였다고 평가되는 것은 이 때문이다. 주제 또한 이 짜임에서 한층
뚜렷해진다. 종교도 예술도 아닌, 또는 그 모두를 합친 제3의 경지란
아무 데도 없다는 것, 있는 것이라고는 〈현재의 자기 자신〉밖에 없다
는 것, 분명한 것은 이것뿐이라는 것, 그러니까 이 사실이 그대로 솔
거요 부처라는 것. 따라서 소년과 더불어 환속하는 길이 새로운 시작
일 수 있다는 것.

  이 중요한 참주제(경지)를 (A)에서는 어디까지나 재호 혼자의 힘으
로 깨쳤다는 점이야말로 (A)의 작품상의 일관성이요 그 완벽성이다.
이를 불교식으로 말해 자력 각성이라 부를 수 있을지 모른다. 정확하
지는 않겠지만 작품(A)란 비유컨대 소승적(小乘的) 입장이라 부를 것
이다.

9 지방성 극복 방식

  한편 작품 (B)는 어떠한가. 무엇보다 소년 개동이 현실적인 모습으
로 설정되었음에 주목할 것이다. 앞에서 이미 그냥 〈소년〉으로 된
(A)와 고유명을 부여받은 소년 〈개동〉의 차이점을 밝혔거니와, 이는
원작 「무녀도」(1936)와 개작 「무녀도」(1947)를 비교해 보면 흥미로운
바 있다. 원작 「무녀도」와 개작 「무녀도」 사이의 결정적인 차이점은
이성(異性) 남매 낭이·욱이 사이의 근친상간 설정에 있다(김윤식,
『김동리와 그의 시대』 제1부, 제5장 참조). 주인공 모화의 결정적인 파
탄의 원인도 딸 낭이의 배가 불러왔음에 있었다. 이 사실을 모화는
예수의 경우를 흉내내어 신령님의 소행으로 설정한 것이었으나, 모화
는 그 사실을 동네사람들 앞에서 증명하지 못했다. 서울서 내려온 기
독교 부흥사와 모화의 대결은 이처럼 모화의 일방적 패배로 끝장나고

말았던 것이다. 작가가 시나윗가락에 맞추어 물에 빠져죽는 것이 자연으로 귀의했다든가, 자연에 동화함으로써 모화의 역설적 승리라 주장하기에는 너무 억지스럽고 비논리적이라 할 것이다. 당초 작가는, 샤머니즘과 기독교의 종교적 유사성이랄까 동일성을 염두에 두었던 것으로 볼 것이다. 모화와 성모 마리아와의 동일성 또는 유사성에 착목한 것으로 이른바 무염시태(無染始胎)에 이 문제가 관여되어 있다. 이른바 원죄에 관여되지 않은 무염시태에 대한 기독교적 지식이랄까 신앙상의 인식 부족으로 말미암아, 청년 작가 김동리는, 비록 그가 유년기부터 기독교에 친근했으나 이 과제를 심도 있게 또는 적절하게 처리할 수 없었던 것으로 볼 것이다. 누이 낭이를 임신케 한 오빠 욱이란 누구인가. 모화와 어느 화랑의 사이에서 난 것으로 설정하고 막바로 〈그 동안 늘 그는 감옥에 있었었다〉(《중앙》, 1936. 5, 38쪽)고 서술되고 있다. 총명하였으나 미천한 신분이라 13, 4살 적에 절간으로 보내졌으나 19살 때 선사 하나를 죽인 죄로 옥살이를 하고 모화를 찾아온 것이었다. 눈에 모가 난 이 살인자의 개입으로 말미암아 원작 「무녀도」는 스스로 한정되었다고 볼 것이다. 작가가 아무리 무녀 모화의 죽음을 자연과 인간의 리듬의 일치라 하고 이는 몽환적인 것이 아니라 리얼한 문학이라 외치더라도 살인자의 개입으로 말미암아 적어도 기독교와의 대결이란 생심도 할 수 없었을 뿐 아니라 그야말로 칙칙한 한 폭의 토속적인 그림으로 보일 수도 있었다.

이러한 지방성이랄까 소재주의를 극복하고 한 차원 높인 데에 개작 「무녀도」의 의의가 인정된다. 욱이는 아직 모화가 귀신이 지피기 전 어떤 남자와의 사이에 생긴 사생아라는 것, 신동이었으나 미천해서 9살에 절간으로 보내졌다는 것, 십 년간 무소식이었으나 절에서 나와 기독교 선교사의 도움으로 기독교 신자가 되었다는 것, 품에 『신약전서』를 품고 어머니 모화를 찾아왔다는 것이 개작 「무녀도」를 지방성에서 보편성에로 승화시킨 기본항이다. 이러한 기독교적 신앙을 가진 성실한 청년이 누이의 배를 부르게 한 근친상간자일 수는 없다. 이러한 청년 욱이를 오직 신앙 때문에 어미 모화가 죽이게 되는 점이야말로, 개작 「무녀도」의 고양된 수준이며 시나윗가락에 맞추어 물 속으로 사라지는 모화의 모습이 자연과의 동화로 인식되는 까닭도 이로써 그 설득력을 획득하기에 이른 것이다. 이에 견주어 볼 때 「솔거」의 원작(A)과 개작(B)은 어떻게 평가될 수 있을까.

이러한 문제제기는 특히 작가 김동리 문학에서는 불가피하다. 빈번히 원작을 개작해 온 작가로 김동리의 경우가 뚜렷한 까닭이다. 이 경우 개작이란 부분적인 것에 멈추는 것을 가리킴이 아니라 작품의 완성도에 관련되는 것인 만큼 늘 전체적 관련하에서 살펴야 될 성질의 과제이다. 「솔거」는, 작가의 고백에 따르면, 가장 중요한 시기의 산물이며 문학관이 부지중 종교의 영역을 침범하기 시작한 것이라 했다(『황토기』 후기). 「솔거」의 원작(A)과 개작(B)의 작품상의 완성도를 점검하는 준거의 하나로는 「무녀도」의 원작·개작에 대한 평가를 참조할 수 있을 것이다.

「솔거」의 원작(A)과 개작(B)의 차이점을 문제삼을 때 제일 뚜렷한 것이 소년 개동의 문제임은 앞에서 자세히 지적한 바 있다. 막연한 소년을 설정하고 그 소년을 스스로 떠맡게 되는 과정을 그린 것이 (A)라 한다면 이는 어디까지나 화가 지망생인 26세의 청년 재호의 내면의 과제라 할 수 있다. 실연으로 인해 상처를 입은 재호가 그림에서 스스로 헤쳐나오게 되는 과정에는 이런저런 통과 제의가 잠복되어 있었다. 만일 실연을 두고 특정인 재호의 불행이라 본다면 문제는 간단하지만, 그것이 만일 그 누구에게도 이루어지지 않는 삶의 허무(함정)랄까 인간의 근원적 조건(욕망이나 갈증의 무한성)에서 오는 것으로 본다면 재호의 실연의 상처란 보편성을 획득하게 된다. 미술이나 음악 등 이른바 예술이란 그러한 삶의 근원적 허무에 대한 도전이랄까 치유 방식의 일종이 아닐 수 없다. 미술의 경우에 해당되는 것이 재호이며, 그 목표는 세잔이라 해도 되며 반 고흐여도 상관없지만 조선인인 재호인지라 솔거로 설정되었음은 자연스런 일이 아닐 수 없다. 혜룡선사란, 재호의 미술 공부(솔거 탐구)에 조언을 해주는 그러한 인물에 지나지 않았다. 선사를 처음 만났을 때 선사가 재호에게 한 말은 어디까지나 건강을 회복하라는 당부였으며, 재호의 첫말은 〈저도 부처님을 믿게 하여주십시오〉였다. 재호는 그러니까 혼자서 솔거 탐구에 나아갔고, 선사는 재호의 건강을 돌보기 위해 솔잎 먹기 석청 먹기 등에 관심을 가졌던 것이다. (A)에서 나한도를 비롯한 그림에 대한 묘사가 현란할 정도로 많은 분량을 차지하는 것도 순전히 이 때문이다. 그러한 미술 탐구의 궁극에 부딪치는 것도 (A)의 필연적 귀결이며 작품의 수미일관성에서 말미암았다. 소년의 처리 문제도 어디까지나 재호 스스로 결단하고 해결해야 할 과제로 된 것도 이 일관성에서 말미암았다. (A)가 불교에서 말하는 소승적 시각에 섰다고 보는 것도 이 때문이다. 작품 (A)의 완성도의 근거란 이 사실에서 말미암는다.

한편, (B)의 경우는 어떠한가. 무엇보다도 혜룡선사와의 첫 대면에 주목할 필요가 있다. 선사는, 이에 혼자서는 다스리기 어려운 가슴의 병을 안고 절간으로 찾아든 화가 지망생인 재호를 두고, 오랫동안, 진실로 한 십 분 동안이나 묵묵히 눈을 내리감은 채 앉아 있다가 드디어 수줍은 듯한 얼굴로 이렇게 화두를 삼지 않았던가.

　　「솔거를 볼 수 있겠지요」

——『황토기』, 48쪽

재호는 선사의 이 말을 이해할 수 없었다. 이 절간에서 노력하면 옛 신라적인 솔거를 실제로 만날 수 있다는 뜻인지 재호 자신이 마침내 솔거 수준이 된다는 뜻인지 도무지 분간이 되지 않았다. 재호가

제4장 「솔거」 3부작의 개작　115

뜻하지 않게 눈물이 솟아 한 5분간 흑흑 소리내어 울었던 것도 이 아
득한 화두 때문이었다.

10 화두의 의미항

작품 (B)에선 선사의 이 화두가 계속 큰 울림을 던지고 있는 반면
재호의 그림 공부에 대한 고민이랄까 나한도 보살상에 대한 묘사는
현저히 줄거나 추상화되어 있다.
그 제일 뚜렷한 징후가 소년이 고유명 〈개동〉으로 된 사실이다. 고
유명 개동의 등장과 선사의 화두 솔거 타령은 이 점에서 서로 대응된
다. 그만큼 (B)는 현실적이자 구체적이라 할 것이다. 개동을 데리고
선사를 찾았을 때도 작가는 선사의 그 화두를 되풀이함으로써 솔거
중심주의를 재확인하고 있다.

  선사가 그에게 제일 처음으로 한 말도 재호에게는 언제나 잊어지지 않
  았다. 일천오백년이나 그보다도 더 옛날에 이미 죽고 없는 솔거를 이제
  다시 볼 수 있다는 것은 멀쩡한 거짓말이요 허황한 꿈과 같은 말이었으
  나 그러나 선사의 곁에서는 그것이 조금도 거짓말 같지도 꿈 같지도 않
  고 어색한 것도 거북할 것도 없는 지극히 자연스런 현실 같기만 생각이
  드는 것이었다.

——『황토기』, 52쪽

〈솔거를 다시 재호가 볼 수 있다〉는 이 허황된 선사의 화두를 아주
〈현실〉로 받아들이게끔 되는 과정이 (B)의 특징이다. 고유명을 가진
소년의 등장도 이 〈현실〉 수용과 맥이 닿아 있다. 그렇지만 이 〈현
실〉은 재호의 자력으로 달성되지 않음을 특징으로 한다. 선사는 처음

부터 재호가 스스로 솔거를 발견하게끔 유도하고 있었다. 어둠에 가려 있던 재호를 깨우치기 위해 선사는 소년 개동을 재호와 동급의 손님으로 다루었음이 그 증거다. 그래도 무명에 가려진 재호가 알아차리지 못하고 마침내 선사는 재호에게 노골적으로 타이르는 지경에까지 이른다. 〈나도 실상은 내일부터 여행을 좀 떠날 작정인데〉(52쪽)라고. 이 점에서 보면 (A)의 소승적 시각과는 달리 (B)의 참주제는 대승적이랄까 타력 신앙의 시각에 서 있다고 할 것이다. 요컨대 재호는 선사에게 의지하고 그로써 자기 구원의 가능성을 찾고자 한 것이다.

만일 소승적이냐 대승적이냐의 차이가 작품 (A)와 (B)의 차이라 한다면, 종교적인 원숙도라든가 불교의 본질 탐구와는 별도로 어떤 문제가 제출되는 것일까. 물을 것도 없이 작품의 성취도랄까 완성도라 하지 않을 수 없다. 이 점에서 보면 (B)의 다음 대목의 삽입이 문제점으로 지적되지 않을 수 없다.

재호가 백일암을 다녀온 이튿날 아침 일찍이 선사는 과연 어디론지 길을 떠나버리고 말았다. 아직 안거(安居)중이었음에도 불구하고 더구나 지금까지 안거중에 먼 길을 떠난 적이 없는 선사가, 따라 나온 수좌들이 언제나 돌아오겠느냐고 묻는 말에도 그저 나가봐야 알겠다고만 하는 것이 어쩌면 언제 돌아오게 될는지 모른다는 말같이도 들리어, 산중에서는 이상한 일이라고들 말하였다.

——『황토기』, 53쪽

(A)는 물론 (B)에서도 재호를 중심으로 작가는 사건 처리 및 묘사를 했지만 위의 삽입 대목은 전혀 이질적인 것이다. 제3자들의 소문을 그대로 삽입한 것에 지나지 않기 때문이다. 작품 전체의 통일성을 여지없이 무너뜨리는 이러한 부질없는 작가의 개입이 어째서 필요하다고 작가는 판단한 것이었을까. 다음 사실에서 이 의문이 해명될 수

있을지 모른다. 곧, 작품보다 인생의 문제가 한층 윗길에 놓인다는 작가의 무의식의 작동이라는 점. 이에 대한 작가의 명시적 발언과 암묵적인 발언 몇 가지를 보이면 참고가 될 것이다.

(가) 〈나는 어떻게 말해야 좋을는지 모르겠다. 「화랑의 후예」에서 「산제」까지는 나는 그저 소설이란 것이 쓰고 싶어서 썼다고 할까. 문학을 한다는 사실에 몰두되어 나는 그 이외의 것을 생각할 여지가 없었던 것이다. 「솔거」 무렵에 와서 나에게는 새로운 고통이 시작되었다. 소설을 쓴다는 것만으로 나의 인생적 구경은 구원에 도달할 수 있는가 하는 문제였다. 문학관이 부지중 종교의 영역을 침범하기 시작한 것도 이때부터의 일이다. 그리고 이 문제와 정면으로 부닥친 것이 「솔거」였다.〉(『황토기』 후기)

(나) 〈이 시기의 추회(追懷) 가운데는 언어로 표현할 수 없는 것이 나에게 있다. 그리고 이것을 표현하기에 그 시절의 나의 문학적 역량은 너무나 미흡했던 것을 기억한다. 특히 「솔거」의 혜룡선사에 대해서는 이번에 다시 손을 대이면서 비로소 그 심경을 포착할 수 있는 것 같았다.〉(윗글)

(다) 〈나는 지금도 문학을 그냥 예술이라고 생각하지 않는다. 그러나 그 도저한 자세가 반드시 구도 정신에 결부되어야 한다고 주장할 수도 없다.〉(『김동리 대표작선집(1)』, 삼성출판사, 1967, 서문)

(라) 암묵적으로 드러낸 것으로는, 훗날 「솔거」라는 제목을 「불화 (佛畫)」로 고친 점. 예술에서 종교로 옮긴 것.

11 개작의 완성도

이러한 사실로 미루어 보면 「솔거(A)」 때만 하더라도 작가는 그래도 〈문학〉을 다른 어떤 것보다 우위에 올려놓았음이 드러난다. (A)

가 작품의 완성도에 이르른 것은 이와 결코 무관하지 않을 것이다. 그러나 「솔거(B)」에 이르면 문학보다는 종교랄까 구도 정신이랄까 〈인생 어떻게 살 것인가〉 쪽이 우위를 차지하기에 이르게 되었고, 그 결과 문학의 완성도에 관한 관심의 소홀 현상으로 발현되었을 터이다. 〈인생 어떻게 살 것인가〉라는 명제라면 이미 30년대 말기 이 나라 문단의 세대 논쟁과 깊은 관련이 있다. 신세대를 대변하는 작가 김동리의 「신세대의 정신」(1940)의 중심 과제도 이것이었다. 허준의 「야한기」를 비롯, 서정주의 시와 「비 오는 길」의 최명익 등이 한결같이 추구했던 과제가 〈인생 어떻게 살 것인가〉에 집약되는 것이었던 만큼 이 과제가 「솔거」의 작가에만 국한되는 것은 아니었다. 그럼에도 불구하고 허준, 최명익, 서정주 등이 겪어야 했던 문학적 고민의 질이 김동리와 달랐던 것은 무슨 까닭에서였을까. 이 물음이 결정적인데, 곧 근대(성)의 체험 여부에 그 변별성이 깃들이고 있을 것이다. 서정주, 허준, 최명익의 고민이란, 근대를 경험한 바탕 위에서 비롯한 것이었기에 그들은 어디까지나 문학의 범주(완성도)에서 벗어날 수 없었다면, 김동리의 그것은 근대의 경험과는 거의 무관한 자리에서 출발했고 따라서 불교라든가 무위자연의 도교라든가 샤머니즘으로 말해지는 동양적 토착적 경험에 관여된 것이었다. 소설이란 그러니까 어디까지나 근대적 산물이며 그 기능, 유통 과정 및 본질에서 재래적인 이야기라든가 민담 또는 설화와는 근본적으로 다른 물건이다. 「무녀도」, 「산제」를 쓸 무렵만 하더라도 김동리에게는 막연하나마 이 근대적 소설에 대한 인식을 허준, 최명익 등과 공유했던 것으로 볼 수 있다. 그러나 「솔거」 무렵에 왔을 땐, 소설보다 〈인생 어떻게 살 것인가〉 쪽을 우위에 놓게 되자 근대적 소설에서 한 발자국 벗어나는 형국을 빚었다. 근대적 소설에서 한 발 벗어남이란 이야기성(민담, 전설, 설화)으로 내려앉았음을 의미하게 된다. 혜룡선사의 등장이란, 따지고 보면 소설을 옛 선사들의 득도담(得道談)이라든가 민담, 전설의 범주에로 이끌어가는 단초의 하나였을 터이다. 「솔거」가 작가 김동리의 위기의식이었음은 이 사실에서 찾아진다. 작가는 이 사실을 다만 문학이 종교 쪽으로 기울어졌다고 했을 따름이지만 그 밑바닥에는 근대적 소설의 성취 여부에 대한 불안감이 도사리고 있었을 터이다. 그러한 징후의 돌출이 「솔거(B)」의 완성도의 파탄이 아니었을까. 그 대신 작가는 무엇을 얻었다고 믿었을까. 혜룡선사를 크게 부각시키고, 이 선사의 개입으로 말미암아 작품을 뒤로 밀쳐내기라고 이 사정을 요약할 수 있겠다. (B)란, 다르게 표현하면 혜룡선사가 작품 위에 군림함으로써 작품의 완성도에 파탄을 일으킨 것이다.

완성도의 시각에서 (A)와 (B)를 견주어 볼 때 작가의 의도는 어떻게 평가될 수 있을까. 이 물음은, 어떤 면에서는 「솔거」의 주제에 대한 논의와 결코 무관하지 않다. (A)에서는 작가가 스스로의 힘으로 소년 문제를 해결하게끔 만들었다. 이를 소승적 구도 정신이랄까 자력적인 깨침의 경지로 볼 수 있다면, (B)에서도 물론 주인공이 스스로 소년 문제 해결에 이르긴 하지만 어디까지나 간접화의 방식을 취함으로써 대승적 구도 정신이랄까 타력(他力)에 의한 것으로 규정될 것이다. 혜룡선사의 암시랄까 도움 없이는 재호의 소년 문제 해결은 불가능했기 때문이다. 〈자력으로 득도하기냐〉, 〈타력의 개입으로 득도하기냐〉에 각각 대응되는 것이 (A)와 (B)라 함은 이런 문맥에서이다. 중요한 것은 이러한 차이점이 작품의 완성도에 관여되고 있다는 사실이다.

「솔거」 3부작과 그 후일담

1 운명 타개로서의 후일담

후일담이란 무엇인가. 「솔거」의 텍스트가 (A), (B)로 두 개 있듯이 「솔거」의 후일담도 두 개가 있다. 어느 쪽이나 그것들이 운명 타개책이었음에 주목하지 않을 수 없다. 작가 김동리의 문학이 스스로 규정하듯 구도 정신의 일환이며, 그것은 또 인류의 〈공통된 운명의 발견〉과 그 〈타개책〉이거니와, 이 중 전자가 본론격이라면 후일담에 대응되는 것은 후자라 할 것이다. 그렇다면 「솔거」의 후일담이 둘이라 함은 무엇을 가리킴일까. 결론부터 말하면 작품 (A), (B)에 들어 있는, 소년과 더불어 재호가 환속하는 장면이 후일담의 하나라면 작품 「솔거」 3부작(「솔거」, 「정원」, 「완미설」)이 그 다른 하나이다. 이를 편의상 후일담(1)과 후일담(2)로 부르기로 한다.

(A)에서 후일담(1)을 보이면 다음과 같다.

눈을 뜨니 온몸이 물에 빠진 것처럼 땀에 젖어 있었다. 그는 자기 자신도 놀라리만치 온몸과 마음이 가벼움을 깨달으며 뛰어 일어나 수건으로 몸에 흐르는 땀을 씻었다.

밖에는 벌써 새들이 지저귀고 문종이에는 아침 햇빛이 훤하게 비춰어 있었다.

어저께의 그 소년은 어느덧 자기보다 먼저 일어나 그의 상자 곁에 조그맣게 쪼그리고 앉아서 그가 일어나기를 기둘리고 있었다.

그는 소년의 눈과 입과 코가 모두 여간 잘생긴 얼굴이 아니라고 생각하며 한번 빙그레 웃어 보였다.

그는 솔거의 얼굴에서 본 그 명랑한 미소를 속으로 생각하였다. 그러나 어저께까지 그가 그처럼 우울하게 찌프려 있으리고만 생각하며 오던 그 솔거가 아닌가. 그의 육체와 함께 죽은 줄 알았던 그 솔거, 그의 그림과 함께 죽은 줄 알았던 그 솔거 그는 죽지 않고 그와 같이 살아 있었다. 그는 영영이 죽지 않는다고 말하였다. 나는 이렇게 살아 있다고 말하였다.

그는 꿈에 겪은 그 광경과 꿈에 겪은 그 체험을 생각하매 다시금 온몸에 전율과 같은 그 행복을 깨달았다. 그 거룩한 모습과 황홀한 손짓 그 거룩한 말씀과 그 황홀한 변화.

그는 곧 고향으로 돌아갈 짐을 채이기 시작하였다. 짐이라고 해야 그 동안 쓰던 침구와 옷벌을 되는 대로 상자에 웅처넣고 화구와 책 몇 권을 가방에 집어넣으면 별로 힘들어 챙겨야 할 것도 없는 것이었다.

그는 그 소년도 자기가 길러보리라 생각하였다. 그는 이 소년을 한 포기의 나무처럼 기르면 그 나무를 솔거의 산에 심어주리라 생각하였다.

「너도 나하고 같이 가자 응」

「……」

소년은 잠자코 얼굴을 붉히었으나 그의 두 눈은 갑자기 빛나기 시작하였다. 이리하여 그들이 밖을 나왔을 때 하늘은 오랜만에 처음으로 그 푸른 얼굴을 내어놓고 있었다. 그 푸지게 쌓였던 눈도 하루 아침 봄볕에

거의 녹아버리고 마을로 내려가는 길 우에는 흰 햇빛이 강물처럼 내리퍼
붓고 있었다.

──《조광》, 1937, 8, 364쪽

　　이것이 (A)의 후일담이다. 말을 바꾸면 운명의 발견 다음에 오는
운명의 타개에 해당된다고 할 것이다. 그렇다면 재호에 있어 그 운명
의 발견이란 과연 어떤 것이었을까. 혜룡선사→솔거→재호의 등가성
이 이른바 작가가 강조해 마지않는 〈온 인류가 부하한 공통된 운명〉
이다. 혜룡선사도 솔거와 마찬가지로 소멸될 허망한 존재이자 동시에
영원히 살아 있는 실체라는 것. 재호가 목표로 하는 최고의 경지가
솔거되기였다면 그것은 솔거가 그린 황룡사의 노송 벽화라든가 유모
상·관음상 등 3대 신품에 버금가는 작품 창작을 재호 스스로 실천하
는 일일 터이다. 재호가 혜룡선사를 찾고 그의 도움으로 대공암에 머
물면서 거사계를 받고 불화 그리기에 온 힘을 쏟은 것은 이 때문이었
다. 그러나, 이러한 재호의 당초 생각은 근본적으로는 잘못 설정된
것이었다. 솔거도 재호모양 인간이라는 사실을 몰각했던 것이다. 인
간이기에 솔거는 죽고 없으며, 그런 인간이 만든 예술도 설사 아무리
신품일지라도 영원의 시선에서 보면 한갓 티끌로 변하게 마련이라는
사실. 인간이라면 그 누구도 인간이기에 이러한 인류의 공통된 소멸
의 운명에서 벗어날 수 없다는 사실을 혜룡선사를 통해 재호가 드디
어 발견한 것이었다. 소멸과 생성 그것은 색즉시공(色卽是空)에 다름
아니었다. 솔거가 소멸되고 없지만 솔거는 지금도 엄연히 자연 속에
서 재호 속에서 살아 숨쉬고 있었던 것이다. 이러한 운명의 발견이
이루어진 순간 재호는 더 이상 절간에 머물 이유가 없었다. 세상 어
디에 가 있어도 솔거가 될 수 있으며, 솔거와 보통 사람이 다를 수도
없었다. 그렇다면 이 소년은 또 무엇인가. 잠시 이 물음을 옆에 밀쳐
두고 (B)의 후일담을 보기로 한다.

제5장 「솔거」 3부작과 그 후일담　123

밖에는 벌써 새들이 지저귀고 문종이에는 아침 햇빛이 훤하게 비춰어 있었다.

일여드레 지난 뒤였다.

오랜 장막 속에서 푸른 하늘이 그 씻은 얼굴을 내어놓고, 처마 끝에서는 눈 녹아 내리는 낙수물소리가 처정처정 들리는 이른 봄날이었다. 흰 햇빛이 강물처럼 번쩍거리는 동구 앞 황토길 위로 커다란 트렁크와 조그만 나무가방과 보따리 하나를 지게에 지키우고 재호와 그의 소년은 절에서 마을 쪽으로 향해 내려가고 있는 것이었다.

——『황토기』, 56-57쪽

2 솔거─재호─소년의 도식

(A)에 비해 (B)의 후일담은 이처럼 간단명료하나 내용은 전혀 변함이 없다. 소년 개동이를 거두기로 한 것이 (B)에서는 처음부터 계산된 것이었기에 중언부언할 필요가 없었기 때문이다. 그렇다면 운명 타개책으로 제시된 후일담(1), (2)에서 차지하는 소년의 역할은 무엇인가. (A)에서 보듯 소년에서 재호가 최종적으로 확인한 것은 소년 곧 솔거였다. 솔거→재호→소년의 도식이 그것이다. 만일 재호의 운명의 발견이 색즉시공 공즉시색의 반야(지혜)에서 왔다면 당연히도 소년 따위의 등장이란 무의미하다. 소년도 한갓 헛것에 다름아닌 까닭이다. 그렇다면 소년을 내세워 운명 타개책으로 삼는 것은 일종의 방편이거나 잠정적인 수단에 지나지 않을 것이다. 어쩌면 이 소년의 등장은 불교에서 말하는 연기설(緣起說)에 해당될 터이다. 이것이 있어야 저것이 있고 저것이 없으면 이것도 없다는 식의 연기설이란, 아직도 완전 해탈의 경지는 아닐 터이다. 그렇다면, 완전 해탈의 경지란 무엇인가. 곧, 인류의 구경적 운명이란 무엇인가, 이 물음에 정면

으로 육박한 것은 「솔거」도 「무녀도」도 아니며 「황토기」(1939)에 와
서이다. 「솔거」의 진짜 후일담이 중요한 것은 이 사정에 관여되기 때
문이다.

「솔거」의 진짜 후일담은 무엇인가. 「잉여설」(1938)과 「완미설」
(1939)이 이에 해당된다.

「솔거」를 발표한 지 일년 5개월 만에 발표된 것이 「잉여설」이거니
와 이는 재호가 소년 개동과 함께 속세로 돌아와 살아가는 과정에 해
당되는 동시에 작가 김동리의 개인사적으로는, 진주사범 출신의 김계
월과 혼인(1938. 3)하여 신혼생활에 들어간 기간이기도 하다.

윤이 흐르듯한 오월달 하늘이다.

건너 산 영위에서는 아침부터 뻐꾸기가 쌍을 지어 울고 있다.

풀꾸르르……

풀꾸르르……

화구를 다 챙긴 재호는 화실 밖으로 나오며 서재 쪽을 향해 소리를 질
렀다.

「준비 다 됐니」

「……」

「철이 게 없나」

「……」

역시 대답이 없다.

가축도 세간도 거의 없는, 언제나 텅 빈 듯한 집안이매 자기의 목소리
만이 엄청스레 또렷하게 울려올 따름이다.

———「잉여설」의 서두

재호가 찾고 있는 철이라는 이름의 소년이 바로 십 년 전의 개동의
다른 이름이다. 하산한 재호가 그림 공부를 계속하며 소년과 단둘이

서 살아가고 있는 속으로 전보 한 장이 배달됨으로써 재호의 일상적 삶에 파문이 일게 된다. 소년이 이발소에 갔다가 우체부를 만나 가져 온 전보는 서울 있는 누이로부터였다. 과수 누이의 외딸인 여학생 정아의 병 치유 겸 당분간 이곳 시골에 와서 머물겠다는 내용이었다. 이날 철이 그린 수채화는 물빛이 좀 어두웠다. 스승격인 재호가 이를 지적하자 철의 대답은 이러하였다. 〈전 오늘따라 산이 무척 밝은 것 같아요. 그래 산 밝은 걸 그리다 보니 물이 어두워졌구먼요〉라고.

집에 돌아와 보니 36세쯤 된 누이와 17, 8세 된 소녀가 커다란 트렁크와 함께 와 있었다. 소녀의 이름은 정아(貞娥)라 했다.

그날 밤 재호는 꿈을 꾸었다. 정원의 매실나무에서 열매가 떨어지는 그런 꿈이었다. 정원에는 온갖 나무들이 있었으나, 그중 유독 재호가 오랫동안 공들여 그리고 있는 미완성의 그림은 정원에 있는 모과나무였다. 이 그림을 완성하기도 전에 철과 정아는 서서히 가까워지기 시작하여 어느 가을 둘은 어른들 몰래 만나고 있음이 드러났다. 이 사건은 예견된 것이기는 하였으나 재호와 누이에겐 충격적이었다.

〈이 모두 전세의 업원(業願)인가〉

두 사람의 입에서 이런 말이 나오고 있었다. 10년 전 재호가 사랑했던 그 소녀가 시방 정아가 되어 그들의 운명을 되풀이해 보여주는 장면이 벌어진 것처럼 보였기 때문이다.

재호는 또 꿈을 꾸었다. 꿈에 혜룡선사가 보이었다. 이 꿈 장면을 작가는 재호의 일기를 통해 이렇게 드러내고 있다.

나는 선사가 주는 솜옷이 너무 무겁고 또 늘 양복만 입던 몸에 어색하여 걸음을 걸을 수 없었다. 선사는 웃으며 그럼 부탁한다고 하였다. 처음 나는 그 말이 무슨 뜻인 줄을 몰랐다. 나는 내방에 돌아와 철(개동)과 싸우기를 시작하였다. 철의 머리를 쥐어 박고 따귀를 때렸다. 그러다 나는 문득 선사의 말뜻이 깨달아졌다. 선사의 웃는 얼굴이 보이었다. 아스님 스님 스님 …… 나는 온 몸이 이즈러질 듯이 흐느껴 울며 잠이 깨었다.

──「정원」, 『황토기』, 96쪽

이 대목은, 「솔거(A)」가 아니고 개작한 「솔거(B)」에 나온 대목에서 따온 것이다. 당초의 「잉여설」(《조선일보》, 1938. 12. 8-24)의 제목을 「정원」으로 고치면서 「솔거(B)」에 맞추었음이 판명된다.

「잉여설」을 「정원」으로 개칭한 곡절은 무엇인가. 이 물음은 「잉여설」이 (A)텍스트, 「정원」이 (B)텍스트라는 것, 즉 「솔거(A)」와 「솔거(B)」에 각각 대응됨을 가리킴이다. 그만큼 두 작품은 심한 개작 과정을 거친 것이다. 「솔거(B)」를 훗날 「불화」라 개칭한 사실도 이로써 설명될 수 있다. 제목을 바꿀 만큼 대단한 개작이라면 응당 원작과 개작 사이의 작품상의 완성도가 문제될 터이다. 완성도란 이 경우 쉽사리 결정될 성질이 아니다. 「솔거」, 「잉여설」, 「완미설」이 3부작으로 되어 있는 만큼 이 세 작품의 유기적 관계에 주목하지 않을 수 없게 된다. 말을 바꾸면 세 작품은, 〈운명의 발견과 그 타개책〉의 실험이라는 김동리 문학의 근본항의 가장 효과적인 구현 방식이라는 사실이다. (1) 운명의 발견 과정과, (2) 그 타개책 모색, 그리고 (3) 그 타개책의 허망함이 각각 「솔거」, 「잉여설」, 「완미설」에 대응되고 있었다. 또 다르게 말하면 이러한 세 가지를 완벽하게 한 작품으로 보여준 것이 「황토기」이기에 위의 세 작품은 「황토기」를 위한 밑그림이라 할 수조차 있다.

어째서 「잉여설」을 작가는 「정원」으로 개칭했을까. 이 물음에 대한 일차적 점검은 원작과 개작 사이의 차이점에서 그 실마리를 찾을 수 있다. 그 차이점 중 뚜렷한 대목을 보이면 아래와 같다.

(1) 정아의 전보를 받은 재호와 철은 점심을 사들고 백마강가로 스케치하러 간다는 것.

(2) 서울서 내려온 정아의 손엔 체홉의 단편집이 들려 있었다는 것. 정아가 모두가 모인 달밤 정원에서 기타를 쳤다는 것. 그 곡이 러시아 어떤 음악가의 전원곡이었다는 것. 그렇다면 정아가 건강상의 이유로 학교를 쉬고 있다는 것 외에, 이 작품의 제일 중요한 변수의 하나인 정아의 출현(인연)에는 모종의 감추어진 또 다른 이유가 잠복해 있었던 것이다.

이때 그(재호)는 또 정아가 그때 체홉의 단편집을 가지고 있던 것이 생각나 그러면 문학까지 하는 것인가고, 만약 그러하다면 그(정아)가 그 즈음 학교를 마저 다니지 않던 기분이란 것도 이로 짐작을 할 수 있을 것같이 생각되었다.

—— 연재(6)

3 소녀 정아의 등장

철과 재호 앞에 돌연 나타나, 두 사람의 운명을 바꾸어버리는 정아란 무엇인가. 어째서 무슨 인연으로 정아가 출현한 것일까. 이 결정적인 물음에 대한 해답 중의 하나에 체홉과 러시아 음악이 개재된 것이었다. 문학과 음악이란 무엇이겠는가. 재호와 철이 하고 있는 그림과 동격에 놓이는 예술이 아닐 수 없다. 예술이되 근대적 생활에 관여된 근대적 산물을 가리킴이다. 만일 정아가 〈학교를 마저 다니지 않던 기분〉이란 것이 이러한 막연한 근대적 기분으로서의 예술이라면, 재호, 철, 정아로 묶어진 운명의 끈이란 〈예술〉이라 하지 않을 수 없다. 「솔거」에서 그토록 고민했던 〈예술이냐 종교냐〉에서 가까스로 〈예술〉로 낙착되어 하산한 재호에게, 정아라는 이름의 예술이 설사 〈기분〉의 형태로나마 접근해 온 것이다. 재호라는 스승 밑에서 그림을 배우는 제자격인 철이 〈기분〉 상태에 있었다면 이는 정아의 그 것과 동격이 아닐 수 없다. 그것은 재호 스스로 〈황홀한 것〉(「솔거」) 이라 했다.

(3) 이 점에서 보면, 종교와 예술에서 후자를 택했다는 재호의 경우, 이번엔 예술과 생활의 선택에 직면했다고 볼 것이다. 「잉여설」에서 특히 주목되는 것이 다음 대목이라 함은 이 때문이다. 곧 황홀함(예술)과 생활의 분리 문제가 그것이다.

십 년 전에 재호가 그때 여덟 살인가 된 철을 앞세우고 산에서 나올 때에는 이 천지에서 의지할 곳 없는 이 고아를 한 포기의 나무같이 기루어보리라 했던 것이니 그 즈음 그는 그림그리기도 내버리고 그만 영영 중질이나 할까보다고 절간에 어정대이며 인간의 모든 생활을 오직 부정하던 때이라 그 아이에도 장차 올 인간적 운명을 이로써 극복을 시험하려 했던 것이지만 그 적 묘목(苗木)을 그의 밭동산에 심었던 때부터 또 하나의 인간적 생활의 운명이 약속되었던 것이다.

이지음 그의 훌륭한 정원도 이 작은 묘목 하나를 중심하고 설계되었던 것이니 시방 저 넓은 잎이 서리에 찢어진 파초를 비롯하여 칸나, 목련, 능금, 무화과, 모가, 대추, 복숭, 매화, 벽오동…… 대개 한 삼십여 주되는 이 정원목도 역시 철을 주부(主婦)로 삼고 이루어진 재호들의 살림살이에 있어서는 곧 삼십여 명의 형제요 가족이었지만 이 가족은 실로 민감한 신경을 가진 자들이라 단지 그 주부가 아니면 아이인 것이요 아무리 재호가 혼자서 버틴다 하더라도 철이 없는 살림살이에선 그들은 그저 삼십여 주의 정원목일 따름이지 도저히 가족은 될 수 없다는 것을 재호 자신도 인정하지 않을 수 없었다.

—— 연재 (9)

재호에 있어 소년 철이 한 그루 묘목이자 동시에 주부이며 정원의 중심부에 놓였음이 분명해졌다. 주부란 무엇인가. 예술가 재호에 있어 그 예술을 지탱하는 터전이요 바탕인 생활(현실)이었다. 세속적으로 말해 재호의 하산은 소년 개동과의 결혼을 의미하는 것. 이 점에서 그것은 김계월과의 실질상의 결혼에 엄밀히 대응된다. 예술(문학)에 전생애를 걸고 그를 통해 자기의 운명 타개를 겨냥한 청년 김동리가 이 대단한 예술지상주의적 황홀경을 포기하고 결혼(세속화)할 것인가 아니면 예술도 결혼(생활)도 함께 가질 것인가에 고민한 것이 「솔거」 3부작의 밑그림이다. 스스로 천재라 믿고, 예술 황홀경에 빠질 만한 여건이 그에겐 충분히 있었다. 당시의 등용문인 신춘문예 3대신문(《조선일보》, 《동아일보》, 《중앙일보》)의 시, 소설을 연속적으로 돌파한 작가는 김동리뿐이었다. 그가 천재병에 걸렸다 해서 조금도 이상할 것은 없다. 그러나, 문단 데뷔 뒤의 사정은 그의 천재성을 증명하기엔 적절하지 않았다. 발표의 기회도 어려웠지만 무엇보다 창작 의욕에 비해 실제 창작은 뜻대로 되지 않았으며, 세상이 그를 그의 생각대로는 알아주지 않았을 터이다. 생활 방편으로 선택된 광명학원 교사 노릇도 무의미하게 보이기 시작했는지도 모른다. 나이도 들어 갔으니까 결혼 문제에 직면했을 터이다. 스스로 천재라 믿는 그에게 제일 두려운 것은 무엇이었을까. 남들이 모두 하는 결혼을 하기는 해야겠는데, 제일 두려운 것은 그로 말미암아 그의 문학 창작이 소홀해지거나 제이차적인 것이 될지도 모른다는 점이었다. 예술이냐 생활이냐의 문제에 직면했을 터이다. 김계월과 현실적으로 혼인하고 가정을 이룬 만 25세의 청년 작가 김동리는 이러한 모험을 감행하면서 다른 한편으로, 스스로가 빠져나갈 환상적 기준을 만들어놓지 않을 수 없었다. 그의 분신으로서의 재호가 그것이다. 「솔거」 3부작이 그에게 그토록 중요한 것은 이러한 사정에서 말미암는다. 현실의 김동리는 작가이자 가장이고 아이 아버지이고 광명학원 교사이며, 「무녀도」의 작가이지만, 다른 한편으로는, 혜룡선사를 스승으로 모신 화가이자 자유인인 26세의 청년이었다. 예술지상주의자(낭만주의자)이자 황홀경에 빠져 여인(소녀)에 대한 사랑 따위도 대수롭지 않게 치부하는 〈이미 돌이킬 수 없는 가슴의 병〉에 걸린 그런 거룩한 존재였다. 요컨대 김동리는 현실과 환상의 두 세계를 동시에 살고 있었다. 「잉여설」에서 작가 김동리는 철을 정아와 결혼시킴으로써 김계월과 자기의 혼인을 합리화하였으며, 김계월의 혼인으로 결코 수렴되지 않는 〈잉여 부분〉을 재호를 통해 남겨놓았던 것이다. 이러한 이중적 장치의 설정은 김동리의 총명성에서 말미암았기보다는 그만큼 예술 자체에 깊이 그가 개입되었음에 관련된다. 요컨대 예술 황홀경에 빠져 있던 천재 작가 김동리에게 있어 세속적 결혼(현실과의 타협)이란 일종의 두려움이었다. 이 두려움에 대한 대응책이 재호라는 인물의 창출이었다. 훗날 그가 「솔거」를 「불화」로, 「잉여설」을 「정원」으로 고친 것이 현실에 대응하는 그의 태도에 관련되었음도 이로써 설명될 것이다.

4 정아의 밑그림

김계월과 결혼함과 그로 인한 삶의 미지수에 대한 두려움을 극복하기 위해 마련된 별개의 세계(도피처)로 향한 첫 단계가 「솔거」 3부작이라면, 그리고 「솔거」에서 하산이, 「잉여설」에서 결혼이 수용된 것이라면 그 다음 단계의 재호는 어떠할까.

「솔거」의 주인공 재호는 김동리의 창작 방법론의 인물 선정 방식에 따르면 천재형에 속한다. (1) 불구자(병자), (2) 기인(괴짜), (3) 천재(백치)로 주인공을 설정함이 원칙이었는데, 「무녀도」의 낭이, 「화랑의 후예」의 황진사, 「솔거」의 재호 및 「무녀도」의 모화 등이 각각 이에 해당된다. 모화를 〈천재형의 기인〉이라고 작가가 표나게 내세우고 있음에 주목할 것이다(김동리, 「소재의 특이성과 평범성」, 《신문예》,

1959. 5, 34쪽). 재호(화가)와 모화는 그러니까 질적으로는 같은 유형이지만 다만 그들이 걸친 의상만 다른 셈이다. 그림 그리기가 서양식 근대적 예술가의 의상이라면, 무당이란 토착적인 의상에 지나지 않는다. 이러한 인물 설정이 당시 김동리의 의도적인 행위는 아니었다. 〈소재를 특이한 것으로 해야 한다〉는 강박 관념이 저절로 그러한 결과를 낳았을 뿐이다. 〈소재의 특이성이 곧 주제에 대한 의욕이다〉라는 명제란, 〈독특한 작품을 쓰고 싶다〉는 청년 작가다운 패기에 알게 모르게 수렴되는 사항이었을 터이다.

솔거되기 위해 절간을 찾았던 10년 전의 천재 화가 재호가 세속으로 돌아오게 된 계기(깨달음)는 소년 개동과의 인연맺음이었다. 그러나 이러한 인연맺음이 근본적으로는 한갓 속임수이거나 무의미한 것임을 선사는 미리 알고 있었다. 어떤 인연맺음도 색즉시공 앞에서는 무의미한 것이기 때문이다. 그렇지만 인간은 살아가야 하는 법이기에 그러한 인연짓기란 필수불가결한 중간 과정을 겪지 않을 수 없다. 혜룡선사가 재호에게 개동을 딸려 보낸 것은 이처럼 삶의 방편을 재호 스스로 겪음으로써 정면으로 자기의 운명에 직면케 하기 위함이었다. 언제 그런 시기가 오는 것일까. 「잉여설」은 그러니까 개동과의 인연맺음으로 말미암아 치러내어야 할 사항들이 아직도 남아 있음에 대한 응답으로 제시된 것이다. 불교의 거창한 인연설을 제시하지 않더라도 순수 논리로도 유추될 수 있는 그런 사항이기도 하다. 일찍이 경험론자인 J. S 밀은 시험적 연구 방법의 하나로 잉여법 method of residues 을 내세운 바 있다. 어떤 현상 가운데서 이미 귀납법에 의하여 어떤 전건(前件)의 결과로서 알려진 부분을 제거할 때 그 나머지 부분은 전건의 잔부(殘部)의 결과라는 것이 그것이다.

「잉여설」은 그러니까 하산한 재호와 소년의 관계가 10년이 지난 시점을 청산하는 시발점에 해당된다. 소년을 제하고 남은 재호 자신의 부분이란 무엇인가. 이 점에 작가는 썩 민감하여 인상적이다.

이 해 초가을부터 마침 착수하여 있던 〈모과나무〉는 그가 수년래 그리려고 별러오던 화제(畫題)요, 또 형편이 이리 되고 보니, 지나간 십년 동안 허무(虛無)와 겯고 튼 그의 심경의 결실이기도 하여 기어이 이것만은 그 화실에서 끝장을 내고 싶었던 것이었다.

그날도 그는 집에서 이삼 리나 떨어져 있는 열매재라는 곳까지 가서 미처 못 본 모과나무 몇을 더 스켓취하여 오는 길이었다. 마침 해는 지려고 산에 걸쳤을 무렵인데 집은 비어 있고 잎이 거의 떨려 가는 정원의 나무들만 가을 낙조 속에 고요히 서 있었다.

(철은 또 어디로 갔을까)

텅빈 듯한 외로운 집, 이렇게 생각할 때, 이날 따라 그가 못내 그리워졌다.

——『황토기』, 97쪽

재호가 매달려 있는 10년간의 화제란, 〈모과나무〉(원작 「잉여설」엔 〈목과도(木果圖)〉로 된 것)이지만 기실 그것은 〈허무〉에 다름아니었다. 이제야말로 이 화두를 집행할 시기가 온 것임을 그가 깨닫게 되지만 당연히도 그는 이를 이루어낼 수 없게 되어 있다. 허무를 이루어낼 수 없거니와 이루어낼 수 있더라도 허무는 한갓 허무인 까닭이다. 이 사실을 혜룡선사는 10년 전에 이미 청년 재호에게 암시해 주기까지 했다. 〈솔거란 없다〉라고. 그럼에도 어리석은 재호는, 무명(無明)에 가려 소년 개동을 데리고 하산했던 것이다. 「잉여설」을 두고 36세의 화가 재호가 10년 동안 공들였음에도 불구하고 아직도 무명에서 못 벗어나고 있는 상태를 보여주는 단계라 함은 이 사정에 관여된다.

〈모과나무〉는 완성되지 않고, 개동은 가출하고 없는 이 정원은 장차 어떻게 될 것인가. 이런 물음은 재호가 자기의 구경적 운명과 직면함을 가리킴이 아닐 수 없다. 이를 불러 「완미설」이라 했다. 무엇을 완미한다는 것일까. 그 대답은 너무나 투명하다. 〈허무〉를 맛보기

외에는 달리 어떤 구경적인 맛도 없다는 사실을 전제로 한다면 작품
「완미설」은 차라리 담담한 경지가 아닐 수 없다. 「솔거」나 「잉어설」
과는 달리 「완미설」에 개작이 없는 것은 이 때문이다.

　개동과 정아가 마침내 가출하고, 또 결혼식을 치른 뒤 재호는 어떻
게 되었던가.

　재호는 그 길로 다시 방랑에 몸을 던져 두어 해 동안 이슬과 햇볕에
머리를 바래이고 나 이제 남은 나이를 조용히 늙을 수 있다는 새로운 즐
거움이 솟아오르매——그 즐거움과 함께 소년의 행복을 위해서도 무엇
을 할 수 있다면 하는 생각도 들어서——그는 다시 전날의 자기 정원으
로 돌아와 방문을 열어 햇빛을 넣고, 머리와 수염까지 다 말끔히 정리했
던 것이다.

——《문장》, 1939. 11, 37쪽

　닭 쫓던 개의 신세가 된 재호가 위와 같은 마음자리에 이르기까지
는 두 해의 방랑이 필요하였다. 위와 같은 마음자리란 과연 무엇일
까. 그것은 혜룡선사와 헤어져 절을 나서던 그때의 심정을 가리킴이
며 그 마음자리에서 일구어낼 수목은 「잉어설」에서 가꾼 30여 그루의
정원수가 아닐 수 없다. 재호는 다시 시작하기로 작정한 것이었다.
미완성의 그림 〈모과나무〉(목과도)를 기어코 완성해 보이는 일이 그
것이다.

5　현실에 침투당한 미학의 표정

　이러한 마음자리의 복귀란 무엇이며 과연 이루어질 수 있을 것인
가. 한갓 되풀이에 지나지 않는 것은 아닐까. 실로 어리석고도 미련

한 되풀이가 아니었을까.

이번엔 소년 대신 아기 못 낳는 석녀(石女)와의 인연맺음이 강구되
었다. 어째서 재호는 석녀와 혼인하고자 했으며, 너무도 당연한 그
결과를 알면서도 왜 이러한 행위에 나가지 않으면 안 되었을까. 소년
을 주부로 삼아 정원 가꾸기에 몰두했던 재호는 끝내 〈목과도〉를 완
성할 수 없었다. 「무녀도」와 이 「목과도」는 족히 대응될 것이다. 〈목
과도〉가 나무 열매의 그림이냐 모과나무 그림이냐에 대해서는 「잉여
설」이 전자에, 개작 「정원」이 후자에 해당되나 그 의미상의 차이는
거의 없다. 훗날 김동리는 수필 「모과나무」에서 정원수로 모과나무가
숭상되기 시작한 것은 일제 강점기 이후라 하고 이것이 왜풍 아니면
서양풍이거나 그 둘이 합해진 것이겠고, 동양적 전통적 시선에서 옛
선조들은 귀신이 잘 타는 나무라 하여 기피했음을 지적하고 있다. 그
럼에도 그가 모과나무를 좋아하는 이유는 무엇이었던가. 둥치나 꽃이
나 열매의 〈기이함〉을 그 이유로 꼽았다. 곡절 많은 둥치에 청동색
바탕에 고동색 회색 갈색 다갈색의 현묘한 무늬라든가 울굴하고 견강
한 둥치에 비해 작고 가련한 꽃, 그 신묘한 결과로 맺어진 열매가 지
닌 유현, 복욱한 향기란 〈로맨티시즘의 극치〉라 보았다. 그 열매를
책상 위에 얹어놓고 음미하기란, 〈기독교의 서양인이 신에 취해 있는
때와도 같은 것〉에 방불하다는 것이다(『김동리 대표작선집(6)』, 삼성출
판사, 312쪽).

〈목과도〉이든 〈모과나무 그림〉이든, 그것은 재호의 도달점으로 상
정된 예술의 상징임엔 변함이 없다. 그러나 단순한 나무의 열매(木
果)와 현묘하기 짝이 없는 그래서 귀신을 잘 탄다고 말해지는 모과나
무와의 차이는, 어떤 의미에서 매우 중요한데, 왜냐하면 원작 「잉여
설」과 개작 「정원」의 차이에 각각 걸리기 때문이다. 그로테스크한 취
향으로서의 〈로맨티시즘의 극치〉를 수용하는 그런 단계에 작가가 이
르렀음과 아직 그런 자각에 이르지 못했음을 각각 말해 주는 것인 만

큼 「솔거」 3부작의 원작과 개작의 거리감은 원작 당시의 작가 김동리
와 개작 당시의 김동리의 정신적 변화랄까 풍요로움으로서의 발전이
랄까 혹은 삶의 유연성 획득과도 관련이 있을지도 모를 일이다.

「완미설」은 이미 앞에서 말했듯, 다시 출발함을 보여주기 위한 실
험으로 읽힐 수 있다. 소년 대신 석녀와 결혼함으로써 작가는 「잉여
설」을 되풀이해 보이고 있다. 그리고 그 실험의 결과는 예측된 대로
였다. 현실의 김동리가 스스로의 결혼 및 세속의 함정을 피하기 위해
환상적 기준으로 설정한 가공의 세계(소설)란 실상 허무〔空〕 그것이
아닐 수 없었다. 현실〔色〕이 허무임을 그 환상적 기준이 증명해 보이
고 있었다. 아기 못 낳는 늙은 기생과 혼인한 재호의 새출발은, 철과
정아의 일족이 정원으로 찾아온 순간에 다시 원점으로 되돌아감을 보
여줄 뿐이었다.

　　며칠 전에 그 누이가 와서 정아가 홍준일 데리고 이 정원에서 사진을
한 장 백이구 싶어 한다구 하기에 재호는 속으로 한참 주저하다가 결국
그러라고 응락했더니 그의 아내는 어저께부터 그들 접대할 준비를 하느
라고 사진관에 기별을 한다 하였다. 재호 내외가 결혼하던 날 이래 아직
정아들까지 함께 모이고 한 일은 통이 없었으므로 아내는 이 기회에 아
주 제이의 잔치 —— 잔치래야 다과회에 불과하였지만 —— 를 벌일 셈인
모양이었다.
　　어느 높은 나무가지에서 굴러내리는 꾀꼬리의 울음소리가 아슬아슬 그
고비에 겨울 때마다 뜰 앞 넓은 파초잎엔 물줄기 같은 햇빛이 서고는 한
다.
　　「인제 마악 세수를 했구먼」
　　하며 신돌 위로 올라서는 그 누이를 앞잡이로, 그 뒤에 흰 하부다에
(羽二重, 엷고 매끄럽고 올이 고운 비단 옷감 —— 인용자)로 애기를 싸
안은 정아와 철 그리고 맨 끝은 그의 아내였다.

재호는 그 아내의 시선이 진작부터 그 흰 하부다에 위에 쏟아지고 있
음을 생각하자 어느덧 자기의 눈언저리에 어뚝어뚝 현기를 깨달으며 표
나게 덜덜덜 떨리는 손으로 어린애의 턱밑을 만져주었다.

──《문장》, 1939. 11, 46쪽

「완미설」의 이 결말에 주목되는 것은 재호의 〈현기증〉에 있다. 이
현기증의 정체는 무엇일까. 작가는 이 작품의 끝에다 다음과 같은
〈부기〉를 달아놓았다.

〈본편 「완미설」은 형식으로는 따로 독립된 단편이나 내용으로는
「솔거」, 「잉여설」과 같은 문제(운명)의 발전이요 변모인즉 상기 이
작(作)과 함께 읽어주시는 독자가 몇 분쯤 계셨으면 한다〉라고.

6 현기증의 정체(正體)

현기증의 정체를 알기 위해서는 적어도 「솔거」 3부작을 동시적으로
파악할 필요가 있다는 지적으로 이 부기를 읽을 수 있다. 「솔거」에서
의 재호는 소년 개동과 더불어 하산하였다. 그들의 앞길엔 봄날의 흰
햇빛이 강물처럼 쏟아내리고 있었다. 그 후일담이 「잉여설」이었다.
재호의 그러한 희망찬 정원 가꾸기의 결과는 어떻게 되었던가. 소년
개동을 정원수로 심어서 기른 지 만 10년 만에 재호는 〈닭 쫓던 개〉
의 신세가 되어 있었다. 소년 개동(철)의 가출에 직면한 재호는 〈다
시 막막하였고〉 아득하였다. 〈어느 때까지 그 어두운 정원에 그냥 남
아 있는〉 재호의 심정은 어떠했을까. 소년을 통해 자기의 운명을 타
개해 보고자 했던 재호가 보기 좋게 실패한 것을 보여주기 위해 「잉
여설」이 씌어졌다. 그렇다면 그 후일담은 어떠할까. 작가가 또 한번
의 실험을 감행해 본 것이 「완미설」이다. 이 실험의 결과도 막막하기

는 마찬가지였다. 석녀와의 결혼 자체에 이미 예비되었듯 재호의 운명 타개의 방도는 아무 데도 없는 것이었다. 이 사실을 새삼스럽게 가르쳐준 것이 〈흰 하부다에〉였다. 그것은 소년 개동의 운명 타개의 증거물이었다. 이 구체적인 운명 타개의 증거 앞에 직면하자 재호는 현기증을 느끼지 않으면 안 되었다. 예견된 것이긴 하나 그것의 출현이 돌연스럽게 느껴졌기에 재호는 저도 모르게 손이 떨렸던 것이다.

이렇게 보아올 때 「솔거」 3부작은 원작, 개작이 섞여 있음에도 불구하고, 결과는 동일하다. 「솔거」에서 재호는 자기의 운명을 발견하긴 했으나 그 타개책을 알지 못했다. 그 타개책의 모색이 「잉여설」이었고, 그 결과는 〈막막함〉에 이르기뿐이었다. 한 번 더 시도했고 그것이 「완미설」이었으나 이번에도 보기 좋게 실패하였으니 〈현기증〉이 그 증거다. 재호의 운명 타개책이란 이처럼 십 년이 가도 십삼 년이 지나도 발견되지 않는 것이었다.

여기까지 이르면, 다음과 같은 질문이 쉽사리 나올 수 있다. 어째서 재호의 운명은 타개책이 없는가와, 동시에 하필 재호만이겠는가가 그것이다. 깊이 따져본다면 재호만이 아니라 인간 그 누구도 스스로의 운명을 발견할 수는 있어도 그 타개책까지 발견할 수는 없지 않겠는가. 죽음을 피할 수 없는 운명을 인간은 그 누구도 공유하고 있지 않겠는가. 죽음 앞엔 그 무엇이든 〈허무〉가 아닐 수 있겠는가. 재호란, 그러니까 작가 김동리이자 인간 그 누구이기도 하다. 작가는 특정 인간 재호를 통해 인류가 공동으로 안고 있는 구경적 운명을 주제로 설정했음이 이로써 조금 드러났다. 만일 이 죽음(허무)을 초월하는 그러한 방책이 발견된다면 그것은 말할 것도 없이 종교의 영역이어서 더 이상 문학이나 철학에서 논의할 성질이 못되는 것이다. 이 점을 단적으로 보여주는 것이 「황토기」이다. 「황토기」가 「솔거」 3부작을 보다 명쾌하게 압축해 놓았다 함은 이런 사정에 관여된다. 「황토기」가 김동리 문학의 본령이라 함도 이 사정에 관여되어 있다. 후

일담을 감히 용납하지 않는 고압적인 작품이 「황토기」이며, 그 완성
도에서 이를 능가하는 것이 없다는 것도 이 사정에 관여된다. 후일담
따위가 감히 끼여들 수 없음도 이 사정에서 말미암는다.

7 작품 완성도와 그 방해 요인

「솔거」3부작에서 끝으로 검토되어야 할 과제는 무엇일까. 원작과
개작 사이에 걸친 작품상의 완성도 따지기가 그 하나. 다른 하나는
작가의 현실적 삶과 작가적 삶의 상관 관계에 대한 것.

원작(A)과 개작(B) 사이의 완성도 따지기란 텍스트 연구의 과제에
해당될 것이다. 「솔거(A)」와 「솔거(B)」를 비교해 본다면 작품의 내
적인 면에서 보면 (A) 쪽이 훨씬 밀도가 높다고 볼 것이다. 어디까
지나 청년 화가인 재호에 비중이 기울어져 있었던 만큼 나한도를 비
롯한 그림에 의해 작품의 육체가 채워질 수 있었다고 볼 것이다. 재
호의 고민이란, 어디까지나 〈솔거되기〉에 있었다. 재호의 앞뒤를 가
로막는 것은 모두 이 보이지 않는 솔거의 시선이었으며 대공암, 백일
암, 불이암 등 어느 암자에 가더라도 솔거의 시선을 피할 수 없었다.
이러한 강박 관념이 내적 긴장감을 고조했으며 그 대신 작품 전체의
균형감을 저해한 것이었다. 완성도가 (B)에 뒤진다는 것은 이를 가리
킴이다.

한편 (B)의 무게중심은 어디였을까. 청년 화가의 황홀경에 초점이
놓였다기보다는 운명의 발견에 기울어져 있다. 그 증거로는 (1) 재호
가 사랑한 소녀와의 혼사가 결렬된 이유에 대한 상세한 설명, (2) 도
입부의 상여 꿈에 대한 약식 기술, (3) 혜룡선사의 직접적인 개입,
(4) 소년의 고유명화(固有名化) 등을 들 것이다. 이 중에서도 제일 큰
개작 대목은 (3)이다. 혜룡선사의 구체적인 행동은, 재호의 운명 발

견 및 그 타개의 징후를 깨치게 하는 매개항 노릇을 하는 것으로 설정된다. 이를 대승적 위치라 할 것이다. (A)에서는 재호 스스로의 힘으로 자기의 운명을 발견하고 또 그 타개책(구원)을 모색해야 했던 만큼 어디까지나 소승적이자 자력적인 각성이었다면, (B) 역시 자력적인 각성엔 변함이 없으나 혜룡선사라는 인물의 매개적 개입(이를 타력적 자각이라 부를 것)이 없이는 이루어지지 않는 것이었다. 순수히 자력적인 것인가 매개를 통한 자력적인 것인가의 차이에서 오는 (A), (B)의 관계는 그 자체로 등가이자 판별 불가능이겠지만, 이를 드러내기 위한 주변적 장치의 면에서 보면 (B) 쪽이 좀더 간단 명쾌하다. (B) 쪽이 투명하며 따라서 완성도가 높다는 것은 이런 문맥에서이다.

이와 비슷한 문법은 「잉여설」과 「정원」 사이에서도 적용된다. 양자 사이의 제일 큰 특징은 전자의 중요한 의미 단위로 제시된 체홉의 단편 및 러시아 전원곡의 기타 연주와 그 생략에서 찾을 것이다. 체홉의 단편집으로 대표되는 문학, 전원곡으로 대표되는 음악이란 요컨대 근대적 예술에 해당되는 것. 정아로 표상되는 이러한 것이 재호의 정원에 쳐들어왔을 때 무방비와 다름없이 노출된 이 정원의 황폐화는 불을 보듯 훤한 일이었다. 비록 철이 스승 재호에게 근대적 그림을 배우고 있긴 했으나, 재호 자신도 〈목과도(木果圖)〉를 완성하지 못한 형편이었던 만큼 철의 방어력은 썩 미미한 것이라 할 것이다. 그렇지만, 문학, 음악, 미술 등이 이 정원에 함께 모일 수 있었음은 「잉여설」이 지닌 강점이다. 문제는 이 강점이 정원을 이루고 있는 다른 구성 요소와의 균형 감각을 취하지 못함에 있다. 재호, 과부가 된 그의 누이, 그리고 석녀인 재호의 아내 등으로 상징되는 비근대적이자 원형적인 인물들이 이 정원의 또 다른 구성 요소가 아니었던가. 원형적 인간이 갖고 있는 운명과 근대적 성격인 예술 사이에서 균형 감각을 유지하기 위해서는 먼저 이 정원의 구조 및 분위기가 별도로 고려되어야 했을 것이다. 그리고 더욱 중요한 것은 재호의 매개 인물 노릇하기일 것이다. 재호는 원형적 인물이자 근대인인 만큼 이에 대한 자각이 고려되지 못한 「잉여설」은 따라서 전체적인 균형 감각의 상실을 가져왔다. 개작인 「정원」에서 작가는 의식적이든 무의식적이든 이 정원의 한쪽 구성 요소를 이루는 근대적 성격을 송두리째 제거함으로써 작품을 단순, 투명화시켜 놓고 있다. 「정원」의 완성도의 성취는 이로써 유려하게 이루어졌다. 뿐만 아니라 재호의 일기를 도입함으로써 재호의 내면의 어수선한 묘사를 요약적으로 제시했던 것이다.

「솔거(A)」와 「솔거(B)」, 「잉여설」과 「정원」이 다시 「솔거」와 「불화」, 「잉여설」과 「정원」으로 짝을 이루게 되는 것은 해방공간도 지난 60년에 들어서였다. 그렇다면 「솔거」 3부작 중 마지막인 「완미설」은 어떠한가. 이 작품에서만은 한 곳도 작가의 손댄 곳이 없음은 웬 까닭일까. 이 물음에 대한 해답은 「완미설」 속에 온전히 들어 있어 조금도 놀랄 일이 못 된다. 운명의 발견까지는 가능하나 그 타개책이란 없다는 것이 그것. 「솔거」 3부작의 참주제가 바로 이것이었다. 말을 바꾸면, 모든 후일담은 운명 타개책으로 고안되고 씌어지는 것. 그러기에 후일담은 단지 후일담에 지나지 않는다는 것. 후일담이란 그러기에 허무(죽음)와의 마주침이자 죽음 자체가 아닐 수 없다. 죽음이란, 하이데거식으로 말해 누구도 경험할 수 없지만 누구도 피할 수 없는 것. 인간은 죽음을 결코 직시할 수 없다. 그것은 태양과 같으며 동시에 제로 개념이 아닐 수 없다. 「역마」에서 엿판을 짊어진 주인공 성기가 계연이 떠난 방향과는 반대쪽으로 콧노래까지 흥얼거리며 집을 떠난다 해도 그것이 운명 타개책일 수 없는 에피소드의 일환인 것도 이 때문이다.

「솔거」 3부작이란 과연 무엇인가. 아직도 이에 대해 남은 구석이 있을까. 〈있다〉고 말하는 쪽이 작가 김동리 쪽이리라. 〈일상적 삶이냐 문학이냐〉라는 갈림길에까지 쫓겨온 만 25세의 청년 작가가 있었다. 때는 1937년 전후. 등용문 세 곳을 실력으로 돌파한 시골 청년 김동리에 있어 문학이란, 흡사 홍길동이 획득한 도술 그것이 아닐 수 없었다. 출구 막힌 이 시대의 조선 청년에 있어 문학이란 근대적 삶에로 나아갈 수 있는 유일한 무기(도술)였다. 그러나 막상 그 무기를 획득하는 순간 무기는 어느새 출세의 무기가 아니라 자기 구원으로만 향하는 구도의 수단에 다름아니었다. 자기 완성의 길로 치닫느냐 일상적 삶에로 내려앉느냐의 선택의 길이 가로놓이게 된 것이다. 25세의 청년이 이 선택의 고민에서 택한 타협책이 「솔거」 3부작이다. 인간 김동리, 그는 결국 한 여인과 결혼하여 가정을 이루는 쪽으로 나아갔던 것이다. 그렇다면 작가 김동리는 어디로 향해야 했던가. 이 물음에 대한 대답이 「솔거」 3부작이다. 작가 김동리 그는 이제 화가 재호로 모습을 바꾸고 있었다.

결혼 생활이 힘들고 어렵고 난처함에 비례하여 재호의 고민은 비례하여 힘들고 어렵고 난처한 것으로 되지 않으면 안 되었다. 이들 작품의 원작과 개작이 지속적으로 이루어졌고, 대폭 수정되었음은 이로써 설명된다. 그리고 그 개작의 시기가 해방공간에 와서 절정에 이르고 있음에 주목할 것이다.

여기까지에 이르면 「솔거」 3부작의 대단원이 「인간동의」(1950)에서 비로소 완결되는 까닭을 알아차릴 수 있을 것이다. 작가 김동리와 인간 김동리의 내적 드라마의 생생한 풍경은 「인간동의」에서 그 절정에 이르게 된다.

제6장

「황토기」, 그 도저한 세계
—— 허무의 절대성과 여의주의 행방

1 「솔거」 3부작과의 비교

「황토기」(1939. 5)는 김동리의 대표작이다. 작가 김동리로서는 더 나아갈 수도 없고 물러설 수도 없는 지점에서 씌어진 작품이기에 그것은 그러하다. 그는 여기서 붓을 놓아야 옳았다. 〈구경적 생의 형식〉에 엄밀히 대응되는 것은 「황토기」뿐인 까닭에 그것은 그러하다. 「황토기」 이후의 모든 그의 작품들이란, 어쩌면 한갓 「황토기」의 보조선이거나 후일담에 지나지 않기에 그것은 그러하다.

일찍이 작가 김동리는 「무녀도」(1936. 5)를 쓴 바 있다. 이 작품은 김동리의 것임엔 틀림없지만 여성적이며 내성적이라는 점에 그 한계가 있었다. 샤머니즘이라는, 한국인의 생사관이라는 거대한 강물이 그 작품 한가운데로 흐르고 있긴 했으나, 그것은 물을 것도 없이 지방성의 일종이었다. 무녀 모화는 한국인이며 더 나아간다 해도 동북아의 샤머니즘 분포 속에 수렴되는 것에 지나지 않는다. 이 지방주의를 설사 그가 분명히 간파하지 못했다 할지라도 사정은 마찬가지다.

「무녀도」를 쓴 지 1년 만에 그는 「솔거」(1937. 8)를 썼다. 이어서 「잉여설」(1938. 12)과 「완미설」(1939. 11)을 썼다. 「황토기」가 씌어진 것은 이른바 「솔거」 3부작의 한가운데에서이다. 여기서 〈한가운데〉라는 지적에 주목할 것인데, 그 이유는 다음과 같다.

「솔거」 3부작의 밑그림이랄까 원형이랄까 그 기원에 해당되는 것이 「황토기」라는 점. 밑그림이되 완성형이 아니라 그 자체가 성장해 가는 그러한 밑그림이라는 사실. 문학이되 문학을 넘어선 절대의 형식이라는 사실. 한국인이랄까 특정한 시대의 인간이 아니라 인간 그 자체의 조건(운명)의 형식이라는 사실. 시간과 공간을 초월한 형식이기에 그것은 〈구경적 생의 형식〉이 아닐 수 없다는 점. 「황토기」라는 구경적 생의 형식이 공간적으로는 해인사 부근, 시간적으로는 30년대의 모습으로 변신하여 나타난 것이 「솔거」 3부작이라는 사실. 억쇠와 득보가 신식 양복을 입고, 서양식 화구를 들고 해인사 부근에 나타나, 솔거를 그리는 장면이 「솔거」였다. 그의 이름은 재호였으며, 그가 화가를 궁극 목표로 선택한 것은 단지 우연이되 또 그것은 필연이었다. 자기의 힘으로는 어쩔 수 없는 가족들의 개입으로 말미암아 재호의 첫사랑이 파기되었다는 점에서 보면 그것은 재호로서도 어쩔 수 없는 필연이겠으나, 이에 맞서기 위한 방식이 하필 화가의 길이었던 이유는 무엇인가. 그것은 단지 우연에 지나지 않았다. 문학이어도 종교여도 또는 사업이어도 상관없는 일인 까닭이다. 이 우연은 잘 따져 보면 재호 스스로 택한 것이어서 첫사랑의 경우와는 구별되는 것이기도 하다. 「솔거」는 이 우연과 필연이라는 두 가지 인연에 대한 암묵적 성찰에서 비롯되고 또 끝난다. 자기 스스로 택한 화가의 길에서 먼저 그는 그 끝장을 본다. 솔거 찾기의 불가능이 그것이다. 당초 솔거 따위란 없었던 까닭이다. 솔거란, 실상 허무에 직면하지 않을 수 없는 인간의 몸부림이 창출한 한갓 허상이었던 것. 청년 재호는 이 점을 어느 수준에서 깨닫고 있었다. 그러나 이러한 깨달음만으로는 하산할 수 없었는데, 다른 대안이 찾아지지 않는다면 절에 머물기나 하산하기 둘 다 무의미한 까닭이다. 재호가 하산하기 위해서는, 다른 동기가 부여되어야 했는데, 필연에 대해 필연으로 대응하기가 그것이었다. 소년 개동과의 인연 맺음이 그것. 이는 불교적인 연기설에서 말미암는다고 할지라도 사정은 마찬가지다. 재호 자기의 선택권을 넘어선 곳에서 설정된 과제인 까닭이다. 혜룡선사도 절의 다른 여러 조건도 모두 이 장면을 두고 재호 스스로 택한 행위인 듯이 몰아가고 있지만, 이는 한갓 시늉에 지나지 않는다. 재호가 자기의 운명을 결정한 첫사랑의 파탄에 대해 저도 모르게 그것과 꼭 같은 방식으로 대응한 것이 소년 개동과의 인연 맺음이었다.

이러한 인연 맺음이 운명의 타개책처럼 인식되어 하산하는 재호의 모습은 엿판을 짊어지고 계연이 간 방향과 정반대로 휘파람을 불며 출발하는 「역마」의 주인공 성기와 흡사했던 것은 이런 연유에서이다. 소년 개동과 재호가 하산하는 장면이 일종의 사이비 구원이었음이 서서히 판명되는 과정을 그린 것이 「잉여설」이다.

그 푸지게 쌓였던 눈도 하로 아침 봄볕에 거의 녹아내리고 마을로 내려가는 길 위에는 흰 햇빛이 강물처럼 내리 퍼붓고 있었다.

── 「솔거」 결말

강물처럼 내리 퍼붓고 있는 그 길에서 전개된 것이 재호와 개동(철이라 개명)의 10여 년간의 삶이었다. 청년이 된 철은 어느새, 재호와는 다른 별세계에 진입하고 있었다. 과부가 된 누이의 딸인 정아의 등장으로 말미암아 철은 재호 곁을 떠나지 않으면 안 되었다. 흰 햇빛이 강물처럼 내리 퍼붓던 그 하산길이 궁극적인 운명 타개책일 수 없다면 그것은 새삼 무엇인가. 사이비 구원책이 아니고 무엇이란 말인가. 재호의 힘을 초월한 절대의 개입이기에 그것은 그러하다.

이 절대랄까 필연에 도전하는 또 다른 방식이 고안되었는데, 「완미설」이 그것이다. 생산 못하는 늙은 기생과 재호의 결혼이 그것. 이역시 결과는 뻔한데, 재호의 여지없는 패배가 준비되어 있었던 까닭이다. 철이 부부가 낳은 아이를 안은 재호의 아득함이 이를 증거하는 것이다.

화가를 택함으로써 자기의 운명을 초극하고자 했던 것을 개인적 우연적이라 한다면, 가족 개입으로 실패한 첫사랑이나 이에 맞서 소년 개동과의 인연 맺음이란 필연이며 타인과 더불어 행하는 운명 초극의 시도라 할 것이다. 우연이든 필연이든 그 어느 것도 운명 초극의 완벽한 형식이 될 수 없다는 것을 보여준 것이 「솔거」 3부작이다. 예술도, 사랑도 따지고 보면 허무로 귀결되기는 꼭 마찬가지이기 때문이다. 설사 재호가 첫사랑에 성공했다 할지라도, 또는 솔거를 발견하고 스스로 솔거가 되었다 할지라도, 또 새로운 젊은 여자와 결혼하여 철이 부부모양 아기를 낳고 살았다 치더라도 결과는 동일한 법. 죽음이 아가리를 벌리고 그를 기다리고 있기 때문에 그것은 그러하다. 죽음, 그 절대적인 허무 앞에서 그 어떤 것도 안전하지 않기 때문에 그것은 그러하다. 거기 절체절명의 인간의 경지가 있었다. 이를 〈구경적 생의 형식〉이라 부른 것은 정작 김동리 자신이었다. 불교의 공(空) 사상이 잠시 김동리의 입을 빌어 그런 명제의 모습을 띠었을 뿐 그 이상도 이하도 아니었다.

「황토기」란 그러므로 〈구경적 생의 형식〉이란 명제를 도출하기 위한 밑그림이었다. 1939년에 씌어진 「황토기」가 완성된 것이 1949년 가을임에 주목한다면 이 점이 선명해지고도 남는다. 〈구경적 생의 형식〉이 정식화된 것은 정작 「문학하는 것에 대한 사고」(1948. 3)에서였다. 「황토기」의 완성(재창조)과 「문학하는 것에 대한 사고」가 그 정신의 높이에 있어서, 또 그 도달점에 있어서 전혀 등가라 함은 이런 사정에서 말미암는다.

「황토기」의 위치가 지닌 이러한 절대성을 작가 자신이 과연 자각하고 있었을까. 이런 물음은 썩 당돌하게 들릴지 모르나, 「무녀도」와 그 연장선상에 있는 「을화」(1978)를 염두에 둔다면 응당 던져봄직한 물음이 아닐 수 없다. 비록 자각적인 것은 아니었으나 창작집 『황토기』가 간행되었을 때 이에 놀란 비평가 조연현은 어느 수준에서 「황토기」의 완결성을 짐작한 것으로 볼 것이다. 그는 「황토기」의 세계를 〈허무에의 의지〉라 불렀다(조연현, 「허무에의 의지」《국제신문》, 1949. 1. 30). 허무와의 싸움, 허무에의 투신, 허무에의 도전이란 과연 무엇인가. 그 해답이 무엇이든 간에 조연현이 알아차린 것은 「황토기」의 그것이 「무녀도」라든가 「역마」의 그것들과는 다르다는 사실에 있었다. 「황토기」, 그것이 「무녀도」나 「역마」와 어느 점에서 다르며, 또 얼마나 다른가에 대해 작가 자신이 자각적이지 못했다 해도 그 자체로 중요한데, 왜냐하면 실상 작가가 이를 현실 속에서 실천하고 있었던 까닭이다. 30년대의 「황토기」가 문학적 상상력의 실천이라면 40년대 해방공간에서의 「황토기」는 문학적 상상력이자 동시에 그것의 현실적 실천이었던 것. 이 이중성이야말로 김동리 문학론의 기본항인 〈문학과 인간〉의 동시적 전개였다. 이 점에서 「황토기」는 완성도를 확보한 기념비적 작품이었다.

2 원작과 개작의 거리

원작 「황토기」와 개작 「황토기」 사이의 거리란 시기상으로 보아 기껏해야 9년에 지나지 않지만 그 정신사적 위상은 엄청나게 컸다. 원작이 놓였던 곳은 문학 자체가 불가능한 그런 곳이었다. 근대 문학이자 조선 문학이 소멸하는 그런 공간에 대응하기 위해 나온 것이 원작 「황토기」였기에 설사 이 원작 「황토기」를 개작하지 않고 원작 그대로를 해방공간에 옮겨놓기만 해도 그 위상은 엄청나게 달라질 수가 있었다. 해방공간이란, 30년대와는 달리 문학이 전면적으로 가능한 그런 자리였기에, 「황토기」가 뿜어내는 빛이 휘황할 수 있었던 것이다. 여의주를 지닌 용이 활동할 수 있는 공간이었기에 그렇지 못한 시대의 「황토기」와는 질적으로 다른 것이 개작 「황토기」가 지닌 특수성이다. 「무녀도」의 원작과 개작이라든가 「솔거」 3부작의 원작과 개작 사이의 문제와 「황토기」의 경우가 다른 것은 이 〈여의주〉에 관련되었음에서 말미암는다.

작품 「황토기」가 선 자리가 시대성을 초월한 곳 곧 원형성에 관련되었음에 먼저 주목할 것이다. 「무녀도」만 하더라도 모화가 살고 있는 동네와 그녀가 살던 시대가 어느 수준에서 드러나는 것(가령 서울서 선교사가 내려와 부흥회를 한다는 것)과는 달리 「황토기」의 배경은 초시대적이며 탈현대적이다.

편의상 원작을 (A), 개작을 (B)라 하여 그 텍스트상의 차이점을 살펴보기로 한다.

(A) 금오산(金鰲山)과 수리재(鵄述嶺)에서 뻗쳐내리는 두 산맥이다.

등성이를 벌거벗은 채 이십 리씩을, 하나는 서북, 하나는 동북으로 보고 뛰어내려 오다가, 겨우 황토골이란 조그만 골짝 하나를 낳은 것뿐으로, 거기서 그 앞을 흘러가는 냇물〔龍川〕을 바라보며, 동네 늙은이들의 입으로 전하는 상룡(傷龍) 혹은 쌍룡(双龍)의 전설을 이룬, 그 지리적 결구(地理的 結構)는 여기서 끝을 맺는 것이다.

용내〔龍川〕를 건너 황토골 앞 들에는 두레논을 매는 한 삼십여 명 되는 사람이 한 일자(一字)로 하얗게 굽으려 있고 논 두렁에는 농기를 든 사람과 풍물치는 사람들이 모두 너댓이나 나서 있다.

해는 바야흐로 하늘 한가운데서 이글거리고 있다.

억쇠는 아까부터 벌서 두 차례나 허리를 펴고 일어나 분이가 술을 가져오는가 그것을 살펴보는 것이지만 아직 오는 데가 없다. 오늘 이 부근 사람들은 모두 저 두레논을 매러 모이고 왼 들에는 두레꾼과 억쇠밖에 사람의 그림자라고는 거의 보이질 않는다.

그는 논 매던 손을 쉬고 논두렁으로 나와 담배를 한 대 피어물었다. 한 대를 다 태우고 나도 상기 오는 데가 없으면 가까운 주막으로나 집으로 내려갈 참이다.

담배를 두어 모금 뻑뻑 빨은 뒤 낯을 제껴 연기를 불 제 그의 두 눈에 비취는 것은 언제나 마찬가지 건너편의 벌건 황토재다. 여쉰 이전까지 그렇게 무심히 들어오던 상룡설이니 쌍룡설이니 하는 것도 이제 와서는 도저히 지나가는 말로만 들리지는 않게 되었다.

하긴 그의 할아버지나 아버지들이 다 저 산에서 새어나는 물을 먹고 살다 도로 그리로 돌아가 묻히었고 그 역시 오늘날까지 그 물을 먹는 터이매, 그 산이 낳은 전설, 가령 옛날 등천하려던 황룡(黃龍) 한 쌍이 때마침 금오산에서 굴러떨어지는 바위에 맞아 허리가 끊어지고 이 황룡 두 마리의 피가 흘러 황토골이 생긴 것이라는 상룡설(傷龍說)이나 또 역시 등천하려던 황룡 한 쌍이 그 바로 전야에 있어 잠자리를 삼가지 않은지라 천왕이 노하야 벌을 내리사, 그들의 여의주(如意珠)를 하늘에 묻으시니 여의주를 잃은 한 쌍의 황룡이 크게 슬퍼하야 서로서로 저이들의 머리를 물어뜯고 피를 흘리니 이 피에서 황토골이 생긴 것이라는 쌍룡설(双龍說)이나 혹은 상룡설, 쌍룡설들과는 좀 달리, 옛날 당(唐)나라에서 나온 어느 장수가 여기 이르러 가로되 앞으로 이 산맥에서 동국(東國)의 장사가 난다면 능히 대국을 범할 것이라 하야 이에 혈(血)을 지르니 이 산골에 석 달 열흘 동안 붉은 피가 흘러내리고, 이로 말미암아 이 일대가 황토지대로 변한 것이라는 절맥설(絕脈說)이나, 이런 것들이 다 본대 그의 운명에 아주 교섭이 없으리란 법만도 없는 터이었다.

논두렁에 서 있는 소동나무에서는 매아미가 한참 운다.

억쇠는 이때 갑자기 가슴에서 화가 차오름을 깨달으며 담배를 떨고 일

어나니 그제서야 저쪽 소나무 사이로 조고만 술동이를 머리에 이고 오는
분이가 보이었다.

──《문장》, 1939, 5, 78-80쪽

(A)는 세 대목으로 정리될 것이다.

(a) 작품 배경 설정으로서의 지리적 결구. 두 산맥과 그 사이로 흐
르는 냇물. 황토골의 지리적 조건이 원경으로 포착되어 있어 이른바
정공법의 풍수지리적 확실성이 확보된 셈.

(b) 주인공 억쇠의 등장. 나이 62세. 두레꾼과는 몰교섭의 독불장
군격인 억쇠 혼자서 한여름 논매기를 하고 있는 장면. 그는 지금 분
이가 가져올 술동이를 기다리며 초조해하고 있다.

(c) 민담 전설의 도입. 상룡과 쌍룡의 전설은 (a)에도 포함되어 있
는데, 이번엔 억쇠의 내면을 통해 좀더 구체화되어 나타난다. 1) 상
룡설, 2) 쌍룡설, 3) 절맥설이 그것들이다. 이 중 주인공 억쇠의 운
명에 직접적으로 관련된 것이 (3) 절맥설이다.

황토골에서 나서 60세에 이르기까지 이곳 토종 농민으로 살아온 억
쇠의 운명이 결정된 것은 12살 적이었다. 장정들이나 겨우 다루는 바
위(들돌) 하나를 성큼 들어올린 사건이 그것. 타고난 절륜의 힘 때문
에 그는 20세를 갓 지났을 때 스스로 낫을 갈아 자기의 오른쪽 어깨
를 끊어 피를 흘렸다. 이 절맥설은 우리의 민담 전설 속에서는 〈아기
장수〉 설화로 널리 퍼져 있다. 아기장수 설화란 그러므로 민중 속에
뿌리내린 권력에의 저항이기에 가장 은밀하고도 끈기 있게 뻗어 있는
생명 사상의 일종인 셈. 아기장수의 불행스런 죽음, 그것은 억압된
민중의 사상적 기반이어서 결코 꺼질 수 없는 등불의 일종이 아닐 수
없으며 나아가 그것은 억압받는 민족에로 확산될 수 있는 그러한 사
상이기도 하였다. 영웅 대망론의 변형이라고나 할까. 미륵사상의 내
면화라고나 할까. 좌우간 영웅 대망론이나 미륵사상이 민족 속에 내

면화되어 현실 극복의 사상으로 정착되었음과 동시에 그것은 형언할
수 없는 민중의 안타까움의 시적 표현이기도 했던 것.

이 절맥설에서 또 하나 주목되는 것은 (2) 쌍룡설과의 관련성이다.
억쇠에게 주어진 그 절륜의 힘이란 일종의 여의주라 할 것이다. 스스
로 어깨를 낫으로 끊은 억쇠의 경우로 보면 여의주를 일부러 포기한
경우라 할 것이다. 이 점에서 쌍룡설과 억쇠는 동격이라 할 것이다.
여의주 없는 황룡이란 한갓 뱀 종류에 지나지 않으며 힘을 잃은 억쇠
란 한갓 토종 농민이되 정상적인 농민 축에 낄 수 없는 비참한 인간
에 지나지 않았다. 장가도 들지 못하고 한갓 작부(분이)라든가 과부
(이설)와 이상한 관계를 맺으며 늙어가는 그런 신세에 지나지 않았다.

이에 비할 때, (1) 상룡설은 어떠할까. 금오산에서 굴러떨어지는
바위에 맞아 등천하려던 황룡 한 쌍의 허리가 끊어져 죽었다는 상룡
설은 한갓 우연성에 지나지 않은 것이어서 (2)나 (3)에 비해 민담 전
설의 밀도가 거의 없다고 할 것이다. 거기엔 내면성이 결여되어 있기
때문에 민중이 지닌 운명적 안타까움으로서의 감정 개입이 배제되어
있다.

3 세 가지 전설 비교

원작 「황토기」에서 깃발처럼 내세운 이 세 가지 민담 설화의 상징
성이란 무엇일까. 다시 말해 작가의 의도 저편에 놓인 치열성이란 무
엇이었을까. 1939년의 시점에서 작가는 「황토기」를 통해 무엇을 암시
하고자 하였을까. 이 물음은 이번엔 해방공간 속에서 작가는 또 무엇
을 의도한 것이었던가에로 막바로 이어진다. 원작과 개작 사이에 놓
인 거리감의 측정과 그것의 의의란, 〈이무기〉와 〈황룡〉의 거리, 또는
〈여의주〉의 행방론에로 직결되는 것인 만큼 아무리 강조되어도 지나

침이 없다.

개작 (B)의 세 가지 민담 전설을 보이면 다음과 같다.

(B) 수리재(鵄述嶺, 훗날 작가는 이를 〈솔개재〉라 고침)에서 금오산(金鰲山)쪽으로 뻗쳐 내리는 두 산맥이다.

등성이를 벌거벗은 채 이십 리 삼십 리씩을, 하나는 서북, 또 하나는 동북으로 뛰어내려 와서는, 겨우 황토골이란 조그만 골짝 하나를 낳은 것뿐으로, 거기서 그 앞을 흘러가는 냇물을 바라보며 동네 늙은이들의 입으로 전하는 상룡(傷龍) 또는 쌍룡(双龍)의 전설을 이룬 그 지리적 결구(地理的 結構)는 여기서 끝을 맺는 것이다.

상룡설. 옛날 등천하려던 황룡 한 쌍이 때마침 금오산에서 굴러떨어지는 바위에 맞아 허리가 상하니라. 그 상한 용의 허리에서 한없이 피가 흘러내려 부근 일대를 붉게 물들이니 이에서 황토골이 생기니라.

쌍룡설. 역시 등천하려던 황룡 한 쌍이 바로 그 전야에 있어 잠자리를 삼가지 않은지라 상제(上帝)께서 노하시고 벌을 나리사 그들의 여의주를 하늘에 묻으시매 여의주를 잃은 한 쌍의 용이 슬픔에 못 이겨 저희들의 머리를 물어뜯어 피를 흘리니 이 피에서 황토골이 생기니라.

이상의 상룡설 또는 쌍룡설 밖에 또 절맥설(絶脈說)도 있으니 그것은 다음과 같다.

절맥설. 옛날 당(唐)나라에서 온 어느 장수가 여기 이르러 가로대 앞으로 이 산에서 동국의 장사가 난다면 감히 중원을 범할 것이라, 이에 혈을 지르니, 이 산골에 석 달 열흘 동안 붉은 피가 흘러내리고 이로 말미암아 이 일대가 황토지대로 변하니라.

제1장

용내를 건너 황토골 앞 들에는 두레논을 매는 한 이십여 명 되는 사람이 한 일자로 하얗게 굽으려 있고 논둑에는 동기(洞旗)를 든 사람과 풍물치는 사람들이 너댓 나서 있다.

해는 바야흐로 하늘 한가운데서 이글거리고 온 들과 산은 눈 가는 끝까지 푸르기만 하다.

께겡 께겡 떵땅 떵땅 꽤애……

풍물이래야 꽹과리 하나 장고 하나 그리고 징 한 채다. 그런 대로 그들은 논매는 일꾼들과 더불어 끈기 있게 논둑에서 논둑으로 타고다니며 들판의 정적을 깨트려 가고 있다.

그런데 그들 두레꾼들과 동떨어져 이쪽 산기슭 쪽에 혼자 논을 매노라고 논 가운데 허리를 굽으리고 있는 사람이 하나 있다. 곁에서 이를 본다면 그의 팔 다리나 허리가 보통 사람보다 훨씬 크고 길 뿐 아니라 어깨나 몸집이 다 그렇게 두드러지게 장대하게 생겼고 또한 머리털이 이미 히끗히끗 새어 있음을 알리라. 그의 이름은 억쇠다. 그는 몸이 그렇게 보통 사람보다 두드러지게 큰 것처럼 일도 동떨어진 곳에서 혼자 하고 있는 것이다.

억쇠는 논 매던 손을 쉬고 논둑으로 나온다. 그는 두어 번이나 고개를 돌려 산 밑쪽을 바라본다. 아직도 분이(粉伊)는 보이지 않는다. 그는 담배를 한 대 피어 문다.

논둑에 서 있는 소동나무에서는 매미 소리가 시끄럽게 들려온다.

억쇠가 담배를 두 대나 태우고 나서 화가 치밀어 숫째 주막으로 찾아갈 량으로 막 허리를 일으키려는데 그때야 저쪽 소나무 사이로 조그만 술동이를 머리에 이고 오는 분이가 보이었다.

──『황토기』, 수선사, 1949, 99-101쪽

텍스트 (A), (B)에서 불변한 것과 달라진 곳은 이로써 한눈에 바라볼 수 있게 되었다.

무엇보다 불변하는 것으로 주목되는 것은 민간 전설 세 가지의 설정이라 할 것이다. 이 세 가지 전설이 주인공 억쇠의 일상적 노동 행위와 동네 사람들의 두레 속에서 설명되고 있음이 (A)의 설정이며 따라서 전설 자체가 그만큼 자연스럽고 또 과소평가되었다면, (B)에서는 다분히 작위적이라 할 것이다. (B)에서의 전설은 어디까지나 독립되어 억쇠의 운명을 저만치서 억누르고 군림하는 형태로 설정되어 있기 때문에 자연스러움이 크게 손상되어 있다. 전설을 이토록 강조하여 내세움으로써 작가는 작품 「황토기」의 사상적 거점을 노골적으로 드러내고자 했던 것이다. 전설이 작품의 중심부이자 작가의 의도이기에 주인공 억쇠나 득보, 분이, 설희 따위란 한갓 꼭두각시에 지나지 않는다.

이 사실을 증명하는 것으로는 원작과 개작에 함께 바위처럼 놓인 〈이다〉형 표현이다. (A) 〈금오산과 수리재에서 뻗쳐내리는 두 산맥이다〉와 (B) 〈수리재에서 금오산 쪽으로 뻗쳐내리는 두 산맥이다〉를 비교해 보면 어떠할까. 〈금오산과 수리재 두 산에서 뻗쳐내리는 또 다른 두 산맥이다〉로 읽히는 것이 (A)이며 〈수리재에서 금오산 쪽으로 뻗쳐내리는 두 산맥이다〉가 (B)이지만 〈뻗쳐내리는 두 산맥이다〉에서는 완전 일치되어 있다. 이러한 표현법의 특징은 무엇일까. 무엇보다 이 문장엔 목적어도 주어도 없다는 점에 주목할 것이다. 〈두 산맥이다〉는 〈두 산맥이 있다〉에 해당되는 것. 다시 말해 〈여기 두 산맥이 있다〉라 해야 할 것을 축약한 표현이 아닐 수 없다. 그렇지만 작가는 결코 축약을 겨냥한 것이 아니라 그 이상을 알게 모르게 노렸던 것. 〈이다〉라는 서술형 조사(또는 지정사)는 실상 따지고 보면 〈이다/아니다〉의 단정법에 해당되는 것. 〈산맥이다〉란 〈산맥이 있다〉와 비교도 할 수 없을 만큼 단정적이다. 이러한 단정적인 문장은, 그만큼 황토골의 전설을 결정적인 것으로 굳치게 되는 표현법이 아닐 수 없다. 황토골이 생긴 민담 전설이란, 운명 그것처럼 절대적인 것이어서 그 어떤 인간적 노력이라든가 몸부림으로는 어림도 없는 영역이라는 사실을 작가는 「황토기」 첫 줄에 비석처럼 세워둔 것이다.

이러한 절대성의 논법이 (A), (B)에 똑같이 설정되어 있지만 (B)의 그것이 한층 뚜렷하다고 보는 이유는 무엇인가. (B)가 (A)에 비해 한층 자각적이기 때문이라 본다면 이 물음에 대한 해답으로는 적절하다고 할 것이다. 잘 따져보면 이 자각적 현상은 세 가지 전설의 제시 방식의 절대성에서 말미암았던 것. 주인공 억쇠의 일상적 삶 속에다 세 가지 전설을 풀어 헤침으로써 그 전설의 강도를 완화시킨 것이 (A)라면, (B)는 이와 판이하게 다른 방식이었다. 억쇠와는 아무 관련 없이, 세 가지 전설이 독자적으로 작품 전체 위에 군림하도록 짜여진 것이 (B)이기에 그것은 그러하다. 이 사실의 중요성은 결국 「황토기」의 주제에 그대로 작용되었음에서 찾아야 될 것이다.

(B)에서의 또 다른 특징은 주인공 억쇠의 외형 묘사의 도입이다. 대국(大國)을 중원(中原)으로 고쳐 한층 유식하게 말함으로써 전설 쪽이 지향하는 〈대국〉 쪽을 약화시킨다든가 천왕(天王)을 상제(上帝)라 함으로써 좀더 유교적인 문화의식을 일깨운 것이 (B)의 특징이긴 하지만, 억쇠의 외형 묘사는 의도적인 것인 만큼 한층 더 본질적이다.

곁에서 이를 본다면 그의 팔 다리나 허리가 보통 사람보다 훨씬 크고 길 뿐 아니라……

억쇠에 대한 이러한 묘사가 세 가지 전설 직후에 막바로 나온 것은 작가 김동리의 창작 방법론의 드러냄이기도 하다. 「무녀도」 창작 과정에서와 같이 소재의 특이성으로 이 사정을 정리할 수 있겠다. 〈소재의 특이성을 노리는 것은 일단 주제에 대한 의욕이다〉(김동리, 「소재의 특이성과 평범성」, 《신문예》, 1959. 5, 33쪽)라고 그는 스스로의 창작 방법론을 공개한 바 있거니와, 작중 인물을 특이한 형태(불구자, 기인, 괴짜, 천재 또는 백치)로 설정하는 것은 이를 증명한 것이다. 소재의 특이성을 추구하는 나머지 주인공을 기인이나 불구자, 무당, 귀머거리 등으로 설정함이란, 특이한 주제에 상응하기 위함이리라. 이러한 창작 방법이 근대 시민 사회의 인식 방법에서 크게 벗어난다는 것은 쉽사리 지적될 것이다. 만일 근대 시민 사회의 적자로 소설을 든다면 그것은 기인이나 불구자나 천재가 아니라 일상적인 생활인이 주인공으로 설정되어 마땅한 일이다. 근대 소설의 주인공이 이러한 범속한 일상인이라면 김동리의 「무녀도」나 「황토기」는 이와는 너무 어긋나는 것으로 볼 것이다. 주인공이나 사건을 신비화함으로써 어떤 의욕을 보이고자 하는 김동리식 창작 방법이란, 반근대주의 혹은 지독한 낭만주의(자기 황홀증)라 할 만하다. 요컨대 「황토기」의 주인공 억쇠의 특이성이 그 외모에서 이미 뚜렷하다는 방식으로 처리된 것이 개작 (B)에서 드러난 셈이다.

세 가지 전설을 주인공의 의식에서 완전 분리시키고, 또 소재의 특이성을 주인공 억쇠를 통해 뚜렷이 드러내었을 때 「황토기」는 그만큼 견고해졌던 것이다.

4 구경적 생의 형식 —— 고층적인 세계 인식

어떤 작품이 그 작품의 최종판인가. 이 물음은 그 누구도 단정키 어려울지 모른다. 텍스트란 늘 열려 있기에 그것은 그러하다. 작가 자신도 이 점에 관여할 수 없는 영역인 까닭이다. 텍스트가 열려 있다 함은 어떤 작품도 완결을 향한 형성 과정에 있다고 보기 때문이며, 이 점에서 독자측의 관여가 불가피해진다. 「황토기」나 「무녀도」도 그것이 훌륭한 작품이라면 응당 미래 속에 열려 있어 독자의 수용적 비판을 면치 못하게 되어 있어 완성을 향한 〈언어의 출렁임〉이라 불러도 될 것이다.

　이러한 전제를 승인한다면 먼저 작가 김동리 속에서의 자기 수정에 주목하고 그 경위를 알아보는 작업이 없을 수 없다.

　개작 「황토기」가 원작에 비해 민감해진 부분이 세 가지 전설의 전면적인 제시에 있었음을 앞에서 자세히 검토했다. 주인공 억쇠의 외부 묘사 역시 그러한 전설의 전면적 제시의 연장선상에서 취해진 것으로 볼 수 있었다. 이러한 소재의 특이성이 노리는 것이 〈일단 주제에 대한 의욕〉에서 기인하는 것이라면 「황토기」의 주제란 무엇인가.

　금오산의 골짜기로 미루어보아 경주 근처의 농촌과 도시 상공업으로 표상되는 근대적인 요소가 전혀 침투되기 전의 시대를 배경으로 하고 있는 「황토기」는 그만큼 원형적이다. 근대적 요소가 〈전혀〉 침투하지 않은 세계 속의 이야기라는 사실은 강조되어야 하는 바, 김동리의 다른 어떤 작품과도 구별되는 중요한 설정인 까닭이다. 「무녀도」만 하더라도 서울서 내려온 전도사가 등장함으로써 시대성이 드러나며 「솔거」 3부작에 오면 주인공 재호의 일본 유학이 드러나며, 김동리 작품 계열 속에서는 가장 원형적인 인물의 하나인 주인공 태평이가 등장하는 「산제」(1936. 9)조차도 화자인 〈나〉가 동경 유학생 출신으로 되어 있음에 비해 보면, 「황토기」가 얼마나 철저한 고층(古層)에 속하는가를 쉽사리 알아차릴 수 있다.

　이러한 고층을 배경으로 설정했을 때 그 속에 살아가는 인간 또한 가장 원형적인 모습을 갖추지 않을 수 없다. 등장 인물은 모두 4명.

　억쇠. 62세의 토종 농민. 개작(B)에서는 52세로 줄임. 설희에게 임신시킬 정도이고 또 득보와 생사결단을 하는 위인이기에 나이를 낮추는 쪽이 타당. 그는 노모를 모시고 농사를 지으며 혼자서 살아가고 있다. 어째서? 타고난 힘(작가는 (A), (B)에서 이를 비력(臂力)이라 적었다) 때문이었다. 12살 적((B)에서는 13세)에 그 힘이 온 마을에 알려졌다. 부모의 당부를 이기지 못하고 혼자서 밤이면 산에 올라 바위를 상대로 힘을 삭였다. 이 역시 온 마을에 알려진다. 이번엔 억쇠 스스로 낫으로 어깨를 끊어 솟구치는 저주스런 힘의 주박에서 풀려나려 했다. 주변 사람들이 입을 피해를 스스로 해결하고자 한 이 한스러운 힘의 주박이란 운명적으로 주어진 것이어서 억쇠로서도 도무지 설명할 수 없는 행위가 아닐 수 없다. 이러한 억쇠 앞에 나타난 인물이 득보이다.

득보. 보통 사람과 딴판으로 몸집이 큰 사내. 키는 억쇠보다 좀 낮은 편이나 어깨는 더 넓음. 얼굴은 구리빛. 새까만 머리털. 무서운 비력의 소유자. 억쇠보다 6, 7세 젊음. 황토골에서 팔십 리 가량 떨어진 동해변 출신. 이복 형제들과 성냥깐〔鍛冶場〕을 하고 있다가 형제 한 명을 죽이고 서울로 도망친 살인자. 서울서는 모 대가집 유부녀와 관계했다가 탄로나 다시 귀향, 성냥깐 일을 하다가 살인자라는 소문에 다시 쫓겨 고향을 떠났거나 혹은 질녀 분이와 근친상간으로 아이를 낳았기에 고향을 떠나 황토골로 들어왔다는 것이다.

이설(利薛)((B)에는 설희). 18세에 과부가 되었으나 개가치 않고 시아비를 섬기며 10년 간 수절. 시아비 죽은 지 2년 만에 억쇠의 아기를 배게 됨. 억쇠의 처로 들어온 분이의 질투로 뱃속의 아기와 함께 죽임을 당함.

분이. 득보의 질녀. 자기의 말에 따르면 16세에 득보의 아기를 낳았음. 황토골 작부로 오자 득보가 그녀를 찾아옴. 주막에서 득보와 억쇠의 첫 대결이 시작되는 빌미를 제공한 장본인. 득보의 종용으로 억쇠의 처가 됨. 득보가 설희를 갖고자 온갖 수작을 부리자 분이의 질투가 시작됨. 철저하게 득보를 사랑하는 분이이기에, 남편격인 억쇠에겐 극히 피상적인 관심밖에 없는 여자. 끝내 설희를 죽이는 살인자. 뿐만 아니라 득보의 가슴에도 그 칼을 겨누어 치명상을 일으킨 여자. 그 때문에 억쇠의 어머니도 운명하게 된다. (A)에서는 득보에 치명상을 입힌 분이가 도망치지도 않고 득보를 치료하며 함께 머무르는 것으로 되어 있다. (B)에서는 분이가 어디로 행방을 감추는 것으로 되어 있으며 따라서 득보가 그녀를 애타게 찾는 것으로 되어 있다. 사건이 난 지 보름 뒤의 장면을 비교해 보기로 한다.

　(A) 그(득보)는 온종일 아무 말도 없이 움쑥 들어간 굵은 눈에 이상한 광채를 번득이며 그냥 드러누워 있다, 문득 입을 떼는가 하면
「저 건너 가보고 오너라」
　하는 것뿐이요, 그러면 분이는 아무 영문도 모르고 시키는 대로만 가보고 오는 것인데 처음에는 억쇠를 데려오라는 말인 줄로도 알았더니만 그렇지도 않고, 그저 가서 보고만 오면 되는 것이었다.
「멀 하더누?」
「혼자 있데요」
　그러고는 그만이다.
　어떤 때는 뭘 하더냐 묻지도 않고 그저 돌아오는 분이의 상판만 한번 힐끔 쳐다보고는 만다.
　(B) 분이를 찾아 나가지 않고 집에 있을 때는 무시로 계집애를 보내어 억쇠의 거동을 엿보게 하였다.
「뭘 하더누」
「누어 있데요」
　이것이 그들 애비 딸의 대화였다.
　만약 억쇠가 집에 없더라고 하면 몇 번이든지 계집애를 되돌려보내었다. 그리하여 결국 그가 집에 돌아와 있더라는 보고를 듣고 나서야 마음을 놓는 모양이었다.

　재개작 (C)라고도 할 수 있는 『김동리 대표작선집(1)』(삼성출판사, 1967)에서도 (B)처럼 되어 있음에 주목할 필요가 있다. (A), (B)의 비교에서 드러나는 문제점은 분이의 행방에 관여되어 있다. 어째서 (A)에서는 이중 살인자 분이가 정작 그녀가 죽이려 한 득보 곁에 그

대로 머물고 있는가를 설명할 수는 있을지 모른다. 분이의 운명적 사랑이 득보에 있었던 까닭이다. 그렇지만 이설을 살해한 분이가 태연히 득보 곁에 머물고 있다는 것은 쉽사리 납득하기 어렵다. 그럼에도 불구하고 어째서 작가는 (A)에서 이러한 억지를 태연히 연출시켰던 것일까. 이러한 물음에 대한 합리화의 길은, 「황토기」의 전근대성이 동원되지 않으면 안 될 것이다. 살인자라도 그것을 사회적 관심의 영역이 아닌 오직 외부와 차단된 고립무원의 경지에서 본다면, 다시 말해 「황토기」를 고층(古層)의 작품이라 한다면, 그래서 어디까지나 원형적 전설적인 범주에 묶어두고자 한다면 자연스런 현상으로 받아들일 수 있다. 그렇지만 그것이 과연 자각적인 조치였을까에 대해서는 의문이 없지는 않다. 작가는 (A)에서도 (B)에서도 득보를 찌르는 분이의 행동 묘사 장면에서 〈반무의식 상태〉라든가 〈무의식적〉이라는 지극히 〈현대적 표현〉을 쓰고 있기 때문이다. 고층스러움과 너무 거리가 느껴진다.

5 원작과 개작의 동시적 절대성

해방공간(1945-1948)을 맞이하고 그 속에서 활동하며 현실 속에서 투쟁하던 김동리의 처지에서 보면 이 고층스런 현실이 어떻게 비쳤을까. 살인자 분이는 행방을 감추어야 마땅한 것으로 판단되었을 법하다. 살인자란, 사회적 삶의 범주에서는 어떤 경우에도 법(法)의 제재를 받아야 하는 법. 이는 근대적 사고이기에 앞서, 공동적 삶의 질서관에 속하는 것이다. 요컨대 고층스런, 혹은 전설적 단계에서 조금은 현실 속으로 옮겨온 것으로 해석할 수 있다. 문학가동맹의 김동석, 김병규와의 논쟁에 급급한 논객 김동리는 이 근대적 현실 감각에 눈 멀어 (B)에로 치달았다고 볼 수 없을까. 고층스러움에서 현실 쪽으로 한 발자국 옮길 때, 「황토기」는 자연스러움에 흠집을 남기게 된다. 분이의 행방불명이 좀더 현대적이며 합리적이긴 하나 이러한 합리주의를 가능케 하기 위해 (B)는 매우 불합리한 방식을 도입하고 만 것이다. 곧, 도망간 분이 대신 난데없는 득보의 딸의 등장이 그것. 「황토기」 전체로 보아 득보의 딸이 있을 가능성은 거의 없다. 그럼에도 엉뚱하게 이 장면에 와서 득보의 딸을 등장시킨 것은 일종의 논리적 비약이기보다는 차라리 작가의 책략이라 할 것이다. 이를 두고 고층의 훼손이라 부를 수도 있다.

이들 네 명의 인물은, 따지고 보면 억쇠·득보의 두 인물로 요약될 수 있다. 이를 또 G. 융의 심층심리에서 바라보면 억쇠 한 사람으로 요약될 것이다. 억쇠의 그림자가 득보이기에 그것은 그러하다. 이 점에서 고층에 속하는 (A) 쪽이 좀더 확실하다. 이미 기울어져 가는 득보의 힘이 끝장나기 전에, 최후의 한판을 그리워하는 억쇠의 심정의 어떠함을 작품의 결론으로 삼은 점에서 (A), (B)가 한결같지만 〈넛 놈이 내 초상 안 치르고 자빠질 줄 아나〉라는 득보의 말을 먼저 내세운 (B)보다, 〈넷 놈의 목숨 하나 여태 그냥 부쳐둔 게 네 놈을 위해서가 아니다〉라는 (A) 쪽이 좀더 고층스러운 것은 웬 까닭일까. 그 해답은 다음 구절 속에서 찾아질 것이다.

넷 놈이 인제사 그런 계집 같은 소릴 한다구 그리 쉽게 넘어 떨어질 득보는 아니다…… 허지만 네 놈이 끝까지 방안에서 자빠지기가 어굴커던 나서거라.

이 끝대목에서 분명한 것은 억쇠로 표상되는 모던 담론이 남성중심주의라는 점에 있다. 여기서 말하는 남성중심주의란, 우주의 원리 자체가 그러하다는 뜻이 아닐 수 없다. 문득 이 장면에서도 김동리 문학의 독자라면 응당 「무녀도」를 떠올릴 것임에 틀림없다. 「무녀도」란 무엇인가. 내면적인 것이며 샤머니즘으로 표상되는 한국인의 생사관(귀신관)이라 할 것이다. 그것이 여성적 표상으로 인식되었음에 생각이 미친다면 「황토기」의 저 남성적 몸부림이 문득 선명해지지 않을까.

여기까지 생각이 미친다면 비로소 「황토기」의 참주제에 부딪칠 것이다. 절대적 허무 혹은 허무의 절대성이 그것. 그것은 남성적일 수도 없지만 여성적일 수도 없는 것. 그럼에도 남성적일 수밖에 없는데, 왜냐하면 권력의지의 최종적 형태인 까닭.

허무에의 의지란 무엇인가. 억쇠가 운명적으로 타고난 힘이란 무엇인가. 어찌 그것이 억쇠만의 운명이겠는가. 인간이라면 누구나 절대적인 삶의 의지를 갖고 태어나는 존재이기에 억쇠란 모든 범인의 운명이 아닐 수 없다. 그 운명 때문에 억쇠가 스스로의 운명 극복을 위해 온갖 노력을 기울였으나 허사였다. 설희를 통해 대를 잇기 위한 노력도 분이의 등장으로 허사가 되고 말았다. 그는 그의 운명의 그림자인 득보를 상정하고 그 운명과 최종적인 대결에 나아갔다. 운명 극복이란 운명 사랑fati amor뿐이었기에 그 길밖에 없었다. 상처 입은 득보를 선약(仙藥)을 구해서라도 살려내야 했던 억쇠의 심사는 바로이 점을 말해 주는 것이었다. 득보의 경우도 사정은 꼭 같다. 억쇠의 분신이었으니까. 이 경우 중요한 것은 어떤 경우에도 억쇠(득보)가 패배한다는 점에 있다. 억쇠나 득보의 패배를 가져온 것은 운명 탓이라는 점. 이 운명 앞에서는 인간 그 누구도 패배하게 마련이어서 유독 억쇠만의 개별성에 적용되는 원리일 수 없다. 그들은 그 누구도 죽음 앞에 마주치게 되어 있기에 그것은 그러하다. 억쇠나 득보가 마주친 운명이란 허무라는 이름의 절대성이기에 그것은 그러하다.

이렇게 보아올 때 「황토기」가 안고 있는 이 남성적 의지란 절대성에 대한 의지가 아닐 수 없다. 허무의 절대성이 인간 모두의 운명이기에 이와 싸워 이길 수 있는 어떠한 방법도 있을 수 없다. 그렇다면 어떻게 이에 대처해야 하는 것일까. 사회적 삶으로서의 문화적 장치를 떠난 고층의 차원에서라면, 다시 말해 원형적 사고의 터전에서 바라본다면, 생명 자체란 허무를 잉태하고 탄생한 것. 그러기에 허무를 피할 수 없으며, 이 절대적 허무에 맞설 방도란 있을 수 없다. 다만, 생명체가 할 수 있는 길은, 그것을 수락하는 방식뿐이다. 이를 〈허무에의 의지〉라 부를 것인데, 왜냐하면 허무를 기리고 찬양하고 의식하고 사랑하는 것이기 때문이다. 억쇠가 그토록 득보를 사랑하고 득보의 죽음을 아까워하는 것은 이 때문이다. 허무에의 의지 그러니까 허무라는 이름의 절대성(운명)에의 도전이란, 그럴 수 없이 즐거운 일이 아닐 수 없다. 허무와의 싸움(자기 인식, 의지)의 순간에만 인간의 그 남성적 의지로서의 생명감각이 최대한으로 빛나는 것은 오직 이 때문이다. 이 점에서 (B)는 (A)에 비할 바 없이 자각적이어서 인상적이다.

6 수상 및 총독과 만나고 싶었던 김동리

억쇠와 득보가 뒤엉키며 펼치는 피비린내 나는 싸움의 장면에서, 그들이 느끼는 황홀경을 여의주를 얻은 용에 비유한 점에서 (A), (B)는 동일하지만 그 드러내는 방식은 (B)가 전면적이다.

옛날도 그 옛날에 붕새란 새가 있었으니, 수격 삼천리, 니일니일 얼시구야

(A)가 단지 이 한 구절에 멈추었다면, (B)의 경우는 다음처럼 노래체로 하여 생동적이자 전면적이어서 그 황홀경을 유감없이 드러내었다.

「새야 새야 붕조새야
북명 바다 붕조새야
치징 치징 치징
지하자 저절시구」

「애 이놈 득보야!」
억쇠는 또 한번 산골이 찌르렁 하도록 소리를 질렀다.
「간다 훨 훨 날라간다
수격 삼천리
내 한 주먹 번득하면 넷놈 대가리가 박살이라,
치징 치징 치징
지하자자 저절시구」
득보는 이렇게 목청을 뽑으며 점점 억쇠에게로 가까이 닥아들어 왔
다.

죽음을 향한 이 싸움이란 남성끼리의 황홀경이지만 동시에 그것은
생명체 자체의 구경적인 리듬 형식이 아닐 수 없다.
(B)가 지닌 이러한 황홀경으로서의 허무의지가 (A)의 저 단편적인
것에 비해 얼마나 자각적인가에 주목할 것이다. 이 사실은 강조되어
야 마땅한데, (B)란, 해방공간에서 혼신의 힘으로 문학가동맹측과 피
나는 싸움을 벌이고 있는 억쇠 김동리의 의지에 다름아닌 까닭이다.
문학가동맹의 이원조나 김동석이란 그가 그토록 사랑해 마지않는 적
수인 득보에 다름아니었기에 해방공간의 김동리는 그럴 수 없는 황홀
경에 빠질 수가 있었던 것이다.
그렇다면 원작 (A)에서의 억쇠 김동리는 무엇이었던가. 「황토기」
(1939)를 쓸 당시의 억쇠 김동리를 지배하는 삶의 의지란, 민담 전설
인 아기장수(절맥설)에 있었다. 절맥설의 아기장수란, 쌍룡설이나 상

룡설과 분리될 수 없는 것이었다. 여의주를 하늘에 묻은, 여의주를 잃어 등천하지 못하는 한 마리의 용, 그것이 작가 김동리였고, 나아가 이 민족 자체였다. 작가 김동리에 있어 〈문학(글쓰기)〉이란, 〈하늘에 묻어둔 여의주 찾기〉에 다름아니었다. 「솔거」 3부작에서 주인공 재호가 솔거를 찾아 헤매는 것도 솔거 곧 여의주였던 까닭이며, 이 점은 「산제」(1936)에서도 뚜렷이 박혀 있음을 본다.

나는 어릴 적에 이 길을 지나칠 때마다 저 주산(朱山)을 바라보고 이런 이야기를 생각하였다. —— 옛날 저 산에서 조선의 큰 장수가 날 터인데 중국 어느 장수가 그걸 알아보고 그리 되면 저의 나라가 위험하리라 생각하야 미리 저 산의 맥을 잘라버렸는데, 그때 저 산에서 태어나려던 장수의 피가 흘러 산을 저렇게 물들인 것이라는.
—— 「산제」, 《중앙》, 1936. 9, 25쪽

절맥설이, 김동리에겐 원초적인 것으로 작가의식의 밑바닥에 자리잡고 있었기에 그는 「신체제하의 여의 문학 활동 방침」의 앙케이트에서도 〈시대에 적응한 새 인간형의 창조를〉(이기영), 〈국민의 마음 훈련과정을〉(이효석), 〈건전하고 명랑한 작품을〉(박태원) 쓰겠다는 문사와는 달리 〈신방침을 공개하기 전〉에 할 말이 있다는 당돌하기 짝없는 목소리를 낼 수 있었다.

신문, 잡지 등을 통하여 이해할 수 있는 신체제의 이론은 뭐라고 말할 수 없이 애매하나, 허나 그 정도의 윤곽으로도 나에게 적지 않은 힘과 열과 희망을 주지 않는 배도 아니나, 그렇지만 이 신체제하의 여의 문학 활동 방침을 공개하기 전, 내가 가장 절실히 절실히 원하는 바는 저 근위공(近衞公 —— 당시의 일본 수상)이나 남(南) 총독 같은 이를 조용히 만나뵙고 신체제, 아니 그보다 동아 신질서 문제(東亞新秩序問題)의 근본 원리에 대한 나의 의견을 피력하고 싶은 것이다.
—「신방침을 공개하기전」, 《삼천리》, 1941. 1, 248쪽

비록 여의주를 하늘에 묻긴 했으나 김동리 그는 일본 수상이나 조선 총독과 동격의 자리에 서고자 했음이 이로써 조금 드러났을 것이다.

7 1948년의 작가의식과 억쇠의 운명

개작 「황토기」가 씌어진 것은 1948년 이른바 해방공간 속에서였다. 하늘에 묻어둔 그 여의주를 되찾은 한 마리의 황룡, 그것이 작가 김동리였다. 그가 해방공간에서 한 마리의 붕새가 되어 구만리 장천을 누비었음은 『문학과 인간』(1948) 속에 너무도 소상하게 드러나 있다. 이번엔 일본 수상 근위공과 조선 총독 남씨의 여의주가 옥황상제의 노여움을 입어 하늘가에 묻히게 된 형국이었다. 이러한 여의주에 대한 비유가 아무리 대단하고 또 사실로 받아들여진다 할지라도 그것은 어디까지나 현실 정치적 차원에서이다. 그러기에 그러한 여의주란 상황적이어서 언제나 역전될 수 있다. 이 점에 생각이 미친다면 다시 작품 「황토기」가 지닌 원형적 성격 또는 고층으로서의 의미가 되살아날 것이다. 현실 정치적 차원과 고층의 차원의 차이가 그것. 만일 해방공간이 김동리에게 여의주를 되돌려준 것이라면 그 다음 과정은 어떠했을까.

그 첫번째 해답이 사천읍 청년 김동리이다. 해방이 되자 즉시 사천읍 양곡배급소 서기 김동리는 사천읍 청년회를 조직 그 회장에 나아갔고, 테러 사건으로 목숨을 겨우 건져 상경하기까지 반년 가까이 그 자리에 앉아 있었다. 이는 인간 김동리가 하늘가에 묻어둔 여의주를

되찾았고 근위공과 남 총독은 그들의 여의주를 하늘에 묻게 된 장면에 해당된다. 32세의 억쇠 김동리는 여의주를 입에 문 황룡이거나 붕새가 되어 바야흐로 구만리 장천을 훨훨 나는 형국이었다. 그 나는 범위의 첫번째 하늘이 사천읍이었음에 주목할 것이다.

지금 결성하려는 〈사천군 인민위원회〉는 〈조선인민공화국〉의 군 단위 조직체라고 하는데 〈조선인민공화국〉과 〈대한민국임시정부〉와의 관계는 어떻게 되는가. 그것이 이원적이거나 대립적인 것이 아니라면 임정이 곧 환국을 한다니 그때까지 기다려보아야 하지 않겠는가. 임정을 무시하고 이원적 조직체를 가진다면 지금까지 일제에 항거하여 독립 운동을 해온 민족 정신의 집결체를 부인하는 것이 되지 않겠는가.
——「자전기」, 『김동리 대표작선집(6)』, 452쪽

사천읍 청년회장이 선 자리는 그러니까 문학과는 무관한 정치 그 자체였고 그 정치 노선은 김구 주석의 임시정부 노선이었다. 이것이 그의 맏형이자 유일 절대의 스승인 범보 김정설의 노선이었음은 새삼 말할 것도 없다(『해방공간 문단의 내면 풍경』 참조). 여의주를 획득한 억쇠가 그 무대를 천하로 삼게 되는 것은 시간문제였을 터이다. 김동리의 서울 상경은, 테러 사건이 아니었더라도 자연스런 행보라 하는 것은 이 때문이다. 상경한 억쇠가 본 서울 천하는 과연 어떠했을까. 아득한 시베리아에서 날아온 용과 태평양을 날아온 용이 이미 하늘을 가리고 있지 않겠는가. 그가 꿈에 그리던 임시정부의 토종 용은 보다 강대한 서양의 용들 틈에 숨도 제대로 못 쉬는 형국이 아니었던가. 황토골의 토종 억쇠가 몸둘 곳은 이 3분된 천하 중에서 임정 노선이었음은 너무도 당연한 선택이었다. 토종은 토종끼리 모여야 했던 것.

거기 한국청년회라는 것이 결성되자 나는 김광주와 함께 아주 거기 머무르게 되었다. 글쓰는 사람으론 우리 둘 외에 김동리, 이한직이 가담했고 (……) 이 한국청년회란 해방 직후 생겨난 우익의 청년 단체들 가운데 가장 우세했던 단체들——서북청년회 건국청년회 기독교청년회 등의 대표자들을 간부로 해서 만든 것으로 그 본부는 바로 임시정부 청사 안에 있었으니만큼 임시정부의 지도하에 움직였다.
——『서정주 문학전집(3)』, 일지사, 1972, 251쪽

여의주를 획득한 억쇠의 두번째 변신은 무엇이었을까. 임정 노선의 선택이 어디까지나 토종 용이긴 하되 그 속에 억쇠가 흡수됨을 의미하는 것이라면, 억쇠의 참된 여의주란 없거나 무의미하게 되는 것이었다. 임정이라는 거대한 토종의 용 속에 내포된 한 마리 새끼 용으로서의 억쇠라면 그가 지닌 여의주란 별다른 의미가 없다. 김동리의 두번째 행보가 문학 쪽으로 향하게 된 것은 이로 보아 당연한 귀결이었다 할 것이다. 여의주가 그 나름의 몫을 수행하기 위한 분야를 찾아야 했던 것. 「황토기」에서 자라고 또 그 의의를 획득한 억쇠이기에 〈황토기스런〉 영토에서 훨훨 나는 길이어야 했다. 아기장수의 후예이며, 여의주를 얻은 용이며, 구만리 장천을 훨훨 나는 붕조새의 영야 (領野)란 문학의 하늘 쪽이었다. 여의주를 지닌 억쇠이기에 그의 머리 위에 다른 어떤 신도 용납할 수 없었다. 정치와 비껴서야 될 결정적인 장면이 벌어짐은 오직 시간 문제였던 것이다.

그 시간 문제는 그야말로 문제적인 것이었다. 급속한 진행에서 그러했고, 그 드러내는 방식에서도 그러했다. 이른바 조선청년문학가협회의 결성이 그것이다. 김구 주석의 참석하에 청년문학가협회가 YMCA 강당에서 창립된 것은 1946년 4월 4일 하오 1시였다. 사천읍 청년회장 김동리는 해방 8개월 만에 불패의 붕조새로 변신하고 있었다. 어느새 새하얀 양복으로 갈아 입고 김구 주석이 지켜보는 가운데 청년문학가협회의 결성식을 주도하고 있었다. 자그마한 키의 33세의 청년

김동리는 「순수시의 사상」이란 기조 연설을 하고 있었다. 넥타이까지 하얀 것으로 맨 청년 김동리가 〈문학가동맹 쪽도 민족 문학을 내세우고 우리도 민족 문학을 내세웠는데 하나는 진실이고 하나는 거짓이다. 왜 계급이란 말 대신에 문학가동맹 측이 민족 문학이란 말을 쓰는가. 자기들의 본색을 감추기 위해서다. 왜 본색을 감추어야 하는가. 여기에 그들의 정치적 야심이 있기 때문이다〉(손소희, 『한국 문단 인간사』, 행림출판사, 1980, 48쪽에서 재인용)라고 또박또박 짚을 때, 문학가동맹 측의 두목격인 임화와 그 참모격인 박찬모가 숨어서 엿듣고 있었다. 김동리가 여기서 〈정치적 야심〉이라 한 것은, 6년 전 현민 유진오와의 세대 논쟁에서 사용된 그것이며, 더 상세히 따지면 김동리의 밀도 높은 평론 「신세대의 정신」(1940)의 논리의 연장선상에 있는 것이지만 그 논리가 해방공간에서 되풀이될 땐 크게 다른 의미계(意味系)를 낳기에 이른 것이다. 그 의미계는 정치·문학 일원론에로 스스로를 이끌어올림이라 규정될 수 있다.

8 용과 드래곤의 대격전

정치·문학 일원론에로 스스로를 이끌어올렸을 때 김동리는 임화와 마주섰던 것이며 청년문학가협회는 문학가동맹과 맞서고 있었고, 김구 주석은 박헌영과 맞서고 있었다.

이 용과 드래곤의 대격전의 장면이, 좌우익 문학 논쟁이었고, 그 싸움의 경과는 이미 상세히 밝혀져 있다(김윤식, 『해방공간 문단의 내면 풍경』 참조). 박헌영·임화 노선은 이런저런 곡절을 겪어 월북하지 않으면 안 되었으며, 임정 노선은 이승만 중심의 한민당계에 의해 서서히 뒤로 처졌다. 대한민국 정식정부(김동리의 용어)가 마침내 수립되었으며, 《문예》(1949)가 창간되었고, 《서울신문》계 저널리즘까지

한손에 장악하기에 이르게 되었을 때 억쇠 김동리의 내면 풍경은 어떠했을까. 이 물음에 대한 제일 그럴 법한 해답을 찾는 시선은 오직 「황토기」 속에 있을 뿐이다.

「황토기」의 시선이란 무엇인가. 너무도 범속하고 단순하지만 원형적이라는 점에 우선 착목할 것이다. 임화와 김동리의 목숨을 건 싸움이란, 정치·문학 일원론으로 요약될 것이다. 이 경우 임화(이원조, 김동석, 김병규)란 억쇠 김동리에겐 외지에서 황토골로 들어온 득보에 다름아니었다. 김동리·김동석의 순수 논쟁이란, 마주(魔酒)에 취해 용내〔龍川〕에서 서로 물어뜯으며 싸우는 억쇠·득보의 싸움(놀이) 그것과 한치도 다르지 않았다. 〈현민이와 춘원이 재사이듯이 김동리군도 재사다〉(「순수의 정체」)라고 득보 김동석이 외치면 억쇠 김동리는 이렇게 대거리하고 있었다. 〈군이 툭하면 내세우곤 하는 그 유물론의 원리에서는 물론 전자(남의 얼굴 할퀴기——인용자)에 이득이 있다고 생각되리라. 혹은 군의 기교한 궤변에서는 양자(자기 얼굴 할퀴기와 남의 그것 할퀴기——인용자) 동일이란 해답을 내릴 수도 있으리라. 이 모두 군의 자유다. 다만 내가 지금 여기서 군을 한 사람의 문학도로서 상대하고 있다는 걸 잊지 않아야 한다〉(「독조 문학의 본질」)라고. 또는 〈이익이 있는 일이라면 무엇이든 하라. 내 얼굴에 피를 내어서 군의 인생과 문학에 얻는 것이 있거던 군은 서슴지 말고 몇 번이든지 군의 그 독 있는 손톱으로 나의 두 볼과 콧잔등을 할퀴라〉(같은 글)라고.

이러한 두 사람의 발언이 억쇠·득보의 목소리임은 한눈에 알 수 있다. 그들은 유일한 맞수였으며, 그만큼 그들의 싸움은 축제 그 자체였다. 〈새야 새야 붕조새야/북명 바다 붕조새야/지하자 저절시구〉라고 훨훨 춤을 추며 억쇠가 달겨들어 득보의 머리를 치면 득보는 〈간다 간다 훨훨 날아간다/수격 삼천리〉 하며 달겨들어 억쇠의 살점을 우적우적 씹는 것이다. 드는 단도로 가슴을 푹 쑤셔주기야말로 서로가 바라는 황홀경이 아닐 수 없었다. 살아 있음의 증거란 이러한 행위에서 제일 원형적으로 확인되는 것이었다. 이들 맞수에겐 한쪽이 죽거나 사라지는 것만큼 견딜 수 없는 것이 달리 없다. 그들은 서로가 분신들이었기에 승패란 본래부터 없는 것이었다. 죽음, 허무가 모든 것을 무화시키기 때문이다. 「황토기」의 시선에서 바라볼 때 또 하나 주목되는 것은 임종 때 한 억쇠 아버지의 말이다.

늬가 어릴 때 누구에게 사주를 뵀더니 너의 팔자에는 살이 세다고 젊어서 혈기를 삼가지 않으면 큰 화를 당할 게라더라. ……그렇지만 사람에게는 힘이 보배니 너만 알아 조처하량이며는 뒤에 한번 쓸 날이 있을 거다. 조용히 그때가 오기만 기다려라.
—— 원작(A), 개작(B) 모두 같음

「황토기」의 개작 발표는 1948년 만추로 되어 있다. 김동석과 치열한 논쟁을 주고 받던 그 무렵에 이미 개작이 진행되고 있었다고 볼 수가 있다. 당연히도 개작에서 김동리는 원작에 없는 다음 대목을 삽입해 놓고 있었다. 〈아버지가 숨을 거둘 때 남긴 이 말이 억쇠에게 있어서는 그 무슨 하늘의 계시(啓示)와도 같이 들렸던 것이었다〉라고. 이에 멈추지 않고 다음 구절까지 괄호를 치면서까지 하여 강조해 놓고 있었다.

(한번 쓸 날이 있을 게다)
(때가 오기만 기다려라)

뿐만 아니라, 다음처럼 말해 놓고 있지 않겠는가. 〈그는 잠시도 이 말이 그의 머릿속에서 사라질 때가 없었다〉라고. 이 세 가지 삽입은, 억쇠의 말이 아니라 해방공간에서 문학가동맹측과 맞서고 있는 투사 김동리의 목소리가 아닐 수 없다. 토종 농민 억쇠의 목소리로서는 너무 자의식에 충만한 것이어서 어울릴 수 없는 그런 장면이다.

문학·정치 일원론에 입각하지 않으면 임화들과의 승부는 불가능한 법. 당초 사천읍 청년회를 결성 그 회장직에 오른 김동리에겐 정치 일원론이어서 정치가 전부였다. 상경한 그가 찾아낸 것이 정치·문학 일원론이었고 이로써 문학가동맹에 맞설 수 있었다. 이 맞섬에서 김동리가 알게 모르게 나아간 자리는 「황토기」의 시선이었다. 한편으로는 김동석과 논쟁을 감행하면서 다른 한편으로는 「황토기」 개작에 나아가고 있었다.

이 경우 「황토기」 개작이란, 「무녀도」의 개작(근친상간 삭제 부분)이라든가 신작 「역마」(1948. 1)와는 본질적으로 다름에 주목할 것이다. 「무녀도」의 경우 원작도 개작도 그 방향성은 동일하다. 그것은 기독교에 대한 샤머니즘의 승리라 해도 좋고, 자연과 인간의 합일화 과정(사상)이라 해도 좋을 것이다. 요컨대 구원의 가능성을 문제삼고 있었다. 「역마」에서 이 점이 너무도 뚜렷하게 드러났다. 개개인의 운명의 발견과 그 타개책이 그것. 〈인류가 부하한 우리의 공통된 운명을 발견하는 것이며 이것의 타개를 향하여 우리의 정열을 바치는 것〉(『무녀도』 서문)이라고 명문화한 것으로 미루어 보면 아직 그는 「황토기」의 개작에 착수한 상태가 아님을 알 수 있다. 「황토기」 개작에 오면 〈운명의 발견〉만을 인정하고 그 언저리를 맴돌며 좀더 깊이 통찰하고 있는 형국이다. 적어도 섣불리 〈운명의 타개책〉을 내놓을 형편이 아님을 알아차린 단계가 아니었을까.

과연 김동리가 이 사실을 뚜렷이 자각하고 있었는지 무의식 속에서 느끼고 있었는지는 단정하기 어렵다 할지라도, 〈운명의 타개책〉에 대해 의문을 던지고 있음만은 분명한 셈이다. 억쇠도 득보도 운명에 대한 사색과 그것에 얽매어 맴돌고 있을 뿐 어떠한 타개책도 찾아내지 못하고 있음은 「황토기」의 원작에서도 개작에서도 꼭 마찬가지다.

「솔거」3부작에서도 이 원리가 그대로 적용되어 있다.

과연 인류에게 주어진 운명이 〈이것이다〉라고 하여 드러날 수 있을까. 있다면 허무(죽음) 그것이 아닐 수 없다. 제로 개념과 같아서 이 허무는 어떤 유리수도 제로화되게 마련인 것. 그러기에 이를 발견한다 해도 그 타개책이란 있을 수가 없다. 엿판을 지고 계연이가 떠난 쪽과는 정반대 방향으로 떠나는 「역마」의 주인공 성기가 설사 휘파람조차 흥얼거린다 할지라도 그게 〈운명의 타개책〉이라 할 수 있을까. 한갓 잠정적인 운명 피하기(속이기)의 일종이 아닐 것인가.

여기까지 생각이 닿는다면 「황토기」 개작이 지닌 문제성이 좀더 뚜렷해질 것이다. 「황토기」가 어째서 김동리 문학의 원점이자 도달점인가를 비로소 또렷이 알아차릴 수도 있을 것이다. 「황토기」가 원형이며 고층에 속한다 함은 그것이 근대 소설도 고대 소설도 아니라는 점을 새삼 확인하는 일이자 동시에 그것이 시적인 것(문학적인 것) 혹은 미(美)의 형식임을 기리킴이다. 그 과정을 묘사해 보이면 다음과 같다.

여의주를 되찾은 억쇠 김동리는 사천읍 청년회장이 될 수 있었다. 그러나 여의주를 가진 용들이 천하를 어지럽히고 있었는데, 서양에서 들어온 이러한 용들은, 단재 신채호가 보았듯 서로 격투를 벌이고 있지 않겠는가. 자칫하면 목숨을 잃을 뻔했던 억쇠 김동리가 이에 대처하는 방식이 정치에서 한 발 물러선 자리 곧 〈문학·정치 일원론〉의 범주였다. 청년문학가협회를 조직, 그 두목이 된 억쇠 김동리가 찾은 승부처는 〈문학·정치 일원론〉에 입각한 문학가동맹의 우두머리인 득보(임화·김동석 등)였다. 실상 이 둘은, 그들의 여의주를 반쯤 하늘에 묻어둔 형국이었는데, 왜냐하면 〈정치 일반〉에서 한 발 물러선 〈문학·정치 일원론〉의 자리에 스스로를 한정시켰던 까닭이다. 억쇠·득보가 치열한 싸움을 벌이고 있으면서도 그들은, 아니 적어도 억쇠 김동리는 「황토기」 개작에 나아가고 있었다. 그들의 피비린내

나는 싸움이란 일종의 축제요, 황홀경이라는 사실이 그것. 그들은 서
로가 다정하기 짝이 없는 분신이자 거울이며 마침내 그 자신이었던
것.

9 여의주를 다시 얻었다가 다시 잃은 사나이

여기까지가 개작 「황토기」의 정신사적 문맥이며, 억쇠 김동리의 아
득한 내면 속의 풍경이라 할 것이다. 이러한 풍경에 커다란 그림자가
서서히 드리워지게 된 시기는 언제였을까. 대한민국 정식정부의 수립
(1948), 《문예》(1949)의 창간, 《서울신문》계 저널리즘의 장악(1949)
등의 일들의 의미가 일방적으로 억쇠의 머리 위에 씌어졌을 때가 그
시기에 해당된다. 맞수 득보의 소멸에 해당되는 장면이 벌어졌을 때
억쇠는 돌연 그 생기를 잃고 52세의 노인으로 전락되지 않으면 안 되
었다. 개작 「황토기」가 실상 원작 「황토기」로 돌연 환원하는 형국이
벌어진 것이었다.
득보의 소멸이란 무엇인가. 득보 없는 세계란 억쇠에겐 무와 다름
없는 세계이다. 용솟음치는 그의 힘을 어디다 쏟아야 할 것인가. 이
물음 앞에 제일 알맞는 것이 문학이 아닐 수 없다. 〈문학·정치 일원
론〉에서 정치 쪽이 떨어져 나갔을 때 억쇠 김동리의 갈 길은 오직 두
길뿐. 하나는 정치 쪽. 사천읍 청년회장의 길이 그것. 그 연장선상에
나아간다면 그는 응당 그가 말하는 대한민국 정식정부의 문화공보부
장관이거나 좌우간 그런 정치가가 되어야 했다. 다른 하나의 길은 문
학에 매달리기이다. 후자의 길을 택한 것이 억쇠 김동리의 선택이었
다. 이 순간 개작 「황토기」는 원작 「황토기」로 회귀한 것이었다. 고
층에로, 원형에로의 회귀가 의미하는 것은 또 무엇인가.
근대 소설도 고대 소설도 아니며, 이야기도 민담도 전설도 아닌 그

무엇, 이를 〈시적인 것〉, 〈문학적인 것〉이라 부르는 것이 제일 알맞을 것이다. 일종의 미의 형식으로 요약될 수 있기에 그것은 그러하다.

　문학에 승부를 걸기로 했을 때 제일 난감한 것은, 〈시적인 것〉으로서의 문학이란 어떤 경우에도 그 실체가 없다는 사실이다. 그것은 허무에 맞서는 것이며 허무 자체인 까닭이다. 근본적으로 여의주가 없는 세계, 오직 여의주의 흔적만 있는 세계인 까닭이다. 하늘에다 여의주를 묻었다는 「황토기」란 바로 이러한 〈시적인 것〉에 대한 상징이 아닐 수 없다. 득보가 없는 세계이며 다만 득보의 이미지, 그 목소리만 가끔 들려오는 그러한 세계가 문학의 본질이라면 이것만큼 아득한 것이 달리 있을까. 이를 허무라 부를 것이다. 만일 억쇠 김동리가 이 문학 쪽을 택했다면, 그 아득함, 불가능함, 그 절대성으로서의 문학에 도전했다고 볼 수 없을까. 초인적 힘을 지닌 억쇠이기에 응당 그는 이 절대성에 도전할 용기와 능력이 있었다고 볼 것이다. 허무(문학, 절대성)에 도전하기, 이를 〈허무에의 의지〉라 부를 것이다. 불가능하고 아득하기에 도전할 가치가 있는 것, 그것이 문학이었다. 이 순간 김동리 문학은 그 절정에 이르렀고 따라서 끝장이 났던 것. 그 뒤의 어떤 문학적 전개도 다만 부록이거나 후일담에 지나지 않는다 함은 이런 문맥에서이다. 「황토기」가 김동리 문학의 원점이자 도달점이라는 것은 이런 문맥에서이다.

　여의주를 찾았다가 스스로 그것을 하늘에 묻은 사나이 억쇠의 그 뒤의 내면 풍경은 어떠했을까.

　앞내 소에
　앞내 소 이무기 산다
　소낙비에도
　다시 나는 햇빛에도
　하늘 내음 어림인가

쉰 길 물속에서
이무기는
몸을 뒤친다

——「이무기」 전문

억쇠 김동리 그는 한 마리 이무기가 되어 있지 않겠는가. 이무기란 무엇인가. 물 속에 있는 천년 묵은 구렁이가 아닐 것인가. 언젠가 여의주를 얻으면 용이 되어 하늘로 날아오를 날을 기다리는 이무기. 스스로 여의주를 하늘에 되돌려주고도 그것을 끊임없이 그리워하는 것, 이를 두고 시적인 것 또는 미의 형식이라 한다. 그 누구도 실패하게 마련인 것, 그 누구도 여의주를 얻은 것처럼 행세하지 못하는 세계 그것이 시적인 것의 세계인 것. 이무기로 자처하면서도 여의주를 꿈꾸는 것, 여기에 억쇠 김동리 문학의 원점(운명, 비극)이 있었다. 이를 미의 형식으로 읊을 수조차 있었던 것은 오직 그만이 가능한 허무 의지에서 말미암았다.

이무기 턱주걱처럼 뼈죽뼈죽 깎아질린
벼랑 아래
쉰 길 청수가 있다.

쉰 길 청수 속에
진수성찬 늘여 놓고
늙은 이무기는 낮잠을 잔다

벼랑에 지는 피는 꽃
벼랑에 가는 오는 철
감은 눈 졸음 속에 환히 드는 채

이무기는
쉰 길 청수를 기둥처럼 말아올릴
그런 회오리바람만이 아쉽다 한다
　　──「이무기」 전문, 김동리 시집 『바위』, 일지사, 1973, 19-20쪽

　이 쉰 길 청수 속에 잠긴 이무기의 꿈이란 무엇인가. 이 물음이 어째서 작품 「황토기」가 김동리 문학의 원점이자 최종 도달점인가에로 연결된다는 사실을 살피기 위해 지금껏 많은 언어를 낭비해 왔다. 김동리의 문학 그것은 아기장수 설화에 뿌리를 둔 것이라는 점에서 한국적이며 동양적이다. 「무녀도」와는 반대로 「황토기」는 자기 내부에서 온 것이 아니라 밖에서 들어온 것이다. 전설이란 개인 차원의 그 누구도 창출해 낼 수 없는 것. 〈남의 애기를 듣고 그것을 소설로 써 보고 싶은 충동〉이 「황토기」의 창작 모티프라고 작가 스스로 고백한 것은 이를 가리킴이다(「주제의 발생」, 《신문예》, 1959. 1, 8쪽). 다솔사의 만허선사로부터 들은 장수 전설은 물을 것도 없이 초인 사상의 일종이다. 아기장수의 경우도 사정은 마찬가지다. 김동리는 이런 종류의 전설을 어릴 적부터 몇 개 유형으로 파악하고 있었다. (1) 송노인 애기, (2) 두 장사 애기, (3) 아기장수 애기 등등. 초인 사상이란 무엇인가. 초인적인 비력으로써 보통 사람이 능히 할 수 없는 〈큰 일〉을 성취할 것을 희망하는 염원이 낳은 생각으로 이를 정리할 수 있다. 〈큰 일〉이란 과연 무엇일까. 인류의 구원을 가리킴이기에 혁명이며 현실 부정 사상이 아닐 수 없다. 현실은 언제나 고통스러운 것이기에 혁명 사상이란 영원한 그리움에 해당되는 것. 아기장수가 채 자라기 전에 죽어야 했던 것은 이 때문이다. 이 안타까움이 김동리에게 형언할 수 없는 충격으로 다가왔는데, 이를 분석하면 (1) 스스로를 초인〔異人〕으로 동일시하기, (2) 초인적 힘을 사용할 수 없는 상황에 대한 안타까움, (3) 일제에 대한 민족적 울분 등으로 될 것이다. 김

제6장 「황토기」, 그 도저한 세계　177

동리 그는 초인 사상을 〈문학〉으로 성취할 수 있을까에 큰 관심을 두었던 것이다. 스스로 어깨를 끊어 힘을 잃게 된 아기장수, 그에 대한 안타까움과 분노가 그의 문학이었다. 「황토기」를 쓸 동안에도 쓴 뒤에도, 줄곧 김동리의 머리에서 떠나지 않는 기본항으로 놓인 상념이 예수 그리스도였음은 의심의 여지가 없다. 김동리는 〈어려서부터 예배당엘 다녔다〉라는 말을 자주 해왔다. 유태나라와 로마나라와의 관계 속에 놓인 예수란 어린 그에게 〈형언할 수 없는 자극〉을 주었다. 초인이며 장수이며 영웅이 바로 예수였던 것. 〈그때 나는 예수를 내가 어려서 들은 이인(異人)이거니 했던 것〉(「착상과 내적 경험」, 《신문예》, 1959. 2, 24쪽)이라 한 것이 그 증거이다. 후기의 그의 대작 「사반의 십자가」(1958)란, 사반이라는 또 다른 초인(아기장수)을 창조하긴 했지만 따지고 보면 「황토기」의 억쇠·득보의 한 변형에 지나지 않는다.

고층에서 혹은 원형의 면에서 보면 사반이란 억쇠보다 훨씬 뒤진 일종의 모더니즘이라 할 것이다. 작가 김동리, 그가 「황토기」에서 더 나아갈 곳도 그럴 필요도 없었다고 보는 것은 이런 까닭에서이다. 그가 스스로 한 마리의 이무기라 부른 것도 이 까닭에서이다.

평론집 『문학과 인간』이 놓인 자리

1 해방공간의 네 가지 모순성

어떤 논의도 한 가지 방향성으로 수렴되는 역사적인 단계를 문제적
인 시대로 규정한다면, 해방공간(1945-48)도 그러한 유형으로 분류될
수 있지 않을까 한다. 나라 찾기에서 나라 만들기의 과제 속에 모든
논의가 비롯되고 출렁이고 또한 수렴되어 간 시기로 보이기 때문이
다. 어떠한 국가 형태를 만들 것인가. 이 물음만큼 절박하고도 결정
적인 명제란 없었지만 동시에 이 명제만큼 막연한 것도 없었다는 데
문제의 심각성이 있었다고 볼 것이다. 일제의 총독부로부터 수권 자
격을 갖춘 세력권도 불투명하였을 뿐만 아니라, 장차 만들어야 될 국
가 형태에 대한 준비 태세도 일부 세력을 제하면 거의 없었다고 볼
것이다. [1]

---

1) 대체로 (1) 임시정부, (2) 조선독립동맹, (3) 김일성 부대, (4) 건국동맹 등의 세
   력권이 문제적이다. (송남원, 『해방 삼 년』(I) (II), 까치, 1985 ; 최상룡, 『미군정과
   한국민족주의』, 나남, 1988 ; B. 커밍스, 김주환 역, 『한국 전쟁의 기원』, 청사,

이 일부 세력이 어느 정도의 준비 태세를 갖추고 있었는데, 지하 잠복 세력이었던 조선공산당이 그중의 하나이다. 이 세력이 문학사에 관여되는 직접적 계기란 무엇인가. 다음 두 가지로 이 과제를 정리할 수 있지 않을까 한다.

첫째, 장차 만들 국가 형태라는 과제란, 전민족적 과제인 만큼 어느 특정 분야의 독점물일 수 없다는 사실을 들 것이다. 모든 계층, 모든 분야가 관여되는 영역이 국가인 만큼 문학과 정치의 이분법이란 당초 성립될 수 없는 사고 영역이다.

둘째, 이 점이 중요하거니와, 조선공산당과 문학자와의 관련 양상의 특수성을 들 것이다. 구카프 서기장을 역임한 바 있는 시인 임화와 조선공산당 지하조직과의 관련을 정확히 밝힐 수는 없다 해도, 그가 해방 직후(8. 17)에 내세운 국가 형태는 〈부르주아 민주주의 혁명〉이었다. 이를 목격한 유진오의 지적에 따른다면 〈문화 운동의 최고 책임자인 임화에게 지령을 내리는 사람이 결국 최용달(崔容達)〉[2]이었는데, 그 최용달이 내세운 〈부르주아 민주주의 혁명〉 단계가 지향하는 국가 형태는, 박헌영의 8월 테제에 그대로 드러나 있음이 확인된다.[3]

정치와 문학의 일원론적 현상은 임시정부측의 경우도 마찬가지로 보인다. 임시정부 선전부에서 조직한 〈한국청년회〉에 김광주·서정주·김동리·이한직 등이 관여한 것도 이 점을 간접적으로 보여준 현상이라 할 것이다.[4] 이 단체는, 우익 청년 단체 중 제일 센 것으로 알려졌던 것이다.

해방공간의 이러한 정치·문학 일원론적 상황이 문학측에서 볼 때

<hr>

1986).

2) 유진오, 「편편야화」, 《동아일보》, 1974. 4. 4.

3) 김남식, 『남로당 연구』, 돌베개, 1984, I-3.

4) 『서정주 문학전집(3)』, 일지사, 251쪽.

과도기적 현상인가 아니면 본래적인 문학의 존재 방식인가를 묻는다
면 어떤 해답이 나올 수 있을까. 이 물음에 대한 해답을 찾기 위한
한 가지 방편이 이 논문의 목적이다. 급히 말해 둘 것은 다음 사항이
다. 문학과 정치 일원론에 입각한 국가 형태도 있을 수 있고, 그렇지
않은 국가 형태도 있을 수 있다는 사실이 그것. 이른바 사회주의 제
일단계에 속하는 국가 형태에 있어서는, 〈사람은 가슴마다 라파엘을
갖고 있다〉[5]라는 인간학의 명제 위에 세워진 것인 만큼 정치·문학
일원론은 너무도 당연한 것이어서 논의의 여지조차 없다.

그렇지만, 이른바 근대의 국민 국가를 지향하는 국가 형태에 있어
서는 사정이 크게 달라진다. 분업을 원칙으로 하는 자유주의적 경제
체제에 바탕을 둔 국민 국가 형태의 범주에서 보면 해방공간의 저러
한 정치·문학 일원론이란 갈데없는 과도기적 현상이 아닐 수 없다.
북한과는 달리, 미군정 밑에 있던 남한의 경우, 이 과도기적 현상은
심한 내적 갈등을 일으키지 않을 수 없었다. 그 갈등 속에서 서서히
나름대로의 정리가 이루어지지 않으면 안 되었다. 바로 이 내적 고민
이란, 문학·정치 일원론에 대한 비판으로 요약될 성질의 것이며, 이
고민의 밀도야말로 해방공간 문학사의 최대의 성과라 할 것이다. 이
를 항목화하면 다음과 같다.

(A) 계급과 민족의 모순성 극복 과정(임화·안함광의 경우)
(B) 문학과 종교의 모순성 극복 과정(김동리의 경우)
(C) 문학과 사상의 모순성 극복 과정(조연현의 경우)
(D) 문학과 생활의 모순성 극복 과정(김동석의 경우)

(A)-(D)에 걸쳐 있는 이러한 모순성의 노출이 해방공간이 가져온

---

5) 마르크스·엥겔스, 고자이 요시시게(古在由重) 역, 『도이치 이데올로기』, 이와나
미 문고, 1956, 200쪽.

가장 풀기 어려운 난제였고, 이를 풀기 위한 노력이야말로 해방공간
이 지닌 문제적 상황이라 하지 않을 수 없다. (A)에 대한 논의는 그
동안 필자가 다각적으로 검토한 바 있거니와,[6] 이 글은 필자가 시도
하고 있는 (A)-(D)의 연구 테마 중 (B)에 초점을 둔 것이어서, 해방
공간 문학사 연구의 두번째 과제에 해당된다.[7]

2 지적 수사학에 관련된 논쟁

문학·정치 일원론의 최초의 그리고 행동화의 방식으로 등장한 것
이 임화 중심으로 조직된 조선문학중앙건설본부(1945. 8. 17) 및 그 연
장선상에서 성립된 조선문학가동맹(1946. 2. 8)이라 할 것이라면, 이와
꼭 같은 논리 구조로 이와 맞서 등장한 것이 박종화·오종식 중심의
조선중앙문화협회(1945. 9. 18) 및 그 연장선상에 있는 전조선문필가협
회(1946. 3. 13)이다. 전자의 창립대회에 여운형이 참석하고, 후자의
그것에 이승만이 축사를 하고 김구 주석이 참석한 사실이 문학·정치
일원론의 선명한 징표로 보아질 수 있지 않을까 한다.

이러한 정치 행동화를 뒷받침하는 이데올로기란 어떤 형태로 드러
내야 했던 것일까. 해방공간만큼 이 물음에 민감하고도 철저한 해답
찾기에 골몰한 시기는 일찍이 이 나라 문학사에서는 없었다. 이데올
로기 모색에 대한 민감성·철저성은 어디로부터 연유한 것이었을까를
묻게 된다면 먼저 다음 두 가지 점에 주목할 것이다. 문학·정치 일
원론에 설 때, 정치 쪽에서 모든 결정권이랄까 열쇠를 쥐고 있는 만
큼 문학 쪽에서 어떤 의문을 던지거나 개입할 처지가 아니라는 점이
그 하나로 꼽힐 것이다.

---

6) 김윤식, 『한국현대문학사상사론』, 일지사, 1992.
7) 김윤식, 『해방공간 문단의 내면 풍경』, 민음사, 1996.

현재의 정치적 단계를 프롤레타리아 혁명 단계로 규정하든가 부르주아 민주주의 혁명 단계로 혹은 인민 민주주의 혁명 단계로 규정하든가, 아니면 시민 혁명 단계로 규정하든가 좌우간 이러한 정치적 이데올로기의 선택이 먼저 있고 그것에 따라 각각 대응되는 문학 단위랄까 문학 유형이 결정되게 마련이었던 만큼, 문학측의 과격함이랄까 민감함이란 바로 이 정치성의 그것에서 말미암은 것이었다. 다른 하나는 이 정치성이 대립 양상으로 치닫게 마련이었다는 점을 들 것이다. 자기 동일성 확보를 제일의적 목표로 하는 현실 정치의 속성은 현실 부정을 목표로 하는 문학의 본래성과 증폭됨으로써 그 민감성·철저성을 여지없이 드러내기에 이른 것이다.

정치·문학 일원론의 이러한 민감성·철저성이 마침내 커다란 모순성을 여지없이 드러내게 된 문학사적 장면을 해방공간 문학사의 특징으로 내세울 수 있을 것이다. 인민 민주주의 국가 형태를 선택하든, 자유(시민) 민주주의 국가 형태를 내세우든, 그것이 헌법을 기초로 하는 국가 형태임에는 변함이 없다. 이 국가 형태의 선택에 나아갈 때 제일 처리하기 난감한 것이 〈민족〉이란 개념이었다. 정치 쪽에서 처리하기에 제일 난감한 것이 민족 개념이기에, 문학 역시 이 난제를 안고 나설 수밖에 없었던 것이다. 인민 민주주의 국가라든가 자유 민주주의 국가란 한 관념이었고, 현실 정치에 있어서는 민족 단위의 사고를 기반으로 하지 않을 수 없었던 것이 해방공간의 현실성이었다. 그만큼 현실적 정치 인식은 민족 개념 위에서 자라왔고, 그 기초 위에 해방공간이 주어졌던 것이다. 인민 민주주의 국가 형태의 선택에서 도출되는 문학이 계급성을 그 기본항으로 하는 것은 너무도 당연한 논리이겠지만, 현실 정치의 기반이 민족 단위의 인식에 발목이 잡혀 있던 현단계로서는 계급성 일변도의 순수한 논리만으로는 설정될 수 없었다. 민족성의 개입이 불가피했던 것이다. 이를 반영한 것이 문학가동맹측이 내세우는 민족 문학론이다. 계급성이냐 민족성이냐,

이 둘의 모순성을 어떻게 무모순성으로 극복할 수 있을 것인가. 넓게 보면 문학가동맹측도 문필가협회측도 이 모순성 극복에 동시에 노출되었다고 보아질 것이다.

좌우익 문학 논쟁이란, 이 점에서 보면 정치·문학 일원론이 빚은 결과가 아닐 수 없으며, 따라서 그 민감성·철저성 및 과격성도 정치·문학 일원론이 지닌 속성에서 설명될 성질의 것이다. 이러한 설명 방식이 해방공간 좌우익 문학 논쟁의 대부분을 차지했다고 볼 것이라면, 그만큼 문학의 독자성에 대한 논의는 위축되었음도 자명한 사실이다. 한 가지 예외적인 사실이 있다면, 정치·문학 일원론이 순수 이론 논쟁에서 벗어나, 작품을 가운데 두고 전개된 논쟁이 아닐까 한다.

그 첫번째로는 김동석·김동리 사이에서 벌어진 논쟁을 들 것이다. 이 논쟁을 분석해 봄으로써 우리는 정치·문학 일원론에 의해 빚어진 논쟁의 한 유형을 이끌어낼 수 있다.

이 논쟁은 문학가동맹측 평론가 김동석이 문필가협회의 문학 외곽 단체인 청년문학가협회의 평론가이자 작가인 김동리를 비판함에서 시작된 것이거니와, 이 경우 특징적인 것은, 김동리가 선 자리의 특수성이다. 청년문학가협회란, 문필가협회의 문학 정예 부대로 자처하는 단체이다. 그 단체의 이론 분자로 제일 뛰어난 평론가이자 동시에 제일 특출한 역량을 가진 것으로 알려진 문사가 김동리라는 사실이 김동석·김동리 논쟁의 성격을 규정짓고 있다. 평론가이자 작가라는 점이 해방공간의 정치·문학 일원론의 문단 상황에서 볼 때 강점이었던가 혹은 약점이었던가를 평가하는 시금석으로도 이 논쟁의 의의를 찾을 수 있다.

김동석의 김동리론은 「순수의 정체」였는바 그 첫 대목은 다음과 같거니와, 이 대목의 중요성은 비유로 시작되었다는 점에 있다.

  현민이나 춘원이 재사이듯이 김동리 군도 재사다. 다만 한 세대 뒤떨어진 재사일 뿐이다. 현민이나 춘원이 작가로서 낙제한 것은 벌써 일제시대의 이야기지만 동리는 바야흐로 작가 정신을 상실하며 있다. 우리 문단이 이미 춘원 등의 재사를 일제한테 빼앗긴 것도 원통한데 김동리를 이제 또 〈순수〉라는 허무한 귀신에게 빼앗긴다는 것은 애석한 일이라 아니할 수 없다. 그러므로 성복후(成服後) 약방문이 되기 전에 군의 병을 진단하려는 것이다. [8]

  춘원, 현민의 동일선상에 김동리를 올려놓음과 동시에 그 차이를 드러내는 표현법이 일종의 비교론으로 이루어졌다는 점을 먼저 지적할 수 있다. 〈순수라는 귀신〉이라든가 〈성복후 약방문〉 등의 비유법이 지닌 효능은 양면의 칼을 지닌 무기와 같다. 논쟁의 경우 이 양면성이 지닌 특징은 승패를 초월함에서 찾아진다. 격언이라든가 아포리즘이 지닌 이 수사법의 강점은 필요에 따라 긍정적으로도 부정적으로도 반응한다는 점이다. 이 말을 뒤집으면 어느 쪽도 절대적일 수 없다는 표현법이다. 공격용으로 작동하다가도 사세가 불리하면 금방 수세용으로 전용될 수 있는 무기이기에 경쾌하며 몸놀림이 빠르며 자칫하면 경박해지기 쉽다. 이를 두고 문학적 표현이라 한다면 김동석은 정치·문학 일원론에서 이탈하여 〈문학〉 쪽으로 한 발자국 옮긴 평론가로 볼 수 있다.

  거북이 모가지와 팔다리를 그 껍질 속에 감추듯 조선의 문학자들이 폭압과 착취의 객관 세계로부터 이른바 〈순수〉 속으로 움츠러들기만 한 때가 있었다. 그러나 움츠러들었을망정 거북은 바윗조각과 스스로 달라야 할 것이 아닌가. 즉 일제라는 적이 물러났을 때 응당 모가지와 팔다리를 내놓고 움직여야 했을 것이다. 그런데 일제가 물러난 지 이 년이 지난

---

8) 김동석, 「순수의 정체 —— 김동리론」, 《신천지》, 1947. 12, 189쪽.

오늘날도 사상의 모가지와 팔다리를 내놓지 못하고 순수 문학을 고집하는 동리는 결국 거북이 아니라 바윗조각이었던가? 그러나 이 바위는 이 세상에 있는 그건 사차원적 바위가 아니라 손오공을 넣은 바위 같은 기상천외의 바위인 것이다. 그러기에 이 바위는 도를 닦어 맹랑한 〈제3세계관〉을 넣으려 하고 있다. [9]

〈김동리는 거북이다〉라는 명제란 김동리의 속성 하나에 대한 지적이다. 일제하에서는 그것이 제일 긍정적인 존재 방식이었다. 해방공간에 오면 이 명제는 부정적으로 작용한다. 〈김동리는 거북이 아니다〉의 세계가 해방공간인 까닭이다. 해방공간에서도 계속 거북이었더라면 그는 응당 사상(이데올로기)을 내세워야 할 것이니까. 여기서 말하는 이데올로기란 물론 유물변증법이다. 이 이데올로기를 갖지 않았기에 김동리는 바윗조각이거나 좌우간 그런 특수 물건이라는 것, 그러기에 손오공을 넣은 바위처럼 도술을 부린다는 것이다. 이 비유의 참신성은 거북의 속성과 바위의 그것이 갖는 제일차적 유사성이 거북과 바위가 갖는 제이차적 속성으로 발전해 갔다는 점과, 바위라든가 거북이라는 이미지가 김동리의 소설 세계의 분위기를 환기시킴에서 왔다.

논자인 김동석의 비유법이 시적(문학적)인 점 못지않게 이 표현의 참신성을 가져온 것은 바로 김동리의 작품 세계라 할 것이다. 특히 이 후자는 강조되어야 하는데, 김동리의 작품 세계란 작품의 본래성에서 볼지라도 어떤 한 가지 설명으로는 다 설파될 수 없는 창작인 까닭이다. 김동리의 문학관이나 정치관을 비판하는 자리와는 달리 그의 작품과 관련된 논의라면 어떤 비판이나 지적도 부분적으로 타당할 뿐 어떤 해석도 일면적임을 면치 못한다. 김동석의 김동리론이란 작가론의 범주이기에 그가 쓴 현민론, 정지용론, 안회남론 등과 원리상

9) 김동석, 같은 글, 199쪽.

으로는 조금도 구별되지 않는다. 뿐만 아니라, 이 김동리론은 김동리의 창작집 『무녀도』(1947)에 국한되어 있음을 특징으로 하고 있다. 그중에서도 〈제1장의 윤리〉라는 부제가 붙은 「혼구」를 중심으로 논진을 편 것이다. 논진이라 하나, 논자 김동석은 김동리의 작품 분석이기보다는 스스로의 리듬에 취해서 일종의 수사학이 빚은 황홀증에 빠진 형국을 빚어놓고 있다. 〈가야 된다 가야 된다!〉라는 「혼구」의 주인공의 독백을 무려 6번이나 반복한 사실이 이 점을 증명하고 있다.[10]

이 반복에서 발생하는 리듬 감각이 대상에 대한 논리적 분석을 방해할 수밖에 없는바, 그것이 생리적 현상에 뿌리를 둔 까닭이다. 김동리의 작품 「혼구」를 빙자하여 논자는 산문계 소설을 시적 수준으로 격하시켰을 뿐 아니라, 그 속에서 즐긴 혐의조차 있다. 김동석이 쓴 작가론들은 한결같이 이러한 시적 수사학이 낳은 산물이어서, 대상 자체와는 관계 없이 그 자체로 자족적이다. 이태준론, 임화론, 유진오론, 김기림론, 정지용론, 김광균론 등이 「예술과 생활」, 「시와 행동」, 「소시민의 문학」, 「금단의 과실」, 「시를 위한 시」 등의 멋진 제목을 단 것도 이러한 시적 수사학의 소산으로 볼 수 있다. 먼저 그 작가에 대한 중심 이미지가 선험적으로 주어져 있고, 그것에 따라 그 작가의 작품의 일부를 과장하여 반복하기만 하면 소기의 목적이 달성되는 것이다. 시적 진실 또는 일면적 진실에 멈추는 것은 이 방법론에서 말미암는다. 어째서 김동리론을 쓰는 마당에 김동석은 해방 전의 김동리 작품에 국한시키고 말았는가. 어째서 김동석은 해방 후에 쓴 김동리의 「윤회설」(1946)을 비롯, 「미수」(1946), 「혈거부족」(1947), 「지연기」(1947) 등은 언급조차 하지 않았는가. 이러한 의문

---

10) 「혼구」의 주인공인 교사 강정우가 제자를 그의 아비로부터 구출하기 위해, 다만 마음속으로만 헛소리처럼 외치는 문구이다. 김동리는 이 작품을 〈제1장의 윤리〉라 불렀다.

제7장 평론집 『문학과 인간』이 놓인 자리   187

도 그가 사용한 시적 수사학에서 설명될 성질의 것이다.

만일 시적 수사학의 본질이 이러하다면 이를 붙들고 시비를 벌이는 것은 논리적 차원에서 보면 거의 무의미할 것이다. 비판을 당한 임화, 정지용, 김기림 등이 이에 대해 아무런 반응도 보이지 않은 것은, 다른 여건도 작용했겠으나 그들이 알게 모르게 이 수사학의 마술을 알아차렸음이 그 으뜸 이유일 것이다. 예외적인 존재가 김동리였는데, 이는 무엇을 가리킴일까. 첫째, 김동리가 소속된 청년문학가협회의 이념을 들 것이다. 그가 이 단체의 이념 창출자이자 그 이데올로기의 대변자의 처지에 있었던 만큼, 문학가동맹의 간판격 비평가 김동석의 어떤 비판에도 맞서지 않을 수 없었던 것으로 보인다. 정치·문학 일원론의 차원이기에 어떤 논의도 생산적일 수 없음이 원칙이다. 문학이 정치와 일원론을 이루고 있는 마당이라면 그 문학은 정치에 좌우되는 것이 아닐 수 없다. 정치란, 이 경우 언제나 현실 정치이며, 따라서 정치적 결단이란 논리의 범주이되, 선험적으로 결정된 형식을 취하는 만큼 어떤 논리로도 상대방을 격파하기란 원리적으로 불가능하다. 김동석·김동리의 논쟁도 이 범주에서 바라보면 승패 가리기란 무의미하다. 다만 이 논쟁의 의의는, 문학가동맹 대 청년문학가협회의 맞섬으로 정리될 성질의 것이다.

둘째, 김동리의 반론이 해방공간의 논쟁 속에서 이채로움을 편 것은 정치·문학 일원론에 서면서도 자주 문학·정치 이원론으로 왕래했음에서 말미암았다고 볼 것이다. 평론가이자 작가이기에 그만이 이러한 왕래를 가능케 한 것이다. 김동리의 반론 중 다음 대목에 특히 주목하는 것은 이 때문이다.

다만 내가 군에게 묻고 싶은 것은 다음 한 가지뿐이다. 군의 독조(毒爪)가 남의 얼굴을 할퀴는 경우와 군 자신의 얼굴을 할퀴는 경우가 있다면 군은 그 어느 편이 군에게 플러스 될 수 있다고 생각하는가.

군이 툭하면 내세우곤 하는 그 유물론의 원리에서는 물론 전자에 이득이 있다고 생각되리라. 혹은 군의 기교(奇巧)한 궤변에서는 양자 동일이란 해답을 내릴 수도 있으리라. 이 모두 군의 자유다. 다만 내가 지금 여기서 군을 한 사람의 문학도로서 상대하고 있다는 것을 잊지 않아야 한다.[11]

이 대목이 주목되는 것은 정치·문학 일원론의 고리를 끊었음에서 찾아진다. 정작 그 고리를 끊은 것은 먼저 김동석 쪽이었다고 이 사실을 직감적으로 알아차린 것이 김동리의 민감성이었다. 김동석의 김동리론을 반박한 조연현의 「무식의 폭로」(《구국》, 1948. 1)가 어디까지나 정치·문학 일원론 범주에서 한 발자국도 벗어나지 못한 것과 비교해 보면, 김동리의 김동석론이 선 자리가 한층 뚜렷해진다.

정치·문학 일원론에서 문학이 분리되어 문학의 독자성이 자리를 잡는다면 그 자리를 규정하는 기본항이란 무엇일까. 이 점을 실제로 보여준 것은 먼저 김동석이었다. 곧 〈표현〉이라 불리는 시적 수사학(비유)이 그것이다. 이에 응답하여 김동리가 구사한 〈표현〉을 보이면 다음과 같다.

(A) 딱따구리는 그의 빵을 구하기 위하여 고목 둥지를 뚫고 있는 동안 별나게 그의 주둥이가 발달되고 수탉은 그의 생식을 위하여 땅을 허비는 동안 양쪽 발톱이 유달리 발달되었다는 현상이다. 해방 전의 군이 춘원 현민 회월 재서 등을 시기하고 해방 후의 군이 상허 지용 임화 등을 할퀸 것이 모두 군의 빵과 생식을 위해 싸운 것이라면 나는 전기 딱따구리나 수탉에 경의를 표해야 할 것이다.[12]

---

11) 김동리, 「생활과 문학의 핵심 —— 김동석 군의 본질에 대하여」, 《신천지》, 1948.
 1, 96-97쪽.
12) 김동리, 같은 글, 97쪽.

(B) 기독을 오늘날의 볼셰비키 청년으로 〈거짓 증거〉한 김군은 그 같은 손톱으로 오늘날의 김동리를 〈정저와(井底蛙)〉와 〈손오공〉으로 할퀴려 하였으나 오늘날엔 기독으로 위장시킨 볼셰비키를 인제 다시 〈백백교(白白敎)〉로 변장시킬는지 모르듯 오늘날의 〈정저와〉와 〈손오공〉은 언제 또한 〈기독〉이 되고 〈혁명가〉가 될는지도 알 수 없는 노릇이다. [13]

문학이 그 독자성으로 갖고 있는 〈표현〉이 시적 비유법의 수사학으로 드러날 때 제일 난감한 것은 논리의 소멸 또는 확산이다. 정치가 논리의 단일화를 겨냥한 것이며 따라서 비유법을 극력 배격하는 것이라면 문학은 비유법을 지향함으로써 다의성 곧 삶의 의의를 유연성 있고 풍요롭게 하는 것이다. (A)에서 보듯 김동석과 딱따구리는 동일한 속성을 단 하나 지니지만 천양지차의 차이가 있다. 그 차이를 송두리째 무시한 표현이 (A)에서 여지없이 실행되어 있다. (B)의 경우도 사정은 같으나 다만 그 비유의 대상이 역사적인 사건 및 인물로 되었다는 점이 (A)와 다를 뿐이다.

정치·문학 일원론으로 일관된 해방공간에서 김동석·김동리 논쟁이 갖는 문학사적 의의가 이로써 조금 밝혀졌거니와, 그것은 정치·문학 이원론의 가능성이며, 정치·문학 일원론의 고리끊기로 정리된다.

3 정치 소설과 「윤회설」

정치·문학 일원론이냐 이원론이냐를 둘러싼 해방공간의 문학 논의에서 또 하나 주목되는 것은 김동리의 소설 「윤회설」(1946)이다. [14]

---

13) 김동리, 같은 글, 99쪽.
14) 1946년 5월 15일부터 《서울신문》이 〈신록 단편 릴레이〉를 계획, 이태준의 「조국」, 안회남의 「봄」, 김남천의 「갈대와 바람」, 박노갑의 「이전」, 그리고 허준, 김

이 작품은 다음 몇 가지 특징을 내포하고 있는데 이를 정리하면 다음
과 같다. (1) 김동리의 해방 후 첫 작품이라는 점. 해방이 되었을 때
어떤 이유에서인지 알 수 없으나 「무녀도」(1936)의 작가 김동리는 상
경하여 작가 생활을 하는 대신 그가 그 동안 직장을 갖고 살았던 사
천읍의 청년회 회장직에 한동안 머물렀으며 솔가하여 상경한 것은 이
듬해 봄(3월 상순)이었다. [15] 그의 맏형 범보 김정설이 맨 앞머리에 놓
인 전조선문필가협회가 조직된 것이 1946년 3월이었고, 그 뒤를 이은
청년문학가협회는 한달 뒤인 4월 4일, 김동리 중심으로 조직된 바 있
었다. 「윤회설」은 그러니까 문단으로 복귀한 김동리의 첫 작품이기에
각별한 의미를 내포하고 있다고 볼 것이다. (2) 「윤회설」이 지닌 이
중성의 불가피함을 지적할 수 있다. 이 작품은 「두꺼비」(1939)의 후
편으로 씌어졌다는 점에서 「무녀도」, 「산제」 이래 그가 지속적으로
지녀온 세계관의 반영이라 할 것이다. 친일파로 나서지 않을 수 없는
상황 속에 놓인 삼촌을 가진, 독립운동가의 후손 청년 종우는 사상가
로 활동하다 옥살이를 하고 석방되었으나 그것이 삼촌의 힘이었음을
알게 된다. 자포자기 상태에 빠진 종우가 이 절망적 상황을 타개하는
방식은 과연 무엇이었던가. 「두꺼비」의 주제가 여기 놓여 있었음은
새삼 말할 것도 없다. 절망적인 상황 돌파 방식이란, 두꺼비 설화의
방식뿐이라는 것이 그 해답이었다. 두꺼비의 생존 방식이란 무엇인
가. 절체절명의 경지에 놓인 두꺼비는 적(능구렁이)에 잡혀먹힘으로
써 마침내 생명(자손)을 이어갈 수 있다는 조선 민족 특유의 민간 설
화가 그것. 종우의 삶의 방식도 이와 같을 수밖에 없다는 논법이 작
가 김동리의 시대적 절망의 극복 방식이란 점에서 크게 주목되는 것

___

영수, 김동리, 현덕, 이선희 등의 순서로 되어 있었으나, 정작 발표된 것은 안회남
의 「봄」, 김영수의 「밤」, 김동리의 「윤회설」(6. 6-26), 이선희의 「창」뿐이었다. 자
세한 것은 김윤식의 『해방공간 문단의 내면풍경』, 민음사, 1996, 제5장을 볼 것.
15) 『김동리 대표작선집(6)』, 삼성출판사, 1967, 459쪽.

이라 할 것이다.

해방공간에 선 종우는 어떠할까. 「윤회설」의 창작 의도는 이 점에 주목되는 것이 아닐 수 없다. 「윤회설」에서는 해방을 맞은 청년 종우가 좌익 청년에게로 시집간 누이 성란과 애인 혜련 사이에서 이데올로기적 고민을 겪지만, 이념에 흔들리는 혜련을 아내로 맞이함으로써 그의 절망을 극복한다는 것이다. 이 작품에서, 작가의 의도가 노골적으로 드러난 것은 다음 대목이다.

(A) 능구렁이 앞에 절망적인 삶의 방식을 발견해 내는 「두꺼비」의 〈죽음으로써 삶 찾기〉의 상황이 「윤회설」에서는 없거나, 거의 흔적으로만 존재한다는 점. 따라서 「윤회설」은 그 창작상의 절박성이 희박하다고 할 것이다.

(B) 이 점이 중요하거니와, 김동리는 「윤회설」의 결말을 우익의 정치적 이데올로기 선전으로 처리했다는 점. 요컨대 작가는 「두꺼비」계를 빙자하여 〈정치 소설〉을 쓰고 만 것이었다. 정치 소설이란 물을 것도 없이 정치·문학 일원론에 합일하는 그러한 문학의 명칭에 다름 아니다. 작가인 김동리가 한 발 앞서서, 정치·문학 일원론의 앞잡이가 된 형국이었다. 이에 대한 문학가동맹의 초대 서기장 이원조의 다음과 같은 비판은 김동리 문학 및 청년문학가협회의 성격 해명에 한 가지 열쇠가 될 수 있다.

이 작품의 주인공 종우란 자의 다른 기질과 소행은 몰라도 이 작품에 나타난 것만으로 보면 일개 성격 파산자인 탕아밖에 안 되는데 술김에 호음(好淫)도 곧잘하고 그러고 나서는 정감록 같은 이론을 되풀이해서 그 녀자가 얼떨떨해지면 저는 그만 무슨 철학자(?)나 된 듯이 망자방대해서 제 누이한테도 나를 존경하라고 강제하다가 안 들으면 사탄으로 인정하는 이러한 자존심 때문에 제 편이 되는 혜련도 인간성이 없고 제 편이 안 되는 제 누이의 성란도 인간성이 없다. (……) 그러므로 이 작품에 나오는 인간은 중요한 인간성이 유린되고 말살되었을 뿐만 아니라 가상적인 현실도 아니고 바로 작가와 독자가 함께 이문목도(耳聞目睹)한 현실적 현실까지도 왜곡되었으니 이 작품 종말에 주인공이 혜련과 결혼해 가지고 서울운동장에서 열린 대한독립촉진국민회 주최인 독립전취 국민대회에 나간 일이 있다. 거기에 군중이 많이 모인 것을 보고 혜련이 감탄하기를 〈광고가 어제 나붙었는데 하룻밤 동안 어쩌면 사람이 이렇게 많이 왔을까〉 하니, 종우는 〈이런 데서 민족혼을 알 수 있지〉 하였다. 그러나 우리가 알기엔 그 국민대회는 미소공위(美蘇共委)가 휴회하던 날부터 종로 네거리와 광화문통 큰 집마다 라우드 스피커를 놓고 누구를 죽여라, 소련과 공산당을 타도해라, 하면서 내인거객(來人去客)을 선동하기를 며칠을 두고 한 것인데, 하룻밤 동안이란 것은 멀쩡한 거짓말이다. 거짓말에서 민족혼을 본다는 것은 얼마나 민족의 모독이냐. 순수 문학(?)도 여기에 이르면 극치일 것이다. [16]

이원조의 「윤회설」에 대한 비판은 작가의 (1) 인간성 파악의 실패와 (2) 현실의 왜곡성으로 요약된다. (1)은 작가의 능력 부족이랄까 인간성 파악에 대한 역량 미달로 볼 수 있기에 작가의 자질 문제로 귀착될 성질의 것이다. 그러나 (2)의 경우가 만일 사실이라면 작가의 능력 또는 자질로 평가될 수 없는 별개의 문제라 할 것이다. 곧 의도적으로 현실을 왜곡한 것이며, 그 의도가 정치적인 과제인 만큼 이 작품은 〈정치 소설〉로 규정되지 않을 수 없게 된다. 가장 민감한 시국적인 과제에 최종적으로 관여된 「윤회설」은 겉으로는 두꺼비 설화의 표정을 띠면서도 실질적으로는 가장 뚜렷한 〈정치 소설〉인 셈이다.

순수 문학의 주창자이며, 문학·정치 일원론을 극력 배격하는 노선에선 김동리가 정작 작품상에서는 제목만 「윤회설」이라 하여 순수 문학 냄새를 풍기고 내용인즉 〈엄청난 정치 소설을 썼다〉[17]는 것은 무

---

16) 이원조, 「허구와 진실 —— 서울신문 단편 릴레이를 읽고」, 《서울신문》, 1946. 9. 1.
17) 이원조, 같은 글.

엇을 뜻하는 것일까. 정치·문학 일원론의 고리끊기에 나아간 것이
아니라 그 반대쪽으로 치달았음을 실천해 보인 가장 대담한 시도가
아니었겠는가. [18] 여기에서 작가 김동리의 실패와 평론가 김동리의 면
목이 뚜렷이 드러난 셈이다.

　본격 소설(인간성 옹호)이냐 정치 소설이냐라는 문제제기란, 여기까
지 오면 정치·문학 이원론이냐 정치·문학 일원론이냐에 각각 엄밀
히 대응되었음을 알 수 있다. 이 사실은 강조되어야 하는데, 왜냐하
면 김동리 문학의 이중성을 살핌에 뚜렷한 징표의 하나인 까닭이다.
문학가동맹이 정치·문학 일원론 위에 입각한 것이듯 이에 맞선 청년
문학가협회도 그 노선 위에서 한치도 어긋남이 없었다. 임화나 이원
조의 평론이 그러하듯 이에 맞선 김동리, 조연현의 평론 역시 정치·
문학 일원론의 전형적인 형식이었다. 다만 김동리, 조연현의 표현 방
식이 임화, 이원조와 달랐는데, 곧 문학·정치 이원론(분리론)을 내
세움으로써 문학·정치 일원론을 오히려 주장, 강조한 표현법을 쓴
것이다. 그 구체적인 사례가 바로 「윤회설」이었다. 이 작품을 두고
이원조가 〈엄청난 정치 소설〉이라 지적한 것은 이원조 비평의 명민함
을 가리킴이자 동시에 김동리 문학의 허점(이중성)에 대한 결정적인
비판이라 할 것이다. 이 비판을 계기로 하여 김동리 문학은 어떤 변
모를 겪었던가. 평론·창작 이원론의 확립이 그 해답의 하나이다. 평
론에서는 여전히 정치·문학 일원론에 입각한 논리를 폈으며, 또 이
로써 임화, 이원조와 맞설 수 있었고, 그 자기식 논리를 인간성 옹호
라 불렀다. 이 경우 인간성 옹호란, 문학가동맹측의 이데올로기 옹호
와 등가였다. 이 점에 김동리는 조연현과 동격이었음은 물론, 임화,

---

18) 「윤회설」은 해방 후 김동리의 첫 작품임에도 불구하고 그는 그의 어떤 창작집에
　　도 이 작품을 넣지 않았다. 다만 「두꺼비」(1939)를 그 줄거리를 조금 변형시켜 개
　　작한 「두꺼비」(1978)를 그의 창작집 『꽃이 지는 이야기』(태창, 1978)에다 넣고 있
　　을 따름이다.

이원조, 김동석, 김병규 등과 동격이었다. 그러나 이들과 김동리를 결정적으로 구별짓는 것이 따로 있었는데, 작가라는 점이 그것이다. 작가란 무엇인가. 그가 창작한 작품이 작가의 이데올로기의 반영일 수도 있지만 언제나 그 이상의 의미 생산이 내포됨이 원칙이다. 이 점에서 보면 작가의 정치적 이데올로기의 표현이란, 만일 그 작품이 수준급에 오른 것이라면, 간접화 과정을 겪은 것인 만큼, 정치·문학 일원론을 원리적으로 넘어서게 마련이다. 이 원리적 현상에 저촉된 것이 「윤회설」이었는데, 「윤회설」은 노골적으로 작가의 정치적 이념 이 작품 이전의 상태(수준급 이하)로 드러났기 때문이다. 일급 작가에 게 이것만큼 서툴고 따라서 치명적인 것이 없다는 점을 감안한다면, 이원조의 지적에 작가 김동리가 얼마나 큰 충격을 입었는가는 능히 짐작할 수 있는 사항이라 할 것이다. 이에 대처한 김동리의 방식이 「달」(1947), 「역마」(1948)였다. 「무녀도」나 「바위」 혹은 「황토기」모 양 이들 「달」이나 「역마」는 정치적 이념이나 경향성이 깡그리 제거 된, 인간성 옹호랄까 〈구경적 생의 형식〉에 입각한 이념의 형상화였 다. 만일 이들 작품에 대한 이원조의 비판이 있을 수 있다면, 현실 부정의 문학이라 매도할 수는 있어도 〈엄청난 정치 소설〉이라 부르지 는 못했을 것이다. 바로 이 점에서 김동리는 다른 어느 좌·우익 비 평가보다 우위에 설 수 있었다. 「윤회설」 이후의 김동리의 자존심을 회복시킨 작품이 「달」, 「역마」라 함은 이런 문맥에서이며, 이후 이러 한 자존심은 계속 지켜져 「을화」(1978)에까지 이어졌던 것으로 보인 다.

　정치·문학 일원론에 비평으로 대응한 김동리가 창작에서도 이런 원칙을 단 한번 시도한 것이 「윤회설」이었다는 사실은 무엇을 뜻하는 것일까. 문학·정치 일원론에 비평을, 문학·정치 이원론에 창작을 대응시킴으로써 김동리는 마침내 해방공간에서 가장 뚜렷한 존재일 수 있었던 것이다. 김동리 문학이 지닌 이중성의 중요성을 여기에서 찾는 것은 이런 특이성에서 말미암는다.

4 종교와 문학의 영역 논쟁

정치·문학 일원론이냐 이원론이냐를 둘러싼 논의에서 드러난 김동리의 강점은 그 이중성에 있었음이 위의 논의에서 밝혀졌거니와, 그렇다면 그 이중성이 지닌 한계랄까 약점은 과연 어떤 것이었을까. 평론가이자 작가인 김동리의 이중성에서 주목되는 것은 〈정치 소설〉을 쓸 수도 있었고, 〈본격 소설〉도 쓸 수도 있음에 있었다. 이 경우 정치 소설이란, 물을 것도 없이 정치·문학 일원론의 노골적인 표출이었던 만큼 정치·문학 일원론자측에서 보면 크게 환영할 만한 일이었다. 이원조가 정치 소설 「윤회설」을 공격한 것은 김동리와 그의 동질성을 확인하는 행위로 간주될 수 있었다. 그렇지만 「달」이나 「역마」에 이르면 정치·문학 일원론자들은 속수무책일 수밖에 다른 방도가 없게 된다. 이들 작품에서 정치성을 읽어낼 방도가 없었던 만큼, 작가 김동리는 「무녀도」의 범주에 들어간 것이며, 이에 대한 비판이 만일 가능하다면, 김동석모양 시적 수사학(비유법)의 범주에 멈출 성질의 것이었다. 그렇다면 「무녀도」, 「달」, 「역마」를 규정하는 이론(평론)은 무엇인가라는 물음을 던지지 않을 수 없다.

이 물음에 대해서 김동리는 「순수 이의」(1939), 「나의 소설수업」(1940), 「신세대의 정신」(1940) 등을 통해 산발적으로 해답을 모색, 표현해 왔으나, 이에 대한 결정적인 해답에 이른 것은 「역마」를 발표한 직후에 나온 「문학하는 것에 대한 사고(私考)」(《백민》, 1948. 3)에서이다. 〈문학의 내용(사상성)적 기초를 위하여〉라는 부제가 붙은 이 글이 겨냥한 것은 제목이 잘 말해 주듯 〈문학하는 것〉에 대한 일반론이 아니라 김동리 개인의 사적 생각을 적었다는 점이다. 문학하는 것에는 여러 가지 단계가 있는데, 그중에서도 김동리 개인의 문학하는 것의 단계는 어떤 것인가. 이렇게 스스로 물은 그는 그 해답을 〈구경 적 생의 형식〉으로 집약한다. 이 명제에 이른 논리적 순서를 보이면 다음과 같다.

  (1) 〈문학하는 것〉은 먼저 〈사는 것〉이어야 한다는 것. (생의 긍정)
  (2) 〈사는 것〉에는 다음 세 단계가 있다는 것.

    (가) 동물적 삶
    (나) 인간이 갖는 직업적(문화적) 삶
    (다) 인간의 구경적 삶.

  이 세 가지 단계에서 우선 주목되는 것이 (나)항이다. 직업적인 삶 이라 할 때, 근대(자본주의) 사회의 기본 방식인 분업을 전제했음이 뚜렷하다. 음악가, 미술가, 은행가, 행정가, 군인 등과 같이 문학자 도 전문적 직종인 이상 (나)항 범주에 지나지 않는다. 이 범주에 머 문다는 것은 또 다르게 말하면 정치·문학 이원론에 머문다는 것으로 해석될 수도 있다. 『도이치 이데올로기』에서 마르크스가 규정한 유명 한 명제인 〈사람은 가슴마다 라파엘을 갖고 있다〉도 따지고 보면 (나)항 범주를 비판한 것으로 볼 것이다. 이 점에서 보면 이원조, 임 화, 마르크스와 더불어 김동리도 한 범주에 든다고 할 수 있겠다. 그 렇다면, 김동리와 이원조, 임화, 마르크스를 구별할 수 있는 지점은 어디에서 비롯되는 것인가. 바로 (다)항 범주에서이다.

  이원조, 임화, 마르크스에 있어 〈문학하는 것〉이란, 물을 것도 없 이 김동리처럼 〈사는 것〉에서 출발된다. 다르게 말하면 분업을 철저 히 거부한 자리에서 출발되고 있다. 그러나, 그 지향점에서 김동리와 이원조 사이에는 현저한 차이가 발생하는데, 김동리에 있어 그 지향 점이 〈신명(神明)을 찾는다〉에 있다면 이원조의 그것은 〈새로운 나라 만들기〉에 있었던 까닭이다. 〈나라 찾기〉를 지상의 명제로 하여 출발 한 이 나라 근대 문학의 지향성이 해방공간을 맞아 〈나라 만들기〉를

지향성의 최고 위치에 올려놓았으며 이를 두고 정치·문학 일원론이
라 불렀다. 이에 비할 때 김동리는 어떠했던가.

우리는 한 사람씩 한 사람씩 천지 사이에 태어나 한 사람씩 한 사람씩
천지 사이에 사라지고 있다는 사실을 통하여, 적어도 우리와 천지 사이
엔 떠날래야 떠날 수 없는 유기적 관련이 있다는 것과 이 〈유기적 관련〉
에 관한 한 우리들에게는 공통된 운명이 부여되어 있다는 것을 발견하게
되는 것이다. 우리는 우리들에게 부여된 우리의 공통된 운명을 발견하고
이것의 전개에 지향하지 않으면 안 된다. 우리가 이 사업을 수행하지 않
는 한 우리는 영원히 천지의 파편에 그칠 따름이요, 우리가 천지의 분신
임을 체험할 수는 없는 것이며, 이 체험을 갖지 않는 한 우리의 생은 천
지에 동화될 수 없기 때문이다. 그리고 우리는 우리에게 부여된 우리의
이 공통된 운명을 발견하고 이것의 타개에 노력하는 것, 이것이 곧 구경
적 삶이라 부르며 또 문학하는 것이라 이르는 것이다. 왜 그러냐 하면
이것만이 우리의 삶을 구경적으로 완수할 수 있는 길이기 때문이다. [19]

이 인용에서 중요한 것은, 우주와 인간의 관련 양상에 있다. 인간
의 운명의 구경이란, 인간과 우주의 관련일 때 비로소 성립된다는 것
이며 이를 두고 김동리는 〈구경적 생의 형식〉이라 불렀다. 그렇다면
이 경지는 분명 임화, 이원조가 목표로 한 정치·문학 일원론인 〈새
나라 만들기〉보다 훨씬 근본적이자 원초적인 것이라 할 만하다. 이를
또 다르게 말하면, 김동리의 이 경지(범주)는, 이원조, 임화의 범주
를 넘어선 저 마르크스의 『도이치 이데올로기』의 세계에 제일 가까이
간 것으로 볼 수가 있다. 〈사람은 가슴마다 라파엘을 갖고 있다〉라는
명제로 요약되는 초기 마르크스의 〈인간학〉은, 따지고 보면 인류의

---

19) 김동리, 「문학하는 것에 대한 사고—— 문학의 내용(사상성)적 기초를 위하여」,
《백민》, 1948. 3, 44-45쪽.

영원한 이념의 지향성인 까닭이다. 어디까지나 인류의 운명이며, 특정 국가 건설이라든가 어느 특정 시대의 과제를 뛰어넘은 곳에서 논의되는 문제이기에 마르크스의 이 경지가 〈인간학〉의 범주에 들게 된다고 한다면, 이 점에서 그것은 김동리가 선 자리와 거의 같은 범주로 볼 것이다. 〈인간〉, 〈인류〉의 범주에서 논의된 점에서 보면 김동리와 『도이치 이데올로기』의 저자가 선 자리는 동일한 차원이라 할 것이다. 그렇다면 어떤 점에서 『도이치 이데올로기』의 저자와 김동리는 구별되는가. 이 물음은 〈인간학〉이냐 〈우주 속의 인간〉이냐라는 물음으로 정립된다. 인류가 자기의 능력을 발휘할 수 있는 세계 창조야말로 마르크스의 이상이며, 따라서 우주와 무관한, 그러니까 어디까지나 완벽한 세계 창조에 그 최종 지향점이 놓인다면, 그래서 〈인간학〉적이라면, 위에서 인용된 바와 같이 김동리에 있어서 그 지향성은 한 점과 같은 인간의 존재에 한정되어 있다. 어디까지나 우주가 먼저이고 인간은 오직 우주의 한 파편에 지나지 않기에, 비유컨대 〈인간학〉적 상상력에 대한 〈우주학〉적 상상력이라 할 것이다.

　(다)의 범주에 양자가 속한다는 점. 〈인간학〉이나 〈우주학〉이냐에서 양자가 구별된다는 점에서 보면 양자가 정치·문학 일원론의 범주라 하겠으나, 〈인간학〉이 어디까지나 인간의 능력에 그 최종 해결점을 구한다는 점에서 인간적이라면, 〈우주학〉은 어떠할까. 우주가 주체이며 인간은 그 한 파편이랄까 부분에 지나지 않는 만큼 인간 구제의 주체는 우주 쪽에 놓여 있다고 할 것이다. 우주란 무엇인가, 이런 물음에 제일 가까이 간 것은 무엇일까. 종교가 그것이 아닐 수 없다. 김동리는 마르크스와는 달리 종교 쪽으로 알게 모르게 접근해 가고만 것이다. 명민한 김동리이기에 그의 이런 주장이 종교에 접근되었음을 알아차리지 못했을 이치가 없다. 그는 다음처럼 〈구경적 생의 형식〉이 종교라든가 철학과 혼동되기 쉽다고 미리 두 가지 발뺌을 한 바 있기는 하다.

첫째, 〈구경적 생의 형식〉은 문학을 통해서든 철학, 정치, 혹은 교육을 통해서든 가능하다는 것. 공자·간디·노자·플라톤·스피노자·칸트·베르그송·왕유·도잠·도스토예프스키 등을 그런 사례로 들었다. 어떤 분업화된 직업에 종사하든 관계 없이 그 영역에서 최고의 경지에 이른 경우만을 가리킴이라고 이를 해석할 수 있다. (1) 동물적 삶, (2) 직업적 삶, (3) 구경적 삶의 세 단계에서 (3)에 이른 경지는 직업적 분류 자체를 초월한 것이니까 서로 등가라는 설명이 가능해진다. 이를 두고 김동리는 〈여기서 내가 강조하고 싶은 것은 문학이나 철학이나 종교니 정치니 하는 것을 너무 직업적으로 분업화시키지 말아야 한다는 것〉[20]이라 했다.

둘째, 〈구경적 생의 형식〉만을 〈문학하는 것〉이라 하지 않는다는 것. 문학 작품의 의의와 가치엔 수억, 수만의 등차가 있는 것과 같이 〈문학하는 것〉의 단계와 등차도 수억, 수만이 될 수 있다는 것이다.

이상 두 가지 해명이 종교와 문학의 구별점에 대한 설명으로 설득력을 지녔다고 할 수 있을까. 〈구경적 생의 형식〉이란, 어떤 직업적 영역에서 최고의 경지에 이른 것만을 가리킴이라면, 문학의 독자성이란 있을 수 없지 않겠는가. 만일 〈구경적 생의 형식〉에 이른 문학만이 최고의 것이라면, 나머지 문학은 저질의 문학이 되는 셈이다. 그렇다면 최고의 문학도 저질의 문학도 결국 문학이란 범주에 속하는 것이니까 〈분업화시키지 말아야 한다〉는 것과 모순되는 것이 아닌가. 이 두 가지 의문을 누구나 떨치기 어렵게 되어 있다. 〈문학의 내용(사상성)적 기초를 위하여〉라는 부제를 단 이 글에서 정작 김동리가 말하고 있는 것은, 문학의 〈사상성〉이 아니라 〈문학하는 자의 정신〉에 대한 것이었음이 판명된다. 〈문학하는 것〉의 최고 지향성이란, 그러니까 종교란, 철학의 그것과 한치도 다르지 않다는 것이다.

---

20) 김동리, 같은 글, 45쪽.

김동리의 이러한 주장에 대해 처음으로, 그리고 본격적으로 의문을 던진 것이 조연현의 「문학의 영역」(《백민》, 1948. 5)이다. 〈종교와 철학과 문학의 기초적 내용〉이라는 부제를 단 이 글이 주목되는 것은 다음과 같은 이유에서이다.

(1) 청년문학가협회의 제일인자로 공인되어 있는 김동리의 문학관에 그 제이인자라 할 수 있는 조연현이 비판했다는 점. 이 사실의 중요성은 강조될 필요가 있다. 해방공간의 문학 논쟁이 좌우익 대결 양상 일변도에서 벗어나 자체 내부의 논쟁으로 분화되는 그 첫 시도인 까닭이다. 문학가동맹과의 논쟁에 임할 땐 김동리가 앞장을 섰고, 조연현·조지훈·최태응·김광주 등이 일제히 김동리를 에워싸 지원 사격을 감행해 마지않았다. 조연현의 〈김동석 씨의 김동리론을 박(駁)함〉이라 주제를 단 「무식의 폭로」(《구국》, 1948. 1)라든가, 최태응의 〈이원조 씨의 가면을 말함〉이라 부제를 단 「비평의 윤리」(《민주일보》, 1946. 9. 8) 등이 그러한 사례의 전형이라 할 것이다. 이러한 일사분란한 논전 형태에서 내부끼리의 비판에로 방향 전환을 하게끔 그 물꼬를 트는 행위로 조연현의 이 평론을 들 것이다.

(2) 조연현의 김동리 비판은, 전문직 비평가와 작가 사이에 놓인 운명적 거리감과 알게 모르게 관련되었다는 점. 논적의 대상이 문학가동맹으로 뚜렷할 경우엔 자체 내의 허점을 드러낼 틈이 없지만, 남로당 세력이 크게 꺾인 1948년에 접어드는 무렵이면 사정이 크게 달라진다. 청년문학가협회 자체 내의 허점에 대한 인식이 문제점으로 부상한 것으로 평가되는 조연현의 이 글은 표면상 매우 조심스럽고 또한 낮은 목소리로 일관되어 있으나, 그 내면에는 매우 뜨거운 비판의식이 깔려 있다. 이러한 비판 의식의 근저에 놓인 것이 조연현에겐 거의 운명적인 대목이어서 단순한 김동리, 조연현 개인의 차원을 넘어서고 있었다.

먼저 〈최근에 가장 많이 활동하고 있는 김동리 씨의 여하한 평론적 문자도 나에겐 씨의 가장 저열한 작품의 어느 한 구절보다도 무가치하게 생각되는 것〉[21]이라고 조연현이 말한 점에 주목할 필요가 있다. 조연현의 이러한 발언은 전문직 비평가의 자기 한계의 노출이라는 점에서 평가될 것이다. 〈평론에서 요구하고 있는 비판 정신이 평론에서보다 '작품'에서 더 많이 발견된다〉고 조연현이 덧붙인 점에 주목한다면 그가 스스로 택한 비평 형식의 한계에 얼마나 절망하고 있었는가가 감지된다. 그럼에도 불구하고 그가 비평을 선택한 이유는 무엇인가. 해방공간의 급변하는 문단의 소용돌이 속에서 논쟁적인 잡문에 나아가지 않을 수 없는 저널리즘과의 관계도 그 이유의 하나로 들 수 있겠지만, 무엇보다도 중요한 것은, 시인으로 출발한 그에겐 비평도 시나 소설과 같이 형상화가 가능한 형식이라 믿었던 점을 그 이유로 들 것이다. 시나 소설이 현실을 소재로 해서 작가의 세계를 창작한 것이라면 비평은 그러한 작품을 소재로 하여 비평가 자신의 세계를 창작하는 것이니까, 비판 정신의 발동이나 가치 판단이기보다는 한 개의 창작 의욕의 표현이요, 한 개의 가치 창조라 하지 않을 수 없다. 이러한 비평관을 그에게 심어준 것이 고바야시 히데오(小林秀雄)였다.[22] 비평도 시나 소설과 같이 예술 형식의 하나라는 관점에 선 조연현의 절망은 참으로 헤아리기 어려웠으며 이것이 동시에 그만의 독자적인 자부심의 근거를 이루게 된다. 비평이 해설이나 분석 또는 가치 판단에 멈추지 않고 한 단계 나아가 〈가치 창조〉(창작 의욕의 표현)여야 한다는 이 주장에 서서 김동리를 바라본 조연현의 내면 풍경을 한층 절망적으로 드러낸 것이 김동리의 작품에 대한 선망이다.

김동리는 작가이자 비평가였으며, 이 이중적 성격이 해방공간 문단을 압도하고 있었다. 이를 정리하면 다음과 같다.

(A) 김동리는 「윤회설」의 작가이자 「역마」의 작가이기도 하다는

---

21) 조연현, 「고갈한 비판 정신」, 《백민》, 1948. 3, 54쪽.
22) 김윤식, 『한국근대문학사상연구(2)』, 아세아문화사, 1994, 제5장 참조.

점. 그는 정치 소설도 쓸 수도 있었고 순수 소설(본격 소설)도 쓸 수 있었다. 이 이중성이 문학가동맹과 같은 범주이면서도 때로는 자기 독자성의 문학관의 발휘였다. 작품을 통한 이중적 전략이 김동리 창작의 강점이었다.

(B) 창작과 비평을 겸하기. 이 이중성 또한 대단한 전략이어서 비평만을 전문으로 쓰는 이원조나 조연현의 처지에서 보면 감당하기 어려운 것이었다. 이 이중성은 양면을 가진 칼과 같아서 한 면만을 가진 칼로서는 상대하기 어렵지만 동시에 그 허점도 뚜렷했다.

(A)의 허점을 지적, 비판한 것이 이원조의 「윤회설」 비판이었다. 그렇다면 (B)의 허점은 무엇이었을까. 비평가 조연현이 적발해 낸 김동리의 허점은 바로 〈종교와 문학의 혼동〉이었다. 조연현은 김동리의 문학관인 〈구경적 생의 형식〉을 두고 〈아름다운 무지개〉라 불러, 그것이 문학일 수 없음을 논파하고자 했다.

조연현은 성서와 도스토예프스키를 사례로 들어 〈구경적 생의 형식〉이 어째서 문학일 수 없는 한갓 무지개인가를 다음처럼 논파해 나갔다. 세계적으로 가장 위대한 고전 작품이 〈구경적 생의 형식〉에 접근된 것은 사실이나, 그것이 완성되는 순간 문학은 종교 혹은 철학과 같은 다른 영역으로 호적이 옮겨진다는 사실을 설명함에 있어 조연현이 내세운 논리의 거멀못은 〈사상〉이란 용어였다. 종교의 기초 내용이 신앙이며 철학의 그것이 관념이라면 문학의 그것은 사상인바, 이 경우 사상이란, 〈무엇을 형성하려는 데 있는 것〉이기에 신앙이나 관념처럼 〈이미 형성되어진 곳〉에 있는 종교나 철학과 구별된다는 것이다.

(1) 성서가 충분히 문학적이면서도 종교서인 것은 거기엔 인류가 안주할 수 있는 완성된 생의 형식이 신앙으로서 확립 유지되어 있기 때문이다.[23]

(2) 「악령」이나 「카라마조프의 형제」와 같은 작품이 끝까지 문학인 것은 작자의 분신들인 조시마나 이반이나 스타브로긴의 생의 형식은 발견했으나 그 전부가 공존할 수 있는 작자 도스토예프스키의 구경의 생의 형식을 다시 발견하지 않으면 아니되었던 과제가 남아 있었기 때문에 도스토예프스키는 끝까지 문학가였던 것이다. [24]

이상에서 보아온 바와 같이 조연현은 신앙(종교)·관념(철학)·사상(문학)의 삼분법을 제시함으로써 김동리 비평관을 비판했을 뿐만 아니라, 자기 자신의 비평관을 뚜렷이 해놓은 것이다.

그렇다면 조연현이 거멀못으로 사용하고 있는 〈사상〉이란 구체적으로 무엇일까. 〈무엇을 형성시키기 위하여 희망하고 절망하고 회의하고 관찰하고 결의했다가 포기하고 다시 판단하는 세계〉라고 하기도 하고, 〈생의 구경의 형식을 지향하는 일체의 노력〉이라 하기도 한다는 투로 사상을 매우 단선적이거나 불투명하게 설명하고 있을 뿐이지만, 이것만으로도 조연현은 능히 김동리 비평의 허점을 다음처럼 적발할 수 있었다.

내가 느낄 수 있는 바에 의하면 김동리 씨는 구경의 생의 형식에 대한 공동의 의욕을 가졌다는 동일한 목적의식에 현혹되어 관념과 신앙을 사상과 혼동함으로써 문학을 종교나 철학의 영역에까지 유도해 가고 있지나 않은가 생각되는 것이다. 이것은 씨의 작품에서도 직접적으로 느낄 수 있는 것이지만 해(該)일문(「문학하는 것에 대한 사고」──인용자)에 나타난 논조라든지 철학과 종교의 문학과의 관련에 관한 씨의 모호한 논리는 이 혼동을 더욱 웅변히 말하고 있는 것 같기도 하였다. 물론 어떤 관념이나 신앙을 사상할 때 사상된 관념이나 신앙이 사상일 수 있으나

---

23) 조연현, 「문학의 영역──종교와 철학의 기초적 내용」, 《백민》, 1948. 4, 76쪽.
24) 조연현, 같은 글, 76쪽.

씨에게 있어서는 그와 반대로 사상은 관념화하고 신앙화하고 있으면서
이를 사상이라고 사유하고 있는 것이다. [25]

  조연현은 또 다음과 같이 덧붙이기를 마지 않았는데, 후일 다시 구
체적으로 논의하겠다는 것이 그 하나이고, 문학의 영역이란 직업적
분업이 아니라는 것이 그 다른 하나이다.

5 〈불행한 의식〉으로서 한계 인식 구조

  조연현의 이러한 비판에 대한 김동리의 반응은 어떠했던가. 다음
두 가지를 들 수 있다.
  첫째, 부제 고쳐놓기를 들 것이다. 〈문학의 내용(사상성)적 기초를
위하여〉라는 부제를 평론집 『문학과 인간』(1948. 11)에서는 〈나의 문
학 정신의 지향에 대하여〉라 고치지 않을 수 없었는데, 이는 조연현
의 비판을 두 가지 점에서 의식한 것으로 볼 수 있다. 하나는, 〈구경
적 생의 형식〉이 도달점이 아니라 지향성(도달하게끔 노력하는 것)임
을 표시한 것이고, 다른 하나는 〈사상성〉이라는 용어를 피한 점이다.
  둘째, 김동리는 「문학하는 것에 대한 사고」의 (하) 부분을 대폭 첨
가했다는 점을 들 것이다. 이때 중요한 것은 그가 조연현이 지적한
대목을 상당수 받아들이고 있는 것처럼 보인다는 사실이다. 문학하는
것과 종교적 수행과의 관계는 어떻게 다르냐 하는 의문이 생길 것이
라고 한 다음, 첫 발표문에서는 다만 이에 대해서 다음 두 가지를 말
하려 한다는 전제 밑에 (1) 직업적 분업화를 피할 것, (2) 구경적 생
의 형식만이 문학하는 것의 전부가 아니라 다만 자기의 문학이 그렇

---

25) 조연현, 같은 글, 77쪽.

다는 것을 들었으나, 『문학과 인간』에서는 다음처럼 장황히 부연하고
있다.

　　그것은 물론 자별(自別)한 것이다. 우선 그 형식에 있어 종교는 찬송
하고 기도하고 귀의하지만 문학은 사색하고 상상하고 창조(표현)하는 것
이다. 그리고 그 내용에 있어 종교는 이미 발견되고 체현된 신에 대하여
복종하고 신앙하고 귀의하지만 문학에 있어서는 작가가 자기 자신 속에
혹은 자기 자신들을 통하여 새로운 신을 찾고 구하는 것이다. 그리고 각
자가 자기 자신 속에 혹은 자기 자신들을 통하여 새로운 신의 모습을 찾
고 구한다는 사실은 문학의 자율성을 침해하는 것이 아니다. [26]

　　종교와 문학의 구별점을 드러낸 위의 대목은 조연현이 지적한 것에
촉발되어 수정, 보강한 것으로 볼 것이다.
　　이러한 두 가지 자기 반성이랄까 자기 수정에도 불구하고 김동리의
지론이 조금도 변하지 않은 것은 문학의 〈자율성〉을 침해하지 않는다
는 종래의 자기 주장의 확인이다. 이 불변의 김동리 신앙의 강점 및
약점은 무엇인가.
　　서양의 관념적 체계, 특히 근대 문학에 대한 비판이라는 점이 그
강점의 하나이다. 〈내가 한 가지 경고하고자 하는 것은 서양인의 관
념적 체계가 그것도 더구나 근대에 와서 문학이니 철학이니 종교니
정치니 과학이니 수학이니 하는 것을 너무나 직업적으로 분업화 내지
분열화시켰다는 사실〉[27]이라 힘주어 말하고 있음에 주목할 것이다.
요컨대 김동리의 〈구경적 생의 형식〉이란 명제는, 서양인의 관념적
체계 비판으로 구상되고 전개된 명제였던 만큼 그 틀이 너무 크고 강
렬하였다. 〈구경적 생의 형식〉이란 그러니까 인간 정신의 주체적 전

---

26) 김동리, 『문학과 인간』, 백민문화사, 1948, 101쪽.
27) 김동리, 같은 책, 102쪽.

개를 가리킴이어서 일종의 통합 원리라 할 것이다. 철학도 종교도 문학도 정치도 각자 인간 정신의 최고의 원리 탐구인 만큼 직업적 분업화를 할 필요가 없다는 이 생각은, 〈문학하는 것〉이 〈정치하는 것〉이나 〈종교하는 것〉 혹은 〈철학하는 것〉과 맞먹는다는 것으로 통하게 된다. 〈구경적 생의 형식〉이 문학의 자율성을 침해하지 않는다 함은 이런 문맥에서이다.

서양 사상 특히 서양 근대 철학에 대한 비판으로서의 〈그 무엇〉이 김동리에겐 하필 문학이었다 함은 한 우연성일 터이다.[28] 좌우간 그는 〈문학하는 것〉으로 서양의 근대 사상(과학)의 취약점을 비판하고자 한 최초의 문인이었다. 어째서 동양 철학이나 동양 사상으로 서양의 그것을 비판하지 않고 문학으로 해야 했던가. 여기에 김동리 문학의 비극적 풍모가 서려 있을 것이다. 그렇지만 그러한 방법론상의 한계에도 불구하고, 그의 이러한 생각이 커다란 성과를 이룬 점은 응당 평가되어 마땅하다. 〈김동인론〉이란 부제를 단 평론 「자연주의의 구경」(1948)이 그러한 사례의 하나이다.

김동인을 논한 이 평론은, 다만 작가 김동인을 사례로 들었을 뿐, 사실은, 서양의 근대 과학 사상에 대한 전면적인 비판이라 할 것이다. 〈과학은 인류에게서 신을 박탈하였으나 그 대가로 인류가 얻은

---

28) 〈나는 어려서부터 내 자신의 죽음에 대하여 이루 형언할 수 없는 공포와 전율을 느껴왔어…… 이 사실은 나로 하여금 진작부터 사람의 사는 일과 죽는 일에 대해서 많이 생각하게 만들었어. 생각은 물론 여기에 그치지 않고 천지의 시작과 끝이라든가 존재의 근본이라든가 하는 따위로 번지게 됐지만, 이러한 관심과 습성은 자연히 철학 쪽으로 기울게 하여 처음엔 내 백씨의 철학 서적을 꽤 많이 훔쳐 읽게 만들었지만 너무 일찍부터 내 손으로 글을 쓰기 시작한 것이 결국 철학 아닌 문학 쪽으로 흐르게 만들었다고 보네…… 생각해 보게. 17, 8세에서 20세 사이의 소년이 철학 서적을 읽고 철학적 사색을 가졌다고 한들 얼마만한 자기의 철학을 가질 수 있었겠는가? 문장으로 표현할 수 있는 자기의 철학 말일세. 그런 나이에 붓을 들어 글을 쓰면 학문(철학) 쪽보다는 역시 시적인 것이 되잖아?〉(김동리, 「샤머니즘과 불교와」, 《문학사상》 창간호, 1972. 10, 265-266쪽).

것은 허무뿐이었다〉라든가 〈인류가 신을 가졌을 때에는 동시에 신에 기생하는 우상과 미신과 그리고 또 신이 거주하는 하늘을 함께 가질 수 있었으나 과학이 신을 추방하는 날 신은 자기의 체내에 기생시킨 우상과 미신과 그리고 또 인류에게서 하늘을 거두어가 버렸던 것이다〉[29]라는 표현이 이 사실을 잘 말해 준다. 서양의 근대 사상(과학)을 자연주의로 오해했다든가, 사실주의가 무엇인지에 대해 그가 전혀 알아보고자 하지 않았음은 또한 명백한 사실이다. 근대 문학 특히 소설의 기본 개념을 이루는 리얼리즘에 대해 단 한번도 언급하거나, 알아보고자 하지 않은 점으로 미루어 볼 때 김동리 문학은 근본적으로 비리얼리즘적이며 따라서 비소설적이라 할 것이다. 또 다른 평론인 이효석론에 해당되는 「산문과 반산문」(1948)에서 김동리가 아무리 소설과 시를 구분하고 소설 쪽에 서서 이효석을 반소설적인 작가라 비판하더라도 별로 설득력이 없는 것은, 그가 선 이러한 근본적인 자리에서 말미암았다. 리얼리즘과 전혀 무관한 자리, 이것이 김동리가 선 자리의 명칭이며, 이를 달리 〈구경적 생의 형식〉이라 불렀을 뿐이다. 이 자리에서 씌어진 가장 우수한 평론이 김소월을 논한 「청산과의 거리」(《야담》, 1948. 4)이다. 이 평론이 기념비적인 것은 김동리의 선 자리에서 그대로 씌어졌다는 점에서 찾아진다. 그의 〈구경적 생의 형식〉이 소월론을 통해 육체화되었던 만큼 그는 이것 이상으로 더 그의 문학관을 드러낼 방도가 없었다고 볼 것이다.

〈소월의 시는 거의 전부가 임을 찾고 임을 구하고 임을 노래한 것들〉이라고 전제한 이 평론에서 어째서 소월이 〈임〉을 그리워하고 구하고 했느냐에 우선 그는 주목한다. 이 경우 〈어째서〉만큼 본질적인 것은 달리 없는데, 무한성, 영원을 추구하는 낭만주의적 본성이 김동리 이론의 원점인 까닭이다. 유한한 인간이 어째서 무한을 그리워하

---

29) 김동리, 『문학과 인간』, 6쪽.

고 구하고 하는 것일까. 유한성을 통감하고 그것에서 해방되고자 하는 욕망은 응당 그 유한성의 통감의 강도에 비례할 것이며, 거기에서 발생하는 우울함(멜랑콜리)도 그것에 꼭 같이 비례할 것이다. 유한적 존재임을 유년기부터 통렬히 느낀 김동리이기에 무한성에 대한 민감한 반응 및 그 강도가 남달랐던 것이며, 거기에서 발생하는 우울증이 당연히 뚜렷하게 길러졌을 것이다.[30] 이 우울증을 그는 동양적인 표현으로 〈허무〉라 불렀을 따름이다. 「잉여설」(1938)이나 「황토기」(1939)나 「완미설」(1939) 등에서 드러난 허무란 실상 우울증의 다른 명칭이었다. 어떤 방식으로도 인간은 스스로의 유한성(죽음)을 초극할 수 없다는 전제하에 서지 않으면 김동리 문학론의 명제인 〈구경적 생의 형식〉을 설명하기가 어렵다. 그리움이란, 그러니까 무한성에 대한 형언할 수 없는 그리움이며, 이 점에서 김동리만큼 철저한 낭만주의자는 없다. 그리움이 무한성에 대한 그리움이기에 그 이름을 〈임〉이라 불러도 좋고 신이라 불러도 상관없으며 자연이라 해도 그만이다. 이 임, 신, 자연을 찾는 행위를 두고 그는 〈신명을 떨친다〉고 표현했다. 이러한 사정을 소월 시에 가장 완벽하게 적용한 것이 평론 「청산과의 거리」이기에 이 평론은 기념비적인 것이 아닐 수 없다.

〈아무것으로도 영원히 메꾸어질 수 없는〉 소월의 감정(이것을 주체적 감정이라 불러도 좋다)은 구경 어디로 가나? 그의 그리운 정(이것을 정한이라 불러도 좋다)이 옥녀나 금녀에서 출발하여 옥녀나 금녀에서 해결될 수 있는 대상 본위의 감정이 아닐 때 그에게 있어 옥녀나 금녀의 얼굴이나 성격이나 취미 등이 그다지 중요한 의의를 가지는 것은 아니다. 이 말은 다시 옥녀나 금녀의 얼굴이나 성격이나 음성 등이 소월의 정한을 좌우한 것이 아니라 소월의 정한 그 자체가 임의로(혹은 한쪽에서만) 그 대상을 가졌던 것이라는 뜻도 된다. 대상을 소유하거나 전취한 것이

---

30) 각주 28) 참조.

아니라 그의 정한이 독단적으로 〈임〉을 가졌던 것이다. 그가 소유하거나 전취한 〈임〉이 아니기 때문에 그 〈임〉들은 늘 그를 떠나고 그와 헤어질 수 있었던 것이다. 이와 같이 그 대상에 의하여 어떤 특수한 제약을 받지 않는 주체적 감정에서 출발했던 것이기 때문에 그의 〈임〉은 모든 옥녀와 모든 금녀에도 통할 수 있었던 것이다. 소월의 정한이 개인적 특수적 감정에서 일반적 보편적 정서로 통하게 된 것은 이 때문이다. 그의 임이 모든 옥녀와 모든 금녀에 통하게 될 때 〈임〉을 구하는 정한의 주체도 이미 김소월이란 개인적 감정을 초월할 수 있었던 것이다. 여기서 그의 개인적 특수적 감정은 일반적 보편적 정서로 통하게 된 것이며 이러한 일반적 보편적 정서가 민요조를 띠게 된 것은 지극히 당연하며 자연스런 결과라 아니할 수 없는 것이다. [31]

(1) 무한성에 대한 형언할 수 없는 그리움이 당초에 있었고, (2) 이 그리움은 대상과는 직접적인 관련이 없는 것으로 주체측이 스스로 창출해 낸 내재적인 것이며, (3) 따라서 개인적·특수적이자 동시에 보편적·일반적이며, (4) 이 순간 무한성이 달성된다(유한성의 초극)는 것으로 위의 인용이 요약된다.

「문학하는 것에 대한 사고」에서 그가 그토록 공을 들여 외친 〈신명찾기〉라든가, 천지 사이에 낳고 죽는 인간의 운명 곧 천지와 〈나〉의 〈유기적 관련〉이 위의 인용 속에 완벽하게 구현되어 있음이 확인된다. 소월 시를 빌려 김동리는 자기의 문학관을 완벽하게 펼쳐 보였다는 점에서 이 평론은 기념비적이라 할 것이다. 그가 「산유화」를 두고 〈기적적 완벽성〉이라 규정하고 이를 높은 수준에서 증명할 수 있었던 것도, 그것이 자기 문학관과 합치함에서 말미암았다. 김동리의 문학관이란, 이로 보면 근본적으로는 낭만주의적이며, 또한 시적인 것에 토대를 둔 것이라 할 것이다.

---

31) 김동리, 『문학과 인간』, 54-55쪽.

여기까지에 이르면 다음과 같은 의문을 누구나 가질 수 있을 것이다. 유한성의 극복이란, 신을 받아들임으로써 쉽사리 초극할 수 있는 길이 있지 않겠는가라는 의문이 그것. 참으로 불행하게도 혹은 다행하게도 김동리는 신을 받아들일 수가 없었다.

모든 종교인들이 열렬히 주장하는 그 무한자로서의 신이 나에게는 그렇게 믿어지지 않는다. 나는 다만 내 자신이 유한적 존재라는 것과 유한적 존재는 무한적 존재를 전제로 한다는 것과 그 무한자의 이름을 신으로 불러도 좋다는 것만을 믿고 있을 뿐이다. 그러나 나는 아직 그 〈신〉의 얼굴과 숨소리를 듣도 보도 못한 채이며, 나에게 있어 산다는 사실 그 자체가 고통이란 것도 이것 때문이다. [32]

만일 그가 신을 찾은 순간이 온다면 그는 영락없는 종교 쪽으로 빠져들어 그를 그토록 괴롭힌 고통에서 해방될 것임에 틀림없다. 만일 그런 지복의 순간이 오지 않는 동안은 그는 고통 속에서 헤매이지 않으면 안 되게 되어 있다. 이러한 헤매임이 지속되는 동안만이 그에겐 〈구경적 생의 형식〉 탐구 과정이며 이를 〈문학하는 것〉이라 할 것이다. 불교식으로 말해 해탈의 경지, 곧 언제 그가 〈문학하는 것〉을 버리게 될지 그 누구도, 본인 자신도 장담할 수 없는 과제가 아닐 수 없기에, 그는 언제나 과도기적이며, 그렇기에 위험선상에 놓여 있다고도 볼 것이다. [33]

---

32) 김동리, 「예술인의 고민」, 《민성》, 1950. 5, 59쪽.
33) 김동리의 이러한 인생관이란 불교의 세계관과 깊은 관련이 있다. 기독교나 이슬람교와는 달리, 불교는 신앙이나 귀의가 아니라 자립된 개인이 협동하는 탐구이자 노력이다. 기독교가 신의 문제로 말하는 것을 불교는 인간의 구체적인 앎의 문제로서 제출한다. 아무도 해탈(구경적 생의 형식)에 이르지 못하지만 거기에 이르고자 구체적으로 의욕하고 지향한다. 〈반야바라밀다경〉의 경지란 앎의 완성을 말하는 것이 아니던가.

이상에서 보아온 것이 김동리 문학의 강점이라면 그의 문학의 약점
이란 또 무엇인가. 신을 발견하기만 하면 여지없이 문학판을 떠날 차
비를 하고 있는 경계선상에 놓인 위험 인물임을 진작 간파한 비평가
가 조연현이었음은 앞에서 이미 보아왔거니와, 그러나 조연현 역시
간과하고 만 과제란 새삼 무엇이었던가. 김동리 문학의 취약성을 묻
는 과제란, 실상 조연현을 포함한 이른바 문협 정통파[34]에게서 근본
적으로 결락된 부분 곧 역사(근대성)에 관한 것이 아닐 수 없다.

역사(근대성)이란 무엇인가. 이 물음은 응당 헤겔적이다. 김동리가
혼신의 힘으로 썼고 또 지속적으로 써오고 있는 것은 이른바 소설이
아니었던가. 이 소설이란 무엇인가. 물을 것도 없이 소설이란 장르는
근대의 산물 곧, 부르주아 사회가 창출해 낸 최대, 최고의 산문계 문
학 예술 형식이다. 어떤 경우에도 이 산문계 예술은 리얼리즘(역사
전망을 전제로 하는 사고 방식)을 전제로 하는 사고 형태의 일종인 만
큼 단순한 〈표현〉과는 구별된다. 김동리를 포함, 그를 비판한 조연현
조차도 이 소설이 지닌 근대적 성격에는 아주 둔감했거나 무관심하였
음이 판명된다.

나는 고민이란 〈체계적인 정신적 고통임을 요한다〉고 했다. 〈나의 문
학은 곧 나의 고통의 표현〉이라면 동시에 그것은 또 나의 고민의 기록이
아닐 수 없다. 왜 그러냐 하면 문학이란 원체 구성적인 것이기 때문에
체계적인 것이요, 표현이기 때문에 정신적인 것이다. 그러므로 나의 문
학은 곧 나의 〈체계적인 정신적 고통〉의 표현인 고민의 기록인 것이
다.[35]

신을 온몸을 기울여 찾았으나 결국 신의 숨결도 얼굴도 듣도 보도

---

34) 필자가 사용하는 용어, 『한국근대문학사상연구(2)』 참조.
35) 김동리, 앞의 글, 60쪽.

못한 김동리야말로 가장 〈불행한 의식〉에 빠진 인간의 하나가 아닐
수 없다. 현실에 대해 결코 도달되지 않는 이상을 대립시킨 김동리의
이러한 세계관은 저 헤겔이 말한 인간의 본질적 〈불행한 의식〉 구조
와 흡사하다. 낭만주의자 우울증이랄까 상처 입은 영혼의 경우로 이
사정이 설명된다. [36] 이러한 〈불행한 의식〉에 관련된 한도에서 볼 때
김동리는 조연현의 비판에 어느 수준에서 대답한 것으로 볼 수는 있
다. 신을 발견하고자 그토록 열망하면서도 아직 김동리는 그 신을 보
지도 듣지도 못했기에, 헤매는 과정이며 회의하고 있는 범주에 들기
때문이다. 그렇다고 그것이 그대로 문학일 수 있을까. 김동리의 한계
는 이 물음과 불가분의 관련을 맺고 있다고 볼 것이다. 김동리의 세
계관(고통의 근거)이란, 어디까지나 〈정신적〉인 것이며, 그것이 〈체계
적〉이라 할지라도 굳이 〈문학〉일 이유는 없다. 철학이라든가 혹은 그
냥 사색이라 해도 아무 상관 없는 그런 영역이 아닐 수 없다. 문학이
란 원체 구성적인 것이기 때문에 체계적이라 한다든가, 표현적인 것
이기 때문에 정신적인 것이라 둘러대도 사정은 전혀 마찬가지다. 〈표
현〉에는 종교적인 것도 철학적인 것도 다 가능하기에 하필 문학만이
표현을 독점하는 것은 아니며 체계적이라든가 구성적이라 할 경우도
사정은 같다. 「무녀도」, 「황토기」의 작가인 김동리의 불행은 그러니
까 그가 근대적 리얼리즘계 소설을 쓰면서도 이 사실을 스스로 부정
하고 있었음에서 말미암았다. 신을 찾고자 하면서도 끝내 찾지 못하
기에 〈구경적 생의 형식〉으로서의 그의 세계관이 종교 쪽으로 들어가
지 못하고 문학의 영역에 머물 수는 있었으나, 이 경우 〈문학〉이란
〈문학하는 것〉이며, 장르 개념이 전혀 고려되지 않은 두루뭉수리의
〈덩어리(마그마 상태)〉에 지나지 못한다. 일단 그것은 시로도 소설로
도 수필로도 희곡으로도 채 분화되기 전의 상태의 문학(표현)이지만,

---

36) 헤겔, 임석진 역, 『정신현상학(I)』, 지식산업사, 1988, 283쪽.

그것이 그래도 철학이나 종교와는 다른 그 무엇에 해당된다고 볼 수
는 있을 것이다. 김동리가 선 곳은 바로 이 자리(문학의 장르 분화 이
전)였고, 이 원점에서 그는 한 발자국도 벗어나고자 하지 않았다. 바
로 여기에 김동리만의 독자적인 또 하나의 〈불행한 의식〉이 성립된
다. 그는 한갓 「무녀도」, 「역마」의 소설가에 지나지 않으면서도, 이
것들이 소설일 수 없다고 우겨 마지않았다. 한국 근대 문학사 속으로
온몸으로 밀고들어온 김동리는 그를 전면적으로 수용한 이 나라 근대
문학사를 부정하는 몸짓과 목소리 내기를 서슴지 않았다. 「백로」
(1934)는 무엇이며, 「화랑의 후예」(1935), 「산화」(1936)란 무엇인가.
문학일 것이지만 전자는 시이고 후자는 소설이되, 전자는 근대 시이
며 후자는 근대 소설 범주에 들 것이다. 그렇지 않다면 이들 작품이
당선작으로 이 나라 문학사에 수용될 이치가 없다. 단순한 표현이 아
니라 〈장르상의 표현〉이라는 사실을 자각한 마당에서도 계속 이를 단
순한 〈표현〉이라 우겨 마지않는 김동리의 문학관이란, 김동리식 고유
의 〈불행한 의식〉이 아닐 수 없으며, 나아가 그것은 또 문협 정통파
의 〈불행한 의식〉이라 할 것이다. 만일 이를 좀더 큰 시야 속으로 이
끌어들인다면 그것은 한국 근대 문학사의 한 〈불행한 의식〉이라 할
수도 있다.

6 한국 근대 문학사의 특수성이 빚은 두 허점

이상에서 보아온 바와 같이 김동리에 있어 〈불행한 의식〉은 이중적
이었음이 판명되었거니와, 그중에서도 문제적인 것은, 〈장르상의 표
현〉에 대한 〈불행한 의식〉 쪽이라 할 것이다. 신을 끊임없이 찾기란
개인적 기질이거나 취향일 수 있기에 그 누구도 이를 탓할 수 없다.
만일 그런 것이 헤겔식으로 말해 인간 존재의 본성이라면 더욱 할 말

이 없을 것이다. 그렇지만, 〈장르상의 표현〉에 대한 〈불행한 의식〉에 관해서는 개인적 취향이거나 인간 존재의 본성이 막바로 개입할 수 있는 장소가 아닐 터이다. 〈근대 문학〉이라는 개념 장치가 가로놓여 있을 뿐 아니라 소설 곧 근대 소설의 시선에서 보면, 김동리의 장르 미분화 현상 혹은 장르 거부 현상은 문제적이자 비판의 대상이 아닐 수 없다.

김동리의 이러한 장르상의 표현에 대한 〈불행한 의식〉이 그 나름의 강렬한 의의를 띨 수 있었을 뿐만 아니라, 지속적일 수조차 있었던 이유야말로 문학사적 의의라 하지 않을 수 없다. 이 점은 강조되어야 하는데, 한국 근대 문학사의 특수성에 이 문제가 관여되었던 까닭이다. 한국 근대 문학사는, 한국 문학사의 범주에 속하면서도 한국적 근대 문학사가 아니면 안 되었다. 한국 근대사의 보편성과 특수성이 엄밀히 한국 근대 문학사에도 대응되는 것이기에 이 틈을 비집고 들어올 수 있었던 것이 김동리의 문학적 표현이었다. 그 첫번째가 카프 해체로 인해 허점이 드러난 1930년대 중반이었고, 세대론으로 전개된 이 허점 논쟁이 바로 근대주의자 유진오와 김동리 사이에 전개된 순수·비순수 논쟁이다.[37] 카프의 해체란, 엄밀히 말하면 근대(성)의 파탄을 뜻하는 것인 만큼 근대가 결정적으로 파탄된 마당이라면 응당 근대 문학도 제로 상태에 닿았음이 아닐 수 없었다. 근대 문학이 소멸되었거나 적어도 파산 상태에 빠진 마당이라면, 〈장르적 표현〉도 동시에 끝장났거나 적어도 그 존재 의의를 가질 수 없는 지경이라 볼 것이다. 근대 문학이 파산된 그 폐허를 뚫고 돋아난 것이 김동리의 정신적 표현으로서의 순수 문학이었던 셈이다.

이처럼 김동리의 존재가 근대 문학의 파산과 더불어 존재할 수 있었다면, 근대 문학의 두번째 파산 상태의 시점은 어디였을까. 해방공

---

37) 김윤식, 『한국근대문예비평사연구』, 일지사, 1973, 제6장 참조.

간(1945-1948)이 그러한 시기라고 볼 것이다. 근대성이 나라 찾기에 실패했던 만큼 근대 문학도 같은 운명이었다 할 것이며, 이 점에서 김동리의 반(비, 몰)근대 문학은 그 의의를 인정받을 수 있었다. 해방공간에서는 이 사정이 어떻게 될까. 〈나라 만들기〉로 요약되는 해방공간의 한국 문학은 근대가 파산된 폐허 위에서 재출발한다는 점에서 카프가 해체되었던 30년대와 흡사한 정신사적 모양을 빚고 있었다. 근대(성)로 재출발하느냐 제로 포인트에 그대로 머물 것이냐를 두고 한결같이 〈민족 문학〉이라 불러 마지않았던 것은 이 때문이다. 김동리의 〈불행한 의식〉을 방치했거나 조장한 원인이 이처럼 한국 근대 문학사의 〈허점〉(특수성)에서 말미암았음은 이 두 차례의 경우에서 뚜렷하게 드러났거니와, 더욱 이 점을 확실히 한 것은, 6·25가 가져온 폐허 의식이다. 30년대 중반의 카프 문학 후퇴와 해방공간의 특수성이 김동리 문학관(허준, 최명익, 서정주 등 신세대 작가군들의 세계관)을 돋보이게 하고, 신선하게 하고, 빛나게 했다 함은, 다르게 말해, 그것이 카프 문학 및 해방공간 문학의 특수성을 역조명케 하여 그 의의와 한계와 가능성을 비판, 점검할 수 있는 유용한 장치의 몫을 했음에 알게 모르게 관련된다. 김동리 문학관의 해명이 한편으로는 김동리론이지만, 동시에 그것은 문협 정통파의 문학관의 해명이자 나아가 카프 문학으로 표상되는 근대 문학에 대한 해명이기도 하다. 한국 근대 문학사의 처지에서 보면, 한국적 근대 문학의 전개에서 빚어진 이런저런 파행성(특수성)이 불러들인 일종의 요성(妖星)과도 같은 존재가 김동리 문학관이다. 지렁이와 모기떼와 개구리가 우글거리는 곳, 흙담에 걸린 희미한 종이 등불, 그 속에 살고 있는 파란 조각달 같은 여인의 얼굴과 끈적끈적 묻어날 것 같은 잠긴 목소리를 가진 인물들[38]이, 양복 입고 유리창 달린 집에서 신문을 읽는 욕망으로 빚

---

38) 「무녀도」의 모화, 「을화」의 을화를 묘사할 때 사용한 김동리의 표현 방식.

나는 눈과 민감한 귀를 가진 인물들을 역조명할 수 있었다 함은, 그 욕망에 가득 찬 인물들이 지닌 허점 탓이다. 이 점에서 김동리 문학은 이 나라 근대 문학의 거울이라 할 것이다. 발견을 의미하는 것이다. 무역사와 역사의 대비점이 이로써 분명히 드러났던 것이다.

그렇다면 6·25의 폐허 의식은 어떤 의미를 가져왔을까. 물을 것도 없이 모든 것을 원점으로 일단 돌려버렸다고 볼 것이다. 역사가 송두리째 소멸된 것이 6·25의 폐허라면, 그 대타 의식으로 정립된 김동리의 무역사성은 자동적으로 의미를 잃게 된다. 한국 근대 문학사(리얼리즘)가 소멸된 마당이라면 그것의 허점도 동시에 소멸된 까닭에, 허점을 뚫고 들어올 어떤 요성도 있을 수 없기 때문이다. 김동리 문학관 및 문협 정통파의 문학사적 의의와 그 관련 양상이 이로써 어느 수준에서 정리될 수 있을 것이다.

이에 비할 때, 김동리 문학관의 취약점을 자체 내에서 비판한 조연현의 경우는 어떠했을까. 종교와 문학의 혼선을 내포하고 있는 김동리의 〈구경적 생의 형식〉을 비판하고, 문학의 영역을 내세운 조연현의 주장의 핵심은 〈사상〉이었다. 그렇다면 종교와는 일단 구별되는 사상이란, 관념 형태(이데올로기)나 사념이나 사유와는 어떻게 다르며, 사상만의 독자성이란 어떤 방식으로 존재하는 것일까. 우선 이 물음에서 조연현은 이데올로기와 사상을 구별한다. 고정된 사유 형태가 이데올로기라면 사상은 형상화하려는 유동적인 상태라 하여 그것이 이데올로기 쪽보다 사유나 사념에 가깝다고 본다. 그러나 사유나 사념의 세계를 〈생각〉의 세계로 해석한다면 이는 사상과 약간의 차이가 있다. 사상이란 단순한 〈생각〉보다는 좀더 의지적이요 적극적인 것이다. 〈좀더 의지적이요 적극적〉이란 무엇에 대해 의지적이요 적극적이라는 것일까. 조연현은 이를 〈무엇을 형상화하려는 생각〉으로 정리하였다.[39]

이 경우 주목되는 것, 비평가 조연현이 비평을 예술의 일급으로 이끌어 올리고자 하는 의지를 표명했던 점이 아닐까 한다. 그렇지만 그가 〈형상화하려는 생각〉을 사상이라 정의했을 때 그가 선 자리는 김동리가 선 자리에서 조금도 벗어난 것이 아니었다. 〈무엇을 형상화하려는 생각〉이 사상이라면 이때 문제되는 것은 〈무엇〉이 아닐 수 없으며 그 〈무엇〉은 결국 작가의 인생관이나 세계관이 아닐 수 없게 된다. 사상이란 그러므로 어떠한 인생관이나 세계관을 형성하려는 의지와 의욕인 까닭이다.

이 사상의 표현이 문학이라고 조연현은 주장하고 이를 그는 〈문학과 사상〉으로 요약함으로써 김동리의 〈문학과 인간〉과 맞설 수 있었다. 그렇지만 조연현이 말하는 사상도 김동리가 말하는 인간도 〈표현〉이라는 점에서는 완전히 일치하고 있음이 쉽사리 지적된다. 표현이란, 김동리의 경우에서 이미 살펴본 바와 같이 장르 이전의 혹은 장르 미분화인 〈시적인 상태〉를 가리킴에 지나지 않았으며, 설사 그 표현을 〈미약한 한 개의 미의식 갖추기〉라 했을지라도 사정은 마찬가지이다. 당초 조연현이 겨냥하고 있는 곳은 오직 김동리의 종교적 편향성 비판이었던 만큼 그 도구로 내세운 사상의 위치만 제시하면 그만이었을 터이나, 김동리와 자기의 변별성이 이것에 달려 있음을 밝힌 다음부터는 김동리와 그의 문학관 자체는 같은 범주(표현)에 들고 만다. 〈문학에 있어서의 사상성이라는 것이 정치 사상이나 경제 사상이나 사회 사상과 같이 현실 위에 구체적으로 실현할 수 있는 그러한 성질의 것이 아니라 현실적으로 도저히 실현될 수 없는 인간의 어떤 실존적 가능성을 형상시키는 데 있기 때문〉[40]이라는 조연현의 도달점에서 이 점이 확인된다. 김동리가 말하는 〈표현〉이 여기서는 〈형상〉으로 대체되어 있을 뿐 그것이 어떤 특정한 장르적 분별성과는 무관한 자리임이 새삼 확인된다. 조연현은 이로부터 자기의 비평을 형상

---

39) 조연현, 「문학과 사상——문학에 있어서의 사상성」, 《백민》, 1978. 7, 16쪽.

40) 조연현, 같은 글, 19쪽.

성의 범주로 전개시키지 않으면 안 될 운명적 과제를 안게 되었다고 볼 것이다. 그러나 분석이나 해석 그리고 최종적인 가치 판단을 그 영역으로 하는 근대적 비평의 처지에서 보면, 〈작품과 꼭 같이 형상화여야 한다〉라는 조연현의 비평관은 분명 〈근대 미달형이거나 근대 초극형〉이라 하지 않을 수 없다. 이 점에서 보면 김동리 문학관과 조연현 비평관은 몸이 한데 붙은 샴쌍둥이인 셈이다.

7 문학사적 과제와 소설사적 과제

해방공간의 문학사적 위대성이랄까 문제적 국면이란, 네 가지 모순 개념의 극복 방식에서 찾아진다는 전제 아래 그 동안 다각적 논의가 전개되었고 그 나름대로 결실을 이루었다고 볼 것이다. 그 네 가지 모순 개념 중에서도 제일 많이 논의된 항목이 계급성과 민족성의 모순성 극복이었으며, 또 이것만큼 거창하고도 해결하기 어려운 과제가 없었기에 그 모순 극복 방식 역시 여전히 미해결된 부분을 남겼다고 볼 것이다. 순수한 사변적 논의로는 극복될 수 없는 구체적 역사 전개가 개입하는 과제였던 까닭이다. 이에 비할 때, 김동리가 봉착한 문학과 종교의 모순성은, 표면상 그 규모나 내용의 범위가 좁고 개인적인 측면이 강한 것으로 보이지만, 깊이 따져보면 의외로 그 내밀성과 주체적 강도가 잠복되어 있었음이 드러났다. 이를 정리하면 다음과 같다.

(1) 〈구경적 생의 형식〉으로 정리된 김동리의 문학관은, 종교가 이미 확정된 〈구경적 생의 형식〉임에 대해 아직도 미확정된 〈구경적 생의 형식〉이 문학이라는 한정적 장치가 설정되어 있음에도 불구하고 종교와 문학의 영역 미확정에 접근되어 있다는 사실.

(2) 〈구경적 생의 형식〉에 이미 도달한 것이 종교이고 그 형식에

도달하고자 지향하는 것이 문학이라 할 때, 그 문학이란 다만 원점을 가리킴에 지나지 않는다는 사실. 〈구경적 생의 형식〉에 이르고자 끊임없이 의욕하고 지향하는 중간 과정의 한 표현(토막)이 문학이라면, 그것을 반드시 〈문학〉이라 불러야 할까 하는 의문이 솟지 않을 수 없다. 〈구경적 생의 형식〉을 지향해 가는 한 과정에서 얻어진 〈표현〉이 문학이라면 그 표현은 철학일 수도 사상일 수도 혹은 잡문일 수도 있기 때문이다. 여기에서 근본적으로 결여된 것은 근대 문학이 특권적으로 지닌 장르 개념이 아닐 수 없다. 김동리가 말하는 표현 곧 문학이라는 주장은, 그러므로 단지 문학의 원점에 대한 논의이며, 따라서 그것은 원점에서 출발하여 수세기에 걸쳐 전개된 문학의 근대성과는 너무도 먼 거리에 놓인 것이다. 이러한 사정은 김동리 문학관을 비판한 조연현의 경우에도 그대로 적용된다.

(3) 문학과 종교, 또는 이러한 모순성을 극복하기 위한 김동리, 조연현의 노력이 갖는 의의를 평가할 수 있다는 사실. 실상 따지고 보면 김동리의 이러한 〈구경적 생의 형식〉이 구축된 것은, 그리고 이러한 구축이 그 모순성에도 불구하고 강대한 힘과 현실성을 확보할 수 있었던 것은 카프 문학으로 대표되는 근대 문학의 파탄에서 말미암았다. 이 사실을 문제삼기야말로 김동리의 문학관이 이 나라 근대 문학사의 문맥에 수용되는 근거인 것이다.

(4) 〈구경적 생의 형식〉이 안고 있는 모순성을 유발하고, 이에 강력한 현실성을 보여야 한 것이 근대 문학이란 이름으로 불리는 리얼리즘이라면, 이 근대 문학의 전개 과정에서 드러나는 한국 근대 문학사의 허점이랄까 결여 사항이랄까 뒤틀림이 문제점으로 부상된다는 사실. 1930년대 중반의 카프 문학 후퇴가 그 허점의 첫번째 단계라면, 해방공간이 그 두번째 단계라 볼 것이다.

(5) 〈구경적 생의 형식〉이 머금고 있는 모순성이 그 현실성을 상실하면 자연 모순성 자체도 소멸된다는 사실. 6·25처럼 모든 것이 원

점에 직면하는 경우가 이 사실을 잘 말해 준다. 상대방의 도발이 없는 마당에서는, 모순성 자체도 무의미해지기 때문이다. 「을화」가 소설사적 의미를 획득하게 되는 것은, 6·25의 제로 지점에서 다시 출발한 리얼리즘 문학이 장대하게 전개된 연후이며 그것의 역조명 아래 「을화」가 놓일 수 있었던 것으로 설명된다.

이상으로, 〈구경적 생의 형식〉이 머금고 있는 모순성과 그것의 내밀성 및 현실적 의미를 검토해 보았거니와, 그렇다면 남은 과제란 무엇인가. 다음 두 가지 점을 떠올릴 수가 있다.

해방공간에서 표나게 드러난 네 가지 모순성을 다시 검토하고 그들 서로간의 유기적 관련성을 모색하기가 그 하나. 문학 비평사 및 사상사의 과제가 이에 해당될 것이다. 다른 하나는, 작가 김동리에 직접적으로 관여되는 과제인바, 그의 문학관이 작품에 어떻게 나타났으며, 그 성과 및 제약은 어떠하며 그것이 이 나라 소설사에서 갖는 의의는 무엇인가에 대한 모색이 그것. 이 논의에는 장편 「해방」(1950), 「자유의 기수」(1960), 「이곳에 던져지다」(1961) 등을 거쳐 최종적으로는 장편 「을화」가 포함될 것으로 예상된다.

탐미주의의 분출로서의 「인간동의」

1 낭만주의 미학의 뿌리

「인간동의」(1950. 5)는 특이한 작품이다. 이 경우 특이성이란 예외적이라는 것과 전혀 다르다. 가장 김동리적이되 가장 비김동리적이기에 그것은 그러하다. 이러한 모순적 표현을 가능케 하는 이 작품의 핵심에는 무엇이 놓여 있는 것일까. 위기 의식, 이 한마디로 그 핵심을 묘사할 수 있다. 〈작가 김동리〉와 〈인간 김동리〉가 마주치는 장소, 거기에 형언하기 어려운 자기 모순이 가로놓여 있었다. 작가는 어디까지나 작가여야 했으리라. 작가는 결코 인간일 수 없기에 그것은 그러하다. 인간은 결코 작가일 수 없기에 그것은 그러하다.

인간과 작가가 전혀 별개의 존재라는 것, 낭만주의 문학의 출발점이 여기 있었다. 작가란 천재이기에 그는 결코 보통 인간일 수 없다. 천재만이 할 수 있는 행위 그것이 작품(예술)이다. 작품이란, 어떤 경우에도 〈영감 inspiration)〉에 의해 창조되는 것, 그러기에 그것은 보통 인간의 경험 영역일 수 없다. 영감이란 오직 천재만의 경험 영역이기에 그것은 그러하다. 작가가 결코 인간일 수 없다면 그는 어디서 연유하는 것인가. 이 물음에도 명백한 해답이 주어져 있다. 작가란 만들어지는 존재가 아니라 탄생하는 존재라는 것. 하늘에서 씨앗이 떨어진 그런 존재이거나 땅에서 솟아나는 그런 존재라는 것. 낭만주의 예술의 핵심에 놓인 사상이 이것이었다. 낭만주의가 인간중심주의에 기반을 둔 것임은 삼척동자도 아는 일. 이 경우 인간이란 궁극적으로는 신에 해당된다. 모든 것이 가능한 존재 그것이 인간이라는 믿음에서 출발한 것이 휴머니즘이었다. 신본주의에 대한 인간중심주의가 그것이다. 인간 곧 신이라 할 때 이 경우 인간이란 바로 천재에 해당되는 것. 그러기에 휴머니즘이라든가 이에 기반을 둔 낭만주의에서 말하는 인간이란, 그 인간의 최고 형태를 가리킴이다. 인간의 완성 형태 그것을 두고 천재라 불렀던 까닭이다.

작가 김동리의 출발점은 이 낭만주의에 기초를 두고 있었다. 인간곧 신이며 그 신의 다른 이름이 작가이다. 신의 경지에 도달한 인간으로서의 작가란 그러기에 인간 중의 인간이 아닐 수 없다. 보통 인간과 천재(신)와의 구별이 철저해지면 그럴수록 이에 대한 관념은 절대성을 획득하게 된다. 일상적인 인간과 천재와의 구별이 그처럼 뚜렷해지는 것은 이런 연유에서이다.

T. E. 흄은 「낭만주의와 고전주의」라는 글의 첫 줄에서 이렇게 썼다. 〈낭만주의 백년을 지난 후에 우리는 또다시 고전주의 부활에 몰두하고 있다〉라고. 인간이란 극히 유한한 존재이기에 그 이상형으로 상정된 천재 역시 결점투성이이며, 따라서 예술이란 영감에서 창조되는 것이 아니라 치밀한 기하학적 도식에서 만들어지는 것에 지나지 않는다고 흄이 갈파했을 때, 낭만주의는 그 성립 기반을 잃게 되었을 터이다. 신고전주의, 이미지즘, 주지주의, 뉴크리티시즘 등, 이른바 생명적 예술에 대한 기하학적 예술의 등장이 이를 새삼 말해 주고 있다.

최재서가 이러한 20세기 문학 사조를 이 나라 문단에 소개한 것은

30년대 초반이었다(김윤식, 『한국근대문학사상연구(1)』, 일지사, 1984). 경성제대 영문과에서 낭만주의 문학 사상을 전공한 최재서가 그것과는 정반대의 영국 평단의 새로운 사상인 신고전주의(반낭만주의, 반휴머니즘)에 주목하고 이를 이 나라 문단에 이끌고 들어왔음은, 한편으로는 낭만주의에 대한 비판이며 다른 한편으로는 카프 문학에 대한 비판이기도 하였다. 이른바 주지주의 문학론으로 말해지는 최재서의 신고전주의론의 핵심이 요령 있게 소개된 것은 「T. E. 흄의 비평적 사상」(《思想》, 1934. 12, 日文)이었다. 인간의 무한성이 부정되었다 함은 곧 천재의 부정이 아닐 수 없다. 극히 불완전한 인간이 천재일 수 없으며 따라서 영감 따위란 생각도 할 수 없다. 기껏해야 개성과 성격을 가질 뿐이며, 이것들 역시 신비스런 것이 아니라 심리학적으로 분석, 해명될 수 있는 것에 지나지 않는다.

인간의 불완전성에 기초를 둔 이러한 신고전주의 사상이라든가 카프 문학 사상과 전혀 무관한 자리에서 출발한 것이 「무녀도」의 김동리였고 「황토기」의 김동리였다. 그것은 고층(古層)이라든가 원형으로 말해지는 그러한 세계였다. 이 고층의 세계의 인간이란 무엇인가. 현대적 시선에서 보면 불구자이거나 기형이거나 천재이거나 좌우간 그러한 특수한 인물이 아닐 수 없다. 그들은 여의주를 하늘에 묻어둔 존재들이기에 끝내 용이 못 되고 이무기 수준에서 벗어나지 못한다. 허무에서 인간 그 누구도 벗어나지 못 하기에 그것은 그러하다. 스스로 이무기라 자처한 인간이 작가 김동리였다. 억쇠도 을화도 재호도 스스로의 운명(허무)을 자각한 것은 아니었다. 이들의 운명을 알아차린 것은 오직 작가 김동리였기에 그는 이무기라 자처할 수 있었다. 여의주만 얻으면 금방이라도 등천할 수 있는 존재, 그가 바로 김동리였다. 요컨대 그는 자기의 운명을 자각하고 이를 손으로 가리킬 수조차 있는 그러한 재주를 갖고 있었다. 그 재주랄까 도구에 해당되는 것이 우연히도 〈문학〉이었다. 이 순간, 소년 장수 김동리는 이무기로 둔갑하고 있었다.

2 여의주 갖기의 터부화

문학판에서의 이무기, 그가 「무녀도」의 김동리였고, 「황토기」의 억쇠였다. 이러한 논법에서 주목되는 것은 물을 것도 없이 〈문학판〉이라는 점에 있다. 〈작가란 인간이 아니다〉라는 명제에서 도출되는 문학판이란 무엇인가. 작가도 인간이긴 하나 보통 인간이 아니라 천재라는 사실을 강조함에 지나지 않는 이 명제 위에서 김동리는 「무녀도」와 「바위」와 「황토기」를 썼다. 인간인 주제에 흡사 인간의 범주에서 벗어나 신이나 머무는 그러한 자리에 설 때 돌연 그는 인간의 세계에서 홀로 벗어나 신의 위치에로 옮아가는 것이었다. 신의 육화(肉化)라고나 할까. 이를 두고 천재라 부를 것이다. 작가됨이란 〈인간인 작가가 그 몸을 그대로 지니면서도 신의 시선을 갖기〉에 대한 명칭인 것은 이런 연유에서이다. 김동리에 있어 작가되기란 그러니까 〈문학판〉에 개입함이란 한갓 우연이었지만 일단 이 판에 들어오자마자 그는 그의 절대적인 영토를 확보할 수 있었다. 작가란 신이며 따라서 여의주를 획득한 상태를 의미하기 때문이다. 신인지라 그는 인간의 운명을 발견도 할 수 있고 심지어 그 타개책조차 훤히 알 수 있었다. 한편 그는 인간인지라, 여의주를 하늘에 묻어두지 않으면 안 되었다. 신과 인간의 중간 지점, 거기 작가의 위치가 있었다. 문학판이란, 그러니까 작가 김동리의 처지에서 보면 여의주를 얻은 황룡이며 인간 김동리의 처지에서 보면 여의주를 하늘에 묻어 무능해진 이무기의 형국이다.

용과 이무기의 관계 설정이야말로 김동리를 서구식 낭만주의와 구별케 하는 거멀못이다. 신과 인간의 대립 구도로 설명되는 서구 낭만주의에 비한다면 김동리의 구도는 그만큼 제한적이라 할 것이다. 상제라든가 천신으로 말해지는 김동리의 신에 대한 관념은 인격신이 아니라 자연신의 일종이었다. 자연의 질서를 다스리는 최고의 주재자로서의 신이란 그 자체가 하나의 원리였을 뿐이다. 이를 자연의 섭리라 부를 것이다. 이 섭리에 거역하고자 하는 존재가 인간이다. 자의식으로 충만한 것이 인간이기에 당연히 그는 섭리에 거역, 이에 도전하고자 한다. 그러나 섭리측이 이를 그냥 두지 않는데, 인간은 섭리의 산물인 까닭이다. 여의주를 넘보던 인간은 이 순간 이무기로 전락한다. 이를 도식화해 보면 다음과 같다.

(1) 섭리에 순종하는 인간, (2) 섭리에 도전하는 인간, (3) 이를 제3의 시점에서 바라보는 인간.

이 세 가지 범주 중 작가 김동리가 속하는 것은 (3)이다. (3)의 시선에서 (1), (2)를 바라보기란 무엇인가. 여의주 꿈꾸기를 당초부터 갖지 않은 범주가 (1)이기에 이에 대한 검토는 무의미하다. 여의주 꿈꾸기에 나아간 (2)에 (3)의 시선이 머물게 되는 것은 당연한 일. 따라서 (3)의 처지란, 전지전능한 신의 시선이 아니라, 다만 인간의 (2) 범주를 고찰할 수 있는 제3자의 시선에 지나지 않는다. 이 점이 제일 잘 드러난 장면이 「황토기」의 세계이다. 여의주를 갖고자 했으나 결국 갖지 못하는 인간의 운명을 꿰뚫어볼 수 있는 시선, 거기 작가의 범주가 있었다. 그렇지만 이 시선의 주인공인 작가는 스스로 여의주 갖기가 금지되어 있는 그러한 존재이다. 그가 섭리도 신도 아닌 까닭에 그것은 그러하다. 그렇다면 여의주에 대한 열망을 끝내 못버리는 억쇠의 운명을 꿰뚫어보는, 여의주 갖기를 금지당한 작가는 무엇인가. 그 역시 육체를 가진 인간이기에 (1), (2)의 범주에 들지 않을 수 없다. 여기에 형언할 수 없는 모순, 해결할 수 없는 안타까움이 가로지르고 있었다. 여의주 갖기가 금지된 존재이면서 여의주에 대한 열망으로 가득 찬 존재, 그것이 작가였다. 억쇠의 운명을 꿰뚫어보면서도 스스로 억쇠임을 자각하는 자리, 거기 작가 김동리가 서 있었다. 요컨대 작가 김동리는 인간이면서 동시에 인간이 아니었다.

3 환각으로서의 해방공간

이러한 도식이 한순간 크게 흔들린 시기가 있었다. 해방공간이 그 것. 빛의 회복[光復]으로 말해지는 해방공간의 도래는 모든 것이 가능한 무한대의 열린 공간으로 표상된다. 바야흐로 하늘에 묻었던 여의주를 되찾는 일이 이 공간에서 벌어진 형국이었다. 이 공간에서 인간으로서의 (1), (2) 범주와 작가로서의 (3) 범주의 지각 변동은 참으로 대단한 것이었다. 해방공간의 회복된 빛이 하도 휘황하여 자의식으로 가득한 작가의 시선은 여지없이 눈멀기에 이르렀던 것이다. 작가의 눈을 멀게 한 이 휘황한 빛으로 말미암아 여의주는 바야흐로 인간에게 오롯이 주어질 것만 같은 순간이 왔다. 하늘에 묻어둔 여의주를 다시 되찾을 듯한 환각에 억쇠는 온몸이 떨렸다. 작가가 사라진 마당에 김동리는 막바로 억쇠로 둔갑한 것이었다. 작가 없는 세계 속에 있는 것이라곤 여의주 얻은 억쇠, 득보들만이 우글거리고 있었다. 억쇠 김동리, 득보 임화, 김남천 등이 하늘과 땅을 가득 메우기 시작했다. 득보 김동석이 말했다. 〈김동리 네가 재사는 재사다〉라고. 억쇠 김동리가 대답했다. 〈김동석 너도 재사는 재사다〉라고. 〈억쇠 네가 김구 주석이다〉라고 김동석이 말하자 김동리의 대답은 이러하였다. 〈김동석 네가 박헌영이다〉라고. 여의주를 입에 물고 등천하는 용들이 땅과 하늘을 소용돌이치는 요란한 난장판이 이른바 해방공간이었다.

그렇다면 (3) 범주의 작가, 그들은 어디로 갔을까. 광복의 휘황한 빛에 닿자마자 그들은 한결같이 눈멀어 한치 앞도 볼 수 없는 존재로 전락하지 않으면 안 되었다. 그러기에 그들이 쓴 작품이란 장님이 그린 그림이며 벙어리의 노래에 다름아니었다.

손만 뻗치면 잡힐 듯한 여의주가 주렁주렁 달려 있는 세계, 이를 두고 해방공간(1945-48)이라 부른다. 이 여의주에의 환각만큼 온몸을 전율케 하는 것이 달리 있었겠는가. 억쇠도 득보도 구만리 장천을 나는 붕새의 꿈이 바야흐로 실현되려는 순간이었음에랴. 훗날 사람들이 이 여의주를 〈정치·문학 일원론〉이라 부르는 것은 부질없는 논리적 조작에 지나지 않는다. 적어도 억쇠, 재호들에겐 그러하였다. 여의주를 거의 손아귀에 넣었다고 착각했거나 그 환각에 빠져 황홀경 속에서 좌충우돌하는 장면, 그것을 두고 훗날 사람들은 좌우익 이데올로기 투쟁이라고도 했고 순수·비순수 문학 논쟁이라고도 불렀다. 억쇠 김동리는 〈구경적 생의 형식〉을 내세웠고 김동석들은 〈정치·문학 일원론〉을 내세웠지만 결과적으로 꼭 같은 레벨 위에 섰음이 이로써 분명하다. 요컨대 그들 앞에 여의주가 손에 잡힐 것처럼 다가온 듯했던 것이다.

그러나 과연 여의주가 그들 손아귀에 쥐어졌을까. 한갓 환각으로 끝나고 만 마당, 그것이 해방공간이 아니었던가. 이 환각은 어디서 온 것일까. 그들의 여의주를 뺏아 하늘에 묻은 것은 진짜 상제가 아니라 상제의 모습을 한 가짜 상제였음에 그 원인이 있었다. 아기장수 억쇠의 어깨를 끊어버린 것은 대국의 장수였다. 그 대국이 때로는 중국이었고 때로는 일제였고 또 때로는 미국이거나 소련일 수도 있었다. 억쇠는 진짜 상제와 이들 사이비 상제들의 본질을 분별할 수 있어야 했다. 원래 여의주를 하늘에 묻은 것은 상제였다. 억쇠나 득보의 운명 그것은 인간의 보편적 운명이어서 어떤 방편으로도 그 여의주를 획득할 수 없게 되어 있다. 다만 손에 넣을 수 있을 듯한 환각에 사로잡혀 있을 뿐이었다. 이 사실을 자각하는 순간 억쇠는 작가 김동리로 변신할 수 있었다. 해방공간이 닥쳐왔을 때 여의주의 환각에 작가는 눈멀게 된 대신 억쇠는 용이 다 된 듯 날뛰었다. 〈구경적 생의 형식〉이라는 인간 본래의 운명론을 외치며, 〈정치·문학 일원론〉과 맞섰고, 대한민국 임시정부에서 정식정부에로 나아갔고, 《서울 신문》계 저널리즘을 한 손에 쥐었다. 대한민국 정식정부가 수립되고 (1948. 8. 15) 여순반란사건(1948. 10)이 진압되고 문화인의 총궐기대회 (1948. 12. 27-28)가 이루어져 이른바 문협 정통파(1949. 12. 17)가 수립되었을 때 억쇠 김동리의 손엔 바야흐로 꿈에나 그리던 그 여의주가 쥐어진 형국이 아니었던가. 중간파 백철 등의 이론까지 포섭하였을 때 김동리는 이름 그대로 천하를 제패한 형국이었다. 남로당계를 물리쳤고, 중간파까지 포섭한 이른바 문협 정통파 김동리에 맞설 수 있는 세력은 없었다. 그는 《문예》를 통해 문학의 세계까지 장악할 수 있었던 것이다.

바로 이 순간 억쇠 김동리의 환각은 그 내부에서 무너져내리기 시작하였다. 그가 손에 쥔 여의주가 어느새 가짜 여의주로 변해 있었던 것이다. 일제가 갖기를 방해했던 여의주이기에 일제만 물러가면 저절로 손에 닿을 듯하였다. 그러나 이번엔 미제(美帝)와 소제(蘇帝)가 여의주 갖기를 방해한 것이었다. 일제나 미제 또는 소제란 진짜 옥황상제일 수 없지 않았던가. 일제, 미제, 소제를 다 물리친 마당에서, 억쇠의 모습이 비로소 또렷하게 떠오르는 것이었다. 「황토기」의 세계, 그것은 미동도 하지 않은 채 고스란히 그대로 남아 있지 않겠는가. 해방공간의 김동리의 저 눈부신 활동이란 실상 따지고 보면 한갓 그림자놀음이었음이 판명되었다. 한바탕 꿈이었고 환각이었을 따름, 그 이상도 이하도 아니었다.

와르르, 벽돌 무너지는 듯한 소리가 천하를 제패한 김동리의 내부에서 들려왔다. 그 너머로 선명한 진짜 세계가 또렷이 보였다. 억쇠 득보가 이유도 없이 그리고 끝도 없이 싸우고 있는 「황토기」의 원풍경이 거기 있었다. 이제 비로소 원점에 돌아온 것이었다.

4 작가로서의 원점 회귀

원점이란 무엇이겠는가. (1) 섭리에 순종하는 인간 (2) 섭리에 도
전하는 인간 (3) 이를 제3의 시점에서 바라보는 인간의 도식이 그것.
(3)의 범주에 속하는 작가 김동리가 (2)의 범주에 속하는 억쇠들을
바라보는 도식이 그것. 「인간동의」가 이 원점에의 회귀라 함은 이로
써 설명된다. 곧, 작가 김동리가 인간 김동리를 제3의 시선으로 바라
보기가 그것. 제3의 시선으로 바라보되 철저히 그렇게 함이 그것. 이
〈철저히 바라봄〉이야말로 「인간동의」가 지닌 무게이자 작가 김동리의
철저성이다. 만일 이 철저성을 그의 용어로 바꾼다면 〈구경적 생의
형식〉에 해당된다. 자기가 자기를 철저히 해부, 분석함에서 나아가
실천까지 해보이는 이 대담성이랄까 철저성의 실험은 일찍이 김동리
문학에도 없었고 그 이후에도 없었다. 「인간동의」가 가장 김동리적인
작품이되 동시에 가장 비김동리적이라 함은 이런 연유에서이다. 목숨
을 건 실험이기에 「인간동의」는 작품이되 작품 이상이며 또 그 이하
이기도 하였다.

원점 회귀란 무엇인가. 이 물음에는 제한이 없을 수 없다. 〈나는
무엇인가〉라고 스스로 묻는 자는 필시 그가 어떤 위기에 봉착했음을
가리킴이 아닐 수 없다. 오이디푸스 왕이 〈나는 무엇인가〉라고 물었
을 때 그는 스스로의 운명의 얼굴을 볼 수밖에 없는 위기에 놓여진
연후이다. 그가 그토록 선의로써 백성과 나라를 사랑했지만 그것만으
로는 그의 비극을 막을 수가 없었다. 무엇보다도, 또는 궁극적으로는
그가 한 인간이었던 까닭이다. 온 나라에 역병이 창궐하여 그의 선의
가 도전받는 장면이란, 그가 나라의 백성에 온몸을 바친 연후에 찾아
온 것이다. 〈나는 무엇인가〉를 잊었던 까닭이다. 온몸을 나라와 백성
에게 바침으로써 그는 스스로를 잊고 있었다. 비극의 빌미는 여기에
서 시작된다. 어느 날 돌연 역병이 온 천하에 창궐하듯 〈나는 무엇인

가〉라는 물음이 그를 엄습해 왔다. 그 순간 그는 스스로의 운명을 직시하지 않으면 안 되었다. 알고 본즉 아비를 죽이고 어미와 결혼, 두 아들과 두 딸을 낳은 장본인이 아니었던가. 이 장면에서 그가 할 수 있는 행위란 스스로 눈을 뽑아버리고 옥좌를 떠나 방랑의 길을 떠나는 것 뿐이었다. 이 신화에서 동물과 인간의 분기점을 읽어낸 것은 심리학자 프로이트였다. 〈나는 무엇인가〉라는 물음이 동물과 인간의 분기점이지만 동시에 그것은 인간 비극(조건)의 근원이기도 하였다. 이 물음이 지속되는 한 인간은 맹목 속에서 방황해야 하고, 이 물음의 끝에는 죽음이 가로놓여 있었다. 「인간동의」가 선 자리도 바로 이곳이었다.

이 오이디푸스적 물음을 김동리는 〈인간동의(人間動議)〉라 불렀다. 모두가 아는 바와 같이 〈동의〉란 회의중 토의할 안건을 제기함을 가리킴이며 그 예외적인 동의로 〈긴급동의〉가 있다. 회의에 있어서 예정 이외의 의제를 제안하는 동의가 그것. 〈긴급동의〉의 〈긴급〉 자리에 〈인간〉을 갈아 끼워놓은 것이 〈인간동의〉이다. 작가 김동리는 지금 모종의 회의에 참석하고 있다. 이 회의의 명칭이나 성격은 알기 어려우나 좌우간 나라와 백성을 위한 거룩한 회의임엔 틀림없을 것이다. 의제도 그러한 위대한 것들로 가득 채워져 있을 것이다. 새로운 국가 모델은 어떤 것이어야 하는가, 38선은 어째서 있어야 하는가, 그리고 냉전 체제의 방향은 무엇이며 이에 우리는 어떻게 대처해야 할 것인가 등등. 이러한 의제들을 물리치고 튀어나올 수 있는 것이 바로 〈긴급동의〉이다. 〈인간동의〉란 그러니까 긴급동의의 별칭이 아닐 수 없다. 정치 일변도의 의제를 물리치고 그에 앞서는 과제가 있다는 것, 이를 인간에 대한 긴급동의에 회부한다는 것, 그 구체적 내용은 〈인간이란 무엇인가〉로 요약된다는 것. 이 경우 중요한 것은 〈인간이란 무엇인가〉의 내용이 아닐 수 없다. 어째서 그러한가. 해방공간에서 계급주의 문학과 맞서 싸울 때 김동리가 내세운 최대의 무기는 〈인간성 옹호〉였다. 〈계급 대 인간〉의 대결 구도였던 까닭이다. 김동리가 〈당의 문학〉과 〈인간의 문학〉 둘밖에 없다 하고, 인간성 옹호의 문학만이 본령정계의 문학이라 주장했다. 그리고 〈구경적 생의 형식〉만이 진짜 문학이라 외치며 「무녀도」, 「황토기」를 개작하기도, 「역마」를 쓰기도 했지만 이 모두는 따지고 보면 〈살아 있는 인간〉이 아니고 한갓 관념 형태에 지나지 않았다. 인간을 깃대처럼 내세운 것은 사실이나 이 경우 인간이란 〈나〉와 무관한 것이었다. 이 점에서 보면 계급을 내세운 김동석이나 임화 쪽도 꼭 마찬가지 수준이었다고 볼 것이다. 그들의 노동자계급과 김동리의 인간이 엄밀히 대응되었다고 볼 것이다. 김동리, 그는 〈인간〉을 외쳤으나 살아 있는 인간이 아니었다.

이 사실을 정작 김동리가 깨달은 것은 대한민국 정식정부도 수립되고, 계급주의자들도 모두 물러나 바야흐로 천하통일이 이루어진 뒤였다. 그가 깃발처럼 내세운 〈인간〉이란 실상 〈정치〉의 다른 이름이었고, 〈구경적 생의 형식〉도 정치적 명제에 다름아니었다. 이 사실을 알게 모르게 깨우쳤을 때 작가 김동리는 몸둘 바를 잃지 않을 수 없었다. 이를 〈위기 의식〉이라 부를 것이다.

〈인간동의〉란 그러므로 김동리의 위기 의식의 표현이다. 추상적인 인간에서 벗어나, 구체적인 인간으로의 귀환을 의미한다. 구체적 인간이란 무엇인가. 〈나란 무엇인가〉에서 비로소 그 인간은 실체를 드러낼 것이다. 〈인간동의〉가 실상 〈나란 무엇인가〉라는 오이디푸스적 위기 의식이라 함은 이런 문맥에서이다. 그것이 얼마나 절박한 위기 의식이었는가는 「인간동의」의 부제가 〈부릅뜬 눈〉으로 표현되었음을 보아도 능히 알 수 있다. 이 절박성이 「인간동의」를 작품이자 작품 이상으로 만든 것이었다.

5 마을 입구에 선 소녀상

작품 「인간동의」가 발표된 곳은 《문예》(1950. 5)였다. 6·25가 나기 한 달 전의 시점이다. 같은 달에 그는 아주 중요한 소설론인 「우연성의 연구」(《신사조》, 1950. 5)를 발표하기도 했다. 가장 본격적인 순수 문예지 《문예》의 초대 주간직을 맡았고 그 창간사를 썼던 김동리가 《문예》의 주간직을 평론가 조연현에게 맡기고 《서울신문》계열 출판국으로 자리를 옮긴 것은 순전히 정치 행위의 연장선상에서였다. 그로부터 1년의 세월이 흘러간 시점, 6·25가 터지기 한 달 전, 대한민국 정식정부의 문학계의 천하는 《문예》계 중심으로 통일되어 있었다. 이때 그의 나이 만 37세.

작품 「인간동의」는 전례없는 두 가지 외형상의 표징을 달고 있다. 제목 옆에다 매우 어색한 방식으로 괄호를 치고 〈일명, 부릅뜬 눈〉이라 한 것이 그 하나. 이 부제가 작가의 절박한 심정을 드러내었음은 의심의 여지가 없다. 다른 하나는, 이 점이 중요하거니와, 아포리즘을 내세웠음이 그것.

> 황혼이 될 때까지 소녀들은
> 마을 어구에 서 있었다(장익)

이 시구의 저자는 주인공 장익이다. 훗날 작가는 이 작품을 『황토기』(재판, 1959) 및 『김동리 대표작선집』(1967)에 재수록하면서 이 대목 중 〈장익〉을 생략함으로써 누구의 시인지를 밝히지 않고 얼버무리고 말았는데, 필시 여기에도 상당한 의미가 스며 있을 것이다.

작품 입구에서 비석처럼 버티고 서 있는 이 아포리즘은 과연 무엇인가. 우선 천하대장군(지하여장군)의 모습을 한 「황토기」나 「솔거」 3부작의 세계와는 판연히 다름을 보여주는 실마리로 이 아포리즘을 읽을 수 있다. 장승이 섰던 자리에 단발한 신식 소녀상이 나타난 것이었다. 이 소녀들의 환각을 노래한 장본인이 바로 주인공 장익이었다. 두 아들의 아비요, 신심 깊은 아내를 둔 37세의 장익이 읊은 이 노래는 그의 운명을 암시하는 목소리이기도 하였다. 장익의 눈앞에 나타난 이 소녀상들은 과연 무엇인가. 〈나란 무엇인가〉를 묻는 한 가지 방편이었을까. 마성적인 인간의 본성(생명력)에 대한 징표였을까. 아니면 작가 김동리의 개인적 취향의 일종일까. 이런 물음은 장익의 최후에서 어느 정도 짚어낼 수 있는 성질의 것이다. 어느 편이든 오이디푸스적 비극이 아닐 수 없다.

「황토기」가 (2)원형적 인간 억쇠를 (3)작가 김동리가 그려낸 작품이라면 「인간동의」는 (2)인간 김동리를 (3)작가 김동리가 그려낸 작품이다. 이 작품의 첫 줄은 이렇게 시작된다.

　장익(張翊)이 그 동안 교편을 잡고 있던 G여대(女大)에 사표를 내었을 때는, 문아당(文雅堂)이라는 출판사에서 새로운 일자리가 그를 기다리고 있었으리만치 이미 모든 주선은 끝나 있었다. 늘 무엇인가를 생각하고 있는 듯한 깊숙한 두 눈 위에 길고 느긋한 눈썹하며, 희고 높은 이마하며, 누가 보든지 일견에 학문이나 예술하는 사람이란 인상쯤 가지게 되어 있었으나 그의 성격에는 그러한 현실에 대한 관심과 타산도 자못 질기고 치밀한 바 없지 않아──이것은 아마 어느 관상쟁이 말마따나 그의 둥그런 관골과 두뚬한 입술의 소치인지도 몰랐다. 남들이 항용 그를 가리켜 문인이 돼서 살림을 모른다 하고 걱정해 줄 때마다 자기의 그렇기만도 하지 않는 일면을 모르는 그들이 도리어 너무 단순한 것만 같아서 맘속으로 은근히 미안한 생각이 들기도 했다.

　(흥, 내가 얼마나 상식적이고 타산적이라고 그래.)

　그는 혼자 속으로 이렇게 코웃음을 치고 싶으리만치 공연히 든든한 생각이 들었다. 그러기에 해방 후 이렇게도 격동하는 현실 속에서 신문사

로 학교로 또 출판사로 계속해서 꾸준히 직장을 가져왔으며 부지런히 원
고도 써온 것이 아닌가. 가난과 타산은 별도다. 아무리 현실에 신경을
쓰고 타산에 무심찮다 하더라도 월급과 원고료로써 역시 가난하다면 할
수 없는 노릇이다.

——《문예》, 1950, 5, 12-13쪽

장익이 문인이라는 것, 교원직에서 출판사로 이직한다는 것, 그 이
유가 현실적인 타산에 의거했다는 것, 그리고 이는 오직 성격에 기인
했음이 위의 인용에 잘 드러나 있다. 이 경우 성격에 의거한 현실적
타산이 이중적임에 주목할 것이다. 겉으로 드러난 타산은 〈수입은 학
교가 낫지 않을까?〉라는 아내의 의문에 대한 장익의 대답에서 엿볼
수 있다. 〈월급보다도 원고료 수입이 날 테니까〉가 그것. 이 대답 속
에 감추어진 타산이 포함되어 있었는데, 〈밖에서 떠도는 소문〉이 그
것이다. 그것은 여대생 이지애(李知愛)와 장익의 관계를 가리킴이었
다. 선연한 두 눈을 가진, 어떤 법률학도와 약혼한 바 있는 여대생
지애를 장익이 연모했기 때문이었다. 여기까지 하면 사제 관계의 한
변형이라 할 것이다. 지애의 미모에 이끌려 그녀를 사랑하는 행위와,
교원의 권위랄까 교원적인 인격을 인간 그 자체의 권위나 인격으로
착각하기 십상인 제자 사이의 연모 관계란 흔히 있을 수 있는 일이기
때문이다. 여기서 한 발자국 나아가면 다른 학생들의 시선에 걸리게
되어 소문이 날 것이다. 직장을 바꾸게 되기까지의 장익의 마음의 자
리는 이 부근이라 할 것이다. 교원의 자리를 떠난 장익이라면 이미
사제 관계가 아닌 만큼 지애를 내놓고 유혹할 수도 있고 지애 역시
이내 응할 수도 있을 것이다. 혹은 사제 관계의 종식과 더불어 두 사
람의 감정이 서서히 소멸될 수도 있을 것이다. 이 둘의 가능성은 반
반으로 보아도 무방할 것이다. 바로 이 마음의 중간 지대에서 악마적
우연성이 개입한다. 이 우연성이야말로 경이로움의 소설적 가능성이

아닐 수 없다.

우연성의 개입이 지애 쪽에서 비롯되었음은 자연스럽다. 우연성의 개입 없이 소설이 불가능함을 김동리가 깨달은 것은 그의 평론「우연성의 연구」(1950. 5)에서라 할 것이다. 소설의 필연성이란 무엇인가. 소설이 플롯에서 비로소 이야기와 구별되며 그 플롯이 〈행동의 모방〉에서 말미암는다는 것은 『시학』(제5장) 이래의 고전적 규범이다.「황토기」나「솔거」3부작을 지배하던 플롯의 원리는 물론 필연성에 근거한 것이었다. 억쇠나 재호의 행동이란 어디서 말미암았을까. 분명한 해답이 전제되어 있었다. 민담 전설이 그것. 억쇠나 재호의 행동은 민담 전설의 그것을 모방한 것이기에 필연성으로 무장된 것이었다. 이에 비해「인간동의」는 어떠한가. 작가 김동리의 창작상의 위기 의식이 여기에서 왔다고 볼 것이다. 우연성의 도입 없이 작가는 도저히 이 문제를 타개할 수 없었다.

50% 대 50%의 가능성, 여기에다 머리카락 하나가 어느 쪽에 보태지는가에 따라 방향이 결정되게 마련인 장면. 우연성의 개입의 미학은 이런 곳에 설정되는 것. 이 원칙에 제일 잘 맞는 행위 중의 하나가 이른바 도박이다. 도박의 심리란 무엇이겠는가. 인간 마음 속에 깊이 감추어진 마성(魔性)이랄까 죽음의 충동으로 이를 설명할 수 있을지 모를 만큼 그것은 논리적 해명의 영역이 못 된다. 우연성이란, 이 경우 인간 내면의 〈악마성〉으로밖에 설명할 수 없기에 그것은 인간적이라 하지 않을 수 없다.

6 우연성의 개입 방식

「인간동의」에서 작가는 비로소 민담 전설의 플롯에서 벗어나 개개인의 마음의 마성 쪽으로 내려온 형국인데, 이를 달리 〈집단적 무의

식〉에서 〈개인의 무의식〉으로의 자리 변경이라 할 것이다. 「솔거」의
아득한 세계에서 바야흐로 현실적인 인간계로 내려온 것이기에 그만
큼 「인간동의」는 현실적이라 할 것이다. 작가는 여대생이라고는 하나
아직 소녀에 지나지 않는 지애를 장익이 떠난 지 3일 만에 장익과 단
골 다방에서 만나게 함으로써 플롯의 제1단계를 설정하였다. 장익이
지애를 데리고 두어 번 온 적이 있는 그 다방이었다.

　　「어떻게 알고 왔어 ?」
　　「어저께도 그저께도 들렀어요…… 선생님 안 계셔서 그냥 돌아갔어요」
　　「어저껜 다른 데서 저녁을 먹었어」
　　「네에……」

—— 같은 글, 15쪽

　무엇이 지애로 하여금 그가 떠난 그날부터 연거푸 3일간 그를 찾아
오게 만들었을까. 이를 설명할 어떤 심리학적 해명도 있기 어려움을
작가는 작품 첫 줄에 적은 바 있다. 소녀의 변덕스러움이랄까 소녀의
불확정적인 심리가 그것이다. 〈황혼이 될 때까지 소녀들은/마을 어구
에 서 있었다〉가 그것. 대낮의 논리에서 소녀들은 그 표정을 소녀답
게 지닐 수 있지만 황혼이 시작되면 밤의 논리가 지배하는 마법권으
로 진입하게 마련이라는 것. 소녀상이란 그러니까 우연성의 다른 명
칭이었다. 이 우연성의 개입이 장익의 운명을 바꿀 만큼 얼마나 굉장
한가와, 그것의 설명 불가능성을 작가는 이렇게 묘사해놓고 있어 인
상적이다.

　「네에」 하며 지애는 약간 입을 벌린 채 익의 얼굴을 쳐다보았다. 이렇
게 지애의 시선을 정면으로 받으면 익은 이내 이것은 꿈이다, 현실이 아
니다, 하는 종류의 어떤 착각에 잠겨버리곤 하였다. 그만치 지애가 정면

으로 그를 바라볼 때의 아름다움은 그에게 있어 결정적이었다. 그 유달
리 희고 깨끗한 얼굴에 빛나는 두 눈이 그랬다. 그 두 눈에 두렷이 몰려
있는 큼직한 윤이 흐르는 새까만 동자가 그랬다. 꿈인가 현실인가를 이
제 한번 분별하려는 듯이 익도 그 깊숙하게 빛나는 두 눈을 대담스리 부
릅뜬 채 지애의 두 눈 속에 시선을 쏟았다.

──── 같은 글, 15쪽

50% 대 50%의 도박놀이에서 승패를 가리는 머리카락 한 올, 그럼
에도 그것이 절대성의 기준일 수 있음의 근거가 위의 인용에서 가장
선명히 그리고 결정적으로 드러났다. 그것은 가장 범속한 표현으로밖
에 달리 어쩔 수 없는 〈아름다움〉이다. 〈미적인 것〉이란 무엇인가,
그것은 꿈도 아니지만 더구나 현실은 아니다. 꿈도 아니지만 현실일
수도 없는 그 두 접점에 놓인 절대적인 것, 〈미적인 것〉이 놓인 자리
는 여기이다. 그러한 〈미적인 존재〉의 육화된 모습이 지애이며 이를
더 일반화하면 〈소녀〉이다. 말을 바꾸면 이 지애라는 여대생은 소녀
상을 대표하는 보통명사이며 따라서 실재하는 인물이 아니라 인간 내
면의 마성이 빚어낸 허깨비(환각)에 다름아닌 존재이다.

7 탐미주의의 근거 ──── 소녀주의

이 허깨비에 처음 접하는 행위 그것이 「인간동의」의 참주제이다,
그것은 참으로 놀라움의 발견이 아닐 수 없다. 〈부릅뜬 눈〉이란 그러
므로 놀라움의 발견에 주어진 한 표현이 아닐 수 없다. 그것이 〈죽
음〉에 이르는 길임은 의심의 여지가 없다.
이러한 주제랄까 사상을 두고 무어라 부르면 제일 적절할까. 낡은
표현이긴 하나 유미주의(唯美主義) 또는 탐미주의(耽美主義)라 부르면

어떠할까. 낭만주의, 주체중심주의, 인간중심주의자 김동리의 문학적
본질이 이 유미주의에 있었음은 이를 가리킴이다. 「무녀도」의 주인공
모화의 아름다움이란 그녀가 입은 의상과 여성적 몸짓에서 왔고, 굿
이 지닌 제의적인 놀이의 미학에서 왔다. 「솔거」 3부작의 주인공 재
호는 불화(佛畵)에 미쳐 청춘을 희생한 인물이었다. 〈꿈인가 현실인
가〉를 구분하지 못할 만큼 마법에 걸린 모화나 재호라는 인물은 실상
작가 김동리의 마음 깊은 곳의 풍경에 다름아니었다. 그 늪에 잠긴
이무기랄까 용이란, 죽음에 다름아니었다. 미란 결코 이 지상에 존재
할 수 없고 해서도 안 되는 터부인 까닭에 이를 실천하기 위한 행위
자체가 죽음에 이르는 길이 아닐 수 없다. 〈여의주〉란 그러므로 〈미
의 실현〉을 가늠하는 상징물이었다.

　이러한 미(여의주)를 인간 김동리는 소녀상에서 보았고 작가 김동
리도 그러하였다. 여대생 이지애는 현대판 모화이자 재호에 다름아니
었기에 그것은 그러하다.

　인간 김동리와 작가 김동리의 마주침이 여기에서 비로소 가능하였
다. 이 사실을 뺀 나머지는 한갓 부록에 지나지 않는다. 가령 장익의
아내와의 처절한 싸움의 박진성(迫眞性)도 다만 작품의 육체를 이루
어내기 위한 방편일 뿐이다.

　인간 김동리를 제물로 삼아 철저한 분석과 비판을 감행해도 좋을
만큼 「인간동의」는 강렬한 작품이다. 인간 김동리를 희생해도 좋을
만큼 작가 김동리의 작품(예술)에 대한 자부심은 특출한 것이었다.
인간 김동리보다 작가 김동리가 우선하는 빛나는 장면이라 하지 않을
수 없다. 「황토기」의 〈인간〉이 원형적이자 인간 일반의 운명(구경적
생의 형식)에 해당되는 것이라면, 「인간동의」의 〈인간〉이 현실적 인
간 김동리의 운명(구경적 생의 형식)이라 함은 이를 새삼 말하는 것이
다.

　〈미적인 것〉에 대한 형언할 수 없는 그리움, 이것이 낭만주의자이

며 자기 황홀증 환자 김동리의 유미주의적 생리의 근거였으며, 이러한 자기 근거의 발견이란 목숨을 걸 만큼 강력한 것이었다. 자기를 실험의 대상으로 삼음으로써 비로소 획득한 유미주의이기에 「인간동의」만큼 철저히 김동리적인 작품은 달리 있을 수 없다. 이 점에서 김동리는 시간이 지날수록 자각적이었음에 주목할 것이다.

생전의 김동리 문학의 결정판이라 할 『김동리 대표작선집』(1967)의 제1권(단편집)의 맨 앞자리에 「황토기」를 놓았고, 「무녀도」, 「등신불」(1961)을 거치고, 「흥남철수」, 「밀다원시대」(1955), 「실존무」(1955)를 건너고, 「강유기」(1958)도 「여수」(1957)도 지난 마지막 자리에다 「인간동의」(1950)를 놓았음은 결코 우연이 아니다. 그 뒤에 부록처럼 「용」(1955), 「악성」(1956)이 놓인 것은 한갓 바둑의 끝마무리에 지나지 않는다. 주나라 문왕에게 벼슬하기 이전의 강태공을 다룬 「용」이나 신라의 우륵을 다룬 「악성」은 작가 김동리의 고전적 취향을 드러낸 것이어서 창작 소설의 범주에 들지 못한다. 이러한 시선에서 보면 김동리 창작의 임계선이 분명해진다. 「황토기」에서 「인간동의」로 요약됨이 그것. 이 두 극점 가운데 「무녀도」, 「흥남철수」와 「실존무」, 「강유기」, 그리고 「까치소리」, 「역마」, 「솔거」 3부작이 올망졸망 채워져 있는 형국이라 할 것이다.

이 완결성을 스스로 돌파하고자 몸부림을 친 최초의 행위가 「사반의 십자가」(1955-57)였고, 보기좋게 실패하였다. 그의 본령이 못 된 까닭이었다. 두번째 그리고 최후의 몸부림이 「을화」(1978)였다. 「을화」는 과연 성공작일까. 「무녀도」만큼 성공작이지만 「무녀도」의 연장선상이기에 「무녀도」 주변을 맴돈 작품이었다. 고대인 억쇠가 맨 앞에 장승처럼 서 있고 이 장승에게 절을 하고 들어가 이런저런 인간들을 만나고 나면 그 출구에 현대인 장익이 서 있는 세계, 그것이 김동리 문학의 조감도이다.

탐미주의의 발현 방식으로서의 소녀상의 구체화 과정은 어떠할까.

이 물음은 당연히도 「인간동의」의 창작 방법론에 관련된 것이어서 작가 김동리의 문학적 역량을 가늠하는 과제에로 연결된다. 이 과정에서 검토되어야 할 문제점의 하나는 탐미주의와 퇴폐주의의 관계에 관한 논의이다.

〈남자 친구는 손가락 한 마디쯤 가슴이 뛴다면 여자 친구는 손가락 두 마디가 뛰지〉라고 김동리가 공언했을 때 여기 나오는 〈여자〉란 소녀를 가리킴이다. 다음 일화도 이 사실을 뒷받침할 수 있겠다.

> 몇 해 전 영남 지방을 같이 여행했을 때 우리 일행은 그곳 어느 천변에 천막을 치고 손님을 부르는 곡마단을 구경한 일이 있다. 30세를 바라보는 아주 잘생긴 미녀가 있어서 내가 「저 여자 참 좋다」고 말하니까 「뭐? 그건 못 써. 그 다음의 것이 좋은데」 하고 내가 말한 미녀를 밀어제치고 그 다음 다음의 소녀를 김동리 씨는 들고 나섰다.
>
> 그 다음다음 것이라는 소녀는, 닭으로 친다면 병아리를 금방 벗어난 영계라고나 할까, 한, 열 7, 8세 가량의 이런 여자였다.
>
> 어느 잡지사에서 조사(?)해 본 결과 소녀를 좋아하는 남성으로서 김동리 씨가 일등 당선이 되었다던가.
>
> —— 최정희,
> 「동리의 취미」, 『김동리 문학 연구』 서라벌문학8집, 1973, 189쪽

이러한 소녀 취향이 작품의 중요한 구성법으로 등장한 작품으로는 장편 「자유의 역사」(「자유의 기수」를 개제, 1960)를 들 수 있다. 완결된 장편 중 제일 분량이 큰 이 작품에 등장하는 중요 인물이 소녀 영옥이다. 미혼의 신문기자 김인식이 해방공간에서 이데올로기의 와중에 허욱대다가 6·25를 겪는 과정을 그린 이 연애 소설에서 주인공의 관심이 작품 도입부에서 끝날 때까지 계속 머물고 있는 것이 소녀상이었다. 낡은 검정빛 짧은 스커트에 때묻은 흰 블라우스를 입고 소녀

가 지프에 치일 뻔한 장면을 청년 김인식이 목격하고 넘어진 소녀를
부축하는 장면에서 「자유의 역사」가 시작된다.

　소녀는 말이 없이 고개를 들었다. 새까만 날카로운 광채를 담은 굵은
두 눈이었다. 머리는 단발, 얼굴빛은 약간 검고 누른 편이었다. 열여섯
가량 나 뵈었다. 인식은 그녀의 새까만 날카로운 광채를 담은 굵은 두
눈이 자기를 쏘아보았을 때 가슴이 찔끔하였다. 그녀의 두 눈의 날카로
운 광채에는 그렇게도 강렬하고 무서운 것이 있었다.
—— 삼중당판, 261쪽

「인간동의」의 소녀 지애의 재등장이라고나 할 것이다. 주인공 김인
식은 한편으로는 성숙한 의사의 딸 미경이를 약혼자로 두고서도 끝내
소녀 영옥을 유혹하여 마지않는 것이었다. 그 유혹 장면을 보이면 이
러하다.

　「그럼 왜 저를?」
　「그러니까 용서하라라잖나? 난…… 접때도 이런 일이 있었어. 꼭 내 자
신이 미친것도 같애. 그만큼 너를 사랑하는 것도 사실이겠지……. 그렇
지만 결혼은 곤란해. 넌 어리고……. 또 미경이하곤 약속을 했단 말이야
…… 물론 사랑하지만…… 약속도 약속이고……」
　「전 선생님과 떨어지기가 싫어요, 한집에 살고 싶어요…… 그래서 결
심했어요. 결혼하기로……」
　영옥은 그저도 인식의 한 손을 꽉 잡은 채 놓지 않고 있었다.
—— 같은 책, 690쪽

소녀 영옥을 겁탈하고자 집요하게 소녀의 〈호제리〉를 벗기려 하고
있는 이 사내는 분명 색광이 아닐 수 없다. 이 색광의 말로가 죽음임

242

은 색광 자신이 너무도 잘 알고 있었다는 점에서 그것은 본질적 생명적이라 할 것이다. 그렇지만 매우 불행하게도 「자유의 역사」는 퇴폐성에서 벗어나지 못했는데, 왜냐하면 죽음을 걸고 실천에 옮기지 못하고 중단에 멈추었던 까닭이다. 자기를 겁탈하면 그 대신 미경을 죽이겠다는 협박 앞에 김인식이 「무어? 그게 정말이야」 하면서 그녀의 〈호제리〉에서 손을 떼자 밖으로 나와서 냉수를 들이킨다는 것이 이 긴 장편의 결말이다. 그야말로 통속적인 처리 방식이 아닐 수 없다. 탐미주의 그것이 목숨을 걸 만큼 절대적 생명적이 아니라 색광의 일시적 놀이에 지나지 않을 때 그것은 한갓 퇴폐성으로 전락하게 마련이었다. 〈자유의 역사〉 또는 〈자유의 기수〉라는 거창한 깃발도 이 지경에 이르면 한 청년의 〈소녀 겁탈 미수 사건〉의 더도 덜도 아닌 수준에 지나지 않는다. 유미주의가 죽음 그것에 육박하고 그것과 동의어가 되지 않는 한 유미주의는 퇴폐주의로 전락되게 마련이며 이를 두고 탐미주의의 통속화라 부를 것이다. 훗날 작가는 소녀 영옥을 이렇게 적은 바 있다. 〈내가 가장 사랑하는 작중 인물이라고 하면 나는 영옥을 빼어놓을 수가 없다〉(수상록 『밥과 사랑과 그리고 영원』, 사사연, 1985, 305쪽). 을화보다 실비아보다 더욱 소중한 인물이었던 것이다.

탐미주의가 소녀의 모습으로 다시 분출하는 것은 「송추에서」(1966. 1)이다. 〈졸업반 학생들이 가을 소풍을 가니 나도 꼭 같이 가야 된다는 것이다〉라고 시작되는 이 작품은 작가 김동리에 있어 참으로 운명적이라 하지 않을 수 없다. 애제자인 지희와 중년 교수와의 이루어질 수 없는 사랑을 그렸기 때문이기보다는, 지희라는 소녀가 그대로 「인간동의」의 지애 그녀의 부활이기에 그것은 그러하다. 이 경우 운명적이라 하지 않을 수 없는 이유는 그것이 허구 이상으로 진실스럽기에 그것은 그러하다. 1950년 6·25가 나기 한 달 전에 스승 장익을 자살로 몰고 간 여제자 이지애가 그로부터 16년 지난 시점에서 다시 스승을 괴롭히고 있지 않겠는가. 그렇지만 이번의 스승은 장익모양 순수

하지 못하고 때묻고 간교로워 여유롭게 빠져 나가고 있지 않겠는가.

〈이승 저승 어느 승에고 / 내 밭갈고 살 제 / 밀씨 보리씨 / 뿌리는 대로 / 총총한 / 별〉이라 읊으며 도통한 경지인 듯한 몸짓으로 소녀에서 빠져 나가고 있지 않겠는가.

나무 그늘 얼룩진
가파른 길 위로
그대는 내려오고
나는 올라가고 있네

한편 지회라는 소녀 역시 장익을 무조건 사랑한 소녀 지애와는 달리 순수하지 못해 미꾸라지모양 빠져 나가고 있지 않겠는가. 「송추에서」가 같은 소녀 기갈증 콤플렉스를 동기로 삼았다 하더라도 그것이 「인간동의」에 미치지 못하는 이유는 이로써 명백하다. 탐미주의를 최대로 자각하는 카톨리시즘의 절대성이 밑받침되어 있지 않기에 그것은 그러하다. 그렇기는 하나, 중요한 것은 탐미주의로서의 소녀 기갈증 콤플렉스의 그 지속성이요 반복성에 있다. 만일 이 탐미주의가 쇠퇴하거나 소멸한다면 김동리 문학의 쇠퇴 및 소멸을 의미하는 것이기 때문이다. 만일 그 문학적 밀도를 문제삼을진댄 사정은 또 달라진다. 「인간동의」 쪽이 월등히 중요한 것은 그 탐미주의의 절대성에 있다. 실상 「인간동의」의 밀도는 아내의 철저한 카톨리시즘에서 비로소 획득된 것이었다. 경선이 지닌 카톨리시즘으로 상징되는 절대성으로 말미암아 장익의 탐미주의가 절대의 경지에까지 이를 수가 있었던 것이다. 이 경우 실제로 아내측이 카톨릭 신도였고 부부가 함께 카톨릭 혼배를 했다는 것은 작품 「인간동의」의 밀도를 높이기 위한 한갓 우연성 이상일 수 없다.

이에 비할 때 「송추에서」에서는 어떠할까. 16년 뒤에 실제로 지회

라는 제자가 있었고, 또 사제간의 사랑이 있었다 치더라도 그것은 한
갓 우연성 이상일 수 없다. 중요한 것은, 되풀이하지만, 작가 김동리
의 탐미주의에 대한 지속성일 뿐 그 이상도 이하도 아니라는 사실이
다. 다만 그 지속성의 강도에는 차이가 있을 수 있다는 점이라 할 것
이다.

8 탐미주의의 구경 —— 죽음

　이와는 달리 「인간동의」는 본질적인 탐미주의에 속한다. 직장을 옮
긴 지 3일 만에 소녀 지애를 만난 장익은 소녀와의 다음과 같은 대화
를 통해 평소 마음속에 〈운무같이 끼어 있던 상념〉 하나가 의지로 향
해 굳어감을 확인할 수 있었다.

　「저어 어쩌면 좋을는지 모르겠어요…… 제일 존건…… 죽어버렸으면
좋겠어요」
　「살아서 어떠한 비극과 고초를 겪는다고 하더라도 죽고 없기보다는 나
아」
　「싫어요, 전 죽는 게 제일 좋겠어요」
　「……」

—— 《문예》, 1950. 5, 19쪽

　목숨을 건 순간, 또 그것이 실행되었을 그 순간 유미주의가 완성된
다는 것, 이 사실을 증명해 보이는 과정이 「인간동의」의 참주제이자
그 모습이기도 하다. 이를 죽음에의 〈의지〉라 할 것이다. 억쇠가 허
무에 마주쳐 그와 대결하는 것이 억쇠의 〈의지〉이었던 것과 꼭 마찬
가지로 이 〈의지〉의 중요성은 그 절대성에 있다.

제8장 탐미주의의 분출로서의 「인간동의」 245

그 〈의지〉의 구체화 과정을 순서대로 엿보면 다음과 같다. 아내가 친절을 베풀면 그럴수록 견딜 수 없는 단계. 귀가한 자기의 외투를 받아주는 아내가 미워지는 이유를 장익 스스로도 설명하지 못한다. 〈상대자의 호의와 친절을 고맙게나 떳떳이가 아니라 무심히라도 받을 수 없는 경우 여기서 주저하거나 고려할 여지도 없이 그의 면전에서 그것을 거절함으로써 그가 자신의 잔인하고 야박한 성미를 가차없이 나타내지 아니치 못하게 되는 그러한 그의 아내의 친절이기 때문〉(20 쪽)이라고 우기고 있지만 이러한 심리 상태는 평소부터 운무처럼 끼어 있던 상념의 하나가 〈의지〉로 향해 굳어가는 과정에 해당되는 것이다. 실상 아내 경선은 범속한 평균치의 여인이었던 것이다. 결혼한 지 8년이나 되는 동안 경선은 제법 나들이 옷을 떨쳐 입고 놀이 같은 것을 가본 적도 없이 밥하고 빨래하고 양말 깁고 아이들 키우기에 여념이 없었다. 경선은 본래 소학교 교원이었고 장익은 무직의 문학 청년이었다. 둘이 결혼하게 된 것은 장익의 중학 동창인 경선의 오빠를 통해서였다. 장익이 수리조합 서기라는 직업을 가지게 되기까지 교원 노릇을 하며 생계를 이어온 것은 경선이었다. 임신 8개월의 큰 배를 안고 학교에서 집으로 왕래했고, 장익의 취직 후에도 얼마 안 되는 월급으로 살림을 꾸려가느라 혼신의 삶을 살았다. 그렇다고 경선이 그런 삶에 만족한 것은 물론 아니었다. 문인을 남편으로 두었다는 것이 자랑스런 것도 아니었고 그렇다고 후회되는 것도 아니었다. 자기의 타고난 복분이 그것밖에 안 된다는 불행감도 아니었고, 문인 남편을 택한 것에 대한 후회도 아니었지만 그들은 그러한 것들로는 설명될 수 없는 이유로 부부싸움을 시작했다. 첫번째 부부싸움의 발단은 이러한 것이었다.

결혼 한 지 달포가 되어서 봄날 석양인데 익이 그의 아내더러 함께 산보를 나가라고 한 것이 경선으로 볼 때는 그곳이 자기의 고장이요 동시

에 근무지이기도 하여 신혼한 남편과 산보를 다닌다는 것이 어쩐지 거북
하고 남부끄럽게 생각이 들어 거절을 하자 익은 속으로 내가 군청 관리
나 학교 훈도쯤만 되어도 그 부끄러움의 성질은 다를 테지, 너가 언젠가
여기 사람들은 면서기만 되어도 떠받치고 야단이라고 하던 말뜻도 나는
잊은 것이 아니다 하고 고깝게 생각했던 것이다. 그럼 좋다, 너와는 평
생 산보를 하지 않을 것이다. ── 이것도 속으로만 혼자 결의하고 겉으
로는 경선의 거절이 대수롭지도 않은 듯이
　「해가 퍽 길군」
　하면서 자리에 슬그머니 누워버렸던 것이다.

── 같은 글, 22쪽

　이러한 장면을 분석해 보면 두 사람 사이의 성격상의 동질성이 뚜
렷해진다. 장익의 고집과 앙칼진 성격을 그대로 빼어닮은 것이 경선
이었다. 완고성에서 비타협성에서 그리고 자기 중심적이자 절대적이
라는 점에서 둘은 닮은 꼴이지만 또한 신분상에서 그러하였다. 소학
교 교원과 문인의 신분이란, 30년대를 기준으로 해서 보면 어느 쪽이
좀더 우위라 보기는 어렵다.

　당시 한글로 시를 좀 쓴다는 것이 남에게 사람 구실이 된다고 인정될
리 없었지마는 시를 쓰는 쪽에서는 그와 반대로 자존심이 도고했고 또
젊은 객기도 있어 익은 군청 관리나 학교 훈도쯤이 문제가 아니라 바로
군수나 교장도 그의 안중에는 있을 턱 없었다. 경선은 이러한 그의 남편
이 못마땅했다. 같은 값이면 익이 군속이나 훈도쯤 되었으면 오죽 좋으
랴 하는 생각이 절실하였고 그렇지 않아도 자기 남편이야 어디까지나 자
기 남편이요 또 자기가 좋아할 수 있는 남편이기도 하지만, 그렇지만
…… 자격이 없거든 허세라도 부리지 말아주었으면 자기는 그만도 못하
면서 왜 남의 말을 저렇게 할까 하는 생각이었다.

제8장　탐미주의의 분출로서의 「인간동의」　247

—— 같은 글, 22쪽

이와 같이 부부의 의식 수준이나 성격은 동질적인 것이었다. 〈그러는 중에서도 그들은 아들을 낳고 딸을 낳고 또 아들을 낳았다〉라고 작가는 지적해 마지않았음이 그 증거라 할 것이다. 부부싸움이란 성격의 등가성, 신분의 등가성에서 비롯되는 것이기에 당초부터 승패가 날 리 없었다. 그들이 아이들 보는 앞에서 대놓고 욕설을 퍼붓고 세간을 부수고 주먹질을 일삼는 일이 아무리 아수라장 같더라도 견딜 만한 것은 이 성격과 신분의 동질성에서 말미암았던 것이다.

그러나 해방공간에 오면 사정이 크게 달라진다. 성격의 동질성은 그대로라 할지라도 신분상의 동질성이 무너졌음에 그 원인이 있었다. 해방이 되자 부부싸움이 뚝 그치게 된 것은 장익의 신분 상승에서 말미암았고 상경한 문인 장익은 그야말로 구만리를 훨훨 나는 붕새 그것이었다. 여의주를 바야흐로 입에 문 용의 모습이기도 하였다. 매일같이 친구를 만나고 강연에 나가고 모임을 열며 집에 붙어 있는 날이 없는 장익으로서는 아내와 상대할 틈이 없었다.

이에 대한 경선의 대응 방식은 어떠했던가. 신분의 격차를 메울 수 있는 방식을 발견하는 길뿐이었다. 교원이나 군청 서기와 문인의 신분상의 등가성을 무너뜨린 것이 외부에서 주어진 〈해방〉이듯, 경선 역시 이 깨어진 신분 만회를 위해서는 외부의 힘을 빌리지 않으면 안 되었다. 그것은 종교(카톨릭)라는 절대성이 아니면 안 되었는데, 왜냐면 장익이 매달린 문학이 그러한 절대성의 일종이었기 때문이다.

당신이 나더러 국민학교 소사 노릇이나 하라고 무슨 자격이 있느냐고 이런 말을 했을 때 내 인격 전부는 당신한테서 완전히 떠나고 말았어. 맘으로 그렇게 생각을 한 것이 아니라 내 핏줄에, 혈구(血球)에 그렇게 맺히고 말았어.

혈구에 맺히고 만 것이 문학의 절대성이라면 이에 맞설 수 있는 것은 「성모경」, 「고죄경」, 「종도신경」뿐이었다. 그들은 함께 카톨릭의 영세를 받고 혼배를 한 부부였던 것이다. 실제로 김동리가 김계월과 혼인한 것은 1938년 3월 25일 진주 옥봉 본당 원전공소에서였으며 김동리의 세례명은 가벨, 김계월의 그것은 젤마나였다(김정숙, 『김동리의 삶과 문학』, 집문당, 1956, 183쪽). 문학이라는 절대성, 혹은 탐미주의라는 관념상의 절대성에 맞설 수 있는 것이 〈예수 마리아!〉였고 성호 긋기였고, 묵주 만지기였다.

9 윤리적 규범과 미적 세계의 모순

탐미주의와 카톨릭의 대결 구도가 저 「무녀도」의 샤머니즘과 기독교의 대결 구조에 대응되는 것은 결코 우연일 수 없다. 「인간동의」의 내적 드라마는 그만큼 철저한 것이었다. 이 대결에서 작가는 어떠한 해결책을 찾아내었을까.

당신이 나를 버리고 다른 여자와 살아도 나는 그것까지 용서할 수 있어요. 그렇지만 천주님 앞에서 맹서한 신성한 계약을 나는 당신 때문에 취소하기는 싫어요. 그렇게 하면 당신이 죄를 짓는 데 내가 협력한 것이 돼서 나도 천주님 앞에 벌을 받아야 돼요. 내 조금도 탓하지 않을 테니 같이 살고싶은 사람이 있거든 정해서 살아요.

이것이야말로 경선의 배수진이 아닐 수 없다. 혼배성사의 올가미에

서 장익은 절대로 풀려날 수 없다는 이 최후의 통첩이 얼마나 장익에
게 통렬한 것이었는가는 장익이 경선을 목을 눌러 죽이기 직전에까지
이름으로써 증명된다. 탐미주의의 절대성과 이성 중심의 절대성(윤리
적 규범으로서의 절대성)의 대결에서 제3의 길이 발견될 수 있을까.
　처자를 버리고 일본으로 간 소녀 지애를 찾아 밀항을 결심, 그 실
천에 옮기기 직전에 장익은 부산 어느 여관방에서 면도칼로 동맥을
끊고 마는 것이 제3의 길이라 할 수 있을까.

　이튿날 밤 밀선은 떠나지 않았다. 다시 하루가 연기되었다는 것이다.
익은 여러 날 수면 부족과 신경 흥분으로 몸이 극도로 쇠약해졌다는 것
을 깨닫고 그날은 저녁부터 자리에 들어 있었다. 열두시쯤 눈을 붙쳤는
데 또 지애의 목소리가 들리었다. 〈선생님〉 하기에 돌아다 보니 수박색
저고리에 흰 옥양목 긴 치마를 입은 지애가 잠뱅이에 흰 샤쓰를 입은 영
우(익의 장남──인용자)의 손목을 잡고 대한문 앞에 서 있었다. 영우
의 한쪽 손에는 개나리 꽃이 들려져 있고 지애는 그것을 자기의 머리에
도 꽂고 있었다. 그러자 어느덧 윤경이(익의 장녀)와 성우(익의 차남)도
대한문에서 나오고 있었다.
　익이 뛰어가 성우를 안으려 했을 때 그의 아내가 덕수궁에서 이쪽을
향해 걸어오고 있었다.
　(아내는 겸연쩍은 듯 신들신들 웃고 있었다)
「앗!」
　익은 가슴이 콱 막히었다.
　익은 불에 데인 것처럼 자리에서 뛰어 일어났다. 어디가 어떻게 아픈
겐지 알 수가 없었다. 심장인가 뇌신경인가 어디에 전기가 통한 듯했다.
일찰나도 견딜 수 없는 형언할 수 없는 아픔이었다. 물론 그는 이미 문
을 열고 뜰로 뛰어 나와 있었다. 변소로 뛰어갔다. 도로 방으로 뛰어왔
다. 다시 변소로 뛰어갔다. 다시 방으로 뛰어왔다. 또다시 변소로 뛰어

250

갔다. 또다시 방으로 뛰어왔다. 그는 이불을 뒤쳤다. 또 요를 뒤쳤다.
책상 설합을 찾았다. 책상 설합이 없다. 설합 속에 언제나 들어 있는 그
똥그란 통의 치약도 새카만 자루의 면도칼도 보이지 않는다. 트렁크를
둘러엎었다. 트렁크에서 지폐와 양복과 내복이 쏟아졌다. 손가방을 털었
다. 손가방에서 타올과 손수건과 치솔과 치약과 그리고 그 새카만 자루
의 면도칼도 나왔다. 면도칼을 집어 들었다. ……익! 차거운 여름이다.
차거운 얼음물이 전신에 흘러든다. 뼈가 시리다, 아아, 시려라! 시려
라! 시언해라! ……

—— 같은 글, 54-55쪽

소녀로 대표되는 탐미주의와 처자로 대표되는 윤리적 규범의 세계
의 공존이야말로 문인 장익의 이상적 세계였음이 위의 결말에서 분명
해졌고 동시에 그런 세계가 이 지상에는 존재할 수 없음 역시 분명해
진 셈이다. 탐미주의의 궁극적 추구의 끝에 죽음이 가로막고 있었던
까닭이다.

이러한 탐미주의와 죽음의 등가사상이 「황토기」의 억쇠가 목숨을
걸고 싸우고 또 사랑할 수밖에 없었던 허무(운명) 그것이었음은 의심
의 여지가 없다.

그 한 뼘도 넘어 될 득보의 단도날이 자기의 가슴 한복판을 푹 찔러,
이 미칠 듯이 저리고 근지러운 간과 허파를 송두리째 긁어 내어 준다면
……

—— 개작 「황토기」 결말 부분

10 억쇠와 장익

억쇠가 장익이었고 장익이 억쇠였다. 둘의 차이가 있다면 억쇠가
30년대의 범주라면 장익이 해방공간의 범주라는 점일 뿐. 또 다른 차
이도 있다면 있을 것이다. 〈허무에의 의지〉가 억쇠의 존재 의의라면
장익에 있어 그것은 〈탐미주의에의 의지〉라는 점이 그것이다. 그 어
느 것이나 〈절대성〉에 대한 의지임에는 여지없이 일치되고 있다. 절
대성이란 또 다르게 말하면 〈제로〉의 개념에 해당되는 것. 따라서 어
떠한 상수도 이에 닿으면 무화되게 마련이다. 그러한 세계가 〈허무〉
이고 〈탐미주의〉라면, 죽음도 이와 꼭 같은 존재가 아닐 수 없다.
〈구경적 생의 형식〉으로 명제화되는 그러한 세계가 아닐 수 없다. 그
러기에 도전해 볼 만한 최대의 가치 개념이 아닐 수 없다. 그것이 만
일 선택의 영역이 아니라 피할 수 없는 과제로 주어졌다면 이를 사랑
(의지)할 수밖에 무슨 방도가 달리 있을까.

억쇠에 있어 그것은 허무였고 따라서 그것에 도전하는 길밖에 다른
선택의 여지가 없었다. 절대이기에 그것은 그러하다. 사정은 장익에
게도 꼭 마찬가지다. 탐미주의 외에 다른 선택의 여지가 그에겐 전혀
없었다. 절대인 까닭에 그것은 그러하다.

장익 앞에 늪으로 가로 놓인 탐미주의란 과연 무엇인가. 문학이 그
정답이다. 고층의 세계, 민담 전설의 세계에서의 허무가 해방공간에
와서 문학으로 명칭이 바꿔졌다고 해서 조금도 이상히 여기거나 놀랄
일은 못 된다. 죽음과 함께 있는 것 그것이 문학이며 문학의 끝에 있
는 것 그것이 죽음이기에 그것은 그러하다. 인간살이의 어떤 현실적
과제보다 앞서는 것이 있다면 이러한 인간이 발견하고 영위하는 탐미
주의(문학)가 아닐 것인가. 이보다 더 긴급을 요하는 인간사가 달리
있을 것인가. 〈부릅뜬 눈〉으로밖에 표현할 수 없는 긴급동의, 그것을
김동리는 주인공 장익으로 하여금 제출케 한 것이다. 이로써 작가 김

동리는 탐미주의(문학)에 인생 전부를 건 도박사의 자격을 획득한 것이었다. 출세욕에 가슴 부푼 귀공자들의 화려한 욕망을 읊은 저 만고의 고전, 이태백, 왕유, 최국보의 「소년행(少年行)」과 이러한 꿈을 그의 문학으로 삼고자 하다가 실패한 「종생기」(1936)의 작가 이상(李箱)의 건강한 근대 문학에 비해 김동리의 이 소녀 취향은 무엇인가.

황혼이 될 때까지 소녀들은
마을 어구에 서 있었다
꿈과 그리움은
피곤한 날개를 접고
하늘 높이 우는 생명
노을을 쓰는 종소리여
소녀들은 어디서나 다 듣는다
얼마나 꼭 같은 저희들의 목소리뇨
한 줄[線]에 우는 가냘픈 선율
어디서나 들리는 저희들의 목소리
황혼이 될 때까지 소녀들은
눈보라 속에 서 있었다
───「소녀행」 전문, 시집 『바위』, 66-67쪽

신라 천년의 폐도 경주 위에 걸린 무지개와도 같은 것이 「소녀행」의 탐미주의가 아니었을까. 이 퇴폐주의를 걸고 도박을 감행하기, 그것이 김동리 문학의 중심 축의 하나였다.

도박사의 운명이란 무엇인가. 이제 이런 물음은 도박사의 문학을 묻는 것으로 제한된다. 어떠한 문학도 완성도에 이를 수 없기에 그것은 그러하다. 다만 완성도를 향한 노력이 있을 뿐이다. 그것은 50%의 가능성에 모든 것을 거는 행위와 흡사하다. 이러한 도박은 자기의 전부를 걸지 않으면 생심도 할 수 없다. 작품 「인간동의」가 소중한 것은 스스로를 실험으로 삼았음에서 찾아질 것이다. 인간 김동리가 작가 김동리에 의해 분석의 대상(소재)으로 되어졌음이 그것이다. 개작 「인간동의」(1959)에서 이 점이 한층 뚜렷해진다. 원작에서와는 달리 개작에서 작가는 장익의 가정 문제를 한층 섬세히 다루고 있었다. 특히 세 아이들과 아이들을 대하는 아내와 집안일을 돌보는 밥하는 아이 순이의 거동까지 상세히 묘사하고 있었다. 탐미주의에 인생 전부를 건 도박사 김동리의 미세한 윤리 감각이 느껴지는 그러한 대목이라 할 것이다. 이 윤리 감각이 센티멘탈리즘과 구별되는 것은 그의 도박사로서의 실천력에서 왔다. 장익을 자살케 함으로써 작가 김동리는 소설가(탐미주의자, 문학자)로 탄생한 것이 그것. 이제부터 김동리는 다만 작가 김동리에 지나지 않았다. 문학의 세계에서만 그는 구만리를 나는 붕새요 여의주를 입에 문 한 마리 황룡이었다. 그러기에, 만일 문학 자체가 한갓 환각이거나 빛을 잃게 되는 날, 붕새는 일시에 한 마리 참새로, 황룡은 한 마리 이무기로 전락될 수밖에 없을 것이다. 계속 붕새이기 위해, 계속 황룡이기 위해 그는 문학 살리기에, 그 영토 구축에 필사적일 수밖에 없었다.

　6·25 발발 한 달 전의 김동리의 도달점은 여기까지였다.

제9장

천하 평정과 「우연성의 연구」

1 창작 방법론 탐구의 필요성

「인간동의」(1950. 5)와 「우연성의 연구」(1950. 5)가 6·25 직전에 씌어졌다는 점에 주목할 것이다. 이 두 작품은 이른바 문협 정통파의 천하 평정과 분리하여 고찰하기 어렵다. 대한민국 정식정부의 수립(1948. 8. 15)에서 막바로 김동리 및 그 지지 세력인 청년문학가협회의 천하 평정이 이루어진 것은 아니었다. 그들의 기관지격인 《문예》(1949. 8)가 창간된 것은 정식정부가 수립된 지 만 일년 뒤의 일이다. 같은 해 여순반란사건(10. 20)이 터질 만큼 정식정부의 기반은 아직도 취약한 형편이었다. 문총(전국문화단체총연합회, 1947. 2. 12) 중심으로 민족정신앙양전국문화인총궐기대회(1948. 12. 27-28)가 개최된 것은, 정식정부의 기반 구축을 위한 작업이었다. 이 대회의 결정서 제5항을 보면 문단 세력 분포의 어떠함이 잘 반영되어 있어 인상적이다.

특히 모모 일간신문은 제1면에 있어 민국정부에의 협력을 가장하고 있으나 문화면에 있어서는 악랄한 파괴 교란에 적극 협력하고 있으며 잡지 《신천지》, 《민성》, 《문학》, 《문장》, 《신세대》와 출판업 〈백양당〉, 〈아문각〉 등은 소위 〈인공(人共)〉지하운동의 총량이며 심장적 기관이 되어 있음을 지적한다.

좌경 문인들 대부분이 월북했다고는 하나 좌파적 중간파, 우파적 중간파, 초월파 등이 큰 세력으로 아직도 건재하고 있었음을 위의 인용에서 확인할 수 있다. 이러한 문학적 중간파들의 통합 계기를 이룬 것이 이른바 한국문학가협회(1949. 12. 17)이다. 그 핵심 분자들인 김동리, 조연현, 청마, 청록파 등을 문협 정통파(文協正統派)라 부른다. 〈한국문학가협회는 대한민국 정식정부의 수립과 함께 이루어졌다〉라고 김동리가 지적한 것은, 그 시기적 동일성을 말함이 아니라 그 〈정신적 내지 역사적 성격〉을 가리킴이었다. 중간파 백철과의 소설 논쟁을 벌임으로써 김동리의 천하 평정은 드디어 완수되기에 이른 것이다. 천하 평정이란 무엇인가, 더 이상 나아갈 곳도 추구할 대상도 없음을 가리킴이라고 일단 이 상황을 말해 주는 것이 「인간동의」와 「우연성의 연구」이다.

「인간동의」란 무엇인가. 인간 속에 깃들인 악마적 요소로서의 탐미주의(미의식)가 인간의 죽음에 닿아 있다는 사실을 소설가 장익을 등장시켜 실험해 보인 것이 「인간동의」이기에, 그것은 작가 김동리가 추상적으로 그리고 원론적으로 옹호해 온 〈인간 제일주의〉에 대한 자기 반란이 아닐 수 없다. 인간 제일주의(인간성 옹호)를 최대의 무기로 하여 싸웠던, 그래서 승리할 수 있었던 그 무기가 천하 평정으로 이젠 무용지물이 된 그러한 허탈 상태에 직면했을 때, 김동리의 나아갈 길은 무엇일까. 소설가인 주인 장익의 자살은 더 이상 나아갈 수 없는 작가 김동리의 필연이었을 터이다. 스스로 동맥을 끊은 장익이 〈시원해라〉라고 느끼는 것이 득보의 단도에 찔려 죽고 싶은 「황토기」

의 억쇠의 그 기분과 동일한 것은 이런 사정에서 말미암는다. 창작 방법상에서도 천하 평정 이후의 방법론 모색이 불가피했는데, 그 결과물이 「우연성의 연구」이다.

2 우연성의 세 가지 범주

〈소설에 있어 우연성이란 말을 가끔 본다. 가령 진수와 영주가 인천 바닷가에서 만났다는 것은 우연이라든가 너무 우연적이어서 거짓말이라든가 하는 따위……〉(「우연성의 연구」, 28쪽)라고 시작되는 이 논문에서 먼저 주목되는 것은 그 제목이다. 단순한 글이 아니라 〈우연성의 연구〉라는 실로 무거운 제목이 선택되고 있지 않겠는가. 다음 두 가지 점이 우선 이 제목과 관련지어 검토되지 않을 수 없다.

첫째, 그토록 동기화의 필연성을 주장해 온 김동리가 우연성에 관심을 돌렸다는 점. 소설의 허구성과 그것의 진실성에 작용하는 기본항에 있어 그 매개항이 우연성이라는 이런 생각은 창작 방법상의 필연성과 어떤 관계에 있는 것일까. 이 물음에는 소설의 본질이 인간 운명의 구조(존재 방식)에 직결되었음이 암시되어 있다.

둘째는, 〈연구〉라는 커다랗고 엄숙한 제목을 달았다는 점. 연구란 무엇이겠는가, 어떤 방법론에 의한 사물의 본질 밝힘에 다름아닐 터이다.

동기화(필연성)를 창작 방법론의 기본항으로 삼았던 김동리가 어떤 경위로 하여, 그 필요성이 우연성과 등질적인 자리에 놓여 있는가를 해명하지 않으면 안 되었을까. 그는 이 물음을 6·25가 터지기 한 달 전에 다음처럼 전개해 놓고 있었다.

〈너무 우연적이어서 거짓말〉이라 할 때, 그 우연적이란 어떤 문맥에서 사용된 것일까라고 스스로 묻고, 이를 한 편의 작품을 완성해 나가는 과정에서 그 해답을 이끌어내고 있다. 가령 진수와 영주가 인천 바닷가에서 만났다는 얘기를 좀더 자세히 살펴보자. 영주는 진수의 옛 애인이다. 부모의 반대로 헤어졌다. 그 뒤 영주는 시집을 가버렸으며, 상처 입은 진수는 고국을 등지고 방랑길에 올랐고, 5년의 세월이 흘렀다. 귀국한 진수는 또다시 영주를 찾아 애타게 헤맨다. 그는 그 고독을 이기지 못해 인천으로 갔다. 바닷가인 인천에 가면 그녀가 꼭 있을 것만 같았기 때문이다. 과연 그녀를 거기서 만났다.

이와 같은 줄거리를 두고, 진수와 영주의 만남을 우연적이라 부른다면 그 우연성의 성격이란 무엇인가. 그들이 기약도 없는데, 거기서 만났기 때문이리라. 진수는 영주가 서울에 살고 있는지 인천에 살고 있는지 몰랐고 더구나 그날 그 바닷가에 나타나리라는 하등의 기약도 없지 않았던가. 그러니까 우연이며, 따라서 거짓말이라 할 것이다. 그러나 문제는, 우연적이래서 반드시 거짓이라 할 수 없음에 있다. 이 사정을 김동리는 퍽 단호하게 이렇게 지적한다. 〈왜 그러냐 하면 우연성 그 자체가 가장 진실이요, 오히려 우연적이어서 더욱 진실일 수 있는 것이 소설이기 때문〉(29쪽)이라고. 이 사정은 우연성 곧 진실, 진실 곧 소설로 요약될 수 있겠다. 이러한 요약에 이르기 위해서는 다음 두 가지 우연성을 설정하고 이를 분석 검토하는 과정이 요청된다.

(A) 첫번째 우연성.

앞에서 보인 대로. 진수가 영주를 인천 바닷가에서 만났다는 것.

(B) 두번째 우연성.

방황 끝에 가슴에 병을 안고 귀국한 진수가 서울로 왔다. 달포나 지나서 주사를 맞으러 병원에 들렀다가 아는 의사를 만나 영주가 인천에 살고 있음을 안다. 의사도 서울보다 바닷가를 권한다. 인천의 병원으로 요양처를 옮긴다. 하루는 바닷가에 산보를 나갔더니 너덧 살 짜리 어린애 손목을 잡고 걸어오는 여인이 있었다. 덜컥 가슴이 내려앉은 진수는 그 자리에 발이 붙어버렸다.

이렇게 되면 (A)보다는 자연스럽고, 당연하고 그러기에 진실성 있게 들린다. 그러면 이 (B)의 경우는 해후(우연성)가 아니란 말인가. (A)의 경우와 우연성에서는 하등의 차이가 없다. 영주는 첫째 진수가 인천에 와 있다는 사실을 몰랐고, 또 진수라 해도 영주가 인천에 산다는 소문만 들었을 뿐 하등 확실한 증거를 가진 것도 아니었으며 그날 거기서 만날 약속을 한 바도 없다. 여기서 혹시 진수가 인천에 요양을 와 있게 된 것이 그들의 만남의 이유라고 생각할지 모르나 그렇다고 그들의 만남이 우연이 아니라는 이유는 성립되지 않는다. 이를 만약 우연이 아니라 한다면 (A) 역시 우연이 아니라 해야 된다. 진수가 방황 끝에 서울로 되돌아왔다는 사실 그 자체가 이미 그들의 만남을 가능케 한 이유라고 할 수 있기 때문이다. 이렇게 본다면 결국 이 세상엔 우연이란 있을 수 없다는 말이 되어버린다.

우연이란 과연 없는 것일까. 이는 참으로 중대한 문제가 아닐 수 없다. 만일 우리가 우연이란 말을 인정한다면 (B)의 경우도 조금의 편차는 있으나 (A)모양 우연이다. 그럼에도 (A)의 우연성이 거짓으로 통하는 반면, (B)의 경우의 우연성은 자연스럽고 진실성 있게 생각되는 것은 웬 까닭일까. 복선(伏線)이라는 말로 이 사정이 설명된다. (A)의 경우 영주가 인천에 산다는 것도 몰랐고 진수가 인천행을 되풀이한 것도 아니고 꼭 한 번 갔는데 그날 거기서 영주를 만났던 것이라면, (B)의 경우는 우선 영주가 인천에 산다는 것을 알았고, 진수가 인천으로 요양갔고, 진수의 의식에서 만남의 문제가 떠나지 않았는데, 이러한 기술적 처리 과정을 복선이라 한다. (A)의 우연성은 그것이 작자의 필요에 따라 임의로 초래된 것이라면, (B)의 경우는 그러한 우연이 올 만한 사전 조건을 준비해 놓았던 것이다.

여기까지 오면 우연성 그 자체는 허구도 아니고 진실도 아님이 판명된다. 복선이 있기만 하면 우연성이란 진실(자연스러움)에 통하기 때문이다. 소설에서의 우연성이란 그러니까 진실성의 다른 명칭이라 하지 않을 수 없다. 이 장면을 두고 김동리는 과감하게도 〈우연성 그 자체가 가장 진실이요, 또 그것이 우연적이어서 더욱 진실일 수 있다〉(31쪽)라고 주장한다. 곧 세번째 우연성의 설정이 그것이다.

(C) 세번째 우연성.

진수와 영주가 오후 3시에 인천 식당에서 만나기로 했다고 치자. 진수는 3시 10분 전에 와서 기다렸다. 3시 정각이 되자 영주가 나타났다. 이런 경우가 (가)에 해당된다면 (나)의 경우는 진수가 초조하게 3시 15분까지 기다렸고, 마침내 3시 반이 지났을 때 비로소 영주가 나타났다. 막 나오려는데 시어머니가 다니러 와서 할 수 없이 늦었다는 것이다. 둘 중 어느 쪽이 일층 박진성 있고 절실한가. 물을 것도 없이 (나)의 경우인데, 거기엔 〈시어머니의 내방〉이라는 우연성이 끼어들었던 것이다. 우연성의 침범(삽입)이 실감과 박력을 가하게 되는 이유란 무엇일까. 이 물음이야말로 김동리의 사상에 관련된 것인데, 그는 이를 주체성의 사상이라는 범주로 흡수, 요약하고 있다.

위에서 나는 우연이란 과연 있을 수 있느냐 하는 문제에 대하여 이것은 근본적으로 검토되어야 할 것이라 했다. 왜 그러냐 하면 〈우연〉은 정의 여하에 따라 있을 수도 있고 없을 수도 있기 때문이다. 가령 〈예상 이외의 어떤 사건이나 현상〉을 우연이라 한다면 〈우연〉이란 얼마든지 있을 수 있는 것이요, 〈원인(혹은 이유) 없는 사건이나 현상〉을 우연이라 한다면 〈우연〉이란 하나도 있을 수 없는 것이다. 왜 그러냐 하면 세상에는 우리 인간이 예상(혹은 예정, 혹은 예견)하지 못한 사건이나 현상은 얼마든지 있을 수 있는 것이며 또 일어나고 있으나, 원인과 이유를 결한 사건이나 현상은 하나도 있을 수 없는 것이며 생겨본 일도 없는 것이기 때문이다. 그것은 다만 우리가 모르고 또 예상치 못했을 뿐이다. 우리 인간이 만약 이 세상에 생겨나는 모든 사건과 현상의 원인과 이유를 지실하고 또 예상할 수 있는 동물이었던들 우리의 언어와 개념 속엔 〈우연〉 두 자가 생겨나지 않았을 것이다. 우연이란 객관적으로 있는 것은 아니다. 인간이 자기 자신을 생활의 주체로 삼고 나아가는 데서 생긴 한 개 개념에 불과한 것이다.

──《신사조》, 1950, 5, 31-32쪽

〈자아와 세계의 리듬의 일치〉 그러니까 주관·객관 일치(교섭)론의 근거가 이 우연성의 설명에서 새삼 뚜렷해졌다. 이른바 우연이라 부르는 일체의 사건과 현상은 인간의 주체를 떠나서 볼 때 모두가 그대로 필연(자연)이라는 명제가 그것. 자연(사건이나 현상)의 원인과 성격을 인식치 못하고 예상치 못한 데서 오는 인간의 주관과 독단이 바로 우연으로 규정된 것이다. 우연, 그것은 인간이 지닌 한계에서 말미암았다고 할 때, 이 점에서 그것은 칸트의 생각에 흡사하다 할 것이다. 〈자연에는 우연이 없다〉라는 김동리의 명제란, 〈우연이란 인간의 주관이다〉로 바꿔볼 수 있거니와, 이는 칸트가 물 자체 Ding an sich에 인간이 절대로 이를 수 없다고 한 것과 비슷한 인식 구조 위에 서 있다. 주관·객관의 일치를 문제삼는 서양의 형이상학적 물음의 핵심 과제를 두고, 칸트는 인간 능력(지각)의 한계를 들어 그 불가능함을 지적했던 것이다. 인간은 스스로의 한계로 말미암아 사물의 본질(물 자체)에 영원히 이를 수 없다는 칸트의 생각에 비해 김동리는 그러한 이성의 개입 없이 막바로 그러니까 동양적 직관으로 이른 점에서 칸트와 구별될 터이다. 인간은 자연(물 자체)에 이를 수 없다고 할 때 김동리의 직관적 파악이 신비주의에로 치닫게 됨은 당연한 귀결일 터이다. 동양적 무위자연(無爲自然)관이란, 인간이 스스로의 주체를 내세우지 않음을 전제로 한다. 만일 인간이 자연에 화합하지 않고 이에 맞선다면, 그는 우연성에 전면적으로 노출되지 않을 수 없다. 우연성에 노출되는 한 그는 천지간에 한 파편으로 영영 구원받지 못하는 존재가 된다.

인간의 주체성의 처지에서 볼 때 비로소 세계는 우연성투성이로 드러나며 그 주체성의 강도에 비례하여 우연성의 뚜렷함이 인식된다는 김동리의 이런 사상이 소설 창작 방법론으로 전개되는 장면은 참으로 흥미롭다. 인간이 우연이라 부를 수밖에 없는 일체의 사건이나 현상(자연)은 객관적으로 보면 필연이 아닐 수 없다. 그 필연성을 인간이 알아차리지 못했을 따름인데, 왜냐하면 우연이란 인간 인식의 한계에서 말미암았기 때문이다. 그렇다면 소설을 이 우연과 필연 사이에 놓는다면 어떠할까. 앞에서 든 (A), (B), (C)가 각각 이에 대한 해답의 형식으로 제시될 터이다. (A)는 허구면을 예증하는 우연성이며, (B)의 경우는 진실면을 나타낸 우연성이다. 우연성의 두 가지 면이 이로써 설명된다면 (C)의 경우는 어떻게 해명되는 것일까. 우연성의 삽입이 실감과 박력을 얻을 수 있음이란 우연성 그 자체가 객관적으로 곧 자연성(필연성)인 까닭이라고 김동리는 본다. 〈이튿날 오후 3시 정각에 진수와 영주가 인천 식당〉에서 약속대로 만난 것은 약속했던 일이라 우연이 아니고 당연한 일이나, 그 약속 자체가 인위적인 약속이었기 때문에 그 당연도 인위적 당연이다. 그러나 〈시어머니의 내방〉에 의한 30분 지연의 우연성은 진수나 영주가 임의로 초래한 독단 행위가 아니기 때문에 그대로가 완전히 자연성(필연성)인 것이다. 자연성이기 때문에 인위적인 것보다 실감과 박력이 생긴 것이다.

이로써 김동리의 세계관이 어떻게 창작 방법론으로 전개되었는가가 드러났다. 주체와 세계의 일치에서 리얼리즘이 발생한다는, 30년대 말에 제시된 김동리의 생각이 유진오로 대표되는 이원론자들(모더니스트들)을 격파하고, 나아가 남로당 문학론에 맞섰으며, 그러한 상대가 사라졌을 때 비로소 창작 방법론의 적용에 이르렀던 것이다. 이러한 사상은 인간이 자연(세계, 신, 무한성)을 인식할 능력이 없음을 전제로 하고 있음에 주목할 필요가 있다. 자연, 신, 무궁함에는 모든 것이 필연이며, 인간이 자기 주체를 내세우면 내세울수록 우연성이 속출하게 된다는 점에서 보면, 김동리가 말하는 인간성 옹호 사상이란, 인간 주체성 옹호가 아니라 그 말살에 있음이 뚜렷해질 터이다. 인간성 옹호로서의 그의 휴머니즘(제3의 휴머니즘)론이란, 자연스런 인간, 원시적 인간, 서구 근대 사상이 침윤되지 않은 소박한 인간의 모습과 그 본질 지키기에 지나지 않는다. 모화가 예기소에 빠져 죽음이란 모화가 자연 속에 합일화되어 가는 과정이기에 이는 휴머니즘의 극치로 해석될 수밖에 없다. 김동리 문학의 한계란 이로써 또한 뚜렷해지는 것이다.

3 소설과 우연성에 대한 논리적 분석 —— 조연현

사상으로서의 〈구경적 생의 형식〉이 창작 방법론으로 전개되지 않는다면, 김동리는 사상가 또는 종교가로 나아갈지언정 소설가로 자리 잡을 수 없을 터이다. 「우연성의 연구」가 씌어진 것은 그러한 사정에 관련되어 있는 만큼 작가 김동리에 있어서는 불가피한 일이 아니면 안 되었다. 사상(종교)과 문학(소설)의 관계를 혼동할 만큼 김동리가 저돌적으로 나아갔을 때 그를 옆에서 지켜보면서 그 부당함을 지적하고, 견제하는 몫을 담당한 비평가가 조연현이었음은 그 중요성과 특이성에서 문학사적 사건이라 할 것이다. 이른바 문협 정통파(文協正統派)의 맥락이 이로써 견고해졌다.

김동리가 그의 문학에 관해 결정적인 발언을 한 것이 〈문학의 사상적 기초를 위하여〉라는 부제가 붙은 「문학하는 것에 대한 사고」(《백민》, 1948. 3)이다. 뒷날 김동리는 이 논문을 『문학과 인간』에 수록하면서 〈문학의 사상적(내용적) 기초를 위하여〉 대신에 〈나의 문학 정신의 지향에 대하여〉라고 고쳤는데, 이는 그만큼 이 논문에 대한 그

의 자부심의 깊이를 새삼 드러낸 것이라 할 것이다. 그에 있어 문학
의 사상이라든가 내용이란 기실은 문학을 성립시키는 형식 쪽과 대립
되는 이원론적 사고가 아니라 그런 형식 따위란 안중에도 없는 것,
곧 문학 정신 그 자체에 해당된다. 이는 과연 어떻게 이해해야 되는
것일까. 이는 엄밀히는 주관 또는 객관이란 없고, 주관 속에 객관이
또 객관 속에 주관이 이내 포함되어 있다는 헤겔의 변증법적 세계 인
식과는 분명히 다르다고 할 수밖에 없는데, 왜냐하면 김동리에 있어
형식과 내용의 변증법이란 당초부터 부재한 까닭이다. 〈문학 정신〉의
확립 그것은 곧 그의 삶의 의의 자체였던 것이며, 이는 〈운명〉으로밖
에 규정할 수 없는 성질의 것이다. 문학한다는 것은 그러니까 〈구경
적 생의 형식이 아니어서는 안 된다〉라고 그가 주장할 때 〈생의 형
식〉이란 운명의 얼굴의 드러냄을 가리킴이 아닐 수 없고, 따라서 철
학 또는 종교에 나아감이 필연이었다. 〈구경적인 생의 형식〉이란 〈무
한무궁에의 의욕적 결실인 신명을 찾는 것이다〉라든가 〈자아 속에서
천지의 분신을 발견하기〉(『문학과 인간』, 100쪽)라 하고, 이를 종교와
구분까지 해놓았음도 사실이긴 하지만 그 구분이란 실상 성립되기 어
려운 것이었다. 종교가 이미 발견된 신(형식)을 찬송하고 기도하고
귀의하지만 문학은 그러한 신(형식)을 발견하고자 노력하는 과정이라
고 김동리가 주장했을 때, 이 문제를 새삼 문제삼아 그렇더라도 그것
은 종교에 가깝다고 비판한 것은 조연현 한 사람뿐이었다. 조연현의
견해는 종교를 신앙으로, 철학을 관념으로 대응시키고, 문학의 내용
을 사상으로 대응시킴으로써 김동리의 주장을 좀더 구체화시키고 있
음을 특징으로 한다. 신앙이나 관념이 이미 확정된(도달된) 형식이라
면 사상이란 늘 형성 과정 속에 있다고 조연현이 지적했을 때, 이는
김동리가 문학을 형성 과정의 형식이라 하여, 이미 완성된 것으로서
의 종교와 구별한 것의 부연 설명이긴 하나, 조금 세분된 것이라 할
수 있다. 곧 김동리가 문학이라 한 것을 조연현은 사상이라 파악했던

것이다. 이 점에서 볼 땐, 조연현은 사상(내용)과 형식의 이원론적 사고에 매여있었다면 김동리는 단연 일원론 편에 섰던 것이다. 문학 속엔 내용(사상)과 형식이 그대로 들어 있다는 점을 새삼 드러내기 위해 김동리는 이 논문의 부제를 〈나의 문학 정신의 지향에 대하여〉로 바꾸었던 것이다. 이는 조연현의 비판을 의식했음에 관련된다.

김동리의 〈구경적 생의 형식〉으로서의 문학관의 한계를 지적한 조연현의 평론의 강점은 어디에 있는가. 김동리의 문학관이 〈한갓 무지개〉임을 일깨운 점에 있다. 문학은 결코 구경적 생의 형식에 이를 수 없다는 명제로 이 사정이 요약된다. 만일 문학이 그런 곳에 도달된다면 그 순간 이미 문학일 수 없는 것이다. 바꾸어 말한다면, 김동리가 혼신의 힘을 쏟아 문학을 한다 해도 한갓 무지개 쫓기이며, 만일 요행히 그런 목표에 이른다면 그 순간 그는 문학에서 벗어나게 되고 만다는 것이다. 김동리가 문학에 머물지 않을 수 없고, 문학으로 승부를 걸어야 됨을 분명히 인식했을 때 그가 취할 수 있는 점은 무엇이었을까. 조연현이 〈이에 대해 후일 다시 좀더 구체적으로 언급할 수 있는 기회를 갖겠지만……〉(『문학과 사상』, 169쪽)이라고 하여, 김동리의 문학 이탈 조짐을 경고한 때로부터 두 해가 지난 시점에서 나온 것이 바로 「우연성의 연구」이다. 앞에서 분석해 본 바와 같이 이 글은 김동리의 문학 정신이 어떻게 작품(소설)으로 구체화되는가를 문제삼는, 이른바 창작 방법론의 일환으로 집필된 것이다. 이를 또 다르게 말하면, 조연현이 제기한 〈문학의 영역 지키기〉에 대한 해답의 형식으로 제시된 것이기도 하다. 김동리에 있어 조연현은 그의 문학의 유일한 이해자이자 동시에 비판자임을 김동리 자신이 의식하고 있었음에 이 사정이 관련되어 있다. 「우연성의 연구」의 핵심이랄까 도달점이 고압적인 〈구경적 생의 형식〉의 일관성을 유지하면서도 이를 창작 방법론으로 전개시켰음은 한편으로는 조연현의 시선을 의식했음에 관련되지만, 다른 한편으로 볼 때는 김동리 자신의 필연이라 할 것이다. 결국 그는 문학가 이상일 수는 없다는 자각에 이르렀음을 새삼 확인한 것이다.

「우연성의 연구」가 조연현의 질문 및 불만에 대한 해답의 형식으로 제시되었지만 동시에 김동리 자신의 필연이었음에 비추어볼 때, 조연현의 이에 대한 반응은 어떠했던가. 소설 속에 나타나는 모든 사건이 작가의 의도나 계획대로 필연적 조건 위에서 꾸며진 것이지만 그러한 필연적인 사건의 발단이나 전개가 〈우연의 힘〉을 빌어서만 가능해진다는 점에 주목하면서 씌어진 논문 「소설과 우연」 속에 그 해답이 들어 있다.

첫째, 우연적인 계기를 전적으로 무시하고는 어떠한 사건도 작가가 꾸며낼 수 없다는 점을 증명하기 위해서 쓴 위의 논문에서, 조연현은 김동리의 우연성의 해석을 새삼 문제삼고 있다. 무엇보다도 조연현은 우연 또는 우연성의 사전적 풀이인 〈저절로 된 것〉 또는 〈저절로 갖춘 사물의 성질〉에서 출발한다. 이러한 사전적 의미는 우연의 형성 과정에 대한 설명이지 그것이 우연의 성질이나 특성을 지적한 것은 아니다. 〈우연이 저절로 갖추어진 것이라면 그것은 모든 자연적인 것과 어떻게 구별되어질 것인가〉라고 조연현이 반문한 것은, 〈인간에서의 우연 그 자체는 자연에서 필연이다〉라든가 〈자연에서는 우연이 없다〉라는, 천지신명(신)으로 표상되는 선험적 형이상학에 기초한 김동리의 세계관에 대한 비판적 성격을 띤 것이다. 〈우리가 우연적이라고 할 때 그것은 자연적인 것과는 구별된 의미를 갖고 있다〉고 조연현이 지적한 점은 김동리가 〈우연적인 것 곧 자연적인 것〉이라 파악한 무분별적 사유에 대한 비판이 되는 것이다.

두번째로, 김동리가 (C)에서 주장한 우연성의 진실면(영주의 시어머니 출현으로 인한 30분의 행방)을 조연현은 다음처럼 비판하고 있다. 곧 우연의 개별성 개념이 그것이다.

　모든 자연적인 것은 그 형성 과정에 있어서 우연적인 것이다. 그런 의미에 있어 자연적인 것과 우연적인 것은 구별되지 않는다. 그러면서도 우리는 저절로 갖추어진 어떤 사물에 대해서 어떤 것은 자연적인 것으로 어떤 것은 우연적인 것으로 본다. 봄에 핀 꽃은 자연적인 것으로 느껴지고 겨울에 피지 않는 꽃이 피었을 때는 우연적인 것으로 느껴진다. 그 두 가지가 다 저절로 그렇게 핀 것이라면 전자는 어찌하여 자연적인 것이 되고 후자는 어찌하여 우연적인 것이 되는가. 여기에서 자연적인 것과 우연적인 것의 개념적 차이가 생긴다. 그것은 〈저절로 이루어진 것〉 중에서도 특례적인 것은 우연적인 것이 되고 항례적인 것은 자연적인 것이 된다. 이것은 우연이 특례적인 특성을 가진 것임을 의미한다. 이 특례적인 특성은 우연의 개별성이라 해도 좋을 것이다.

——『조연현 문학전집(4)』, 96-97쪽

　소설에 있어 사건이 우연에 의존하는 이유를 우연의 개별성의 개념으로 파악했음이 드러난다. 우연이란 그 형성 과정에 있어서는 자연적인 것과 구별되지 않으나, 사건만은 특례적인 것(우연)에 의존시킨다는 뜻이다. 소설(문학)이 구체적인 인생의 표현이기에 항례적인 것으로는 불가능하다.

　이로써 조연현은 소설에서의 구성적 측면 곧 창작 방법론이 우연성 위에 서 있음을 해명한 셈이 된다. 우발적·특례적·개별적인 것이기에 놀라움을 가져볼 수 있다는 것을 김동리의 창작 방법론에 비추어 보면 어떠할까. 〈우연성의 삽입이 실감과 박력을 첨가할 수 있는 것도 우연성 그 자체가 객관적으로는 곧 자연성이기 때문〉(「우연성의 연구」, 34쪽)이라고 김동리가 말한 것을, 조연현은 특례적 개별성이 불러일으키는 〈놀라움〉으로 대치시켰던 것이다. 이 점에서 보면 김동리의 초점이 뚜렷하고 단선적이며 그러기에 본질적이라면, 조연현의 설명은 부차적이고 해설적이라 할 것이다. 인간의 한계(본질)를 김동리가 문제삼았다면, 조연현은 어디까지나 인간 능력을 과시하고, 그 범위 속에서 합리적인 해석의 방도를 찾고 있는 형국이라 볼 것이다. 바로 조연현의 이러한 측면이야말로 종교에서 김동리를 문학으로 이끌어내리는 결정적인 계기에 해당되는 것이어서 주목되지 않을 수 없다.

이 장면에서 조연현은 필연성, 가능성, 우연성을 문제삼았는데, 이세 가지 범주 설정에서 비로소 종교는 그 한계에 부딪친다. 왜냐하면 위의 범주들은 시간 개념의 편차로 말미암아 구별되기 때문이다. 종교가 초시간적임을 염두에 둔다면, 시간적 편차로 성립되는 필연성, 가능성, 우연성은 일단 종교에서 벗어나지 않으면 안 된다. 그러나 일거에 이루어지지 않고 일단 철학의 과정을 겪는다.

가능성부터 문제삼아 보기로 하자. 가능성이란 어느 편이냐 하면 그 시간의 위치가 미래이다. 가능하다는 것은 아직은 실현되지 않은 것을 가리킴이기 때문이다. 이에 비할 때 필연성은 그 시간적 위치가 과거로 볼 것이다. 필연적인 것이 비록 미래에 있을 일이라 할지라도 그와 같은 필연의 결과를 가져오게 하는 원인은 과거에 있었던 것이다. 그렇다면 우연성이 놓인 시간은 어디인가. 현재가 그 해답이다. 우연적인 것은 늘 목전의 일이다. 이러한 인식은 뒤에 다시 나오겠지만 구기 시우조(九鬼周造)의 『우연성의 문제』에서 이끌어낸 것이다.

이러한 시간성을 문제삼을 때 벌써 우연성 논의는 철학 쪽으로 옮겨지게 된다. 김동리가 우연성을 문제삼았을 때 그는 벌써 종교(신)의 영역을 넘보았다면, 조연현은 그것을 철학 쪽으로 끌어내렸다 함은 이런 과정에 관련된다. 물론 조연현은 철학으로 끌어내린 우연성을 소설에까지 다시 끌어내리고자 했는데, 그의 결론은 이러하다. 소설의 중심부가 사건인데, 그것이 우연에 의존하게 된 것은 (1) 사건을 꾸미는 데 편리하며, (2) 그렇게 꾸며진 사건을 자연스럽게 생겨난 것처럼 보이게 하는 데 유리하며, (3) 경이적 감정을 유발함으로써 독자의 관심을 집중시키는 데 효과적이며, (4) 인생의 개별적 특수성을 표현하는 데 유용하며, (5) 인생의 가능성과 필연성을 표상하고, (6) 인생의 운명과 역사를 반영시키고, (7) 무에서 유를 창조하는 직능을 수행하며, (8) 우연은 그 자체가 하나의 미적 양식이라는 점 등의 기능 때문이라는 것이다. 이 중에서도 (8)에서 말하는 우연적·돌발적·특례적인 것(우연성의 속성)이 우연의 미적 형식이라는 점, 그러한 것으로 인하여 조성되는 상태가 우연의 내용이라는 설명 방식은 김동리가 단지 박진성 또는 실감으로 파악한 것보다는 월등히 논리적이자 철학적이다.

종교, 철학(사상), 문학(소설)의 범주를 설정하고 종교냐 문학이냐에로 막바로 달려가고자 한 것이 김동리의 원초적이자 웅혼한 거인다운 착상이라면, 조연현의 그것은 섬세하고 문학적이며 따라서 논리적이라 할 것이다. 이른바 문협 정통파의 이론적·실천적 구심체였으며, 남로당으로 대표되는 근대주의자들의 문학관과 정면으로 대결해 온 김동리·조연현의 문학관의 구경이 우연성의 해명에서 비로소 엿보인다는 사실은 주목할 일이다. 우연성에 대한 논의의 배경에는 이처럼 현상학적인 환원의 세계가 드리워져 있는 것처럼 보이기조차 했던 것이다.

4 우연성, 가능성, 필연성의 분석

우연성의 논리적·분석적 해명에서 조연현은 그의 논리가 일본의 철학자 구기 시우조(九鬼周造)의 『우연성의 문제』(1935)에 힘입고 있음을 다음처럼 말해 놓고 있다.

일본의 九鬼周造 씨에 의하면 우연성은 가능적 필연적 성격을 가진 것으로 말하고, 그 이유를 다음과 같이 설명하고 있다(동씨의 「우연성의 연구」는 「우연성의 문제」의 착오임 —— 인용자). 그것은 먼저 〈우연성은 불가능성에서 출발한다. 처음부터 불가능한 것이 아니고 가능한 것이었다면 우연으로서의 성질이 약한 것이다. 그러므로 우연적인 것은 불가능선상에 있다. 불가능선상에 있는 것이 우연으로 출현되는 데에는 불가능한 것에 가능성이 개입되기 때문이다. 그리고 이러한 가능성의 증대로 결국은 필연적인 것이 된다. 만일 우연적인 것에 전적으로 가능성과 필연성이 없다면 그것은 우연으로서 출현될 수도 없었을 것이다.〉이것이 그 설명의 논지다.

—— 『조연현 문학전집(4)』, 99쪽

구기 시우조(1888-1941), 그는 누구인가. 일본의 귀족 출신(九鬼 남작 집안)으로 유럽에 유학, 철학 공부에 나아갔고(1921-1929), 젊은 사르트르를 가정교사로 고용한 바조차 있는 구기 시우조가 경도대학 철학과 교수로 된 것은 1935년 이후였다. 파리에서 파스칼을 공부하던 그가 후설이 있는 프라이부르크 대학에 간 것은 1927년 4월이었고 동 11월엔 마르부르크로 옮겨 약 반 년 간 하이데거에게 배웠고 다시 파리로 옮겨 그 나름의 독자적 철학을 구축하였는데 그 집대성이 바로 우연성의 철학이다. 일본이 낳은 세계적인 철학자로 니시다 기타로(西田幾多郎) 교수와 더불어 구기 시우조를 내세울 때 그 명분은 하이데거의 실존 철학에 대결하는 구기 시우조의 실존 철학에서 찾고 있다. (오오시마 야쓰마사(大島康正), 「구기 시우조와 우연성의 문제」, 《中央公論》, 1967. 10, 396쪽).

하이데거의 실존 철학에 관련되면서도 독자성을 가졌다고 평가되는 점이 우연성 개념임은 새삼 말할 것도 없다. 1920년대 일본 철학계란, 희랍 철학을 별도로 친다면 대체로는 칸트에서 헤겔을 중심으로 공부하는 것이었으나, 구기 시우조의 등장은 데카르트, 라이프니츠 쪽으로 방향을 튼 것이라 평가되고 있다. 그는 누구나 논하는 헤겔의 변증법 따위엔 일고도 하지 않고 실존 철학에 몰두했던 것이다. 그의 전 업적은 철학자, 철학사가, 시인, 문학 예술의 이론가 또는 미학자 등등 여러 면모의 집합으로 규정되지만 미와 진의 탐구에 독창성을 발휘한 철학자로 보는 것이 일반적이다. 뚜렷한 그의 저술로는 주저인 『우연성의 문제』를 비롯 『이끼(교태)의 구조』(1930), 『문예론』(1936) 등이거니와 이 중 학위논문으로 제출된 것이 「우연성의 문제」(등사판, 1931)이며 이를 기초로 하여 씌어진 것이 『우연성의 문제』(岩波書店, 1935)이다.

이 연구는 우연성의 존재론적 구조와 형이상적 이유를 될 수 있는한 밝히기 위함을 과제로 하고 있다. 우연성이란 필연성의 부정이기에, 필연성의 세 가지 양태의 대립항인 정언적(定言的) 우연, 가설적(假設的) 우연, 이접적(離接的) 우연 등이 고찰 대상으로 된다. 이러한 고찰의 결과로서 그는 우연성의 세 양태 각각의 핵심적 의미를 밝히고 그 상관성을 논하며 우연성의 근원적 의미를 드러내고자 하였다. 요컨대 정언적 우연의 핵심적 의미는 〈개물(個物) 및 개개의 사상(事象)〉이며, 가설적 우연의 그것은 〈하나의 계열과 다른 계열과의 만남〉이며, 이접적 우연의 그것은 〈없다는 것의 가능〉이다. 개물인 까닭에 일반 개념에 대하여 우연적 징표를 갖추게 되며, 독립된 계열과 계열의 만남이기에 이유와 귀결의 필연적 관계 밖에 있게 되며, 없음의 가능(없을 수 있음)이기에 가능성들 전체의 있음의 필연성으로 향하는 것이다. 이러한 우연의 세 가지 의미가 혼연 융합되어 있다. 〈개물 및 개개의 사상〉의 핵심적 의미란 〈하나의 계열과 다른 계열과의 만남〉이란 것에 있으며, 만남의 핵심적 의미는 만나지 않을 수도 있음(만날 수 없는 가능성), 곧 〈없음의 가능〉에 있는 것이다. 이러한 모두를 규정하고 있는 우연성의 근원적 의미는 일자(一者)로서의 필연성에 대한 타자의 조정(措定)이라는 점에 있다. 필연성이란 동일성 곧 일자의 양상에 지나지 않는다. 우연성은 그러니까 일자와 타자의 이원성이 있는 곳에서 비로소 있는 것이다(구기 시우조, 『우연성의 문제』, 岩波書店, 1935, 323-324쪽). 요컨대 우연성은 〈독립된 이원성의 만남〉(325쪽)이다.

우연성의 〈존재론적 구조와 형이상적 이유〉를 밝힘에 있어 구기 시우조 교수가 기울인 노력이나 그 실존 철학적 독창성의 어떠함을 해명하는 일은 물론 철학사의 과제일 것이나 그것이 한국 근대 문학에 끼친 영향을 문제삼는 일은 문학사적 과제가 아닐 수 없다. 문학사적 과제로 이 문제를 논의하기 위해서는 다음 몇 가지 점이 검토될 수 있을 것이다.

첫째, 구기 시우조가 섰던 자리의 절대성을 들 것이다. 이를 구기 시우조는 〈구경(究竟)적 형식(모습)〉이라 부르고 다음처럼 정리한 바 있다.

우연성이라는 제목으로 나는 소화 4년(1929) 오오타니(大谷)대학 추계 공개강연회에서 사견을 말했다. 소화 5년의 경도제국대학의 강의에도 같은 제목을 택했다. 그러니까 나는 이 문제에 퍽 이전부터 관심을 가졌던 것이나, 사색을 이 한 점에 집중하는 것은 사정이 허락되지 않았다. 그러나 이 문제는 실존의 중핵에 닿아 있는 문제이어서 언젠가는 어떤 구경적 형식을 취하지 않는다면 나를 쉬지 못하게 하는 것이다.
——『우연성의 문제』, 서문

어떤 〈구경적 모습〉으로 우연성을 드러내지 않고는 멈출 수 없다는 구기 시우조의 결의란 물을 것도 없는 그의 실존적 위기 의식의 표현이 아닐 수 없다. 칸트·헤겔의 철학에 맞서 후설·하이데거의 실존철학 위에 확고히 서서 인간 실존의 구조를 밝히고자 하는 구기 시우조의 형이상을 향한 몸부림은 그의 말대로 그의 인생 전부를 건 구경적인 과제였고, 그 구경적 과제를 드러내는 형식이 〈우연성〉의 문제였다. 김동리가 자아와 세계의 리듬의 교섭을 내세우며 해방공간에서 문학가동맹측과 대결하고, 그 고립무원의 상태에서 〈구경적 생의 형식〉에 매달린 것은 구기 시우조의 경우와 흡사한 것이다.

둘째, 〈우연성과 경이의 정서〉에 대한 김동리, 조연현의 관련 양상을 들 것이다. 구기 시우조의 연구 중 두 사람이 제일 큰 관심을 내보인 대목은 제3장 제10항이다.

〈우연성의 시간 성격에 관련하여, 우연성의 감정당가(感情當價)를 이해할 수 있다〉고 하여 구기 시우조가 논의하고 있는 근거는 하이데거 철학에 있다. 가능성은 자기의 시간 성격인 미래성에 기초하여 〈불안〉의 감정을 당가로 갖는다는 것이다. 하이데거의 가능성의 철학이 기초적·존재론적 감정의 상태성을 불안이라 한 것도 이것이다. 필연성이란 앞에서 조연현이 잘 요약했듯 그 시간적 성격이 과거성이다. 이 과거성에 기초한 만큼 〈평온〉의 감정을 갖는다. 한편 미래적 가능성이 과거적인 필연성에 추이될 땐 〈불안〉이라는 긴장적 감정은 〈평온〉이라는 이완적 감정으로 바뀐다. 불가능성은 소극적 필연성으로서 필연성의 소극적 반면에 지나지 않는다. 가능성이 갖는 불안의 감정은 미래에 있어 가능한 일이나 현상의 성질 여하에 따라 〈희망〉의 쾌감 또는 〈조심〉의 불쾌함의 형태를 취한다. 가능성이 긍정적으로 필연성에 추이될 땐 희망은 〈만족〉의 감정으로, 근심은 〈우울〉의 감정으로 이완된다. 만약 또한 가능성이 부정적으로 소극적 필연성 곧 불가능성에로 전환될 경우에는 희망은 반대인 〈실망〉의 감정에, 근심은 반대인 〈안심〉의 감정에로 이완된다.

가능성의 감정당가인 희망과 근심이 함께 불안이라는 긴장을 가진 감정임에 반해, 필연성(적극적 및 소극적)의 감정당가인 안심, 만족, 실망, 우울은 항시 모두 어떤 이완 상태에 있는 평온의 감정이다. 이로 볼진대, 감정의 긴장성은 가능성의 미래성에 기초해 있고, 이완성은 필연성의 과거성에 바탕을 둔 것임이 판명된다. 그렇다면 우연성의 당가에 해당되는 감정은 어떠한 감정일까. 〈기우(奇遇)〉, 〈기연(奇緣)〉이라는 말이 있고, 그런 말이 뜻하는 바와 같이 〈우연성의 감정당가는 '경이(驚異)'의 정서〉(272쪽)이다.

필연성의 평온이라는 정적 감정을 갖는 것은 문제가 분석적이고 명석함으로써 〈이미〉 해결되어 있기 때문이다. 이에 반해 우연성이 〈경이〉라는 흥분적 감정을 갖는 것은 문제가 미해결 상태로 〈눈앞〉에 던져져 있기 때문이다. 경이의 정서는 우연성의 시간성격인 현재성에 기초되어 있다. 요컨대 필연은 그 과거적·결정적 확증성 때문에 이완 및 정적인 약한 감정을 갖지만, 가능 및 우연은 문제성 때문에 긴장 및 흥분의 강한 동적 감정을 가져온다. 그 결과, 가능이 갖는 불안의 긴장적 감정과 우연이 갖는 경이의 흥분적 감정과의 주요한 차이점은 전자가 미래에 관련되고 후자가 현재에 관련된 데에 있다. 가능성은 무가 유(有)를 미래에 기대하고 있는 양상이다. 우연성은 유가 현재를 머금고 있으면서 무를 목도하는 양상이다.

이상과 같은 감정당가를 도표로 보이면 다음과 같다. (불가능은 소극적 필연으로 보아 점선으로 표시한다. 점선 부분은 거꾸로 된 정점 〈불가능〉이, 바로 된 정점 〈필연〉과 합쳐진다고 볼 것.)

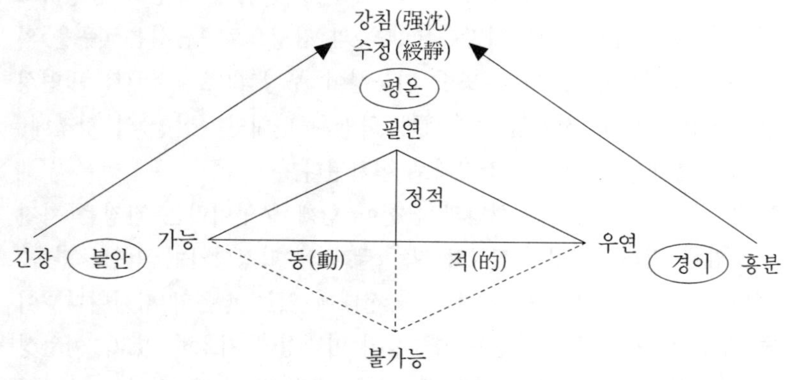

우연성의 감정당가, 다시 말해 〈경이의 정서〉야말로 김동리와 조연현을 사로잡은 것인데 그 이유는 자명하다. 두 사람이 함께 소설 작법을 문제삼고 있었던 까닭이다. 경이의 정서란, 데카르트에 의해 〈정신의 돌연한 놀라움이며, 정신에 있어 희미하고 이상한 사물을 주의깊게 고찰케 하는 것〉으로 정의되며, 또한 〈일체의 격정 중에서 으뜸가는 것〉이라고도 정의된다. 플라톤이 〈A와 B가 우연히 만난다면 그들은 경이를 체험한다〉고 한 것도 이런 문맥에서이다. 곧 철학이란 우연에 대한 경이에서 생겼던 것이다. 존재론적 감정인 우연성의 경이에서 가능성의 불안을 거쳐 필연성의 평온으로 전개되는 것이 바로 철학인 것이다.

여기까지는 김동리와 조연현의 공통 관심사이었으리라. 이 경이의 정서가 어떤 다른 인접과의 관련에 다 걸리지만 특히 그것이 목적적인 조정(措定), 곧 정언적, 가설적, 이접적 우연의 관련 중, 목적적 조정 속의 한 장면 곧 〈목적 없는 목적〉에 관련될 땐 김동리와 조연현의 관심 방향이 크게 갈라지게 된다. 김동리가 (C)를 이해하는 대목에서 우연성의 출현이 〈실감과 박력〉을 가져옴으로써 소설에서는 진실성을 낳는 근원이라 보았다면, 조연현은 그것을 특례적·개별적인 것으로 이해함으로써 작가의 창작 방법론에서 벗어나 독자측의 자리에 선 형국이다. 여기서 한 발자국만 더 나아가면 김동리와 조연현의 길이 갈라진다. 무엇보다 김동리는 우연성에서 신(섭리)의 얼굴을 보았다면 조연현은 냉철한 논리에 멈추어졌던 것으로 이 장면을 정리할 수 있다.

〈우리 인간이 만약 이 세상에 생겨나는 모든 사건과 현상의 원인과 이유를 지실하고 또 예상할 수 있는 동물이었던들 우리의 언어와 개념속엔 '우연' 두 자가 생겨나지 않았을 것〉(「우연성의 연구」, 33쪽)이라고 김동리가 말했을 때, 이는 무엇보다 〈인간이 신은 아님〉을 의식함에 그 핵심이 있었다. 〈자연〉, 〈신〉이 갖고 있는 원인과 성격을 인

식치 못하고 예상치 못한 데서 오는 〈인간들의 주관과 독단〉을 두고
인간들이 〈우연〉이라 불렀을 따름이라고 김동리가 단언했을 때, 김동
리는 구기 시우조가 말하는 〈목적 없는 목적〉에 관련되는 우연성 문
제를 염두에 두었다고 볼 수도 있다.

　인간적 입장에 있어 우연에 대한 경이는 신적 입장에 있어서는 우연에
대한 웃음거리로 될 것이다. 이처럼 입장의 다름은 주로 주체와 객체와
의 커다란 상대적 관계에 의해 결정되는 만큼 실존적 의의가 작은 우연
에 대해서는, 주체는 상대적으로 큰 것으로, 신적 예지의 웃음거리를 느
끼게 하며, 실존적 의의가 큰 우연에 대해서는 주체는 상대적으로 작은
것으로, 인간 감정으로서 경이를 느끼는 것이 보통이다.
——『우연성의 문제』, 275쪽

　신의 처지에 서느냐, 인간의 처지에 서느냐에 따라 우연성의 해석
이 어떻게 달라지는가를 구기 시우조가 지적한 것이다. 이 대목에서
구기 시우조와 김동리는 서로 마주치면서도 또한 크게 갈라지는데,
김동리가 자연(신)을 절대적인 것으로 의심치 않고, 그 대신 인간의
왜소함, 한계성을 굳게 믿고 있음에 비해 구기 시우조는 신의 편에
서서 우연성을 조소하기보다는 어디까지나 인간 편에 섰던 것이다.
〈경이하는 인간성의 비소함을 웃어서는 안 된다〉라고 논증 속에 막바
로 말해 버릴 정도로 구기 시우조의 태도는 이 점에서 단호한 터이
다. 그는 또한 이렇게 말해 놓기도 했다. 〈요컨대 우연에 대해 웃는
것은 경이의 감정을 대상으로 하는 신적 자기 반성에 따르는 감정이
다〉(같은 책, 276쪽)라고. 구기 시우조는 인간 실존의 구도 해명에 초
점을 맞춘 것이기에 신의 처지에 설 마음도 없었고 그럴 필요도 느끼
지 않았기 때문이리라.
　우연성의 미학적 근거란 무엇일까. 이 물음에 구기 시우조는 매우

논리적이자 생기 있는 논지를 펴고 있어 인상적이다. 〈문학이 우연을 존중함은 주로 경이의 정서에 기초하고 있다〉는 말로 시작되는 〈우연과 예술〉 항목(제11장)에서 구기 시우조는 먼저 〈경이로움이 즐거움〉이라는, 아리스토텔레스의 『시학』부터 인용한다. 그리하여 우연성이 예술과 갖는 내적 관련에 있어 (1) 예술이 갖는 구조적 성격이 우연적이라는 점, (2) 예술이 우연을 대상 내용으로 즐겨 한다는 점을 들었다. 현전적 문화 형태가 예술이기에 그 구조적 성격이 우연적이며, 생명감이 우연성에서 오는 것이기에 예술은 우연을 대상으로 하지 않을 수 없다. 조연현이, 〈우연이 지닌 개별성, 돌발성이 우연의 미적 형식이라면 그것으로 인해 조성되는 상태가 우연의 내적 내용〉이라 본 것은 이 사정을 이해한 것이리라.

지금까지 우리는 매우 거칠게도 구기 시우조가 인간 실존의 구조를 우연성을 통해 해명하고자 한 이 논의에 대해 김동리와 조연현이 각각 그 나름의 반응을 보였음을 살펴본 셈이다. 비유컨대 구기 시우조의 우연성 개념을 형식 논리학의 수준에서 이해하고자 애쓴 것이 조연현이라면 이를 형이상학의 수준에서 파악한 것이 김동리라 할 것이다.

말을 바꾸면 김동리가 우연성을 소설 창작 방법론에 이끌어들임으로써 그의 문학관을 보여주었음과 동시에 이를 넘어서고자 했다면, 조연현은 김동리의 창작 방법론의 미비점을 논리적으로 보충하는 수준에서 더 나아가지 않았는데, 이 차이야말로 김동리 문학과 조연현 비평의 차이에 해당될 터이다. 김동리 그는 운명의 형식에로 스스로를 던져넣고자 한 점에서 운명의 형식보다는 실존적 미의식(해석학)에 기울어진 구기 시우조 철학과도 구별되는 터이다.

5 구기 시우조 철학의 현재성과 그 한계

  지금까지 나는 현상학적 존재 구조의 철학으로 말해지는 구기 시우조의 『우연성의 문제』를 가운데 놓고, 그것이 김동리·조연현에게 어떻게 관련되었는가를 매우 서툴게 살펴왔거니와, 이 경우 매우 서툴게 살펴왔다는 표현은 이러한 논의의 중요성에 비한다면 미미한 것이라 할 수 있다. 모두가 아는 바와 같이 김동리·조연현은 이른바 문협 정통파의 핵심 인물들이다. 이 사실은 적어도 해방공간을 겪으며 전개된 우리 근대 문학사의 전개 과정에서 느껴지는 무게에 관련된다. 만일 우리가 근대적 성격을 문학사에서 요구한다면 남로당의 이념인 인민 민주주의 민족 문학론을 가장 합당한 모델로 보는 견해에 동의할 수가 있을지 모르나, 그 이념이 현실적으로는, 북쪽에서도 남쪽에서도 철저히 거부되었음에 주목하지 않을 수 없다. 이러한 지적 속에는 현실적인 의미가 큰 비중으로 가로놓여 있다. 남쪽에서는 어째서 문협 정통파의 비근대성·초근대성·반근대성의 이념이 지배하여 오늘에 이르렀고 북쪽에서는 어째서 프롤레타리아 독재론에 바탕을 둔 당의 문학 이념으로 치달아야 했던가. 이런 물음에는 논리적 정합성에 대한 깊은 회의 과정 없이는 어떤 해답도 이끌어내기 어렵다. 논리적 회의 과정이란 또 무엇인가. 서구 형이상학에서 연유되는 근대적 합리주의가 만들어낸 그 논리성에 대한 회의가 아니었을까. 문득 이 장면에서 E. 사이드의 『오리엔탈리즘』(1978)을 떠올릴 수 있을 법하지 않을까. 서구 형이상학이 만들어낸 거울에 비친 자신의 모습을 보고 그것이 참된 나 자신이라고 착각한 것은 아니었을까. 여기까지 회의해 본 사람이라면 김동리·조연현의 〈초근대성 이론〉이 산맥처럼 다가서는 광경을 비로소 목도할 수 있을지 모를 일이다. 이러한 인식 전환을 가능케 하는 한 가지 실마리로 그들이 기댄 구기 시우조 철학을 들 수 있다. 과연 김동리가 구기 시우조를 읽었는가는 여기서 중요치 않다.

구기 시우조 철학이란, 앞에서 이미 밝혔듯 실존 철학으로 규정된다. 〈철학에는 어떤 일정한 방법이 있다면 그것은 실존적 사태에 약진하기뿐〉이라 하고, 또 〈실존의 지평에 개시된 현실의 사태에 직면하여 현실의 사태 이외의 어떤 것에도 권위를 인정치 않는 것〉(구기 시우조, 『철학사견(哲學私見)』, 岩波書店, 1936, 98쪽)이라고 구기 시우조가 말할 때 그것은 실존 철학이 단편적·감정적·주관적 체험 표백에 속한다는 뜻은 물론 아니다. 체험 존재의 생생한 상태를 붙잡아 이를 논리적 체계로 조직화해야 한다는 것이며, 이는 후설이 말하는 〈생활 세계〉 그것에 관련된다.

구기 시우조가 말하는 실존 철학이란, 한편으로는 단편적·감정적·주관적인 체험 표백과 날카롭게 구별되며, 다른 한편으로는 사변 철학으로부터도 날카롭게 구별된다. 그것은 비합리적 차원과 합리적 차원 사이, 체험 존재의 생생한 상태를 파악함과 그 논리적·체계적 조직화 사이의 날카로운 긴장 대립의 왕복 운동으로 성립된다. 한마디로 이는 넓은 뜻의 현상학적 방법의 구사에 의거, 실존론적 분석을 통한 실존의 해석학이라 할 것이다. 그는 하이데거가 철학을 〈현상학적 존재학〉이라 정의한 것에 동의할 뿐만 아니라, 현상학적 존재학이 〈실존의 분석론〉에서 출발하는 것의 정당성을 지적하고 있다. 『우연성의 문제』의 서문에서 그가 우연성이 〈실존의 중핵에 접촉하는 문제〉라고 하는 것도 이런 문맥에서이다. 그렇다면 구기 시우조 철학이 하이데거의 실존 철학에 대결하는 실존 철학이라 말해지는 것은 과연 무엇을 가리킴일까. 모두가 아는 바와 같이 하이데거의 『존재와 시간』(1927), 사르트르의 『존재와 무』(1943), 메를로 퐁티의 『지각의 현상학』(1948) 등과 『우연성의 문제』를 비교해 볼 때, 후자에서는 전자들이 보여주는 구체적이고 상세한 실존적 분석이 보이지 않는다. 구기 시우조가 비록 실존 철학의 이념을 우연적 실존성으로 실현코자 했지만, 그것의 실존론적 분석이 없다. 구기 시우조가 한 것은 우연성이라는 〈개념〉을 필연성이라는 〈개념〉에 대해 구별하고, 해명하고, 관련짓는, 이른바 형식 논리적 또는 사변적 작업이 아니었던가. 이러한 사변적 작업이라는 범주에서의 〈분석〉에 지나지 않는다. 물론 이 범주 안에서는 그 개념 분석이 상세하고 명석하기조차 했는데, 김동리·조연현을 매료케 한 점이 바로 이 사변성과 분석성이라 할 것이다. 사변적인 분석에 철저하면 할수록 문제가 구체적·경험적 실존의 삶의 체험 존재에서 유리되고 사변의 하늘로 헛되게 맺혀지는 것이 아니었던가. 이러한 불행스런 유리 상태를 상징적으로 말해 주는 것이 『우연성의 문제』이 첫 줄이다. 곧 〈우연성이란 필연성의 부정이다〉라는 정의가 비석처럼 꽂혀 있지 않겠는가. 실존의 중핵에 접촉되는 우연성이 실존적 구조의 일환으로 적극적으로 파악되고 논리화되어야 함에도 불구하고 형식 논리적으로 필연성의 개념이 부정 개념으로 정의되고 있을 따름이다. 〈실존적 사태에의 약진〉이 실존 철학이라 했음에도 불구하고, 그의 논법은 불행히도 선험적으로(형식 논리적으로) 우연성을 정언적 우연, 가설적 우연, 이접적 우연으로 구별하여 그 순서대로 분석해 나가고 있었던 것이다.

그렇다면 구기 시우조 철학이란, 특히 그의 대표작 『우연성의 문제』란 어떤 점에서 실존 철학 곧 현상학적 철학 범주인가. 이런 물음에 대해 나는 잘 대답할 수 없을 것 같다. 내가 주목하는 것은 김동리·조연현이 진짜 실존 철학자인 하이데거나 사르트르에는 무관심한 대신 구기 시우조에 관심을 깊이 했다는 사실에만 있을 뿐이다.

현존재 Dasein 라든가 실존 Existens 등의 용어를 최초로 일본 철학계에 사용케 만들었고, 하이데거를 본격으로 소개한 구기 시우조 철학이 겨냥한 것은 하이데거와의 마주섬이 아니었을까. 하이데거가 시간성을 중핵으로 문제삼고 인간 실존을 미래와 가능성에 관련지었다면, 구기 시우조의 시간성은 현재성과 공동 존재성(공간·시간)에 중

점을 두었음에서 이 사정이 엿보인다. 현재성이란, 곧 우연성의 다른 측면에 다름아니었다. 김동리·조연현을 그토록 매료한 것이 바로 이 현재성이었다. 김동리·조연현에서 현재성의 철학이란 곧 소설의 본질 해명에로 막바로 전용될 수 있는 가장 확실한 거점으로 비쳤던 것이다. 그 위에 구기 시우조는 다음 두 가지 저술을 김동리·조연현에게 보여주고 있지 않았던가. 『이끼(교태)의 구조』가 그 하나. 『우연성의 문제』가 존재론적 범주라면 『이끼의 구조』란 해석학의 범주이다. 하이데거의 현상학적 해석학으로부터 영향받은 것으로 보이는 『이끼의 구조』란 일본적 문화 일반에 대한 해석이었다. 독일적인 현상학적 해석학의 방법과 프랑스적인 정신이 결합된 이 저술에서 그가 지적한 것은 일본 문화의 저층에 놓인 〈미적 실존〉의 탐구라 볼 것이다. 김동리·조연현이 이러한 일본 문화의 저층을 탐구하는 구기 시우조 철학에서, 한국인의 저층에 놓인 원초적 미학에로 향하게끔 하는 힘을 얻었던 것으로 볼 수는 없을까.

다른 하나는, 구기 시우조의 또 다른 대저인 『문예론』(1936)에 관련된다. 「문학의 형이상학」, 「풍류에 관한 한 고찰」, 「예술과 생활의 융합」, 「정서의 계도(系圖)」, 「일본시의 압운」 등 5편의 논문으로 구성된 이 저술에서, 김동리·조연현을 매료하기에 모자람이 없는 대목은 다음 네 가지 장면이 아니었을까.

(A) 예술의 시간적 성격은 현재적이다. (구기 시우조, 『문예론』, 岩波書店, 1936, 6쪽)

(B) 시간의 현상에는 양적 시간과 질적 시간으로 구별된다. 예술은 후자이다. (8쪽)

(C) 시간의 중층성은 문학의 생명이다. (19쪽)

(D) 소설에는 기억을 바탕으로 하여 말하는 것이 구성 형식 자체이다. (32쪽)

소설의 구성 형식이 작가(주체)의 체험에서 성립된다는 것, 타자의 생활 관찰을 주조로 할 경우에도 마찬가지로 〈기억〉에 바탕을 두어야 한다는 것이다. 기록이란 소설에서는 묘사인 까닭이다. 소설의 시간성이란 그러니까 〈과거의 현재〉(38쪽)로 규정될 터이다.

구기 시우조의 철학이 현상학적 방법론에 입각한 실존 철학 범주에 드는 것은 사실이라 할지라도, 하이데거나 사르트르에 비추어보면 현저히 사변적임은 이미 지적했거니와, 이 사변적인 측면이 김동리에겐 또 다른 매력으로 작용되었으리라는 추단은 단연 생산적일 터이다. 바로 이 장면이 작가 김동리와 비평가 조연현의 갈라지는 지점이라 할 수 없을까.

> 우연에 대한 형이상학적 경이는 〈운명〉에 대한 경이의 형태를 취하는 경우가 있다. 우연이 인간의 실존성에 있어 핵심적·전인격적 의미를 가질 때 우연은 운명이라 부를 것이다. 이리하여 운명으로서의 우연성은 〈필연성〉과의 이종결합(異種結合)에 의해 〈필연 — 우연자〉의 구조를 보여, 초월적 위력으로써 엄하게 인간의 전존재성에 나아가는 것이다.
> ——『우연성의 문제』, 285쪽

우연성과 운명의 관련성에 관해 김동리는 계속 버틸 수 있어도 조연현은 그럴 수 없었는데, 작가 김동리는 소설 창작 방법론을 신(자연)의 우주 창조론의 차원에까지 접근시키고자 하고 있었던 까닭이다. 비평가 조연현으로서는 소설 창작 방법이 어디까지나 합리적·논리적으로 설명되어야 한다. 이른바 독자의 측(객관적 자리)에 서지 않으면 안 되었음에서 이 사정이 설명된다. 김동리가 구기 시우조와 결별되는 것도 바로 이 장면이라 할 수 없을까. 대체로 일본 철학계의 오늘날의 구기 시우조에 대한 평가는, 설사 그가 『우연성의 문제』를 구상하게 된 동기가 9년간의 백색 인종 틈에서 지내야 했던 황색 인종으로서의 그의 운명적 우연성에 대한 자각에서 말미암았다 하더라도, (『근대일본철학사상가사전』, 東京書籍, 1982, 213쪽) 그의 철학은 다분히 사변적이었다. 이를 일본 철학계는 실존 철학 범주에 넣기는 하면서 본질적으로는 〈초속적(超俗的) 철학〉이라 규정하기를 마지않는다(후지나카 마사요시(藤中正義), 「구기 시우조 철학에 있어 형이상학적 실존의 문제」, 《思想》, 1980. 2, 74쪽). 세속적·경험적 실존을 부인하는 것은 아니지만, 문제의 최종적 해결이 경험적 지평에서는 해결 불가능임을 주장한 점에서 구기 시우조 철학은 정태적임을 면하기 어렵다.

이에 비할 때 김동리는 어떠한가. 김동리는 구기 시우조를 어느 점에서는 넘어서는 것이 아닐까. 〈필연 — 우연자〉의 구조를 김동리가 소설 창작에서 유려하게 실천한 점에서 그러한 추단을 가능케 한다고 나는 생각한다. 김동리에 있어 〈우연성〉이란 객관적으로 존재하는 것이 아니다. 다만 인간이 자기 자신을 〈생활의 주체〉로 삼고 나아가는 데서 생긴 한 개의 개념에 지나지 않는다. 그러므로 만일 인간이 자기 자신을 〈생활의 주체〉로 삼지 않는 경우, 곧 자연(신)의 질서에 자기를 온통 맡겨버릴 경우에는 모든 것이 필연으로 해명될 터이다. 김동리에 있어 우연성과 필연성의 구별이란 이처럼 단순 명백한 사실에 지나지 않는다. 자연(신)을 전제하느냐 아니 하느냐에 따라 자명한 해답이 주어지는 것인 만큼, 김동리에 있어 우연성과 필연성은 이 선택자에서 결정될 따름이다. 하물며 김동리는 자연(신)의 존재를 전제하고 있음에랴. 김동리 자신은 자연의 한 부분이라 자처하는 만큼 우연성이란 그에겐 무의미하다. 자연 속에는 우연성이란 절대로 없기 때문이다. 그럼에도 불구하고 김동리가 우연성에 형언할 수 없는 매력을 조연현과 더불어 갖지 않을 수 없었던 것은 그가 소설가라는 사실에 관련된다. 아이러니컬하게도 소설가란, 김동인이 말했듯, 창조자이다. 전에 없었던 사물을 만들어내는 것이 작가(창조자)인 만큼 그는 신의 자리에 서지 않을 수 없었고 따라서 그는 인간으로서는 우

연성의 희생자이지만 작가로서는 우연성 부정론자가 되지 않으면 안
되었다. 이러한 양면성을 묘사한 것이 그의 창작 방법론인 「우연성의
연구」의 진상이었던 것이다. 구기 시우조 철학도 조연현의 비평도 이
대목에 와서는 감히 김동리의 위치에 이를 수가 없었던 것이다. 이러
한 양면성의 인식을 두고 김동리는 〈운명의 형식〉이라 불렀던 것이
다.

6 세 가지 허무의 초극 —— 김동리의 도달점

이 어수선한 글에서 나는 어떤 결론을 내리면 적당할까. 1930년대
우리 문학의 현황을 점검하는 자리에서 김동리가 유진오와 그와 세계
관을 같이 하는 이른바 근대주의자들의 문학을 향해 시선 변경을 요
구한 바 있었거니와, 그때 김동리가 제시한 방식은 이른바 후설이 서
구 근대 학문의 위기를 경고한 것에 버금가는 문제제기라 할 만한 것
이었다. 설사 그가 후설이 말하는 현상학적 환원과는 무연했다 할지
라도 세계(객관)에 모든 진실이 있다는 결정론자(근대주의자, 곧 모더
니스트 및 카프파들)들에 대해 도전적이었음에 다름아니었다. 〈자아와
세계의 리듬의 일치〉에 진짜 리얼리즘(문학)이 있다는 김동리의 주장
은 갈릴레이의 측정술로 대변되는 근대주의자들을 비판한 후설의 현
상학적 환원과 흡사한, 시선 변경의 일종이라 할 것이다. 이 점을 뺀
김동리는 후설의 현상학적 환원과는 정반대의 플라톤, 기독교 사상의
직계로 분류될 터이다. 바로 이 점에서는 구기 시우조 철학과 닮았다
고 할 수 없을까.
이러한 연유로 나는 이 글의 결론을 나 자신이 내릴 수 없을 것 같
다. 김동리 스스로 결론을 내리라고 암암리에 권유할 수밖에 없는데,
다행스럽게도 그는 용이주도하게도 이를 미리 준비해 두지 않겠는가.

〈그 정신적 기조와 스타일의 특질에 대하여〉라는 부제가 달린 「현대 문학 개관」(1962)이라는 글이 그것이다. 이 글의 기조는 간단 명료하다.

현대 문학이란 신의 죽음과 인간의 죽음을 동시에 표현하고 있는 괴물(허무주의)이라는 전제에서 논의가 출발된다. 신(자연)의 죽음이란 니체가 이미 지적한 것이기에 새삼스런 것이 아니겠으나, 인간의 죽음을 선언한 것은 김동리 특유의 감각이라는 점에 주목할 필요가 있다. 20세기의 현대 문학에서 인간마저 죽은 모습을 드러내는 장면을 김동리는 (1) 공산주의, (2) 실존주의, (3) 메커니즘 셋으로 본다. 그는 이 셋을 싸잡아 허무주의라 규정하거니와, 이 중 (3)은 김동인론에서 해명한 것으로 후설의 갈릴레이 비판과 동질의 것이며, (1)은 목적론으로 규정, 그것의 테러 정신·파괴 정신이 인간성을 말살시켰다는 점에서 허무주의라 규정했다. 그렇다면 (2)는 과연 어떠한가. 사르트르의 「구토」를 분석함으로써 (2)를 허무주의의 일종으로 규정했는데, 그 설명 방식은 동양적인 자연관과의 비교라는 점에서 특징적이라 하는 것이다.

일체의 사물은 현재 눈에 보이는 그대로일 뿐이다. 그 이외에, 그 배후에는 아무것도 없다고 그(사르트르——인용자)는 말했다. 일체가 존재하지 않는다는 말과 〈현재하는 공백〉이 존재한다는 말과 어느 것이 더 〈허무〉에 가까우냐. 아무것도 없다는 말과 〈무(無)〉가 있다는 말이 다른 것과 같이 일체가 존재하지 않는다는 말과 〈현재하는 공백〉이 존재한다는 말은 동일하지 않다. 그러나 여기에는 진실로 복잡하고 거창한 논리의 세계가 개재한다. 여기서 나는 다만 그가 존재한다고 절규하는 〈현재하는 공백〉이 동양적인 〈무〉의 세계에 도달하기엔 아직도 너무나 요원하다는 것만을 부기해 둔다.

——『문예사조사』, 어문각, 1962, 408쪽

이 장면에서 김동리는 현상학적 실존주의자 사르트르와 대결되며, 이러한 대결의 우위성 확보는 사르트르가 철학자임에 대해 김동리가 작가임으로 해서 겨우 확보된 것이지 김동리가 말하는 동양 철학적 신비주의 때문이 아닐 터이다. 김동리는 작가일 땐 바로 자연(신)의 자리에 설 수 있으며, 철학자일 때는 구기 시우조모양 인간의 자리에 설 수 있었던 것이다. 그렇지만 전반적으로 볼 때 김동리는 항시 작가이고자 하였음이 판명된다. 이 점에서 그는 작가 곧 신이라는 김동인의 직계라 할 것이다. 구기 시우조도 조연현도, 그리고 사르트르도 따르지 못한 작가 김동리의 참모습이 여기에 있지 않았을까. 그는 작가로서 작가 이상이 되고자 한 최초의 한국인이었다.

제10장

땅끝 의식과 가부장제
—— 「밀다원 시대」와 「실존무」

1 6·25와 땅끝 의식

「밀다원 시대」(《현대문학》, 1955. 4)는 이렇게 시작된다. 〈부산진에 들어서면서부터 기차는 바다에 떨어지지 않기 위하여 속력을 늦구었다〉라고. 훗날 작가는 다음과 같이 고쳤다. 〈부산진에 들어서면서부터 기차는 바다로 미끄러지지 않기 위하여 몸을 뒤로 뻗대었다〉라고. 기차를 인격체로 설정한 것이 개작의 요점이다. 〈속력을 늦구었다〉고 했을 때도 기차는 인격체였으나 아직 그 물체성을 완전히 떨어내지 못한 상태라면 이를 말끔히 떨어낸 것에 개작의 의미가 있다. 이 열차에 타고 있었던 주인공 이중구에겐 서울서 출발한 이 최후의 피난 열차란 기차가 아니라 자기의 모든 것이 걸린 몸 자체였다. 요컨대 열차와 승객이 혼연일체여서, 열차란 살아 있는 생물이요 또한 인간이었다. 〈속도를 늦구었다〉와 〈몸을 뒤로 뻗대었다〉의 차이를 좀더 분명히 느낄 수 있는 것은, 초판 그대로의 〈땅끝 의식〉에서 말미암는

287

다. 이로부터 작가는 개작에 나아갈 이유가 없었다.

이중구(李重九)는 팔목시계를 보았다. 여섯시 이십분, 어저깨 세시 십
오분전에 탔으니까 꼭 스물일곱 시간하고 삼십오분이 걸린 셈이다. 스물
일곱 시간하고 삼십오분, 그렇다, 그 동안 중구의 머리 속은 줄곧 어떤
〈땅끝〉이라는 상념으로만 차 있은 듯했다. 〈땅의 끝〉〈막다른 끝〉 거기서
는 한 걸음도 더 나갈 수 없는, 한 걸음만 더 내디디면 바다에 빠지거나
〈허무의 공간〉으로 떨어지고 마는 그러한 〈최후의 점(點)〉 같은 것에 중
구의 의식은 완전히 사로잡혀 있은 듯했다. 그것은 승객의 거의 전부가
종착역인 부산을 목적하고 간다는 사실 때문만은 아니었다. 부산이 이
선로의 종점인 동시, 바다와 맞닿은 육지의 끝이라는 지리적인 이유 때
문만도 아니었다. 또 그 열차가 자유의 수도 서울을 출발지로 하고 항도
부산을 도착점으로 하는 마지막 열차라는 이유 때문만도 아니었다. 이러
한 이유를 다 합친 그 위에 또 다른 이유, 무언지 더 근본적이며 더 절
실한 이유가 있는 듯했다.

──《현대문학》, 1955. 4, 94-95쪽

〈땅끝 의식〉이란 무엇인가. 주인공 중구에 있어 그것은 마지막 피
난 열차라든가 부산이 종점이라는 그러한 절망적인 의식보다도 더
〈근본적〉이며 더 〈절실한〉 이유에서 말미암고 있었다. 근본적이며 절
실한 〈땅끝 의식〉에서 〈구경적 생의 형식〉을 떠올리는 것은 자연스럽
다. 「황토기」의 억쇠의 그 절대적 허무, 그것이 새삼 머리를 드러내
고 있었던 것이다. 원점인 이 허무가 김동리 소설의 창작 방법론으로
회귀해 온다는 사실은 아무리 강조되어도 지나침이 없다.
서울에서 출발한 최후의 피난 열차가 27시간 35분 만에 부산역에
닿을 때까지 함께 탄 모든 승객들은 문자 그대로 동일한 〈운명체(運
命體)〉였으나 막상 종착지에 닿아 출찰구를 빠져나오자마자 그 〈운명

체〉는 여지없이 소멸되는 것이었다. 이는 일종의 기적이 아닐 수 없다. 〈운명체〉의 저러한 절대적인 해체 장면이란 무엇인가. 필시 거기에 사는 〈새로운 자유〉가 가능할 것이다. 지금까지 운명적으로 묶여 있던 그러한 공동체 의식이 일시에 소멸되었을 때 찾아오는 자유, 그것이 〈새로운 자유〉임엔 틀림없지만 이미 그것은 중구에겐 〈새로운 절망〉과 다름없었다. 자유와 절망의 등가 사상이 바야흐로 벌어지는 부산역 광장의 장면은 이러하였다.

모두들 어디로 저렇게 찾아가는 것일까. 중구는 그것이 신통해서 견딜 수 없었다. 그들이 모두 부산에 친척을 가진 사람들이 아니란 것은 중구로서도 장담할 수 있었다. 그렇다고 해서 그들이 본디 부산 사람들이 아님은 더욱 말할 나위도 없었다. 그렇다면 그들은 모두 어디로 가는 것일까. 어찌하여 그들은 출찰구를 빠져나오자마자 그렇게 용감하게 자유를 행동할 수 있단 말인가. 그들은 이 부산이 〈끝의 끝〉, 〈막다른 끝〉에서 한 발자욱이라도 옮기면 바다에 빠지거나 허무의 공간으로 떨어진다는 것을 잊었단 말인가. 그렇지도 않다면 정녕 이 〈끝의 끝〉, 〈막다른 끝〉까지 온 사람은 중구 자신뿐이란 말인가. 그렇다고 하더라도 어쩌면 이렇게 일천오백 명도 넘는 사람 가운데 중구 자신과 같이 서성대고 두리번거리는 사람은 하나도 없이 모두들 그렇게 용감하게 찾아갈 곳이 있단 말인가. 이것은 기적이다. 엄청난 기적이다. 중구는 혼자 속으로 이렇게 뇌까리며 저도 모르게 와아 몰려가고 있는 행렬을 따라 어슬렁 어슬렁 발을 옮겨놓았다. 〈저도 모르게〉 그렇다, 그것은 〈동지〉의 관성(慣性)이었는지도 몰랐다.

—— 같은 글, 96쪽

〈운명체〉, 〈동지〉와 그것의 소멸 과정이 극명하게 드러난 위의 장면이 곧바로 〈땅끝 의식〉의 체험이다. 운명체로서의 동지 의식, 그것

의 확대 개념이 해방공간 전 기간에 걸쳐 작가 김동리가 창출해 온
이른바 문협 정통파이며 또 그것은 대한민국 정식정부의 이념에 의해
뒷받침된 것이었다. 문협 정통파의 소멸, 대한민국 정식정부의 위기
의식, 이것이야말로 〈땅끝 의식〉이 아닐 수 없다. 〈땅끝 의식〉이란
그러니까 천지간에 김동리 〈혼자 섬〉이 아닐 수 없다. 화려한 대한민
국 정식정부의 문화 및 문학적 이념의 구현자로 자임하던 작가 김동
리는 지금 절대적인 허무에 봉착한 「황토기」의 억쇠가 되어 있었다.
절대적 고독, 오직 자기 혼자 남게 된 이 절체절명의 장면을 두고
〈실존 의식〉이라 부를 것이다. 〈세계-내-존재〉임을 그는 확인하고 있
었다. 실상 이것은 김동리에겐 〈원점〉 확인에 지나지 않는다. 「솔거」
3부작의 재호도, 「산제」의 태평이도 그리고 「황토기」의 억쇠도 모두
그러하지 않았던가. 그럼에도 〈땅끝 의식〉에 그토록 중구가 절망하는
것은 웬 까닭일까. 문협 정통파 속에 그 해답이 들어 있음은 물론이
다. 해방공간에서의 억쇠는 어느새 붕새가 되어 구만리를 훨훨 날고
있지 않았던가. 여의주를 입에 문 황룡이 아니었던가.

2 적치(赤治)하의 김동리와 조연현

　6·25란 이 붕새의 날개를 꺾은 형국이며 황룡의 입에서 여의주를
뺏은 형국이었다. 원점 회귀라 함은 이런 문맥에서이다. 〈구경적 생
의 형식〉의 시선에서 보면 당초 여의주도 붕새도 있을 수 없다. 〈땅
끝 의식〉 그 허무만이 덩그렇게 놓여 있을 뿐. 그럼에도 작가 이중구
에게 이 〈땅끝 의식〉은 참으로 절망적이고 낯선 것이 아닐 수 없었
다. 6·25란, 하나의 새로운 절망이었고 위기 의식의 구체화로 다가
왔기 때문이다. 그것은 순전히 〈문협 정통파〉라는 정치성의 선택에서
만들어진 인공물이었음에 이 사정이 관여된다.

  문협 정통파의 두 거두가 김동리와 조연현임은 주지의 사실이다. 《문예》의 창간이 확정되었을 때 그 동안 대한민국 정식정부가 수립 이래 추진해 오던 최대의 저널리즘 기관이자 정부 재산인 《서울신문》 개편이 드디어 이루어졌다. 사장에는 문협 정통파의 회장인 박종화, 주필에 오종식, 출판국장에 김진섭, 문화부장에 김송, 월간부장에 이 서구 등으로 내정되었으나, 제일 중요한 출판국 차장(자매지 《신천지》, 《주간서울》 관장)에 김동리냐 조연현이냐의 논란이 벌어졌던 바, 전자로 낙착된 사정을 조연현은 이렇게 적은 바 있다. 〈출판국 차장 에 김동리 씨나 나나 두 사람 중의 어느 한 사람이 와주어야 한다는 것이 《서울신문》을 인계받은 문단 주체 세력 측의 요망〉(『조연현 문학 전집(1)』, 어문각, 250쪽)이라고. 해방공간에서 《서울신문》이 좌익 세 력권에 지배되어 있었던 사실과, 월간지 《신천지》의 막강한 문학지로 서의 위치를 염두에 둔다면, 또한 그것이 새로 창간하는 《문예》보다 큰 비중을 지니는 것임을 염두에 둔다면 그 곡절이 분명해진다. 그것 은 오로지 운명 공동체로서의 문협 정통파의 힘이요 곡절이요 인과 관계적 현실이었다. 그 끝에 대한민국 정식정부가 닿아 있었음은 새 삼 말할 것도 없다. 6·25는 이 모두의 소멸이며 부정이며 해체로도 설명된다. 6·25는 그러니까 이들에겐 절체절명의 벼랑이 아닐 수 없 었다.

  김동리도 조연현도 이 점에서 한 치도 다르지 않았다. 그들은 이른 바 인민국 치하의 3개월간 혹은 들판에서 혹은 다락방에서 때로는 땅 굴에서 두더지 모양을 하고 목숨 보전에 나아가지 않으면 안 되었다. 어째서 그들은 약삭빠르지 못하고 멍청히 서울에 주저앉아 있었을까. 김동리의 설명은 이러하다.

  나는 그때 너무 가난하여 내가 없으면 식구들이 며칠 못 가 입에 풀칠 하기가 어려울 정도였다. 게다가 식구들이란 것이 두 살에서 여덟 살 사이의 아이들이 넷이요, 아내는 임신중이었던 것이다. 이러한 가족들을 내버려두고 혼자 도망을 칠려니 좀체 발이 떨어지지 않았다. 거기다 정부에서는 쉬 격퇴될 터이니 경거망동하지 말라는 방송을 계속하고 있어 혹시나 하는 기대도 걸고 있었던 것이다. 그러나 27일 밤 국군이 남쪽으로 이동하는 동시 괴뢰군이 서울 외곽까지 바짝 다가와 있었다. 이튿날 아침 나는 이제 하는 수 없다고 빈 빽에 세면도구 정도를 챙겨서 한강 쪽으로 뛰어갔다. 그러나 그때는 이미 한강도 부서진 뒤였다. (……) 나는 집으로 돌아갈 수 없었다. 당시만 해도 나는 공산 분자들에 의해 가장 주목되고 가장 미움을 받는 인물로 되어 있었던 것이다.
——『밥과 사랑과 그리고 영원』, 사사연, 1985, 224쪽

그를 도와준 것은 조연현의 6촌 동생인 조진흠(趙進欽)이었다. 소설 공부를 하면서 《동아일보》 기자직에 있으면서, 김범보의 구술로 된 「화랑외사」를 작성하고 있던 조진흠의 도움으로 그는 어떤 낯선 집 다락방에 몸을 숨길 수 있었다. 달포 만에 그는 그 집을 또 떠나야 했다. 〈땅거미가 내린 뒤 나는 진흠을 따라 신설동 동남쪽의 들판에 숨기로 했다〉(같은 책, 226쪽)라고 훗날 그는 적었다. 〈사람 그림자만 안보이는 들판의 호박넝쿨이고 억새풀이고 어디든지 들어가 엎드리거나 쪼그리거나 했다〉라고도 적어놓았다. 〈그럴 때 진흠이 밤마다 찾아와 밀가루떡이고 보리밥덩이고 연명할 만큼은 구해다 주었다〉라고도 썼다.

이러한 죽을 고비를 가까스로 넘긴 것은 조연현의 경우도 마찬가지였다. 《문예》의 주간이던 조연현은 《문예》의 원고 보따리를 챙겨들고 가족과 더불어(그의 가족은 60노모, 3, 4세의 아이와 처. 부친은 집을 지키기로 했다) 한강으로 달려갔으나 이미 늦었던 것이다.

조국도 문학도 《문예》도 이제는 다 끝장이 난 것일까. 나의 피난 보따

리 속에 가장 귀중한 것으로 간직되어 있는 《문예》지의 원고들도 이제는 휴지처럼 쓸모없이 되고 마는 것일까.

——『조연현 문학전집(1)』, 267쪽

친척집에 숨어지내는 조연현에게 세상 소식을 알려주는 전령은 조진흠이었다. 임화, 이원조, 안회남, 오장환 등이 서울에 돌아와 문학가동맹을 부활시켰고, 문인들의 자수를 외쳤고, 박종화, 김동리 조연현 등이 지명 수배되었다는 것도 조진흠의 입을 통해서 알게 되었다. 사상 검사이자 재부의 종형인 정희택과 함께 다락방에 숨기도 하고 다시 다른 곳으로 옮겨 숨어지내던 조연현이 죽을 고비를 넘긴 것은 오직 《문예》 덕분이었다. 서울 수복 직전인 27일 아침 이미 왕십리 쪽엔 국군이 들어와 있었다. 동네 사람들이 빨갱이집이라 지목하고 거기 숨어 있는 머리 깎은 조연현을 인민군 패잔병이라 고발한 것이었다. 최전선의 전투병이 조연현을 알아볼 리 없고, 신분을 증명할 만한 그 아무것도 남아있지 않는 장면이었다.

이때의 신의 계시처럼 한 가지 생각이 나의 머리를 스쳤다. 그것은 《문예》 6월호를 그들에게 보이는 것이었다. 동란 전까지의 마지막 호인 《문예》의 6월호를 나는 한 권 가지고 있었다. 그 속에는 백영수 씨가 그린 문인들의 초상화가 그려져 있고 그 초상화 속에는 나의 것도 있었다. 나는 손을 든 채 〈당신들에게 보일 것이 있는데 가져와도 좋은가〉 하고 물었다. 다른 병사들이 〈잔소리 말라〉고 이구동성으로 고함을 지르는데 지휘관처럼 보이는 군인이 두 손을 든 채 가져와 보라고 했다.

—— 같은 책, 273쪽

《문예》 때문에 목숨을 잃을 뻔했던 그는 《문예》로 말미암아 목숨을 건질 수가 있었다. 《문예》란 그에겐 단순한 잡지가 아니라 〈문학〉 자

체였다. 또 그것은 그가 늘 말하는 본격 문학 또는 순문학이기도 하
였다.

김동리, 조연현 등 이른바 문협 정통파에 있어 〈땅끝 의식〉이란,
사선을 넘어선 다음에 부딪힌 그러한 의식이었음이 이로써 뚜렷해졌
다. 사선을 넘어선 이들에게 서울 수복이란 무엇이었을까. 서울 수복
(9. 28) 이튿날 조연현이 나간 곳은 〈문예사〉였다. 조연현의 기록 그
대로 보이면 이러하다.

문예사에 도착하니 이미 하한수 씨를 비롯한 여러 사람들이 나와 있었
다. 얼마 지나지 않아 지옥에서 풀려나온 것 같은 밝은 얼굴로 김동리
씨도 나타났다. 산적처럼 수염이 무성해진 김광무, 최태응 그리고 경기
도 어느 산촌에서 국군의 구출을 받은 모윤숙 여사를 비롯한 소식 몰랐
던 여러 얼굴들이 하나 둘 모이기 시작했다. 그러나 2, 3일, 4, 5일이 지
나도 진흠 군은 나타나지 않았고 홍구범, 이종산 그리고 2, 3명이나 더
있는 문예사 직원들은 한 사람도 나타나지 않았다.
—— 같은 책, 275쪽

서울이 수복되어 얼마 가지 않아 새로운 두 개의 유행어가 생겼다.
도강파(渡江派)와 잔류파가 그것. 수복 이후 도강파는 개선 장군처럼
활보했고 잔류파(적치하에 서울에 있었던 사람)는 죄 지은 사람처럼 기
가 죽어 있었다. 도강파는 그래도 정부와 군의 보호하에 있었기에 잔
류파 쪽이 오히려 동정을 받아야 할 처지임에도 사정은 그렇지 않아
이른바 부역 문단인 명단이 부산에서 발행된 팸플릿 형식의 잡지에
실려 서울에 배포된 사건이 발생한 바 있었다.

이 잡지는 부산에 가 있는 문총계의 문단인들이 편집 발행한 것이었
다. 이 잡지에 게재되어 있는 부역 문단인 명단에 의하면 박종화, 김동

리, 최태응, 조연현 기타 몇 사람을 제외한 서울에 잔류되었던 대부분의
문단인들이 거의 전부 부역자로 규정되었고 그 부역의 등급이 A, B, C로
구분되어 있었다.

—— 같은 책, 279쪽

수사 기관이 내사에 착수하는 긴박한 상황이 벌어지자, 조연현의
기록에 따르면 문협측에서 이 명단이 실린 잡지의 배포 중지와 수거
에 나서는 한편, 군 수사본부에서 의뢰해 온 부역자 명단 재작성을
수행하기에 이르렀다. 이를 계기로 특별위원회가 개최되었고, 김동
리, 조연현도 위원에 포함되었다. 잉크병이 던져지는 격렬한 토론이
벌어졌으며, 잔류파를 적극 옹호한 쪽이 정작 잔류파의 일원인 김동
리, 조연현이었다고 조연현은 훗날 기록해 놓았다.

그러나 일이 잘 되려고 그랬던지 이 명단이 합동수사본부에 넘어갔을
때 합동수사본부에서는 문총에 부역 문화인을 심사하는 데 그들과 상의
할 수 있는 문총의 대표자 한 사람을 파견해 달라고 해왔고 문총은 회의
를 열어 나를 선출해 보냈다. 내가 일이 잘 되었다고 한 것은 문총의 대
표로 내가 합동수사본부에 나갔을 때 그 일을 맡아보고 있는 사람이 오
제도(吳制道), 정희택(鄭喜澤) 두 검사였기 때문이다. 이 두 검사는 그
이전부터 나와는 친분이 있었고 더구나 정 검사는 괴뢰 치하에서 나와
같이 숨어 있었던 사람이 아닌가. 이 두 분은 그 명단의 표시가 어떻게
되어 있건 간에 나의 의견을 존중해 주었다. 특히 정 검사는 그러했다.
이 때문에 문단인에 대해서는 다른 범죄 사실이 있다면 몰라도 문학적인
행동으로 인한 처벌은 일체 하지 않는다는 원칙이 쉽게 이루어졌다. 이
원칙으로 인해서 문단인은 다행히도 한 사람도 처벌이 되지 않았다.
(……) 그 뒤에 안 일이지만 그 당시 처벌을 받은 몇 사람의 문단인이
있긴 했지만 그것은 문총이 관여한 합동수사본부에서 그랬던 것이 아니

고 우리도 모르는 가운데 다른 기관에 의해서 그렇게 된 것이었다.

—— 같은 책, 281쪽

그러나 서울 수복은 그리 길지 못했다. 국군과 유엔군이 만주 국경까지 도달할 순간, 중공군 개입(10. 25)이 벌어졌고 국군의 평양 철수(12. 4)에 이어 서울 시민에게 대피령이 내린 것은 흥남 철수와 때를 같이 한 12월 24일이었다. 1951년 정초를 기해 중공군 6개 사단이 38선을 넘었으며 정부가 두번째로 부산으로 옮겨간 것은 그로부터 3일 뒤의 일이었고 서울이 다시 점령된 것은 1월 4일이었다. 1월 3일까지 한강을 건너 남행한 서울 시민은 약 30만 명이었다. 국군이 전면적 반격을 시작한 것은 1월 22일이었고, 서울이 재수복된 것은 1951년 3월 14일이었고 휴전회담이 시작된 것은 7월 10일이었다. 정부가 서울로 환도한 것은 휴전협정이 조인된 때(1953. 7. 27)로부터 채 한달이 되지 않은 8월 15일이었다. 항도 부산이 임시 수도로 된 시기는 제1차(1950. 8. 18-10. 27)에서 제2차(1951. 1. 3-1953. 8. 15)까지에 걸쳤다.

3 1·4후퇴와 최후의 피난 열차

제1차 서울 점령하에서 생사의 고비를 넘긴 김동리는 과연 제2차 서울 점령을 앞두고 어떤 행동을 취했을까, 조연현의 기록에서 이 점을 간접적이나마 조금 엿볼 수 있다.

문총 구국대의 본부를 겸한 〈문예사〉에 모여 있던 그들의 불안은 무엇보다 〈혼자서 또다시 억울하게 뒤쳐져버리는 것이 아닐까〉였다. 12월 중순 조연현은 누구보다 피난을 서둘렀다.

　김동리, 손소희 두 분의 가족들과 함께 나는 나의 가족들을 거느리고 남보다 먼저 서울을 떠났다. 김동리 씨만은 《서울신문》과 함께 끝까지 서울에 머물기로 하고 우리 일행은 인천으로 달렸다, 모 여사와 박용구 형에게는 《문예》를 잘 부탁한다는 쪽지만을 남기고 나 혼자 먼저 달아났다.

—— 같은 책, 282쪽

문총을 중심으로 한 동지들이 아직 일하고 있고 《문예》의 제책이 아직 끝나지도 않은 그때 남보다 먼저 조연현은 서울을 떠난 것이었다. 그러나 막상 부산에 도착해 보니 놀랍게도 많은 동지들이 벌써 와 있었다. 문총 본부의 간판도 걸고 〈문예사〉 연락사무실 간판도 걸었다. 당시 문총 사무국장이 김동리, 그 차장이 조연현이었다. 모윤숙 여사도 왔고 기타 대구로 가지 않은 문인들은 거의 모두 부산으로 모였으나 김동리는 보이지 않았다.

김동리 씨는 《서울신문》의 최후 철수자들과 함께 온다는 것이었고, (김동리 씨는 1·4후퇴의 마지막날까지 서울에 머물렀는데 마지막 떠나는 날 밤 길에서 강도를 만나 죽을 고비를 넘기고 겨우 부산으로 왔었다. 천명은 한 작가를 돌봐준 것이었다)

—— 같은 책, 284쪽

이로 보면 김동리의 서울 탈출은 1·4후퇴의 마지막 대열처럼 묘사되었으나 이는 사실과는 조금 다르다. 노상강도 사건의 진상이 어떠했는지 당사자인 김동리의 기록 속에는 보이지 않아 진상을 알기 어렵다. 해방 직후 사천읍 청년회장이었던 김동리가 테러를 당해 목숨을 잃어버릴 위기에 처했던 정치적 사건에 비하면 이 노상강도 사건은 그만큼 단순한 사건이었는지도 모를 일이다. 김동리의 기록을 보이면 이러하다. 가족 일부를 선편으로 떠나보낸 것은 12월 10일이었다. 김동리의 소설 「피난기」에 적힌 그대로이다. 그 뒤, 26일인가 27

일경 청량리에서 떠나는 마지막 일반용의 피난 열차를 타고자 했으나
실패, 그로부터 4일 뒤 6살짜리 아들과 함께 대구까지 왔고, 대구서
다시 부산으로 온 것이었다(수필집 『고독과 인생』, 백만사, 1977, 171
쪽). 그러나 중요한 것은 김동리가 놓인 문협 정통파의 정신사적 의
미가 아닐 수 없다. 이 점에서 조연현의 위의 묘사는 정확하다고 할
것이다. 개인 김동리가 아니라 그는 한 시대 문단인의 의식을 대표하
는 존재이기에 그의 어떤 행동도 조연현이 보기엔 정신사적 의미를
띨 수 있었다.

〈땅끝 의식〉이란 이처럼 김동리에겐 철저한 것이었다. 그는 그의
인간적 운명과 동지들의 운명을 동시에 응시하는 두 의식을 갖고 부
산에 도착한 것이었다. 「황토기」의 억쇠의 시선과 「인간동의」의 장익
의 시선을 동시에 거느리고 부산역 광장에 혼자 설 수밖에 없었다.
이 경우 〈혼자〉라 할 때 설명이 없을 수 없다. 〈혼자〉란 실상 〈기적〉
이라는 사실이 그것. 어째서 그러한가. 열차에서 내린 그 무수한 사
람들이 저마다 찾아갈 곳이 있는 듯 용감하게 뿔뿔이 헤어져 가고 있
었다 함은, 정말 찾아갈 곳이 있었다기보다는 일종의 〈관성〉이었던
것이다. 이를 억쇠도 장익도 갖지 않은 사회성이라 부를 것이다. 이
사회성은 문협 정통파의 중심 인물인 김동리가 아니라 단지 소설가이
자 피난민의 한 사람에 관련된 것이었다. 인류의 공통 운명에 관련된
것도 아니며, 그만의 고유한 운명에 관련된 것도 아닌 이 사회성의
획득은, 엄밀히 따지면 문협 정통파의 이데올로기적 기능에서 벗어났
음을 가리킴이다. 임시 수도 항도 부산은 문협 정통파의 이데올로기
적 기능을 일시적으로 제한하거나 무화시키고 있었기에 이중구는 이
새로운 질서에 따르지 않으면 안 되었다. 그의 외로움이라든가 고독
의식이란 실상 이 새로 형성된 질서관에서 비롯된 새로운 사회성에
다름아니었다.

작가 이중구가 관성으로서의 동지 의식에 익숙해지는 장면이 곧 바

로 시작된다. 함께 열차를 탄 K통신사의 윤을 따라나서기가 그 시작이었다. 본사를 서울에 둔 K통신사의 사원 윤이 갈 수 있는 곳은 부산에 있는 K통신 지사였다. 소설가 이중구가 갈 수 있는 곳도 이런 방식 곧 문협 부산 지부라든가 문총 부산 지부이어야 할 것이다. 그럼에도 이중구가 윤을 따라 K통신사 지사로 찾아갔고 거기서 하룻밤을 보냈음은 웬 까닭일까. 문협 정통파의 이데올로기의 급작스런 중단 또는 무화 과정을 소화할 시간적 여유가 없었음에 이 사정이 관여되어 있다.

이형은 그래 문단에 그만치라도 이름이 있으면서 부산에 그렇게도 아는 사람이 없단 말이오?

——《현대문학》, 1955. 4, 98쪽

윤의 이러한 핀잔 섞인 질문에 이중구의 대답은 이러하였다. 〈글쎄 갑자기 생각이 나지 않아서……〉라고 얼버무리지만 실상은 전혀 그렇지 않았다. 〈갑자기〉가 아니라 여러 날 두고 생각해 왔고 차에 오는 동안에도 줄곧 생각해 본 것이었다. 〈서울서 온 문화인들은 모두 밀다방에 모인다지요〉라는 K통신 지국장의 말을 듣고서야 이중구는 비로소 제 정신이 들 만큼 그의 의식은 아득하였다. 주변머리 없고 부산에 또한 아무런 연고도 없다고 하여 이중구의 외로움을 강조하고 있지만 실상 이는 앞에서 지적한 문협 정통파의 이데올로기적 마비 현상으로 볼 것이다.

4 임시 수도 항도 부산 —— 절해고도로서의 〈밀다원〉

김동리 자신의 경우로 보면 부산만큼 친근한 곳은 고향 경주와 서

울을 빼면 없는 편이다. 1930년에도 그는 부산에 있는 맏형 범보를
따라 한여름을 보낸 바 있었다. 백씨 집이 부산 영주동에 있었다. 피
난 시절 2년 반(1951. 1-53. 5) 동안 김동리는 큰조카 집(서대신동)의
방 한칸을 얻어놓을 수 있었다. 〈나는 본디 부산에 연고자들이 많은
편이요 게다가 문단 일을 보아 온 관계로 아는 이도 많아서……〉(수
필집 『사랑의 샘은 곳마다 솟고』, 신원문화사, 1988, 149쪽)라고 할 만큼
부산이 그에겐 벼랑이거나 〈땅끝 의식〉으로 충만될 이유는 별로 없었
을 터이다. 〈땅끝 의식〉이란 이처럼 문협 정통파의 실세인 자신의 자
의식이 만들어낸 허구였던 것이다.

　밀다원은 광복동 로타리에서 시청 쪽으로 조금 내려가서 있는 이층
다방 이름이다. 아래층 한쪽엔 문총 간판이 붙어 있었다.

　　간판 바로 곁에 달린 도어를 밀고 들어서니, 키가 조그맣고 얼굴이 샛
　노란 평론가 조현식(趙賢植)과 그와는 반대로 키가 훨씬 크고 얼굴빛이
　시뻘건 시인 허윤(許允)이 테이블 앞에 서 있었다. 그들은 중구를 보자
　반가운 얼굴로 손을 내어 밀었다. 「당신도 왔군」 하는 것이 조현식이요,
　「결국 다 오는군요」 하는 것은 허윤이었다. 중구는 친구란 것이 이렇게
　도 좋고 악수란 것이 이렇게도 달고 향기로운 술과도 같이 전신에 퍼져
　흐를 수 있다는 것을 처음으로 깨달았다

―― 같은 글, 99쪽

여기서 말하는 친구란, 피난 열차에서의 그 동료 의식과는 구분되
는 것이다. 조현식, 허윤 등으로 말해지는 친구란, 문협 정통파를 가
리킴인 것, 따라서 김동리는 작가 이중구를 통해 한동안 중단되었거
나 소멸된 아득한 상태에 놓였던 문협 정통파의 의식을 회복하고 있
었다. 〈땅끝 의식〉으로서의 그 절벽은 기적과도 같이 서서히 소멸되
는 것이었고, 그 환희는 형언할 수 없을 만큼 가슴 벅찬 것이었다.

조현식을 따라 충계를 반쯤이나 올라갔을 때부터 다방에서 나는 사람들의 말소리가 〈닝닝거리는 꿀벌떼 소리같이 그의 고막을 울렸다. 중구는 가슴이 두군거렸다〉. 그러니까 〈밀다원〉이란, 문협 정통파의 향기로운 자기 회복의 상징물이었던 것이다. 동남쪽이 모두 유리창으로 되어 있고, 한가운데 커다란 드럼통의 스토브가 열기를 내뿜는 곳. 카운터 앞과 구석엔 상록수가 한 그루씩 놓여 있는 곳. 20여 석 됨직한 테이블에 가득 앉아 있는 얼굴들은 모두가 알 만한 얼굴들이 아닌가.

그러나 이 〈밀다원〉의 상징성은 제한적이었는데 이는 임시 수도 항도 부산이 지닌 제약이기도 하였다. 실상 〈밀다원〉이란 특정한 섬, 절해고도에 다름아니었다. 적어도 이중구에 있어 임시 수도 항도 부산은 낯설기 이를 데 없는 〈땅끝 의식〉으로 충만해 있었다. 첫날은 조현식을 따라갔다.

남포동에 있는 항도 의원에 조현식이 들어 있었다. 작은 다다미방과 오시이레(다락방)가 둘. 거기에 10여 명의 식솔들이 오글거리는 곳. 그 틈바구니에 끼어, 소주를 마시고 잔 이중구는 이튿날 가방만 달랑 들고 밀다원으로 왔다. 새벽에 들리는, 문풍지가 우는 듯한, 피리 소리 같은 그 뱃고동 소리에 견딜 수 없었던 것이다. 노모와 가족을 팽개치고, 겨우 혼자 여기까지 온 이중구로서는 밀다원밖에 기댈 곳이 없었다. 그 다음날은 조현식의 권유로 부산 토박이 문인 오정수(吳禎洙) 집에 가서 잤다. 조현식의 피난살이와는 비교도 안 될 정도로 범일동 오정수의 집은, 여유로웠다. 〈실상은 조(현식)형 생각도 하고 이(중구)형 생각도 해서 방 한간을 비어 두고 있었임니대이〉라고 오정수가 말하지 않겠는가. 그 집에서도 그 〈피리 소리〉 같은 뱃고동 소리가 들려오지 않겠는가. 한두 잔의 술에 취하자 이중구는 눈물이 쏟아져 내렸다. 스스로 〈이는 언어도단이다〉라고 외치며 밖으로 뛰쳐오지 않으면 안 되었다. 이 발작의 근거는 무엇인가. 땅끝 의식이 그 정답이다. 아침이 밝자 이중구는 부리나케 그 집을 나섰다.

정말 무슨 급한 용건이나 있는 것처럼 다름박질을 하다싶이 전차 정류
장을 향해 달려갔다. 무엇이 그리 급한 겐지 자기 자신도 알 수 없었다.
덮어놓고 〈밀다원〉엘 가보아야 될 것 같았다.

── 같은 글, 112쪽

이중구가 조현식에게, 잠은 조형의 오시이레 속에서 자고 낮엔 온
종일 밀다원에서 나와 있었으면 제일 좋겠다고 하자 조현식도 당연한
듯 히죽히죽 웃지 않겠는가. 또 이중구는 조현식에게 이렇게도 말하
고 있었다. 오정수 집이란, 〈시베리아 같은 데 혼자 가 있는 것 같
애〉라고. 〈가슴이 따가워서 견딜 수 없어, 이 '밀다원'에서 한 걸음
만 더 벌어져도 그만치 무섭고 불안하고 가슴이 따가워 죽겠어. 범일
동이 어디야 만리도 넘는 것 같애〉라고. 〈밀다원〉이 절해고도라는
것, 여기만이 이중구의 안식처라는 것은 이로써 너무나 분명히 드러
난 셈이다. 그렇다면 이중구 아닌 작가 김동리에 있어서 이 〈밀다원〉
의 최후 보루 의식은 어떠했을까. 이 물음에는 다음 몇 가지 의식과
비교될 때 좀더 선명해질 것이다.

(A) 제주도행이 그 하나.

원주, 오산까지 적의 수중에 든 마당에 부산이라 해서 안전할 것인
가. 서울이 철통 같다고 떠들다가 한강 다리를 폭파한 당국을 어떻게
믿는단 말인가. 〈밀다원〉에 나타난 길 여사는 제주도행을 제안해 왔
다. 훗날 조연현은 이 장면을 다음처럼 적어놓고 있다. 〈이 무렵 김
(말봉) 여사는 우리들을 선동해서 빨리 제주도로 도망가자고 성화였
다. 그때의 정세는 그렇게 불안해 있었다. 언제 부산도 위험해질지도
모르는 그때의 이러한 불안한 정세의 심리적 현실적 상황은 김동리
씨의 이 무렵의 작품인 「밀다원 시대」에 잘 나타나 있다. 이 작품 속
에는 그때의 김 여사의 이야기도 길 여사라는 인물을 통해 등장되어
있다〉(『조연현 문학전집(1)』, 288쪽)라고.

302

(B) 밀다원 사수형이 그 둘.

이중구가 이 유형에 속한다. 제주도행을 종용하는 길 여사에게 이중구의 답변은 명백했다. 〈저는 무서워 안 되겠습니다. '밀다원'에서 떠나는 것이 무섭습니다〉라고. 최후까지 〈밀다원〉에 남아 있는 다른 모든 친구들과 행동을 같이하리라 생각했던 것이다. 바다에 뛰어드는 한이 있더라도 다른 길을 택할 수 없었다. 이를 〈꿀벌 의식〉이라 부를 것이다.

(C) 죽음의 선택이 그 셋.

시인 박운삼의 자결이 이 유형에 속한다. 애인을 바다 건너 이웃나라에 보낸 박 시인이 그나마 〈밀다원〉에서 〈벽화〉 노릇까지 포기하고 자결한 것은 〈밀다원〉이 그 이상 구원처가 못 된다는 판단에서 말미암았다. 그의 유서 전문이 이를 말해 주고 있었다.

나는 미리 준비하고 있었던 페노발비탈 육십 알과 세콜사나듐 다섯 알을 한꺼번에 먹었다.

나는 진실로 오래간만에 의식의 투명을 얻었다. 나는 지금 편안하다. 지금의 나에게는 나의 의식을 흐리게 할 수 있는 그 어떠한 원자탄도 수소탄도 없음을 안다.

나는 지금 출렁거리는 바다 저편에서 나를 향해 웃음을 보내는 나의 애인의 얼굴을 본다. 그리고 지금 나의 앞에는 나의 친애하는 벗들이 거의 다 모여 있음을 본다. 나는 그들이 나를 지켜주고 있는 이 시간 이 자리에서 더 나의 생애를 연장하고 싶지는 않다.

잘 있거라. 그리운 사람들.

오십일년 일월 팔일

박운삼

——《현대문학》, 1955. 4, 117쪽

〈밀다원〉의 〈벽화〉였던 박운삼(실제로는 전봉래)의 〈밀다원〉에서의 자살은 단순한 한 문인의 죽음이 아니라 문학의 종언을 뜻하는 것이었고, 작가 김동리에 있어서 그것은 문협 정통파의 이데올로기의 끝장에 다름아니었다. 꿀벌 닝닝거리는 장소, 그것은 문협 정통파의 탐미주의의 소산이 아니었던가. 억쇠와 득보들이 마주(魔酒)에 취해 몸씨름을 하는 장소가 아니었던가. 임시 수도 항도 부산은 끝내 문협 정통파의 탐미주의를 계속 용납하지 않았던 것이다.

박운삼의 자결이 지닌 정신사적 의의란 무엇인가. 이는 〈밀다원〉 사수와 〈밀다원〉 폭파의 양가성으로 설명될 것이다. 임시 수도 항도 부산은, 그러니까 6·25란, 〈밀다원스런〉 탐미주의를 한편으로는 고수케 하면서 다른 한편으로는 더 이상 용납하지 않은 형국을 가져왔다. 문협 정통파의 의식이 그 극점에 이른 것이 박운삼의 죽음이라 할 것이다. 이로부터 문협 정통파는 6·25 이전과는 다른 그 나름의 변모를 겪지 않으면 안 되었다. 〈밀다원〉을 격파시킨 장본인은 6·25 그 자체였다. (A) 바다 저쪽으로 피난갈 수도 없고, (B) 〈밀다원〉에 계속 머물 수도 없는 상태, 그것이 (C) 박운삼의 죽음의 정신사적 의의이다.

6·25 이전과 6·25 이후의 문협 정통파의 의식의 차이, 그 차이화의 과정을 보여줌에 작품 「밀다원 시대」의 중요성이 있다고 보는 것은 이런 연유에서이다. 그만큼 6·25는 이 땅 어느 곳에도 침투되어 있었다. 문협 정통파라고 해서 이에서 자유로울 수 없었던 것이다. 그들은 변모해야 했다. 어떻게 변모하느냐는 그 다음 문제이고 좌우간 변모하지 않으면 안 되었다. 이 사실은, 그들에겐 〈땅끝 의식〉이었고, 실로 〈마음 드디어 견딜 수 없음〉이 아닐 수 없었다.

《현대신문》 논설위원으로 직장을 구하여 소설가 이중구가 안정을 찾은 것은 유엔군이 원주, 이천, 오산을 탈환한 뒤였다. 《현대신문》엔 조현식의 평론 「박운삼의 인간과 예술」과 함께 박운삼의 유작시

「등대」가 실린 것은 이 때문에 썩 상징적이다.

    어쩌면 해일이 있을
    듯한 저녁 때, 나는
    바다가에 홀로
    섰다.

    저 어리광을 부리듯한
    푸른 물결에
    마음은 드디어
    견딜
    수 없는가.

    먼 바다 저쪽
    흰 옷 입은 신부는
    등대 같이 섰는데
    나는 나를 살르어
    불을 켜는가
    (오십일년 일월 팔일 밀다원에서)

——— 같은 글, 119쪽

〈밀다원〉이 폐쇄되었을 때 그 공허감을 작가 김동리는 박운삼의
「등대」를 통해 토로한 것이었다. 〈마음 드디어 견딜 수 없음〉이 그것
이었다.

5 마음 드디어 견딜 수 없음

〈마음 드디어 견딜 수 없음〉의 단계를 극복한 문협 정통파의 변질이랄까 이데올로기 수정 양상은 어떠했을까.

임시 수도 항도 부산은 김동리에게 무엇을 강요했을까. 〈밀다원〉을 빼앗아버린 부산은 새로운 다른 어떤 곳을 그들에게 보여주고자 하였을까. 임시 수도 항도 부산이 김동리에게 보여준 것은 이른바 〈돗대기 시장〉 그것이었다. 〈실존무〉가 벌어진 현장이 그것이다. 〈내부 수리〉라는 쪽지가 붙고, 문총까지 쫓겨난 문인들이 절반은 남포동의 〈스타아〉 다방, 또 절반은 창선동 〈금강〉 다방으로 갈라졌고, 대개는 자갈치 주변에서 막걸리를 마시곤 했다. 그렇게 마시다가 간혹 소변이나 보러 나오면 바다가 발밑에 출렁거렸다.

갈매기의 몸짓, 영도섬을 돌아가는 뱃고동 소리에 까닭 모를 눈물이 찔끔 흐르곤 했었다. 그 눈물의 의미는 과연 무엇이었을까. 당시의 그들로서는 도무지 설명될 수 없는 것이었다. 의식의 투명성을 박운삼이 모조리 앗아갔기 때문이었다.

> 내 마음 나도 몰라라
> 내 가고 싶은 곳 얼마나 멀기에
> 주린 개모양 선창가에 헤매며
> 오늘도 또한 떠나가지 못하고.
> 마지막 닻을 감는 배가 있어도
> 새납이나 징 깽과리 서럽게 울려보낸 채
> 아무렇게나 서너 잔 술을 걸치면
> 허청허청 거품처럼 걸어가야만 하는
> 거품같기만 한 이 마음 나도 몰라라
>
> ── 『바위』, 일지사, 1973, 100쪽

다방 〈밀다원〉이란 무엇이뇨. 임시 수도 항도 부산 광복동에 있는 다방 이름이라 하면 정답일 터이다. 동시에 그것이 고립무원에 빠진 문협 정통파(대한민국 정식정부의 문학 및 문화 이데올로기의 집단)의 최후의 도피처이자 숨구멍이기도 했다. 층계를 반쯤이나 올라갔을 때부터 다방에서 나는 사람들의 말소리가 꿀벌 닝닝거리는 꽃밭이 아니었던가.

이 꽃밭에서 반 발자국만 나서면 절벽이요 바다요 허무요 죽음이었다. 6·25가 그들로 하여금 이처럼 초라하고 무능하고 허망한 존재임을 확인시켜 주었던 것이다. 꿀벌떼 닝닝거리는 공간이란 기실은 현실 속에선 가장 무력한 예술(탐미주의)이 아니었던가. 그 공간 속에서 천국이 있었고 극락 정토가 있었다. 바다에 빠져 죽어야 한다고 두 눈을 부릅뜬 송 화백이나 처외삼촌에게 설움을 당하고 목이 메인 작곡가 안정효나 현해탄 저쪽으로 애인을 빼앗겨 넋이 나간 시인 박운삼이나 어린 자식들을 길 위에 흩어버리고 혼자 하루 떡 세 개씩으로 목숨을 이어간다는 허 시인이나 병든 노모를 팽개치고 혼자 달아나온 작가 이중구 등 모두가 〈밀다원〉 속에서는 꿀벌처럼 닝닝거린다. 죽음과 유랑, 기아와 불안을 지척에 두고도 그들은 즐겁단 말인가. 꽃밭 속에 있다고 착각한 것인가.

이러한 물음을 작가 김동리는 하나의 수수께끼로 오랜 동안 간직했는지도 모른다. 대한민국 정식정부가 그 최대의 위기 의식에 몰렸을 때의 그 문학적 이데올로기의 보루로 〈밀다원〉이 있었다. 다방 〈밀다원〉이란, 말을 바꾸면, 문협 정통파의 자기 확인의 최종 지점이었다. 예술한다는 것, 거기엔 어떠한 보호막도 없었다는 것의 확인이었다. 알몸뚱이의 문협 정통파의 모습을 김동리가 확인하고 있었다 함은, 문협 정통파의 이데올로기(허위 의식)를 넘어선, 또는 벗어던진 자리에 섰음을 가리킴이 아니었을까. 모든 이데올로기는, 일종의 허위 의식이 아닐 수 없는 것이라면, 그것을 넘어선 자리에 있는 것은 무엇이었을까. 〈인간 자체〉가 아닐 것인가. 김동리가 〈밀다원〉에서 발견한 것은 인간 자체였다. 그는 거기서 〈가족〉을 보았다. 훗날 그가 이렇게 적은 것은 이런 문맥에서이다. 〈생각하면 내가 ‘문총’이니 ‘예총’이니 하는 예술 문화 단체에 오랫동안 몸 담아 일해 온 것도 이 때문이 아니었을까〉(『고독과 인생』, 백만사, 1977, 172쪽)라고.

김동리의 6·25에 관련된 소재를 다룬 작품은 유명한 「흥남 철수」(1955)를 비롯, 「살벌한 황혼」(1954), 「피난기」(1952), 「남로행」(1951), 「일분간」(1952), 「서글픈 이야기」(1952), 「귀환 장정」(1951), 「자매」(1958), 「어떤 남」(1961), 「실존무」(1955), 「까치 소리」(1966), 「어떤 상봉」(1951), 「밀다원 시대」(1955) 등이다. 이들 중 최일선을 다룬 것은 「흥남 철수」뿐이다. 이것 역시 흥남 교두보 작전을 다룬 것이긴 하나 종군 문화반으로 함흥 지구까지 갔던 시인 박철과 이 화백과 음악가 김성득 등이 이런저런 곡절 끝에 LST(상륙정)에 실려온다는 줄거리여서 엄밀히 말해 전쟁물이라 하기엔 조금 거리가 있다. 박철 등이 함께 머문 집의 소녀 윤시정과 그 언니 윤수정 그리고 그녀들의 아버지 윤 노인과 지식인 정인수 등에 초점이 놓인 것이 그 증거다.

한편, 군에 입대한 아들을 면회하기 위해 찾아간 농부와 그 아들의 덤덤하면서도 진한 장면을 그린 「어떤 상봉」이나 1·4후퇴를 앞둔 어수선한 서울 거리에 옛 애인을 찾아 잠시 들른 유엔군 연락장교인 윤주호 중위가 애인 없는 집을 지키는 개를 권총으로 쏘아 죽이는 줄거리를 지닌 「살벌한 황혼」이 「흥남 철수」 다음으로 6·25다운 현장을 그린 것이다. 「귀환 장정」을 비롯한 나머지 작품들은 이른바 후방에서 일어난 이런저런 사건들을 다룬 것이지만 「흥남 철수」를 포함한다 해도 6·25와 관련된 작품군 속에서 김동리에게 제일 절실하고 중요한 작품은 물을 것도 없이 「밀다원 시대」라 할 것이다. 「밀다원 시대」가 단순한 작품과 구별되는 것은 〈구경적 생의 형식〉으로서의 문

협 정통파의 이데올로기의 소멸과 새로운 이데올로기의 획득 가능성
을 확인한 점에서 찾을 수 있다. 〈가족적인 것〉의 발견, 새로운 이데
올로기 곧 〈가부장제〉의 획득은 김동리 문학 및 삶에서 6·25 이전과
이후를 가르는 원점이다. 월남한 예술가들의 피난 생활을 다룬 김이
석의 「동면」(1958)과 비교해 보면 이 점이 한층 뚜렷해질 것이다.

6 이데올로기 소멸과 가부장제 의식의 획득

〈밀다원〉이 폐쇄되어 여기서 쫓겨난 꿀벌떼는 어디로 향했던가. 돗
대기 시장 바닥으로 향한 일단의 꿀벌떼가 있었다. 이들 꿀벌떼는,
어느새 꿀벌일 수 없는 상태로 변신해 있었는데, 일상적 생활이 꽃밭
을 용납하지 않았던 까닭이다. 삶이 그들의 날개를 찢고 그들의 목소
리에 금을 가게 만들었고, 그들의 붓에다 먹물을 쏟게 만들었다.
　가장무도회를 하듯 저마다 기묘한 복장으로 갈아입고, 기괴한 몸짓
으로 돗대기 시장을 헤매고 다녔다. 이를 김동리는 〈실존무(實存舞)〉
라 불렀다.

　부산 〈국제시장〉이라고 하면 사람이 개미떼처럼 언제나 바글바글 뒤끓
고 있는 데다, 한번 발을 디뎌놓기만 하면, 등과 등을 부비고 어깨와 어
깨를 부딪치기 마련이었다. 특히 땅까지 좀 질거나 할 때의 착잡이란 이
루 다 형언할 수 없었다. 그러한 가운데서 장계숙(張季淑)이란 젊은 여
자가, 바로 그 길가에 만년필 상자를 차려놓고 서 있는 김진억(金
鎭億)이란 남자의 바지 가랑이에 흙물을 좀 튀게 했기로서니 망칙
한 실례가 되거나 크게 탓할 사건이 되는 것도 아니었다.
　　　　　　　　　　——「실존무」, 《문학예술》, 1955. 6, 48쪽

　이렇게 시작되는 단편 「실존무」는 일종의 풍속 소설이다. 납치된
남편을 둔 미모의 젊은 여인 장계숙과 처자를 이북에 두고 월남하여
국제시장 한 구석에서 만년필 장사를 하고 있는, 일본 게이오〔慶應〕
대학 영문과 출신의 김진억이 주인공. 친정의 도움으로 밀크홀 〈갈매
기〉를 경영하는 장계숙과 김진억이 이런저런 곡절을 겪어 동거하기에
이른다는 것, 일년 만에 계숙이 아들을 낳았다는 것, 바로 그 무렵,
월남한 김진억의 가족이 부산에 나타났다는 것. 가족 앞에 선 김진억
이 어지러워 가게 앞에서 졸도하여 병원으로 실려갔다는 것. 한편 장
계숙은 술에 취해 춤을 추기 시작했다는 것. 이를 〈실존무〉라 한다는
것이 이 작품의 줄거리이다. 장계숙과 김진억의 동거 생활이란, 그
자체로 보면 조금 성급하고 따라서 조작스런 점이 없지 않다. 납북된
남편을 둔 여자와 처자를 이북에 두고 1·4후퇴 때 단신 월남한 남자
가 몇 달도 안 된 시간 속에서 동거에 들어간다는 것은 아무리 임시
수도 항도 부산이라 할지라도 조급성에 다름아니다. 더구나 김진억의
경우로 보면 가족에 대한 사리 판단이 그렇게 단순할 수 없는 인물이
아닌가. 그럼에도 작가가 이러한 설정을 한 것은 웬 까닭일까. 작가
에 있어서도 일종의 조급성이 아니었을까.
　작가 김동리의 창작 동기는 따로 있었는데, 문제는 이 동기에서 찾
아야 될 것이다. 이른바 6·25로 인해 중독된 실존주의에 대한 비판
이 그것이다. 이러한 비판적 의도를 가능케 하기 위해 설정한 장치가
《항도신보》의 문화부 기자 이영구(李瑛求)이다. 자칭 와세다〔早稻田〕
대학 영문과 출신이며 극작가이며 1·4후퇴 때 가족을 다 버리고 월
남했다는 것, 살기 위한 방편으로 기자 노릇 한다는 이 위인의 기묘
한 행태야말로 김동리가 비판해 마지않는 실존주의였다. 극작이란 본
디 철학과 시와 소설을 다 알아야 쓰는 것이며 인생이란 결국 〈현재〉
에 충실해야 하며 따라서 가족 따위와는 관계없이 당장이라도 결혼해
야 한다는 이 위인은 자기의 이러한 사상을 실존주의라 불렀다. 그는

이 사상을 실천에 옮김으로써 주변 사람들을 놀라게 만들었다. 〈실존
주의〉를 두고 이영구와 김진억의 견해 차이를 보이면 다음과 같다.

　(이영구) :「현대 철학에 있어서는 과거와 미래가 없습니다. 오직 있는
것은 현재뿐입니다. (……) 찰나주의와는 다릅니다. 찰나주의는 어디까
지나 순간적인 향락을 취하는 사상이지마는 실존주의는 순간이고 행복이
고 그것도 없습니다. 어디서나 자기가 직면하고 있는 사실 자기가 현재
있는 그 자리 그 시간이 영원이요 절대라는 겁니다」
―― 같은 글, 66쪽

　(김진억) :「자네는 나가 연극이나 놀게. 실존주의는 무스거 말라 빠진
실존주의야, 생의 목적이 없다면 한껏해야 니힐리즘이나 페시미즘이겠는
데 그 따우는 누구나 중학시절에 한 번씩 다 치른 거지 뭐야」
―― 같은 글, 67쪽

　이 대화는 작가 김동리의 실존주의에 대한 이해 수준이랄까 그 정
도를 말해 주는 것으로 볼 수 있을 것이다. 과연 실존주의가 어떠한
것인가라는 과제가 전문단적 사건으로 제기된 것은 이보다 훨씬 뒤의
정명환·조연현 논쟁에서이다. 조연현의 평론 「실존주의 해의」(《문
예》, 1954. 3)를 본격적으로 비판한 정명환의 「평론가는 이방인인가」
(《사상계》 임시 증간호, 1962)와 이에 맞선 조연현의 「문학은 암호 이
상의 것이다」(《현대문학》, 1963. 1), 이에 응전한 정명환의 「비평 이전
의 이야기」(《사상계》, 1963. 2)는 이보다 조금 먼저 전개된 김동리·이
어령 간의 실존주의 논쟁과는 구별된다. 후자는 단지 비평 논리와 논
쟁 규칙상의 과제였던 까닭이다(김윤식, 『한국근대문학사상연구(2)』, 아
세아문화사, 1994, 제4장 참조).
　작품 「실존무」의 의의는 어디 있는 것일까. 이 물음은 「밀다원 시

대」를 떠나서는 성립되기 어렵다. 꿀벌떼들이 피난지의 돗대기 시장 속으로 쫓겨났음과 관련하여 바라보면 그 사정이 좀더 분명해진다. 「밀다원 시대」가 문협 정통파의 이데올로기적 종언을 대가로 하여 〈가족적인 것〉(인간적 연대감)을 획득한 것이라면 이 엄중한 사실을 재확인하는 작품이 「실존무」이다. 이 작품에서 작가가 알게 모르게 암시해 놓은 것이 가족 파괴 상황이 아니었겠는가. 거기에는 어떤 〈가족스런 것〉도 찾을 수 없는 그러한 살벌한 곳이었다. 본래 〈가족적인 것〉이 여지없이 파괴되어 가는 과정이, 그리고 새로 만들어가는 가족 관계가 결국 한갓 물거품스런 것으로 되고 마는 과정이 동시에 진행되고 있는 곳이 「실존무」였다. 「밀다원 시대」와 「실존무」를 쌍형이라 부르는 것은 이런 사정에서 말미암는다. 〈구경적 생의 형식〉이 사라진 자리, 거기에 〈가족적인 것〉이 자리를 잡았던 것이다.

7 예술지상주의와 가부장제 의식

「밀다원 시대」의 의의가 문협 정통파의 이데올로기의 종언과 가족적인 것의 획득으로 요약되는 것이며, 따라서 이를 기점으로 문협 정통파의 질적 전환이 이루어진 것이라면, 이는 작가 김동리에서만 중요한 고비가 아니라 이 나라 문학계에서도 막중한 무게를 지닌 것으로 평가되지 않을 수 없다. 적어도 이 작품 이래로 문협 정통파는 그 이데올로기적 기능이 소멸된 한갓 가족 집단의 구실밖에 할 수 없었다. 6·25가 가져온 최대의 변화가 여기에 있었다. 그렇다면 이후의 문단 구조는 어떻게 될 것인가. 〈이념 대결〉에서 〈가족 대결〉에로 지각 변동이 일어날 수밖에 다른 방도는 없었다. 이 사실을 좀더 분명히 해둘 필요가 있다면, 당연히도 김이석의 소설 「동면」(《사상계》, 1958. 7-8)과 「밀다원 시대」를 비교해야 할 것이다.

　1·4후퇴로 대구에 피난 내려가서 우리들이 묵고 있던 집은 화장터 굴
뚝이 바라다보이는 대신동 한 끝쪽에 있는 목재 바라크였다. 그것은 본
시 직물공장 같은 것을 하기 위해서 지었던 집인 모양으로 판자 울타리
가 반쯤이나 없어진 뜰 앞으로는 눈에 덮힌 밀밭이 환히 내려다 보였고,
뒤로는 높은 돌각담 안으로 수목이 무성한 절간 뒤뜰이 잇닿아 있었다.

——《사상계》, 1958. 7, 405쪽

　대구에서 피난살이하는 이들은 누구인가. 〈우리들〉이라는 이 일인
칭복수는 의미심장하다. 임시 수도 항도 부산과는 달리 대구의 교외
에 있는 이 〈우리들〉의 숙소란 꿀벌 잉잉대는 〈밀다원〉이 아니라 황
량한 벌판이었고, 화장터였고 절간이었고 눈 쌓인 밀밭이었고 종소리
가 천둥처럼 여과 없이 울리는 판잣집이었다. 한겨울 이 황량한 들판
에 던져진 존재 그것이 〈우리들〉이었으며, 이 추위와 슬픔과 설움에
서 그나마 목숨을 견뎌낼 수 있었던 것은 〈우리들〉의 체온이었다. 대
체 그 〈우리들〉이란 몇 명이며 무엇하는 사람들이었을까.

　여태까지 우리들의 목숨이 그 추위에도 얼어붙지 않고 견딜 수 있는
것은 완전히 여섯 사람의 체온의 덕이라고 생각할 수밖에 없었다. 그것
이 아니었다면 기침을 쿨럭쿨럭 기쳐대는 병직이도, 우스운 말로 우리들
을 곧잘 웃겨 배를 더 고프게 하는 필수도 그리고 제아무리 혼자서 오바
를 덮고 있는 허성 영감도 연극에 대해선 모르는 것이 없는 현웅이도,
길룡이도 나도 벌써 끝장이 났을 일이다. 그러나 우리들은 서로서로 통
하는 체온이 있기 때문에 —— 서로서로 믿고 있는 우정과 비슷한 따뜻한
체온이 통했기 때문에 여섯이서 군대 요 두 장으로 북빙양 같은 찬 방에
서도 아직까지 피가 순환되고 있는 것이다.

—— 같은 글, 407쪽

제10장　땅끝 의식과 가부장제　313

<우리들>이란, 연극단원들이었다. 국군과 유엔군의 평양 해방과 더불어 조직된 이 극단이 극작가 허성을 단장으로 하여 「지평선을 넘어」(오닐 작)를 첫 공연작으로 연습 도중 피난길에 나섰던 것. 도중 이런저런 이유로 단원들 일부가 탈락하고 올데갈데 없는 6명만이 겨우 대구에까지 밀려왔던 것이다. 이들은 낮이면 시장 바닥에서 맴돌며 먹이를 구했고 취직을 위해 미군 부대로 혹은 지게꾼으로 혹은 다방으로 할 수 있는 최선을 다했으며 그러는 도중 이런저런 오해로 마음 상하기도 했고 갈 길을 찾아 떠나가는 자도 있었고, 그중에서 제일 심약한 병직이는 이 모든 것을 견디지 못하고 헛간 대들보에 목을 매고 만 것이었다. 병직의 관을 앞에 두고 그들은 울 줄도 몰랐다. 화장터에서 나와 남은 자들 중의 하나인 현웅이가 시를 읊조리듯 「지평선을 넘어」의 주인공인, 한 여자 때문에 형과 다투고 스스로의 인생을 망친 아우 로버트의 마지막 대사를 외우는 것이었다.

　「저두 갈 차례가 돼서 간답니다. 저는 저 화장터의 굴뚝을 내려다보며 그 날을 얼마나 기다린 줄 아세요. 조금도 슬퍼하지 마세요. 이제는 가벼운 몸이 되어 훨훨 아지랭이를 타고 방랑의 길을 떠날 수가 있으니까요. 산 저쪽이 얼마나 아름답습니까? 귀에 익은 목소리도 들리는군요. 이번에야말로 정말 가는 것이지요. 그러나 마지막을 의미하는 것이 아니랍니다. 첫출발이지요. 즐겁고도 자유로운 여정의 첫출발이지요. 기뻐해 줘요. 즐거워해 줘요…… 저를 위해서 정말…… 기뻐해 줘요」

──《사상계》, 1958. 8, 401쪽

병직이 맡았던 그 대사였다. <밀다원>에 모였던 문협 정통파의 문인들과 마찬가지로 「동면」의 인물들도 예술가 집단이었음에 우선 주목할 것이다. 예술가 집단이기에 그들을 당초부터 묶이게끔 한 것은 예술이었다. 피난의 극한적 삶 속에서도 그들이 버티어낼 수 있었던

것도 예술의 힘이었다. 병직 한 사람이 탈락했지만, 나머지 5명 모두
는 저마다의 길을 찾아나갔으나 모두가 〈연극에의 꿈〉을 안고 있었
다. 다방 레지에서 댄스홀로 나아간 혜란이도 연극 때문이었고, 군으
로 간 길용이도 군에서의 연극을 꿈꾸고 있었고, 미술 교사로 진출한
경림이도 마찬가지였다. 그리고 무엇보다 작중화자인 〈나〉는 당분간
국악단을 따르기로 하고 있지 않겠는가. 예술로 뭉친 그들이 한동안
인간적 우정을 확인한 뒤 다시 예술로 귀환하기야말로 「동면」이 지닌
참다운 면모이다. 그들에겐 그것밖에 기댈 그 아무것도 없었기에 그
것은 거의 절대적이었다. 그들에겐 〈밀다원〉에 모인 사람들이 가졌던
임시 수도 항도 부산이 없었던 것이다. 황량한 대구 들판의 추위 속
에 알몸으로 던져진 그들의 목숨을 지켜준 그들의 〈우정〉이란 정확히
말해 「지평선을 넘어」였고, 연극이었고, 마침내 그것은 예술지상주의
였다.

　이 예술지상주의가 가족 중심의 집단인 《현대문학》(1955)과 대응되
는 《문학예술》(1952)이었다. 오영진 주간, 원응서 편집의 《문학예술》
의 편집 방향이 모더니즘계 서구의 예술지상주의에 있었음은 목차를
보아도 자명하다. 대부분 번역으로 채워진 이 잡지의 강점은, 월남한
예술가 집단으로서의 성격 부각에서 찾을 것이다. 뿌리 뽑힌 그들이
기댈 수 있는 것은 예술뿐이었기에 너무 당연한 일이 아닐 수 없다.
〈밀다원〉에 모였던 예술가들의 〈가족주의〉와 대비될 때 한층 이 점이
선명해질 것이다(김윤식, 「문예지의 이념과 그 문학사적 의의」, 《동서문
학》, 1996. 봄호 참조).

8 현장 비평과 문단 가족 관리

　6·25란 무엇인가. 이 물음에 대한 대답을 제일 뚜렷이 제시한 작

가로 김동리를 꼽을 수 있었다. 그 대답의 중요성은 〈구경적 생의 형식〉의 도식 소멸과 〈가족주의〉라는 새로운 도식의 획득으로 요약된다. 가부장제로 표상되는 이 〈가족주의〉가 북극성의 모습으로 드러난 것이 수복 후에 시작된 〈명천옥 주주 총회〉이고, 그것의 이념화가 이른바 신세대 이어령과의 실존주의 논쟁이다. 전자가 단순한 술먹기 모임이며 거기서 두목 노릇하기에 그쳤다면, 후자는 비가족적 세력과의 싸움이기에 문단사적 성격을 띠고 있다고 할 것이다.

「밀다원 시대」를 원점으로 하여 김동리가 획득한 가부장제의 눈부신 분출은 그 동안 지속적으로 해온 신인 추천제와는 별도로 전개된 왕성하고도 견고한 현장 비평에서 찾아진다.

작가 김동리의 50년대에서 60년대에 걸친 문단적 위치란, 단순한 중요 작가로서의 현역 활동에 그치지 않고 현장 비평은 물론 원론적인 비평에도 중심적 역할을 했음에서 찾을 수 있다. 평론집 『문학과 인간』(1952)에 수록된 작가론, 서평 그리고 원리적 이론은 다름아닌 문협 정통파의 문학론 자체에 해당되는 것이었다. 이러한 비평 활동은 50년대에서 60년대로 빈틈없이 그대로 이어졌는데, 이 사실은 비평 한쪽만을 해온 조연현과 비교할 때 그 우위성이 인정된다.

김동리의 현장 비평은 「신춘 작단」(《문예》, 1950. 2), 「2월 작단」(《문예》, 1950. 3), 「무진 무실의 일년」(《전선문학》, 1952. 12), 「흉년의 임신 문단」(《민중공론》, 1953. 1), 「풍요했던 을미 문단」(《동아일보》, 1955. 12. 23-24), 「문단 결실기는 도래 —— 을미의 회고와 병신의 전망」(《중앙》, 1956. 1. 1), 「문단 신세대의 문제」(《중앙》, 1956. 4. 12-14), 「정유 문단에 부의」(《평화일보》, 1957. 1. 5-6), 「본격소설의 개화기」(《조선일보》, 1957. 12. 23-25), 「질적 향상의 염원」(《세계일보》, 1959. 1. 3), 「60년대 문학의 전망」(《세계》, 1960. 3), 「1959년의 소설」(《사상계》, 1960. 1) 등에서도 잠깐 엿보이듯, 본격적인 창작계의 총평에 해당된다. 그의 총평을 논의하는 방식을 가장 잘 드러낸 것이 「1959년의 소설」인 바, 이 해의 소설사적 특징을 그는 두 가지로 나눈다. 하나는 신문학 이래 최다수의 작품이 발표되었다는 점이며, 「북간도」를 비롯 중·장편 4편의 수확이 그 다른 하나이다. 《현대문학》, 《자유문학》, 《사상계》, 《신태양》이 주된 발표 무대였는데, 90여 명의 작가가 발표하였고 이 숫자는 1950년도의 약 3배이며 2, 3년 전에 비해 40여 명이 증가된 것으로 그는 기술한다. 말하자면 김동리의 총평 기술 방식은 소설사적 안목(원근법)에 의거한 것이어서 그 자체가 소설사적임을 특징으로 하고 있다. 이무영, 이봉구, 황순원, 안수길, 곽하신, 최태응, 김송, 손소희, 유주현 등의 기성 작가를 앞세우고 그 다음으로 장용학, 오영수, 박연희, 이종환, 오상원, 추식, 최일남, 서기원, 전광용, 김관식, 이범선, 이채우, 최상규, 이호철, 선우휘, 송병수, 박경수, 한말숙, 정연희 등의 순서로 언급하는 것은 위의 안목에 의거한 것이라 할 것이다. 뿐만 아니라 1년간에 발표된 모든 작품에 시선을 던지고 있다는 점도 김동리다운 기술 방식이라 하지 않을 수 없다.

이러한 기술 방식은 김동리의 카리스마적인 면모로 해석될 수도 있겠지만 그보다는 그만이 할 수 있는 문학에 대한 집념과 그 철저성이라 볼 것이다. 전문적 비평가로도 감당하기 어려운 이러한 문단 통제 및 지배권의 행사야말로 실력 곧 권력이라는 푸코적 명제를 보여준 것이었다. 지식이야말로 권력의 일종이라면, 지금의 창작계에 벌어지고 있는 가장 광범하고 확실한 지식 획득이야말로 현재의 문단 지배권의 재확인에 다름아닌 것이다. 그렇다면 그의 질적 수준에 대한 평가는 어떠한가.

(A) 황순원 씨의 「안개구름 끼다」, 「뎃상」 중 「뎃상」을 취한다. 「뎃상」은 작자 자신의 조상 몇 분이 청징하고 침착한 문장으로 묘사된 금년도의 가작의 하나다. 그러나 구성면에서 볼 때는 역시 미묘한 과오를 범

하고 있다. 여기 나오는 세 조상은 〈나〉의 8대조 (……) 처음부터 6대조를 중심하는 구도 방식을 취하지 말고, 그분들이 모두 누워 있는 산소에 성묘 가는 형식을 취한다거나 성묘 갔을 때의 기억을 더듬는 형식을 취한다거나 했으면 어떨까. 「안개구름 끼다」에서는 이보다 더 현저한 구성상의 파탄을 보여주었다.

——『김동리 대표작선집(6)』, 삼성출판사, 1967, 94쪽

(B) 오상원 씨는 「보수」, 「표정」, 「현실」 등 세 편의 작품을 발표하였는데 세 편 다 힘들인 흔적은 있으나 현저한 진경을 보여준 것은 없고 그네의 수준은 충분히 유지하였다 하겠다. 씨의 작품 세계에 일관된 특징인 대결 의식은 「모반」의 경우에서부터 현저히 휴머니즘으로 흐르기 시작하여 금년도의 「표정」, 「현실」에 이르러서는 성격 내지 유형을 생각하게끔 되었다. 다만 형식면에서 볼 때 「표정」의 결말이나 「현실」의 뒤처리는 구성적이 아니다.

——같은 책, 98쪽

(C) 서기원 씨는 「달빛과 기아」, 「잉태기」, 「조준」, 「오늘과 내일」 등 네 편을 통하여 확실한 노력을 보여주었다. 가운데서도 「조준」, 「오늘과 내일」 이 두 편을 높이 사고 싶다. 특히 「조준」은 퍽 좋게 내려가다가 크라이맥스를 이루는 끝장에 가서 거북해져 버렸다. 이와 비슷한 이야기(사냥을 가서 노루를 쏜다는 것이 라이벌에게 가 맞았다는 식의)가 일본 작가에도 있고 우리나라 작품에도 있기 때문이다.

——같은 책, 100쪽

두 가지 특징이 지적될 수 있다. 문제점을 지적하되, 반드시 창작 방법론에 연결시켜 논의함이 그 하나. 둘째는 대상 작품이나 작가의 전작과 비교하기이다. 앞의 경우는 김동리 작품평의 특징이자 그만이

할 수 있는 최량의 자질이어서, 다른 그 누구도 흉내낼 수 있는 것이
아니다. 확고하고도 높은 수준의 창작 기술을 지닌 김동리이기에 어
떤 작품도 이 평가 기준에서 벗어날 수 없게 되어 있다. 한편 한 작
가의 다른 작품과의 관련성에서 논의하는 방식은 어떠한가. 조연현
같은 비평 전문가도 이런 방법은 능히 채용할 수 있는 것이기에 그의
독자성이라 하기는 어렵지만, 이 방법론이 현장 비평의 기본항이라는
점에서는 강조될 필요가 있다. 월평을 포함한 현장 비평의 원칙은,
그 작품의 놓이는 자리매김에 초점이 놓인 만큼 그 작가에 있어서의
전작과의 관련, 그리고 동일 평면에 있어서의 다른 작가의 작품과의
관련이 다른 어떤 요소보다 우선하기 때문이다. 이런 사정으로 미루
어보면 김동리의 창작평이 얼마나 원칙적이자 높은 수준에 있었는가
저절로 드러난다.

　이러한 현장 비평의 연장선상에 김동리의 문단 시평이 또한 가로놓
여 있어 인상적이다. 그중의 하나가 50년대에서 60년대로 넘어가는
고비에서 벌어진 김동리와 신진 비평가 김우종·이어령 사이에서 벌
어진 논쟁이다.

　김동리의 문단 시평 「본격 작품의 풍작기」(《서울신문》, 1959. 1. 9)는
〈불건전한 비평 태도의 지양하기〉라는 부제가 말해 주듯, 신진 비평
가들에 의해 현장 비평(월평·총평)이 거의 대부분 점령당한 것에 대
한 기성 비평가 및 작가측의 우려의 표명이랄까 당부의 말이 주안점
으로 되어 있다.

　〈한국 문단은 1959년으로써 다섯 해째 풍작기를 맞는다〉라고 시작
되는 이 글에서도 김동리의 안목이 중앙집권적 전체에 대한 통찰이었
음이 잘 드러난다. 《현대문학》, 《자유문학》, 《문학예술》(한때 휴간),
《신문예》 등 순문예지만도 4개였고, 한편 종합지로는 《사상계》, 《사
조》, 《신태양》, 《자유공론》 등이 있어 1958년도의 경우 소설이 약
250편, 시가 약 450편, 희곡이 약 15편, 평론이 약 300편이었고, 동

원된 문인은 도합 약 200명이나 되었다. 이러한 전체적 문단 상황을 놓고 김동리는 거듭되는 풍작기라 규정했으며, 이에 상응하는 현장 비평의 건전성이랄까 희망 사항을 피력한 것이다. 물론 겨냥한 곳이 비평의 바람직한 방향에 있었지만 그 전제 조건이랄까 이해의 지표로 김동리가 내세운 현실적 조건이 바로 본격 소설과 통속 소설의 구분 문제였다. 본격 소설(순수 소설)과 통속 소설(대중 소설)은 현격한 차이가 있다. 이 두 가지 성질의 소설 사이에 놓인 담장이 무너질 수 없는 것이라 할지라도 〈우리나라와 같이 현격한 위치에 대치되어 있는 것은 후진 문단의 불건전한 양상〉인 만큼 1959년의 문단적 풍요로움을 계기로 이 담장을 조금 완화시킬 수 없을까. 이런 희망 사항을 다음 세 가지 측면에다 구하고자 하였다. (1) 세계문학전집의 활기 띤 간행, (2)《소설계》,《소설공원》같은 중간 소설을 지향하는 월간지가 활기를 띠고 간행되고 있음, (3) 순문예지들이 중편을 계획하고 있음 등이 그것이다. 이러한 김동리의 주장은 (1)에서는 본격 문학의 보급, (2)에서는 통속 문학 독자를 본격 문학 쪽으로 끌어올리기, (3)역시 그러한 것으로 요약된다. 본격 문학 독자 획득의 방편으로 (1), (2), (3)에 기대는 것이었다. 창작계의 이러한 풍요로움에 비해 시 쪽은 질적으로 빈약하며 특히 비평의 질이 소설이나 시에 훨씬 미치지 못한다고 보았다. 원칙론에 있어서 이렇다 할 문장이 없는 것은 별도로 하더라도 시평이나 작품평의 졸렬성은 독자의 빈축을 금할 수 없게 했다고 하여 그 이유를 이렇게 요약해 놓고 있다.

첫째 월평이나 총평을 쓰는 경우 원칙적으로는 그 달의 작품, 그 해의 작품 전체가 비판 대상이 되어야 하지만 지면 관계로 그것이 불가능하더라도 그것의 취사 선택엔 어떤 원칙과 기준을 내세워야 할 터인데 아무런 전제도 없이 임의의 작품을 끌어내어 부당하게 깎기도 하고 추기기도 하니 이것은 완전히 깎기 위해서 끌어냈다거나 추기고 싶어서 끌어냈다는 말밖에 되지 않는 것이요, 둘째로 어떤 잡지가 월평이나 총평 같은 것을 위촉하면 그 위촉받은 해당지의 작품에만 절대적인 비중을 주어서 왈가왈부를 하니 이 또한 전자에 못지 않은 비평 정신의 타락이 아닐 수 없다. 가뜩이나 뒤떨어진 비평 문학이 더구나 내일의 문단을 담당해야 될 신인들이 스스로 평단의 권위와 신뢰성을 이렇게 여지없이 짓밟고 있으니 이맛살이 찌푸려지지 않을 수 없다.

—— 김동리, 「본격 작품의 풍작기」, 《서울신문》, 1959. 1. 9

이러한 김동리의 문단 시평은 상황 진단을 비교적 정확히 한 것으로 볼 수 있거니와, 이 글에 대해 첫번째로 반박한 것은 신진비평가 김우종이었다. 「중간 소설론을 비평함」(《조선일보》, 1959. 1. 23)에서 김우종은 세 가지 논점을 제시했다. (1) 본격 소설가인 김동리가 최근엔 본격 소설은 쓰지 않고 〈딴일〉을 하였다는 것, (2) 중간 소설의 개념에 대한 견해차, (3) 신진 비평가들의 비난은 부당하다는 것. 이 중 (1)은 물론 김우종의 인식 부족이었고(김동리는 4편이나 썼기 때문), (2)역시 견해차로 볼 수 있겠으나, (3)에서만은 김동리도 답변을 해야 될 처지에 있었는데 그 이유는 김우종이 이렇게 말했기 때문이다.

최근에 월평·총평 등은 이어령 씨나 윤병로 씨나 유종호 씨가 주로 담당했는데 동리 씨는 그들의 작품 선택이 어떤 일개 잡지에만 절대적인 비중을 두고 있다고 근거 없는 비난을 삼으시며, 또한 국부적인 것을 과장하여 신진 평단 전체를 타락이라고 규정하시었다. 아실 만한 분께서 이렇게 규정하시는 동기를 구태여 캐고 싶지는 않지만 어떤 작품을 〈실존 문학〉이라고도 규정하고 〈극한 의식〉이라고도 하고, 이어령 씨가 정확히 지적한 것처럼 〈우리말도 잘 모르는 문장〉을 〈지성적〉이라고 하신 최근 얼마 동안의 그분의 경향을 살펴보면 나로서는 너무나 그분을 지금까지 존경해 왔으니만큼 어떤 배신 같은 데서 느끼는 설움도 너무나 큰 것이다.

—— 김우종, 「중간 소설론을 비평함」, 《조선일보》, 1959. 1. 23

〈실존 문학〉, 〈극한 의식〉, 〈지성적〉 등의 세 가지 용어에 대한 시비가 이 논쟁의 쟁점으로 부상해 올랐는데, 이 점에서 김동리·김우종 논쟁의 의의가 비평사적인 시각에서 인정된다. 김동리가 〈실존성〉을 지적한 것은 한말숙의 작품 「신화의 단애」(1957)에서이고 〈극한 의식〉을 인정한 것은 추식의 「인간제대」(1958)와 유주현의 「언덕을 향하여」(1958)에서이며 〈지성적〉은 오상원의 작품을 지적한 말이다. 이 중 〈지성적〉은 이어령에 관련된 것이지만 〈실존 문학〉, 〈극한 의식〉 등은 그것에 해당되는 작품을 두고 논의가 되어야 할 성질의 것이어서 김동리는 다만 이렇게 해명함에 그치고 있다.

나는 내가 〈실존적〉, 〈극한 의식〉, 〈지성적〉 등으로 그 작품의 주제나 작품을 규정한 작가와 작품에 대해서 원한다면 구체적으로 그것을 입증해 보일 용의를 가지고 있다. 다만 고십이 아닌 〈좌표〉에 입각한 의견서를 나에게 제시하라.

—— 김동리, 「논쟁조건과 좌표문제」, 《조선일보》, 1959. 2. 2

9 실존성과 극한 의식 —— 이어령과의 논쟁

김동리·김우종의 논쟁은 이것으로 일단락되었지만 그 틈을 비집고 이어령이 끼어듦으로써 양상은 크게 달라졌는데, 그 진행 과정은 대략 이러하다. 이어령의 「영원한 모순」(《경향신문》, 1959. 2. 9-10)이 등장했는데, 문제제기는 〈지성적〉, 〈실존성〉, 〈극한 의식〉 세 가지에 국한되고 있다. 오상원의 문장이 〈지성적〉이냐 아니냐의 시비점은, 〈지성적〉이라는 용어의 편차랄까 일반적 용법의 넓음에 비추어 볼 때 그 논점의 승패를 명백히 가리기 어렵다는 점을 감안한다면, 별다른 난점이 생기기 어렵다. 문제는 〈실존성〉과 〈극한 의식〉의 용법에 있는데, 왜냐하면 이들 용어란 실존주의 철학에서 사용하는 특수 용어인까닭이다. 실존주의 철학이라는 족보에 등록된 용어인 만큼 자의적으로 사용할 수 있는 것과는 일단 구별됨이 원칙이라 할 것이다. 이 점에서 김동리도 이어령도 구속되지 않으면 안 될 처지에 놓였다 할 것인데, 먼저 이어령은 이렇게 주장했다.

나는 두 차례에 걸쳐 동리 씨가 한말숙 씨의 전기 작품을 〈실존주의〉로 해석하고 있는 부당성을 지적한 일이 있었다. 그런데 이 문제를 따지기 전에 먼저 김동리 씨의 〈실존성〉이란 말부터 물어보지 않으면 안 된다. 나는 아직 〈실재성〉이라는 철학 용어를 들어본 일은 있어도 〈실존성〉이라는 용어는 동리 씨로부터 처음 들었기 때문이다. 과문한 탓인지 나는 〈실존〉, 〈실존주(實存疇)〉, 〈실존적〉, 〈실존적 교통〉 등등의 말밖에는 아직 기억할 수 없다. 〈실존성〉이라는 모호한 말을 쓰는 것, 이것이 바로 언어 사용에 있어서 비지성적 태도의 예가 될 것이다. 실존과 실존성은 어떻게 다른가. 실존 밑에 성(性)은 붙일 수 있는가? 붙일 수 있다면 원어로 어떻게 되느냐. 구체적으로 제시해 주기 바란다. 〈실존〉이란 개념을 명확히 이해하지 못하고 있기 때문에 실존성이라는 조작어를 만들 수 있는 것이며 한말숙 씨의 에로티즘을 아무 거리낌 없이 실존주의라고 날조할 수 있는 것이다.
—— 이어령, 「영원한 모순」, 《경향신문》, 1959. 2. 10

이 용어에 대한 시비에서 김동리의 해답은 결정적으로 우위에 설 수 있었는데, 다음처럼 간단명료하였음이 그 증거이다.

〈실존성〉이란 말은 나의 조작어가 아니고 하이데거 주저 『존재와 시간』에 나오는 철학 술어이다. 독일어 원어로는 Existenzialität (Deuzusammenhang dieser Strukturen nennen wir die Existenzialität, 12면, 1936년 판)라 하여 실존 철학을 입에 담는 사람으로서 이 말이 있느니 없느니 한다면 어이가 없어서 그 사람의 얼굴을 뻔히 쳐다보게 된다.
　　　　── 김동리, 「좌표 이전과 모래알」, 《경향신문》, 1959. 2. 19

이어서 김동리는 실존주의 철학의 권위자로 알려진 조가경 교수의 〈인간의 존재 의미를 해석하려는 하이데거의 실존론적 존재론을 인간 존재의 적극적인 특징으로서 사실성(事實性)과 실존성(實存性)을 들고 이것이 생기하는 방식을 캐물었다〉라는 대목을 들기까지 했는데, 이로써 용어 문제는 유려하게 극복되었다고 할 것이다. 문제는 〈극한 의식〉의 이해 부문이라 하겠는데, 이어령의 논점부터 보기로 한다.

〈극한 의식〉이라는 개념은 서구의 문화적 문맥 위에 서 있는 것이다. 그러므로 씨는 이 극한상황 Grenzsituation 이라는 말이 야스퍼스의 실존 철학의 용어에서 비롯한 것임을 잘 알고 있을 것이다. 인간의 궁극에 있어서 마주치는 하나의 벽을 의식하는 상황임을 알 것이다. 어디까지나 그것은 형이상적 조건이며 또 그것은 객관적으로 파악하는 것이 아니라 존재의 자각으로서만이 느낄 수 있는 문제다. 그러므로 동물이나 일상적 생활에만 젖어 있는 사람들에겐 〈극한 의식〉이 있을 수 없다. 그런데 추 씨의 작품이 이런 〈극한 의식〉을 나타낸 것이었던가? (……) 그들의 비극은 사회의 하층 구조에서 일어나고 있는 것이기 때문이다. 그들에겐 직업을 주거나 먹을 양식을 주기만 하면 된다.
　　　　　　　　　　　　　　── 이어령, 앞의 글

이 대목을 두고 김동리는 이어령의 〈좌표〉 하나를 겨우 인정하였는

324

데, 이는 김우종의 논점을 〈좌표 이전〉이라 하여 전면 부정했음과 대조적이라 할 만하다. 이어령이 도전한 〈지성적〉, 〈실존성〉 따위란 김동리의 처지에서 볼 때 〈좌표 이전〉이어서 시비거리일 수 없지만 〈극한 의식〉에 대한 도전만은, 김동리의 비유로 하면 〈모래알만한 좌표〉에 해당된다. 어째서 그것이 〈모래알만한〉 것에 지나지 않는가.

　내가 씨의 이번 글에서 〈모래알만한 근거나 이치〉라도 인정할 점이 있었다는 것은 추식 씨의 「인간제대」와 극한 의식에 관한 문제다. 씨는 추식 씨의 「부랑아」에서 사회의 벽과 사회의 어둠은 인정할 수 있으나 그것이 극한 의식의 산물은 아니라는 것이고, 나는 일찍이 그것을 극한 의식의 산물이라고 지적했던 것이다.
　　　　　　　　—— 김동리, 앞의 글, 《경향신문》, 1959. 2. 19.

　어째서 김동리가 〈모래알만한 근거〉를 인정했을 뿐인가. 두 가지 점이 지적되어 있다. (1) 추식의 작품만 언급하고 유주현 작품(「언덕을 향하여」)은 언급하지 않았는데 이는 유주현 작품의 〈극한 의식〉을 이어령도 인정한 것으로 볼 수 있다는 점, (2) 야스퍼스적 의미의 극한 의식을 논의하다가 초점을 이탈, 카뮈와 말로의 〈극한 의식〉을 언급한 사실로 비추어 보면 극한 의식이란 야스퍼스의 것, 카뮈의 것, 말로의 것도 각각 성립한다는 것의 인정인 만큼 추식의 극한 의식도 인정되어야 한다는 점이다. (1), (2)는 형식 논리상 조금의 오차도 없다. 이에 대한 이어령의 「논쟁의 초점」(《경향신문》, 1959. 2. 26-28), 김동리의 「초점, 이탈치 말라」(《경향신문》, 1959. 3. 6-7), 다시 이어령의 「희극을 원하는가」(《경향신문》, 1959. 3. 12-14), 김동리의 「눈물의 의미」(《경향신문》, 1959. 3. 20-22)가 오고 갔으나, 어휘에 대한 시비라든가 형식 논리적 말꼬리 잡고 늘어지기를 뺀다면 논쟁다운 논쟁 축에 들기 어렵다. 말을 바꾸면 이 논쟁의 중심부는 김동리의 두번째 답변에서 이미 끝났다고 볼 수조차 있다는 것이다.

실존주의를 둘러싼 이 논쟁은 1959년도 상반기 비평계를 장식하는 뜻깊은 주제라 할 것인데 그 의의를 김동리의 처지에서 살펴본다면 다음 몇 가지로 정리될 터이다.

첫째, 김동리의 창작과 비평 양면에서의 세번째 봉우리에 해당된다는 점. 첫번째 봉우리가 「무녀도」(1936)의 창작과 현실주의자 유진오와의 논쟁(1939)이고, 두번째가 「역마」(1948)의 창작과 문학가동맹(김동석, 정진석)과의 치열한 논쟁 및 구경적 생의 형식으로서의 원론 탐구라면, 1959년도의 논쟁은 「사반의 십자가」(1957)를 쓴 47세의 김동리의 저력을 새삼 드러낸 것으로 평가될 수 있다. 앞에서 검토한 「1959년의 소설」에서 드러나는 전체성 및 철저성에서도 이 점이 새삼 확인된다.

둘째, 창작 「실존무」(1955)에서 비판되고 희화화된 실존주의에 대해 김동리 나름의 일정한 거리를 두었다는 점. 「밀다원 시대」에서 드러난 〈땅끝 의식〉, 그러니까 김동리로 대표되는 기성 세대의 의식의 파탄이 어떻게 다음 단계로 수습되는가를 보여주는 작품 중의 하나로 우리는 앞에서 「실존무」를 상세히 분석해 본 바 있거니와, 이 작품에서 김동리는 〈땅끝 의식〉을 (가) 문단 문제와, (나) 시대 사조인 실존주의를 통해 넘어서고자 시도한 것으로 볼 수 있다. 처자와 따로 헤어져 월남한 김진억과 납북 당한 남편을 둔 장계숙이 항도 부산의 국제시장에서 만났고, 이런저런 곡절을 겪어 동거 생활에 들어갔고, 아이까지 낳게 된 사연을 〈땅끝 의식〉의 시각에서 문제삼는다면 너무도 자연스런 일이라 아무런 비극적 일도 벌어질 수 없을 터이다. 그러나 6·25란, 일변으로는 천재지변스런 것이고 땅끝 의식으로 인식되는 것이긴 하나 다른 한편에서 보면 이데올로기의 싸움이고, 분단 문제라는 이름의 한국적 현상에 지나지 않는 역사적 현실의 일종이 아니겠는가. 김진억의 처자가 월남하여 국제시장에 있는 남편이자 아버지를 찾아옴이야말로 순리 중의 순리가 아닐 수 없다. 6·25란 이런 점에서 볼 때 〈땅끝 의식〉이자 동시에 〈땅끝 의식〉과는 무관한 인간사의 일상성에 다름아니었다. 바로 여기에서 김동리는 〈밀다원 체험〉에서 〈실존무 체험〉으로 옮겨갔고, 이것은 〈땅끝 의식〉의 극복에 관련되는 문제로 전개되어 갔다. 김동리가 이영구라는 극작가를 내세워 〈실존주의〉를 희화화한 것은 〈땅끝 의식〉의 극복 방식으로서 시대적 유행 사상조차 이용할 수 있음을 보여줌에 다름아니다. 실존주의에 일정한 〈거리〉를 갖게 되었다고 우리가 표현한 것은 이 사정을 가리킴이다. 김동리에 있어 실존주의란, 한편으로 보면 〈땅끝 의식〉이고 다른 한편으로 보면 한갓 〈일상적 의식〉에 지나지 않는 6·25의 성격을 설명할 수 있는 방편의 일종에 다름아니었다. 따라서 실존주의 철학의 본질 파악보다는 그것이 풍기는 시대 사조적 의미층에 그때그때 충실하면 그만이었다. 한말숙의 「신화의 단애」, 유주현의 「언덕을 향하여」를 두고 〈실존성〉이라 부른다든가 추식의 「부랑아」를 두고 〈극한 의식〉이라 부른 것은 이런 문맥에서라 볼 것이다. 다시 말해 김동리의 대세를 파악하는 원숙성으로 이 사정이 요약될 터이다.

사반과의 대화
—— 눈 쌓인 한겨울 송추 계곡에서

1 첫번째의 송추

초설이자 대설이 천지를 하얗게 덮은 1972년 11월 하순, 작가이자 서라벌예술대학 제7대 학장으로 취임한 김동리는 교외선을 탔다. 그가 내린 곳은 송추(松湫)역. 서울의 거리가 갑자기 숨막힐 것같이 답답했던 때문이었다.

송추역에 내리긴 했으나 거리며 산이며 계곡은 눈 닿는 데까지 한결같이 백설이었다. 내일 모레 환갑을 바라보는 그는 백설에 질려 당장 발길을 어디로 향해야 할지 아득하였다. 역 바로 옆 길목의 주막이 눈에 띄었다. 빈대떡에 소주를 마시고 있노라니 갑자기 역 대합실 쪽에서 왁자지껄한 소리가 들려왔다. 울긋불긋한 등산복 차림의 열여덟 살쯤 되어 보이는 소녀 소년들의 무리였다. 음, 재들을 따라가면 되겠군. 술값을 치르고 그는 그들의 뒤를 따랐다.

계곡을 들어섰다. 계곡은 길었다. 등산객의 발자국인지 동네 사람들의 그것인지 몰라도 이미 꽤 여러 사람이 지나간 듯한 발자취가 있었다. 그렇다고는 하나 아직 길이 난 것은 아니었다. 푹푹 빠지는 밭을 간신히 옮겨놓으며 계곡으로 접어든 지 얼마 지나지 않아 소녀 소년들의 자취가 보이지 않았다. 그들은 어느새 깊이 들어갔던 것이다. 막막한 천지였다. 그 막막함 속에 그는 길을 잃고 있었다.

어째서 송추인가. 하필 교외선과 송추여야 했을까. 어째서 송추에 와서야 천지의 아득함에 망연하고 자실해야 했던 것일까.

이 물음에는 이유가 없을 수 없다. 모든 세상 이치를 인과설에 따라 이해하는 작가 김동리가 아니었겠는가. 혹 그것은 불교의 연기설(緣起說)에 그가 알게 모르게 침윤되었기 때문이었을까. 〈우주 만상은 헤아리기 어렵고 인연 관계로 얽혀 있다〉는 화엄 사상의 일면을 주제로 택한 것이 「까치 소리」(1966)라고 그는 말한 적이 있다(수필집 『사랑의 샘은 곳마다 솟고』, 신원문화사, 1988, 105쪽). 주인공 봉수가 소녀의 목을 눌러 죽이는 행위의 동기란 무엇이었던가. 마을 가운데 있는 회나무 위의 까치 둥지에서 우짖는 까치 소리 때문이었다. 주인공이 저도 모르는 사이에 어릴 때 혹은 그 아버지 때나 먼 조상 때 돌팔매질 같은 것으로 까치 새끼를 죽였는지도 모른다는 것. 이런 연기설을 그는 화엄 사상의 일면이라 주장한 바 있다. 송추도 그러니까 김동리에겐 화엄 사상의 일면이 아니었을까.

「송추에서」(1966. 1)에서 그는 이렇게 적은 적이 있다.

언젠가 송추로 갔을 때, 뚝섬 쪽으로 돌다가, 거기가 한강 어디쯤인지, 일찌기 보지 못하던, 짙푸른 물을 바로 차창 아래로 내려다 본 적이 있었지만, 사실 그 밖에는 그리 선명한 인상이라고 머리속에 남은 것도 없는 채 그래도 교외선을 타고 돌면 무언가 참 즐겁고 명랑한 광경이 많을 것 같은 까닭 모를 기대에 가슴이 부풀은 것 같다.

———『까치 소리』, 일지사, 1973, 183쪽

「송추에서」를 쓸 무렵 김동리가 두번째로 송추에 갔음이 이로써 드러난다.

2 두번째의 송추 ── 소녀 지희

첫번째의 송추 방문이 좀 막연한 것으로 교외선 타기 쪽에 비중이 놓여 있었다고 한다면 두번째 방문은 의미심장하다. 세번째 방문을 잉태하고 있었기에 그것은 그러하다.

〈졸업반 학생들이 가을 소풍을 가니 나도 꼭 같이 가야 된다는 것이다〉라고 두번째 송추 방문의 계기가 설정되어 있다. 그러니까 이 작품의 작중화자이자 주인공인 〈나〉는 대학 교수이며, 그것도 그 학과의 〈창작회〉의 지도 교수이다. 학생들의 존경의 대상이었음이 판명된다. 당초 학생들의 계획은 설악산이었으나 계획이 서울 근교로 바뀌었다. 근교이니까 하고 떼를 쓰는 학생들을 물리치기 어려웠으나, 실상 〈그날〉은 〈나〉에겐 매우 난처한 일이 예정되어 있었다. 지희와 오후 6시에 시내 모 다방에서 만나기로 되어 있었던 것. 어떤 일이 있더라도 6시까지는 시내에 돌아온다는 조건으로 두번째 송추행이 이루어졌다. 실상 그는 그해 5월 송추에 들른 적이 있었다. 그때 그는 이런 심정을 읊은 바 있었다.

교외선 타고 돌다가
송추에 내려서 논다
유원지 있단 말 듣고
산협을 타고 드는데
신록에 쏟는 햇빛만
목을 타게 하누나

도봉 뒷산이래선지
사람들은 많기도 하다.
무어 볼 게 있다고
이리로들 쏠렸는고
고작이 소주나 마시고
소리소리 지르네

──「송추에서」, 『바위』, 126쪽

첫번째 송추 방문의 성과는 이처럼 보잘것없는 것이었다. 〈햇빛〉과 〈나뭇잎〉만 거기 있었으니까. 그럼에도 시 「송추에서」를 낳을 만큼 의미 깊은 것이었다. 햇빛과 나뭇잎의 의미가 그것. 이를 탐미주의라 부르기 이전에 그것은 〈생명 사상〉이었음이 판명된다. 제자 지희와 동행이었기에 그것은 〈햇빛〉이고 〈나뭇잎〉이었다.

이 사제 관계란 무엇인가. 「인간동의」(1950. 5)에서 교수 장익이 소녀 지애를 유혹하고 마침내 그 윤리적 책임을 감당치 못하고 자결했음을 알고 있는 독자라면, 그로부터 16년이 흘러 초로에 이른 그 장익이 전혀 나이를 먹지 않는 소녀 지희(지애) 앞에 부활하여 다시 나타난 형국이라 볼 수도 있다. 「인간동의」에서 그가 걷잡을 수 없이 분출해 오는 탐미주의(퇴폐주의)를 잠재우는 방법으로 고안해 낸 최후의 수단이 자살이었다. 죽음과 맞바꿀 만큼 탐미주의는 강렬한 것이었다. 16년이 흐른 지금에는 어떠한가. 자살하지 않고도 이 난관을 돌파하는 길이 있을까. 이 물음에 송추가 대답해 주지 않는다면 대체 송추의 세번째 방문에 무슨 의미가 있겠는가.

이 작가에 있어 탐미주의란 무엇인가. 그것은 〈표현 의식〉그 자체가 아니었던가. 일단 그 세계에서는 윤리적 감각이 깃들이지 않는다. 표현 의식으로 충만된 세계에서라면 그는 자연인이 아니며 따라서 일상적 삶의 제약에서 일단 거리를 둔 형국이다. 탐미주의는 그 자체로

제11장 사반과의 대화　331

얼마든지 뻗어갈 수 있을 것이다. 이를 〈비약〉이라 불러도 될 것이다. 「송추에서」에 이르면 이 〈비약〉이 시적 표현을 얻고 있었다.

    이승 저승 어느 승에고
    내 밭갈고 살 제
    밀씨 보리씨
    뿌리는 대로
    총총한
    별

―― 『까치소리』, 206쪽

〈표현 의식〉의 세계에 설 때 〈밭 가는 사람〉이란 곧 〈글쓰는 사람〉이 아닐 수 없다. 밀씨 보리씨가 시거나 소설일 터이다. 비약은 비약을 낳는 법이어서, 시거나 소설이란 별떨기일 수도 있었다. 작가는 이 순간 농부에서 어느덧 신(神)이 되고 있었다. 〈나〉 곧 신이라면, 〈나〉와 사제 관계에 있는 지희도 신으로 비약하지 않을 수 없다. 신과 여신이 탄생한다.

그러나 이 순간 또 하나의 〈비약〉이 이루어지는바, 불교의 개입이 그것이다. 이른바 윤회 사상으로 말해지는 전생, 차생, 내생의 개념에 따른다면 〈너〉를 전생 또는 내생의 〈나〉라고 할 수도 있다. 이렇게 되면 〈나〉는 곧 〈너〉요 〈너〉 곧 〈나〉지만 〈너〉와 〈나〉는 영원히 하나로 될 수가 없게 된다.

    그대 내 밭에
    밀씨를 뿌리면
    내 그대 밭에
    별을 흩고

아아, 그대와 나는 누구뇨,
이제 여기서
그대 나를 찾으면
내사 차라리
외로운
연꽃일세
나무 그늘 얼룩진
가파른 길 위로
그대는 내려오고
나는 올라가고 있네.

—— 같은 책, 207-208쪽

　윤리 의식이 깃들이지 않는 표현 의식의 세계 속에서 그 대단한 탐미주의가 비로소 극복되고 있는 장면이 「송추에서」에서 벌어졌음이 위의 시에서 엿볼 수 있다. 표현 의식의 세계에서조차 해결 못한 윤리의 침입을 막지 못해 자살하지 않으면 안 되었던 「인간동의」의 세계에 비하면 얼마나 성숙된 경지인가. 그는 지희와 단연 헤어질 수 있는 명분을 저 불교적 윤회 사상을 빌어 찾아내고 있었다.
　그렇지만 이 명분이 과연 그럴싸한 것이었을까. 지희를 내것으로 만들 수 없음에 대한 명분 찾기의 일종이 아니었을까. 〈나〉에게도 지희에게 있어서도 사랑에 대한 절박감이 이미 사라진 증거로 이 사정을 볼 수 없을까. 탐미주의(사랑)가 그만큼 빈약해졌기 때문이 아니었을까. 악마와 결탁하지 않고는 불가능한 그 창조에의 충동이 그만큼 쇠약해진 탓이 아니었을까. 기껏 하룻밤 고민하고 새벽녘에야 시 한 편 얻고 물러설 만한 정도의 사랑이라면 윤회 사상이 무색하지 않겠는가.

제11장 사반과의 대화　333

3 탐미주의를 넘어서기 —— 자연의 발견

두번째 송추 방문에서의 김동리의 내면 풍경과 그 밀도는 이러한 범주에 지나지 않았다. 두번째 송추 방문에서 〈나〉가 본 것은 〈햇빛〉도 〈나뭇잎〉도 아니고 낙엽이었고 가을 풀이었다. 늦가을 송추의 골짜기엔 꽃보다 아름다운 단풍과 풀들이 그럴 수 없이 풍요롭고 아름다웠다. 눈앞에 펼쳐진 이 자연의 진수성찬에 한순간 그는 아득하였다.

그 붉고 누르고 푸른 나무와 풀들을 나는 어떻게 해야 좋을지 몰랐던 것이다. 나는 그것을 한두 가지 꺾어들고, 또한 몇 포기 캐어 가져 볼 수도 있을 것이다. 지금 내가 한 것과 같이. 그러나 그것이 무어란 말인가. 그렇게 해서 나는 그것을 가질 수 있단 말인가. 물론 어리석은 짓이다. 그러나 그냥 보고 돌아서면 나는 어디로 가나. 이보다 더 엄청난 세계가 나에게 있을 수 있단 말인가. 이것을 두고 돌아서도 좋을 만큼 아름답고 귀하고 값있는 일이 나에게 또 있을 수 있단 말인가. 물론 저 아래서는 박군들의 술자리가 나를 기다리고 있을 것이다. 그리고 조금 더 있으면 지희와 약속한 S다방이 또한 나를 기다릴 것이다. 그러나 박군들의 술자리나 지희가 기다릴 S다방이 이 이름 모를 풀들과 나무잎보다 나에게 더 아름답고 귀중하고 값있는 것일까. …… 나는 어떻게 해야 좋단 말인가. 그 동안 구름마저 걷힌 하늘에선 느닷없는 햇빛이 제법 가혹한 심판관처럼 풀잎 위를 비친다.

—— 같은 책, 195쪽

가을 단풍과 이름 모를 풀들이 베푸는 이 자연의 진수성찬에 문득 그는 죽음이 떠올랐다. 탐미주의의 구경적 형식이 그것이었으니까 당연한 일이었으리라. 기차에서 마신 술 때문만이 아니었다. 구름 걷힌 하늘에서 느닷없는 햇빛 때문만도 아니었다. 그는 풀 위에 풀썩 주저앉으며 외쳤다.

「유군, 나를 좀 붙잡아줘」

유남규 군이 달려와 그를 부축했다. 제자 중의 하나였다.

「유군!」

유군의 부액을 받은 채 계곡을 내려오며 그는 또 입을 열었다.

「유군! 내 말 들어. 내가 죽을 때 그때 만약 유군이 내 이웃에 살거든 나를 이 근처 어디에다 묻도록 힘써 주게나」

죽음은 누구도 피할 수 없는 법. 송추 계곡에 묻혀야만 될 것 같았다.

그의 탐미주의를 앗아갔거나 쇠약케 한 것은 이로 보면 송추에서 본 〈자연〉이었음이 판명된다. 임시 수도 항도 부산의 〈밀다원〉에서 그가 확고히 찾아낸 것, 다시 말해 6·25에서 찾아낸 최대의 경험적 사실은 이른바 동지애가 아니었던가, 이를 가족주의라 부를 것이며 그 이념화가 가부장제였다.

6·25는 그에게 가부장제의 확립을 강요하여 마지 않았다. 이 가부장제의 제도적인 장치로 고안된 것이 (1) 문협 조직, (2) 문예지 경영과 그것에 연결된 신인 추천제 및 발표지의 장악이었다. 불행히도 이 중 (2)의 분야는 《한국문학》(1973. 11. 창간)을 내기까지 김동리의 몫에서 조금 멀어져 있었다. 《현대문학》을 장악한 것은 조연현이었던 것이다. 그 대신 김동리에게는, (3) 서라벌예술대학 문예창작과라는 별개의 사단이 구축되고 있었다. 재단법인 서라벌예대의 설립 인가가 난 것은 1953년이었고 초대 학장에 윤백남이 취임했으며, 학사는 용산구 후암동에 있었다. 제2대 학장으로 염상섭이 취임(1959)한 것은 돈암동 신축 교사로 이전한 지 2년 뒤였다. 제7대 학장으로 취임 (1972)한 김동리가 처음부터 이 학교에 관여했으며 이 학교가 중앙대학 예술대학으로 통폐합(1973)된 뒤에도 계속 근무하여, 정년 퇴임 (1979. 2)까지 몸담았던 것이다. 《예술서라벌》(창간호, 1964. 12)에 단

편 「상혼」, 《서라벌문학》(창간호, 1965. 11)에 단편 「어떤 순정」을 학생들의 글과 더불어 발표함으로써 가부장제적 조직과 그 법도를 확립해 놓고 있었다. 그는 작가도 스승도 아니었고 다만 〈긴또리(金東里)〉로 통하고 있었는데, 이 일본식 애칭 속에 그의 독특한 가부장제적 의미가 깃들여 있었다.

이러한 가부장제적 세계의 구축과 역비례하여 나타난 것이 탐미주의의 쇠약이 아니었던가. 악마와 결탁할 만큼 강렬한 탐미주의, 목숨을 앗아갈 만큼 치열한 열정으로서의 탐미주의가 조금씩 소진되고, 좁아져 가는 장면을 보여준 것이 첫번째 송추 방문이었다. 탐미주의가 소진되어 가는 장면을 좀더 구체적으로 드러낸 것이 두번째 송추 방문에서였다. 그렇다면 무엇이 저 광솔 냄새와 연기 뿜으며 타오르던 탐미주의를 조금씩 소진케 하여 송추 방문 두번째 장면에까지 이르게 하였을까. 가부장제의 구축이 그 이유의 하나임엔 의심의 여지가 없다. 그러나 이것만이 그 이유라면 김동리의 제일 뜻깊은 세번째 송추 방문의 의의를 설명할 수 없게 될 뿐 아니라 자칫하면 작가 김동리를 잘못 평가할 우려조차 없지 않다. 실상 김동리의 탐미주의를 이 지경으로 만든 장본인은 따로 있었는데, 그 사람의 이름이 바로 사반 Shaphan 이다.

4 세번째의 송추에 이르는 과정

백설이 천지를 하얗게 덮은 1972년 11월 하순, 작가이자 서라벌 예술대학 제7대 학장 김동리는 송추 계곡을 헤매고 있었다. 아무도 없는 백설의 계곡과 산 속에 아득해하고 있는 김동리 앞에 사람 소리가 들렸다.

「여보슈 김선생!」

고개를 돌려보니 펑펑 내리는 함박눈 속에 중년 남자의 모습이 어른거리지 않겠는가. 코밑에 약간 노기를 띤 듯한 시커먼 수염을 달고 핏발 선 눈에 어깨가 쩍 벌어진 장대한 체구의 사내. 전혀 낯선 얼굴이면서 어쩌면 어디선가 잠깐 만났던 얼굴. 사내가 먼저 말을 해왔다. 두 사람의 대화가 비롯되었다.

「당신이 나를 찾아오다가 길이 막혀 있기에 내가 이렇게 내려오는 거요, 내 이름을 기억하시리다」

「가만 있자, 가만 있자, 이 사람이 저, 저……」

「내 이름은 사반이오」

「오오, 「사반의 십자가」 바로 그렇지. 그가 사반이었지. 허지만 그것은 소설이고 또 이천 년이나 가까이 된 오랜 옛 이야긴데 게다가 한국도 아닌 먼 유태나라 사람이고……」

「아아, 당신은 잠꼬대를 하고 있구려. 나는 그때 십자가에 달려 죽던 그 사람은 아니오. 이 송추 골짜기에서 다시 태어난 사반이라오. 사반인지라 그 마음 그 모습을 그대로 타고 났으니까」

「그런데 당신이 나를 어떻게 알아보오?」

「당신이 작가 김동리 아니오?」

「그렇소」

「그럴밖에, 나는 혼령이오. 모를 수 없지. 당신이 육, 칠 년 전에 「송추에서」라는 소설을 쓰지 않았소? 그때 당신은 분명히 이 송추 골짜기에 묻히고 싶다고 했소. 그보다 반년쯤 전에 늦은 가을에 당신은 제자들을 데리고 이 송추 골짜기에 온 일이 있었소. 그때 당신은 이 송추 골짜기에 물들어 있는 가을 풀에 취하여 그 검은 자주빛 작은 꽃송이랑 노리끼리하게 물들어가는 파란 잎새와 붉게 물든 단풍잎들을 하나하나 어루만지며 당신 제자를 돌아다보고 〈남규! 내가 죽거든 나를 이 골짜기에 묻어주게〉, 이렇게 말했소. 나는 사실 갈릴리 호숫가에 맺어진 인연과 향

수를 씻지 못하여 그날 십자가에 매달려 숨지자 이내 갈릴리 호숫가 겔
게사 벼랑에 있는 옛날의 굴 속으로 돌아갔던 것이오. 거기가 나의 혈맹
단 본부였지.

── 수필집 『고독과 인생』, 백만사, 1977, 183-184쪽

　송추의 봄, 가을을 거쳐 이제 그 겨울 한가운데 이른 시점, 작가
김동리가 사반을 만났다 함은 무엇을 가리킴일까. 한마디로 요약하거
나 설명할 성질의 것이 아니지만, 그래도 억지로 요약해 보라면 〈죽
음〉이 제일 가까운 해답이라 할 수 있다. 죽음 그것이 한때는 탐미주
의의 별명일 수도 있었다. 「인간동의」의 세계가 그러한 단계를 잘 말
해 준다. 주인공 장익은 조급한 나머지 탐미주의와 죽음을 대치시키
고, 그것을 돌파해 갈 방도를 알지 못하였다. 장익을 자살케 함으로
써 탐미주의를 초극할 수 있다고 믿었던 까닭이다. 죽음의 충동으로
서의 탐미주의를 무매개적으로 초극했을 때 거기에서 솟아나는 것은
예술이거나 문학이기보다는 윤리 감각이고 인간적 삶의 현실 감각이
며 마침내 그것은 가부장제적인 것에 닿게 마련이었다. 탐미주의로
표상되는 창작의 자유로운 상상력이 쇠퇴함에 비례하여 가부장제의
현실적 조건들이 전면으로 부상해 올라오는 것, 그것에 대한 두려움
이 「인간동의」의 형식을 띠고 등장한 것이었다. 서라벌 예술대학 제7
대 학장의 자리가 이 사실을 알게 모르게 확인케 하고 있었다. 〈송
추〉란, 이 점에서 보면, 잃었던 탐미주의의 꿈꾸기가 아니었던가. 작
품 「송추에서」를 두고 〈문학동의(文學動議)〉라 부르는 것은 이런 문
맥에서이다.

　그러나 이 문학 긴급동의란, 「사반의 십자가」로 말미암아 문학을
넘어서고 있는 형국을 빚고 있었다. 탐미주의를 포기한 작가 장익은
탐미주의의 새로운 형태인 「사반의 십자가」를 창조할 수가 있었다.
이는 기적이라 할 수 없다. 탐미주의도 살리고, 「황토기」의 억쇠도

338

살리는 길이 「사반의 십자가」임을 염두에 둔다면 당연한 변증법적 전개 과정으로 이해될 수 있기 때문이다. 「사반의 십자가」란 무엇이겠는가. 문학이면서 그 이상이거나 그 이하였고, 탐미주의이면서 그 이상이거나 그 이하였다. 가부장제적 인간이면서 그 이상이거나 그 이하였다. 이러한 경지에 제일 그럴싸한 표현이 있다면 〈자연〉이라 할 수 없을까. 탐미주의와 인간 사이에 매개항으로 놓일 수 있는 것이 바로 〈자연〉이 아니라면 「송추에서」가 〈문학동의〉에 멈추지 않는 이유도 자명해질 것이다. 두번째 송추 방문에서 작가가 탐미주의(소녀 취향의 문학)를 두 번의 〈비약〉을 통해 극복할 수 있었던 것도 「사반의 십자가」 때문이었다. 「사반의 십자가」로 말미암아 제7대 서라벌 예술대학장 김동리는 문학자와 인간을 동시에 결합한 존재일 수 있었다. 이러한 단계를 그는 〈자연〉이라 불렀다. 송추 그것은 교외선 한 곳의 지명이 아니라 〈자연〉의 명칭이었던 것이다. 송추에서 죽고 싶다는 것은 그러므로 자연 속으로 동화하고자 하는 욕망의 표현에 다름아니었다.

이 모든 것을 가능케 한 것이 장편 「사반의 십자가」이다. 그러기에 「사반의 십자가」는 작품이면서 그 이상이며 그 이하이다. 동쪽이면서 서양이고 서쪽이면서 동양이었고, 역사이면서 현재이며 이천 년 전이면서 바로 지금일 수 있었다. 송추란 그러니까 이러한 현상을 확인케 하는 상징 문자의 일종이었다.

사반이 송추에 나타난 것은 이 때문에 조금도 이상한 일이 아니다. 송추에서 죽고 싶다고 했을 때 그 소리를 사반이 들었다고 해서 어찌 이상하겠는가. 김동리가 사반을 창조했지만 실상은 사반이 김동리를 창조했던 것이다. 〈인간동의〉와 〈문학동의〉를 함께 넘어선 곳에 송추가 있었다. 송추가 바로 〈골고다 언덕〉이 아니라 겔게사임은 의심의 여지가 없다. 갈릴리 바닷가도 아니요, 골고다 언덕도 아닌 이 겔게사란 어디를 가리킴일까.

사반이 갈릴리 바다 동쪽 언덕, 겔게사 부근의 높은 절벽에 깊은 동굴
을 발견하게 된 것은 그의 나이 열여덟 살 나던 때였다. 그리하여 그곳
을 근거지로 삼고 그가 혈맹단을 처음으로 조직하기 시작한 것은 그 뒤
칠 년이 지나서 그의 나이 스물다섯 살 나던 때였다.
　　　　　　──『사반의 십자가』 초판본, 일신사, 1958, 18쪽

겔게사란 바로 송추였던 것이다. 물론 사반이 죽은 곳은 예수와 더
불어 십자가에 매달린 골고다 언덕이었다. 예수의 사체가 두 사람의
의인에 의하여 다스려진 것은 기록에 있는 바와 같다. 아라마대 마을
의 요셉과 바리세인 니고데모다. 한편 사반의 시체는 어떻게 되었던
가. 초판에서 작가는 이렇게 적어놓았다.

사반과 또 한 사람의 시체는 십자가에서 내루어지자 그 근처의 구덩이
로 옮겨졌다. 그것은 사형수들의 시체를 던져두는 곳이었다.
그러나 글로바나 스가랴나 갈리오 들은 로마인의 앞에 나타날 수 없었
음으로 그의 시체를 받아내지 못했다. 도마 역시 자기가 혈맹단 관계자
인 것을 들어낼 수 없음으로 나타나지 못했다. 그리하여 그의 사체는 예
수의 부활로 법석이 일어난 지도 이틀이나 더 지난 뒤에 그의 단원들에
의해 다른 동굴로 남몰래 옮겨졌다.
　　　　　　　　　　　　　　　── 같은 책, 369-370쪽

이로써 파란만장의 혁명아 사반의 일대기가 끝장나고 있었다. 그러
나 작가는 이렇게 끝장내기엔 사반의 일대기가 너무도 원통하다고 생
각한 것이었을까. 8·15가 오고 6·25가 지나고 다시 서울을 찾은
1955년 11월에서 1956년까지 18회에 걸쳐 《현대문학》에 연재하여 단
행본으로 낸 지 26년 만에 작가는 다음처럼 마지막 장을 고치고 있었다.

그날 어둠이 내리자 디매오는 그가 데리고 갔던 장사 세 사람을 시켜 사반의 시체를 옮겨오는 데 성공할 수 있었다. (……) 세 사람의 장정에 의하여 옮겨진 사반의 시체는 글로바가 준비시켜 두었던 마차에 싣고 그 길로 곧장 갈릴리 쪽을 향해 달리게 했다. 처음 도마는 이 계획에 찬성하지 않았다. 그 까닭은 예루살렘에서 갈릴리까지 이르는 가도에서 로마군에 의하여 조사를 받게 될 우려가 있다는 것이었다. (……) 그러나 글로바와 디매오는 이에 맞섰다. 도중에서 로마군에게 조사받을 우려가 전혀 없는 것은 아니지만 로마군이라고 해서 사반을 본 사람이 몇이나 될 것이며 더구나 시체를 두고 누가 누군지 어떻게 분간하겠느냐는 것이다. 여기서 스가랴와 갈리오가 후자 쪽을 들면서 다음과 같은 조건을 붙였다.

만약에 로마군이 길 위에 보이거나 또는 그러한 연락을 받았을 때는 인근 마을에 들러 그들을 피하거나 그래도 어려우면 일단 적당한 곳에 가매장을 해두었다가 나중에 다시 이송한다는 것이었다. (……) 이리하여 사반의 시체는 이튿날 아침 일찍이, 스가랴들의 마차는 이른 점심때 모두 다볼산에 닿았다. 이튿날은 다른 많은 단원들도 모여 들었다.

사흘째 되던 날, 다볼산하고도 가장 은밀한 곳에 사반을 묻었다.
　　　　　　——『김동리전집(5)』, 민음사, 1995, 353-354쪽

사반이 묻힌 곳은 초판에서는 다만 죽은 지 5일 뒤에야 단원들에 의해 시체 수용소에서 다른 동굴로 옮겨졌지만, 이처럼 개작에서는 5일이 3일로 줄어들었고 묻힌 데도 다볼산의 은밀한 곳으로 밝혀놓았다. 혈맹단의 두번째 본부가 다볼산이었다. 그렇다면 사반의 혼령이 머물 곳은 다볼산의 동굴일 수도 있지 않았을까. 그럼에도 사반의 송추는 다볼산이 아니고 혈맹단의 첫번째 본부이자 18세 적에 처음 발견하여 안식처로 삼았던 겔게사 절벽 동굴이었다. 사반의 〈인연과 향수가 서린 곳〉이기에 그의 혼령이 가서 머물 만한 곳이었다.

5 사반의 혼령 불러내기

사반의 송추는 겔게사 골짜기였고 김동리의 겔게사는 송추의 골짜기였다. 이리하여 사반 그는 바로 김동리였다. 김동리가 사반의 혼령을 불러낸 것이 아니라 사반이 김동리의 혼령을 불러내고 있는 형국이 벌어진 것도 이로써 설명될 수 있다. 백설이 천지를 가득 채운 송추 계곡에서 사반이 서라벌예대 제7대 학장에게 말하고 있었다.

그렇소. 혼령을 누가 부르면 문득 들릴 때가 있소. 아무리 불러도 수천 수만 명이 바로 곁에서 불러도 들리지 않을 때가 대부분이지만 어느 한 사람이 어느 땅 끝에서 불러도 문득 그것이 들릴 때가 있소. 나는 당신이 부르는 소리를 들었소. 당신이 긴 세월에 걸쳐 내 이야기를 구상하고 자료를 모으고 노트를 만들고 했어도 나는 그것을 전혀 모르고 있었소. 그 뒤 당신이 십팔 개월에 걸쳐 《현대문학》이란 잡지에 그 이야기를 연재하는 동안에도 나는 그것을 전혀 모르고 있었소. 육, 칠 년 전의 어느 가을 저녁 때에 당신이 이 골짜기에 와서 제자를 돌아다 보고 내가 죽거든 이 골짜기에 묻어주게 했을 때 문득 나는 당신의 목소리를 들었소. 그때 나는 갈릴리 호숫가가 아니고 바로 당신 곁에 있었소. 바로 그보다 한 시간 전에 당신이 《영도(零度)》(1954-1966, 동인지, 4집까지 냄. 박봉우, 이일, 윤삼하, 임보, 김현, 최하림 등이 참가──인용자) 동인들과 술잔을 들며 그들로부터 당신의 작품 「사반의 십자가」에 대해 질문을 받고 득의의 대답을 건네고 할 때까지도 나는 그러한 사실을 전혀 모르고 있었소. 그런데 당신이 〈내가 죽거든 이 골짜기에 묻어주게〉 했을 때 나는 문득 당신의 목소리를 듣게 되었소.
──『고독과 인생』, 184-185쪽

송추 골짜기와 겔게사 골짜기의 등가 사상의 성립 조건은 이처럼 김동리가 혼령으로 변하고자 할 때 비로소 성립되었던 것이다. 이것이 송추 골짜기의 기적이 아니고 무엇이겠는가. 송추 골짜기의 세번째 방문이란, 기실 작가 김동리에겐 스스로 혼령의 단계의 진입을 의미하는 것이었다. 스스로 혼령이 됨으로써, 혹은 적어도 그러한 시도를 함으로써 비로소 그는 이천 년 전의, 그것도 저 먼 유태나라의 사람 사반을 만날 수가 있었다. 혼령과 혼령끼리의 만남의 장소로 송추가 최적지로 선택되었던 것이다. 죽으면 꼭 송추에 묻히고 싶을 만큼 송추는 길지(吉地)요 이른바 명당이었던 셈이다.

혼령과의 대화의 길이 열렸을 때 작가 김동리는 얼마나 놀라웠을까. 일변 그도 혼령으로 화하고 있긴 했으나 한편으로는 아직도 여전히 그는 작가였던 것이다. 「사반의 십자가」를 18개월에 걸쳐 연재하여 결말을 내긴 했으나 작가 김동리에 있어 장편 「사반의 십자가」는 소설이긴 하나 그 이상이며 그 이하이기도 했기에 그 이상과 이하를 좀더 분명히하고 싶었던 것이다. 만일 소설이 꾸며낸 이야기라면 이것으로서는 도저히 견딜 수 없는 그 무엇이 그의 가슴속에 늘 남아 있었던 것이다. 요컨대 초벌 「사반의 십자가」는 미완성이었다. 개작을 향해 열려 있고 미래를 향해서도 열려 있는 문과 같았다.

6 사반과의 대면

작가 김동리가 사반을 향해 던진 첫번째 질문은 이러하였다.

「내 당신의 이야기를 쓰면서도 의문되는 점이 몇 가지 있었는데……」

어떤 질문도 받아들일 수 있는 처지에 사반이 서 있었다. 무슨 의문이든지 물어보라고 그는 분명 고개를 끄덕이었다.

(김동리) :「당신은 그냥 무술에만 뛰어난 초인적인 장사일 뿐 아니라, 세상을 인식하는 능력도 탁월했다고 보는데, 혈맹단을 조직하고 예수와 접촉해야 했던 까닭과 동기는 무엇이오 ?」

(사반) :「당신은 나를 혁명가나 애국자보다도 강도단의 두목으로 지내는 것이 제격이었으리란 생각에서 하는 말이오 ?」

(김동리) :「그렇게 잘라 말하면 다소 어폐가 있겠지만, 그 당시 유태 나라 형편으로 보아서는 혁명가나 애국자가 설령 뜻을 이루어 혁명이나 독립이 성공했다고 하더라도 당신에게 돌아올 영광이나 행복이 강도단 두목의 그것보다 나을 것이 별로 없지 않소 ? 말하자면 재산과 미녀와 권력 그것인데, 그러한 따위는 당신이 차지하고 있던 갈릴리 호수 동쪽을 중심으로 하여 그 일대를 마음대로 누비며 재산과 미녀를 거둬들일 수 있었고, 권력도 여느 지방 조그만 왕보다 못할 것 없었을 터인데, 그 안전한 일감을 버리고 성공률이나 위험이 높은 비교도 되지 않는 혁명가의 일을 택했으니 말이오. 양자간의 차이는 명예뿐인데 당신에게 명예가 그다지 중요하지 않을 것이라는 전제에서 일어나는 의문이오」

(사반) :「그렇소, 재산은 모르지만 미녀를 즐기는 점에서는 확실히 혁명가로서 성공한 경우보다도 나았을 것이요, 명예 ? 그렇소. 그것도 당신이 지적한 대로 나에게 있어서는 그다지 대수롭지 않았소. 그러면서 내가 혈맹단이란 비밀 결사를 유태나라 독립을 위한 혁명 단체로 성격을 결정하게 된 동기는 다음의 두 가지요. 하나는 내가 타고 났던 체력과 무술에 대한 무한한 자부심이었소. 나는 누구와 씨름을 하든지 주먹으로 싸우든지 나의 상대가 될 만한 사람을 만나보지 못했소. 무술에 있어서는 더욱 그랬소. 칼싸움이든지 활이든지 창이든지 단검이든지 일찍이 나는 한 놈을 상대한 경우나 여럿을 맞았을 경우나 싸워서 상대가 될 만하다고 느껴본 놈이 없었소. 그러한 체력과 무술에 대한 무한한 자신을 일대 일의 재주 겨룸이나 강도질 같은 것으로 소비하기에 너무나 아깝고 지나치다고 느껴졌소, 거기서 생각한 것이 로마인이오. 그러나 로마제국

의 군대와 싸운다는 일이 내 한 사람의 뛰어난 체력과 무술로 된다고 보
지는 않았소. 그 정도로 나는 어리석지 않았소. 물론 내 밑에도 나에 버
금가는 체력과 무술의 소유자들이 많았지만 그러한 몇 사람이 거느리는
수하 장정 몇십 명 또는 몇백 명씩을 데리고 대제국의 정규적인 군대와
맞싸울 수는 없었소. 우리의 무대가 갈릴리에 있지 않고 나바리야쯤에만
있었더라도 이야기는 달랐을거요. 로마제국의 군대는 나바티야까지 사막
과 염열을 무릅쓰고 걸어야 하고, 거기 머물러야 하고 먹어야 하고 마셔
야 했을 터이니까. 우리들이 모든 산과 호수의 요해지점(要害地點)을 점
거한 지하 진지를 공격하기는 어려웠을거요. 제국의 군력을 기울이다시
피 해도. 그러나, 유대 사마리아 갈릴리 일대는 전혀 형편이 달랐소. 그
런 것을 다 알고서도 그들과 싸울 생각을 일으킨 데는 위에 말한 이유
이외에 또 한 가지, 어쩌면 그것이 더 근본적인 것이었는지도 모르지만,
그것은 하닷(점성가)이오, 하닷의 말을 믿었던 것이오. 하닷이 별을 보
고 나에게 왕이 될 것이라 했소. 하닷은 예수의 별과 내 별이 힘을 합치
면 틀림없이 로마군을 이길 것이라 했소. 그는 그것을 믿고 자기의 사랑
하는 딸까지 데려다 나에게 바쳤소. 실바 그녀는 과연 왕비였소. 왕비다
운 신비한 미모와 범접할 수 없는 기품과 천부적인 예지를 타고나 있었
소, 하닷도 그녀의 별이 왕비별이라고 굳게 믿고 있었소. 그래서 아라비
아의 모든 정기가 엉겨서 이루어진 한 개 보석 같은 처녀를 나에게 갖다
바쳤소. 나는 하닷의 점성을 의심할 수 없었소」

  (김동리) :「그렇다면 당신이 로마군을 유대에서 몰아내려던 혁명 의도
가 실패한 까닭은 어디 있소? 예수가 협력을 거절했기 때문이오? 실바
를 되찾으려 나바티야까지 원정을 나가서 본거지를 오랫동안 비워두었기
때문이라고 보오?」

  (사반) :「그밖에도 이유는 있겠지만 그 두 가지가 가장 중요한 원인이
었소」

  (김동리) :「예수가 끝까지 강경히 거절한 까닭은?」

(사반) :「당신들은 그 사람을 잘 모르고 있을 거요. 그 사람이 얼마나
머리가 영리하였고 또 체질이 투명했던가를. 그 사람은 나같이 무술에서
출발하지 않고 도리에서 출발했소. 그 사람도 처음엔 행복하게 사는 길
을 찾고 있었소. 나는 술과 계집과 무술이면 행복할 줄 알았소. 그런데
그 사람은 유대인이 로마인의 지배를 받지 않고 유대인끼리 여호와를 섬
기고 살면 행복하다고 생각했소. 그러나 이내 로마인의 지배를 벗어난다
는 일이 거의 절망이란 것을 깨달았소. 예수가 가장 고민한 문제가 그것
이었오. 행복의 목표를 세운 것은 소년 시절의 일이오. 그러나 로마인을
제거할 방법엔 엄두가 나지 않았소. 근 이십 년간 그 문제로 고민을 겪
고 있다가 어느 날 아침 세례 요한이 외치는 소리를 들었소. 〈회개하라
천국이 가까우니라.〉천국, 하늘나라, 하늘, 그것이었소. 그 순간 그는
진리를 깨쳤소. 땅을 버리고 하늘을 택하자고, 땅은 로마인에게 맡기고
하늘을 유대인이 차지하자고. 사람의 육신과 물질은 땅에 속하고 땅과
함께 수명이 다하지만 사람의 영혼과 정신은 하늘에 속하며 하늘과 함께
무한히 넓고 무한히 길고 영원히 산다 하는 생각에 미쳤던 거요. 여호와
의 생각도 이와 같다고 그는 확신하고 있었소. 그가 내 제안을 끝까지
거절한 것은 근본적으로 그는 내가 구하는 일이 땅에 속한 것이란 생각
에서였소. 내가 유대인의 여호와를 유대인이 지켜야 한다, 로마인에게
맡겼다가는 여호와를 섬기고 여호와를 지키는 일도 결국 보전하지 못하
게 되리라고 그에게 설득했지만 그는 그것을 나의 한갓 핑계라고 들여다
보았소. 진정으로 여호와를 지키는 길은 로마인과 피를 흘리고 싸우는
데 있지 않고 땅과 하늘의 한계를 세우는 데 있다고 그는 믿고 있었소.
거기다 그는 내가 너무 물질과 육욕에 젖어 있다는 냄새를 맡았던 것 같
소. 공교롭게도 내가 그를 만나게 되던 전날 밤은 언제나 실바가 아니면
마리아(막달라)와 한밤을 온통 즐기고 난 뒤였소. 그러니 내 눈에는 벌
겋게 핏대가 서 있고 입에서는 지난 밤에 마신 술 냄새가 끼쳤을 거요.
그는 몹시 영리해서 한참 동안 말을 나누다보면 상대의 마음속을 훤히

꿰뚫어보곤 했소. 누구나 그럴 때가 있지만 예수란 사나이는 특히 그 점에 무섭게 날카로운 신경을 가지고 있었소」

　(김동리) :「예수 이야기가 났으니 말인데 그의 이적을 어떻게 생각하오?」

　(사반) :「당신은 아마 근본적으로 이적이란 것이 도대체 거짓말이다, 그렇지 않으면 정말이다, 이렇게 둘 중의 하나를 택해 달라고 생각할 거요. 왜 그러냐 하면 이치로서 있을 수 없는 일이 하나라도 있다면 열이라도 있을 수 있지 않느냐 하는 생각 때문일 거요. 그러나 내가 알기엔 그와 좀 다르오. 예수가 베드로 장모의 열병을 고친 거나 그 뒤 중풍든 자를 고친 거나 귀신 들린 자를 고친 거나, 심지어는 앉은뱅이도 고쳤고 나중에 죽음에서 다시 살아난 거나 그런 것은 모두 사실이었소. 아, 과부의 죽은 아들을 다시 일어나게 한 것, 그것도 사실이었소. 그렇지만 그 이외의 것은 대개 과장이거나 환상이거나 만들어진 이야기들이오. 그 가운데 제일 중요한 이적이라고 일컬어지는 부활에 관해서는 나도 같이 죽었던 사람인 만큼 잘 알고 있소. 예수는 본디 식량이 적었소. 조금씩밖에 먹지를 않았소. 그가 세례 요한에게 세례를 받고 사십 일 동안 광야에서 금식기도 했다고 기록되어 있지 않소. 그는 가끔 그렇게 금식을 했소. 그래서 어떤 때는 죽은 것같이 움직이지 않다가도 때가 되면 일어나 물을 마시고, 우유를 마시고, 포도주를 마시고 힘을 돌이키곤 했소. 그가 십자가에 달렸을 때도 그의 약한 육신으로서는 그 고통을 오래 견딜 수 없었소. 그래 숨이 멎었던 것은 사실이오. 그러나 심장과 혈관이 완전히 죽어졌던 것은 아니오. 다만 정지되어 있었소. 그러다가 그는 콧구멍으로 들어오는 공기를 마시고 다시 숨을 돌이킨 것이오. 그때 마침 그의 시체를 보살피러 왔던 아리마대 요셉이 사람을 시켜 그를 자기 집으로 모셔 갔던 것이오」

—— 같은 책, 188-190쪽

7 허탈감과 심령과학

아직도 작가이며 제7대 서라벌예술대학장 김동리와 사반이 겨울 송추 골짜기에서 70년 초에 행한 이 대화에서 주목되는 것은 무엇일까. 대화 내용 자체보다 이러한 대화 형식의 특이함이랄까 불가피성에 그 의의가 있지 않았을까. 「사반의 십자가」의 작가 김동리의 혼령 부르기 형식으로서의 이 대화는 다음 두 가지 점에서 그 절박성이 인정된다.

첫째, 「사반의 십자가」에 모든 것을 쏟아부은 자의 주체할 수 없는 공허감. 둘째는 심령학에 대한 심취.

〈모든 것을 쏟아부었다〉 함에는 설명이 없을 수 없다. 「사반의 십자가」란 무엇이겠는가. 작가 김동리가 지어낸 이야기에 더도 덜도 아니다. 지어낸 이야기에서 실제로 있었던 사실과는 무관한 것이다.

주인공 사반이란 따라서 한갓 허구에 지나지 않는다. 그런 인물이 예수 당대에 있었을 턱이 없다. 어떤 사적 기록에도 없는 사반이란 인물을 창조해 낸 것은 작가인 김동리의 용인된 특권이 아닐 수 없다. 그는 이 특권을 이용하여, 작가로서의 그의 모든 자질과 능력과 역량을 총동원하였다. 「사반의 십자가」가 그의 어느 작품보다 야심적이고 치밀하고 또 규모까지도 비교가 안 될 만큼 장대했음이 이를 새삼 말해 준다. 얼마나 그것이 야심적이었는가는 시간상으로는 이천년을 가로지르고, 공간상으로는 한반도에서 인도양과 아라비아 사막을 건너 갈릴리 호숫가에 걸쳐 있었음을 보아도 능히 알 수 있다. 그러나 이보다 더욱 야심적인 것은 서양 세계의 정신사의 핵심에 놓인 기독교 사상에 대한 도전적 해석이라는 사실에 있다고 할 것이다. 이런 일을 두고 〈착상의 패기〉라 부를 수 있다면 김동리의 「사반의 십자가」를 능가할 작품은 일찍이 이 나라 언어로 시도된 적이 없었다.

이 굉장한 시도와 능력 발휘와 짝하여 씌어진 장편 「사반의 십자가」의 문제적 성격이나 그 예술적 달성에 대해 참으로 불행스럽게도 세상은 냉담한 것처럼 보였다. 적어도 작가의 처지에서 보면 그렇게 인식되었음에 틀림없다. 이것이 사반과의 대화를 필연케 한 김동리의 공허감의 정체이다. 대화라고는 하나 실은 작가 김동리의 〈독백〉에 지나지 않는 것이고 보면, 그것은 일종의 절망감의 표출이 아닐 수 없다. 송추의 겨울 골짜기가 그러한 표현의 알맞은 장소였던 것이다.

심령학에 대한 심취 현상이 이 무렵 김동리의 정신을 뚜렷이 지배하기 시작했다는 사실은 특기할 성질의 것이다. 1982년에서 84년 사이에 김동리는 다음처럼 적었음에 주목할 것이다.

사람의 나이 마흔이 되면 그 눈에 귀신이 보인다고 한다. 나는 마흔이 되도록 그것을 경험하지 못했다. 나는 쉰이 넘은 뒤부터 차츰 그런 것이 보이는 듯했다. 그리하여 예순이 넘으면서 그것이 좀더 확실해지는 듯했다. 그러나 자신있게 보이지는 않았다.

내 나이 예순이 넘어서, 내가 더 많은 심령과학 서적을 읽은 뒤에 그것이 꽤 똑똑히 보이기 시작했다. 그리하여 일흔에 가까와지면서부터 나는 신(하느님)과 귀신과 천당과 지옥과 이승과 저승이 보다 더 똑똑히 보이기 시작했다.

─── 수필집 『생각이 흐르는 강물』, 갑인출판사, 1985, 320-321쪽

송추의 겨울 골짜기에서 사반의 혼령을 불러냈을 때의 김동리의 나이는 예순을 앞뒤로 하던 무렵이었다. 혼령을 믿고, 그것이 확실해지고 마침내 혼령을 불러낼 수 있는 계기를 지어준 것이 송추 골짜기였고, 그 장본인이 사반이었다. 혼령 불러내기란 무엇인가. 자기의 죽음을 그리워하며 죽을 장소를 알아차리는 연륜이랄까 경륜에 이르렀을 때 비로소 혼령 부를 자격이 생기는 것. 이 기본적 인식에 도달한 김동리에게 비로소 그의 최대의 도박이 이루어진 것이었다. 사반의

혼령이 그것이다.

혼령 불러내기의 기술 획득을 위해 김동리는 한평생이 소요되었으리라. 「무녀도」(1936)에서 그는 다만 무녀 모화의 혼령 부르기의 모습을 간접적으로 보았을 뿐이었지만, 「황토기」(1939)를 거치고 「달」(1947)을 지나, 「인간동의」(1950), 「밀다원 시대」(1955), 그리고 마침내 「사반의 십자가」를 넘어서, 이제 겨우 초혼(招魂)의 기술을 획득한 것이었다. 이 단계에서 중요한 것은 「사반의 십자가」의 내용의 진실 여부일 수 없다. 그런 것은 아무래도 별로 상관없는 일이다. 혼령 부르기 자체의 기술과 그 형식이 제일차적으로 중요하며 어느 혼령을 부르는가는 이차적일 뿐이다. 사반의 혼령이 첫번째로 선택된 것은 그만큼 사반에 오랫동안 그의 관심이 쏟아져 있었음을 드러내는 것이지만 일단 이 단계만 넘어서면 그는 어떤 영혼도 자유자재로 호출할 수 있을 터였다.

그렇다면 최초의 혼령 부르기와 그것에 응해 온 혼령 사반과의 대화에서 소중한 것은 무엇이겠는가. 〈투명함〉으로 그 해답을 삼을 수 있다. 혼령과 마주하는 〈나〉 역시 혼령이기에 그 어떤 애매모호함이나 결정 불가능한 인간적 불투명성은 없거나 적어도 줄어든 형국이 아닐 수 없다. 송추 골짜기의 중요성이 있다면 이 〈투명함〉에 있다. 그것은 〈진실〉보다 한층 우위에 놓인 〈그 무엇〉(리얼)이다. 이를 두고 순수한 〈표현 의식〉이라 부를 것이다.

이 순수 표현 의식의 시선에서 보면 예수의 부활을 비롯한 여러 가지 이적 따위란 별로 대수로운 것일 수 없다. 메시아 사상이 무엇인지도 모르고 「사반의 십자가」를 썼다든가, 예수의 이적이나 아랍계 점성가 하닷의 행동이 흡사 동양의 도사와 한치도 다르지 않다는 「사반의 십자가」에 대한 신학측 비판(안병무, 「종교가가 본 한국 작가의 종교 의식」, 《문학사상》, 1972. 12, 354쪽) 따위란 아무래도 상관없는 노릇이다. 실상 사반은 다름아닌 저 「황토기」의 억쇠였기에 그것은 그러하다.

8 사반의 김동리 비판

억쇠에게 중요한 것은 이적이라든가 메시아 사상이 아니라 계집과
술과 고기와 싸움 등에 지나지 않았다. 억쇠 김동리가 사반에게 이렇
게 묻는 것이야말로 그 투명성이 아닐 수 없다. 계집들에 대한 질문
이 그것.

　(김동리) :「막달라 마리아와 실바를 비교하면?」
　(사반) :「실바를 보석 덩어리라고 한다면 마리아는 순정 덩어리겠지.
마리아는 여러 남자와 난잡한 관계를 맺고 지낸 음탕한 여자라고들 보았
지만 사실 마리아만큼 순정적인 여인도 드물거요, 모두가 그녀의 미모
때문에 또 팔자 소관 때문에 수동적으로 남자를 관계했을 뿐이었소. 어
느 한 남자와 사랑을 맺고 상대방이 그녀의 사랑을 지켜준다면 어느 여
인보다 철저히 자기의 순정과 정절을 지켰을 것이오. 세상의 버림받은
여자가 되어 아무에게도 자기 사정을 호소할 데도 없이, 밤이면 호숫가
에 나와 비파를 뜯고 있었는데 사람들은 그러한 그녀를 물귀신이라 하여
아무도 접근하지 못하게 했소. 내가 그 물귀신을 처음 보았을 때 그녀의
그 미모와 순정은 한눈에 술처럼 확 끼쳐왔오. 그 뒤 그녀가 옛날 내 나
이 일곱 살 때 우리 어머니가 비밀스런 관계로 낳아서 물가에 버린 계집
애와 동일인이란 것이 밝혀졌을 때 그녀의 가혹한 운명은 아마 마지막
벼락을 그녀에게 내리었을 거요. 실바는 아주 달랐지. 그녀는 비록 도둑
굴에 있어도 적진 속에 있어도 변함없는 왕비였소. 시궁창에 던져도 때
가 묻지 않고 불 속에 던져도 그을지 않는 보석이었소」
　(김동리) :「실바와 마리아를 비교하면?」

　작가의 이번 물음은, 형식상 앞의 것과 닮아 있으나 그 내용은 매우 달랐다. 사반은 혼령답게 작가의 빗나가기 쉬운, 그러면서도 제일 김동리다운 물음임을 간파하고 있었다.

　　(사반) :「당신도 이제 형편없이 속화됐오. 그러한 비교가 무슨 소용이란 말요? 당신이 묻는 것은 두 여인의 성적 매력이라든가 특징 같은 것 같은데, 그보다 하닷과 아굴라의 뒷소식을 왜 묻지 않소? 스가랴, 도마, 베드로들도 그렇지만.
　　(김동리) :「……」
　　(사반) :「그렇다면 이번에는 내가 당신에게 묻겠소. 지금 당신의 삶을 지탱하고 있는 것은 무엇이오? 문학이오, 사랑이오, 술이오, 도박이오, 가정이오?」

　이 질문이란 무엇인가. 인간 김동리에 대한 질문인가 작가 김동리에 대한 질문인가. 아니면 이 둘 다에 대한 질문일까. 또는 서라벌 예술대학 제7대 학장에 대한 질문인가. 한동안 김동리는 판단이 서지 않았다. 「사반의 십자가」를 쓴 이후 오늘에 이르는 근 십오 년에 이르기까지 그는 단 한 편의 작품다운 작품을 쓴 바 없다. 명동 명천옥에서의 술타령, 친구들과의 도박하기 그리고 문학 단체의 감투놀이 또는 사랑타령 등으로 허송세월하지 않았던가. 기껏해야 지난날의 역작들에 대한 회고와 그것들에 대한 불필요한 주석 달기 아니면 자랑스런 해설 쓰기에 세월을 보내지 않았던가. 기껏해야 후일담 쓰기에 시종하지 않았던가. 수많은 수필 쓰기가 이를 잘 말해 주는 것. 그것도 수없는 되풀이이며, 그러나 되풀이야말로 창작 의욕의 고갈에 대한 연막 전술이 아니었던가. 어느새 신으로 군림한 스스로를 호도하기 위한 방편이 아니었던가.

오늘 아침엔 월급봉투로 연탄을 들이고
어저께는 문인협회의 위원에 뽑혔습니다.
내일엔 다방에 나가 히히히히 악수를 널어놓고
어쩌면 어느 편집장과 하하하하 술을 나눌 겁니다.
지난해엔 둘째아이의 임파선 수술을 보았고
이달엔 〈섯다〉에 미쳐 밤을 새고 다닙니다.
시가는 어려서부터 이미 손을 대인 것
소설은 약관에 당선이 되었지만
아직 어느 나무 그늘 아래도 내 마음
쉬일 의자 하나 놓여 있지 않습니다.
봅소서, 나를 지키는 그대의 맑은 눈길
앉으나 떠남 없는 그대의 영원한 눈동자여.
이제 나는 이마가 벗겨지고 등이 굽은 채
서울역이나 화신 앞 가는 전차를 잡으려고
가쁜 숨결, 동대문 모퉁이를 돌아가고 있습니다.
봅소서, 이렇게 나는 오늘도
찬바람 흐린 햇빛 속에 살아가고 있습니다.
　　　　——「그대의 눈」 전문, 《현대문학》, 1965. 5, 116쪽

　어째서 이런 지경에 이르게 되었을까. 그 이유를 정확히 알고 있는 이는 이 세상에서 오직 자기 자신뿐이었다. 「사반의 십자가」 때문이었다. 「사반의 십자가」란, 「무녀도」와 「황토기」의 영원한 작가 김동리의 총체적인 역량이 발휘된 최대의 작품이었다. 적어도 김동리 스스로는 그렇게 생각하여 의심한 적이 없었다.

자기의 모든 재능과 노력을 탕진한 사람이 도박에 여자에 술에 빠졌음이 어찌 이상하랴. 모든 것을 다 쏟아부은 사람이 아니고는 이 〈허무감〉을 이해할 수 있을 것인가. 참으로 불행하게도 세상은 「사반의 십자가」를 그렇게 평가해 주지 않았으나, 그야 별로 중요치 않았다. 세상 쪽이 무지한 탓으로 돌릴 수도 있겠으니까. 문제는 「사반의 십자가」에 모든 것을 쏟아부었음에 있는 것. 그 이상으로 더 나아갈 곳이 보이지 않음에 그의 허무의 근거가 도사리고 있었다. 이 허무 속에서 서서히 익어간 것이 「을화」였음은 김동리 자신도 아직 모르고 있었다. 사반의 혼령이 지금 작가 김동리에게 「을화」를 써야 한다는 사명감을 일깨우고 있지 않겠는가. 「사반의 십자가」에 더 이상 연연하지 말라고. 그것은 한갓 소설이며 꾸며낸 얘기에 지나지 않는 것. 어서 그런 망상에서 벗어나 「을화」의 세계로 나아가라는 준엄한 비판이 아니었을까. 기껏해야 잘 알지도 못하는 이천 년 전, 그것도 갈릴리 호숫가의 얘기를 무슨 큰 사건인 듯이 꾸며놓고, 그것에 매달리고, 그것을 몰라주는 세상을 탓하기란 얼마나 어리석은 노릇이랴.

9 사반의 비판과 우정어린 충고

사반이 이렇게 김동리의 급소를 찔렀을 때 김동리의 답변은 어떠했을까. 한참 동안 생각에 잠겼다가 마침내 김동리의 입에서는 이런 대답이 나오고 있었다.

(김동리) : 「나는 언젠가 그런 질문을 받고 이렇게 대답한 일이 있소. 첫째 문학, 둘째는 주색잡기, 셋째는 가정, 넷째는 서예와 경마라고 그랬는데, 그날 밤 집에 돌아와 가만히 생각해 보니 그것도 정확하지 않은 듯했소. 첫째는 자연, 둘째는 문학, 셋째는 가정, 넷째는 도박, 다섯째

는 여자, 여섯째는 서예, 일곱째는 골동품이 아닐까 하고 혼자 맘속으로
정정해 본 일이 있소. 지금 이렇게 눈 속에 송추를 찾은 것도 그러한 실
증의 하나라고 할 수 있을 줄 아오」

　(사반) : 「알았소. 그런 것은 내가 보기엔 아무려나 별 수 없는 것 같
소. 뚜렷한 어느 것 한 가지가 없다는 것뿐이니까. 내가 알고자 하는 것
은 결국 당신은 민족이나 국가 또는 인류의 운명 따위엔 별로 관심이 없
단 말이오?」

　(김동리) : 「관심이 없다고 할 수는 없지만 나를 지탱하는 것은 어디까
지나 내 자신에 직접적으로 얽혀 있는 상황들이라고 볼 수밖에 없소. 국
가 민족이나 인류 운명 같은 것은 내 자신을 직접적으로 지탱하는 문제
와는 별도로 보고 있소」

　(사반) : 「당신은 그러한 여러 가지에 의하여 지탱되고 있기 때문에 쉽
사리 쓰러지지 않을 거요. 하지만 그런 것은 이미 일부 죽어가고 있다는
것과도 비슷하오. 내가 보기엔 당신은 스스로를 무척 지혜롭다고 자부하
는 듯한데 그렇기 때문에 실천력이 없는 것 같소. 모든 것을 다 뿌리치
고 문학과 등산에만 유념하시오. 그럼 안녕히 계시오」

——『고독과 인생』, 191-192쪽

　송추에서 사반의 혼령이 김동리에게 권고한 것이 「사반의 십자가」
에 대한 집착 버리기임은 이로써 뚜렷이 드러났다. 사반은 그러니까
작가 김동리의 양심이었으며 이를 좀더 현대적인 말로 바꾸면 작가
김동리의 무의식에 다름아니다. 어째서 하필 송추에서 대화가 이루어
졌는가도 중요할 것이다. 사반에게 김동리가 고백한 대로 첫째가 〈자
연〉이고, 둘째가 〈문학〉의 경지에 그가 이르고 있었던 것이다. 이것
이 사반에겐 심히 못마땅하였다. 자연, 문학, 가정, 도박, 여자, 서
예, 골동품 따위도, 그리고 서라벌예술대학장도 다 소중하리라. 가부
장제의 질서 구축과 그 두목 노릇하기도 그 나름의 중요성이 분명히

제11장 사반과의 대화　355

인정되리라. 그 때문에 쉽사리 쓰러지지 않고 어느 수준까지 버틸 수는 있으리라. 그러나 그들 대부분은 죽어가며 사라져가는 것이 아니겠는가. 기껏해야 개인적인 것에 지나지 않는 것.

사반의 혼령이 김동리에게 충고한 것은 다음 두 가지.

(A) 문학만을 할 것. 그것만이 〈죽어가지 않는 것〉이기 때문. 다른 여러 가지들은, 필요한 것이긴 하나 문학의 영원성에 견줄 때 하찮은 것이기 때문.

(B) 문학을 하되 그중에서도 진짜 문학을 할 것. 무엇이 진짜 문학일까. 민족·국가·인류에 관련된 것이어야 진짜 문학이 아니겠는가. 그렇다면 「사반의 십자가」야말로 그런 유형에 속했던 것이 아닐까. 사반이 보기엔 결코 그렇지 않았다. 개인(가정)에서 출발하여 민족에로, 국가에로 그리고 마침내 인류에로 나아갈 것이지만, 「사반의 십자가」는 몇 단계를 건너뛰었던 형국이었다. 시기적으로 이천 년, 공간적으로 갈릴리 호수였던 것. 이는 동양도 서양도 아니지만 그렇다고 세계도 인류도 아닌 거의 허공이 아니었던가. 자기를 지탱하던 이런저런 개인적 관계를 깡그리 무시한 채, 혹은 덜 의식한 나머지 인류와 세계를 넘보고자 했던 것이 아니었던가. 인류에 이르는 무수한 매개항이 빠진 것이 「사반의 십자가」가 아니었던가. 「사반의 십자가」에 모든 것을 쏟아부었다고 하지만 설사 그것이 사실이라 하더라도 결과적으로는 공중에 뜬 형국이었던 것은 이 때문이었다.

(김동리) : 「그렇다면, 오 사반이여, 나는 어째야 좋단 말인가!」

(사반) : 「당신의 가장 개인적인 것에서 출발하여, 당신을 낳은 제일 가까운 공동체(이웃)의 운명을 모색하는 문학 그런 것을 해야 하지 않겠는가. 그런 것이 진짜 문학임을 당신도 알아차릴 연륜에 이르지 않았겠는가」

(김동리) : 「무녀도」와 「황토기」에로 되돌아가 다시 출발하라는 뜻이오?」

(사반) : 「……」

(김동리) : 「인류까지 나아가기 전에 자기 민족의 심성에 먼저 닿으라
는 뜻이겠는데……」

(사반) : 「……」

(김동리) : 「나더러 「을화」를 쓰란 말이오?」

(사반) : 「……」

사반은 더 이상 말이 없었다. 정신을 차려보니 천지를 가득 채운
백설의 송추 계곡이 아니었겠는가. 막막한 백설의 천지 속에 작가 김
동리 그 혼자만이 우두커니 서 있는 것이었다. 그는 작가이되, 혼령
을 부를 수 있는 그런 작가로 변모하고 있었다. 송추란 그렇기에 그
에겐 성소와 다름없었다. 사반이란 그렇기에 그에겐 스승과 다름없었
다. 이제 그는 방황하지 않아도 되었다. 언제나 성소로 달려와 스승
을 만나면 되는 그런 신분으로 변모되고 있었다. 실패할 수도 없었지
만 설사 실패하더라도 두려워할 필요가 없었다.

「을화」를 쓰기 전에 작가 김동리는 스스로를 반성해 보기 시작했
다. 과연 「사반의 십자가」란 그에게 무엇이었던가.

10 사반에의 긴 회상

『사반의 십자가』(초판, 1958) 서문에서 작가는 이렇게 썼다. 〈내가
이 작품에 착상하게 된 것은 20여 년 전의 일〉이라고. 「황토기」를 썼
던 당시의 시점에서 볼 때, 일제는 바로 성경에 나오는 로마제국과
흡사했다. 청년 작가인 그에게 있어 일제는, 바야흐로 그의 집안(백
씨 범보)과 함께 창작을 위협하는 악룡과 흡사했다. 조선문인협회 미
가입이란 이유로 그의 작품 「소녀」(《인문평론》, 1940. 7)와 「하현달」

《문장》, 1940. ?)이 삭제되었으며, 이어서 《문장》, 《인문평론》 등의
폐간이 닥쳐왔던 것이다. 말씀이 곧 하느님(요한복음 제1장 제1절)이
라면 이 사태는 바로 끝장 의식이 아닐 수 없었다. 하늘같이 믿었던
정신적 지주인 맏형도 감옥을 향하고 있었으며, 유일한 안식처이자
밥벌이 터전이었던 광명학원도 폐쇄 직전에 놓여 있었다.

　로마제국이란 무엇인가. 이 물음은 김동리로 하여금 유년기에로 소
급케 만든다. 그가 태어난 집안은 원래 유학자 가문이었으나, 모종의
사정으로 예배당엘 다녔으며 기독교 교육과 그 분위기 속에서 자랐
다. 이러한 분위기는 중학을 중퇴하기까지 계속되었으며, 뿐만 아니
라 첫 결혼 때엔 가톨릭식 혼배를 올렸을 정도였다. 성경이란, 그러
니까 그에겐 상상력을 자극할 수 있는 유서 깊은 역사이자 현실이기
도 하였다. 로마제국의 압제와 맞서 싸울 수 있는 그 어떤 것도 없는
것처럼 보였다. 로마제국에 맞설 수 있는 대상이 예수인 것처럼 보였
으나, 실상 예수는 로마제국과 상대하지 않았던 것이다. 이 사실이야
말로 제일 큰 수수께끼가 아닐 수 없었다. 일제를 로마제국으로 본다
면 조선 민족은 유대 민족이 아닐 수 없겠는데, 그렇다면 예수 아닌
그 누가 조선 민족을 구할 것인가. 절망 속에 놓인 조선 민족에게 광
명과 희망과 구원을 그리자면 어떻게 해야 할 것인가. 그래도 예수밖
에 없지 않았겠는가. 3일 만에 부활한 예수가 세운 저 위대한 하늘나
라의 신앙이 일종의 광명이요 희망이며 구원이 아닐 것인가. 그가 유
대나라를 무대로 하여 소설을 쓰고자 마음먹은 것은 대충 이런 문맥
에서이다.

　8·15의 민족 해방은 그의 이러한 창작 계획을 무화시키기에 모자
람이 없었다. 그토록 강대한 일제도 로마제국모양 무너져내려, 광명
과 희망과 구원이 이 민족사 위에 강물처럼 쏟아져 내렸다. 예수를
주인공으로 한 소설 쓰기의 절박성은 일단 이로써 한발 뒤로 물러설
수밖에 없었다. 그렇지만 유년기를 가득 채운 성경 속의 상상력의 매

력은 조금도 줄지 않았다. 이번엔 민족 대신 인간의 구원에 관심이 쏠리기 시작하였다. 민족 해방이 달성되더라도 인간 해방이 그대로 주어지는 것은 아니었던 까닭이다. 그로 하여금 이 사실을 통렬하게 깨우치게 해준 것은 해방공간의 민족 현실이었다. 일제가 물러갔어도 민족 해방이 그대로 이루어지는 것이 아님을 그는 몸소 겪지 않을 수 없었다. 치열한 이데올로기 논쟁이 펼쳐졌으며 어느 틈에 그 자신도 이데올로기 한쪽을 둘러맨 투사가 되어 있었다. 그는 이데올로기를 문학이라 믿었으며, 그 이데올로기가 막바로 〈인간〉이라 우기기 시작하였다. 평론집(이데올로기 논집) 이름을 『문학과 인간』(1948)이라 하고, 인간성 옹호야말로 이데올로기의 제일 윗자리에 놓이는 것이라 우겨댔다. 그렇다면 그 대체 인간이란 무엇일까.

논쟁이 끝나고, 대한민국 정식정부의 문학측 승리자로 군림한 김동리에 있어 새삼 〈인간주의〉가 그 해명을 요구해 오는 것이 아니었겠는가. 6·25를 겪고 났을 때 그는 이 문제에 대답하지 않으면 안 될 만큼 성숙해 있었다. 이 성숙은 거듭 말하지만, 해방공간의 이데올로기 논쟁에서 온 것이며, 그 조급성에 대한 반성적인 측면에서 그것은 성숙이라 할 것이다. 이 성숙의 씨앗은 물론 따로 있었는데, 상상력의 보고였던 유년기의 성경 체험이 그것이었다. 신의 아들과 인간의 아들, 지상적인 질서와 천상적인 질서의 달라짐을 최종적으로 보여주는 성경의 클라이맥스에 대한 형언할 수 없는 그리움이 그 씨앗이었다.

내 중학 2학년이던 해 늦은 봄의 어느 일요일이었다. 나는 여느 때와 같이 교회엘 나갔다. 그때 강단 위에 선 목사님이 십자가에 달린 예수와 그 좌우의 강도 이야기를 했다. 임종에 이르러 회개한 대가로 〈낙원〉을 약속받는 우도(右盜)의 복을 선망에 찬 목소리로 이야기 했다. 이와 반면 끝까지 회개하지 않고 예수에게 빈정거린 좌도의 완맹한 저항은 저주

받은 어리석음이라 비난했다. 이때 나는 우도보다 좌도 쪽에 마음이 쏠렸다. 실국의 한이 얼마나 뼈저리게 원통하고 사무치면 죽음을 겪는 고통 속에서도 위로받기를 단념했을까 싶었다. 로마총독 치하의 우리와 같이 암담한 절망 속에 신음했을 것이라 생각했다. 여기서 그 좌도는 나의 가슴속에 새겨진 채 사라지지 않았다.

——『사반의 십자가』, 홍성사, 1982, 후기

　중학(대구 대성중학) 2학년이라면 유년기를 갓 벗어나는 연령이다. 민족주의자를 맏형으로 가진 어린 소년에게 성경의 다른 얘기는 모두 귓전으로 흘려버렸어도 유대나라와 로마제국과의 관계에 대한 이야기만은 〈형언할 수 없는 자극〉과 함께 그의 귀에 들렸던 것은 실로 자연스럽다. 〈지극히 막연하게나마 예수를 로마제국에 대하여 유대나라 사람의 그 무엇을 어떤 천재적인 인격과 말로써 지켜주며 건져주는 사람〉이라 그는 생각했을 것이다. 이것이야말로 자연스런 이해 방식이 아닐 수 없다. 그때 그는 예수를 어릴 적에 들은 이인(異人)이거니 했다. 〈모르는 것이 없고 못하는 것도 없고 죽지도 않는 사람〉이 바로 이인이며 맏형 범보도 그에겐 이인으로 이해되고 있었다. 12살에 사서삼경을 뗀 경주 고을의 신동이며 백산장학회 제1회 유학생으로 일본의 철학을 공부한 김범보란 그에겐 맏형이자 〈형언할 수 없는 초인적이랄까 반신적이랄까 하여간 무언가 절대적인 존재〉였으며 이를 그는 그때의 관습대로 도인(道人) 또는 이인(異人)이라 불렀다(수필집 『생각이 흐르는 강물』, 287쪽). 그러나 조금씩 철이 들면서 이인 예수에 대한 생각이 조금씩 사라져 갔는데, 왜냐하면 〈사랑〉이나 〈하느님〉이니 하는 것의 기독교적인 뜻을 이해할 수 없었던 까닭이었다.
　로마제국으로부터 유대나라를 결국 예수도 물리치지 못한 것으로 이해되었음에 이 사정이 관여된다. 이와 반비례로 소년의 관심을 증대시킨 것이 예수에 맞선 좌도(왼쪽의 도둑)이다.

달린 행악자(行惡者) 중 하나는 비방하야 가라대 네가 그리스도가 아니냐. 너와 우리를 구원하라 하되 하나는 그 사람을 꾸짖어 가라대 네가 동일한 정죄를 받고서도 하느님을 두려워하지 아니하느냐. 우리는 우리의 행한 일에 상당한 보응을 받는 것이니 이에 당연하거니와 이 사람의 행한 것은 옳지 아니한 것이 없나니라 하고 가라대 예수여 당신의 나라에 임하실 때에 나를 생각하소서 하니, 예수께서 가라사대 내가 진실로 네게 이르노니 오늘 네가 나와 함께 낙원에 있으리라 하시더라.

──「누가복음」 제23장 39-43절

소년의 가슴에 박힌 이 대목은 과연 극적이라 할 것이다. 얼마나 괴롭고 얼마나 아프고 얼마나 암담하고 절망 속에 살았으면 목숨이 사라지는 마지막 순간에서조차 왼편 도둑이 예수에게 대들었으랴. 죄인이 회개하는 것은 당연하며 실로 염치없고 뻔뻔스런 일이 아니랴. 오른편 강도 따위에겐 일고의 가치도 없다. 왼편 강도는 그렇지 않다. 얼마나 절망 속에 살았으면, 얼마나 죽을래야 죽을 수 없는 원한 속에 살았으면 그가 죽는 순간에서조차 그럴 수가 있었겠는가. 이것이 소년 김동리의 가슴에 새겨진 창작 동기의 핵이었다.

이 핵이 서서히 자라서 작품으로 이루어지기까지엔 30여 년도 넘는 세월이 소요되었다. 이 나라의 역사적 상황도 크게 바뀌었음은 물론이다. 8·15와 6·25를 거쳐온 이 나라와 이 민족의 역사는 일제 강점기의 그것과는 현저히 달라지고 있었다. 작가 김동리의 생각도 조금씩 달라지기 시작했다. 해방공간의 좌우익 논쟁에서 김동리가 인간성 옹호론을 펴고, 그것으로써 문학가동맹측과 맞선 것은 실상 저 원통하여 마지않은 왼쪽 강도에 대한 옹호론의 연장선상에서였다. 이러한 생각이 6·25를 겪으면서 서서히 쇠약해지기 시작하였다. 더 정확히 말하면 〈구경적 생의 형식〉을 명제화했을 때부터 싹이 돋았던것이다. 김동인론으로 정평 있는 평론 「자연주의의 구경」(1948)에서 김동리는

이렇게 썼다. 〈과학은 인류에게서 신을 박탈하였으나 그 대가로 인류
가 얻은 것은 기계와 허무뿐이었다. 인류가 신을 가졌을 때에는 동시
에 신에 기생하는 우상과 미신과 그리고 신이 거주하는 하늘을 함께
가질 수 있었으나 과학이 신을 추방하는 날 신은 자기의 체내에 기생
시킨 우상과 미신과 그리고 또 인류에게서 하늘을 걷어가 버렸던 것〉
(『문학과 인간』, 6쪽)이라고. 사반에 대한 형언할 수 없는 애착과 함께
뻔뻔하기 짝이 없는 것으로 보였던 오른편 도둑에 대한 비중도 이처
럼 무시할 수 없는 무게로 새삼 다가오는 것이었다. 비록 사반 쪽에
무게중심이 기울어지더라도 그것은 어디까지나 예수와 견줄 때라야
그 의의가 드러나는 그런 관계로 발전되었다. 〈사반의 십자가〉라는
제목의 결정도 이를 말해 준다.

11 메시아 사상과 아기장수 설화

그는 이 작품의 첫 줄을 이렇게 썼다. 〈헤르몬과 언티레바논 두 산
에서 발원하는 요단 강물은 동쪽으로 목마른 광야를 끼고 서쪽으로
꿀 흐르는 땅 가나안을 안으며 북에서 남으로 흘러 죽음의 바다 엽해
에 이른다〉(《현대문학》, 1955. 11, 44쪽)라고.
이러한 첫 대목이 「황토기」의 첫 대목 그대로임은 일목요연하다.
주인공은 왼쪽 도둑으로 설정, 이를 사반이라 불렀다. 완전 허구에
속하는 사반의 본명은 바나바, 가버나움 북쪽 고라신 마을 태생. 부
는 루기오. 행상인이었으나 사반이 태어나기 석 달 전에 장사 도중
소식이 끊겼다. 그러니까 유복자라 할 수 없으나 아비 얼굴을 본 적
이 없다. 사반이 7세 적에 모는 남편 몰래 딸을 낳은 바 있어 이를
막달라 마리아라 했다. 훗날 사반과의 근친상간 관계에 놓이거니와,
이 장면 설정은 「무녀도」의 욱이와 낭이의 그것에 흡사하다.

362

사반 나이 14세에 혼을 정했다가 모의 행실이 알려져 파혼된다. 이 장면은 무녀 모화를 연상시킨다. 사반 나이 17세에 장가를 들었으나 13세의 신부는 기절했고 넉 달 만에 죽었다. 사반이 방랑의 길에 오른 것은 그때부터이다. 갈릴리 호수의 동쪽 산악지대의 절벽을 답사하던 중, 마음에 드는 동굴이 있었다. 가슴이 뛸 만큼 마음에 꼭 드는 동굴. 그러나 그 속엔 이미 주인이 있지 않겠는가. 노인이었다. 뱀과 여우새끼를 팔에 끼고 있는 노인. 사반은 단도를 놓았다. 노인이 말했다. 〈나는 이 굴의 주인이야〉라고. 〈언제부터였는지는 모르지만〉이라고. 〈너도 여기 있고 싶은가〉 했다. 노인은 〈6년 뒤에 만나세〉라고 하며 굴을 비우고 떠나는 것이었다. 3년간 무술을 연마한 사반이 다시 방랑의 길에 올랐다가 세상을 보았고 로마 군사도 죽였다. 그러나 언제나 도망자 신세에서 벗어날 수 없었다. 아무리 무술에 뛰어나도 〈혼자〉서 로마군을 상대하여 이길 수 없다는 깨달음에 이르자 옛날의 굴로 되돌아왔다. 굴 속엔 옛 노인이 돌아와 있었다. 〈또 나를 좇아내려는가〉라고 노인이 말하자 〈아니올시다 노인〉이라고 사반이 말했다. 〈그러면 왜 또 굴에 오는가〉 하자, 〈지혜를 빌리려 왔습니다〉 했다. 〈이제 많이 자랐군〉 했다.

(노인) : 「내가 자네 운명을 점쳐 볼게. 자네 별은 음성(陰星)이야. 암별은 언제나 양성(陽星)을 만나서 비로소 활동할 수 있는 거야」

(사반) : 「그러면 지금 그 양성은 어디 있습니까?」

(노인) : 「그 별은 아직 너무나 먼 곳에 홀로 서 있어. 그 별이 가까워지면 다른 별들은 빛을 잃을거야. 자네와 그는 다 같이 큰 별이야」

(사반) : 「그 별은 언제나 저와 만날 수 있습니까?」

(노인) : 「칠 년 뒤」

(사반) : 「칠 년 동안 저는 무엇을 하고 있어야 합니까?」

(노인) : 「준비를 하고 있게. 이 굴 속에서. 나타나면 파멸이야. 밤에

만 나갈 수 있지. 이름과 얼굴을 나타내고 여러 사람 있는 자리에서 말을 하거나 활동을 해서는 안 돼」

바나바라는 본명을 버린 것은 이때부터였다. 비밀결사인 혈맹단(血盟團)의 조직이 착수되었고, 제일차 단원이 도마, 갈리오, 유다 등 7명이었고 점성가 노인 하닷이 단사(團師)로 추대되었다. 단도로 각자의 팔을 째고 쟁반에 피를 받아 서로 마심으로써 혈맹단이 조직되었을 때 사반은 그 단장에 나아가고 있었다. 혈맹단 조직의 근거란 무엇인가. 메시아 사상이라 하여 작가는 이렇게 적었다.

그에게 새로운 서광을 비쳐준 것은 메시아에 대한 새로운 신념이었다. 메시아를 받들고 메시아와 함께 싸우면 로마군도 물리칠 수 있으리라고 믿었던 것이다. 그 증거로 사반을 옛날 모세가 여호와의 권능을 빌어 홍해를 건너고 애굽의 대군을 격파한 사실과 (……) 그가 이렇게 무력적인 행사에 메시아를 결부시켜서 구상하게 된 것은 근본적으로는 그의 타고난 기질과 지능의 소산이라고 하겠지만 그 직접적인 암시와 계기를 준 것은 하닷의 성점(星占)이었다. 하닷이 그를 가리켜 음성(陰星)이라 하고 그의 상대성(相對星)인 위대한 양성이 나타나 서로 비치게 될 때까지는 굴 속에서 숨어 살아야 한다는 말을 들었을 때 그는 즉석에서 그 〈위대한 양성(수펼)〉을 메시아라고 해석하지는 못했다. 그러나 그 뒤 여러 날을 두고 생각하던 끝에 우연히 그런 생각이 그의 머릿속에 떠올랐던 것이다. 그리하여 그가 혈맹단이란 비밀결사를 구체적으로 구상하게 된 것도 이에 비롯했던 것이다.
　　　　　　　　——《현대문학》, 1955. 11, 62쪽, 일신사판, 27쪽

이 대목은 「사반의 십자가」를 논의함에 있어 제일 중요한 거멀못에 해당된다는 점에서 주목되지 않을 수 없다. 어째서 사반이 주인공으

로 되어 한 편의 장편이 씌어지지 않으면 안 된단 말인가. 사반의 등장이란 곧 혈맹단 조직에 관련된 것이 아닐 수 없다. 로마제국과의 투쟁을 통해 유대민족해방전선을 구축함이란 무엇인가. 김동리에 있어 그것은 일제와의 투쟁을 통한 조선민족해방전선 구축의 더도 덜도 아니었다. 그것을 세계사적 과제의 마당으로 이끌어낸 점이야말로 작가 김동리의 이른바 〈착상의 패기〉라 할 것이다. 요컨대 장편 「사반의 십자가」의 창작 동기이자 그 핵심은 사반의 혈맹단 조직의 동기에 관련된 것이었다.

그 동기를 작가는 〈메시아 사상〉이라 분명히 말했다. 그리고 그 메시아 사상이란, 출애굽기의 모세, 여호수아의 여리고 공략, 기데옹의 용맹, 삼손의 페리시데인 신전 무너뜨리기 등을 가리킴이라고 분명히 적었다. 그럼에도 불구하고 작가는 사반의 그 굉장한 메시아 사상이 단지 그것은 근본적으로는 사반의 〈개인적인 타고난 기질〉과 〈지능의 소산〉이라 규정한 것이었다. 사반의 개인적 천재성에 모든 것(메시아 사상)을 귀속시키고 말았을 때, 작가 김동리는 사반을 사유화(私有化)하고 만 것이었다. 바로 이 점이 〈사반 곧 김동리〉의 기괴하기 짝이 없는 도식을 만들었다, 사반은 곧 저 「황토기」의 억쇠에 다름아니었다. 작가 김동리, 그는 「황토기」의 억쇠를 사반으로 둔갑시켜 이천 년 전 갈릴리 호숫가에 파견시켰던 것이다. 김동리로서는 그럴 수 없이 당연한 일이며, 따라서 작가로서의 그의 정직성이 아닐 수 없다. 김동리는 이 기본항에서 출발, 장대한 사반의 일대기를 전개해 나갔다.

점성가 하닷의 딸 실바(실비아)를 아내로 삼고, 이부동복의 누이 막달라 마리아를 애인으로 삼은 사반은, 혈명단의 두목으로, 그 두목에 알맞는 이런저런 행위를 적절하게 전개해 나갔고 이로써 작가 김동리로서는 일찍이 보지 못한 최대의 장편 「사반의 십자가」가 씌어졌다.

이 메시아 사상을 한갓 사반의 개인적인 총명함으로 파악한 전제하에서 씌어진 「사반의 십자가」의 대단원이랄까 극적인 장면이, 창작의 핵이었던 누가복음 제23장이 아니었던가. 이 점에서 김동리는 단호하였다. 이 단호함이 「사반의 십자가」의 평가 기준이자 김동리만이 책임질 수 있는 제일 확실한 근거일 것이다. 허구적 인물 사반이 김동리의 소유물인 근거도 여기에서 찾아질 것이다.

작가 김동리는 이 점에 명쾌한 해답을 갖고 있었다. 그의 창작의 핵을 이룬 중학 2년 적의 목사의 설교에서 대한 그 나름의 정직한 해석이 이에 해당된다. 골고다의 처형장, 거기 왼쪽 도둑의 그 형언할 수 없는 인간스런 고통에 대한 김동리의 태도는 조금도 흔들리지 않았던 것이다.

사반은 예수에게로 고개를 돌렸다.
「예수여」
「……」
예수는 대답이 없었다.
「임자는 메시아가 아닌가」
사반은 떨리는 목소리로 이렇게 물었다.
「……」
예수는 역시 대답이 없었다.
「왜 표적을 보이지 않는가? 메시아의 표적을」
「그대는 일찍이 그것을 보지 못했던가」
예수는 들릴 듯 말 듯한 낮은 목소리로 간신히 이렇게 되물었다.
「지금이 그때다! 지금 다시 보여야 한다!」
「때는 지났다. 나는 항상 있지 않으리라」
「예수여 임자는 유대를 버리는가」
「그대는 고통 속에서도 오히려 유대를 생각하는가」
「이 아픔 속에서 우리를 구하라」
「육신의 아픔은 육신과 함께 사라지리라」

두 사람의 문답은 신음 소리와 함께 지극히 낮게 건너졌다.

하늘엔 구름이 조금씩 끼기 시작하였다.

—— 초판, 361-362쪽, 민음사판, 364-365쪽

초판이든 개정판이든, 「사반의 십자가」의 창작 동기로서의 〈핵〉은 이처럼 절대적이었고, 불변하는 것이었다. 「사반의 십자가」를 논의할 경우 이 대목만큼 중요한 것은 없다. 사반, 그는 실상 「황토기」의 억쇠의 더도 덜도 아니었음이 이로써 판명되고도 남는다. 사반이란, 기독교와 관련 없이, 「황토기」의 억쇠의 활동상이었을 따름이었기에 그것은 그러하다. 「사반의 십자가」란, 〈억쇠의 십자가〉인 이유가 이로써 조금은 드러나지 않았을까.

다시 한 번 「사반의 십자가」의 핵심 개념이랄까 창작 동기가 메시아 사상이냐 아니냐에 걸렸음을 상기하기로 하자. 메시아 사상이라 했을 때 그것은 저 히브리즘의 이루 말할 수 없는 견고한 세계관에 관련된 것. 이를 억쇠의 범주에서 함부로 이런저런 논법으로 논의할 수 있을까. 역사를, 루카치식으로 말해 사사화(私事化, privatierung)할 수 있을 것인가. 없다.

12 기독교측의 비판과 혼합주의

「사반의 십자가」를 논의하는 마당에서 작가 김동리는 본바닥 기독교측의 다음과 같은 도전을 받았다. 이를 요약하면 다음과 같다(안병무, 「종교가가 본 한국 작가의 종교 의식」).

(A) 메시아 사상에 대해 아무런 언급이 없다는 것. 사반이 메시아의 출현을 기대하고 있다고 하면서도 그것이 그에게 어떻게 가능했는지에 대해 작가는 〈전혀〉 말하지 않으며 그 메시아의 유태 전통도 또

메시아라는 개념에 대해서도 〈전혀〉 말하지 않았다. 또 사반이 메시아 출현을 기다리는 종교적 심리에 대한 묘사도 없다. 이 메시아 사상이 사반의 목적을 위해서나 예수와의 관계에 있어서 또 예수의 운명과 가장 밀접한 관계가 있는데, 어째서 작가는 다른 것에는 그의 지식을 동원하는 친절을 보이면서 이 점에 대해서는 언급하지 않았을까. 바로 이 점에 이 작가의 〈맹점〉이 있으며 따라서 사반과 예수를 거저 스쳐가는 결과를 가져오게 했다. 그 증거로 다음 대목을 들 수 있다.

사반은 본래부터 여호와 하나님도 어떤 신도 믿지 않았으며 또 어느 교파의 교의도 계율도 지키지 않았으나 다만 인력(人力) 이상의 신이력(神異力)과 특히 메시아의 모든 권능을 믿고 있었던 것이다. 따라서 그가 예수를 쉽사리 메사아로 믿으려 든 것도 예수의 모든 이적을 믿었기 때문이다.

—— 일신사판, 310쪽

역사적인 사실로 볼 때 유태인에게는 이러한 생각은 불가능하다. 원래 메시아 사상이란 〈여호와 하느님〉이 이 역사를 다스린다는 신앙에 그 거점이 있기 때문에 〈여호와 하느님〉을 믿지 않고 메시아를 믿었다는 것은 불가능하다. 사반의 저러한 생각을 종교학적으로 말하면 이른바 혼합주의 Synkretismus 에 해당된다. 모든 것을 두루뭉수리로 수용하는 한국적 샤머니즘 또는 정도령 신앙이 이에 해당될 터이다.

(B) 성서를 〈동화 읽기〉 수준으로 나열하고 있다는 것. 네 가지 복음서를 작가는 같은 범주에 놓고 흡사 동화 읽듯 엮었다는 것은 무슨 뜻인가. 복음서 넷은 전승 장르상에서 공통점이 있으나 그 학문적 해석은 각각 독특하다. 그러기에 각 복음서 안에 수록된 자료만 골라낸다면 단편적 전승 자료가 피차 유기적 관계 없이 남게 된다. 특히 요

한복음이 그러하다. 이런 고려도 없이 4복음서를 넘나든다면 어떻게
되는가. 창작이 되려면 거기서 독창적 해석이 나와야 하는데, 그런
흔적이 보이지 않는다.

(C) 하늘나라에 대한 오해. 작가는 하늘나라에의 참례란 〈돈과 권
세와 지위와 그밖의 모든 땅 위의 영화를 거느린 채 하늘나라로 가고
싶어 하는 것〉에 대해 그런 것들을 버려야 한다고 한다. 작가는 〈버
린다〉는 것을 〈땅에 속한 육신을 버리고 영혼으로서 하늘나라에 태어
남으로 이루어지는 것〉이라 했다. 복음서의 하느님의 나라는 이런 것
이 아니다. 그 나라는 그 같은 시간적인 것이 아니며 물질계에서의
도피를 뜻하지도 않는다. 그 나라는 다름아닌 메시아의 나라로서 이
역사 속에 도래할 현실이기 때문이다. 물론 〈회개하라 하느님 나라가
임박했다〉라고 복음서가 말하고 있는 바 이는 이 세계를 비판하는 것
은 사실이다. 이는 낡은 세대의 종말을 가리킴이다. 그런데 예수에게
서 달라진 것은, 〈유태민족을 중추로 하는 새 세계가 아니라 전적으
로 새로운 현실〉이라는 점이다. 예수는 〈반로마적〉 운동 자체에 흥미
가 없었고 동시에 폭력적 저항에도 흥미가 없었다. 예수가 끝까지 사
반과 상반된 것이 있다면 피안, 차안, 하늘, 땅의 양극성이 아니라
오직 낡은 〈민족주의〉에서이다(《문학사상》, 1972. 11, 355-356쪽).

이상의 기독교적 본질을 무시했기 때문에 「사반의 십자가」의 하늘
나라 설교는 〈유심론을 펴는 통속적 불교의 설법〉을 듣는 형국이고,
예수의 기적 행위가 〈동양의 도술사의 거동〉과 흡사하게 되었다는 것
이다.

13 김동리의 자기 방어와 개작

이러한 비판 앞에 노출된 「사반의 십자가」의 대응 방식은 무엇인

가. 창작의 자유를 내세워 묵살해 버리는 방식이 있을 수 있다. 이 경우 작품으로서의 「사반의 십자가」는 퍽 제한적임을 면치 못하게 된다. 작가의 개인적 취향에 전락하거나 잘해야 동양적인 혹은 한국적인 〈사반〉이 되고 말 것이다. 동양적 도술관 혹은 한국적 샤머니즘의 시선으로 바라본 갈릴리 호수와 예수와 골고다의 언덕과 막달라 마리아와 도마와 유다 등도 그 나름의 의미가 없는 것은 아닐 터이나 그래 봤자 동양인 또는 한국인이나 읽는 작품 이상일 수가 없게 된다. 이를 넘어서서 범세계적인 작품으로 「사반의 십자가」가 성립되기 위해서 어떻게 해야 적당할까. 작가 김동리의 야망과 욕심이 이에 있었다고 보는 것은 작가로서는 너무도 당연하다. 초판을 낸 지 24년 만에 작가는 마침내 개작판을 내놓았거니와, 그 개작의 핵심이 〈메시아 사상〉에 있었음은 주목할 장면이라 할 것이다. 다음 두 대목의 개작을 사례로 들 수 있다.

(원작) : 그가 이렇게 조국해방을 위한 투쟁에 메시아를 결부시켜서 구상하게 된 것은 근본적으로 그의 타고난 기질과 지능의 소산이라고도 하겠지만 그 직접적인 암시와 계기를 준 것은 하닷의 성점(星占)이었다.
—— 일신사판, 27쪽

(개작) : 그가 이렇게 조국 해방을 위한 투쟁에 메시아를 결부시켜서 구상하게 된 것은 근본적으로 그도 또한 어찌할 수 없는 유대인의 한 사람이었기 때문이라 하겠지만 그 직접적인 암시와 계기를 준 것은 하닷의 성점이었다.
—— 민음사판, 37쪽

(원작) : 사반은 본래부터 여호와 하느님도 어떤 신도 믿지 않았으며 또 어느 교파의 어떠한 교의도 계율도 지키지 않았으나 다만 인력 이상

370

의 신이력과 특히 메시아의 모든 권능을 믿고 있었던 것이다. 따라서 그
가 예수를 쉽사리 메시아로 믿으려 든 것도 예수의 모든 이적을 믿고 있
었기 때문이다. 그와 동시, 그가 하닷을 그렇게도 믿고 의지하고 사랑한
것도 그와 하닷 사이에 얼크러진 여러 가지 운명적인 연고와 사귐 이외
에, 하닷의 신이력을 크게 샀기 때문이기도 했던 것이다. 이제 그는 마
리아를 잃은 위에 다시 그가 거의 메시아를 믿고 있던 예수와 또 그에게
있어 다른 하나의 정신적 지주가 되어 있던 하닷을 함께 모두 잃은 것이
다. 여기서 스가랴는 사반의 〈이상한 상태〉를 대강 이해할 수 있을 듯하
였다, 그와 동시 자기 자신도 맥이 확 풀려옴을 깨달으며
「단장님 도마와 유다를 다시 예수에게 보냅시다」
하고 갑자기 변해진 듯한 목소리로 이렇게 진언하였다.

—— 일신사판, 310쪽

(개작) :「언젠가는 돌아온다고? 그렇지, 언젠가는 (하닷이) 돌아와
다볼산에 묻히겠지. 그러나 우리는 지금 유대 전역에서 이미 싸움을 벌
이고 있지 않은가? 누가 별을 보여준단 말인가? 예수에게서 더 기대할
수 없게 된 지금 하닷마저 잃었으니 우리는 활과 칼만으로 로마군을 물
리친단 말인가? 이 중요한 시기에 왜 모두 내 곁을 떠나갔단 말인가?」
사반은 평소의 그답지 않은 영탄조로 이렇게 말했다.
스가랴는 사반의 이러한 흥분과 영탄조가 몹시 마음에 걸렸다. 그 용
기와 의지의 덩어리 같았던 사반이 어디로 가고 갑자기 이렇게 심약한
넋두리나 늘어놓는 사람이 되었단 말인가.
이것은 반드시 무슨 연유가 있는 일일 것이라고 그는 생각했다. 예수
와의 두번째 담판에서도 그의 협조를 기대할 수 없게 되었기 때문일까.
그러나 그것은 아직 절망하기엔 이르지 않은가. 아직도 도마와 유다들이
계속 접촉하며 노력하고 있는 만큼 더 참고 기다려야 하지 않을까. 그렇
다면 혹시 마리아 때문일까. 마리아의 출생의 비밀이 밝혀짐과 동시에

제11장 사반과의 대화 371

그녀가 그를 버리고 떠나지 않을 수 없게 되었기 때문일까. 그러나 그러기엔 그녀보다 몇 갑절 아름답고 깨끗한 실비아(실바)가 있지 않은가. 마리아 때문도 아니라면 도대체 무엇에 기인한단 말인가. 여기까지 생각해 보면 스가랴는 어쩌면 이 여러 가지가 모두 합쳐져서 그를 이렇게 딴 사람같이 만들어놓았는지 모른다고 생각했다. 이러한 그를 지금의 침체 상태에서 일으켜세우는 데는 무언가 새로운 희망과 행동의 동기를 마련해 주어야 한다고 스가랴는 생각했다. 그러나 그것이 무엇이란 말인가. 얼른 생각이 나지 않았다. 그런대로 머리에 떠오르는 것은 역시 예수였다.

「단장님, 지금쯤은 예수도 심경이 변한 줄 압니다, 예수를 다시 만나 봅시다」

하고, 화제를 돌렸다.

—— 민음사판, 307-308쪽

이 두 개작 대목에서 주목되는 것은 밑줄친 부분과 사반의 〈인력 이상의 신이력〉 신앙 부분의 삭제라 할 것이다. 메시아 사상이란, 유대인 전체가 품고 있는 것이기에, 이것을 사반 일개의 〈타고난 기질〉이라든가 〈지능〉의 소산으로 본다는 것은, 원리적으로 성립되지 않는다. 개작이 불가피했던 것은 이 때문이다. 〈신이력〉에 대한 신봉 대목을 전면 삭제하고 그 대신 심리 묘사를 도입한 것도 같은 사정에서 말미암았으리라 볼 것이다.

14 진짜 문학과 「을화」를 향한 길

대체 이러한 개작은 무엇을 뜻하는 것일까. 작가 김동리의 창작 관습의 하나로 이해할 수도 있다. 「무녀도」는 세 번(문장 손질 포함),

「두꺼비」도 세 번 개작했고 「솔거」3부작, 「바위」, 「황토기」도 두 번
씩이나 개작했으며, 중요 작품으로 개작을 면한 것은 「인간동의」 정
도임을 감안한다면 「사반의 십자가」의 개작이 새삼스런 것은 아니다.
작가의 자기 작품에 대한 불만이란 당연한 것. 그만큼 그것은 그의
창작 정신의 치열성과 책임감의 뚜렷함을 겸해서 말해 주는 행위로
볼 수도 있다. 그럼에도 불구하고 「사반의 십자가」의 개작에는 별다
른 뜻이 있는데, 왜냐하면 김동리의 최대의 장편이자 그의 그 동안의
역량을 모두 쏟아부었기 때문이다. 그가 개작에 대해 이렇게 적음도
이 때문이다.

예수의 이적에 대해서는 여러 사람들이 여러 가지 말들을 한다. 나는
처음부터 천박한 합리주의에 대해서는 비판적이었다. 그것은 처음부터
나의 철학적 입장이었지만, 그 뒤, 내가 읽은 심령과학의 수많은 과학적
증언들은 나의 이러한 신념을 더욱 굳혀주었다.
그러나, 나는 성경에 기록한 모든 내용을 글자 그대로 받아들일 수는
없었다. 그렇다고 현대의 변증법적 신학들을 긍정한다는 것도 아니다.
나도 신에 대해서나 십자가에 대해서 나름대로의 해석을 가지고 있지만
이 작품에서 그 문제를 본격적으로 다루려 했던 것은 아니다.
이 작품에 나오는 예수의 이적에 관한 이야기나 하닷의 점성술은 나의
다른 작품에서 다루어지는 샤머니즘과도 일치함을 밝혀둔다.
—— 홍성사판, 후기, 1981. 봄

누가 보아도 이 대목은 이유로서 아무런 설명도 되지 않는다. 누구
나 예수의 이적에 대해 또 성경에 대해 자기식으로 해석할 권리가 있
다는 것이니까, 이를 저지하거나 비난할 이유는 그 누구도 가질 수
없지 않겠는가. 자기식으로 해석하고 이해하면 그만일 테니까. 예수
의 이적이나 하닷의 점성술이 샤머니즘과도 일치한다고 주장하는 만

큼 이에 대한 비판이나 논의는 원리적으로 불가능할 뿐 아니라 불필
요하다. 그럼에도 작가가 개작을 시도한 것은 웬 까닭일까. 이 작가
의 관습적인 개작이 아니라면 특별한 이유가 있었을까. 이런 물음에
대해 작가는 다만 이렇게만 말해 놓았을 뿐이다. 〈소재가 소재인 만
큼 미흡한 점이 여간 많지 않았다〉라고. 일차적으로 이 말은 사실일
것이다. 시간적으로 이천 년 전이며 공간적으로 갈릴리 호수변이니까
소재상의 미흡함은 당연할 터이다. 공부를 한다면 이러한 미흡함이
어느 정도 보완될 수 있음은 물론이다. 26년 만에 그러한 보완을 감
행했다. 그렇지만 그 보완이 〈소재〉만이었을까. 사상의 변화도 응당
뒤따랐을 것이다. 이때 작가의 나이 68세였다. 사상의 변화 중의 제
일 뚜렷한 것이 〈메시아관〉이 아니었을까. 개작에서 제일 조심스럽게
다룬 것이 〈메시아관〉이었음이 그 증거라 할 것이다.

　　그러나 이러한 부분적 수정이나 소재에 대한 이해의 폭 넓히기나,
세련화 또는 사반의 심리 묘사의 도입 등도 원리적으로는 별다른 변
혁을 가져온 것은 못 되었다. 주인공 사반을 창조한 것은 유대나라
사람도 로마제국 사람도 아닌 신라 천년의 고도(古都) 경주에서 무지
개처럼 솟아난 작가 김동리였던 까닭이다. 사반이란 누구였던가. 「황
토기」 속에 그 정답이 오롯이 들어 있었다. 억쇠가 그다.

　　〈나는 왜 이렇게 죽음이 두렵지 않고 오히려 시원한지 알 수 없다〉
라고 중얼거리는 사반의 목소리는 영락없는 저 득보의 단도날이 자기
의 가슴 한복판을 푹 찔러 간과 허파를 송두리째 긁어내어 준다면 얼
마나 시원하랴라고 생각하며 최후의 대결장으로 나아가는 억쇠의 목
소리이다.

　　메시아 사상의 경우도 사정은 마찬가지다. 상룡설(傷龍說), 쌍룡설
(雙龍說)에서 비롯되는 「황토기」의 배경은 다름아닌 한국적 메시아
사상이 아니었던가. 어떤 이유로 용이 여의주(如意珠)를 잃지 않았던
가. 아기장수 설화가 바로 그것이 아니었던가. 「황토기」의 절맥설(絶

脈說)이야말로 아기장수 설화의 연장선상에 놓인 사상적 근거였다. 12살 때 동네 장정만큼 힘이 세었고, 20살 무렵 힘을 주체하지 못해 혼자서 바위를 안고 시지푸스처럼 산꼭대기 오르내리기를 반복하였고, 그래도 결국은 그의 백부의 말대로 낫으로 스스로의 어깨를 끊지 않으면 안 되었던 억쇠의 운명이 바로 한국적 메시아 사상이었다.

이러한 아기장수 설화의 사상적 배경이 저 미륵 신앙과 통한다 하고, 그것의 수용 계층이 억압받는 민중에 있었다는 것은 모두가 아는 사실이다. 로마제국 억압 아래 있던, 혹은 바빌론의 유수 속에 헤매던 저 이스라엘 민족의 메시아 사상도 만일 인류사의 보편성을 믿는다면, 일맥상통하는 것이 아니었을까. 약관에 3대 신문 신춘문예의 등용문을 돌파한 작가 김동리 그는 스스로 이 나라 민족 및 민중 문학을 구원할 아기장수 억쇠라 생각했음이 어찌 기이한 생각일까보냐.

실상, 김동리 자신은 〈나름대로〉 신을 믿고 있다고 공언한 바 있다. 그러나 그 신은 〈지금까지 있었던 어떠한 신과도 다르다〉(『생각이 흐르는 강물』, 327쪽)고 했다. 우주를 살아 있는 것으로 보고 그 속에 놓인 생명체의 존재 법칙을 〈리듬의 형이상학〉이라 불렀다. 김동리의 이러한 종교관은 그의 것이기에 그 누구도 무어라 할 필요는 없다. 그렇지만 이러한 김동리식 종교관이 의의를 갖는 것은 그것이 많은 한국인의 종교관을 대표하는 것이라는 점에 있다. 김동리가 선 세대의 한국인들의 종교관이란 많은 경우 혼합주의라 볼 것이다. 많은 경우 어릴 적엔 어머니의 손목에 이끌려 사월 초파일이면 절에 갔고, 초승달이 뜨면 물가의 용왕님께 치성을 드렸고 집안의 아버지는 유교식 책력으로 가풍과 농사일에 임했다. 한편 마을 한쪽에 세워진 예배당에도 자주 드나들며 어린 시절을 보내는 경우가 흔한 풍습이었다.

「사반의 십자가」의 메시아 사상이 진짜 이스라엘 민족의 그것이 아니고, 흡사 동양의 도술사나, 한국의 정도령식으로 그려졌다고 비판당할 수는 있지만 한국인 김동리의 처지에서 보면 그야말로 자연스런 일이 아닐 수 없다. 그는 스스로에 정직할 수밖에 다른 방도가 없었다. 바로 여기에 작가 김동리의 야심의 한계가 있었다. 그것은 작가로서의 김동리의 영광이자 비극이기도 하였다. 이 스스로의 한계를 깨달은 것은 1970년대 초반이었고 송추에서였다.

자기의 한계를 깨우치기야말로 작가적 성숙이자 인간적 세련성이며 문화적 밀도이며 정신사적 강도에로 나아가는 길목임을 염두에 둔다면 김동리의 세 차례에 걸친 송추행 체험은 상징적 사건이 아니면 안 된다. 그는 거기서 사반의 혼령을 만날 수가 있었는데, 이는 그가 혼령술을 획득할 수 있을 만큼 정진되어 있었음을 가리킴이다. 이 혼령술을 그는 〈심령과학〉이라 불렀다. 그 과학의 실험 무대가 송추였다. 작가 김동리의 혼령이 그가 창조한 사반의 혼령과 마주쳤던 것. 사반의 혼령이 그에게 충고해 마지않은 것은 무엇이었던가. 다음 두 가지였다.

(A) 주색잡기를 버리고 오직 문학만을 할 것.

(B) 문학만을 하되 진짜 문학을 할 것.

무엇이 진짜 문학인가. 「을화」라야 한다고 사반의 혼령이 분명히 말하고 있었다. 개인도 아니고 그렇다고 세계도 아닌 중간 지점, 개인과 세계의 접점 지대에 서야 하는 것. 민족적 형식 창출이 그것. 그는 그렇게 하였다. 혼령과의 약속이었던 것이기에 「을화」는 혼령스런 작품이 되었다.

「을화」론
── 모화에서 을화까지

1 개작 「무녀도」와 「을화」

작품 「을화」(1978)의 주인공 을화(乙火)는 무녀의 당호(堂號)이다. 「무녀도」(1936)의 모화(毛火)가 그러하듯이. 을홧골에서 선도산 할머니를 처음 만났다 하여 얻어진 이 이름은 모홧골에서 들어왔다 하여 모화라 부르는 「무녀도」의 모화보다는 비교할 수 없을 만큼 구체적이다. 이 구체성은 「을화」를 이해 및 평가하는 데 있어 기본항이다. 모화에서 을화에 이르기까지 40여 년이 걸렸다는 작가의 고백이 이 사실을 또한 뒷받침한다.

나는 「을화」를 통하여 먼저번 「무녀도」에서 줄거리의 일부에다 분위기만 붙여두었던 이 샤머니즘의 세계를 문학적으로 형상화시키는 일과 아울러 샤머니즘에서 이승과 저승에 관련되는 새로운 문제점을 한국 문학과 나아가서는 세계 문학에 제의해 보고자 하는 것이다.

──『을화』, 문학사상사, 1978, 후기

「무녀도」가 200자 원고지 100매(약 5천 단어)의 단편이며, 이로써 샤머니즘을 다룬다는 것이 그림으로 치자면 데생에 지나지 않을 뿐 아니라, 24살의 청년 작가로서는 역부족이었다는 작가의 고백은 「을화」의 성격을 규정해 놓고 있다고 할 것이다. 을화의 모습이 무녀 특유의 원색미와 율동미를 획득하는 과정이 소설 미학으로 과연 이루어졌느냐에 대한 과제는 잠시 미루어두기로 하자. 데생과 완성품의 비교를 통해 우리가 알아볼 일은 적지 않기에, 너무 서둘 필요는 없다. 데생만 하더라도 데생 나름의 미학이 있는 법이니까.

우선 절대적인 소재인 무당의 존재에 주목할 것이다. 이 과제는 샤머니즘의 본질이라든가 굿의 종류 및 내세관(이승, 저승)에 대한 해명과 맞물리면서도 소설에서는 부가적이거나 배경에 지나지 않는다. 주인공이야말로 소설의 중심이자 행동의 실세여서, 소설의 구성 원리뿐 아니라 소설의 육체를 형성하기에 특히 그러하다. 소설이란, 설명이 아니라 묘사임을 염두에 둔다면 이 점이 분명해질 터이다. 단편 「무녀도」의 개작판(1947)을 표준하여 주인공 모화의 한계랄까 소설적 제약을 검토해 보는 것이 「을화」에 접근하는 지름길의 하나라 보는 것은 이 때문이다. 「무녀도」에서 모화의 무당되기에 대한 필연성이나 운명적 사실이 완전히 빠져 있음에 주목할 것이다.

경주읍에서 성 밖으로 두어 마당 나가 조그만 마을이 있었다. 여민촌 혹은 잡성촌이라 불리워지는 마을이었다.

이 마을 한구석에 모화(毛火)라는 무당이 살고 있었다. 모화서 들어온 사람이라 하여 모화라 부르는 것이었다. 그것은 한머리 찌그러져가는 묵은 기와집으로 지붕위에는 기와버슷이 퍼렇게 뻗어올라 역한 흙 냄새를 풍기고 (……) 이 도깨비 굴같이 묵고 헐리인 집 속에 무녀 모화와 그의 딸 낭이는 살고 있었다. 낭이의 아버지되는 사람은 경주읍에서 칠십 리 가량 떨어져 있는 동해면 어느 길목에서 해물 가게를 보고 있는데 풍문에 의하면 그는 낭이를 세상에 없이 끔찍히 생각하는 터이므로 봄가을철이면 분 잘 핀 다시마와 조출한 꼭지 미역 같은 것을 가지고 다녀가곤 한다는 것이었다. 나중에 욱이(昱伊)가 돌연히 나타나지 않았더라면 이 도깨비굴 속에 그들 어미딸을 찾는 사람이래야 모화에게 굿을 청하러 오는 사람들밖에는 별로 더 없을 정도로, 세상 사람들과는 별로 교섭도 없는 쓸쓸한 그들이었다.

——『무녀도』, 을유문화사, 1947, 27-28쪽

여기서 보듯 모화의 과거에 대한 기록은 전무하다. 그녀는 다만 모화에서 들어왔다고 했지만 그 모화라는 마을이 어딘지, 어째서 그녀가 이 여민촌으로 오게 되었는지는 물론, 어떤 연유로 무당이 되었는지에 대한 언급이 일체 없다. 그 대신, 딸 낭이에 대해서는 넘칠 만큼 많은 정보를 담고 있다. 낭이의 아비가 누구라는 것, 그가 어디 살고 있다는 것, 철마다 찾아온다는 것 등이 그것인데, 여기서도 자세히 보면 어째서 그가 낭이의 아비가 되었는가에 대해서는 여전히 건너뛰고 있음이 판명된다. 발표 당시의 「무녀도」 원작에는 이 아비의 존재가 완전히 생략되고 그 대신 모화의 말이라 하여 낭이는 〈수국따님〉(용신의 딸)이라고 자기는 다만 잠깐 맡아서 기르는 그러니까 〈작은 어머니〉격이라 했다(개작에서도 이 점은 그대로 남겨놓아 오히려 어색한 형국을 빚어놓았다).

한편, 욱이의 출생 비밀은 이렇게 되어 있어 뚜렷하다. 〈모화가 아직 모화에 살 때 귀신이 짚이기 전, 어떤 남자와의 사이에 생긴 사생아였다〉(32쪽)라고 했던 것이다. 물론 여기에도 모화의 행적이나 사생아를 낳게 된 경위는 오리무중이다. 원작에는 낭이의 아비에 대한 구체적 기원은 전혀 없고, 다만 욱이 아비에 대한 기록만 적었는데, 〈모화가 낭이 아버지를 보기 전 옛날 그가 좋아하던 어느 화랑이의 아들이었다〉(《중앙》, 1936. 5, 125쪽)라 했던 것이다.

제12장 「을화」론　379

원작이든 개작이든, 낭이와 욱이의 출생 비밀에 관한 대목은 드러나 있으나 정작 중요한 주인공 모화의 이력에 관해서 아무런 언급도 없음이 이로써 분명해졌다. 단편 「무녀도」의 치명적 결함이 이로써 말미암았다. 요컨대 모화는 무녀로서의 기원이랄까 뿌리가 없었다. 이러한 결함이 단편 형식에서 말미암았다고 볼 수는 없다. 샤머니즘을 본격적으로 다루기 위한 소설이라면 장편이나 단편을 가릴 것 없이 그 주체인 무당의 기원이 불가피하며 따라서 한 인간이 무당으로 변신하지 않을 수 없는 운명적 사실과 그 인과 관계의 등장이 불가피할 것이다. 「을화」의 최강점은 이 사실의 점검 및 그 확인에 알게 모르게 관련되었음이 판명된다. 아들 영출의 뿌리 점검도 이 연장선상에서 설명된다.

2 「무녀도」와의 절망적 관계

「을화」는 물론 짧지만 장편이다. 〈무녀의 집〉에서 비롯, 〈두 하느님〉, 〈강신〉, 〈달빛 아래〉, 〈을화무〉, 〈을화무의 발전〉, 〈교회를 찾다〉, 〈박장로〉, 〈태주할미〉, 〈굿과 예배〉, 〈나들이가 불러온 것〉, 〈성을 찾다〉, 〈생부집에서〉, 〈성경과 칼〉, 〈종이등불〉 등 모두 15항목으로 구성되어 있다. 과연 이러한 분류와 항목 명칭이 무슨 의미를 띠는가에 대한 검토란, 「을화」의 형식 논의에서는 일단 짚고 넘어갈 필요가 있다. 장편 「사반의 십자가」가 모두 8장으로 된 당당한 구성을 갖춘 것에 비해 「을화」의 15항의 장 개념은 비할 바 없이 초라한 형식적인 것에 지나지 않는다. 분량상으로 보아도 「을화」는 장편급에 들기엔 무리가 있다. 그럼에도 작가 자신이 「을화」를 장편으로 규정했음은 웬 까닭일까. 그는 이렇게 말한 것이 있다.

나의 대표작 운운하고 자주 거론되는 작품이, 단편으로는 「등신불」,
「무녀도」, 「황토기」, 「늪」, 「까치소리」 등이요, 장편엔 「사반의 십자
가」, 「을화」 등이다. 「을화」를 취하기로 한다. 「을화」와 「무녀도」는 같
은 소재다. (……) (「무녀도」는) 소설로서 제대로 되었다고 볼 수는 없
었다. 내가 이 소묘를 다시 캔버스에 옮기겠다고 약속한 것은 여러 차례
였다. 그리하여 그것을 결행한 것은 지난 78년 그러니까 데생을 발표한
지 43년 만에 「을화」가 장편으로 태어난 것이다.
——『밥과 사랑과 그리고 영원』, 298쪽

작가가 「을화」를 장편으로 규정했음이 위의 인용에서 확인된다. 뿐
만 아니라 작가는 「을화」를 두고 다음과 같이 말해 놓기조차 했다.
〈남들 눈에는 비슷할지 모르지만 나에게 있어서는 결사적인 작업이었
다고 해도 과언이 아니다〉(같은 곳)라고. 「무녀도」와 「을화」의 차이
는 〈결사적〉이라는 표현에서 드러나듯 대단한 것이었음이 또한 판명
된다. 무엇이 작가로 하여금 〈결사적〉이게끔 만들었으며, 작가는 「을
화」에서 무엇을 걸었단 말일까. 「을화」의 작품상의 성패와는 별도의
시각에서 이 〈결사적〉이라는 표현의 의미가 밝혀져야 할 성질의 것이
리라. 그렇지만 〈결사적〉이라는 말 속에는, 소묘(밑그림)와 본 그림
사이에 놓인 〈절망적인 관계〉와 결코 무관하지 않을 것이다. 데생으
로 「무녀도」가 확고부동하게 놓여 있는 만큼, 이에 기틀을 두는 한
어떤 작품도 자유로울 수 없게 마련이었다. 더구나 작가는 「무녀도」
의 개작을 1947년에 거의 전면적으로 실행한 바 있었음에랴. 원작
「무녀도」엔 이성동복 남매 낭이와 욱이의 근친상간이 이루어져 있었
으며 욱이는 감옥에서 풀려나온 살인 범죄자였으나, 개작에선 이 대
목을 전부 삭제하였다. 아무리 무당의 자식들이고, 이성동복의 남매
이긴 하나, 근친상간의 설정은 그로테스크함에서 벗어날 수 없는 노
릇이다. 아들 욱이를 기독교인으로 고치고 근친상간을 삭제한 곳에

개작이 지닌 최대의 강점이 있었다(『김동리와 그의 시대』 제1부, 제5장 참조). 「무녀도」의 토속적이고도 비문화적인 부분을 문화적 혹은 문명적 영역으로 개작했기 때문이다. 작가로 하여금 〈필사적〉이게끔 몰아넣은 것은, 「무녀도」의 원작과 개작의 억압에서 벗어나기 위한 몸부림으로 볼 것이며, 다르게 말하면 원작 및 개작이 지닌 견고성이랄까 작품으로서의 완결성을 의미하는 것이기도 하다. 특히 「무녀도」 개작이 그러하다고 볼 것이다. 「무녀도」의 개작 이후에도 작가가 이에 손을 대어 세번째로 완성했지만 이 재개작으로서의 세번째 것은 자구 수정에 지나지 않았음을 염두에 둔다면 개작의 완결성이 뚜렷했음을 알 수 있다.

그럼에도 불구하고 굳이 「무녀도」를 데생이라 규정하고 여기에다 초록빛 물감을 칠해서 찬연한 작품으로 만들어야 한다는 강박 관념에 거의 반평생을 건 이유는 과연 무엇일까. 분명하게 알아낼 방도는 없겠으나 그것이 회심의 대작 「사반의 십자가」와 알게 모르게 관여되었음을 추측할 수 있다. 그 실마리로 송추의 겨울 골짜기에서의 사반과의 대면을 들 것이다. 눈 쌓인 한겨울 송추 골짜기에서 작가 김동리가 사반의 혼령을 불러내고 그와 대화를 했을 때는 「사반의 십자가」를 쓴 지 16년이나 지난 시점이었다. 여러 가지 점에서 「사반의 십자가」는 「황토기」와 닮아 있어 그 밑그림이 「황토기」였음을 은밀히 읽어낼 수조차 있었다. 작가는 「사반의 십자가」에 혼신의 힘을 기울였으며 그 착상의 패기로 말하면 「무녀도」 따위는 비교도 될 수 없이 강렬했음에 틀림없다. 그것은 「무녀도」보다 월등히 원초적이었다. 유년기부터 예배당에 다녔으며 미션계 중학으로 신식 교육을 일관한 김동리에 있어 「사반의 십자가」란, 이처럼 뿌리 깊은 것이었다. 중학교 2년 때에 들은 목사의 성경 강론에서 「사반의 십자가」의 착상이 얻어졌다는 사실이 바위처럼 이를 증거한다. 「무녀도」를 쓰기 전에 그는 「사반의 십자가」부터 먼저 써야 사리에 맞는다. 그만큼 「사반의 십자가」는 그에겐 그야말로 육화(肉化)된 사상이며 소재이자 내용 자체이기도 하였다. 그렇지만 이런 소재나 내용이 「황토기」의 장수 설화로서의 한국적 메시아 사상과 결합시키기 위한 지적인 조작이 그에겐 허여되지 않았을 뿐 아니라 그러한 지적 조작에 나아갈 만한 힘도 여건도 이루어지지 못했기에 「무녀도」가 먼저 나올 수밖에 없었다. 그가 반평생을 두고 고민하고 앓고 한 문학적 도전은 「무녀도」가 아니라 「사반의 십자가」였음이 이로써 분명하다. 그가 그의 이러한 야심을 성사시킬 만한 역량이 축적된 단계에 이르기까지엔 많은 세월이 요청되었다. 그 직접적 계기의 하나로 6·25를 꼽을 것이다. 그가 항용 말하는 〈대한민국 정식정부〉라는 표현에 일단 주목할 것이다. 상해 임시정부에 대응되는 이 용어는, 실상 미·소 양극 체제의 산물이 아니었던가. 6·25는 그로 하여금 이 사실을 너무도 분명히 깨치게끔 만들었다. 6·25란 그러니까 세계사에 이 나라가 직결되는 계기를 제공하고 있었다. 그것은 한국이 바야흐로 기독교 문명권에 직결되었음을 알게 모르게 선언하고 있었다고 볼 것이다. 한국과 서구의 대결, 혹은 동양과 서양의 대결 구도로 이 사정이 요약될 수 있다. 6·25를 겪은 뒤의 작가 김동리의 야심이 불타올랐던 것은, 한국인의 정신적 기반과 기독교의 그것이 과연 어떤 대결 양상을 띨 수 있었는가에로 치달았다. 「무녀도」에서 이미 그가 시도했던 샤머니즘과 기독교의 충돌이 새삼 선명해지는 것이었다.

한국인이 세계사에 전면적으로 노출되는 계기로서의 6·25란, 그리고 그 6·25의 극복이란, 서양과의 대결이랄까 비교에서 비로소 그 의미가 분명해지지 않겠는가. 이 물음 위에 설정된 것이 「사반의 십자가」이다. 사반의 메시아 사상이란 그러기에 억쇠의 저 아기장수 설화와 등가사상이었던 것이다. 그리고 그것은 또 「무녀도」에서 이미 시도한 샤머니즘과 기독교의 대결 구도 그것이기도 했던 것이다.

그러나, 참으로 불행하게도 김동리의 이러한 작가적 야심은, 불발에 끝나고 말았는데, 이는 김동리 문학과 더불어 이 나라 문학의 가장 안타까운 부분의 하나가 아닐 수 없는 마당에 이르고야 말았다. 왜냐하면, 「사반의 십자가」가 응분의 문학적 평가를 얻어내지 못했음에 이 사정이 관여된다. 특히 기독교측의 반응은, 안병무가 논파한 바처럼, 메시아 사상의 무지로 요약되고 있었다(안병무, 「종교가가 본 한국 작가의 종교 의식」, 《문학사상》, 1972. 12). 「사반의 십자가」의 개작에서 김동리가 이에 얼마나 민감히 반응했는가를 엿볼 수 있음은 물론이다. 「사반의 십자가」는, 감동리의 문학의 원점임엔 틀림없지만 참으로 불행하게도 응분의 평가를 얻지 못하고 불발에 그친 형국이었다. 작가 김동리에 있어 이것은 심한 작가적 좌절로 이어졌으며, 그 이어짐은 무려 16년이나 지속되었다.

16년 만에 그가 사반의 혼령을 불러낸 사실이 그 증거이다. (1) 자연, (2) 문학, (3) 가정, (4) 도박, (5) 여자, (6) 서예, (7) 골동품 등에 빠져 있는 김동리에게 사반의 질문은 분명하였다.

    (사반) : 「그런 것은 내가 보기엔 아무려나 별 수 없는 것 같소. 뚜렷한 어느 것 한 가지가 없다는 것뿐이니까. 내가 알고자 하는 것은 결국 당신은 민족이나 국가 또는 나아가서 인류의 운명 따위엔 별로 관심이 없단 말이오?」

    (김동리) : 「관심이 없다고 할 수는 없지만 나를 지탱하는 것은 어디까지나 내 자신에 직접적으로 얽혀 있는 상황들이라고 볼 수밖에 없소. 국가 민족이나 인류 운명 같은 것은 내 자신을 직접적으로 지탱하는 문제와는 별도로 보고 있소」

    (사반) : 「당신은 그러한 여러 가지에 의해 지탱되고 있기 때문에 쉽사리 쓰러지지는 않을 거요. 하지만 그런 것은 이미 일부 죽어가고 있다는 것과도 비슷하오. 내가 보기에 당신은 스스로를 무척 지혜롭다고 자부하는 듯한데 그렇기 때문에 실천력이 없는 것 같소. 모든 것을 다 뿌리치

고 문학과 등산에만 유념하시오.

——『고독과 인생』, 백만사, 191-192쪽

사반의 혼령이 송추에 나타나 작가 김동리에게 한 마지막 충고가 이것이었다. 이 충고 속에는 다음 두 가지 내용이 담겨 있었는데, 「을화」를 쓰라는 것이 그 하나이며, 「을화」를 쓰되 심령과학을 참조하라는 것이 그 다른 하나이다. 「사반의 십자가」란, 너무 아득하여 오히려 허망하지 않았던가. 시간적으로 이천 년을 건너뛰었고 공간적으로 갈릴리 호숫가를 가로질렀던 것. 그 내용을 이루는 네 가지 복음서도 저마다의 질서와 소명 의식으로 씌어진 정밀한 수사학으로 짜여 있는 것인데, 이를 동화 읽듯, 정감록 해독식으로 종횡무진으로 인용해서야 남의 빈축만 사고 말지 않았더냐. 그러기에 그것은 문학의 범주를 넘어선 것이었다. 사람들은 「사반의 십자가」를 문학으로 대하지 않은 것은 이 때문이었다. 이제부터는 〈문학〉을 하라. 〈문학〉이란 무엇이겠는가. 「무녀도」나 「황토기」 언저리가 아니겠는가. 시기적으로는 그대의 유년기를 넘어서지 않을 것, 공간적으로는 그대가 자란 천년 고도인 경주에서 벗어나지 않을 것. 왜냐하면 소설의 육체를 이루는 기본항이 묘사인바 그것은 〈기억〉의 지평 내에서만 가능한 것이니까.

이러한 소재에다 심령과학을 보강할 수 있는 것은 무엇이겠는가. 혼령을 부르는 세계란, 「황토기」계가 아니라 「무녀도」계가 아닐 수 없다. 「을화」를 쓰게 된 창작 동기가 여기에 있었다.

이렇게 작정을 한 것은 곧 〈문학〉을 다시 하는 경우와 흡사한 심경이었으리라. 그가 〈결사적〉이었다 함은 이 사정을 말해 주는 것이 아닐 수 없다. 회갑을 넘어서고도 5년이나 지난 인생 황혼기에 부딪친 최후의 시련이기에 〈결사적〉일 수밖에 없었다. 뿐만 아니라 밑그림으로서의 원작 및 개작의 「무녀도」가 지닌 고전성이랄까 그 완벽성이 그로 하여금 〈결사적〉이게 만들기에 모자람이 없었다. 그렇다면 「무녀도」의 허점이 없단 말인가. 그만큼 고전적이기에 그만큼 그 한계돌파도 난감했을 터이다. 그렇다고 해서 포기할 수도 없는 마당이기에 결사적일 수밖에. 드디어 그가 찾아낸 방법은 무엇이었던가. 「을화」 속에 그 해답이 들어 있음은 새삼 말할 것도 없다.

3 결사적 행위로서의 장편 형식 찾기

단편 형식과 장편 형식의 대결이 그것. 그가 〈결사적〉으로 찾아낸 방법론은 이 형식의 문제였다. 이는 「을화」의 작품 성과가 「무녀도」의 그것을 능가한다든가 못 미친다는 사실과 불가분의 관계에 놓임을 시사함과 아울러 그 별개성을 가리킴이기도 한 것이다. 당초 작가는 「무녀도」를 한갓 데생으로 치부했음에 주목할 필요가 있다. 완결성을 두고 소묘였다고 했을 때, 그리고 그것이 작가의 한갓 관념이었음이 판명될 때, 작가는 〈결사적〉일 수밖에 없었으며 그 성과는 처음부터 불가능한 것이 아닐 수 없었다. 겨우 찾아낸 길이 장편 형식으로 개조하는 일이었는데, 이로써 「을화」는 별개의 작품이 될 수밖에 없었다. 그는 이 장편 형식을 데생에 대한 〈형상화〉라 부르기도 했다.

나는 이 데생을 제대로 형상화시켜야 한다는 것을 나의 제일 중요하며 핵심적인 문학적 과제라고 생각해 온 지도 수십 년 전부터의 일이다.
그러면서도 그것은 결코 쉬운 일이 아니었다. 얼핏 생각하면 단편으로나마 한 번 썼던 것이니까 좀 늘이면 되지 않나 할지도 모르지만 소설에 있어 형식의 문제는 그렇게 간단할 수 없다. 단편을 늘여서 중편도 되고 장편도 된다고 생각하는 사람은 소설에 있어 형식이 무엇인지를 모르는 사람일 것이다. 이야기의 내용이 비슷하다거나 주제가 같은 성질이라든

가 하는 것과, 단편을 별개의 독립된 중장편으로 쓴다는 것과는 근본적
으로 별개의 문제가 아닐 수 없다.

——『을화』, 문학사상사, 1978, 후기

　「무녀도」(개작)가 단편이라는 사실은 또 그것이 단편으로 완결되어
고전성을 획득했다는 뜻이다. 그럼에도 이를 데생이라 부른 것은 자
체 모순이 아닐 수 없다. 이 자체 모순을 극복하는 길은 단편「무녀
도」와는 별개로 장편(중편이란 형식이 길이에 관여된 명칭이기에 장르상
의 분류 개념으로는 장편 형식에 지나지 않는다)을 꾸미는 일이 고안되
었던 것이다. 그렇다면 단편과는 다른 장편의 형식상의 특징은 무엇
인가. 앞에서 이미 이에 대한 예비적 지적을 해둔 바와 같이 그것은
주인공의 기원의 유무와 불가분의 관계에 직접 간접으로 관여된다.
　「무녀도」의 첫머리는 모화가 살고 있는 집 묘사에서 시작된다. 묵
은 기와집, 풀과 지렁이 등이 우글거리는 모화네 집의 묘사와 모화의
살아가는 방식 및 딸 낭이에 대한 모화의 극진한 태도가 밝혀진다.
뿐만 아니라 낭이의 아비까지 언급되고 있다. 「을화」의 첫 대목도 이
와 크게 다르지 않다. 〈무녀의 집〉이라는 소제목이 이 점을 잘 말해
준다. 을화의 집 묘사에서 신단을 어떻게 차려놓았다든가 딸 월희의
용모의 어떠함이라든가 〈그 파란 달조각 같은 얼굴〉 또는 〈끈적끈적
묻어날 것 같은 잠긴 목소리〉 등의 표현이 어느 수준에서 설명 아닌
묘사(형상화) 범주에 들긴 하지만 단편과 장편의 형식적 구별점은 아
닌 것이다. 그 구별점은 「을화」의 제2장인 〈두 하느님〉에 등장하는
아들 영술의 설명 및 묘사에 있기보다는 제3장 〈강신〉과 제4장 〈달빛
아래〉에서 찾아진다. 을화의 기원이자 동시에 이성동복의 자매 영술
과 월희(달님)의 탄생 기원에 관련된 이 두 장은 「무녀도」에서는 한
두 마디밖에 찾을 수 없는 긴 설명과 묘사로 처리된다.
　〈을화는 그때 아직 열여섯 살밖에 나지 않은 어린 처녀의 몸으로

영술을 낳았다〉라고 시작되는 〈강신〉장이야말로 「을화」만이 갖는 독자성이다. 동시에 그것은 「무녀도」와의 변별성이자 세계성의 실마리이기도 한데, 왜냐하면 한국인의 생사관의 한 고층(古層)적 측면을 세계 속에 드러낼 수 있는 가능성이 담겨 있기 때문이다. 무녀란 무엇인가. 이 물음의 문학적 응답이 한국적으로 되기 위해서는 그 기원이 한국어로 묘사되지 않으면 불가능하다고 할 때 이 〈강신〉장은 단연 독보적이다.

무녀가 되기 전의 을화의 본명은 옥선(玉仙)이었다. 본디 옥선이 태어난 마을은 역촌(驛村). 옥선의 아비는 역졸집 아들로 명색이 농사를 짓고 있었지만 농사일보다 노름판을 더 밝히는 놈팡이. 옥선이 3살 적에 아비는 노름판에서 칼에 맞아 죽었다. 옥선모는 그때부터 옥선을 데리고 밤나뭇골로 들어가 남의 집 농사일을 거들며 살았다. 옥선이 처녀의 몸으로 아들 영술을 낳은 것은 16세적. 상대방은 이웃집 더벅머리 총각. 그것도 전부터 눈이 맞은 사이라든가 연애 관계에 있었다든가 하는 것도 아니었다. 울타리 하나를 사이에 두고 얼마든지 서로 건너다보며 한집같이 상대방의 형편을 알고 지내는 이웃간이었지만 그렇다고 더벅머리 쪽에서 옥선에게 눈독을 들였다거나 따로 만나 수작을 붙였다거나 하는 일이 있었던 것도 아니었다. 그렇다면 이 남녀를 맺어준 매개체란 대체 무엇이었을까. 기원이랄까 인과 관계를 문제삼는 마당에서라면 이 장면을 결코 허술히 할 수 없다. 작가는 그것을 〈고추장〉으로 처리하였는데, 이것은 참으로 의외이면서도 자연스러운 김동리다운 방식이라 하지 않을 수 없다.

그 해 마침 더벅머리네 고추장이 달다고 이웃간에 소문이 나서 을화네도 두 차례나 얻어먹은 일이 있었는데 여기 유독 입맛을 들인 것이 그녀였다. (……) 두번째 얻어온 더벅머리네 고추장 접시를 이제는 마지막으로 접시째 들고 핥고 있던 옥선이가 그 어미를 보고,

「엄마, 요번에 출이네 일 가거든 고추장 한번만 더 얻어오너라」했다. 출이란, 더벅머리의 이름 성출(性出)을 줄여서 쉽게 부르는 말이었다.

어미는 일에 찌들어 새빨갛게 익은 얼굴로 옥선을 가볍게 흘겨보며 「가시나가 싸잖게 먹성만 밝힐래?」하고 나무라주었다.

—— 같은 책, 46쪽

고추장이란 무엇인가. 가장 토속적인 식품이되 그 색깔과 맛은 향신료 이상의 짙은 맛을 지닌 것이기에 이를 매개항으로 남녀의 어우러짐이 이루어졌다 함은 이 작가만이 할 수 있는 역량이라 할 것이다. 일시적인 서민의 삶의 기호품도 아니지만 그렇다고 간장처럼 기본적인 음식과도 구별되는 한국적 발효 식품으로 고추장을 꼽을 수 있고, 그것이 저층의 서민의 삶의 어떤 성감대를 자극할 수 있었다는 것은 특이한 발상이 아닐 수 없다. 작가 김동리의 고유한 발상법이지만 그만큼 무거운 필연성으로 놓인 이 〈고추장〉의 육체성은, 어쩌면 작가의 개인적 취향과도 무관하지 않을지 모른다.

옥선의 배가 불러오자 모녀는 동네에서 쫓겨나 옥선이 태어난 역촌 삼거리로 옮겨 술장사를 했고 옥선은 사내아이를 낳았다. 영술이라 이름지었다. 어째 하필 영술이라 지었던가. 작가는 그 이유를 더벅머리의 이름 성출에서 연유한다고 지적해 마지 않았다. 〈만약 영술이란 이름과 비슷한 소리라는 데까지 어미의 생각이 미칠 수 있었던들, 그녀가 얼마나 지금도 그 더벅머리를 잊지 못하고 있는가를 헤아릴 수 있었을 것〉이라 했다. 작가가 모든 것의 기원(인과론)에 얼마나 신경을 썼는가는 이로써도 엿볼 수 있다.

옥선이 중늙은이의 후실살이로 시집을 갔을 때가 19세. 남편이 죽고 얼마 지나지 않아 어미까지 죽자 옥선은 그곳에서 십 리나 더 들어가는 잣실로 옮겼다. 이 무렵 갑자기 영술이 앓기 시작. 마마(손님) 같다고 했다. 사흘 동안 옥선은 앓고 있는 아기를 보다가 저도

제12장 「을화」론 389

모르게 〈빌어야겠다〉는 생각이 미쳤다.

  문득 어느 날 새벽 하느님전에 가 빌어야 하겠다는 생각이 들었다. 그
녀는 그 길로 가만히 집을 빠져나와 거기서 한 오리나 되는 을홧골 서낭
당을 찾아갔다.
  서낭당 앞에 선 옥선은 대고 손을 비비고 절을 하며 우리 영술이 손님
무사히 치르게 해줍소사, 하고 빌었다. 그렇게 열세 번인가 절을 하고
났을 때 갑자기 「빡지한테 가거라」하는 소리가 들리는 듯했다. 빡지라
고 하면 그 동네에 사는 유명한 무당의 이름이었다. 얼굴이 빡빡 얽었다
고 해서, 빡지니, 빡지 무당이니 하고 불렀던 것이다. (아, 이것은 하느
님께서 우리 영술이를 살려주실라고 가르쳐주시는 거다) 옥선은 이렇게
생각하고 그 길로 빡지 무당을 찾아갔다. 빡지 무당은 옥선의 이야기를
듣자,
  「하, 칠성님께서 그 집 아들의 밍(명)줄을 붙잡아주시는기라」
  했다.

—— 같은 책, 58쪽

  이때 옥선 나이 21살. 여기서도 작가가 얼마나 을화의 기원 해명에
열심인가를 엿볼 수 있다. 절망에 빠진 옥선이 갑자기 〈빡지한테 가
거라〉라는 소리를 들었다는 것은 이른바 현상학에서 말하는 〈지향성
(志向性)〉에 해당되는 것. 어딘가 빌어야 하겠다는 것, 그것도 간절
히 빌어야 한다는 절박감이 스스로의 목소리를 자아낸 것이기에 이는
무의식의 발로이기도 하다. 〈어째서 하필 무당이어야 했을까〉는, 옥
선이 자라온 당대의 토착적 생활 문화 감각에 그 해답의 열쇠가 있는
만큼 극히 자연스런 현상이 아닐 수 없다.
  빡지 무당의 지시대로 굿상을 벌린 것은 이튿날이었다. 무당이 흔
드는 방울 소리, 그리고 확 편 부채는 그 자체가 일종의 미의식이었

다. 영술이 눈을 떠서 바라본 것은 이 부채였다.

굿을 마친 그날부터 빡지의 말대로 영술의 숨결이 편해졌고 그 다음날은 두 눈에 맑은 기운이 돌았다. 열흘이 지나자 아주 회복되었다. 요컨대 급성 전염병인 마마가 걸렸던 아기가 자체의 능력으로 회복되어 간 것이겠으나 이를 지켜보며 아무런 예방약도 못 가져 안타까워한 가족측의 처지에서 보면 신령님에게 비는 방법뿐이었다.

문제는, 여기서부터 생겨난다고 작가는 적었다. 〈그러나 영술이 회복되기 시작했을 무렵부터 이번에는 옥선이 아들 대신 자리에 눕고 말았다〉(64쪽)라고. 약을 써도 아무 효험이 없이 얼굴이 누렇게 뜨고 두 눈이 퀭하게 패어 들어가기 3개월째 옥선은 다시 을횟골 서낭당을 찾아갔다. 〈서낭마님, 서낭마님, 이 년은 밤마다 야릇한 꿈을 꾸어 살 수가 없습니다. 꿈속에 늘 무서운 할머니가 나타나……〉라고 빌기 사흘날째 되는 밤, 꿈에 나타나 못살게 굴던 무서운 할머니가 장승밑을 가리키고 사라졌다. 〈장승 밑이다〉라고 가리킴이란 대체 무엇이었을까. 〈장승 밑이다〉〈장승배기다〉라고 했을 때, 물론 그것은 서낭당과 다른 것이지만 마을 수호신이 있는 장승배기란 필시 마을 이름으로 되어 있었을 터이다. 옥선이 알아낸 장승배기는 경주읍 근처에 있는 작은 동네 이름이 아니겠는가. 그 마을에서도 두어 마장이나 떨어져 있는 곳에 돌로 된 두 기의 장승이 양쪽 길가에 있었는데 한쪽은 머리가 떨어져 나가 반동강이만 서 있었다. 옥선은 이 반동강의 장승밑을 파기 시작했다. 까만 헝겊 조각으로 싼 네모진 푸른 함이 나왔다. 삭을 대로 삭은 헝겊 속의 석함을 열자 (1) 둥근 청동 거울, (2) 옥가락지 한 쌍, (3) 방울 하나가 들어 있지 않겠는가. 그 순간 옥선은 가슴이 두근거리고 머리가 어지럽고 팔이 저렸다. 닥치는 대로 당할 수밖에 없다고 생각한 옥선은 먼저 거울을 집어들어 자기 얼굴을 보았다. 자기 얼굴이 아니었다. 두 눈이 뻐끔하고 광대뼈가 솟고 새집모양 헝클어진 머리의 어떤 늙은 아낙이 아니겠는가.

4 작가의 맨얼굴 드러내기(1)

물론 석함은 옛날의 어느 큰 무당의 유품이었다. 작가는 이 장면에
서 맨얼굴을 드러내어 천년 고도의 경주가 지닌 민속사의 고층(古層)
적 의미를 명시해 놓았다.

> 야릇한 일도 있다고, 옥선은 거울을 뒤집어보았다. 거울 뒤는, 윗 부
> 분에 선도산 그림과 해, 달이 새겨져 있고, 그 아래는 한가운데에 조금
> 큰 글자로 〈일월 대명두(日月大明斗)〉라 새겨지고 그 양쪽에는 그보다
> 조금 작은 글자로 〈선도 성모(仙挑聖母)〉, 〈대왕마님(大王媽任)〉이라고
> 모두 한문 글자로 새겨져 있었다. 물론 이러한 한문 글자들을 그때 그녀
> 가 해독할 수는 없었고, 뿐만 아니라 그것이 무슨 뜻인지도 전혀 알지
> 못했다. 그 뒤에까지도 그녀는 다만 〈선도 성모〉란 말이, 선도산을 상징
> 하는 여성을 가리키는 뜻이란 것을 얻어들었을 뿐 〈일월대명두〉나 〈대왕
> 마님〉이니 하는 글자들이 무슨 뜻인지, 그때는 전혀 알 수 없었지만 나
> 중에까지도 똑똑히 가르쳐주는 사람을 만날 수 없었다.
>
> —— 같은 책, 68쪽

작가는, 이 대목에서 스스로 작가임을 포기하고야 말았는데, 주인
공 을화 속에 무녀의 형상화를 해낼 능력이 부족한 탓이었다. 만일
을화가 저러한 거울에 새겨진 한문 글자의 의미를 소화해 낼 능력이
없다면 그것은 작품으로서의 실패를 의미할 것이다. 형상화 미달이거
나 초과는 작품의 미달 혹은 초월 현상에 직통한다고 보기 때문이다.
〈선도성모〉라든가 〈일월 대명두〉가 아무리 대단한 역사성을 가진 의
미라 할지라도 그것이 을화 속에 육화되게끔 그려내지 못한다면 한갓
설명이거나 관념에 지나지 못한다. 더욱 난처한 것은 이러한 관념 및
설명 우선주의가 여기에 멈추지 않고 소설 말미에 주석의 형태로 등

장한다는 점에 있다. 주석을 작가는 무려 16개나 달아놓았으며 그 중
첫번째가 바로 〈명도〉이다. 명도 또는 명두라 하는 이것은 한문 글자
로는 〈明圖, 明斗, 冥途〉라 쓴다고 하고, 이 말의 두 가지 용법으로
〈태주〉라는 갈래와 〈명도 거울〉 갈래를 들고, 후자에 대해 이렇게 설
명해 놓고 있다.

　　명도 거울은, 무당들이 흔히 자기들의 몸주(수호신)의 상징으로 쓰는
청동 거울을 가리킴. 이 거울은 앞이 조금 볼록하고 뒤엔 해·달·별 따
위 그림과 함께 日月大明斗라는 글자도 새겨져 있음. 명도를 明圖 또는
明斗라고 쓰는 경우 모두 이 明大, 明斗와 통하는 것으로 斗는 斗星 즉
북두칠성의 뜻이지만 여기서 다시 日月星辰이란 뜻으로 발전하여, 밝음
을 가리키게 되고, 그 밝음이 거울과 연결이 된 것임. 明鏡이란 뜻으로.
그러니까 이 경우의 명도는 무당이 자기의 신상과 운명을 지켜주는 수호
신의 상징으로서 쓰는 거울의 밝음을 明에다 견준 데서 지어진 말임에
불과. 그러나 이것은 일반적으로 쓰는 명도(태주)란 말과 별개라고 볼
것임. 태주와 통하는 의미의 명도를 가리키는 말은 冥途에 가까움. 冥途
(저승)와 明圖(斗)는 소리가 같은 데서 빚어진 혼선인 듯. 경상도 특히
경주 지방에서는 이 명도(冥途)를 〈공진이〉이라고도 함.
—— 같은 책, 263쪽

물론 이러한 주석은 소설 밖의 일이지만 또한 텍스트 「을화」의 일
부를 이루고 있음엔 변함이 없다. 작가의 이러한 집요하고도 강력한
주석의 의도는 무엇을 가리킴일까.
첫째, 묘사(형상화)의 한계 인식이라는 점을 들 것이다. 무당이란
무엇인가를 스스로 묻고, 이를 설명하고자 한 것이라면 그것은 작가
의 몫이 아니라 연구가나 평론가 또는 해설가의 몫이 아닐 수 없다.
무당이라는 이 특이한 문화적 장치를 완벽하게 형상화할 만한 역량이

작가 김동리에겐 모자랐거나 버거운 일이었음을 말해 주는 것으로 이 사정을 요약할 수 있다.

둘째, 이 점이 중요하거니와, 무당이라는 이 특이한 문화적 장치가 한국인에게조차 설명 없이는 이해될 수 없을 만큼 별스럽다는 사실을 들 것이다. 오늘의 한국인들에 무당이란, 이미 과거의 기억 속에서나 겨우 남아 있는 고층에 속하는 문화 장치에 지나지 않기에 이에 대한 설명 없이는 작품 이해가 불가능하다고 본 것이다. 말을 바꾸면 「을화」란, 지난날의 한국인의 한 가지 삶의 습속에 대한 〈발굴의 의미〉를 갖는 것이기에, 과도기적인 현상 혹은 문제제기의 성격을 띤 것이다.

셋째, 세계 속에 무당을 제시해 보겠다는 작가의 또 다른 의도로 볼 수 있다는 점을 들 것이다. 「을화」의 참주제가 〈한국인의 생사관〉임은 분명하다. 과연 한국인의 생사관의 원형이랄까 고층스런 것의 하나가 무당과 관련된 샤머니즘(시베리아 일대에 걸쳐 있는 민속 신앙)이라면, 이것은 기독교, 유교, 불교, 마호메트교 등 이른바 세계 종교와 겨눌 수 있는, 혹은 겨눌 수 있다고까지는 말할 수 없다 할지라도 적어도 그러한 세계 종교의 결함을 보완하거나 혹은 활성화에 기여할 수 있는 그러한 한 가지 생사관의 형식이라 할 수 없겠는가. 작가의 의도가 여기에 있었던 것이다. 물론 작가는 그 이상의 의미조차 의욕하고 있었다. 〈나대로는 좀더 미래적인 세계를 전제하는 새로운 신의 탄생을 문학적 표현으로나마 시도고자 했던 것〉(후기)라고까지 내비치고 있었던 점으로 미루어보면 작가가 「을화」를 한국 문학에만 제출한 것이 아니라 세계 문학 속에 내놓고자 했음을 알 수 있다. 이러한 의욕에도 불구하고 작가는 형상화(문학 표현)에 한계를 느껴 설명(관념)을 도입하고 만 것이다. 이는 (1)작가의 역량 부족인가, (2)무당의 존재의 특이성 때문인가, (3) 세계화의 한계성에 봉착했음일까. 적어도 「을화」는 이 세 가지 물음을 던져놓았다.

5 을화의 기원 —— 선도성모

옥선이 석함을 캐내고 그 속에 든 옛 무당의 의발을 이어받는 과정
에는, 또 하나의 신비스런 고비가 남아 있었다. 석함을 집으로 가져
온 옥선을 석함이 가만히 두지 않았던 것이니, 잠결에 수없이, 헛소
리를 지르기가 그것이다. 옥선이 그날 새벽으로 을횃골의 그 서낭당
으로 갔다. 〈빡지한테로 가라〉는 신탁을 받아 영술을 구할 수 있었던
그 서낭당이 아니겠는가. 옥선은 두번째 빌게 된 것이다.

　서낭마님 서낭마님, 이년은 장승배기에 가서 거울을 가져온 날 밤부터
잠결에 헛소리를 지르고 놀라 일어나기를 수없이 되풀이합니더. 이렇게
잠을 못 자고 밤마다 헛소리를 지르고 일어나서는 살 수 없으니 거울을
갖다 버려도 되겠습니꺼, 그렇지 않으면 이년은 살 수가 없습니더. 이년
은 죽어도 섧지 않지만 우리 불쌍한 영술이를 혼자 두고는 죽을 수 없습
니더. 서낭마님 이 불쌍한 년을 제발 살려줍소서.

—— 같은 책, 69쪽

절을 열두 번쯤 했을 때 이번에도 〈빡지한테 가거라〉라는 소리가
들려왔다.

옥선이 빡지 무당의 신딸이 되고, 내림굿이 펼쳐지고, 신탁을 얻은
서낭당 지명을 따서 〈을화〉라는 명칭을 얻게 된 것이라면 옛 큰 무당
이 을화의 몸주(수호신)이며 빡지는 단지 다리놓아 준 매개항이라 할
것이다. 을화의 몸주인 선도선왕이란 과연 무엇인가. 이 물음에 제일
민감히 반응한 사람이 미당 서정주였음은 주목할 만한 사건이다.

「사소(沙蘇)의 두번째의 편지」에서 미당은 선모선왕을 이렇게 읊었
다.

피가 잉잉거리던 병은 이제는 다 낳았습니다.

올 봄에
매는
진갈매의 향수의 강물과 같은
한섬지기 남직한 이내(嵐)의 밭을 찾아내서

대여섯 달 가꾸어 지낸 오늘엔
홍싸리의 수풀마냥 피는 서걱이다가
비취의 별 빛 불들을 켜고
요즈막엔 다시 생금(生金)의 광맥을 하늘에 폅니다.

아버지,
아버지에로도,
내 어린 것 불거내(弗居內)에게로도, 숨은 불거내의 애비에게로도
또 먼 먼 즈믄해 뒤에 올 젊은 여인들에게로도,
생금 광맥을 하늘에 폅니다

———《현대문학》, 1958. 6.

사소란 누구인가. 『삼국유사』의 〈감통(感通)〉항 〈신모수희불사(神母隨喜佛事)〉조에서 일연선사는 사소에 대해 대개 아래와 같이 적어 놓았다. 중국 황제의 딸 사소가 진한(晉韓)으로 와서 신라의 시조인 불거내(박혁거세)를 낳았다는 것. 그녀가 선도산 여신이 되었다는 것. 속이 탄 아비는 매의 밭에다 편지를 띄워 딸과 교신을 했다는 것. 훗날 신라인이 불사를 이루고자 할 때, 그 사람의 꿈에 나타난 사소가 선도산 기슭 어느 곳을 파보라 했는데, 과연 그 땅 속에서 금덩어리가 나와 불사를 이룰 수 있었다는 것.

이러한 사실은 과연 무엇을 뜻하는 것일까. 여신이 산신(山神)을 이루고 있었던 선도산의 특이성이라 할 수 있을 것이다. 곧 그것은 무속, 불교, 신선 사상 등의 습합 형식에 다름아닌 것이다. 남신(산신령)과 대립되는 이 여신은 무녀의 기원이자 위대한 모신상(母神像)이며 토속적인 지모신(地母神)의 변형이라 할 것이다. 미당의 지적 파악력과는 달리 작가인 김동리에 있어 사소는 그대로 육체이자 현실이었다. 유년기부터 창봉이라 불린 김동리 소년은 선도산에 다니며 봄이면 진달래를 꺾으러, 가을이면 가랑잎을 찾아 헤매던 곳이었다.

경주의 산이라면 옥으로 유명한 남산(금오산)과 선도성모(仙挑聖母)라 일컬어진, 사소(沙蘇)의 전설로 선경(仙境)같이 꾸며진 서산(西山──仙挑山)과 동쪽으로는 불국사의 석굴암으로 그 이름이 알려진 토함산 등을 먼저 손꼽을 것이다. 그러나 거리 관계도 있고 해서 내가 제일 많이 찾은 곳이 서쪽 산이었고, 그 다음이 남산이었다.
　　　　　　　　　　──『생각이 흐르는 강물』, 갑인출판사, 26쪽

「을화」의 작가에 있어 선도산이란 그의 유년기 요람터이자 소꿉친구 선이의 죽음을 생각케 하는 그런 곳이었다. 을화라는 무녀의 몸신을 이 선도성모에다 두었음은 이로 보면 자연스럽기 그지없으면서도 야심적인데, 왜냐하면, 을화를 단순한 무당에서 벗어나게 하여 신라의 시조를 낳은 국모(國母)로 올려놓고자 했었기 때문이다. 신라 전체를 대표하는 여신으로 을화를 만들고자 했던 것이니까 접신술(接神術)이랄까 영혼 문제에 국한시켜 바라본 미당과의 근본적 차이가 여기서 뚜렷해진다. 김동리의 이러한 야심에 무리가 따랐음은 새삼 말할 것도 없다.

미당은 급하면 무등산(無等山)으로 빠져나갈 수 있지만 김동리는 선도산이 배수진이었고 그만큼 절대적이었다. 여기에 시와 산문, 법과 현실의 차이가 있다.

『삼국유사』의 저자도 선도성모의 전신인 사소에 대해 일종의 설(說)이라고, 〈대개 그렇게 말한다……〉라고 적은 것에 지나지 않은 사항이었던 것이다. 이는 시와 소설의 차이이기도 하지만, 김동리의 남다른 천년 고도의 정통성에 대한 자부심과도 무관하지 않다. 작품 「을화」가 지닌 무리함이랄까 완성도의 모자람도 이런 사정에서 말미암았다.

을화의 기원이 이러하다면 이는 영술의 기원과 분리될 수 없음이 판명되었다. 아들의 생명줄을 잇기 위한 어미의 필사적 노력이란 무엇인가. 절체절명의 위기에 섰을 때 옥선이 기댈 수 있는 것은 오직 천지신명밖에 없었다. 다른 어떤 주변의 인위적 문화적 장치도 없는 여인으로 개댈 수 있는 것은 천지신명뿐이라면 이는 스스로 신에게 몸을 내맡긴 형국이 아닐 수 없다. 여기서 일어난 기적이란 실상 기적일 수 없다. 스스로의 마음이 그렇게 한 것이니까. 문제는 그 다음 단계이다. 아들이 병마에서 벗어나자 이번엔 어미가 앓게 되었음에 있다. 심리학적으로 보면 이는 기적에 대한 보답을 하지 않으면 안 된다는 강박 관념에 시달리게 된 것이다. 장승배기의 선도선왕마님의 개입은 이러한 심리 상태의 반영일 터이다. 몸주가 있어야 비로소 무녀는 자기의 위치를 확보할 수 있는데, 빡지는 단지 매개항일 뿐이다. 수호신으로서의 몸주란 무엇인가. 신라 시조 박혁거세를 낳은 여신을 몸주로 두었다면 이는 가장 정통이 아닐 수 없고 그만큼 을화는 큰 무당이자 무당의 족보에 빛나는 존재로 되는 셈이다.

일단 무당이 된 이상 을화에겐 또 하나의 기원이 문제점으로 되지 않을 수 없었는데, 딸 설희(달님)의 탄생이 그것이다.

일단 무당이 되긴 했으나 을화는 아직 신어미 빡지의 보조원 과정을 겪고 있을 적이었다. 한 번은 어떤 큰 굿이 열려 모녀가 함께 갔으나 빡지가 갑자기 몸에 쥐가 나서 을화가 대신 치러내는 일이 발생

했다. 굿의 경우 금구(징, 꽹과리, 장구, 제금 따위)를 담당하는 박수(화랑이)가 있어야 하는바, 빠지에겐 큰박수(영감)와 성도령(작은 박수)이 딸려 있었다. 굿이 끝난 것은 첫닭이 운 뒤였다. 아직 몸이 불편한 빠지는 큰박수와 그 동네에 머물기로 하고 영술이 혼자 있는 집으로 을화만이 돌아와야 할 판이었다. 밤길이라 성도령을 붙여 함께 딸려보냈다. 달밤 개울가 모래밭에서 남녀는 사랑을 나누었다. 월희(달희)를 잉태한 것이었다.

「무녀도」의 경우와는 비교할 수 없을 만큼 이 남매의 탄생 기원이 사실적이다. 수국 용신을 꿈에 만나 잉태한 것이 낭이이며 무녀가 되기 전 을화가 어떤 남자와의 사이에 생긴 사생아가 욱이었음에 비해 이처럼 월희와 영술의 기원은 그 근거가 뚜렷하다.

6 작가의 맨얼굴 드러내기(2)

이러한 확실한 근거 위에 비로소 소설적 골격이 짜여지는 것이라면 그 다음 순서는 무엇일까. 무녀로서의 을화의 활동이 아닐 수 없다. 이른바 〈을화무〉라 불리는, 을화만의 독창적인 굿 행위가 펼쳐져야 할 터인데, 그렇게 되기 위해서는 반드시 을화를 필요로 하는 수요층이 있어야 할 것이다. 작가는 을화의 스폰서랄까 지지 기반을 경주 서문밖의 정부자네 마님을 내세웠다.

> 본디 정부자네는 세칭 삼대째 삼천석지기라고 일컫는 유서 있는 부자였는데, 이 때 마누라──정부자의 어머니──가 굿을 좋아하여 사람이 앓거나 죽거나 했을 때는 물론 평상시에도 초하루 보름마다 소위 축원굿이라 하여 단골무당을 정해 놓고 불러들였던 것이다.
>
> 그런데 얼마 전부터 큰 손주──맏며느리의 큰 아들──가 병이 나

서 누웠는데, 단골 무당이 푸닥거리를 해도 시원치 않아 어디 좀더 영검 있는 새 무당이 없을까 하던 차이라……

── 같은 책, 84쪽

을화가 정부자집 마님의 손주를 쾌유케 한 뒤로 정부자네 단골 무당이 되었음은 물론이다. 성도령과의 동거를 빡지로부터 허락받은 것도 이로써였으며 이듬해 달희를 낳았을 때도 극히 자연스럽게 인식되었다. 이 성도령의 이름은 방돌(方乭)이며 환쟁이의 아들이었다. 그는 영술을 친자식같이 돌봐주며 글자를 가르쳤다, 영술을 절에 보내게 된 동기도 글공부시키기 위한 방편이었다. 한편 월희는 을화와 방돌의 부부 생활에 두려움을 느끼기 시작했다. 이와 때를 같이 하여 월희의 목구멍이 막혀 벙어리가 되기 시작하였다. 을화는 당황했다. 이는 선왕마님이 내린 벌이라 믿었다. 월희는 그로부터 그림을 배우기 시작했다. 월희 나이 아홉 살이 나던 해였다. 정부잣집 마님의 요청으로 을화가 읍네로 이사를 하게 된다.

이 이사 사건은 소설적 구성으로서는 일종의 고육책이라 할 것이다. 정부잣집 마님과 태주의 관계로 이 사건이 복잡하게 엉키면서 을화무의 선명함 대신 그로테스크한 태주와 엉켜붙어 무녀 미학의 순미한 형식이 훼손되기에 이르기 때문이다.

〈을화무의 발전〉은 을화가 잣실에서 이십여 리 안쪽인 읍내로 이사 온 뒤부터 시작된다. 성밖 동네의 어떤 신당에 거처를 정했는데, 여기에는 그럴 만한 사연이 또 있었다. 이 대목은 작품 「을화」 전체의 구성적 미학에 관련되는 필요악이었다는 점에서 지적될 성질의 것이다.

본디 옛날부터 무슨 신당으로 쓰던 집인데, 그 뒤 어느 도사가 와서 살다가 도사가 떠난 뒤에는 그 도사의 동제(同齊) 빨래를 맡아하던 홀어미가 혼자 남아 살았다.

그런데 이 홀어미가 얼마 지나자 자기는 본래 그 도사의 수제자로 도술을 이어받았노라 하고 점을 치기 시작했는데 세상에서는 그 홀어미를 가리켜 신당할미, 명도할미, 태주할미 하는 따위 이름으로 불렀다는 것이다.

점이 잘 맞고 영검이 있어 정부잣집 마누라도 가끔 불러보았는데 그 뒤 괴이한 사건이 터져 먼 곳으로 추방이 되다시피 되었다는 것이다. 그리고 그 괴이한 사건이란 을화 자신도 잘 알고 있는 터였다. 그렇다고 그 집에는 아무나 들어가 살 수도 없고 아주 비워둘 수도 없으니, 제발 들어와 살아달라는 것이었다.

—— 같은 책, 96쪽

이 대목은, 소설 구성력의 파탄에 해당된다. 옥선이 장승배기에서 석함을 파내고 그 속에서 방울, 거울 등을 캐내었을 때 작가는 앞에서 이미 인용한 바와 같이 맨얼굴을 드러내어 거울에 새겨진 〈일월대명두〉, 〈선도성모〉, 〈대왕마님〉 등의 한자에 대해 이렇게 적지 않았던가. 〈물론 이러한 한문 글자들을 그때 그녀가 해독할 수 없었고, 뿐만 아니라 그것이 무슨 뜻인지도 전혀 알지 못했다. 그 뒤까지도 그녀는 다만 〈선도성모〉란 말이 선도산을 상징하는 여성을 가리키는 뜻이란 것을 얻어들었을 뿐 (……) 그때는 전혀 알 수 없었지만 나중에까지도 똑똑히 가르쳐주는 사람을 만날 수 없었다〉(68쪽)라는 대목이 작가의 〈맨얼굴 개입〉이거니와, 이 태주할미의 등장에서도 꼭 같은 현상이 벌어지고 있다. 세 가지 문제점을 설명해 놓지 않으면 소설을 구성할 수도 진행시킬 수도 없다고 보지 않았다면 작가가 이처럼 소설 속으로 들어오지는 않았을 것이다. (1) 정부자집 마님의 개입과 (2) 태주할미의 등장과 (3) 〈괴이한 사건〉이 그것이다.

작품 「을화」는 여기서부터 중대한 소설적 위기에 직면한다. (A) 〈무당 소설〉이냐, (B) 〈태주 소설〉이냐, 아니면 (C) 〈무당·태주 소설〉이냐의 결정 불가능성이 가로놓이게 되었다. 만일 「을화」를 (A)라 본다면 무당이 태주의 우위에 놓인다고 하나 그 선명성에서 손상을 입었다 할 것이며, (B)라 본다면 더욱 기괴한 소설이 되고 말 것이며 (C)라 본다면 그 선명성·일관성이 뒤떨어지는 대신 〈심령과학〉에 기댄 한국인의 고충적 생사관의 한 측면으로 볼 수가 있겠다.

무당과는 별개인 〈태주〉란 대체 무엇인가. 작가는, 석함에서 나올 거울에 새겨진 〈일월대명두(日月大明斗)〉를 소설 밖으로 끌어내어 〈주석〉에서 상세히 설명한 경우와 꼭 같이 다음과 같은 주석을 달아놓고 있다.

국어사전에는 〈마마를 앓다가 죽은 어린 계집아이의 귀신, 다른 여자에게 지피어서 길흉화복을 말하고 온갖 것을 잘 알아맞힌다 함〉이라 기록되어 있는데, 이보다, 일반적으로는, 반드시 마마뿐 아니라 홍역이나 기타의 질병 또는 참변으로 죽은 아이들의 귀신이 대개는 여자들에게 여러 가지 점을 치게 하는 일을 가리킴. 그러한 귀신이 여자뿐 아니라 남자아이에게 지피는 일도 있음.

이 주석에서 주목되는 것은 국어사전의 교양 수준에 지나지 않는다는 것, 그것도 이것을 조금 변형시켜 마마뿐 아니라 다른 질병이나 참변의 귀신에로 확대시킨 것, 그리고 여아뿐 아니라 남아의 경우도 있다는 점 등이다. 태주란 그러니까 작가 김동리에 있어서는 국어사전 지식에서 겨우 한 발자국 나아간 것에 지나지 않는다. 어째서 무당을 부각시키는 장면에서 태주를 등장시켜야 한다고 작가는 믿었을까. 이 물음에 대한 한 가지 소설적 대답은 장편화의 의도라 볼 것이다. 결과적으로 그것이 소설적 실패를 초래, 「을화」가 결과적으로 단편에 끝나고 만 사실은 또한 종교와 문학의 구분을 요구한 조연현의 김동리 비판을 상기시킨다.

작품상에 나타나는 태주는 〈태주할미〉장에서 다시 시작된다. 〈당집, 뱃집, 신당집 따위로 불리는, 이 돌담의 묵은 기와집에 그 태주할미가 살아온 지는 수십 년 전부터의 일이다〉라고 시작되는 〈태주할미〉장은 도사의 동재 빨래를 맡았던 여인이 도사가 떠나자 도술을 이어받았다고 주장, 얼마 뒤 이번엔 난데없이 〈명도〉가 들었다 하며 명도점을 치는 태주할미로 탈바꿈한다. 작가는 이렇게 소개한 후 〈이보다 약 반년 전 황남리에서 어린이의 실종 사건이 있었다. 그때는 마침 봉황대 거리에서 황남리에 줄다리기가 벌어졌을 무렵이라 온 고을 사람들이 그 일대에 모여 들끓고 있었는데 네 살배기 어린이가 집 앞 거리에서 놀다가 행방불명이 되었다는 것이다〉(129쪽)라고 적었다. 기호라는 이 아이를 독에 넣어 굶겨 죽인 다음 그 아이의 귀신을 몸주로 하여 탄생한 것이 태주할미의 정체임이 백일하에 드러난다. 네 살잡이 기호의 사지를 묶고 입에 헝겊을 틀어막아 소리를 못 지르게 한 다음 방구석에 눕혀두었다가 힘이 다 빠져 늘어지자 독 속에 넣었다.

아기는 독 속에서도 나흘 동안이나 살아 있었다. 할미는 처음 빨강물을 한 종지를 독 속에 들여보내 주었다. 아기는 굶주린 끝이라 그것이 무엇인지도 분간하지 못하는 채 무턱대고 받아 마시었다.
이틀째는 파랑물을 한 종지 주었다. 아기는 역시 그것을 받아 마시었다.
사흘째는 노랑물 한 종지를, 나흘째는 깜장물 한 종지를 각각 들여주었는데, 깜장물은 반 종지도 채 못 마신 채 손에서 그것을 떨어뜨려 버렸다. 그러자 할미가 독 뚜껑을 열었을 때 아기는 완전히 숨이 끊어져 있었다.
할미는,
「아가, 아가, 날 따라가자」
하는 주문을 외며 가위로 아기의 새끼손가락 끝을 잘랐다. 그것을 깜장 비단에 싸서 고의 속에 찼다. 그리고 시체를 뒤꼍에 묻었다.

── 같은 책, 148쪽

이 장면은 「을화」 전체를 통해 가장 기괴하면서도 생생한 대목이다. 대체 이 그로테스크한 묘사란 무엇이라 규정해야 적당할까.

이러한 의문은 작가의 이 장면 묘사의 생생함의 근거에 관련된다. 작가는 분명 태주 자체에 대한 미학적 근거에 집착해 있는 형국이다. 한편으로는, 이 천인공노할 살인 행위를 폭로하면서 다른 한편으로는 〈태주〉의 몸주의 존재와 그 생성 과정을 긍정하고 있지 않겠는가. 여기에 작가의 의식적 측면과 무의식적 측면의 모순이 깃들이고 있으며 그 모순을 에워싸고 있는 것이 바로 샤머니즘 미학이다.

의식적 측면부터 따져보기로 하자. 천인공로할 아기 살인 행위의 설정의 의도적 도입은 실상 무당 을화의 입지 강화랄까 존재 의의의 정당성을 위한 보조 장치라는 점에서 설명될 수 있다. 정부자 마님의 먼 친척뻘이 되는 기호 어미에 태주할미의 살인 혐의를 귀띔해 주고 그 사건의 밑바닥에 놓인 비리를 꿰뚫어본 것은 바로 무당 을화였다. 기호모와 을화가 태주할미가 집을 비운 사이, 그 집에서 밤을 새우며 마침내 기호의 목소리를 듣고 시체 있는 곳을 찾아내게 한 것은 바로 을화였던 것이다.

자정이 지나도록 아무런 인기척도 들리지 않았다. 그러자 온종일 끼니도 제대로 못한 채 허둥지둥 돌아다니고 난 황남리댁(기호 어미)이 먼저 숨소리를 색색거리며 잠이 들어버렸다. 그 색색거리는 숨소리를 듣고 있던 을화도 덩달아 눈이 슬슬 감기었다. 그때였다. 어디선가 아이 우는 소리 같은 것이 훌쩍훌쩍 들렸다. 을화는 문득 절에 보낸 영술이 생각을 했다. 영술이는 아니겠지. 「늬가 누고?」 (……) 세번째 물었다. 색색거리는 소리는 엄매야 엄매야 하는 것같이 들렸다. 옳지 늬가 기호로구나.

늬가 기호가? 엄매야 엄매야 날 데려가라, 색색거리는 소리의 대답이었다. 늬가 어디 있노? 엄매야 나 여기 있다. 정지(부엌) 뒤에. 뒤란에
……

—— 같은 책, 143-144쪽

이로써 무당 을화의 우위성이 분명해진 셈이다. 무녀 을화의 일대기를 쓰고 있는 작가로서는 한국인의 생사관의 고층적 의미(형식)와 그 정당성(문화적 범주)을 부각시키기 위해 태주할미의 미신적 행위를 내세웠던 것이다. 그러나, 아이러닉하게도 그러나 미신 행위로서의 범죄성이 실상 〈심령과학〉을 증명하는 결과를 낳고 만 것이 아니겠는가. 이것이 작가의 무의식적 측면의 발휘라 할 것이다. 다시 말해, 태주의 존재 자체를 긍정한 위에서 모든 것이 진행되고 있었다. 태주란 무엇인가. 국어사전대로 (1) 마마를 앓다 죽은 (2) 어린 계집애의 귀신이라 하자. 김동리의 주석대로 (1) 마마뿐 아니라 홍역 기타 질병 또는 참변으로 죽은 아이들의 귀신이거나 (2) 여자아이뿐 아니라 사내아이에도 지핀다고 치자. 어느 쪽이든 (1) 어린 아이의 혼이 있다는 것, (2) 그 혼이 천인공노할 인간에게도 지핀다는 것, (3) 따라서 태주의 행위를 가능케 한다는 것으로 이 사정이 요약된다. 무당의 몸주가 있듯 태주의 몸주도 있다는 점에서 양자는 동일하다. 그러나 무당의 몸주가 선도선왕이거나 기타 그 근거가 확실함에 비해 태주쪽이 다소 불투명하나 〈심령과학〉에서는 완전 일치된다고 할 수 있다. (1) 혼이 지핀다는 것, (2) 그 혼이 인간과 소통한다는 점에서 태주와 무당은 동격이 아닐 수 없다. 천벌을 받아 마땅한 살인마 태주할미를 살려서 추방하는 것으로 끝맺는 것도 이와 분리시켜 말할 수 없다.

7 예수교와 무당의 대결장

그럼에도 불구하고 작가가 태주할미 쪽을 미신으로 간주하고 이와
맞서기 위해 기독교를 등장시키게 되는바, 이로써 작품 「을화」는 기
독교와 무당의 대결장으로 전개된다. 태주가 미신이라면 무당도 미신
인가. 이 물음이 작품 「을화」의 모순이자 그 작가의 모순이기도 하
다. 작가는 이 자기 모순을 〈굿과 예배〉장에서부터 전개하기 시작한다.

  마누라로부터 태주할미의 이야기를 듣고 난 박건식(朴健植)은 땅이 꺼
  져라고 긴 한숨을 내쉬며
  「내가 와 진작 중이 되지 못했던고?」
  하더니 술상이라도 들여오라고 했다. 평소에 술을 그다지 좋아하지 않
  는 편이지만 그날은 웬일인지 밤이 늦도록 혼자서 술을 마셨다.
  술이 갑신 취한 채 잠이 든 박건식은 닷새 동안이나 자리에서 일어나
  지 못했다.

—— 같은 책, 149-150쪽

여기 나오는 박건식이 바로 훗날의 영술을 보살피며 예수꾼이 된
박 장로이다. 예수교인이 된 직접적 동기가 다름아닌, 태주할미 사건
이었다. 이로써 작가는 「을화」의 장편적 구성 원리의 하나를 삼기로
한 것이다. 다시 말해, 태주할미가 개작 「무녀도」에도 없는 것과 마
찬가지로 박건식도 「을화」의 장편화를 위해 고안해 낸 이른바 구성상
의 필요악이랄까 군더기로 볼 수 있다. 그렇다면 박건식은 과연 어떤
인물로 설정되었는가. 오대째 천석꾼으로 내려온 밤들 박씨(栗原朴
氏) 가문의 제일가는 인물인 박건식이 이 곳 경주 서부리로 나온 것
은 나라를 잃던 이듬해(1911년)인 그의 나이 35세 적. 나라 잃은 백
성이 무슨 양반이랴. 상투를 잘라버리고 출가(중질)를 결심하였으나

이를 실행하지 못하고, 집을 나와 읍내에서 나라 찾기 운동에 나아갔다. 읍내 읍지 최감과 어울리게 되고 그의 소개로 서울서 내려온 개화꾼 안혁을 알게 된다. 독립군 자금을 모으기 위한 안혁의 밀명에 헌금한 박건식은 상경하여 보았으나 독립 전망이 아득한지라, 육영사업으로 뜻을 세운다. 이 무렵 그의 아비가 유산을 남긴 채 죽자 육영사업도 일단 중단된다. 탈상을 반 년 앞둔 시점에서 그의 12살 된 장남이 이름 모를 병으로 앓게 되자 몸이 단 그의 처가 태주할미에게 점을 치고자 했다. 바로 이 무렵 그 〈괴이한 사건〉이 발생한 것이었다. 건식의 처가 찾아갔을 때 그 〈괴이한 사건〉 직후여서 태주할미를 만날 수조차 없었던 것. 이 〈괴이한 사건〉을 전해 들은 박건식의 첫 번째 반응은 국권상실 때모양 중질할 생각이었고, 최감의 권유로 이를 중단했다. 이로 보면 부잣집 장손인 박건식이 얼마나 줏대없는 범속한 인물인가를 알아차릴 수 있다. 그가 〈미신을 타파할라면 예수교가 제일 빠르닥 해서 예수교로 나갈까 합니더〉라는 생각에 이른 것도 실로 막연하기 짝이 없는 것이었다. 대구에 사는 당숙 환갑 잔치에 다녀온 것이 계기의 전부였던 것이다. 그 잔치에서 무슨 일이 있었는지에 대해 작가는 일언반구의 해명도 없다. 그럴 수밖에 없는 것이 워낙 흐리멍텅한 인물인이기에 잔칫집에서 들은 예수교 얘기 정도로도 능히 감동할 수 있었던 것으로 볼 것이다.

　예수교인이 된 박건식이 박장로가 되어 이 마을에 군림하고 있을 때 찾아온 인물이 바로 영술이었다.

　원작 「무녀도」에서는 살인자로 옥에서 나와 어미집으로 찾아왔으나, 개작 「무녀도」에서는 예수교인이 되어 어미집으로 찾아온 아들 욱이가 「을화」에서도 기림사에 보내졌다가 이런저런 경로로 예수교인이 되어 어미집으로 찾아온 영술이로 되어 있음은 개작 「무녀도」의 구도 그대로라 할 것이다. 이로 볼진댄, 박건식의 등장은 「을화」의 장편화를 위한 구성상의 방편으로 설정되었음이 분명해진다.

박건식의 설정으로 말미암아, 기독교와 샤머니즘의 대립성이 좀더 풍요로워졌고 그만큼 장편화의 가능성을 보여주었음도 사실이긴 하다. 곧 영술의 묘사를 위한 방편으로 설정된 것이 박건식인 만큼 박건식의 사람됨이랄까 성격이란 여기서는 별 문제가 아닐 수도 있다.

교회를 찾아온 영술에게 박장로가 해줄 수 있는 일은 무엇이었던가. 〈뿌리 찾기〉가 그것이었다. 「을화」의 장편스러움의 근거란 따지고 보면 을화의 기원 찾기에 있었거니와 영술의 기원 찾기도 이 연장선상에 놓인 것이었다.

영술이 귀가하여 벌인 일은 두 가지. 그 하나는 누이 월희의 병 치료. 월희가 벙어리가 된 것은 성경에 나오는 벙어리들처럼 귀신이 들었기 때문이라 믿는 영술은 어떻게 하든 교회에 끌어들여 이 귀신을 쫓아내어 주고자 함이었다(실상 월희의 벙어리되기는, 집안에 혼자 있기만 한 결과로 인한 언어상실증이 아니었던가. 영술과 함께 있게 되자 월희의 말문이 조금씩 트이는 것이 그 증거이다). 귀신만 쫓아내면 벙어리에서 벗어날 수 있다는 영술의 생각은 외부의 몽당귀신이 씌었다고 하여 월희를 구하겠다는 을화의 〈귀신관〉과 한 치도 다르지 않다.

영술의 두번째 목표는 어미의 무당 귀신을 쫓아내는 일. 어느 것이나 도박이 아닐 수 없었다.

8 한국인 영술의 시선과 사반의 시선

첫번째 목적을 위해서 영술과 을화의 월희를 가운데 둔 도박이 시작된다. 때마침 벌어진 정부잣집 오구굿판이 바로 도박판으로 선택된다. 을화가 주도하는 이 굿판에 예수교인 영술이 월희와 함께 참석하는 대신, 월희와 영술이 예배당에 가기로 하는 조건이 그것이다. 정부잣집 오구굿(방황하는 혼령을 천도하는 굿)판의 설정은 물론 작품

「을화」의 하이라이트이다. 〈오구 대왕님 말씀 듣소 영주 방장에
……〉라고 시작되는 무가를 무려 10페이지나 그대로 옮겨놓은 이 굿
판에서 작가는 언어가 할 수 있는 묘사의 최대한을 보여주고자 하였
다. 일변으로 이 굿판은 샤머니즘의 본질을 보여줌에 있지만 다른 한
편으로는 아들과 어미 사이, 예수교와 샤머니즘 사이의 대결장(도박
판)을 보여주는 것이기도 하였다. 이 양면성이야말로 「을화」의 출중
함이자 작가 김동리의 정직한 역량이라 할 것이다. 이 점에서 다음
대목은 「사반의 십자가」의 사반에 해당된다. 영술, 그는 사반이기도
했던 것이다.

영술은 여기(정씨집 오구굿판) 모인 사람들의 이러한 굳은(무당에 대
한) 신념이 어쩌면 지금까지 자기가 미신이라 하여 일고의 가치도 없다
고 믿어왔던 것보다는 일리가 있을지 모른다는 생각이 들었다. 우선 성
경에도 귀신 들린 사람의 기록은 얼마든지 나오지 않는가. 그 귀신이란
무엇인가. 그것은 지금 여기서 말하는 귀신과 다를 것이 없지 않는가.
그렇다면 그러한 귀신은, 옛날이나 지금이나, 유대나라에서나 우리나라
에서나, 언제 어디서고 있다는 이야기가 아닌가. 그렇다면 그러한 귀신
을 사람에게서 쫓아내는 일은 필요한 것이다. 무당이 만약 굿을 해서 귀
신을 쫓아내거나 저승으로 보내줄 수 있다면 그 일은 필요하며, 그것만
으로 무당을 비방할 수 있을까.
여기까지 생각해 오던 영술은 문득 가슴이 흠칫했다. 자기같이 굳은
신앙을 가진 사람도 수많은 군중 속에 싸여 있으면 이렇게 그들의 입김
과 장단에 휩쓸리게 되는 것일까, 하는 생각이 들었던 것이다.
—— 같은 책, 172-173쪽

영술의 〈가슴 흠칫함〉의 정체란 무엇인가. 이 〈가슴 흠칫함〉이 「사
반의 십자가」를 쓰게끔 부추긴 원동력이 아니었던가. 작가 김동리와

더불어 영술은 한국인이었다. 아무리 영술이 예수교에 빠져들고 그것
에 대한 신앙이 깊고 철저하더라도 그는 한국인이었고 이 원초적인
벽을 뛰어넘을 수 없었을 터이다. 김동리의 메시아관이 동양의 도술
사나 정도령의 생각 수준에 지나지 않아 「사반의 십자가」도 별것 아
니라는 주장이 있다면 이는 물을 것도 없이 부당하다. 차라리 작가
김동리의 정직함에서 그것을 평가함이 옳을 것이다. 이 점에 대해서
는 한 번쯤 헤브라이인(유대인)의 사유 방식에 주목할 필요가 있다.
유럽 문화의 두 기원인 서구인의 사유 방식과 헤브라이인의 사유 방
식을 논의하는 마당에서 양자 사이에 본질적인 차이가 있음을 지적한
것은 보만의 「헤브라이인과 희랍인의 사유」(1954)이다. 주로 언어 구
조를 통해 연구한 이 저술의 요점을 보이면 아래와 같다. 희랍인이
정적, 공간적 시각적 관념적이라면 헤브라이인의 특징은 동적, 시간
적 청각적 구체적이며 그중에서도 중심을 이루는 것은 〈동적 성격〉이
다. 동사의 근본적인 의미는 항상 운동(활동)을 나타내며 운동이 없
는 고정된 존재는 일종의 무와 같다. 가령 〈앉아 있다〉함은, 그들에
겐 주체(주어)에 의해 선택된 내면적 행위 즉 의지 행위의 결과로서
생긴 것에 지나지 않는다. 명사문의 경우에도 그러하다.

〈제단은 나무(이었다)…… 그 벽은 나무(이었다).〉

이 경우 제단과 벽은 그 재료와 동일시된다. 헤브라이인의 언어 영
역에 있어서는 명사문이 큰 비중을 차지하는바 그 대부분은 주어와
술어의 종속적인 관계로 연결됨이 아니고, 문자 그대로 완전한 의미
에서 일체화된다. 〈제단은 나무(이었다)〉에 있어서 〈제단〉과 〈나무〉
는 종족 혹은 선후 관계에 있어서 맺어진 것이 아니고 〈제단＝나무〉
로서 완전한 동일성을 확정한다. 희랍인의 경우라면 먼저 제단의 형
식을 표상하고 다음에 그 제단이 무엇에 의해 만들어졌는가 하고 그
재료를 생각하고 그 다음 제단이 목재임을 확인한다. 그럴 때 희랍인
은 제단의 형식을 갖고 제단으로 씌어진 것, 이를테면 동제(銅製)의

410

제단이 있을 수 있다는 것을 전제한다. 그러기에 사물의 형식과 소재는 분리되고 이때 형식의 중요성이 부각된다. 그러나 유대인에 있어 재료는 그대로 사물이다. 제단이 목제이면 동제인 경우에 대해서는 생각지도 않는다. 구체적인 개개의 현상에서 연역된 추상이 아니고 개개의 현상 그 자체 속에 포함되어 있는 실재의 전체성이기 때문에 개개의 사물에서 출발하여 일반에 이르는 이른바 〈추상의 길〉은 없다. 거기에는 관념과 구체, 일반과 개별의 대립은 없다. 따라서 유대의 〈개념〉에 대한 생각은 추상성과 그리고 같은 정도의 구체성을, 집합성과 그리고 같은 정도의 개별성을 동시에 내포한다. 추상적인 것을 구체적인 것에서 떼내어 생각할 수 없음은 이 때문이다. 개별과 일반, 구체와 추상, 사물과 의미, 육체와 정신 등의 이른바 이원론에 이르는 계기는 존재하지 않는다.

유대인의 이원론 거부적 사유 방식에서 도출된 것이 성경의 세계라면 이원론으로 사유하기에 길들여 있는 희랍적 및 서유럽적 사유 방식은 얼마나 다른 것인가. 카프카의 작품을 두고 그토록 많은 논의가 일어나고 있음도 이런 사정에서 말미암지 않았을까. 요컨대 성경의 세계라든가 그 속의 귀신에 대한 표현도, 샤머니즘에서 말하는 귀신관과 동일시할 수 없다는 것은 쉽사리 짐작된다. 성경의 사유 방식이 희랍적 사고 방식과 이처럼 다르다면 우리의 샤머니즘적 사고 방식은 먼저 희랍적인 그것과 대비해야 하고 그 다음에 유대적인 그것과 견주어보아야 어떤 차이점이 드러날 것이다. 이러한 이해랄까 연구가 이루어지지 않은 마당에서 비롯된 성경 이해는 매우 불완전하거나 자칫하면 〈혼합주의〉에 함몰될 것이다. 작가 김동리에게 이러한 연구까지 주문할 수 있을까. 그는 한국인이기에 그의 한국적 사유 방식으로 성경을 읽었을 뿐이다. 이 땅의 많은 예수교인들의 경우도 사정은 마찬가지라 할 것이다. 그러한 이 땅의 무수한 예수꾼들을 비판할 수 없는 것과 마찬가지로 작가 김동리의 인식 부족을 비판할 수 없는 것은 이 때문이다. 그렇다면 무엇이 문제인가. 한국인 영술이 그의 어미가 연출하는 굿판에다 도박을 걸었다는 점이 아니겠는가. 누이 달희를 걸고 어미(샤머니즘)와 도박을 벌인 것은 영술(예수교) 쪽이었다.

> 어머니 이렇게 하면 어떻겠십니꺼? 한 번은 (달희를) 굿 구경을 데리고 가고, 한 번은 교회에 데리고 가서, 그래서 어디가 더 맘에 들었나 하고 물어보기로 하면……」
> 「굿하는 구경하고, 야수하는 구경하고 어느게 맘에 들었나, 물어보자꼬?」
> 을화는 아들의 말에 어떤 도전 같은 것을 느끼며 이렇게 물었다.
> 「……」
> 영술은 교회를 굿과 대등한 위치에 두고 말하기 싫어서 대답을 하지 않았다.
> 그러자 을화는 아들이 자신을 잃고 물러서는 것이라고 착각을 하는 듯
> 「와 대답이 없노? 막상 대어볼락 하니 겁이 나제?」
> 「아입니더, 어머니」
> 「아이라꼬? 그러면 좋다. 그렇게 해봐라. 이 달 스무하룻날 정부자댁에서 큰 굿을 한다. 그날 밤에 늬가 우리 달희 데리고 가자. 그라고 나서 그 담에 또 늬 야수하는 데 우리 달희 데리고 가봐라. 알겠제?」
> ──같은 책, 162쪽

도박을 건 쪽이 영술이었으며 그 영술의 첫번째 도박에서 그는 귀신관에 마음이 흔들렸다. 한편 약속대로 교회로 데려간 월희의 반응은 어떠했던가.

> 「우리 달희 야수교 좋닥 하더나? 야수교카마는 굿이 낫닥 하제? 착한 내 아들아, 늬가 본 대로 말해라」   ──같은 책, 198쪽

어느 점에서 보면 이 도박은 페어플레이라 하기 어려운 면이 없지
않다. 굿도 교회도 월회에겐 처음이긴 하나, 굿 쪽은 어미를 통해 낯
익은 것이었다. 작가도 이 점을 놓치지 않아, 이 도박판의 의미가 영
술의 의도와는 달리 어미 쪽의 일방적 승리로 결판이 나고 만다. 그
렇지만 중요한 것은 이러한 표층적 사실에 있지 않다. 굿판에서 정작
영술 자신이 귀신관에 흔들렸다는 점이야말로 이 도박의 의미이다.
잘만 하면 영술 쪽이 샤머니즘으로 옮겨갈 수도 있는 일이었다. 영술
의 무의식 속엔 그러한 욕동이 작동하고 있었기에 그것은 그러하다.
영술이 〈어머니 그만해 둡시다〉라고 하여 이 도박의 의미를 회피한
것도 이러한 무의식의 발로로 볼 것이다.

9 도박의 무화와 영술의 기원 찾기

도박의 의미가 무화됨을 알아차린 작가는 이 도박을 계기로, 영술
과 월회의 기원을 내세웠다. 월회의 기원은 이미 밝혀져 있었지만 굿
판을 통해 그녀가 처음으로 세상에 알려졌다는 점에서 그것은 그녀의
운명적 사실로 되고 말았다. 월회의 미모에 반한 정부잣집 아들이 첩
으로 월회를 요구하기에 이른 것이 그것. 을화의 처지에서 보면 이처
럼 영광스러운 일은 달리 구할 수 없다. 영술로서는 이것만큼 참을수
없는 모욕이 없겠으나 그로서도 이를 막아낼 방도가 없었는데, 그 자
신의 운명적 사실이 가로놓여 있었던 까닭이다. 생부 찾기가 그것.
박 장로의 도움으로 교회에 발을 붙이게 된 영술이 누이와 함께 교회
당에 나타나기 전까지만 하더라도 교인들이 그를 무당의 자식인지 몰
랐을 뿐 아니라 관심사일 수도 없었으나, 그 도박 이후 사정은 크게
달라졌다. 여기서부터 소설 「을화」의 후반부가 비롯되는바 영술의 기
원(생부 찾기)이 그것. 곧바로 그 교회에 다니는 사람 중에 영술의

친할머니와 그 며느리가 있었던 것이다. 그들이 영술을 알아보게 된 것은 무당 딸 월희와 영술의 관계를 통해서였다. 생부되는 이성출도 이 사실을 알게 되어 후사가 없던 터라 기필코 아들 찾기에 나서지 않으면 안 되었다. 작가는 이를 〈성(姓)을 찾다〉라는 제목으로 요약하였다.

월희의 생부 방돌의 귀염을 받으며 자라던 영술이를 기림사에 보내어 더 공부를 시키고자 한 것도 방돌이었다. 십 년 전의 일이었다. 영술 나이 11세 적이다. 그가 어떤 연유로 기림사에서 나와 평양에 갔고 그곳의 미국인 선교사 현달선(핸더슨)의 거둠을 입었는지에 대해서 작가는 건너뛰고 있다. 여기에는 그럴 만한 이유가 있었는데, 개작 「무녀도」와의 차별화가 그것이다. 기림사에 보내졌던 영술이 절이 싫어 16살이 지난 뒤 평양으로 가서 미국 선교사의 도움으로 예수교인이 되었음은 개작 「무녀도」나 「을화」 쪽이 거의 동일하다. 절 이름 〈기림사(지림사)〉도 같다. 그러나 〈어째서 영술이 귀가하게 되었는가〉에 대해서는 양자 사이에 큰 차이점이 있다. 이 대목이 「을화」의 소설적인 깊이랄까 높이를 결정하는 거멀못의 하나이다.

「무녀도」(개작)의 경우는 욱이의 귀가 동기가 단지 어미와의 〈작별〉에 있었다.

현 목사는 미국 선교사로 욱이가 지금까지 먹고 입고 공부를 하게 된 것은 전혀 그의 도움이었다. 욱이는 열다섯 살까지 절간에서 중의 상좌 노릇을 하고 있다가 그해 여름에 혼자서 서울 구경을 간다고 나선 것이 이리저리 유랑하여 열여섯 되던 해 가을엔 평양까지 가게 되었고 거기서 그해 겨울 박 장로의 소개로 현 목사의 도움을 받게 되었던 것이다.

이번에 욱이가 평양서 어머니를 보러 간다고 하니까 현 목사는 욱이를 불러놓고 이렇게 말했다.

「지금부터 삼 년 안에 이 사람도 고국 갈 것이오. 그때 만일 욱이가 함께 가기 원한다면 미국 가게 될 것이오」

「목사님 고맙습니다. 저는 목사님을 따라 미국 가기가 원입니다」

「그러면 속히 모친 만나 보고 오시오」

그러나 욱이가 어머니의 집이라고 찾아온 곳은 지금까지 그가 살고 있던 현 목사나 박 장로의 집보다는 너무나 딴 세상이었다.

——『무녀도』, 1947, 42-43쪽

욱이의 귀가 목적이 이처럼 뚜렷했던 것에 비해 영술의 경우는 어떠했던가. 작별 인사차 귀가한 것이 아니라 영원히 살기 위한 귀가였음이 다음 기록에서 뚜렷하다.

그때 오마니께서는, 저더러 또 이렇게 말씀했댔습니다. 「술아, 늬가 잘되거든 에미 찾지 말고 살아라. 무당 아들이라꼬 천대받는 거보다 그게 날끼다. 그렇지만 정 고생되거든 이 에미 찾아오너라. 달희하고 우리서이서 같이 살자. 에미는 늬가 어디 있든지 늬 잘되라고 칠성님 전에 축수드리마……」 저는 어디 가든지 오마니의 이 말을 잠시도 잊은 일이 없습니다. 그렇지만 제가 오마니를 찾아온 것은 객지살이가 고달프고 고생스러워서 온 것이 아닙니다. 저는 그 뒤 서양 선교사님을 만나서 많은 은혜와 가르침을 받고, 세상에 있는 어느 왕자나 부자도 부럽지 않게 살아왔습니다. 그렇게 행복하게 살고 있으니까 도리어 오마니가 그리웠습니다. 오마니와 어린 누이에게도 행복을 나눠드리고 싶은 마음을 누를 수 없었습니다. 그래서 선교사님의 허락을 받고 오마니를 찾아온 것입니다.

——『을화』, 문학사상사, 1978, 40쪽

영술의 귀가 목적이 영구 귀가에 있지 않음도 분명하지만, 어미와 누이의 행복을 위해서임도 이로써 분명하다. 이 행복에 대한 인식의

제12장 「을화」론 415

차이에 「을화」의 소설적 갈등이 걸려 있는 셈이다. 소설 「을화」란, 그러니까 가출한 아들 영술이 출세하여 어미와 누이를 돌보고 행복을 함께 나누기 위해 귀가했다가 오히려 그들로부터 죽임을 당하는 이야기로 읽힐 수 있다.

여기까지 이르면, 만일 「사반의 십자가」를 읽은 독자라면, 사반과 함께 십자가에 못 박혀 죽었던 예수의 모습을 떠올릴 것이다. 인간을 너무 사랑했기에 인간이 지은 죄를 대신 짊어지고 십자가에 못 박힌 자가 예수라면 영술은 다만 어미와 누이를 너무도 사랑했기 때문에 어미의 칼에 목숨을 잃었을 따름이지 그 양자 사이에 별다른 차이는 없다. 인류의 구원이냐 가족의 구원이냐의 차이가 「사반의 십자가」와 「을화」의 차이를 낳았을 따름.

이 차이가 작다고 할 수 없지만 그렇다고 크다고 할 수 있을까. 그러나 이와는 달리 작품 「을화」의 결말을 두고는 많은 논의와 시비가 벌어질 수 있을 것이다.

개작 「무녀도」와 「을화」의 결말에 대한 비교에서 제일 주목되는 것은 〈사건〉 이후의 무당 어미의 행방에 관해서이다.

10 을화의 행방

을화가 영술을 찔러 죽이는 장면은 먼저 영술의 성경책을 을화가 불태우는 일에서 발단된다. 새벽녘에 잠깬 영술의 가슴이 서늘하여 가슴속에 든 성경책에 손이 가자 그것이 없었다. 을화가 부뚜막에서 그것을 파랗게 태우고 있었다. 영술이 불을 끄려 달겨들자 두 눈이 허옇게 뒤집힌 을화가 〈엇쇠 물러가라 예수 귀신〉 하며 식칼을 휘둘렀다. 가슴에 칼이 꽂힌 영술이 쓰러지자 을화는 부뚜막 아래서 그의 상체를 얼싸안았다.

영술의 임종에는, 딸을 보러 들른 방돌이, 박 장로 그리고 생부와 할머니가 임석하였고 숨진 지 사흘 뒤에 교회장으로 치러졌다. 영술의 마지막 말은 〈이 불쌍한 영혼을 거두소서〉와 〈불쌍한 어머니를 구해주소서〉였다. 예수의 그것과 같았다.

그렇다면 이 사건 이후 을화는 어떻게 되었던가. 참으로 어이없게도 작가는 이렇게 단순화시켜 끝장을 맺고 말았다.

방돌이 장례를 마치고 돌아올 때는 술이 얼근해 있었다. 평소에 술을 잘 마시지 않는 그였지만 초상이 초상인 만큼 술이라도 몇 잔 걸치지 않고는 배길 수 없었던 것이다. 그는 신발째 툇마루에 올라서며 힘껏 잡아 젖혔다. 그러나 을화는 마침 방안에 없었고, 월희가 혼자 울고 있었다.

「엄마 어디 있노?」

그의 목소리는 전례 없이 거칠었다.

「빡지 할매」

월희는 앉은 채 눈물을 닦으며 대답했다.

「빡지 할매가 왔더나?」

「……」

월희는 고개를 끄덕였다.

「빡지 할매하고 같이 나갔나?」

「……」

월희는 고개를 흔들지도, 끄득이지도 않았다.

빡지가 온 것을 보았을 뿐, 같이 나가는 것을 보지는 못한 모양이었다. 그렇지만 빡지가 와 왔을꼬? 많이 늙었을 낀데 어려운 걸음을 했군. 칼부림 난 거 듣고 왔을까? 을화를 데리고 나갔을까?

그러나 방돌은 을화가 어디로 갔든지, 또 누구하고 같이 나갔든지 그런 것은 아랑곳도 없었다. 있었으면 한바탕 욕이라도 해주려고 했지만, 없는 것이 차라리 잘된 건지도 몰랐다.

「월희야, 이리 나와」

「아버이, 와?」

「얼른 나오너라」

월희는 더 묻지 않고 일어나 툇마루로 나왔다.

방돌은 월희의 손목을 잡고 집을 빠져 나갔다. 돌담 바로 밖에는 나귀 한 마리가 서 있었다.

방돌은 월희를 안아서 나귀 위에 앉혔다. 그러자 담 밑에 쭈그리고 있던 마부가 부스스 일어나 나귀 고삐를 잡았다.

「가자」

「아버이, 어디?」

「여기 있다가는 늬도 늬 오라비 꼴 될라. 나한테 가자」

「엄마는?」

월희가 묻는 말에 방돌은 처음 대답을 하지 않았다. 한참 있다 그녀를 쳐다보며 대답했다.

「엄마도 알 끼다」

그날 밤에도, 을화의 집 처마끝에 달린 종이동에는 전날과 같은 희뿌연 불이 켜져 있었다.

—— 같은 책, 261-263쪽

이 대단원을 앞에 놓고 지적될 수 있는 것은 다음 두 가지. 이 두 가지가 「을화」의 소설적 성과이자 소설 자체에 대한 비판까지 포함할 것이다.

(A) 을화의 행방이 묘연하다는 점.

(1) 을화는 빡지와 함께 어디로 갔을까, (2) 혼자 어디로 갔을까, (3) 미쳐버렸을까, 이 세 가지 경우를 동시에 생각해 볼 수 있다. 이러한 세 가지 가능성에 대해 정작 작가 자신은 (3)이라 하여 훗날 이렇게 자평해 마지않았다.

　　아들을 잃었다는 슬픔보다 자기 손으로 찔러 죽였다는 억울하고 원통
하고 분한 마음에 모든 것이 원망스럽고 저주스럽기만 하여 정신착란에
빠진 을화는 행방불명이 되었다. 어디 가 죽었는지, 옛날처럼 어느 산
속 서낭당 같은 데 가서 기도를 드리고 있는지 알 수 없었다.
　　　　　　　　　　——『밥과 사랑과 그리고 영원』, 사사연, 301쪽

　　작가의 의도대로 읽는다면 을화는 결국 정신착란에 빠진 것으로 된
다. 만일 〈정신착란에 의한 행방불명〉이 을화의 종말이라면, 한국인
의 생사관을 다루어 그것을 세계 문학 속에 내어놓겠다는 작가의 야
심은 매우 제한적이거나 일종의 과욕이라 할 것이다. 〈정신착란〉에
이르기로서 한국인의 생사관을 규정하는 형국으로 되고 말 것이기에
그것은 그러하다.
　　이 점에서 보면 오히려 개작 「무녀도」 쪽이 훨씬 선미(鮮美)한 편
이다. 욱이가 죽은 지 달포 만에 벌어진 예기소의 큰 굿판에서 초망
자 줄을 따라 물 속으로 넋두리와 함께 사라지는 무당 모화의 경우야
말로 〈정신착란〉과 뚜렷이 구분되는 샤머니즘의 승리라 할 것이다.
그것은 자연의 질서와 인간 영혼의 조화랄까 합일화이기도 한 것이었
다. 만일 고층에 속하는 한국인의 생사관이 이와 관련지을 수 없는
것이라면, 그것은 세계 문학에 내놓아 그 진가를 물어볼 만한 소중한
사항이라 할 것이다. 그러나 「을화」의 소설적 성취는 작가의 이러한
의도를 초월함에서 찾아진다. 곧 (B) 결정 불가능성의 텍스트화가 그
것. 작품이 갖고 있는 텍스트성(text 性)의 차원에서 바라본다면, 작
가의 의도와 모순되는 부분이 반드시 있게 되며 이 모순성이야말로
텍스트를 성립시키는 핵이다. 이것이 작가의 의도와 마주칠 때 〈결정
불가능성〉의 장면을 연출하기에 이른다.
　　(1) 〈월희는 고개를 흔들지도 끄덕이지도 않았다. 〉
　　(2) 〈그날 밤에도 을화의 집 처마끝에 달린 종이등에는 전날과 같

은 희뿌연 불이 켜져 있었다.〉(1), (2)에서 보듯 어떤 것도 확실한 것은 없다. 그렇지만 그것이 불확실성과는 구분되는 것도 사실이다. 을화의 행방이 작가 자신도 모르는 사이에, 작가의 의도에도 불구하고 결정 불가능성으로 드러나고 만 형국이라 할 것이다. 빡지와 함께 나갔는지 을화 혼자 가출했는지 결정 불가능성에 빠져버렸다 함은, 그리고 그것이 불확실성과 다르다 함은, 이 작품 최후의 문장에서 말미암는다.

월희가 떠나간 그날 밤에도 〈전날과 같은 희뿌연 불〉이 켜져 있었다는 이 최후의 문장이란 무엇인가. 을화가 아니고 그 누가 이 〈종이등불〉을 을화의 집 처마끝에 걸었을까. 정신착란에 빠진 을화는 아무데도 못 가고 집 근처를 바람처럼 헤매고 있었을까. 정신착란증의 을화가 평소처럼 종이등불을 켰다는 것은 어느 모로 보아도 모순이다. 작가는 저도 모르게 이러한 모순을 감행하고 있었다. 여운을 남긴다든가 사태를 신비화하기 위한 술책과 구분되는 이러한 텍스트의 공백이 「을화」가 소설로 남게 된 근거의 하나이다.

11 작가와의 대화

일찍이 「사반의 십자가」(1956)를 쓴 억쇠 김동리는 그로부터 16여 년이 흐른 어느 한겨울 백설 천지를 가득 메운 교외선의 한 역촌인 송추 골짜기에 문득 사반의 혼령과 마주친 적이 있었다. 따지고 보면 작가 쪽이 사반을 불러낸 것이겠는데, 그럴 수 있었던 것은 사반이 소설 속에서 예수와 더불어 죽었음에서 말미암았다. 송추의 사반이란 그러니까 사반의 혼령의 등장이었던 것이다. 죽었기에 그는 혼령이 될 수 있었다. 사반의 혼령은 조용히 작가 김동리에게 이렇게 물었다. 〈당신의 삶을 지탱하고 있는 것은 무엇이오. 문학이오, 술이오,

도박이오, 가정이오?〉라고. 그러고는 또 이렇게 충고해 마지않았다.

〈내 보기에 당신은 스스로를 무척 지혜롭다고 자부하는 듯한데 그렇기 때문에 실천력이 없는 것 같소. 모든 것을 다 뿌리치고 문학과 등산에만 주의하시오〉(『고독과 인생』, 192쪽)라고.

서라벌예술대학 제7대 학장이자 작가 김동리를 향한 사반의 이 충고란 과연 무엇일까. 문학을 방패로 삼아 감투 쓰기에 골몰한다든가 주색잡기에 빠져 허우적대기가 소중하지 않다는 뜻이 아니라, 문학을 방패로 삼아 〈자연〉에 몰두하라는 의미였을 터이다. 〈문학〉과 〈자연〉이란 그러니까 문학의 자연화 혹은 자연의 문학화였을 터이다. 「을화」의 소설적 구상이 이때부터 서서히 착수되고 있었을 터이다. 그렇다면 「을화」가 씌어진 지도 많은 세월이 흐른 어느 시점에서 작가는 을화를 불러내어 말을 걸거나 충고를 들을 수 있었을까. 당연히도 이 물음은 성립되지 않는다. 을화는 죽지 않았기에 혼령이 될 수 없었다. 혼령이 아닌 존재를 무슨 수로 불러낼 수 있단 말인가. 정신착란에 빠진 을화의 행방은 아무도 모르게 되어 있지만 분명한 것은 단한 가지. 사반과는 달리 그녀는 아직 살아 있다는 사실. 밤마다 을화의 집 처마밑에는 뿌연 종이등불이 걸려 있지 않겠는가. 을화가 날마다 그 집에 찾아온 증거이다.

을화의 혼령이란 없기에 그녀를 불러내는 것이 작가에겐 불가능했다. 혼령이 있기만 한다면 얼마나 굉장하겠는가. 시간적으로 이천 넌 저쪽 공간적으로 저 갈릴리 호숫가의 절벽의 동굴 따위도 한순간 건너뛰어 송추까지 연결될 수 있는 것이 혼령의 세계이다. 을화의 혼령이 만일 있다 해도 기껏해야 공간적으로 경주 서부리, 시간적으로는 1910년대 언저리에 지나지 못한다. 그럼에도 서부리행이나 1910년대행이 김동리에겐 차단되어 있었다. 독자인 우리가 이 장면에서 할 수 있는 것은 작가를 불러내어 대화를 시도해 보는 길이다. 작가란 영원하기에 그것은 그러하다.

비평가 : 그대는 을화를 정신착란이라 말했다. 대체 그것은 무슨 뜻인가. 정신이 들기도 하고 나가기도 하는 그런 상태에 놓아두고 작품을 끝낸 것은, 그만큼 가능성을 남겨둔 것으로 보이는데.

김동리 : 그렇다. 을화의 행방불명이란 따지고 보면 죽었거나, 산속 어느 서낭당에 가서 기도를 드리고 있는지도 모르지 않겠는가. 빡지 할미가 다녀갔다는 것이 이를 잠깐 암시한 것이다.

비평가 : 작품 「을화」란 그러니까 미완성이란 뜻인가. 샤머니즘을 통해 새로운 차원의 신과 인간의 문제를 앞으로도 계속 추구하겠다는 뜻으로 보아도 좋겠는가.

김동리 : 바로 그렇다. 나는 어떠한 기존의 세계 종교도 각각 그 한계에 부딪쳐 있다고 생각해 오고 있다.

비평가 : 샤머니즘이 미래의 인류를 구원할 수 있다고 그대는 믿고 있는가 ?

김동리 : 그런 말을 나는 한 바 없다. 샤머니즘이 미래의 인류를 구원할 수 있는 길의 하나일지 그것 역시 한계에 부딪쳐 있는지 잘 알 수 없다. 다만 나는 샤머니즘을 통해 그러한 인간 구원의 가능성이 있을지 몰라 계속 탐구해 보고 있을 뿐이다.

비평가 : 어째서 하필 샤머니즘인가. 그대는 유년기부터 예배당에 다니며 성경과 그 분위기에 친숙하지 않았던가.

김동리 : 그야 그러하다. 그렇지만 그 기원에 있어 기독교란 외래 종교가 아니겠는가. 「사반의 십자가」를 쓰면서 나는 그 한계에 부딪친 바 있다. 인류의 생사관(신관)의 추구란 내겐 아무래도 버거운 일이었다. 한발 후퇴하여, 한국인의 생사관을 탐구함이 내 푼수에 맞는 것 같았다.

비평가 : 송추에서 사반의 혼령이 그대에게 충고한 것이 바로 그 점이던가.

김동리 : …….

비평가 : 「사반의 십자가」야말로 그대의 야심과 역량이 알맞게 결합
된 대작이 아니겠는가. 사반이란, 기실 「황토기」의 억쇠가 아니었던
가. 사반의 민족 해방 운동이란 메시아 사상이 아니라, 억쇠와 그 동
네 사람들이 믿었던 아기장수 설화 그것이 아니었던가.

억압받은 민족(민중)이 낳은 한국적 미 즉 신앙이기에 사반은 억쇠
였다.

김동리 : …….

비평가 : 뿐만 아니라, 억쇠나 사반이란 바로 김동리 자신이 아니었
던가. 여의주 잃은 이무기로 자처함이 그 증거.

김동리 : …….

비평가 : 대작 「사반의 십자가」가 「황토기」에로 환원될 수 있듯,
「을화」가 「무녀도」로 환원됨은 당연한 일로 보이는데 그대의 생각은
어떠한가.

김동리 : 「무녀도」의 개작이 이루어진 것은 창작집 『무녀도』(1947)
에서이다. 내가 이 작품에 갖는 애착은 남달랐다. 장편으로 만들어야
지 하고 늘 마음속에서 생각만 하고 있었지만 그게 쉽지 않았다. 제
일 어려운 것이 장편과 단편의 형식(구성)의 차이에 있었다. 평생 소
설만 써온 나로서도 이 과제를 해결할 수 없었다.

비평가 : 「을화」란 장편도 단편도 아닌 엉거주춤한 형식이 되고 만
것은 사실인데, 이는 무당이라는 〈소재 자체〉에서 말미암았다고 볼
수 없겠는가. 무당에 대한 자료 부족, 탐구에 대한 열정의 미흡 등도
지적될 수 있을지 모르나 그보다 더욱 중요한 원인은 〈소재 자체〉에
서 왔을 수도 있을 것이다.

김동리 : …….

비평가 : 가령 이 나라 최대의 서사무가 「바리데기」(「바리공주」)를
보라. 그것은 목소리로 되어 있다. 〈서사〉라는 말이 붙어 있지만 〈무
가〉로서 비로소 성립된 것이었다. 이 목소리의 세계를 언어로 묘사

(시각화)한다는 것 자체가 무리다. 을화가 큰굿 하는 장면에서 그대는 서사무가를 무려 13페이지에 걸쳐 인용한 바 있다. 그렇지만 그것이 문자로 고정될 때는 이미 죽은 목소리가 아닐 수 없다. 작가인 그대가 소설의 한계점을 통감했음에 틀림없다고 우리는 믿는다. 그대는 소설을 과신한 것이다.

김동리 : …….

비평가 : 소설이란 무엇이나 담는 포대이거나 요술방망이가 아니다. 그대에게 소설을 담창작(談創作)이라 가르친 것은 몰튼이 아니었던가. 그것은 근대 소설의 개념이 아니었다. 부르주아 계층이 창출한 예술이 소설이며 따라서 그것은 부르주아의 삶의 반영이어야 하는 법, 소설이 〈이야기〉와 다른 것은 이 때문이다. 무당이 서사무가에 적합한 이유도 이로써 조금 드러나지 않겠는가

김동리 : …….

비평가 : 이러한 지적은 그대를 비판함이 아니라 그 정반대임을 누구보다 그대가 잘 알 것이다. 그대는 근대 소설을 초극코자 했으니까. 소설이든 이야기든 관계 없이, 그 모두의 위에 군림하는 새로운 형식의 모색, 그것이 그대의 위대성이니까. 그 시도에 승패를 따지기 자체가 실례일 테니까. 감히 아무도 그런 시도에 나설 엄두도 내지 못했으니까.

김동리 : …….

비평가 : 마지막으로 한 가지 궁금한 점. 무당 혹은 굿판이 지닌 〈미의식〉에 관한 점이 그것이다. 그것이 어째서 민족과 연결되는가에 관한 점.

김동리 : 나에 대한 정신분석을 할 셈인가. 만일 그것이 「을화」의 이해에 도움이 된다면 할 수 없지만.

비평가 : 「을화」가 어찌 예사로운 작품이겠는가. 그대가 의식했든 아니했든 상관없이 거기에는 이른바 「을화」를 〈을화이게끔〉 하는 문

제계(問題系)가 있을 것이다. 작품이란, 많은 경우 작가의 두 가지 의도로 이루어진다. (가) 의식적인 의도와, (나) 무의식적인 의도가 그것. (가)는 분명 작가가 의도적으로 인식한 것의 반영이다. 이것은 그대가 수필 도처에서 발언한 한국인의 생사관이라든가 「신과 나와 종교」, 「도(道)에 대하여」, 「리듬과 철학」 등과 관련이 있을 것이다. 그러나 이것만이 의도의 전부는 아니다. 무의식의 의도라는 것이 오히려 더 중요할 수도 있다.

김동리 : 프로이트의 제자 라깡이 말하는, 글쓰기에 있어서의 무의식적 주체(작가)를 말하는 것인가.

비평가 : 그렇다. 한국인으로서 갖는 심층심리 혹은 융이 말하는 집단무의식이 「을화」를 에워싸고 있기에 「을화」는 그대가 의도적으로 말하는 한국의 생사관이라든가 「신과 나와 종교」 따위를 훨씬 초월한다.

김동리 : 작품이란 한번 발표되면 작가로부터 떠나 제 힘으로 살아가는 것이 아닌가. 이만하면 대답이 되지 않겠는가.

비평가 : 실상 그 점에 대해 그대는 너무 인색하였다. 작품을 그대 손에서 독자 앞으로 내놓지 않고 늘 쥐고 있는 형국이었다. 어떤 작품도 원작 그대로 두지 않고 개작을 감행했다. 다만 「을화」을 제하고는. 하기야 「을화」에도 손을 대기는 했더군. 첫페이지의 두번째 문장의 삽입이 그것. 우리의 생각으로는 「을화」의 그다운 측면의 하나가 한국인의 집단적 무의식에 있다고 본다. 굿의 구조에서도 그러하지만 무당의 원칙적 몸짓과 색깔에서도 뚜렷한 미의식을 느낄 수 있다. 농경 사회의 남성적 놀이 공간과는 달리, 굿판과 그것을 연출하는 장면이란 일종의 연극적 미학 공간이자 그 이상이었다. 그대가 말하는 것처럼 그 밑바닥에 한국인의 생사관의 뿌리가 놓여 있다는 것은 한갓 관념이다. 무녀 및 굿판이 지닌 미학적 공간 인식이야말로 샤머니즘이 세계 종교와 겨눌 수 있는 측면이 아니었을까. 「을화」의 매력도 여기에서 말미암지 않았을까.

김동리 : 소설을 음악이나 미술 따위 속으로 해체해 버리자는 수작인가.

비평가 : 정작 그대가 진작부터 소설을 경멸해 오지 않았던가. 소설가를 넘어서고 꿈꾸어 온 것이 그대 자신이 아니었던가. 그대의 꿈은 새로운 종교의 〈교주〉되기였지 않았던가.

김동리 : 대체 무슨 말을 하고 싶은가.

비평가 : 샤머니즘이 지닌 이러한 미의식이 지닌 맹점이랄까 위험성 한 가지를 지적하고 싶을 따름이다.

김동리 : 샤머니즘이 아니고는 개인과 집단(민족)이 연결될 수 있는 고리가 없지 않았던가. 그 연결고리가 바로 미의식이 아니었던가.

비평가 : 바로 그렇다. 개인과 집단(민족)을 연결하는 매개항이 미의식(미학)일 때 그것의 함정이랄까 위험성을 문제삼고자 한다. 일찍이 독일 낭만파가 그러하였고, 일제 말기 일본의 낭만파의 정신 구조도 그러하였다. 그것들이 극단적인 국수주의로 치닫게 되었음은 이러한 정신 구조의 필연적 귀결이다. 일찍이 헤겔은 이를 〈낭만적 이로니〉라 불렀다. 그대의 저 해방공간에서의 찬란한 활동도 이러한 정신 구조의 산물이라고 할 수 없겠는가.

김동리 : 「을화」을 두고, 그대가 이렇게 말하지 않았던가. 〈이승과 저승 사이에 걸린 등불이거나 연꽃이라고. 이번엔 〈개인과 집단(민족) 사이에 걸린 등불이거나 연꽃〉이라고 말하는 것 같은데…….

내가 그대들에게 부탁하고 싶은 것이 있다면, 을화의 행방을 좀더 지켜보자는 것이다. 정신착란에 빠진 을화의 행방이 아직 묘연하지 않은가. 그대도 말한 바와 같이 나는 을화의 혼령을 불러낼 수 없다. 그녀는 죽지 않았으니까. 사반과 을화의 다른 점이 여기 있다.

비평가 : …….

김동리 : 또 한 가지.

비평가 : …….

　김동리 : 내가 문인이라는 사실이 그것이다. 나를 교주 운운하지만
그것은 옳지 않다. 나는 내 나름의 새로운 신을 찾으며 살아온 것은
사실이지만 결국 어떤 신도 찾아내지 못했다. 끊임없이 방황하며 새
로운 신을 찾아 헤매이었다. 이러한 〈찾아헤맴〉이 바로 종교와 구분
되는 문학이 아니었겠는가.
　비평가 : …….

김윤식
서울대학교 인문대 교수 · 문학평론가
저서 『이광수와 그의 시대』(1981)
　　『안수길 연구』(1986)
　　『김동인 연구』(1987)
　　『염상섭 연구』(1987)
　　『이상 연구』(1987)
　　『임화 연구』(1989)
　　『한국근대문학사상연구 2』(1994)

사반과의 대화

1판 1쇄 찍음 · 1997년 6월 10일
1판 1쇄 펴냄 · 1997년 6월 17일

지은이 · 김윤식
펴낸이 · 박맹호
펴낸곳 · (주) 민음사

출판등록 · 1966. 5. 19. 제16-490호
서울시 강남구 신사동 506 강남출판문화센터 5층 (135-120)
대표전화 515-2000 · 팩시밀리 515-2007

값 12,000원

© 김윤식, 1997. Printed in Seoul, Korea
ISBN 89-374-1093-1 94180
　　　89-374-1090-7 (전3권)